ROBIN YOUNG
Krieger des Friedens

W0389361

Das Buch

König Edward von England will sein Ziel eines vereinigten Britischen Königreichs verwirklichen und marschiert in Schottland ein, nachdem er Wales schon in seine Gewalt gebracht hat. Jetzt muss er nur noch den symbolträchtigen Stab von St. Malachias finden, um endlich unbesiegbar zu sein. Nur ein einziger Mann kann Edwards Plan vereiteln: Robert the Bruce, in dessen Adern königliches Blut fließt und der sein vom Krieg zerstörtes Land verlassen hat und nach Irland gesegelt ist, um den Stab noch vor Edward zu finden und sein rechtmäßigen Platz auf dem schottischen Thron einzunehmen. Doch sein Weg ist weit, und zudem wird er von einem gnadenlosen Mörder gejagt, denn Robert ist nicht der Einzige, der ein Auge auf die schottische Krone geworfen hat. Robert war immer dazu bereit, auf dem Schlachtfeld zu sterben, aber was muss er noch opfern, um seine Hoffnungen am Leben zu erhalten?

Die Autorin

Mit ihrem Debüt »Die Blutschrift« gelang der Britin Robyn Young in Großbritannien und den USA ein großartiger Durchbruch, der sie auf die Bestsellerlisten schnellen ließ. Geboren 1975 in Oxford, begann sie schon früh, Gedichte und Kurzgeschichten zu schreiben. Robyn Young lebt in Brighton und unterrichtet Kreatives Schreiben an verschiedenen Colleges.

Von Robyn Young bei Blanvalet lieferbar:

Die Blutschrift, Die Blutsritter, Die Blutsfeinde
Rebell der Krone, Krieger des Friedens, König des Schicksals
Der Thron der Dornen

Besuchen Sie uns auch auf www.facebook.com/blanvalet
und www.twitter.com/BlanvaletVerlag

Robyn Young

Krieger des Friedens

Historischer Roman

Aus dem Englischen
von Nina Bader

blanvalet

Die Originalausgabe erschien 2012 unter dem Titel »Renegade« bei Hodder & Stoughton, London.

Sollte diese Publikation Links auf Webseiten Dritter enthalten, so übernehmen wir für deren Inhalte keine Haftung, da wir uns diese nicht zu eigen machen, sondern lediglich auf deren Stand zum Zeitpunkt der Erstveröffentlichung verweisen.

FSC
www.fsc.org
MIX
Papier aus verantwortungsvollen Quellen
FSC® C014496

Verlagsgruppe Random House FSC® N001967

1. Auflage
Taschenbuchausgabe 2019 bei Blanvalet,
einem Unternehmen der Verlagsgruppe Random House GmbH,
Neumarkter Straße 28, 81673 München
Copyright der Originalausgabe © Robyn Young 2012
Copyright der Karte © by Sandra Oakins
Copyright der deutschsprachigen Ausgabe © 2013 by Blanvalet,
in der Verlagsgruppe Random House GmbH,
Neumarkter Straße 28, 81673 München
© Johannes Wiebel | punchdesign, unter Verwendung von Motiven
von Shutterstock.com (Silver Spiral Arts; Zvonimir Atletic)
Redaktion: Werner Bauer
JB • Herstellung: wag
Druck und Einband: GGP Media GmbH, Pößneck
Printed in Germany
ISBN 978-3-7341-0684-2

www.blanvalet.de

ENGLAND, SCHOTTLAND & WALES 1299 AD
ORKNEY
SCHOTTLAND
BUCHAN
BADENOCH
MARR
Aberdeen
ATHOLL
ANGUS
Dundee
LENNOX
MENTIETH
Perth
St Andrews
Stirling
Kinghorn
Falkirk
DUNBAR
Glasgow
Edinburgh
Berwick
NORDSEE
Irvine
Peebles
Roxburgh
ISLAY
Lanark
Ayr
The Forest
NORTHUMBERLAND
ARRAN
Turnberry
Lochmaben
CARRICK
ANNANDALE
Newcastle
ANTRIM
GALLOWAY
Carlisle
Durham
ULSTER
ENGLAND
Lancaster
YORKSHIRE
York
IRLAND
ANGLESEY
LINCOLN
Conwy
Caernarfon
Snowdon
Nefyn
GWYNEDD
Leicester
NORFOLK
POWYS
WALES
WARWICK
Cambridge
HEREFORD
PEMBROKE
GLOUCESTER
ESSEX
Oxford
GWENT
London
Canterbury
Dover
Salisbury
Lewes
Portsmouth
CORNWALL
ÄRMELKANAL

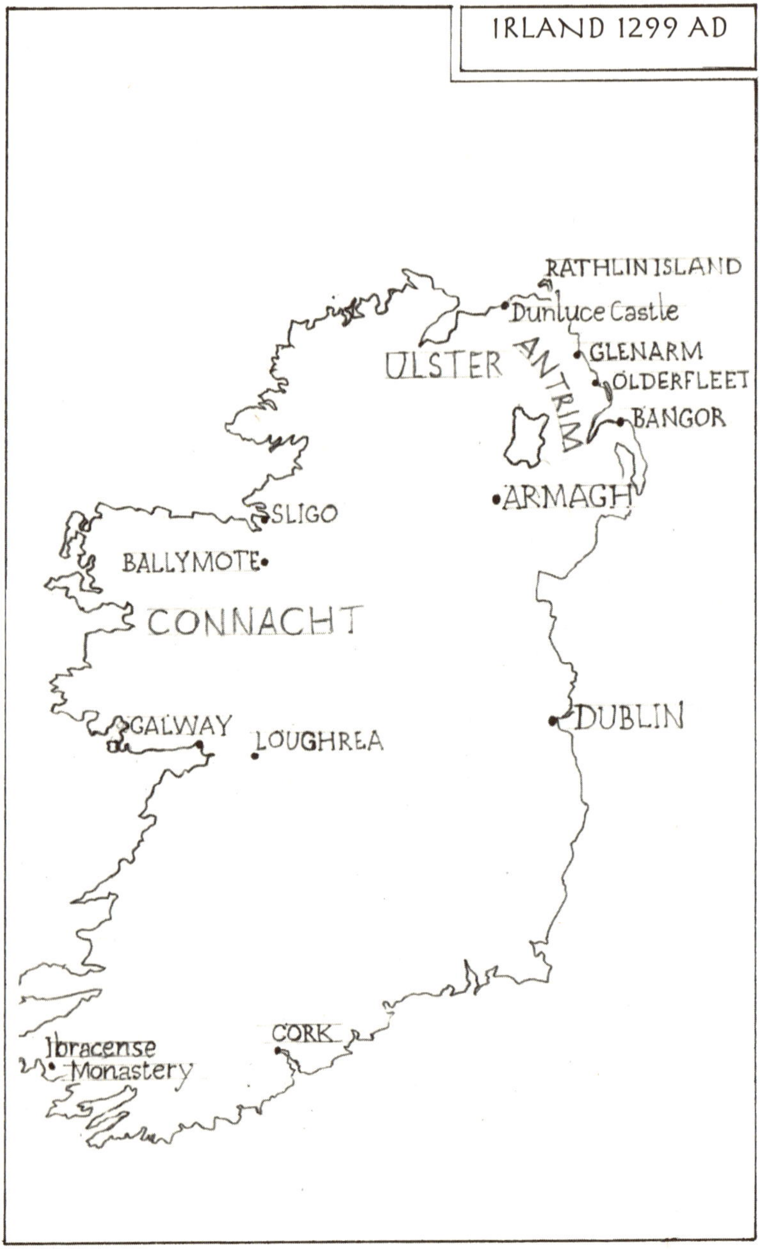
IRLAND 1299 AD
RATHLIN ISLAND
Dunluce Castle
GLENARM
OLDERFLEET
BANGOR
ULSTER
ANTRIM
ARMAGH
SLIGO
BALLYMOTE
CONNACHT
GALWAY
LOUGHREA
DUBLIN
CORK
Ibracense
Monastery

Brutus! Hinter den Grenzen Galliens liegt
Eine Insel inmitten der Irischen See.
Einst von Riesen besetzt, nur wenige sind verblieben,
Um dir den Zutritt zu verwehren und deine Herrschaft
Zu gefährden.
Setze deine Segel, um dieses Ufer zu erreichen
Und dort dein Schicksal zu erfüllen und ein neues
Troja zu errichten.
Und im Namen deiner königlichen Blutlinie
Ein Reich zu gründen, das
Die Zeit nie zerstören und Grenzen nie einschränken
Werden.

Geoffrey of Monmouth,
»Die Geschichte der Könige Britanniens«

PROLOG

A.D. 1135

»… die Reliquien der anderen Heiligen, die aufgrund der Invasion der Heiden versteckt wurden, müssen gefunden werden, und dann werden sie endlich ihr verlorenes Königreich zurückerobern.«

Geoffrey of Monmouth,
»Die Geschichte der Könige Britanniens«

Armagh, Irland
(A.D. 1135)

Am Rand von Ard Macha, dessen uralte Hänge den Namen einer Kriegsgöttin trugen, wartete eine Gruppe von Männern. Sie standen eng beieinander vor den Portalen der Kathedrale und spähten angestrengt in den Nebel, der den Gipfel des Hügels einhüllte. Goldenes Licht begann den Dunstschleier aufzulösen, die Denkmäler der Heiligen auf dem Friedhof waren bereits zu erkennen, doch die Stadt Armagh unter ihnen lag weiterhin unter einem dichten, weichen Schleier.

Eine Krähe flog von einer der Eichen auf, die den Zugang zu der Kathedrale bewachten, das Flattern ihrer Flügel zerriss die Stille. Die Augen der Gruppe schossen in Richtung des Vogels und blieben auf einer Gestalt haften, die sich aus dem Nebel löste. Es war ein Mann in einem schwarzen Gewand mit Kapuze, das um seinen hageren Körper schlotterte. Als er auf sie zukam, schlossen sich ihre Hände fester um ihre Waffen. Einige der jüngeren Männer scharrten unbehaglich mit den Füßen, doch einer in der Mitte der Gruppe – breit wie ein Ochse, mit einem harten, zerfurchten Gesicht – drängte sich durch die Reihen nach vorn durch. Niall mac Edan starrte an der sich nähernden Gestalt vorbei in die bernsteinfarbene Dämmerung. Einen Moment später kam hinter dem Mann etwas Großes in Sicht: ein von einem Maultier gezogener Karren. Zwei Männer in schwarzen Kutten führten das Tier am Zügel. Nialls Augen verengten sich vor Erwartung, aber es war keine weitere Bewegung mehr auszumachen. Wie befohlen war Malachias allein gekommen.

Die Männer mit dem Karren machten am Rand des Friedhofs Halt, während Malachias weiter den Hang emporstieg. Der Saum seines schwarzen Ordensgewandes schlug gegen seine nackten Füße. Auf seinem Kopf war eine von der Julisonne rot verbrannte Tonsur ausrasiert. Sein Gesicht wirkte ausgezehrt, die Haut spannte sich über den Wangenknochen und hing schlaff in den Augenhöhlen. Niall spürte die Anspannung seiner Männer, sah, wie einige von ihnen unmerklich zurückwichen. Als Malachias letzten Monat auf diesen Hügel gekommen war und versucht hatte, die Kathedrale zu betreten, hatte er eine Armee mitgebracht, und es war Blut geflossen. Aber Niall wusste, dass es nicht die Erinnerung an die gewaltsame Auseinandersetzung war, die seine Männer nervös machte. Sie wären ruhiger, wenn sie es mit Speeren und Äxten zu tun hätten statt mit diesem einsamen spindeldürren Mann, dessen Füße zahlreiche Schwielen aufwiesen, weil er seit Jahren durch das Land wanderte und das Wort Gottes predigte. Sie alle hatten die Geschichten über ihn gehört.

Es hieß, dass Malachias einst einen Mann, der ihn verleumdet haben sollte, mit einem Fluch belegt hatte, einem Fluch, der die Zunge des Unglücklichen anschwellen, verfaulen und von Würmern wimmeln ließ. Nachdem er sieben Tage lang die Maden erbrochen hatte, die seinen Mund füllten, war der Mann gestorben. Eine Frau, die Malachias während einer Predigt scharf angegriffen hatte, war Berichten zufolge hinterher zusammengebrochen und von so heftigen Krämpfen geschüttelt worden, dass sie ihre Zunge verschluckt hatte. Es hieß, er wäre imstande, Pestilenz zu heilen und sie die Menschen befallen zu lassen, dafür zu sorgen, dass die Flüsse über die Ufer traten und das Land überschwemmten, und man glaubte allgemein, der Zorn des Herrn würde jeden treffen, der es wagte, sich gegen ihn zu stellen.

Trotzdem sah Niall mac Edan ihm furchtlos entgegen und machte sich nicht die Mühe, sein Schwert zu ziehen. Er ver-

wehrte Malachias nun schon seit zehn Monaten den Zutritt zu Armagh und seiner Kathedrale, und bislang hatte ihn noch kein Unheil getroffen. Sein Blick wanderte zu dem Karren. Sogar aus der Entfernung konnte er erkennen, dass er mit Truhen beladen war. Der Anblick bestärkte ihn in seiner Zuversicht. Nur ein gewöhnlicher Sterblicher, fehlbar wie alle Nachkommen Adams, musste zu Bestechung greifen, um zu bekommen, was er wollte. Er bedeutete seinen Männern, zur Seite zu treten, als Malachias, Erzbischof von Armagh, näher kam.

Malachias beobachtete, wie die Männer vor ihm den Weg für ihn freigaben. Die Türen der Kathedrale hinter ihnen standen offen. Der nebelumwaberte Ard Macha war ihm vertraut. Er war vor fast vierzig Jahren in dieser Stadt geboren worden und mit dem Blick auf ihre grünen Hänge zum Mann herangewachsen – die Hügel, auf denen der heilige Patrick seine Kirche errichtet hatte. Die steinerne Kathedrale hatte sich seit seiner Kindheit verändert: Erst vor einem Jahrzehnt war das zerstörte Dach, das in einer Zeit, an die sich kein lebender Mensch mehr erinnern konnte, von einem Blitz getroffen worden war, von Erzbischof Cellach durch ein neues ersetzt worden. Die Schindeln wiesen noch keine Spuren von Alter und Wetter auf. Es freute Malachias, dass das Werk seines Freundes und Mentors weiterlebte, auch wenn Cellach inzwischen gestorben war. Der Gedanke an ihn bewog ihn, seine Aufmerksamkeit auf Niall mac Edan an der Spitze der wartenden Gruppe zu richten.

Seit fast zwei Jahrhunderten beherrschten Männer aus Nialls Clan die Kathedrale; pochten auf ihr Erbrecht, die Diözese samt ihren Reichtümern und den Tributen an Pferden und Kühen, die die Bewohner der Provinz zu entrichten hatten, zu kontrollieren. Nur wenige der Männer, die das Bischofsamt bekleidet hatten, hatten die heiligen Gelübde abgelegt oder waren in Rom geweiht worden. Bei den meisten handelte es sich um verheiratete Laienbrüder, deren Hände mehr an den Um-

gang mit Waffen als mit der Heiligen Schrift gewöhnt waren; gierige, lüsterne, gewalttätige Männer, deren Herrschaft über Irlands Bischofssitz in den Augen der Kirche ein Anathema darstellte.

Cellach hatte dieses Übel ausgemerzt. Als Sohn des Clans, aber auch als wahrer Diener Gottes und überzeugter Reformator hatte er Malachias zu seinem Nachfolger ernannt, aber nach Cellachs Tod hatten Niall und andere Mitglieder seiner Familie diesen Erlass außer Kraft gesetzt und Malachias nicht in die Stadt gelassen. Also war er gekommen, um sein Recht zu fordern, erst mit einer Armee, was mit Blutvergießen geendet hatte, und jetzt allein mit zehn Truhen voller Münzen. Der Preis war hoch, das, was er dafür bekam, jedoch unbezahlbar.

Malachias blieb vor Niall stehen, dabei fragte er sich, wie dieser ungeschlachte Klotz und ein frommer Mann wie Cellach demselben Mutterleib entsprungen sein konnten. Kain und Abel, *ging es ihm durch den Kopf. »Ist es drinnen?«*

»Sobald ich die zu entrichtende Gebühr gesehen habe, könnt Ihr ihn haben.« Nialls Gälisch klang abgehackt.

»Meine Brüder bewachen sie.«

Niall nickte zweien seiner Männer knapp zu. »Geht und überzeugt euch selbst.«

Die beiden drängten sich voller Argwohn an dem Erzbischof vorbei und steuerten auf den Karren zu.

Malachias wartete, während Nialls Männer die Truhen inspizierten. Es war noch gar nicht so lange her, dass die Menschen in Irland Handel mit Tieren und Waren betrieben hatten. Die plündernden Wikinger hatten das alles geändert, indem sie ihr vergiftetes Silber mitgebracht hatten. Wie oft schien heutzutage der Wert eines Mannes an diesen Dingen gemessen zu werden statt an der Stärke seines Glaubens.

Kaum waren sie fertig, stiegen die beiden Männer den Hang wieder hoch. Beide grinsten breit.

»Es ist alles da«, sagte einer zu Niall. »Zehn Truhen.«

Nialls Blick richtete sich wieder auf Malachias. Mit einer spöttischen Geste deutete er auf die Kathedrale. »Tretet ein, Eure Exzellenz.« Er würgte den Titel hervor, als würde er auf Knorpeln herumkauen.

Möge das Feuer der Hölle deine Seele reinigen, *dachte Malachias, als er an Niall vorbei zwischen den Reihen bewaffneter Männer hindurch auf die Türen der Kathedrale zuging. Keiner von ihnen ließ seine Waffe sinken, doch Malachias schenkte den Speerspitzen und scharfen Klingen keinerlei Beachtung. Am Eingang blieb er stehen. Seine bloßen Füße schienen plötzlich zu zögern, ihn von dem taufeuchten Gras auf die dahinter liegenden Steinfliesen zu tragen. Er hatte das alles nicht gewollt. Nichts davon. In diesem Moment vermisste er die wilde Einsamkeit seines geliebten Klosters Ibracense mehr denn je. Aber Cellach hatte ihn mit diesem Posten betraut. Es war der letzte Wunsch seines sterbenden Mentors gewesen, dass er Erzbischof von Armagh wurde. Überdies hatte der Papst befohlen, dass er diese Diözese übernahm und die Männer aus dem Amt jagte, die fortfuhren, die Gesetze der Kirche zu missachten.*

Malachias trat über die Schwelle und in das dämmrige Innere der Kathedrale. Ein leichter Geruch von Männerschweiß hing in der Luft. Er drehte sich nicht um, als die Schritte und die triumphierenden Stimmen hinter ihm verklangen. Niall und seine Bande stürzten sich auf ihre Beute. Vor ihm, am Ende des Kirchenschiffs, befand sich der Hochaltar. Und auf diesem von flackernden Kerzenflammen erleuchteten Altar lag ein langer, in ein weißes Tuch gewickelter Gegenstand.

Vor diesem sank Malachias auf die Knie und widerstand dem überwältigenden Drang, danach zu greifen; das in den Händen zu halten, was Jesus Christus einst berührt hatte. Nachdem er die vorgeschriebenen Gebete gesprochen hatte, erhob er sich und wickelte den Gegenstand behutsam aus. Aus den Falten des Tuchs zog er einen Stab, einen Krummstab in einer kostba-

ren, kunstvoll gearbeiteten, mit Edelsteinen besetzten goldenen Hülle. Alles Kerzenlicht sowie die Morgensonnenstrahlen, die durch das Fenster fielen, schienen sich darin zu fangen, sodass er in seinen Händen wie eine Flamme glühte.

Der Stab hatte dem heiligen Patrick gehört, der vor siebenhundert Jahren das Wort Gottes nach Irland gebracht hatte. Es hieß, der Heilige hätte ihn von einem Eremiten bekommen, der ihn seinerseits von Jesus erhalten hatte, obgleich einige Heiden behaupteten, Patrick habe ihn den Druiden gestohlen. Er war die heiligste Reliquie Irlands. Die Menschen schworen ihre feierlichsten Eide darauf; Eide, die, wenn sie gebrochen wurden, schreckliche Plagen über das Land hereinbrechen lassen würden. Es war der Stab des Königs der Könige, ein Symbol von Rechtschaffenheit und höchster geistlicher Autorität.

Es zählte nicht, dass Malachias zu Cellachs Nachfolger ernannt oder dass er in Rom zum Priester geweiht worden war. Bevor sich diese Reliquie nicht in seinem Besitz befand, würde das Volk von Irland seine Ernennung nicht akzeptieren. Nur deswegen war er auf Niall mac Edans Forderung nach Bezahlung eingegangen, denn wer auch immer den Stab Jesu sein Eigen nannte, konnte nicht nur darauf bestehen, der einzige rechtmäßige Erzbischof von Armagh, sondern auch der Nachfolger des heiligen Patrick sowie der geistliche Herrscher von ganz Irland zu sein.

ERSTER TEIL

A.D. 1299 – 1301

»Er war eine Zeit lang unschlüssig, ob er den Krieg fortführen sollte oder nicht, entschied sich aber schließlich dafür, zu seinen Schiffen zurückzukehren, während der größte Teil seiner Gefolgsleute noch in Sicherheit und bislang siegreich war, und sich auf die Suche nach der Insel zu begeben, von der ihm die Göttin berichtet hatte.«

Geoffrey of Monmouth,
»Die Geschichte der Könige Britanniens«

1

Armagh, Irland, A.D. 1299
(164 Jahre später)

Der schwache Schein einer einzelnen Kerze tanzte über die Wände der Krypta und warf monströse Schatten auf die Seiten der achteckigen Pfeiler und das Gebälk der gewölbten Decke. Der Träger der Kerze verlangsamte seine Schritte und schützte die Flamme mit einer Hand, als sie zu erlöschen drohte. Die Stimmen der anderen ringsum waren nur Atemzüge im Dunkel.

»*Beeilt euch.*«

»*Da, Bruder Murtough. Die Truhe.*«

»*Ich sehe sie. Bring das Licht, Donnell.*«

Als Donnell auf die flüsternden Männer zutrat, fiel der Lichtschein auf eine Reihe von auf dem Boden aufgestapelten Truhen und Kisten. Viele dieser Behältnisse lagerten in dieser sechzig Fuß langen Gruft – Körbe mit Tuch, Säcke mit Korn und Fässer mit eingesalzenem Fleisch. Die Kathedrale und die Stadt, über der sie aufragte, hatten im Lauf des Jahrhunderts viel Gewalt erfahren, von zerstörerischen Raubüberfällen benachbarter irischer Häuptlinge und plündernden Wikingern zu der entschlossenen, in Wellen erfolgenden Expansion ihres Herrschaftsgebietes durch die Engländer. Als Erzbischof O'Scanlon vor dreißig Jahren befohlen hatte, an Stelle des ursprünglichen, stark beschädigten Gebäudes ein neues, prächtiges Bauwerk zu errichten, hatte die unterirdische Kammer die Basis des neuen Altarraums gebildet und bot nun der Kathedrale und den Bewohnern von Armagh ein sicheres Versteck für ihre Schätze.

Donnell blieb neben seinen vier Gefährten stehen. Der Kerzenschein züngelte über ihre Gesichter. Die hier aufbewahrten Truhen waren kunstvoll geschnitzt und mit biblischen Szenen bemalt. Sie gehörten eindeutig der Kathedrale und enthielten zweifellos ihre zusammengetragenen Reichtümer – Kelche, Platten, bestickte Roben, Juwelen und Münzen. Die Truhe, auf die Murtough und die anderen gestoßen waren, war größer als der Rest, mit unter einer Staubschicht kaum sichtbaren lateinischen Inschriften versehen und konnte als Einzige das beherbergen, weswegen sie gekommen waren.

Murtough steuerte darauf zu. Die Schatten betonten die Narbe, die über die linke Seite seines Gesichts verlief, die Oberlippe spaltete und sich scharf von der blassen, unversehrten Haut abhob, die sie umgab. Er streckte eine Hand aus, um den Deckel anzuheben. Als sich die Truhe nicht öffnen ließ, zog er die Brauen zusammen.

Ein gespenstisches Stöhnen zerriss plötzlich die Stille und wehte zu ihnen herüber, schwoll an und ebbte wieder ab.

Einer der Männer bekreuzigte sich. »Herr, verschone uns!« Sein erschrockener Ausruf hallte in dem Gewölbe wider.

Murtoughs Narbe kräuselte sich, als er die Stirn runzelte. »*Die Matutin, Bruder. Die Chorherren singen die Matutin.*«

Der junge Mann stieß vernehmlich den Atem aus, aber die Furcht wich nicht aus seinen Augen.

Murtough erhob sich und spähte in das Dämmerlicht, bis sein Blick auf zwei große silberne Kerzenleuchter fiel. Er ging zu ihnen hinüber, hob einen hoch und prüfte sein Gewicht.

»Sie werden uns hören«, warnte einer seiner Gefährten und packte Murtough am Arm, als dieser mit dem Kerzenleuchter ausholen wollte. Sein Blick wanderte zur Decke, wo der ferne Gesang seinen Fortgang nahm.

»*Dort*«, murmelte Donnell. Die Flamme flackerte in dem leichten Luftzug seines Atems. Er deutete auf einen mit einem Tuch bedeckten Korb.

Murtough begriff, was er meinte, und trat darauf zu. Staubwölkchen stoben auf, als er das Tuch um den Fuß des Leuchters wickelte. Er ging zu der Truhe zurück und schmetterte ihn mit voller Kraft gegen das Schloss. Der gedämpfte Aufprall hallte wider wie ein Trommelschlag, die Truhe erzitterte, im Holz blieb eine Delle zurück, aber das Schloss sprang nicht auf. Murtough wappnete sich und versuchte es erneut, dabei lauschte er auf jede etwaige Veränderung in dem Gesang im Altarraum der Kathedrale. Nach drei Schlägen zersprang das Schloss endlich. Murtough hob den Deckel, wobei Holzsplitter zu Boden rieselten, und starrte fassungslos auf die in der Truhe ruhenden Breviere und Bibeln.

Als die anderen sahen, was sie enthielt, begannen sie, hastig leise miteinander zu tuscheln.

»*Wir können nicht jede Truhe hier durchsuchen.*«

»*Wir sind schon viel zu lange hier unten.*«

»Ich werde diesen Raum nicht ohne ihn verlassen«, erwiderte Murtough grimmig. »Wir wissen aus sicherer Quelle, dass sie kommen werden, um ihn zu holen. Ich lasse nicht zu, dass er ihnen in die Hände fällt.«

»Aber wenn wir entdeckt werden …«

Den Blick auf etwas gerichtet, das vor ihm schimmerte, schritt Donnell durch die Kammer. Es war ihm schon vorher aufgefallen, aber er hatte es für die Widerspiegelung seiner Kerzenflamme in den Beschlägen der vielen Fässer oder Truhen gehalten. Jetzt, da sich seine Augen an das Dämmerlicht gewöhnt hatten, erkannte er, dass die Flamme in seiner gewölbten Hand zu schwach war, um einen so weiten Schein zu werfen. Was auch immer es war – es stand in seiner eigenen Lichtquelle.

Als er näher kam, konnte er einen an einen Altar erinnernden Sockel ausmachen, der mit einem Brokattuch bedeckt war, und ein leiser Weihrauchduft stieg ihm in die Nase. Hier war der Gesang der Chorherren lauter, die Psalmen des Frühgottesdienstes drangen an sein Ohr. Auf dem Sockel lag ein juwelenbesetzter Stab.

»*Dem Himmel sei Dank.*«

Donnell blickte auf und sah eine Öffnung in der Decke der Krypta, die durch den Fels bis zum Boden des Altarraums verlief. Hinter den Stäben eines eisernen Gitters zeichneten sich die in Kerzenschein getauchten Säulen des Chorgangs ab. Der Stab Jesu lag verborgen im Herzen der Kathedrale, sichtbar nur für die Chorherren, die über ihm ihren Gottesdienst abhielten.

Laut den Chroniken der Abtei waren einhundertvierundsechzig Jahre verstrichen, seit der heilige Malachias Niall mac Edan den Stab abgerungen hatte. Seither hatte er hier geruht, während sich ringsum die Kathedrale, die Stadt und Irland selbst massiv verändert hatten. Wäre er empfindungsfähig gewesen, hätte dieser Stab den fernen Donnerhall des Krieges wahrnehmen können, als die Engländer gekommen waren, erst als Abenteurer, dann unter dem Befehl ihrer Könige. Er hatte die Feuer der Zerstörung gerochen und die Schritte der durch das Land marschierenden Eroberer gehört, die die Ostküste von Wexford bis Dublin und Antrim einnahmen; hätte die Hammerschläge gespürt, mit denen die Erde aufgebrochen und Steine für neue Städte und Burgen geschlagen wurden, die über den Gebieten aufragten, die sie jetzt beherrschten. Würde Malachias, ihr Heiliger, das, was aus dem Land außerhalb dieser Mauern geworden war, überhaupt wiedererkennen? Donnell wandte sich ab. Seine Augen glänzten im Kerzenschein, als seine Brüder sich aus der Dunkelheit lösten, in der er sie zurückgelassen hatte.

Murtough huschte an ihm vorbei und verlangsamte seine Schritte, als er sich dem Sockel näherte und sein Blick von dem Stab zu dem Eisengitter in der Decke wanderte. Vorsichtig, aber verlangend trat er vor und griff nach dem Krummstab. Einer seiner Gefährten öffnete eine Tasche, damit er die Reliquie darin verstauen konnte. Sobald der Stab sicher verwahrt war und Donnell ihnen mit der Kerze den Weg wies, eilten die Männer durch die Krypta und ließen die Psalmen der Chorherren der Kathedrale hinter sich verhallen.

Bei einer Tür in der östlichen Wand wartete ein weiterer Mann, sein blasses Gesicht kam im Lichtschein in Sicht. »Habt ihr ihn?«

Murtough nickte. Er musterte den schlaffen Körper des Türhüters, neben dem sein Kamerad kauerte. Die Stirn des Mannes war mit Blut verschmiert, sein Schwert steckte noch immer in der Scheide an seiner Seite. Er hatte nicht mit einem Angriff gerechnet. Warum hätte er auch meinen sollen, von Männern in den Kutten eines heiligen Ordens etwas befürchten zu müssen? »Hat er sich noch mal bewegt?«

»Nein, Bruder. Ich fürchte, wir haben ihn schwer verletzt.«

»Wir werden für ihn beten und für die Sünden, die wir heute begangen haben, Buße tun.« Murtoughs Stimme klang rau. »Wenn der Stab in Sicherheit ist.« Er nickte Donnell zu, der die Kerzenflamme zwischen Daumen und Zeigefinger löschte, als die Tür geöffnet wurde und sie in die kühle Dunkelheit einer Frühlingsmorgendämmerung hinaustraten.

Die sechs Männer kümmerten sich nicht weiter um den Leichnam in der Krypta, schlichen über das Gras und schlängelten sich lautlos zwischen den hölzernen Kreuzen und den Heiligendenkmälern hindurch. Ihre schwarzen Gewänder ließen sie mit dem Schatten der St. Patrick's Cathedral verschmelzen.

Antrim, Irland, A.D. 1300

Das Pferd jagte mit Schaum vor den Nüstern durch den Wald. Erdbrocken spritzten unter seinen Hufen auf. Ringsum ragten hohe Bäume gen Himmel; Regen drang durch den Baldachin aus Ästen und Zweigen. Zwischen den Gespinsten aus braunen, welken Blättern blitzten weiße Wolkenfetzen auf. Der Zorn des Novembers hatte das Geäst eines großen Teils seines Blattschmucks beraubt, und die Talsohle war mit einem raschelnden Leichentuch bedeckt.

Robert beugte sich vor. Der hölzerne Sattelknauf bohrte sich in seine Magengrube, als er das Tier zu einem noch schnelleren Galopp zwischen den Bäumen hindurch antrieb. Fleet, ein gescheckter Grauschimmel, war so empfindlich im Maul, dass schon der leichteste Zügeldruck genügte, um ihn über umgestürzte Baumstämme oder über schmale Flüsse hinwegsetzen zu lassen. Das Pferd war kleiner, aber weit schneller als Hunter, das Schlachtross, das er in Schottland in der Obhut seines Freundes und Verbündeten James Stewart zurückgelassen hatte.

Die Kapuze seines grünen Umhangs war Robert schon einige Meilen zuvor vom Kopf gerutscht. Regentropfen rannen über seine Wangen, und in seinen Ohren dröhnte das Rauschen des Windes und seine eigenen heftigen Atemzüge. Vor Anstrengung hatte er einen metallischen Geschmack im Mund. Ein kleiner Zweig peitschte ihm ins Gesicht, doch er spürte es kaum – seine gesamte Aufmerksamkeit war auf die Rücken der zwölf Jagdhunde gerichtet, die jetzt abschwenkten und lauthals bellend einen steilen Hang hinaufstürmten. Robert gab Fleet die Sporen und folgte ihnen.

Oben auf dem Hang hob er sein Horn an die Lippen und blies ein paar Mal kurz hinein, um die anderen, die er ein gutes Stück hinter sich gelassen hatte, von der Richtungsänderung in Kenntnis zu setzen. Durch eine Lücke in den Bäumen konnte er eine kahle Landzunge sehen, die über den Eingang des bewaldeten Tales hinausragte. Dahinter erstreckte sich das Meer unter einem mit Wolken übersäten schiefergrauen Himmel bis zum Horizont. Auf der anderen Seite der Wasserfläche war die Küste Schottlands als schwache, immer wieder unterbrochene Linie zu erkennen. Beim Anblick seiner Heimat krampfte sich Roberts Brust zusammen, und er trieb Fleet weiter.

Vor sich erhaschte er inmitten des Gewirrs aus Eichen und Ebereschen den ersten Blick auf sein Wild – einen kurz aufleuchtenden hellen Rumpf mit einem den Schwanz hinunter verlaufenden dunkleren Streifen. Nun, wo die Hetzjagd Erfolg verhieß, schlug seine grimmige Entschlossenheit in Vorfreude um. Die Hunde hatten die Fährte eines ziemlich großen Damhirsches aufgenommen. Dieser schoss im Zickzack hin und her, versuchte die Hunde abzuschütteln, aber sie hatten jetzt seine Witterung in den Nasen, und ihre Blutgier war stärker als ihre Erschöpfung. Der Hirsch folgte dem natürlichen Verlauf des Tals, durch das ein Fluss bis hinunter zum Meer floss. Wieder blies Robert in das Horn. Aus verschiedenen Teilen des Waldes erklangen Antwortfanfaren, einige hinter, andere vor ihm. Der Damhirsch fuhr ohne Vorwarnung plötzlich herum und bäumte sich auf. Seine Hufe wirbelten durch die Luft. Er war nicht so groß wie die mächtigen roten Hirsche, die sie gejagt hatten, bis die Saison zu Ende gegangen war, aber sein Geweih würde dennoch jeden Hund, der ihm zu nahe kam, schwer verletzen oder gar töten.

Robert zog die Zügel an und brachte Fleet zum Stehen, dabei brüllte er den ihre Beute umkreisenden Hunden Befehle zu. Uathach, seine treue Hündin, befand sich an der Spitze der Meute. Obwohl sie vor Kurzem sechs Welpen geworfen hatte, gebärdete sie sich furchtlos und kampfeslustig, ihr sehniger Körper spannte sich an, als sie knurrend auf den Hirschbock zuschlich, der den Kopf senkte, sein Geweih schüttelte und Erdreich aufwarf. Robert blickte über seine Schulter. Durchdringende Hörnerklänge kündigten das Herannahen des Rests des Jagdtrupps an. An der Spitze ritten seine Brüder Edward und Thomas. Der Hirsch schoss durch das Unterholz davon, aber es war zu spät, denn die Jäger, die ein Stück entfernt im Tal lauerten, hatten bereits die Mastiffs losgelassen.

Entschlossen trieb Robert sein Pferd an und verfolgte den Hirsch auf seiner letzten verzweifelten Flucht. Von links preschten zwei riesige Hunde heran. Die Stacheln, mit denen ihre Halsbänder besetzt waren, blitzten wie metallene Zähne. Trotz der Gefahr galoppierte der Hirsch weiter. Robert konnte nicht umhin, den Mut zu bewundern, den er selbst dann noch bewies, als die Mastiffs zwischen den Bäumen auftauchten und sich auf ihn stürzten. Einer sprang ihn an und verbiss sich in seine Kehle, der andere in ein Hinterbein. Das Röhren des Tieres verwandelte sich in ein schmerzliches Gebrüll, als es im Schlamm zusammenbrach und wild mit den Beinen schlug. Robert zügelte Fleet, sprang aus dem Sattel und rief nach den Jägern, die durch das Gebüsch brachen und Stöcke zückten, um die Mastiffs, die ihre Zähne in das Fleisch des Hirschs gruben und ihn zu Boden drückten, mit kräftigen Schlägen von ihrem Opfer wegzutreiben. Das Tier schnaubte tief und erschauerte. Während Robert sich einen Weg durch die Hundemeute bahnte, schob er das mit silbernen Ringen verzierte Horn in sein seidenes Gehenk zurück – beides Geschenke von seinem Ziehvater. Die Beine des Hirschbocks zuckten. Robert nickte den Jägern zu, die daraufhin mit den Stöcken drohend auf den Boden schlugen, bis die Mastiffs ihre Beute freigaben und sich blutigen Geifer von den Lefzen leckten.

Als Robert sich über den Hirsch beugte, spiegelte sich sein Bild in den Augen des Tieres wider – nasses Haar fiel in dunklen Strähnen um ein Gesicht mit ausgeprägten Zügen, und der grüne, durchweichte Umhang hing schwer von breiten Schultern herab. Der Hirsch schnaubte erneut. Blut sickerte aus seinen Nüstern und quoll aus der tödlichen Wunde in seinem

Hals. Robert streifte seine Handschuhe ab, legte eine Hand auf eine der Geweihsprossen, strich über die gewundenen, samtigen Knochen und erinnerte sich daran, wie sein Großvater ihm einst erzählt hatte, dass manche Menschen glaubten, ein auf der Jagd erlegtes Tier würde seine Eigenschaften auf seinen Bezwinger übertragen. Lang vergessene Worte hallten in seinem Kopf wider.

»Der Rehbock gibt dir Anmut und Schnelligkeit,
Der Hirsch dir Würde und Kraft.
Der Wolf Schläue und Behändigkeit,
Der Hase die Erregung der Jagd.«

Er zog sein durch den ballförmigen Knauf ausbalanciertes Breitschwert, richtete sich auf, setzte die Spitze der zweiundvierzig Zoll langen Klinge über das flatternde Herz des Tieres und stieß mit voller Kraft zu.

Der Rest des Jagdtrupps scharte sich um ihn, die Knappen griffen nach den Zügeln der Pferde, als die Edelleute abstiegen und ihm Glückwünsche zuriefen. Als er sah, dass auch Nes eingetroffen war und sich um Fleet kümmerte, zog Robert einen Tuchfetzen aus dem Beutel an seinem Gürtel und wischte damit das Blut von seinem Schwert. Wildes Gebell erfüllte den Wald, als den Jagdhunden gestattet wurde, nacheinander am Hals des Hirsches zu zerren – ein Anreiz für die nächste Jagd –, bevor sie von den Knappen zusammengetrieben wurden. Uathach befand sich unter ihnen, sie hechelte Dampfwölkchen in die kalte Luft. Als die Jäger den erlegten Hirsch umringten, um ihn zum Zerlegen vorzubereiten, kam Roberts Ziehvater zu ihm herüber.

Kleine Fältchen legten sich um Lord Donoughs Augen, als er Robert eine Hand auf die Schulter legte. »Gut gemacht, mein Sohn.« Er betrachtete den Hirsch und nickte zufrieden. »Er wird ein wahres Festmahl abgeben.«

Das Lob des älteren Mannes entlockte Robert ein erfreutes Lächeln. Er stopfte das schmutzige Tuch in seinen Gürtel, und Cormac, einer seiner Ziehbrüder, reichte ihm einen juwelenbesetzten Weinschlauch. Mit seinen vierundzwanzig Jahren war er zwei Jahre jünger als Robert und Donoughs Ebenbild, nur fehlten ihm die Krähenfüße und das Weiß in seinem roten Haar, das er in dem traditionellen cúlán trug – vorn dicht und in die Augen fallend, hinten kurz geschoren.

Cormac grinste, als Robert durstig trank. »Ich dachte schon, du würdest aus Fleets Sattel springen und selbst die Zähne in das Tier schlagen, so sehr hast du darauf gebrannt, es zur Strecke zu bringen.«

Donoughs schroffe Stimme schnitt ihm das Wort ab. »Hüte deine Zunge, Sohn. Du sprichst mit einem Älteren und Besseren.«

»Älter schon«, murmelte Cormac, als sein Vater zu den Jägern trat, um deren Vorbereitungen zu überwachen.

»Jedenfalls alt genug, um einen richtigen Männerbart zu tragen.« Ehe sein Ziehbruder ausweichen konnte, schoss Roberts Hand vor und zog fest an dem Backenbart, den Cormac sich stehen zu lassen versuchte, woraufhin dieser sich schimpfend losmachte. Robert kicherte in sich hinein, als der junge Mann sich das Kinn reibend davonstolzierte. Cormac erinnerte ihn so sehr an Edward. Doch als Robert zu seinem Bruder hinüberschielte, der sich mit Christopher Seton unterhielt, erstarb sein Lächeln.

Robert und Edward waren nach gälischer Sitte als Kinder in Donoughs Obhut gegeben worden und hatten ein Jahr bei dem irischen Lord und seinen Söhnen verbracht, wo sie im Rahmen ihrer Ausbildung zum Ritter das Reiten und den Umgang mit Waffen erlernt hatten. Aber während Cormac sich seine unbekümmerte Sorglosigkeit bewahrt hatte, war Edwards Lebensfreude seither merklich geschwunden. Robert fand, dass die Rückkehr zu seinem Ziehvater nach Antrim nach fünfzehn

Jahren ihm nur noch stärker bewusst gemacht hatte, wie sehr der Krieg Edward und ihn selbst verändert hatte.

»Für das Zerlegen, Sir.«

Robert drehte sich um. Einer der Jäger reichte ihm einen Lederbeutel, der fünf Messer mit verschiedenen Klingen enthielt – eines zum Zertrennen von Knochen und Sehnen, eines zum Abhäuten und noch ein paar für feinere Arbeiten. Er deutete auf seinen Ziehvater. »Diese Ehre überlasse ich dem Lord.«

Donough krempelte mit einem zufriedenen Lachen seine Hemdsärmel auf. Er wählte ein Messer aus und verzog leicht das Gesicht, als er sich neben den Hirsch kauerte, der auf den Rücken gedreht und mit dem Geweih in den Schlamm gestoßen worden war, und sich anschickte, ihn zu zerteilen. Die Hunde waren verstummt. Sie wussten, dass ihre Belohnung nicht mehr lange auf sich warten lassen würde, und sahen ruhig zu, wie das Blut zu fließen begann, als der Lord den ersten Schnitt ausführte.

Die Männer, die sich das Schauspiel nicht entgehen lassen wollten, scharten sich um das getötete Tier. Roberts Blick schweifte über sie hinweg. Edward lehnte mit verschränkten Armen an einem Baum, Christopher Seton verfolgte jede von Donoughs Bewegungen wie gebannt. Ganz in der Nähe stützte Niall, mit neunzehn der jüngste von Roberts vier Brüdern, einen Ellbogen auf Thomas' Schulter. Zwischen den beiden bestand keinerlei Ähnlichkeit; es fiel schwer zu glauben, dass in ihren Adern dasselbe Blut floss. Während Niall das gute Aussehen, die dunklen Farben und das fröhliche Temperament ihrer Mutter geerbt hatte, schlug Thomas mit seinen bulligen Schultern und den buschigen Brauen ganz nach dem Vater. Die Knappen und die Einheimischen, die sich an der Jagd beteiligt hatten, hielten sich etwas abseits und sahen ihrem Lord bei der Arbeit zu. Alle Gesichter waren vor freudiger Erregung gerötet, jeder war mit dem erfolgreichen Ausgang einer Jagd zufrieden, bei der das Wild einen sauberen Todesstoß erhalten hatte und kein Pferd oder Hund verwundet worden war. Jeder außer ihm.

Die Jagd mochte beendet sein, aber Roberts Ungeduld war nicht geschwunden. Die Küstenlinie, die er während der Verfolgung des Hirschbocks kurz erblickt hatte, ging ihm nicht aus dem Kopf. Schottland verhöhnte ihn mit seiner Nähe. Vor einem Jahr war er als Hüter des Reiches zurückgetreten, vor sieben Monaten nach Antrim gekommen. Sieben Monate nahm er schon nicht mehr an dem Krieg teil, der sein Land verwüstete. Sieben Monate verbrachte er bereits fern seiner Heimat und seiner Tochter und jagte einem Geist nach.

Als hinter ihm Zweige knackten, drehte Robert sich um und sah Alexander Seton auf sich zukommen. Seine muskulöse Gestalt war in einen Jagdumhang gehüllt, Regentropfen rannen über sein hartes Gesicht. Er maß Robert mit einem so wissenden Blick, als habe er seine Gedanken gelesen.

»Wieder eine gute Jagd.«

Robert nickte knapp, da er den Unterton in der Stimme seines Gefährten registrierte, die eine Auseinandersetzung verhieß. Und er irrte sich nicht.

»Aber ich sage es noch ein Mal – ich würde mein Schwert lieber für ein größeres Ziel einsetzen als für sportliche Vergnügungen. Wie lange gedenkst du noch hierzubleiben?«

Robert erwiderte nichts darauf, doch der Lord aus Lothian, der seit über drei Jahren an seiner Seite kämpfte, ließ sich nicht so leicht abschütteln.

»Wir sollten nach Hause zurückkehren, wo wir gebraucht werden, Robert. Das hier führt zu nichts.«

Zorn flammte in Robert auf. Die Worte enthielten eine Wahrheit, die er nicht hören wollte. »Nicht, bevor ich nicht jede Möglichkeit ausgeschöpft habe. Wir haben noch nichts von den Mönchen in Bangor gehört. Seit Donough einen Boten zu der Abtei geschickt hat, ist nur etwas mehr als eine Woche vergangen. Ich will ihnen mehr Zeit geben.«

»Mehr Zeit?« Alexander dämpfte seine Stimme, um von den Umstehenden nicht gehört zu werden. »Die Mönche haben auf die erste Botschaft schon nicht geantwortet, die wir ihnen vor drei Monaten geschickt haben, und selbst wenn sie wissen, wo der Stab ist – warum sollten sie es uns sagen? Aus dem, was wir wissen – der nächtliche Diebstahl und der Mord an dem Türhüter –, geht klar hervor, dass derjenige, der ihn aus der Kathedrale entwendet hat, beabsichtigt, ihn spurlos verschwinden zu lassen. Der Earl of Ulster hat ihn nicht gefunden, obwohl seine Ritter ganz Irland durchkämmt haben. Bei Gott, wenn ein Mann wie Richard de Burgh mit all seiner Macht und seinen Mitteln diese Reliquie nicht ausfindig machen kann, wie soll es uns dann gelingen?«

Robert starrte den Kadaver des Hirsches an, dem Donough gerade das Fell vom Bauch zog. In ihm rang sein Stolz mit der Vernunft in Alexanders Worten. Er musste ungeachtet der Zweifel, die ihn allmählich beschlichen, unbeirrt daran glauben, dass es richtig gewesen war hierherzukommen. »Du kannst nach Schottland zurückkehren. Ich halte dich nicht auf. Aber ich bleibe.«

»Ich habe nichts, wohin ich zurückkehren könnte. Ich habe alles aufgegeben, um mich deiner Sache anzuschließen. Das haben wir beide getan.« Alexander blickte über die Menge hinweg zu seinem Vetter hinüber. »Longshanks würde Christopher und mich im selben Moment, wo wir einen Fuß auf englischen Boden setzen, in Ketten legen lassen.«

Robert musterte Christopher Seton nachdenklich. Der Mann aus Yorkshire, den er vor zwei Jahren zum Ritter geschlagen hatte, unterhielt sich angeregt mit Edward und Niall. »Eure Ländereien können immer noch zurückgewonnen werden. Vor unserer Abreise haben wir große Gebiete zurückerobert, und James Stewart und die anderen werden den Kampf während unserer Abwesenheit fortgeführt haben.«

»Land bedeutet gar nichts, wenn König Edward mit einer

neuen riesigen Armee zurückkommt. Sein letzter Feldzug hat uns fast ausgelöscht. Wir haben auf dem Schlachtfeld von Falkirk zehntausend Männer verloren. Wer soll den Engländern denn die Stirn bieten – William Wallace ist in Frankreich, und du bist hier. Willst du wirklich einen Mann wie John Comyn die Geschicke unseres Königreichs lenken lassen?«

Roberts Kiefermuskeln spannten sich an. Die Monate fern von Schottland hatten seine Feindseligkeit gegenüber seinem Widersacher nicht gemildert; wenn überhaupt, so hatte die Zeit sie noch verstärkt. Je länger er fortblieb, desto mehr würde Comyn seine Position festigen können, und dieses Wissen ließ es ihm schwer ums Herz werden.

Fast auf den Tag genau vor zwei Jahren, nach dem Rücktritt von William Wallace als Hüter Schottlands, waren Robert und John Comyn, gleichaltrig und beide Erben des Vermögens ihrer Familien, zu seinen Nachfolgern gewählt worden. Gemeinsam hatten sie das kriegsgeschüttelte Reich ohne König regiert und die gespaltene Gemeinschaft von Earls, Lords, Rittern und Bauern angeführt, die sich von Edward Longshanks' Herrschaft befreien wollte. Es war ein schwieriges Bündnis gewesen; zwischen den beiden Männern herrschte ohnehin schon Feindschaft, aber noch schwerer wog die Bitterkeit zwischen ihren Familien. Durch einen Jahrzehnte zurückliegenden Betrug vergiftet, war das böse Blut über Generationen hinweg vom Vater an den Sohn weitergegeben worden.

Es war ein geschickter Schachzug von Alexander Seton gewesen, Comyn ins Spiel zu bringen. Aber er hatte das Wesentliche übersehen. Nach Roberts Abreise hatte William Lamberton seinen Platz als Hüter eingenommen, doch nicht einmal die Wahl des charismatischen Bischofs von St. Andrews hatte Comyn davon abgehalten, unter den Männern des Reichs um Anhänger zu werben. Um seine eigene Autorität in Schottland wiederherstellen zu können, musste Robert mit etwas zurückkehren, das ihn als den würdigeren Mann auswies; etwas, das ihnen zu ihrer Freiheit verhelfen konnte, das wusste Robert. John Comyn war nur ein weiterer Grund, weshalb er nicht ohne das zurückgehen konnte, was er suchte: den Stab des heiligen Malachias.

»Du hast uns gesagt, unser Land brauche einen neuen König«, fuhr Alexander, der Roberts Schweigen als Gleichgültigkeit missdeutete, barsch fort. »Einen, der unsere Freiheit verteidigt, der sich bewährt, wo John Balliol versagt hat. Du sagtest, du würdest dieser König sein.«

Jetzt drehte Robert sich doch zu ihm um. Er erinnerte sich noch lebhaft an seine Worte im Burghof von Turnberry Castle vor drei Jahren – dem Jahr, in dem er seinen König Edward geleisteten Treueeid gebrochen hatte, um an William Wallace' Seite zu kämpfen. Damals hatte er mit Feuer im Herzen zu seinen Männern gesprochen, hatte versprochen, ihre Freiheit mit aller Macht zu verteidigen und gelobt, ihr König zu werden. In seinen Adern floss nicht nur das königliche Blut des Hauses Canmore, sondern sein Großvvater war auch von Alexander III. zu seinem Erben ernannt worden. Vor seinem Tod hatte der alte Mann diesen Anspruch auf ihn übertragen, und Robert hatte geschworen, ihn aufrechtzuerhalten, egal welche Prätendenten widerrechtlich auf dem Thron saßen und das Recht der Familie Bruce ignorierten.

Seine Stimme wurde fester. »Und so wird es auch kommen.«

2

DER JAGDTRUPP RITT IN DER EINSETZENDEN Dämmerung über die Felder; die Jäger trugen den abgetrennten Kopf des Hirsches. Sie zogen eine leuchtend rote Blutspur hinter sich her, die inzwischen eine große Zahl sie umkreisender Krähen angelockt hatte. Nachdem die Hunde ihre Belohung erhalten hatten, war der Kadaver zerlegt und verteilt worden. Die besten Stücke erhielt Lord Donough für seine Tafel, die anderen die Männer, die an der Jagd teilgenommen hatten. Sogar die Einheimischen, die neben den berittenen Edelleuten herliefen, hielten mit Blättern umwickelte Päckchen mit Fleisch und Knochen für ihre Familien in der Hand. Donough achtete stets darauf, dass jeder seinen Anteil bekam.

Sie schlugen den Pfad ein, der sie an der mit Moos und gelben Fettkrautrosetten überwucherten Ruine einer ringförmigen Festung, in der Schafe grasten, vorbei zu Donoughs Halle zurückführte. Als Robert die zerbröckelnden Steine anstarrte, stiegen Erinnerungen in ihm auf. Er sah sich selbst, schlank und schlaksig, auf dem höchsten Punkt der verfallenen Mauer sitzen und triumphierend die Faust heben, während seine Ziehbrüder, von dem Wettrennen noch außer Atem, hinter ihm hochkletterten. Seine eigene Stimme hallte in seinen Ohren wider.

»Ich bin der König! Ich bin der König!«

Er wandte sich von der Ruine ab, als der Pfad sich den Hang hinunterwand und die Halle in Sicht kam. Cormac gab seinem Pferd die Sporen und galoppierte vorneweg; sein rotes Haar wurde vom Wind zerzaust. Niall und Thomas ritten hinter ihm um die Wette. Die Halle stand auf einem grasbewachsenen Hügel, der sich über dem Ufer eines seichten Flusses erhob. Sie war von einem Schutzgraben und einer Palisade umgeben, deren Pfähle noch nicht von Zeit und Wetter in Mitleidenschaft gezogen worden waren. Vor achtzehn Monaten war der größte Teil der Gebäude von einem Feuer zerstört worden, nur die steinerne Halle war stehen geblieben. Der Wiederaufbau hatte Monate gedauert, aber dank Donoughs Entschlossenheit, der Treue seiner Pächter und Münzen aus Roberts Truhen sah alles wieder fast so aus wie damals, als Robert als Junge hier gelebt hatte.

Der Rest der Gruppe strömte hinter den drei jungen Männern durch das Tor in der Palisade. Die Wächter nickten Donough und Robert grüßend zu, als sie ihre Pferde den Hang hoch und in den Hof in der Mitte der Ställe und Scheunen trieben, die immer noch nach Sägemehl rochen. Thomas, Niall und Cormac waren bereits abgestiegen und erteilten den herbeieilenden Stallburschen Anweisungen. Roberts jüngere Brüder waren in der Obhut ihrer Zieheltern verblieben, als vor vier Jahren der Krieg zwischen Schottland und England ausgebrochen war, und fühlten sich hier inzwischen mehr zu Hause als auf den Landsitzen der Bruces in Carrick und Annandale.

Als Robert sich aus dem Sattel schwang und Nes die Zügel reichte, fiel sein Blick auf Donoughs Haushofmeister.

»Mylord.« Der Mann erhob die Stimme, um das aufgeregte Bellen der Hunde zu übertönen. »Ich hoffe, Ihr hattet Glück?«

»Ein schöner Damhirsch, Gilbert ...« Auch Donough stieg ab. »Reichlich Fleisch für die Vorratskammern.«

»Ich werde mich darum kümmern. Ihr habt Besuch, Mylord.«

Donough runzelte die Stirn. »Wen denn?«

»Zwei Mönche von der Abtei von Bangor. Sie sind kurz nach der Mittagszeit eingetroffen.« Gilberts Blick blieb an den schlammbedeckten Stiefeln und dem Umhang seines Herrn hängen. »Soll ich sie bitten zu warten, während Ihr Euch umzieht?«

Robert trat vor. »Nein, Gilbert. Wir empfangen sie jetzt.«

Als der Haushofmeister Donough fragend ansah, nickte der Lord. »Sorg dafür, dass heute Abend genug Essen für alle aufgetragen wird. Meine Männer werden mit mir speisen.«

»Ja, Mylord.«

Robert und sein Ziehvater überließen es Gilbert, Jäger und Knappen anzuweisen, die Hunde in die Zwinger zu schaffen, und begaben sich in die Halle. Als er den Hof überquerte, fing Robert Alexander Setons Blick auf. Da er sich in seiner Ansicht bestätigt fühlte, trat er zufrieden und mit wachsender Erwartung in die rauchigen Schatten.

In der Halle warteten die beiden Männer in den schwarzen Kutten neben dem Kamin. Sie drehten sich um, als Robert und Donough hereinkamen und einen Schwall kalter Luft mitbrachten, der die Flammen flackern ließ. Der jüngere der beiden hatte ein unscheinbares, ernstes Gesicht und besorgte, hin und her schießende Augen. Der ältere fiel durch eine groteske Narbe auf, die über seine Wange verlief und seine Lippe spaltete. Er hielt sich sehr gerade, stand mit leicht gespreizten Beinen da und erwiderte Roberts abschätzenden Blick mit einem kämpferischen Funkeln, das eher zu einem Krieger als zu einem Geistlichen passte.

An Donough schien die Feindseligkeit dieses Blickes abzuprallen. Er ging unbeirrt auf den Mönch mit der Narbe zu und umschloss dessen Hand mit seinen beiden. »Bruder Murtough, es ist lange her. Ihr habt meine Botschaften erhalten? Als Ihr nicht geantwortet habt, begann ich schon das Schlimmste zu befürchten.«

»Wir wären früher gekommen, aber es war zu gefährlich.«

Das Gälisch des vernarbten Mönchs klang rau und guttural und in der Modulation so verschieden von dem, das seine eigene Familie sprach, dass Robert Mühe hatte, ihn zu verstehen.

»Ulsters Spione haben uns beobachtet.« Murtoughs Blick wanderte durch die Halle, nahm die neuen Balken zur Kenntnis, die kreuz und quer über die Decke verliefen. »Es freut mich zu sehen, dass Ihr in der Lage wart, den Schaden zu reparieren, den seine Männer hier angerichtet haben.«

Bei der Erwähnung des Namens des Mannes, der für die Zerstörung seines Heims verantwortlich war, verblasste Donoughs Lächeln. »Ich wollte diese Hunde nicht in dem Glauben lassen, sie hätten gewonnen.« Er wandte sich zu Robert. »Und mein Ziehsohn Sir Robert, Earl of Carrick und Lord dieses Landsitzes, hat mir dabei sehr geholfen.«

Der narbige Mönch richtete seine Aufmerksamkeit auf Robert. »Euer Name, Euer Stammbaum und Euer Ruf eilen Euch voraus, Sir Robert. Euer Großvater war ein großer Mann, möge er in Frieden ruhen. Meine Brüder und ich halten sein Andenken noch immer in Ehren.«

Robert runzelte überrascht die Stirn. Soweit er wusste, hatte sein Großvater Irland nie besucht. Der Familienbesitz der Familie Bruce in Antrim, der sich von Glenarm bis Olderfleet erstreckte, war kein Teil des Vermächtnisses des alten Mannes gewesen. Wie die Grafschaft Carrick gehörte er zum Erbe von Roberts Mutter, war durch die Heirat auf seinen Vater übergegangen und Robert vor acht Jahren überschrieben worden. Nachdem er den Platz seines Vaters eingenommen hatte, hatte es Robert fast ein wenig peinlich berührt, als Herr der Ländereien nach Antrim zurückzukehren und seinen Ziehvater vor ihm niederknien und ihm seine Reverenz erweisen zu sehen. »Ich wusste nicht, dass Ihr meinen Großvater gekannt habt.«

»Nicht persönlich«, stellte der jüngere Mönch klar. »Aber wir haben von seiner Großzügigkeit profitiert. Er hat unserer Abtei über Jahre hinweg Geld für Kerzen zukommen lassen, die am Schrein unseres Gründers, des heiligen Malachias, brennen sollten.«

Donough nickte, als Robert ihm einen fragenden Blick zuwarf. »Dein Großvater hat die Spenden über deine Mutter an mich weitergeleitet.« Er deutete auf den die Halle beherrschenden langen Tisch, auf den die Diener einen Krug mit Wein und einige Kelche gestellt hatten. »Aber wir wollen uns erst einmal setzen.«

Als sie zu dem Tisch und den Bänken hinübergingen, dachte Robert an die Abtei von Clairvaux in Frankreich und andere heilige Stätten, wo sein Großvater dafür bezahlt hatte, dass zu Ehren des Heiligen Kerzen entzündet wurden. Wie viele Kerzendochte rauchten gemäß dem letzten Willen des alten Mannes noch in Kapellen und Abteien, und das alles nur, um für die Sünden eines Vorfahren zu büßen?

Es hieß, dass Malachias während einer Reise durch Schottland in der Burg der Familie Bruce in Annan übernachtet hatte. Als er erfuhr, dass dort ein mutmaßlicher Räuber gehängt werden sollte, bat er, den Mann zu verschonen, was ihm der Lord of Annandale auch zusagte. Als Malachias den angeblich Begnadigten am nächsten Tag am Galgen baumeln sah, belegte er aus Zorn über diesen Wortbruch den Lord und seine Nachkommen mit einem Fluch, der der Geschichte zufolge den Fluss über die Ufer treten und ihre Burg fortreißen ließ, sodass die Bruces gezwungen waren, in Lochmaben eine neue zu erbauen.

Roberts Vater hatte für diese Legende nur Hohn und Spott übrig gehabt und behauptet, ein Wintersturm sei die Ursache für die Zerstörung der Burg gewesen, doch sein Großvater hatte den Fluch nicht nur für Unheil in der Vergangenheit, sondern auch für alle Ereignisse nach dem tragischen Tod von König Alexander III. verantwortlich gemacht, der zu der Krönung von Edwards Marionettenkönig John Balliol und dem Verlust des Anspruchs der Familie Bruce auf den Thron geführt hatte.

»Letztes Jahr suchten mich meine Brüder auf, um mir zu berichten, dass der Earl of Ulster Donoughs Halle dem Erdboden gleichgemacht hat«, erklärte Robert, als er Platz nahm. »Sie sagten, Ulsters Männer hätten eine Reliquie gesucht, die König Edward unbedingt haben wollte – eine Reliquie, die die einen als Stab Jesu und die anderen als Stab des Malachias bezeichnen.« Er beobachtete Murtough scharf, während er sprach, aber die vernarbten Züge des Mönchs verrieten nicht, was in ihm vorging. »Ich bin als Hüter von Schottland zurückgetreten, weil ich hoffte, den Stab finden und verhindern zu können, dass er dem König in die Hände fällt. Lord Donough hat Euch diese Botschaften geschickt, weil er überzeugt ist, dass Euer Orden weiß, wo sich der Stab befindet.«

Als die beiden Männer schwiegen, seufzte Donough vernehmlich. »Kommt schon, Murtough. Ihr mögt Euch die letzten Monate lang ja in Schweigen gehüllt haben, aber Nachrichten verbreiten sich auch ohne Euer Zutun schnell.« Er füllte einen Kelch mit Wein und reichte ihn dem Mönch. »Wir wissen, dass Ulsters Leute Eure Abtei durchsucht haben, nachdem der Stab aus Armagh verschwunden ist. Warum hätten sie das tun sollen, wenn sie Euch nicht verdächtigen würden, ihn an Euch gebracht zu haben?«

»Und warum hätte er Euer Heim niederbrennen sollen, Donough?«, konterte Murtough. »Hat er vielleicht gedacht, Ihr hättet ihn gestohlen?«

»Es ist allgemein bekannt, dass wir Euren Orden unterstützen. Deswegen sind wir in Verdacht geraten.« Donoughs Miene verfinsterte sich. »Und das hat Ulster zweifellos den Vorwand geliefert, den er braucht, um uns endgültig aus Glenarm zu vertreiben. Unter der Herrschaft der Familie Bruce waren wir all diese Jahre lang sicher, während unsere Landsleute von den englischen Invasoren in den Westen vertrieben wurden. Ich war einer von einer Hand voll Männer, die ihr Land behalten haben. Natürlich will Ulster mich loswerden. Aber ich sage, Gott helfe ihm und den Seinen, wenn sich unsere Landsleute auflehnen, um sich zurückzuholen, was rechtmäßig ihnen gehört. Mir ist zu Ohren gekommen, dass sich im Süden Ärger für de Burgh und seine Angehörigen zusammenbraut. Es wird von Rebellion gemunkelt. Von Krieg.« Er schlug mit der Faust auf den Tisch. »Der Tag der Abrechnung wird kommen. Denkt an meine Worte.«

»Richard de Burgh war jahrelang ein Verbündeter Eurer Familie, Sir Robert«, bemerkte der jüngere Mönch. »Wir wissen auch von Eurer Verbindung zu König Edward. Wie können wir sicher wissen, wem in dieser Angelegenheit Eure Loyalität gilt?«

»Diese Bündnisse existieren seit drei Jahren nicht mehr. Sie endeten an dem Tag, an dem ich mich dem von William Wallace angeführten Aufstand anschloss.« Robert beugte sich vor und fixierte den Mönch mit einem eindringlichen Blick. »Unsere beiden Länder haben unter der Herrschaft des englischen Königs gelitten. Wenn Ihr wisst, wo sich der Stab befindet, könnt Ihr dazu beitragen, dass er ihn nicht an sich reißt.« Als der junge Mann Murtough ansah, registrierte Robert einen Hoffnungsschimmer in seinem Gesicht, den er sich sofort zunutze machte. »In Monmouth' *Geschichte der Könige Britanniens* steht, dass Brutus von Troja, der diese Inseln gründete, bestimmte Reliquien besaß. Nach seinem Tod teilten seine Söhne das Land zwischen sich auf und schufen das heutige England, Irland, Wales und Schottland, und jeder nahm eine dieser Reliquien als Symbol seiner neuen Macht an sich.«

»Die Werke von Geoffrey of Monmouth sind mir bekannt«, schnarrte Murtough.

Ohne sich von dem Ton des Mönchs beirren zu lassen, fuhr Robert fort: »Einer Vision des Propheten Merlin zufolge, dessen Worte Monmouth übersetzt haben will, läutete diese Teilung den Abstieg Britanniens in das Chaos ein. Merlin sagte vorher, dass die Reliquien in die Hände eines einzigen Herrschers gelangen müssen, wenn das Land vor dem endgültigen Ruin bewahrt werden soll. Sowohl Uther Pendragon als auch sein Sohn König Artus kamen diesem Ziel sehr nah, erreichten es aber nicht. Als Edward Wales eroberte, entdeckte er eine verloren geglaubte Prophezeiung, die die vier Reliquien namentlich auflistete. Für England Curtana, das Schwert des Erbarmens. Für Wales die Artuskrone, von der es heißt, Brutus selbst habe sie getragen. Für Schottland ...«

Hier geriet Robert ins Stocken. Vor seinem geistigen Auge entstand das bittere Bild eines Steinblocks in einem Karren, der einen staubigen Pfad entlangrumpelte. Er selbst jagte mit hoch erhobenem Schild hinterher, umringt von anderen Männern mit Schwertern in den Händen und triumphierend leuchtenden Gesichtern. Alle trugen den gleichen Schild wie er: blutrot mit einem sich aufbäumenden, in Feuer gehüllten goldenen Drachen in der Mitte. An diesem Tag hatte er schamerfüllt seine Rolle gespielt und diese kostbarste aller Reliquien zu Edward gebracht.

»Für Schottland der Krönungsstein, auf dem alle unsere Könige gekrönt worden sind«, schloss er.

»Wir haben von König Edwards Eroberungen gehört«, sagte der jüngere Mönch ernst. »Wir wissen, dass er diese Schätze in seinen Schrein nach Westminster gebracht hat. Nur der Stab unseres Gründers fehlt ihm noch.«

»Dann könnt Ihr Euch ja denken, wie erpicht er auf diese Reliquie ist. Er wird alles daransetzen, sie an sich zu bringen.«

»Und was ist mit Euch, Earl Robert?« Murtoughs Augen glitzerten im Kerzenschein. Als er einen Schluck Wein trank, rann etwas Flüssigkeit durch den Spalt in seiner Lippe. »Glaubt Ihr an Merlins Prophezeiung?«

»Es kommt nicht darauf an, was ich glaube. Was zählt, ist, dass die Untertanen des Königs und viele seiner Männer daran glauben. Sie kämpfen dafür, geben ihr Blut dafür und sterben dafür. Sie sind das Schwert, das es ihm ermöglichte, Wales zu erobern. Jetzt Schottland. Die Überzeugung, dass sie Britannien vor dem Untergang bewahren, verleiht ihnen unglaublich viel Kraft. Edward besiegt uns nicht nur mit seiner Armee, sondern auch mit der Prophezeiung. Er wird sich zu einem neuen Brutus, einem neuen Artus ausrufen lassen. Und ganz Britannien wird das Knie vor ihm beugen.«

»Was würdet Ihr mit dem Stab tun, wenn Ihr ihn hättet?«

Robert wappnete sich für die Herausforderung in den Augen des älteren Mönchs. Ihm war, als könne Murtough bis auf den Grund seines Herzens blicken und seine wahren Motive darin lesen – dass es ihm weniger darum ging, die Reliquie zu schützen, sondern vielmehr darum, für die Sünde, eine andere gestohlen zu haben, büßen zu wollen. Wenn König Edward ihm morgen den Krönungsstein im Austausch für den Stab anbieten würde, würde er ohne zu zögern einwilligen. »Ich würde um jeden Preis verhindern, dass er dem König in die Hände fällt. Mein Vorfahr hat Malachias beleidigt, und seitdem hat meine Familie viel Leid erfahren. Dies ist meine Chance, geschehenes Unrecht wiedergutzumachen – für meinen Großvater und meine Blutlinie.«

Einen Moment lang dachte Robert, Murtough würde ihm keine Antwort geben, dann stellte der Mönch seinen Kelch auf den Tisch.

»Nachdem Ulsters Männer unsere Abtei durchsucht und nichts gefunden haben, dachten wir, damit wäre die Sache ausgestanden, doch dann bemerkten wir, dass seine Ritter uns beobachteten, unseren Brüdern folgten, wenn sie das Abteigelände verließen, und jeden befragten, der zu uns kam – vom Arbeiter bis hin zur Waschfrau. Vor etwas mehr als zwei Monaten verschwand einer unserer Akolythen. Wir fanden heraus, dass er sich heimlich mit Ulsters Rittern getroffen hatte. Einige Zeit später entdeckten wir, dass uns ein paar wichtige Dokumente fehlten.« Murtough hielt inne. »Wir fürchten, dass Ulster jetzt von Ibracense weiß.«

Robert runzelte die Stirn. »Ibracense?«

Der jüngere Mönch schielte zu Murtough, der ihm zunickte. »Als Malachias zum Abt von Bangor gewählt wurde, baute er die Abtei wieder auf, doch kurz darauf wurde sie von einem einheimischen Häuptling angegriffen, und Malachias und seine Brüder waren gezwungen zu fliehen. Auf einer Insel in einem großen See erbaute unser heiliger Gründer ein Kloster, in dem er und seine Brüder drei Jahre lang fernab der Grausamkeiten dieser Welt lebten. Malachias nannte es Ibracense. Er musste dieses Refugium verlassen, als er das Amt des

Erzbischofs von Armagh übernahm und Niall mac Edan den Stab Jesu entriss, und er kehrte nie zurück. Ibracense wird nur in den Chroniken unserer Abtei erwähnt, die er erneut wieder aufbaute, bevor er starb. In den gestohlenen Dokumenten steht etwas darüber – nicht die genaue Lage, die nur einer Hand voll unserer Brüder bekannt ist, aber die Beschreibung gibt genug Anhaltspunkte, dass eine Suche Erfolg haben könnte. Kurz nach dem Verschwinden des Akolythen zogen Ulsters Männer aus Bangor ab. Wir vermuten, dass sie nach der Insel suchen. Wenn sie sie finden, finden sie auch den Stab.«

Murtough sah Donough an. Er wirkte jetzt erschöpft und geschlagen. »Deswegen haben wir auf Eure Botschaft reagiert. Wir haben weder die Möglichkeit, ihn immer wieder an einen anderen Ort zu bringen, noch Soldaten, um ihn zu bewachen. Wir konnten uns bislang nur auf ein sicheres Versteck für die Reliquie verlassen.«

Robert ergriff das Wort. »Ich kann sie nach Schottland schaffen und dort in Sicherheit bringen, bis sich unsere beiden Länder von Edwards Herrschaft befreit haben. Sobald keine Gefahr mehr für den Stab besteht, werde ich ihn Euch zurückgeben.«

Eine lange Stille trat ein, dann nickte Murtough. »Wir werden dem Abt Euren Vorschlag unterbreiten.«

Loughrea, Irland, A.D. 1300

Richard de Burgh, Earl of Ulster und Lord of Connacht, nahm die Pergamentrolle entgegen, die ein Sekretär ihm reichte. Das königliche Siegel hing schwer daran, rotes, am Rand bröckelndes Bienenwachs, in das König Edwards Wappen gestempelt war. Das von Narben überzogene Gesicht des Earls verhärtete sich grimmig, als er die mit Tinte geschriebenen Reihen von Buchstaben und Zahlen überflog. Ringsum eilten Diener geschäftig in der Kammer umher, füllten Truhen mit Kleidern, nahmen Wandbehänge ab und entfernten sämtliche beweglichen Wertgegenstände.

»Wie Ihr seht, Sir Richard, haben sich die Abgaben, die Westminster fordert, dieses Jahr fast verdoppelt«, begann der Schatzkanzler vorsichtig. »Der Schatzmeister war gezwungen, neue Steuern zu erheben, um König Edwards Forderungen zu erfüllen, ohne unsere Verwaltung in Dublin noch mehr zu belasten. Wir sind an unsere Grenzen gelangt.«

Ulster blickte von der Rolle zu dem ernsten Gesicht des Kanzlers auf und dachte bei sich, dass der Mann es äußerst geschickt anfing, die Schuld nicht sich selbst oder dem König zuzuschieben, sondern dem Schatzamt.

Der Kanzler faltete die Hände. »Ihr wisst sicherlich, wie sehr König Edward auf Euch baut, Sir Richard. Es liegt in Eurer Macht, das Blatt hier zu seinen Gunsten zu wenden. Wenn er den Kampf gegen die Schotten erfolgreich beenden will, braucht er die Mittel, die nur ein Mann Eures Formats aufbringen kann. Der Sieg ist nahe. Seine Feinde haben bei Falkirk große Verluste erlitten, und für die kommenden Monate ist ein neuer Feldzug geplant, aber der Krieg gegen seinen Vetter in der Gascogne und der Aufstand, den er in Wales niederschlagen musste, haben seine Truhen geleert. Er musste überall in den königlichen Domänen höhere Steuern fordern. Wir, jeder von uns, muss diese Last tragen, wenn es unserem König gelingen soll, ganz Britannien zu unterwerfen.«

»Es war das Korn aus Irland, das in der Gascogne und in Wales die Mägen seiner Truppen gefüllt hat.« Ulsters tiefe Stimme übertönte die beschwichtigende des Schatzkanzlers. »Meine Pächter und ich haben diese Last schon lange vor dem heutigen Tag getragen.«

»Und dafür ist Euch die Dankbarkeit Seiner Majestät gewiss. König Edward wird Euch für Euer Opfer belohnen, wenn der Krieg in Schottland gewonnen ist. Dort gibt es reiches Land. Wir müssen uns nur nehmen, was wir brauchen.«

Ulster erhob sich. Sein goldbestickter Mantel aus feinstem flämischem Tuch bauschte sich um seine hohe Gestalt, als er zu den Fenstern schritt, durch die die grelle Februarsonne flutete. Hinter den Bleiglasscheiben erstreckte sich der Lough Rea, dessen blaue Oberfläche sich im Wind kräuselte. Seine Familie hatte diese Burg, ihr bedeutendstes Bollwerk in Connacht, und die sie umgebende befestigte Stadt vor sechzig Jahren erbaut, aber ihre Oberhoheit im Land ging bis zu den normannischen Lords zurück, die unter dem Befehl von König John nach Irland gesegelt waren, um den Eroberungsfeldzug fortzusetzen, den sein Vater Henry II. begonnen hatte.

Diese Männer hatten das Gebiet von Cork bis Antrim besetzt, sich das Land mit dem Pflug untertan gemacht und sein Antlitz mittels Burgen, Mühlen und Städten verändert. Hier im fruchtbaren Osten siedelten sie seit Generationen, nachdem sie die einheimischen Iren in den kargen, bergigen Osten zurückgetrieben hatten. Während dieser Jahre hatte die Familie de Burgh es zu Wohlstand und Macht gebracht, die jetzt unter Richard als Oberhaupt ihren Höhepunkt erreicht hatte. Doch die Ruhe war inzwischen trügerisch; die Iren begannen zurückzuschlagen. An den Grenzen herrschte bereits Krieg, die hiesigen Könige verbündeten sich, um die Engländer aus dem Land zu jagen. Die Herrschaft der Eroberer geriet ins Wanken, weil König Edwards stetig wachsende Forderungen die Wirtschaft immer mehr schwächten.

Wie bitter es doch war, dachte Ulster, von den Höhen der Machtposition, die er erlangt hatte, hinabblicken und feststellen zu müssen, dass es überall nur noch bergab ging. Er wandte sich zu dem Kanzler. »Der Bau meiner neuen Burg in Ballymore hat meine Mittel ziemlich erschöpft, und da so viele unserer Landsleute geflohen sind, weil sie sich nicht vor den irischen Banditen schützen konnten, lastet ein Teil ihrer Pflichten nun auf mir. Ganze Siedlungen sind von ihren Bewohnern im Stich gelassen worden, weil sie es vorzogen, nach

England zurückzukehren. Je mehr Männer das Land verlassen, desto mehr Soldaten muss der Rest von uns stellen, um die Lücken zu schließen. Wenn König Edward noch mehr abzieht, können wir die Plünderer und Brandschatzer nicht mehr in Schach halten, die an unseren Grenzen lauern und ständig nach Schwachstellen suchen.

Ulster brach ab, da seine Aufmerksamkeit von einem hochgewachsenen, gut gebauten Mann in einem blauen Umhang erregt wurde, der an zwei Dienern mit einer Truhe vorbei in die Kammer getreten war. »Aber ich werde für meinen Herrn tun, was in meiner Macht steht. Ihr habt mein Wort darauf.« Ulster löste sich vom Fenster. »Zeig dem Schatzkanzler und seinen Männern ihre Unterkünfte«, befahl er einem seiner Diener, bevor er sich an den Mann auf der Schwelle wandte, der aussah, als sei er mehrere Nächte lang durchgeritten. Der Umhang des Hauptmanns wies Pferdeschweißflecken auf, sein Haar war zerzaust, und unter seinen Augen lagen dunkle Schatten.

»Sir Esgar? Was führt Euch hierher?«

Esgar neigte den Kopf. Sein Umhang klaffte auseinander und ließ Kettengeflecht aufblitzen. »Ich bringe Nachrichten aus dem Norden, Mylord.«

»Geht ein Stück mit mir.« Ulster verließ die Kammer, während der Schatzkanzler und seine Sekretäre ihre Pergamentrollen einpackten.

Der Hauptmann hielt sich an Ulsters Seite, während sie den Gang entlangschritten. Überall gingen Dienstboten geschäftig ihrem Tagewerk nach und bereiteten alles für die Verlegung des riesigen Hausstands des Earls nach Ballymote vor. »Ich glaube, ich habe bei unserer Suche nach dem Stab eine neue Spur gefunden, der wir folgen sollten.«

Ulster spürte, wie Erregung in ihm aufstieg, ließ aber nicht zu, dass sie ihn überwältigte. Es hatte schon zuvor Hinweise auf das Versteck des Stabs gegeben, die sich aber als falsch erwiesen hatten. Mehrere Gruppen seiner Männer suchten im

Süden nach Inseln, auf die die Beschreibung in den aus der Abtei entwendeten Dokumenten passte, aber bislang waren sie noch auf keine gestoßen. Er schickte sich an, die Treppe hinunterzusteigen. Ein ihm entgegenkommender Diener machte hastig kehrt. »Was für eine Spur?«

»Meine Männer und ich haben die Abtei beobachtet, aber aus sicherer Entfernung, wie Ihr befohlen habt. Unsere Strategie ging auf, die Mönche begannen sich freier zu bewegen. Kurz nach Weihnachten bemerkten wir, wie Murtough, der Vertraute des Abts, und zwei Brüder die Abtei verließen. Sie waren für eine längere Reise ausgerüstet.« Esgar bemühte sich, mit dem Earl Schritt zu halten, während sie zum untersten Stockwerk hinunterstiegen. »Bei einer kleinen Siedlung trafen sie sich mit fünfzehn Männern, schlossen sich ihnen an und setzten den Weg in südlicher Richtung fort. Als ich herausfand, wer diese Gruppe anführt, überließ ich es meinen Männern, ihr weiter zu folgen, und ritt so schnell wie möglich hierher.«

»Wer war es?«

»Robert Bruce, der Earl of Carrick.«

»Bruce?«, entfuhr es Ulster überrascht. Er blieb stehen und sah den Hauptmann an.

»Unsere Männer hatten uns schon berichtet, dass Bruce sich in Antrim aufhält. Mit ihm reisten zwei seiner Brüder, die bei Lord Donough in Glenarm leben, und einer der Söhne des Lords. Die anderen kenne ich nicht.«

»Ihr glaubt, sie sind hinter dem Stab her?«

»Von unserem Informanten in der Abtei wissen wir, dass Murtough an dem Verschwinden der Reliquie beteiligt war. Die Mönche haben inzwischen zweifellos bemerkt, dass ihnen einige Dokumente fehlen, und daraus geschlossen, dass wir näher daran sind, Ibracense zu finden. Ich glaube, sie werden versuchen, den Stab an einen anderen sicheren Ort zu bringen.«

Ulsters freudige Erregung wuchs. Robert Bruce – König Edwards Erzfeind – und der Stab des Malachias auf einen Schlag? Welchen Wert hätte ein solcher Fang für den König? Einen sehr viel größeren als die zusätzlichen Steuern, vermutete er. »Wird es Euch gelingen, Eure Leute wiederzufinden?«

»Ich habe sie angewiesen, bei unseren Garnisonen auf dem Weg Nachrichten zu hinterlassen, also dürfte das nicht schwierig werden.«

»Lasst sie die Reliquie an sich nehmen, bevor Ihr zuschlagt, habt Ihr verstanden? Dann bemächtigt Euch des Stabes, nehmt Bruce gefangen und bringt ihn zu mir nach Ballymote.« Ulster durchbohrte den Hauptmann mit einem durchdringenden Blick. »Ich erwarte Euch, Sir Esgar.«

»Ja, Mylord.«

Als Esgar auf die Ställe zusteuerte, schlenderte Ulster, von der Aussicht auf einen baldigen großen Erfolg belebt, in den Burghof hinaus. Diener beluden Karren mit Truhen, während Ritter und Knappen ihre Ausrüstung und ihre Waffen überprüften. Eine kleine Armee würde ihn und seine Familie auf der achtzig Meilen langen Reise durch das Gebiet begleiten, das inzwischen als Feindesland bekannt war. Auf den Überwürfen der Männer prangten die Wappen ihrer jeweiligen Kommandanten, aber alle trugen ein rotes Band mit dem schwarzen Ulster-Löwen um den Oberarm. In diesen unsicheren Zeiten war es notwendig, Freunde schnell von Feinden unterscheiden zu können.

Als Ulster mit seinen Männern sprach und die Reisevorbereitungen überwachte, fiel sein Blick auf eine junge Frau, die sich einen Weg durch die Menge bahnte. In ihrem weißen Gewand glich sie einer Perle, die inmitten grauer Muschelschalen von Rüstungen schimmerte. Er lächelte, als sie näher kam, und seine harten Züge wurden weicher. »Bist du bereit? Können wir aufbrechen?«, fragte er und küsste sie auf den Scheitel, der von einer steifen weißen Haube bedeckt wurde. Ihre Schwestern trugen ihre schwarzen Locken zu Zöpfen geflochten und mit Silber und Juwelen verziert, aber Elizabeth, mit sechzehn die jüngste seiner Töchter, bedeckte ihr Haar, seit sie zehn war.

»Ich habe für eine sichere Reise nach Ballymote gebetet, Vater.«

Als sie sein Gesicht mit den blassen, vom Wind geröteten Wangen zu ihm emporhob, bemerkte Ulster die Furcht in ihren Augen. »Ich bin sicher, dass der Herr deine Gebete erhört hat.« Als sie keine Antwort gab, drehte er sie sacht zu dem von Menschen wimmelnden Burghof. »Sieh doch, mit wie vielen Männern zum Schutz Er mich versehen hat.« Unter seinen Händen spürte er die Anspannung in ihren schmalen Schultern. Sie war immer so furchtbar ängstlich. Als Kind war Elizabeth so unbekümmert und ausgelassen gewesen wie ein kleiner Kobold, aber der Unfall hatte alles geändert.

An einem Junitag vor sechs Jahren hatte Elizabeth am Ufer des Lough Rea gespielt, war ausgerutscht und ins Wasser gefallen. Ihre Gouvernante hatte nicht auf sie aufgepasst. Der See war tief, und das Kind konnte nicht schwimmen. Zufällig waren zwei Knappen vorbeigekommen, hineingesprungen und hatten sie gerettet. Zuerst hatte Ulster sein Glück gepriesen, dann, nachdem der Schock, beinahe seine Tochter verloren zu haben, abgeebbt war, dankte er Gott mit so inbrünstigen Gebeten wie nie zuvor. Seit diesem Abend bezeichneten alle in der Burg, er selbst eingeschlossen, die Rettung als ein Wunder.

Aber indem Gott sie gerettet hatte, schien Er sie für sich beansprucht zu haben, sodass Elizabeth jetzt mit Ihm vermählt war; ihre Gebete und ihre Frömmigkeit nahmen fast ihre gesamte Zeit in Anspruch und ließen wenig Raum für Vergnügungen oder gar einen Bewerber um ihre Hand. Genau deswegen war sie auch als einziges seiner Kinder noch nicht verheiratet. Trotzdem weigerte sich Ulster trotz ihrer Bitten, sie in ein Kloster eintreten zu lassen. Elizabeths Jugend und Schönheit waren für ihn von großem Wert, und der Earl war entschlossen, Gott nur ihre Seele zu überlassen, denn ihr Herz war für einen Ehegatten bestimmt.

3

Caerlaverock, Schottland, A.D. 1301

DIE BELAGERUNGSGERÄTE RAGTEN aus dem Nebel auf – monströse Konstruktionen, dazu bestimmt, größtmöglichen Schaden anzurichten. Jedes war von den Engländern, die es bemannten, getauft worden. Der Bezwinger. Der Hammer. Der Eber. Jedes war auf sein Ziel gerichtet, bereit, es in Trümmer zu legen.

Auf den gebrüllten Befehl der Baumeister hin wurden die Seile freigegeben, die Balken schossen in die Höhe und katapultierten ihre Geschosse gegen die Sandsteinmauern. Die großen Steine schlugen mit ohrenbetäubendem Krachen ein, Staub und Mörtel stoben auf, und ein großes Loch klaffte in einem der Zwillingstürme des Torhauses. Als sich Geröll in den Burggraben ergoss, bellten die Baumeister erneute Anweisungen, und die Männer begannen augenblicklich, an den Seilen zu zerren, die Balken jeder Schleuder nach unten und die am anderen Ende befestigten massiv beschwerten Körbe in die Höhe zu ziehen. Sobald der Balken den Boden berührte, wurde ein eigens zu diesem Zweck behauener runder Stein in die Lederschlinge gerollt. Es war wie beim Kampf Davids gegen Goliath, nur dass hier das Monster den Stein in der Hand hielt und sechzig schottische Soldaten wie ein David ohne jegliche Hoffnung innerhalb der Mauern kauerten.

Hinter der Reihe von Katapulten, zwischen dem Erdwall,

der die Burg umgab, und den Nebengebäuden, die die Engländer gestern eingenommen hatten, befand sich ein brodelndes Lager, das dreitausend Männer beherbergte. Rauch stieg von Feuern auf und verlieh dem Morgennebel einen grauen Schimmer. Der den Kochtöpfen entströmende Geruch von gekochtem Fleisch vermischte sich mit dem Gestank von Pferdemist und den am Lagerrand ausgehobenen Latrinen. Überall leuchteten die bunten Farben der Überwürfe und Mäntel der Ritter, der Wimpel an ihren Lanzenschäften und der Banner, die über den großen Gefolgen der Earls von England wehten.

Im Herzen des Lagers verfolgte König Edward, wie die Belagerungsgeräte erneut ausgerichtet wurden. Mit seiner Größe von über sechs Fuß war er ein Turm von einem Mann, der die meisten der Umstehenden um Hauptеslänge überragte. Auf seinem karminroten Überwurf prangten drei goldene Löwen, darunter trug er ein Kettenhemd und einen Harnisch, der seine muskulöse Gestalt noch breiter erscheinen ließ. Sein Bart, ebenso schneeweiß wie sein Haar, war kurz geschoren und trug wenig dazu bei, seinen grimmigen Gesichtsausdruck abzumildern. Die einzige Spur von Schwäche, die sich in diesem Gesicht fand, war ein herabhängendes Augenlid, ein Makel, den er von seinem Vater geerbt hatte und der seit seinem sechzigsten Geburtstag noch ausgeprägter geworden war. Mit der goldenen Krone auf dem Kopf und dem schartigen Breitschwert an seiner Seite verkörperte er majestätische Würde und nahezu greifbare Macht und lud zum Vergleich mit legendären Kriegern früherer Zeiten ein – Brutus, Roland, Karl der Große. Artus.

Als die Katapulte erneut abgefeuert wurden, folgte Edwards Blick den Geschossen. Die Belagerung dauerte erst zwei Tage, und schon wiesen die Mauern beträchtliche Schäden auf. Es würde jedoch weitaus größere Anstrengungen kosten, das Bauwerk zu zerstören. Caerlaverock Castle, wie ein Schild mit Türmen an jeder Ecke des Dreiecks geformt, stand mit hochgezogener Zugbrücke isoliert im Wasser des die Burg umgebenden

Grabens. Sie war vor dreißig Jahren erbaut worden und galt als eine der wehrhaftesten Festungen Schottlands. Dahinter erstreckten sich die Salzmarschen und Sumpfebenen des Solway Firth, hinter dem England lag. Nach dem Fall des Bollwerks der Familie Bruce in Lochmaben war Caerlaverock das neue Tor zum Westen Schottlands geworden. Es war das erste Hindernis, das es auf diesem Feldzug zu überwinden galt.

»Majestät?«

Humphrey de Bohun trat neben ihn. Er trug einen blauen Überwurf mit einem breiten weißen Streifen und sechs goldenen Löwen. Sein braunes Haar wurde von einer Haube aus Kettengeflecht bedeckt, die sein breites Gesicht umrahmte, und er hatte sich seinen großen Helm unter den Arm geklemmt. »Die Arbeiten an dem Belagerungsturm gehen gut voran, Mylord. Die Baumeister meinen, er wird noch vor Ende der Woche fertig. Wenn er in den Graben herabgelassen worden ist, sollte die Plattform so hoch reichen, dass die Männer die Mauer überwinden können. Wenn wir die Burg nicht schon vorher eingenommen haben, versteht sich.«

Als Humphreys Blick zu der Burg schweifte, bemerkte Edward den Hunger darin. Vor drei Jahren hatte der junge Mann die Nachfolge seines Vaters als Konnetabel von England und Earl of Hereford und Essex angetreten, und zusammen mit diesen illustren Titeln schien er auch denselben intensiven Gesichtsausdruck geerbt zu haben – so als würde hinter seinen grünen Augen ständig irgendein Gedanke brennen oder eine Leidenschaft lodern. Edward hatte einst ein ähnliches Feuer in den anderen Mitgliedern seiner Tafelrunde gesehen, die wie König Artus' Ritter durch Eide an ihn gebunden waren, Eide, die schwerer wogen als Lehnstreue und Loyalität. Der Krieg war für sie alle zu einer persönlichen Angelegenheit geworden. Einige hatten, wie Humphrey, Familienangehörige durch eine schottische Klinge verloren. Andere kämpften um der Aussicht auf Belohnungen oder um des Ruhmes willen. Aber alle waren hier, um Vergeltung an einem Mann zu üben, dessen Verrat ihre Reihen wie ein vergifteter Dolch durchschnitten hatte.

Robert Bruce.

Der Name war ein Dorn in Edwards Fleisch. Den letzten Berichten zufolge war Bruce von seinem Amt als Hüter Schottlands zurückgetreten und danach spurlos verschwunden. Zurückgeblieben war eine zermürbende, beunruhigende Stille. Die größte Hoffnung des Königs lag in der Überzeugung, dass, wenn jemand Bruce aufzuspüren vermochte, es Adam war, aber er hatte seit Monaten nichts mehr aus der Gascogne gehört. »Sind die Divisionen bereit?«, fragte er Humphrey.

»Wenn wir die Burg mit dem Turm stürmen und es unseren Männern gelingt, die Zugbrücke herunterzulassen, wird Euer Sohn den Hauptangriff befehligen. Wie Ihr es befohlen habt.«

Der Anflug von Zweifel in der Stimme des jüngeren Mannes entging dem König nicht. »Meint Ihr, er ist dieser Aufgabe nicht gewachsen?«

Humphrey zögerte mit der Antwort. »Ich denke, für ein erstes Kommando ist es eine große Herausforderung, Mylord.«

Der Blick des Königs schweifte über die rund um das königliche Zelt versammelten Männer und blieb an seinem Sohn hängen. Edward, der wenige Wochen vor seinem siebzehnten Geburtstag stand, war ein Spiegelbild seiner selbst in seiner Jugend; dasselbe blonde Haar und die länglichen, kantigen Züge. Im letzten Jahr war sein Sohn gewachsen und muskulöser geworden, was darauf schließen ließ, dass er auch die Statur seines Vaters erben würde. Er stand bei seinen Gefährten, allesamt Söhne von Lords oder Earls, mit Ausnahme von Piers Gaveston, der seine Position der Nachsicht des Königs verdankte. Piers, der Sohn eines Edward treu ergebenen gascognischen Ritters, war ihm als idealer Kamerad für den jungen Edward erschienen. Seither waren die beiden unzertrennlich, aber während sein Sohn damit zufrieden zu sein schien, seine

Tage mit Fischen und dem Aufenthalt im Freien zu verbringen, hatte sich Piers schon einen beeindruckenden Ruf als Krieger erworben. Er war attraktiv, charismatisch und arrogant, und seine Erfolge auf dem Turnierfeld gaben bereits bei Hof Anlass für bewundernde Kommentare, während der Thronerbe sich damit begnügte, sich in seinem Schatten zu halten. Der König war entschlossen, dies auf diesem Feldzug zu ändern, weshalb er seinem Sohn auch das Kommando über die Hälfte der englischen Armee übertragen hatte.

»Ein Sieg hier wäre ein würdiger Beginn seiner Karriere. In seinem Alter habe ich meinen ersten Feldzug angeführt. Höchste Zeit, dass er sich bewährt. Dieser Krieg und seine anstehende Heirat werden schon einen ganzen Mann aus ihm machen.« Der König drehte sich um und konzentrierte sich jetzt auf Humphrey. »Wo wir gerade beim Thema sind … ich habe wohl bemerkt, wie viel Zeit Ihr mit meiner Tochter verbringt.«

Dem Earl stieg das Blut in die Wangen.

Edward lachte, es klang abgehackt und spröde. »Keine Sorge, Humphrey. Ich bin froh darüber. Seit dem Tod von Graf John grübele ich über einen möglichen neuen Bräutigam für meine Tochter nach. Wenn der Feldzug erfolgreich beendet ist, werden wir darüber sprechen.«

»Mylord, es wäre mir eine Ehre …«

Doch Edward hörte nicht mehr zu. Sein Blick war auf eine Reitergruppe gefallen, die, geführt von vier königlichen Rittern, das Lager durchquerte. Mit aufwallender Feindseligkeit erkannte er den korpulenten Mann auf dem stämmigen schwarzen Pferd an der Spitze: Robert of Winchelsea, der Erzbischof von Canterbury. In Begleitung des Erzbischofs befanden sich ein Gefolge aus schwarz gekleideten Geistlichen und zwei ausländisch wirkende Männer in prachtvollen scharlachroten Gewändern und juwelenbesetzten Hüten. Aufgrund ihrer auffallenden Erscheinung – fromm und wohlhabend zugleich –

meinte Edward sicher zu wissen, woher sie kamen. Sie sahen aus wie Angehörige der päpstlichen Kurie in Rom. Die Feindseligkeit des Königs schlug in Beklommenheit um.

4

Lough Luioch, Irland, A.D. 1301

ROBERT SASS AM BUG UND VERFOLGTE, wie die Insel immer näher kam. Berge spiegelten sich im tiefen Wasser des Sees wider. Hinter ihren schroffen Gipfeln war der Himmel mit einem blutroten Glanz überzogen. Die Luft war frisch, aber nicht so kalt wie bei der Abreise der Gruppe aus Antrim. Die Februarwinde ließen nach, je weiter sie gen Süden vordrangen. In der stillen Morgendämmerung war nur das Plätschern der Ruder zu hören. Das Boot, das sie am Ufer gefunden hatten, war alt und stank nach Fisch. Hinter Robert saßen Edward und Niall mit Murtough und zweien seiner Ordensbrüder. Ihre Augen schimmerten im Zwielicht. Christopher und Cormac ruderten. Robert hatte seinen Bruder Thomas und Alexander Seton mit den Knappen am nördlichen Ufer zurückgelassen, um die Pferde und das Gepäck zu bewachen. Er wollte kein Risiko eingehen.

Während ihrer durch unwirtliches Gelände und Winterwetter behinderten Reise gen Süden waren sie auf Banden von Gesetzlosen gestoßen, die auf der Suche nach Beute das Land durchstreiften. Die meisten waren vor der gut bewaffneten Truppe auf der Hut gewesen, aber zwei Mal waren sie angepöbelt worden, und nur von Cormac – dessen cúlán ihn als Iren auswies – und der Anwesenheit der Mönche in ihren Kutten vor einem Handgemenge bewahrt worden. In kleinen Dörfchen entlang des Weges hatten sie Gerüchte von Plünderungen und Mord gehört. Die Iren überfielen mit zunehmender Zuversicht und Entschlossenheit Gebiete, wo sich schon vor langer Zeit englische Kolonialisten angesiedelt hatten.

»Ich kann niemanden sehen.«

Beim Klang der rauen Stimme drehte Robert sich um und sah Murtough in die Dämmerung spähen. Je mehr sie sich ihrem Ziel näherten, desto stiller war der Mönch geworden. Robert wusste, dass er Angst vor dem hatte, was sie auf der Insel vielleicht erwartete; sich davor fürchtete, das Versteck des Stabes leer vorzufinden. Aber auf der Straße hatten sie keinerlei Anzeichen dafür bemerkt, dass sie von Ulsters Männern verfolgt wurden, und Robert konnte sich auch nicht vorstellen, dass irgendjemand diesen gottverlassenen Ort entdecken würde, noch nicht einmal mit Hilfe der Abteichroniken. Die abgelegene, hinter ihrer Bergbarriere verborgene Wildnis machte den Eindruck, als befände sie sich am Ende der Welt. Dazu kam das Problem, die richtige Ruine zu erkennen, denn Irlands Landschaft war mit verfallenen ehemaligen Hügelfestungen, Grabmalen, Grenzsteinen und ähnlichen Überresten förmlich übersät. Die Klosterruine auf der Insel vor ihnen war nur eine der zahlreichen Hinterlassenschaften der lange Toten an die Lebenden.

Als das Boot in seichtes Wasser gelangte und den Untergrund streifte, sprangen Edward und Niall über den Rand, um es ans Ufer zu ziehen. Robert folgte ihnen, sein Kettenhemd klirrte, als er durch die Pfützen zwischen den Felsen watete. »Ihr haltet Wache«, befahl er Christopher und Cormac.

»Wir haben seit Tagen keine Menschenseele zu Gesicht bekommen«, murrte Cormac. Als Robert ihn finster ansah, lenkte der junge Ire ein. »Wie du meinst, Bruder.« Er und Christopher wechselten einen Blick, als sie die Ruder einzogen.

Robert achtete nicht auf sie. Er war nicht imstande, sein wachsendes Unbehagen abzuschütteln. Der Weg zum Thron, den er vor drei Jahren eingeschlagen hatte, hatte sich als nervenaufreibend verschlungen und steinig erwiesen, und während der letzten Monate in Irland hatte er sich weiter von seinem Ziel entfernt gefühlt als je zuvor. Häufig hatte er seine Entscheidung, die Reliquie zu suchen, in Frage gestellt, weil er fürchtete, sie könne im Nichts enden. Jetzt würde sich zeigen, ob er die richtige oder die falsche Wahl getroffen hatte.

Murtough führte sie durch ein dichtes Schilffeld hindurch zu der größten Ruine der Insel, einer aus denselben gespenstisch grauen Steinen, die zuhauf am Ufer lagen, erbauten alten Kirche. Vögel flatterten aus dem Unterholz auf, als die Männer auf das von einer niedrigen, zerbröckelnden, mit Grasbüscheln bewachsenen Mauer umgebene Bauwerk zusteuerten. Dahinter befanden sich die Überreste anderer Bauten, meist aus Holz gefertigt, das während der langen Jahre, seit dieser Ort zuletzt bewohnt worden sein mochte, fast vollständig verrottet war. Die Natur hatte ihr Territorium zurückerobert; Büsche und Ranken überwucherten die verfallenen Bauten. Am westlichen Ende der Insel entdeckte Robert ein kuppelförmiges Gebilde, das an einen gigantischen steinernen Bienenstock erinnerte.

»Die Zelle des heiligen Finan«, zerriss Murtoughs Stimme die Stille. Er war vor der Kirchenmauer stehen geblieben und Roberts Blick gefolgt. »Er lebte hier, Jahrhunderte bevor Malachias sein Kloster erbaute. Diese Insel mag klein sein, aber sie hat eine lange und heilige Geschichte.«

Robert stellte sich vor, wie Malachias und seine Brüder hier in dieser einsamen Wildnis gelebt hatten. Sie war ein guter Platz für Männer, die der Welt entfliehen wollten.

Edward gesellte sich zu ihnen und überließ es Niall und den beiden anderen Mönchen, die Nachhut zu bilden. »Wenn wir den Stab hier finden, Bruder, wie geht es dann weiter?«

Murtough hatte sich durch eine Lücke in der Mauer gezwängt und stapfte durch das Gestrüpp auf mehrere Steinblöcke zu, die aus dem Gras aufragten. Obwohl er sich außer Hörweite befand, dämpfte Robert seine Stimme. »Wir bringen ihn wie geplant nach Schottland.«

»Und dann?«, bohrte Edward weiter.

Ehe Robert etwas erwidern konnte, wurden sie von Murtough unterbrochen. »Hier ist es.«

Die Männer traten zu ihm und scharten sich um einen mit Flechten überzogenen Grabstein, der waagrecht auf vier in der Erde verankerten kurzen steinernen Stützpfeilern ruhte. Er war mit einem kunstvoll gemeißelten Kreuz und einem Muster aus ineinander verschlungenen Tieren und Vögeln verziert. Murtoughs Brüder bückten sich, um ihm zu helfen, als er sich auf den Boden kauerte und die Hände gegen die Seite des Steins stemmte. Auch Niall setzte seine ganze Kraft ein, und gemeinsam schoben die Männer die Platte von dem Grab. Stein knirschte auf Stein. In dem dunklen Hohlraum, der darunter zum Vorschein kam, grinste Robert ein Totenschädel mit spärlichen Haarresten an. Das Fleisch war schon lange verwest, von den Kleidern waren nur ein paar Fetzen geblieben. Als Roberts Blick über das Skelett hinwegwanderte, stellte er fest, dass neben dem Leichnam ein in ein Tuch gehüllter Gegenstand lag.

Abgrundtiefe Erleichterung spiegelte sich auf Murtoughs vernarbtem Gesicht wider. »Gelobt sei Gott«, murmelte er und hockte sich dabei auf die Fersen.

Robert griff in das Grab, schloss die Finger um einen eingewickelten Gegenstand und ertastete etwas Hartes unter dem dicken Stoff. Einst war das Tuch weiß gewesen, nach fast zwei Jahren in dem Grab nun aber grün vor Schimmel. Ein fetter Regenwurm krümmte sich in den Falten. Die Mönche verfolgten stumm, wie er den Stab an sich nahm, machten aber keine Anstalten, ihn aufzuhalten. Die Bürde, die Reliquie zu schützen, lastete jetzt auf ihm. Behutsam legte er ihn auf die Grabplatte und schlug das schmutzige Tuch zurück. Das Gold und die Edelsteine, mit denen die Hülle besetzt war, in der der Stab steckte, glitzerten in der Morgendämmerung. Heißer Triumph wallte in Robert auf. Die letzte Reliquie, die in der *Letzten Prophezeiung* erwähnt wurde – die, die König Edward so dringend benötigte, um seine Vision von einem unter seiner Herrschaft vereinten Reich zu verwirklichen –, befand sich in seinen Händen.

Als Robert den Krummstab anstarrte, kam ihm die Frage wieder in den Sinn, die Murtough ihm in Donoughs Halle gestellt hatte.

Und was ist mit Euch, Sir Robert? Glaubt Ihr an Merlins Prophezeiung?

Er hatte zwei Jahre in Edwards Gefolge und eines in der Gesellschaft der Drachenritter verbracht, deren Aufgabe darin bestand, dem König zu den vier Reliquien zu verhelfen. Während viele seiner ehemaligen Freunde fest an Merlins Prophezeiung geglaubt hatten und entschlossen waren, den darin vorhergesagten Untergang Britanniens zu verhindern, hatte er selbst seine Zweifel nie überwinden können. Trotz der reichen Belohnungen, des Ruhmes und der Kameradschaft, die ihm die Zeit in den Diensten des Königs eingebracht hatte, hatte ihm stets die nicht zu leugnende Tatsache vor Augen gestanden, dass der Anspruch der Familie Bruce auf den Thron von Schottland null und nichtig wäre, wenn die vier Reliquien wirklich in den Besitz eines Mannes gelangen würden, der dann über ganz Britannien herrschen würde. Indem er Edward unterstützte, legte er sich selbst Steine in den Weg und brach das Versprechen, für das Recht seiner Familie zu kämpfen, das er seinem Großvater gegeben hatte. Am Ende hatte dieses Wissen zu sehr an ihm genagt und ihn dazu gebracht, sich von Edward loszusagen.

Eidbrüchiger, hatten sie ihn genannt. *Verräter.*

Doch trotz seiner Skepsis bezüglich Merlins Worten konnte er nicht leugnen, dass eine Passage der *Letzten Prophezeiung* König Alexanders Tod richtig vorhergesagt hatte.

Wenn der letzte König ohne Nachkommen stirbt,
wird das Königreich in Chaos gestürzt werden.
Und die Söhne des Brutus werden an diesem Tag
Den mit dem großen Namen betrauern.

Alexander war in einer stürmischen Nacht auf der Straße nach Kinghorn von den Klippen gestürzt. Man hatte ihn am nächsten Morgen mit gebrochenem Hals gefunden, sein Pferd hatte tot neben ihm gelegen. Seine Enkelin und Erbin, ein kleines Mädchen, das am Hof des Königs von Norwegen lebte, war nach Schottland gesegelt, um seinen Platz als Königin einzunehmen, aber während der Reise an verdorbenem Essen gestorben. Danach war die Krone auf Edwards Betreiben hin an John Balliol gegangen, der, wie sich herausstellte, kein König Schottlands war, sondern nur ein Hund an der Leine des englischen Königs. Balliols Rebellionsversuch war fehlgeschlagen, die Engländer waren über die Grenze marschiert und hatten den Aufstand innerhalb weniger Monate niedergeschlagen. Edward, der triumphierende Eroberer Schottlands, hatte das große Siegel des Königreichs zerbrochen und den eingeschüchterten, gedemütigten Balliol in den Tower von London werfen lassen. Eine Katastrophe war auf die andere gefolgt.

Doch jetzt, wo er die Macht hatte, Edwards ehrgeizige Pläne zu durchkreuzen, kamen Robert Bedenken. Stand er wirklich im Begriff, Unheil über Britannien heraufzubeschwören? Würde der von Merlin geweissagte Untergang des Reiches sie alle mit sich reißen?

Als er bemerkte, dass die Augen seiner Brüder und der Mönche auf ihm ruhten, wickelte Robert den Stab fest in das schimmelige Tuch. Er musste sein eigenes Schicksal erfüllen. Die Unterjochung Schottlands durch die englische Krone musste ein Ende haben, koste es, was es wolle. Wo John Balliol versagt hatte, würde er triumphieren. Balliol, der sich jetzt in päpstlichem Gewahrsam in Frankreich befand, mochte ja nach Ansicht vieler Schotten immer noch der rechtmäßige König sein, aber in den Augen der Familie Bruce war er nie mehr als eine Marionette gewesen. Roberts Vorfahr, der große Malcolm Canmore, hatte seinen Rivalen Macbeth gestürzt und den Thron selbst bestiegen. Jetzt würde er, wenn es Gottes Wille war, dasselbe tun. Sein Stolz und sein Blut verlangten es von ihm.

»War er noch da?«, fragte Cormac, als die Gruppe zurückkehrte. Und als Robert zur Antwort den Stab schwenkte, grinste sein Ziehbruder. »Ich würde mein Pferd und mein Schwert dafür geben, Ulsters Gesicht sehen zu können, wenn seine Männer ihm berichten, dass er nicht mehr in seinem Versteck war. Die gerechte Strafe dafür, dass er die Halle meines Vaters in Brand gesteckt hat.«

Robert kletterte zusammen mit den anderen in das Boot, Christopher und Cormac stießen es vom Ufer ab, bevor sie selbst hineinsprangen. Als sie auf das Wasser hinausglitten, fiel ein Schatten über sie. Robert blickte zum heller werdenden Himmel empor und sah den weißen Federfächer eines Seeadlers, dessen Flügelspannweite gut acht Fuß betrug, sich im See widerspiegeln, als er auf das nördliche Ufer zuschwebte. In der Ferne stob ein Vogelschwarm aus den Bäumen am Ufer auf. Robert blickte dem Adler nach. Vermutlich hatte der Raubvogel sie aufgescheucht. Dann hörte er von weit her das schwache Bellen eines Hundes.

5

Caerlaverock, Schottland, A.D. 1301

ALS SIE EDWARD AUF SEIN ZELT zukommen sahen, öffneten die Wachposten hastig die Klappe. Der König rauschte hinein, seine schweren Stiefel zermalmten den Teppich aus Mädesüß, dessen Duft nach dem Gestank nach Rauch und Mist, der wie eine Wolke über dem Lager hing, eine wahre Wohltat war. Anthony Bek folgte ihm. Der in ein poliertes Kettenhemd gekleidetete stämmige Bischof von Durham hätte mit seinem Breitschwert an seiner Seite leicht für einen Ritter gehalten werden können, wären da nicht seine Tonsur und das Kirchengewand gewesen, das er über seiner Rüstung trug. Hinter ihm zwängte sich Robert Winchelsea durch die schmale Öffnung. Nach dem Erzbischof von Canterbury betraten vier Geistliche und die beiden Fremden in den scharlachroten Roben und den juwelengeschmückten Hüten das Zelt. Als die Gruppe abgestiegen war, um ihn zu begrüßen, hatten sich Edwards Vermutungen bestätigt. Die beiden Männer waren offizielle Boten Roms und von Papst Bonifaz zu ihm geschickt worden.

»Wein und eine kleine Mahlzeit für meine Gäste«, befahl Edward den im Zeltinneren wartenden Dienern. Zwei verschwanden hinter den Vorhängen im hinteren Teil des Raums, während sich die anderen beeilten, die Möbel für die Besucher zurechtzurücken. »Setzt Euch«, forderte Edward sie auf, ignorierte aber den hochlehnigen Stuhl, den einer seiner Pagen ihm hinschob. Er wartete, bis die beiden päpstlichen Boten und der Erzbischof Platz genommen hatten. Die Geistlichen traten hinter sie, und Bek zog sich in eine Ecke zurück, den Blick unverwandt auf Winchelsea gerichtet.

Dieser runzelte die Stirn, als ihm ein Stuhl angeboten wurde, während der König stehen blieb. Einen Moment lang sah es so aus, als wolle er der Aufforderung keine Folge leisten, aber unter Edwards unnachgiebigem Blick fügte er sich schließlich. »Und wie geht es der jungen Königin, Mylord? Ich hörte, sie hat einen Jungen zur Welt gebracht.« Winchelseas Lächeln erreichte seine Augen nicht. »Ja, ja, die Zeit vergeht. Ich kann kaum glauben, dass es schon über zwei Jahre her ist, seit ich Euch in Canterbury getraut habe.«

»Lady Marguerite und mein Sohn erfreuen sich in Yorkshire bester Gesundheit«, erwiderte Edward. »Aber irgendwie bezweifle ich, dass Ihr den langen Weg bis in mein Kriegslager auf Euch genommen habt, nur um Euch nach dem Befinden meiner Frau zu erkundigen. Verzichten wir doch auf Höflichkeitsfloskeln, Exzellenz, sie passen nicht zu uns. Weshalb seid Ihr hier?«

Winchelseas Lächeln erlosch. Er zog die breiten Schultern hoch, beugte sich vor und fixierte den König scharf. »Meine geschätzten Kollegen hier trafen vor zwei Monaten in England ein. Als sie feststellten, dass Ihr Euch auf einen Feldzug begeben habt, kamen sie zu mir nach Canterbury. Ich erbot mich, sie zu Euch zu bringen, da ich die Botschaft, die sie brachten, für zu wichtig hielt, als dass sie bis zu Eurer Rückkehr hätte warten können.«

»Ein wahrer Akt christlicher Nächstenliebe, Eure Exzellenz.«

Der Erzbischof ignorierte den drohenden Ton des Königs. Als die Diener mit Weinkrügen und Platten mit Brot, Räucherfleisch und scharf riechendem gelbem Käse zurückkamen, nickte Winchelsea einem der rot gewandeten Boten zu. Der Mann erhob sich und zog eine Schriftrolle aus der Ledertasche, die er bei sich trug. Bek trat vor, um sie entgegenzunehmen. Den Weinkrug, den ein Page ihm reichen wollte, lehnte er ab.

Edward musterte das an dem Pergament befestigte große päpstliche Siegel, als der Bischof von Durham die Rolle öffnete. Die Stille im Zelt wurde nur von dem gedämpften Lärm des Lagers ringsum und den krachenden Einschlägen der Steine zerrissen, mit denen die Katapulte noch immer Caerlaverocks Mauern bombardierten. Winchelsea griff nach dem ihm angebotenen silbernen Weinkelch. Da er der Einzige war, der eine Erfrischung akzeptierte, zogen sich die Diener mit den unberührten Platten zu den Zeltwänden zurück.

Endlich blickte Bek von dem Schriftstück auf und sah den König an. »Der Papst verlangt, dass Ihr alle feindlichen Handlungen gegen Schottland einstellt, Mylord, da Seine Heiligkeit das Land als Tochter des Heiligen Stuhls betrachtet.«

Jetzt begriff Edward schlagartig, warum Winchelsea den langen Weg bis in sein Lager in Kauf genommen hatte, um ihm die Botschaft persönlich zu überbringen. Seit seiner Wahl zum Erzbischof im Jahr 1295, kurz vor der ersten Invasion in Schottland, hatte der Mann seine eigenen Ansichten bezüglich des Krieges vertreten. Diese Invasion war von Erfolg gekrönt gewesen; innerhalb weniger Monate war John Balliol, der Mann, den Edward nach König Alexanders Tod auf den Thron gesetzt und der dann gegen ihn rebelliert hatte, abgesetzt und in den Tower gesperrt worden, und das Reich hatte unter Edwards Herrschaft gestanden. Doch der Sieg war nur von kurzer Dauer gewesen, denn ein Jahr später hatte William Wallace die Schotten zu einem neuerlichen Aufstand unter seiner Führung aufgerufen. Da seine Schatztruhen nach den Kriegen in Wales und der Gascogne fast leer waren, war Edward gezwungen gewesen, die Kirche um die nötigen Mittel für seinen Kampf gegen die Rebellen zu bitten. Es war Winchelsea gewesen, der ihm die Stirn geboten und sich geweigert hatte, seine Forderung zu erfüllen. Zur Vergeltung hatte Edward die Geistlichkeit geächtet und seine Ritter ausgeschickt, um ihr Hab und Gut zu beschlagnahmen, aber Winchelsea war auch angesichts dieser drakonischen Maßnahmen standfest geblieben. Eine Glaubensprobe, so hatte er es genannt.

Seit damals waren Edward und der Erzbischof zu einer Art Waffenstillstand gelangt, aber die Art, wie er diese Gelegenheit beim Schopf gepackt hatte, bewies deutlich, dass Winchelsea von seiner Haltung nicht abgewichen war.

»Warum jetzt?« Edwards Stimme war gefährlich leise geworden, und ihm stieg die Zornesröte ins Gesicht. »Warum mischt sich Rom nach fünf Jahren auf einmal ein?«

Der päpstliche Bote, der Bek den Befehl ausgehändigt hatte, antwortete: »Majestät, während seines Aufenthalts in Paris hat Sir William Wallace viel Unterstützung vom König von Frankreich erhalten, der ihn auch Seiner Heiligkeit empfohlen hat. Seitdem hat er die päpstliche Kurie besucht und ist von…«

»*Sir* William?«, unterbrach Edward. Er spie den Titel förmlich aus, seine grauen Augen sprühten Feuer. »Es ist mir egal, wessen Klinge oder Arsch dieser Straßenräuber geküsst hat, um zu dieser Ehre zu kommen, er ist und bleibt ungefähr so adlig wie ein Straßenköter! Er ist ein Verbrecher. Ein Gesetzloser. Warum in Gottes Namen wird er am Hof des Papstes empfangen?« Der König wirbelte herum und dachte angestrengt nach, während sich die päpstlichen Boten verunsichert zu Winchelsea umdrehten. Also hatte Philipp wieder einmal seine Hand im Spiel, oder nicht? Er hatte gedacht, der Zwist mit seinem Vetter wäre so gut wie beigelegt. Der Krieg um die Gascogne war beendet, er hatte Philipps Schwester geheiratet, und sein Sohn würde in Kürze mit der Tochter des Königs vermählt werden. Nach jahrelangen Konflikten hatten England und Frankreich einen Waffenstillstand ausgehandelt, und Edward hatte gehofft, sein reiches französisches Herzogtum würde sich bald wieder in seinem Besitz befinden. Und jetzt das!

»Wallace hat bei der päpstlichen Kurie Sympathien für seine Sache gewonnen.« Winchelsea stand auf, um die Aufmerksamkeit des Königs auf sich zu lenken. »Ich rate Euch eindringlich, den Befehl zu befolgen, Mylord. Die durch Seine Heiligkeit vermittelte Waffenruhe mit Frankreich befindet sich noch in der Anfangsphase. Euer Sohn muss Lady Isabella erst noch heiraten, und der Vertrag, der Euch und Euren Erben die Gascogne zusichert, ist noch nicht formell ratifiziert worden.« Winchelsea spielte die Rolle des Staatsmanns äußerst geschickt, sein Ton klang sachlich und bestimmt. »Tretet mit den Schotten in Verhandlungen, Mylord. Gehorcht dem Befehl aus Rom und beendet den Krieg. Macht Euch Papst Bonifaz nicht zum Feind, er vergisst und vergibt nicht.«

Edward sah den Erzbischof nicht an, aber die Worte des Mannes brannten in ihm – sie enthielten zahlreiche sorgfältig verschleierte Drohungen. Nach zwei Jahren in England, während derer er sein Ziel nie aus den Augen verloren hatte, hatte er seine Männer gen Norden geführt, um zu vollenden, was er begonnen hatte. John Balliol mochte in päpstlichem Gewahrsam in Frankreich ausharren – seine Entlassung aus dem Tower war Teil der Übereinkunft gewesen, die er mit dem Papst bezüglich der Gascogne getroffen hatte –, Wallace sich im Ausland aufhalten und Robert Bruce unauffindbar sein, doch das hatte die Schotten nicht davon abgehalten, den Aufstand fortzuführen, den diese drei Männer angezettelt hatten. Edward würde nicht aufgeben, bis das gesamte Königreich unter seiner Herrschaft stand. Er würde nicht ruhen, nein, nicht *schlafen*, bis Wallace an einem Galgen baumelte und Bruce – nun, mit diesem Abtrünnigen hatte er andere Pläne.

»Wir sollten in privaterer Atmosphäre darüber diskutieren«, mischte sich Bek ein. »Wir können morgen weitersprechen«, fügte er, an Winchelsea gewandt, hinzu.

Ehe Edward etwas erwidern konnte, flog die Zeltklappe auf, und Humphrey de Bohun erschien, das breite Gesicht vor Triumph gerötet. »Mylord, die Garnison von Caerlaverock hat sich ergeben. Die Burg gehört uns!«

Der König starrte den jungen Kommandanten an. Erst jetzt fiel ihm auf, dass die Einschläge der Steine nicht mehr zu hören waren. »Bischof Bek, verfasst eine Antwort, die diese Männer morgen mit nach Rom zurücknehmen werden. Darin werdet Ihr meine Schottlandpolitik verteidigen und Seiner Heiligkeit erklären, dass ich das Recht habe, ein Volk zu unterwerfen, das mir die Untertanentreue schuldet und sich trotzdem gegen mich auflehnt. Ich habe John Balliol auf den Thron gebracht, und er hat mir den Vasalleneid geleistet und meine Rechte als Obersouverän anerkannt. Es waren sein Eidbruch und sein Schwertbündnis mit Frankreich, die zu diesem Krieg geführt haben.« Edwards Blick blieb auf Winchelsea haften. »Ich werde Schottland unter meine Herrschergewalt bringen, Eure Exzellenz, und mit jedem verräterischen Hurensohn abrechnen, der es wagt, sich meinem Willen zu widersetzen – bis zu meinem letzten Atemzug.«

6

Lough Luioch, Irland, A.D. 1301

MIT DEM STAB IN DER FAUST betrat Robert etliche Schritte vor dem Rest der Gruppe die kleine Lichtung. Während der Überfahrt über den See hatte sich der Himmel zu einem fahlen Aschgrau aufgehellt, doch unter dem Baldachin aus Eichen- und Ebereschenkronen war es immer noch dämmrig.

Alexander Seton blickte hoch, als Robert aus dem Unterholz auftauchte. Neben ihm hob Uathach den Kopf von den Pfoten und winselte, als sie ihren Herrn sah. »Du hast ihn?« Alexander erhob sich, um ihn zu begrüßen, und musterte den in das Tuch gehüllten Gegenstand in Roberts Hand.

Ohne Uathach zu beachten, die zu ihm getrottet kam, um die Nase in seine Handfläche zu schieben, machte Robert Nes und den anderen Knappen, die dabei waren, auf der Lichtung ein provisorisches Lager aufzuschlagen, ein Zeichen. Decken und Umhänge hingen zum Lüften an Ästen, und ein kleines Feuer war entzündet worden, von dem Rauchwölkchen aufstiegen. »Packt alles zusammen. Wir brechen auf.«

Während die Knappen hastig begannen, Ausrüstungsgegenstände und Proviant zusammenzusuchen, nahm Alexander Robert am Arm. »Was ist denn geschehen?«

»Er hat einen Hund gehört.« Edward schwang sich seinen mit Eisennägeln beschlagenen Schild an dem Riemen über die Schulter.

Christopher und Niall halfen den Knappen, die vier Packpferde zu beladen, während Cormac mit der Spitze seines Stiefels Erde über das Feuer verteilte.

Robert maß Edward mit einem ärgerlichen Blick, als Nes ihm Fleets Zügel reichte. »Du hast ihn auch gehört, Bruder.«

»Höchstwahrscheinlich ein Hofhund. Wir sind gestern an ein paar Gehöften vorbeigekommen.«

»Die liegen Meilen entfernt«, wandte Robert grimmig ein. »Das hier war ganz in der Nähe.«

Thomas gesellte sich zu ihnen. Sein helles, von der Morgenluft feuchtes Haar kringelte sich um seine Stirn. »Wir haben nichts gehört.« Er nickte zu Uathach und den anderen Hunden hinüber. »Die Hunde hätten doch bestimmt angeschlagen, oder?«

Robert registrierte ihre Mienen – eine Mischung aus leiser Furcht und Belustigung. Nach einer kleinen Pause schüttelte er den Kopf. »Ihr habt recht, es ist vermutlich belanglos, aber ich will trotzdem nicht länger hier herumtrödeln als nötig. Wir haben eine lange Reise vor uns und kostbare Fracht dabei.«

Er setzte den Fuß in den Steigbügel und schwang sich in den Sattel. Dann schob er die Schwertscheide zur Seite, lockerte seinen Gürtel ein wenig, um den Stab hindurchschieben zu können, und lächelte voll grimmiger Befriedigung. Sobald er zurück in Schottland war, würde er ihn Edward im Austausch für den Krönungsstein anbieten, der in einem Thronstuhl in der Abtei von Westminster verborgen lag; ein Symbol für Englands Vorherrschaft und die Last der Schuld auf seinem Rücken. Und wenn der König sich weigerte? Nun, dann besaß er, Robert, die letzte heilige Reliquie, und Edward stand in den Augen seiner Anhänger als Verlierer da.

Nachdem Nes Fleets Sattelgurt festgezurrt und Uathach im Schwanzriemen festgebunden hatte, lenkte Robert sein Pferd zum Rand der Lichtung. Die anderen folgten ihm, die Mönche auf ihren stämmigen Reitpferden, die Knappen, die die Packpferde am Zügel führten, und seine Brüder und die Setons auf ihren Schlachtrössern. Gemeinsam verließen sie die Lichtung. Ein paar letzte Rauchschwaden des Lagerfeuers wehten hinter ihnen her.

Es gab keinen festen Pfad, dem sie folgen konnten, außer der natürlichen Baumlinie, daher kamen sie nur langsam voran. Als ein graues Licht den Weg vor ihnen erhellte, erkannte Robert die tiefen Hufspuren, die ihre Pferde gestern dort hinterlassen hatten. Zufrieden, die richtige Richtung eingeschlagen zu haben, überließ er sich Fleets Führung und vertraute darauf, dass das Tier die besten Pfade durch das morastige Gelände fand. Es stieg stetig an, bis er den See hinter sich in der Ferne sehen konnte, spiegelglatt, nur die Insel Ibracense ragte wie ein Höcker daraus auf. Sie hatten nicht mehr als eine Meile zurückgelegt, als Uathach zu knurren begann.

Robert blickte sich um und sah, dass die Hündin mit angelegten Ohren an ihrer Leine zerrte. Er brachte Fleet zum Stehen und stieß einen Pfiff aus, doch Uathach reagierte nicht darauf. Ihr Blick war auf eine hohe Hügelkette zu ihrer Linken geheftet. Bäume zogen sich an ihren Hängen hoch und wurden in Gipfelnähe lichter.

»Was hat sie gewittert?« Cormac drehte sich im Sattel um. »Ein Kaninchen?«

Plötzlich machte Uathach einen Satz, und die Leine spannte

sich straff an. Zugleich begannen die anderen Hunde wild zu bellen. Alle starrten zu der Hügelkette hinüber. Roberts Anspannung schlug in Kampfgeist um. »Zu mir!«, donnerte er und riss dabei sein Schwert aus der Scheide.

Vom Hügel her erscholl eine gebrüllte Antwort. Gestalten erschienen auf dem Gipfel – mehr als dreißig Männer. Einige waren beritten, sie lehnten sich im Sattel zurück, während sie ihre Pferde den Hang hinuntertrieben. Andere stürmten mit gezückten Speeren und Dolchen sowie lauthals kläffenden Hunden im Schlepptau hinter ihnen her. Ihren Kettenhemden und Helmen nach zu urteilen, handelte es sich bei den Reitern um Ritter. Englische Ritter. Jeder trug ein rotes Band um den Oberarm. Robert benötigte eine Sekunde, um all dies zu registrieren, dann stieß er Fleet die Sporen in die Flanken und brüllte seinen Männern zu, ihm zu folgen. Seine aus achtzehn Männern, drei davon Mönche, bestehende Gruppe war in der Unterzahl und den Gegnern hoffnungslos unterlegen. Hufgetrommel erfüllte den Wald, als seine Kameraden ihre Pferde herumrissen und ihm nachsetzten. Als sich die Bäume um ihn schlossen, rief jemand hinter ihm seinen Namen.

»Ich will Earl Robert lebend!«

Die Worte trafen ihn wie ein Schlag.

Die Erkenntnis, dass sie nicht zufällig angegriffen worden waren, verblasste, als Robert gezwungen war, seine Aufmerksamkeit auf das zu richten, was vor ihm lag. Er flog gefährlich nah an den Bäumen vorbei, Zweige drohten, ihm ins Gesicht zu peitschen. Ein Schmerzensschrei erklang, als ein Knappe mit dem Knie an einem Baumstamm hängen blieb und sein Bein so hart nach hinten gerissen wurde, dass der Oberschenkelknochen brach. Er wurde aus dem Sattel geschleudert und verschwand im Farngestrüpp, während sein Pferd reiterlos weitergaloppierte. Als Robert hinter sich ein verzweifeltes Bellen hörte, begriff er, dass Uathach noch immer am Schwanzriemen festgebunden war und Mühe hatte, mit Fleet mitzuhalten. Er drehte sich rasch um, holte mit seinem Schwert aus und durchtrennte die Leine mit einem Hieb. Zwischen den Bäumen zu seiner Rechten konnte er noch immer den See erkennen. Mehrere Gedanken schossen ihm gleichzeitig durch den Kopf.

Sie müssen uns beobachtet haben. Und verfolgt. Ulsters Männer? Oder – schlimmer noch – die von König Edward?

Der in seinem Schwertgurt steckende Stab des Malachias bohrte sich schmerzhaft in sein Fleisch; durch die Gefahr, dass er ihm in den nächsten Momenten abgenommen werden konnte, schien er noch solider und greifbarer geworden zu sein. Robert riskierte einen Blick über seine Schulter und sah Farbflecke im Wald aufblitzen – einen leuchtend blauen Umhang, das Muster einer Pferdeschabracke. Der Feind holte auf.

»*Robert!*«

Als der Warnruf an sein Ohr drang, fuhr er herum und bemerkte ein Stück vor sich einen mächtigen umgestürzten Baum, der mit gen Himmel gerichteten Wurzeln den Weg blockierte. Er zog hart an den Zügeln, um Fleet nach rechts zu lenken, und fluchte, als er Edward und Thomas hinter Alexander und Christopher Seton nach links abschwenken sah, aber es war zu spät, um die Richtung noch zu ändern. Er musste dem eingeschlagenen Kurs folgen.

Barsche, von Hundegebell begleitete Rufe ihrer Verfolger ertönten, als sich die Gruppe teilte und Robert hinter Niall, Cormac und Murtough hergaloppierte. Ein neuerlicher Schmerzensschrei verhallte in dem dichten Wald. War einer seiner Brüder gestürzt? Oder Alexander oder Christopher? Uathach lief nicht mehr hinter ihm her. Robert packte die Zügel fester. Er konnte sich darüber jetzt keine Gedanken machen.

Sie folgten einer Art natürlichem Pfad; der Wald wurde lichter, als das Land zu einem von einem Fluss durchzogenen Tal abfiel. Vor ihnen versperrte ihm ein weiterer herabgefallener riesiger Ast den Weg. Robert sah, wie Niall seinem Pferd die Sporen gab und darüber hinwegsetzte. Sein schwarzes Haar wehte hinter ihm her, als er sicher auf der anderen Seite landete und sein Schlachtross auf den Strom zutrieb. Als Cormac es ihm nachtat, streifte der Hinterhuf seines Pferdes den Ast. Morsches Holz zersplitterte, doch auch er gelangte unversehrt hinüber. Als Nächster setzte Murtough zum Sprung an. Die Kapuze seiner Kutte rutschte ihm vom Kopf.

Schon bevor er sein Pferd hochriss, erkannte Robert, dass der Mönch es nicht schaffen würde. Sein stämmiges Reittier war an ebene, breite Wege und einen ruhigen Passgang gewöhnt, nicht an eine so wilde Verfolgungsjagd durch den Wald, es war zudem kleiner als die schnellen Schlachtrösser und somit nicht stark genug, um das Hindernis zu überwinden. Es unternahm einen tapferen Versuch, blieb aber mit den Vorderhufen an dem Ast hängen. Diesmal splitterte das Holz nicht. Das Pferd wurde nach vorn und Murtough fast aus dem Sattel geschleudert. Ein markerschütterndes Wiehern zerriss die Luft, als das Tier, das sich bei dem Aufprall ein Vorderbein gebrochen hatte, zusammenbrach. Robert war dicht hinter ihm, es gab keinen Ausweg mehr. Er gab Fleet mit aller Kraft die Sporen, hielt auf den Ast zu und hoffte wider besseres Wissen, dass der Sprung über das auskeilende Pferd auf der anderen Seite gelang.

Fleet erkannte die Gefahr und versuchte noch in der Luft, dem verletzten Tier auszuweichen. Er hätte es vielleicht schaffen können, aber das Pferd, das sich gleichfalls in Gefahr wusste, rollte sich instinktiv zur Seite. Fleets Huf landete zwischen seinen Vorderbeinen, und Robert flog in hohem Bogen aus dem Sattel, als das Schlachtross auf das Pferd des Mönchs stürzte. Die Welt drehte sich um ihn, Baumkronen wirbelten um ihn herum, dann prallte er so hart auf dem schlammigen Boden auf, dass es ihm den Atem verschlug. Sein Schwert wurde ihm aus der Hand gerissen und segelte ins Unterholz.

Robert lag einen Moment regungslos da und pumpte Luft in seine Lunge zurück, ehe er sich aufrichtete. Fleet versuchte aufzustehen, doch das andere Pferd zappelte unter ihm. Murtough saß noch halb im Sattel, er wurde von dem Gewicht der beiden Tiere in den Schlamm gepresst. Der sichtbare Teil des Gesichts des Mönchs war blutüberströmt, ein Arm wurde hinter seinem Kopf von den verzweifelten Bewegungen des Pferdes hin und her geworfen. Plötzlich hörte Robert Hufschläge. Er drehte sich um und sah Niall auf sich zukommen.

»Beeil dich!« Niall zügelte sein Pferd und streckte Robert eine Hand hin. »Sie kommen!«

Als Robert sich auf die Füße zog, bemerkte er, dass ihre Verfolger hinter dem heruntergefallenen Ast auf sie zugaloppierten. Einige Reiter bogen in der eindeutigen Absicht, einen Bogen um das Hindernis zu machen und sie einzukreisen, vom Pfad ab. Er riss den Stab aus seinem Gürtel. Das Tuch glitt zu Boden, als er ihn seinem Bruder in die Hand drückte. »Nimm ihn!«

Niall Bruce ergriff die juwelenbesetzte Reliquie, doch auf seinem jungenhaften Gesicht spiegelte sich Entsetzen wider. »Nein, Robert! Sitz hinter mir auf!«

»Dein Pferd kann uns nicht beide tragen.« Robert spähte über seine Schulter. Ein Mann in einem blauen Umhang führte die feindliche Truppe an. Er wirkte zu allem entschlossen. »Geh! Bring ihn nach Schottland. Zu James Stewart. *Geh!*« Er brüllte das letzte Wort förmlich, dabei versetzte er Nialls Pferd einen Schlag auf die Kruppe, woraufhin das Tier erschrocken davonschoss.

Robert stürzte zu der Stelle in den Büschen, in denen seine Waffe gelandet war. Seine Finger schlossen sich um das Heft. Dann erfüllte nur noch lautes Hufgetrommel den Wald ringsum. Bereit, sich zu verteidigen, fuhr er mit gezücktem Schwert herum, als der Mann in dem blauen Umhang auf ihn zusprengte. Im nächsten Moment stieß jemand einen Kriegsruf aus, und rotes Haar leuchtete auf, als Cormac den Unbekannten von der Seite angriff. Er holte mit seinem Schwert aus und traf den

Mann in Blau halb in den Rücken. Dessen Kettenhemd fing den wuchtigen Hieb ab, aber der Mann hatte sich vorgebeugt, um Robert zu Fall zu bringen, und die Attacke traf ihn unvorbereitet. Er wurde in den Steigbügeln nach vorn geschleudert und prallte gegen den Sattelknauf. Robert nutzte die Gelegenheit und führte mit seinem Breitschwert einen beidhändigen Hieb gegen das Vorderbein des Pferdes des Gegners. Als das Tier samt seinem Reiter in den Schlamm stürzte, riss Robert sein Schwert hoch.

Der Mann reagierte blitzschnell, rollte sich zur Seite, um Roberts erstem Hieb zu entgehen, und wehrte den zweiten mit seinem eigenen Schwert ab. Die Klingen trafen klirrend aufeinander. Der Fremde grunzte vor Anstrengung, als Robert seine Waffe nach unten drückte, trat dann plötzlich mit voller Wucht nach ihm und traf Robert mit seinem eisenbeschlagenen Stiefel am Knie. Robert taumelte zurück. Sein Schwert beschrieb in der Luft einen weiten Bogen, was es seinem Widersacher ermöglichte, sich aufzurappeln. Der blaue Umhang des Mannes war schlammverschmiert, über eine Seite seines Gesichts verlief eine lange Schnittwunde, sein schwarzes Haar war blutverklebt, doch sein Blick blieb entschlossen und konzentriert, als er erneut zum Angriff überging und auf Roberts Seite zielte.

Robert wehrte den Schlag ab und packte sein Schwert bei der Klinge, um dem Gegner mit dem Knauf die Nase zu brechen. Der Mann warf den Kopf zur Seite und wich aus, bevor er mit einem harten, auf Roberts Schulter gerichteten Schlag zum Angriff überging. Robert wehrte den Hieb ab und grunzte, als Stahl auf Stahl prallte, hörte er das Wiehern eines Pferdes und Cormacs Stimme, konnte aber nicht erkennen, was mit seinem Ziehbruder geschah, weil sein Gegner ihn erneut attackierte.

Robert duckte sich unter einem Hieb hinweg und wehrte einen zweiten ab, doch der dritte traf ihn an der Schulter. Sein Kettenhemd und das gepolsterte Wams, das er darunter trug, verhinderten, dass sich die Klinge in sein Fleisch fraß, aber er sank unter der Wucht des Aufpralls auf die Knie. Erbittert setzte er sich zur Wehr, und tatsächlich gelang es ihm, seinen Widersacher zurückzutreiben, doch der Mann erholte sich schnell. Er wischte sich mit dem Rücken seiner mit einem Kettenhandschuh bewehrten Hand über die Stirn, auf der er eine rote Blutspur hinterließ, und drang erneut auf Robert ein. Robert sprang auf, stürzte sich auf den überraschten Mann und schmetterte ihn gegen einen Baumstamm. Sein Gegner rang nach Atem, sein Schwert entglitt seiner Hand. Furcht flackerte in seinen Augen auf, als Robert sein Breitschwert hob.

»*Earl Robert!*«

Sein laut gerufener Name riss ihn aus seiner Konzentration. Am Rand seines Blickfelds tauchte ein weiterer feindlicher Ritter auf, der Cormac überwältigt hatte, die Finger einer Hand in sein Haar krallte und ihm mit der anderen sein Schwert an die Kehle hielt.

»Lasst Euer Schwert sinken«, befahl er. »Sonst schlitze ich diesem Bastard den Hals auf.«

Robert zögerte. Sein Blick wanderte zu dem Mann vor ihm, der seiner Klinge hilflos ausgeliefert war. Trotz der in ihm pulsierenden Blutgier und des glühenden Wunsches, den Kampf zu beenden, war sich Robert darüber im Klaren, dass es sich nicht nur um eine leere Drohung handelte. Der Tod eines Iren, selbst eines Edelmanns, bedeutete diesen Rittern wenig. Die Strafe, die auf den Mord an einem Iren stand, war wesentlich geringer als die für den Mord an einem Engländer.

Schwer atmend wich er langsam zurück, ließ sein Schwert sinken und legte es vor sich auf den Boden. Der Ritter, der Cormac gepackt hielt, lockerte seinen Griff nicht. Er hatte sechs weitere Männer bei sich, drei zu Pferde und drei zu Fuß. Zwei hielten bedrohlich knurrende Mastiffs an der Leine.

Ohne den Blick von Robert zu wenden, bückte sich der Mann in Blau, um sein zu Boden gefallenes Schwert aufzuheben. Seine Augen funkelten vor Zorn, aber er machte keine Anstalten, auf Robert loszugehen. Stattdessen wandte er sich an seine drei berittenen Kameraden. »Folgt den anderen. Nehmt die Hunde mit. Ich denke, er hat den Stab einem seiner Männer gegeben.« Er sah Robert wieder an. »Wem denn? Einem Eurer Brüder?« Er trat vor und richtete das Schwert auf Roberts Brust. »Sagt es mir!«

Wütendes Gebell erscholl, und ein grauer Schatten brach aus dem Unterholz.

»*Esgar!*«, warnte einer der Männer.

Der Mann in Blau fuhr erschrocken herum, als Uathach ihn mit gefletschten Zähnen ansprang. Ihm blieb gerade noch Zeit, sein Schwert hochzureißen, bevor sie ihn erreicht hatte. Die Klinge traf den Hund mitten in der Luft und fraß sich durch die weiche Haut am Bauch. Uathach jaulte auf, als der Mann sein Schwert zurückzog, eine rote Fontäne aufspritzte und sie hart im Schlamm aufschlug. Beim Anblick seines geliebten Hundes, der Tochter der Lieblingshündin seines Großvaters, die sich vor seinen Augen in einer Lache ihres eigenen Blutes wand und dann reglos liegen blieb, stieß Robert einen Wutschrei aus und stürzte sich auf seinen Gegner, bereit, ihn eigenhändig in Stücke zu reißen. Doch zwei Ritter packten ihn und hielten ihn zurück.

Der Mann in dem blauen Umhang drehte sich zu ihm um. An seiner Klinge schimmerte noch Uathachs Blut. »Ihr hättet in Schottland bleiben sollen, Sir Robert.«

Glenarm, Irland, A.D 1301

Adam lenkte sein weißes Schlachtross zwischen Reihen von mit Lehm und Torf verputzten Flechtwerkhäusern hindurch langsam durch die Straßen von Glenarm. Die Hufe des Pferdes sanken tief in Mist und Unrat ein. Es war Markttag, und die

Stadt wimmelte von Bauern, die ihr Vieh zum Marktplatz brachten, wo eine Anzahl von Pferchen aufgebaut worden war. Das Klirren der Glocken an den Hälsen der Ziegen und Kühe bildete eine misstönende Kakophonie. Als eine Schafherde vor ihm hergetrieben wurde, zügelte Adam sein Pferd, behielt aber den jungen Mann in der rostbraunen Tunika im Auge, der einen großen Korb am Arm trug und vor den Tieren hereilte.

Es war ein schöner Märzmorgen, das Meer schimmerte dunkelblau, nur entlang der Küstenlinie, wo sich ein Fluss in die Bucht ergoss, wies es einen weißen Saum auf. Fischerboote dümpelten auf dem Wasser, Körbe mit Krabben und Hummern wurden an Bord gezogen. In dem kleinen Hafen herrschte eine fröhliche Atmosphäre; die Aussicht auf den nahenden Frühling und der Hauch von Wärme in der salzigen Luft weckten die Lebensgeister der Menschen. Eine Frau brachte helle Teiglaibe in ein Backhaus, dem der Duft frischen Brotes entströmte. Über ihr unterhielten sich zwei Männer angeregt, während sie ein Dach mit frischem Stroh deckten. Bauern begrüßten einander, ihr schroffes Gälisch übertönte das Geblöke ihrer Tiere.

Adam verhielt sich zurückhaltend, als er zwischen ihnen hindurchritt; ein Außenstehender, der keinen Anteil an dem bunten Treiben hatte. So verbrachte er einen großen Teil seines Lebens, doch während es ihm gelang, in größeren Städten so gut wie unsichtbar zu bleiben, war es hier unmöglich, nicht aufzufallen. Seine Anwesenheit hatte schon für etliche Aufmerksamkeit gesorgt und ihm teils furchterfüllte, teils feindselige Blicke eingetragen. Sein Schlachtross war wesentlich größer als die hiesigen Pferde, die ihm wie Ponys vorkamen. Sein dunkelblauer Umhang hatte zwar während der Reise gelitten, war aber gut geschnitten, und darunter blitzte fischschuppengleich Kettengeflecht auf. Adams dunkles Haar war in den letzten Monaten ziemlich lang geworden, sein Bart voll und buschig, doch beides konnte die olivfarbene Haut nicht verbergen, die ihn so klar als Fremdländer auswies. Doch das

Verdächtigste an ihm war die große Armbrust, die ihm an einem dicken Lederriemen über dem Rücken hing.

Die Waffe war aus Horn, Sehne und Eibenholz gefertigt, mit Leder überzogen und mit bunten Schnüren verziert, die kreuz und quer über den Griff bis zu dem Bügel verliefen, in den die Bolzen eingelegt wurden. Es war die Waffe der Söldner, von Päpsten geächtet, von Königen angeheuert. Von allen gefürchtet. Unter den an seinen Sattel geschnallten Gepäckstücken befand sich auch ein Korb voller Bolzen mit Eisenspitzen, die die Rüstung eines Ritters, sein Bein, den Sattel und das Pferd darunter zu durchbohren vermochten. Das unter der Herrschaft von Robert Bruce stehende Glenarm lag in feindlichem Gebiet, denn ein großer Teil von Antrims Hinterland wurde von den Engländern kontrolliert. Doch selbst in diesen unsicheren Zeiten waren die Leute hier den Anblick solcher Waffen nicht gewöhnt.

Als die Schafe, die die Straße verstopften, in einen Pferch getrieben wurden, ließ Adam sein Pferd in einen müßigen Trott fallen und schenkte den stechenden Blicken, die ihn trafen, keine Beachtung mehr. Der junge Mann mit dem Korb steuerte auf den Strand zu, seine rostbraune Tunika hob sich wie eine Flagge von dem blauen Meer ab. Adam hielt Abstand, beobachtete, wie sein Zielobjekt auf einen Fischer zuging, der neben ein paar Töpfen mit Hummern stand. Die beiden Männer begrüßten sich, der Wind wehte den Klang ihrer Stimmen schwach zu ihm herüber. Bei seiner Ankunft hatte Adam befürchtet, aus den Gälisch sprechenden Einwohnern keine Informationen herausbekommen zu können, aber nachdem er Lord Donoughs Halle zwei Wochen lang beobachtet hatte, hatte er festgestellt, dass viele der Leute Englisch sprachen – vermutlich, weil sie schon seit Generationen in der Nähe der englischen Siedler lebten.

Der junge Mann klappte den Deckel des Korbes auf, damit der Fischer vier Hummer darin verstauen konnte, hievte den

Korb dann auf seine Hüfte und ging auf die Flussmündung zu, an der entlang ein Pfad verlief, der dem schmaler werdenden Wasserlauf folgte. Adam hielt sich in sicherer Entfernung hinter ihm, bis die Häuser der Stadt Feldern und Viehkoppeln wichen. Lord Donoughs auf einem Hügel über einer Biegung des Flusses thronende Festung kam in Sicht, dahinter kreiste ein Bussard um die felsigen Gipfel. Als sein Wild sich einem kleinen Hain näherte, trieb Adam sein Pferd zu einem leichten Trab an. Der junge Mann hörte das Zaumzeug klirren, blickte auf und trat von dem Pfad herunter, um Pferd und Reiter vorbeizulassen. Adam kam näher. Der junge Bursche drehte sich erneut um und zog die Brauen zusammen, als er das mächtige Tier und den Mann im Sattel musterte.

»Ihr gehört zum Haushalt von Lord Donough?«, rief Adam ihm zu.

Der andere stutzte angesichts des mit einem seltsamen Akzent behafteten Englischs. Er blickte sich nervös um, als suche er nach möglicher Hilfe, aber es war sonst niemand in der Nähe, nur ein paar Pferde grasten auf der sich am Fluss entlangziehenden Koppel. »Ja«, erwiderte er unsicher.

Adam stieg ab und schlang die Zügel um einen Zaunpfahl, dann hob er zum Zeichen seiner friedlichen Absichten eine Hand. »Ich suche Sir Robert Bruce, den Earl of Carrick. Ich habe eine Botschaft für ihn.«

Der junge Mann entspannte sich ein wenig. »Er war hier, Sir, ist aber schon wieder weg.« Sein Englisch klang so belegt, als wäre seine Zunge mit Sirup bestrichen.

»Wo kann ich ihn denn finden?«

Der Mann schüttelte den Kopf – zu schnell, wie Adam fand. »Ich weiß nicht.« Er setzte sich wieder in Bewegung. »Ich muss gehen. Mein Herr wartet.«

»Bitte«, beharrte Adam. »Was ich ihm auszurichten habe, ist wichtig.«

Der junge Mann zögerte. Nach einem Moment nickte er zu

der Halle in der Ferne hinüber. »Ihr müsst mit Lord Donough sprechen, Sir.«

Adam sah ihm nach, als er sich abwandte und rasch weiterging. Der Junge wusste mehr, als er zugab, das hatte ihm sein Verhalten deutlich verraten, aber selbst wenn er sich nicht so verschlossen gezeigt hätte, hätte Adam gewusst, dass er log. Dienstboten pflegten alles zu wissen. Unsichtbar warteten sie am Rand von Hallen, um bei Banketten die Tische abzuräumen, nicht beachtet von Königen, die Kriegsstrategien planten, und Lords, die Intrigen schmiedeten, um Macht zu gewinnen. In den Schlafkammern der Edelfrauen füllten sie Becken mit Waschwasser und leerten Nachttöpfe, schweigende Zeugen von Liebes- und Staatsaffären – ein Heer von Lauschern, die in allen Gängen von Palästen und Burgen zu finden waren. Adam hätte warten können, bis er ein auskunftsfreudigeres Opfer fand, aber dazu hatte er weder die Zeit noch die Geduld. Er jagte schon viel zu lange einem Phantom nach.

Das vom Krieg verwüstete und von Aufrührern wimmelnde Schottland hatte sich sogar für ihn als Herausforderung erwiesen. Da er gezwungen gewesen war, sich so unauffällig wie möglich zu verhalten, um nicht erkannt zu werden, und er nicht in die Nähe der Rebellen hatte gelangen können – sie hatten sich in das verborgene Basislager zurückgezogen, das Willliam Wallace tief im Selkirk Forest angelegt hatte –, hatte es wesentlich länger gedauert als erwartet, bis er herausbekommen hatte, dass Bruce längst nicht mehr dort war. Nachdem er endlich seine Spur in Carrick aufgenommen hatte, war Adam ihm über den Nordkanal gefolgt – den wilden Meeresstreifen zwischen Schottland und Irland. Als er vor zwei Wochen in Glenarm angekommen war, hatte er zu seinem großen Verdruss feststellen müssen, dass der Earl erneut weitergezogen war. Und er verspürte nicht die geringste Lust, noch weitere sechs Monate untätig in diesem gottverlassenen Nest herumzusitzen.

Adam gab dem Diener ein paar Schritte Vorsprung, dann setzte er ihm nach, zog einen Dolch aus der Scheide an seinem Gürtel, krallte die Finger in das Haar des jungen Mannes und setzte ihm die Klinge an die Kehle. Der überrumpelte Diener ließ vor Schreck den Korb fallen. Der Deckel sprang auf, und die Hummer suchten eilig das Weite und krabbelten auf den Fluss zu. Der junge Mann überschüttete Adam mit einem schrillen gälischen Wortschwall, der Überraschung, Furcht oder Ärger über den Verlust der Hummer beinhalten konnte, woraufhin Adam ihn in den Schatten des Wäldchens zerrte.

»Heraus mit der Sprache«, befahl er, stieß den Diener gegen einen Stamm, presste ihm eine Hand auf die Brust und ritzte mit der Dolchspitze seine Haut. »Wo ist Bruce hin?«

Der junge Mann leckte sich über die trockenen Lippen. »Er ist nach Weihnachten aufgebrochen. Schon vor Wochen.«

»Ich will wissen, wohin, nicht wann!«

»Nach Süden. Zur Straße nach Kildare.« Die angsterfüllten Augen des Dieners verrieten, dass er die Wahrheit sagte. »Mit Lord Donoughs Sohn und den Mönchen.«

»Den Mönchen?«

»Von der Abtei von Bangor. Die Mönche, die den Stab des Malachias gestohlen haben. Wegen dieses Stabes hat der Earl of Ulster unsere Halle niedergebrannt. Sir Robert will ihn haben.«

Das Blut begann schneller durch Adams Adern zu fließen, als ihm klar wurde, weshalb Robert dem Krieg in Schottland den Rücken gekehrt und das Amt des Hüters niedergelegt hatte. Jetzt war es noch zwingender notwendig, dass er den Befehl des Königs ausführte. Bruce durfte die Reliquie unter keinen Umständen in die Finger bekommen – alles, was der König bislang erreicht hatte, würde mit einem Schlag zunichtegemacht werden. »Beabsichtigt er zurückzukommen, sobald er den Stab an sich gebracht hat?«

Der Diener schüttelte den Kopf. »Bitte«, murmelte er, dabei

schielte er auf den Dolch hinab und schluckte. »Mehr weiß ich nicht.«

»Ich glaube dir.«

Adam zog den Dolch mit einer raschen Bewegung über den Hals des jungen Mannes und durchtrennte ihm mit einem brutalen Schnitt die Luftröhre. Der Diener sank zu Boden, bäumte sich noch ein Mal kurz auf und blieb dann regungslos liegen. Adam bückte sich, um die Klinge im Gras zu säubern. Dabei entstand vor seinen Augen das Bild eines Klippenpfades in stürmischer Dunkelheit, und er hörte den Donnerschlag, der den Schrei übertönte, mit dem Alexander samt seinem Pferd in die Tiefe stürzte. Er schob den Dolch in die Scheide zurück und kam zu dem philosophischen Schluss, dass Metall keine Rangunterschiede kannte. Es tötete den Diener genauso erbarmungslos wie den König.

Die Jagd hatte begonnen.

7

Ballymote, Irland, A.D. 1301

ROBERT REGTE SICH, ALS ER SPÜRTE, dass der Karren seine Fahrt verlangsamte. Draußen, hinter der dicken Tuchplane, riefen Männer sich etwas zu. Ihre Worte gingen jedoch in dem Klappern der Hufe auf etwas, das er für eine gepflasterte Straße hielt, unter. Irgendwo vor ihm erklang ein lautes Klirren.

»Cormac«, murmelte er.

Sein Ziehbruder hob benommen den Kopf. »Halten wir an?«

»Ich glaube, wir sind da.«

Cormac erwachte vollends und runzelte die Stirn, während

er sich bemühte, den Stimmen draußen zu lauschen. Die beiden Knappen, die auf der anderen Seite des Karreninneren kauerten, wechselten einen nervösen Blick. Einer war blass vor Schmerzen und Erschöpfung, sein linkes Bein provisorisch geschient. Der fünfte Mann im Wagen hielt den Blick gesenkt, er hatte sich die Kapuze tief in die Stirn gezogen und hielt die Hände im Schoß gefaltet. Seit Beginn der Fahrt Richtung Norden hatte der Mönch kaum zwei Worte gesprochen. In ihrem rumpelnden, stickigen Gefängnis waren die Tage unmerklich ineinander übergegangen. Robert hatte jegliches Zeitgefühl verloren, schätzte aber, dass mehr als zwei Wochen vergangen waren, seit sie das Ufer des Sees verlassen hatten. Die körperlichen Beschwerden, die ihnen die Reise verursachte, waren nur ein Teil seiner Tortur gewesen. Robert hatte endlose Stunden damit verbracht, sich den Kopf über das Schicksal seiner Brüder und seiner Männer zu zermartern und darüber nachzugrübeln, was ihn am Ende dieser Straße erwarten mochte. Er wusste nur das, was ihm Ulsters Hauptmann erzählt hatte.

Nachdem er und Cormac entwaffnet worden waren, hatte Esgar dem Rest der Ritter befohlen, die Geflohenen zu verfolgen. Robert hatte sich geweigert, auch nur eine einzige Frage des Hauptmanns zu beantworten, und den Blick unverwandt auf Uathachs schlaffen, blutigen Kadaver geheftet. Doch der Hund war nicht das einzige Opfer des Kampfes. Ein paar Ritter, die die unmittelbare Umgebung abgesucht hatten, hatten Murtough zermalmt unter seinem verletzten Pferd gefunden. Nachdem sie den Mönch darunter hervorgezogen hatten, hatten sie festgestellt, dass er sich das Genick gebrochen hatte. Das verwundete Pferd war ebenso wie das von Esgar, dem Robert das Bein zerschmettert hatte, mit einem Schwertstreich getötet worden. Dann befahl Esgar, den toten Mönch zu begraben, und wartete auf die Rückkehr seiner Männer.

Die Ritter und Knappen trafen nach und nach wieder ein, der letzte stieß eine Stunde später zu seinem Trupp. Zu Roberts

Erleichterung hatten sie nur zwei Knappen entdeckt, die beide zu Donoughs Haushalt gehörten. Sie waren auf ihrer Flucht vom Pferd gestürzt, und einer hatte sich dabei das Bein gebrochen. Von Roberts anderen Begleitern fehlte jede Spur, gestanden Esgars Ritter ihrem grimmig schweigenden Hauptmann.

Angesichts des Triumphs in Roberts Gesicht hatte sich Esgar zu einem grollenden Versprechen hinreißen lassen. »Wir werden sie finden und gefangen nehmen, Sir Robert, und dann werden wir Eure Brüder der Gerichtsbarkeit des Earl of Ulster überantworten, und sie werden sich wünschen, nie geflohen zu sein.« Er befahl zwanzig seiner Männer, die Flüchtigen zu verfolgen und ihnen den Stab abzunehmen – egal wie lange es dauerte und wie viele Meilen sie zurücklegen mussten –, dann trieb er seine fünf Gefangenen zusammen. »Ich bringe sie zu Sir Richard nach Ballymote. Die halbe Beute ist besser als gar keine.«

Während der Reise gen Norden hatten Robert und die anderen Gefangenen den Karren nur verlassen dürfen, wenn die Gruppe Rast gemacht hatte. Von den Ufern des Sees ging es über Viehtreiberpfade in die Berge hoch, deren Gipfel oft in den Wolken verschwanden. Einige Tage lang war die Luft in diesen Höhen so kalt und beißend, als wäre der Winter zurückgekehrt, dann gelangten sie langsam in mit Eschen und knospenden Eichen bewachsene, von Vogelgezwitscher und Regen erfüllte Täler hinunter. Und auf einmal lagen die Berge hinter ihnen, und vor ihnen erstreckten sich endlose Meilen flachen Landes.

Zusammen mit der Landschaft änderte sich auch die Stimmung innerhalb der Gruppe, die Ritter wurden wortkarg und wachsam. Die Feuer wurden niedrig gehalten, und Esgar, stets vor unsichtbaren Gefahren auf der Hut, stellte nachts Wachposten auf. Wann immer es möglich war, machten sie in Festungen Halt, in denen Garnisonen des Earl of Ulster stationiert waren. Die Gefangenen waren während der ganzen Zeit gut behandelt worden, sie hatten zu essen und zu trinken bekommen und sogar Decken erhalten; auch der verletzte Knappe war versorgt worden. Doch für Robert war die Sorge, ob seine Männer sich sicher nach Schottland würden durchschlagen können, das ungewisse Schicksal seiner Brüder und die Furcht davor, was ihm und seinem Ziehbruder bevorstehen mochte, die reinste Folter gewesen.

Der Karren verlangsamte seine Fahrt, kam fast zum Stehen, und das Innere verdunkelte sich plötzlich. Das Klirren war verstummt, die Pferde tänzelten leicht, als der Kutscher sie weitertrieb. Die Speichen der Räder streiften die Wand eines Torgangs oder Tunnels, dann befanden sie sich wieder unter freiem Himmel, und Sonnenlicht erhellte ihr dunkles Gefängnis.

Kurz darauf machte der Karren endgültig Halt, die Plane wurde zurückgeschlagen, und Esgars Gesicht kam zum Vorschein. »Aussteigen!«

Roberts Hände und Füße waren gebunden, doch die Fesseln ließen ihm genug Spielraum, um zum Rand zu schlurfen. Er glitt vom hinteren Ende des Karrens herunter, blinzelte in das grelle Licht und stellte fest, dass er sich in einem von hohen Steinmauern umschlossenen weitläufigen Burghof befand. Neben den Befestigungsanlagen hatte man auch eine Reihe hölzerner Bauten errichtet: Ställe, Zwinger und andere Nebengebäude. Alle wirkten ganz neu, Arbeiter waren teilweise noch dabei, die schrägen Dächer mit Stroh zu decken. Die Mauern wurden von sechs Türmen flankiert, zwei davon waren mit Gerüsten verkleidet. Die Türme an den vier Ecken der Burg endeten in offenen Plattformen und wurden jeder von einer riesigen Belagerungsmaschine überragt.

Robert spähte an dem Karren vorbei und erblickte ein Doppeltorhaus, das den schmalen Gang bewachte, durch den sie gekommen waren. Über dem Tunnel hing ein goldenes, mit einem roten Kreuz und einem sich aufbäumenden schwarzen Löwen besticktes Banner. Das klirrende Geräusch, das er gehört hatte, rührte von einem Fallgitter her, das jetzt wieder herabgelassen wurde. Seine eisernen Zähne schlossen sich über dem Torweg. Ballymote war eine mächtige, gut befestigte und mit einer großen Garnison versehene Burg. Einem Mann würde es schwerfallen, hier unbemerkt einzudringen. Es würde ihm aber mindestens ebenso schwerfallen, die Burg wieder zu verlassen.

Eine Tür des Torhauses wurde geöffnet, und drei Männer traten heraus. Robert stufte zwei von ihnen als Wächter ein und konzentrierte sich auf die wuchtige Gestalt in der Mitte, die auf ihn zugeschritten kam. Obwohl er ihn nie gesehen hatte, wusste Robert, dass dies Sir Richard de Burgh sein musste, der Earl of Ulster und König Edwards einflussreichster Magnat in Irland. Ulster schien Anfang vierzig zu sein, sein Gesicht, in dem sich die ungemilderte Arroganz eines Mannes von Rang und Macht widerspiegelte, war mit Kampfnarben übersät. Er trug einen prachtvollen, mit einem roten Kreuz bestickten Mantel.

Ulster begrüßte Esgar knapp, dann musterte er den Rest der Gruppe. Sein Blick blieb auf Robert haften. »Sir Robert, nehme ich an? Ich erkenne Euren Vater und Euren Großvater in Euch wieder, zumindest in körperlicher Hinsicht. Im Geiste unterscheidet Ihr Euch sehr von beiden, denke ich.« Die Verachtung in seiner tiefen Stimme war nicht zu überhören.

Robert, der unbewaffnet und nur mit einem mit Schweißflecken übersäten Hemd und einer ebensolchen Hose bekleidet, mit ungekämmtem Bart und Haar und sich seiner äußeren Erscheinung nur allzu deutlich bewusst vor ihm stand, wand sich unter dem durchdringenden Blick des Earls innerlich vor Unbehagen. Ulster erinnerte ihn an seinen Vater – derselbe massige Körperbau, dasselbe herrische Gebaren, dieselbe Missbilligung in den Augen. Er unterdrückte den Stich, den ihm die letzte Bemerkung versetzt hatte, und erwiderte herausfordernd den Blick des Earls. »Es ist bedauerlich, dass wir uns unter diesen Umständen kennenlernen, Sir Richard. Zwischen

Eurer Familie und meiner bestand eine langjährige Freundschaft, von der Ihr immer profitiert habt. Es tut mir leid, dass Ihr dieses Bündnis nun gefährdet, indem Ihr mich und meine Männer gefangen nehmt. Ihr meint, meinen Großvater und Vater in mir zu sehen, aber sie sind bloße Illusionen. Mein Großvater ist tot und mein Vater in England. Ich bin jetzt der Herr über unsere Landsitze und das Oberhaupt der Familie Bruce. Ihr solltet das respektieren.«

Ulsters Augen glitzerten. »Ihr habt jeglichen Respekt meinerseits verwirkt, als Ihr zum Verräter wurdet und Euch auf die Seite dieses gesetzlosen Verbrechers geschlagen habt. Ihr hattet doch alles – reiche Ländereien in Schottland, Irland und England, die Freundschaft König Edwards und sogar einen Anspruch auf den Thron Eures Reiches. Und wie steht Ihr jetzt da? Euer Vater hat Euch verstoßen, wie ich hörte, das Heim Eurer Familie in Lochmaben ist zerstört und Eure Grafschaft an die englische Krone gefallen. Wenn König Edward die Herrschaft über Schottland übernimmt, ist Carrick für Euch verloren. Selbst Eure neuen Verbündeten haben Euch im Stich gelassen. William Wallace befindet sich im Ausland, und die Rebellen haben seit seiner Abwesenheit keine Erfolge mehr zu vermelden. Und nun seid Ihr hier, ein Gefangener, der nichts besitzt als das Hemd, das er am Leibe trägt, ein Earl nur dem Namen nach und schwerlich würdig, diesen Titel zu tragen. Sagt mir, Robert – war es das wert?«

Das Bild des Heims seiner Kindheit zog vor Roberts geistigem Auge vorbei – Turnberry Castle, hoch oben auf den Klippen der Küstenlinie von Carrick gelegen, über dem tosenden Meer. Erinnerungen an seinen Großvater und Vater, seine Mutter, seine Schwestern und Brüder folgten auf dem Fuß, und durch Ulsters schroffe Worte heraufbeschworene Zweifel begannen an ihm zu nagen. Doch dann zeichnete sich ein Bild klarer und deutlicher ab als alle anderen: ein grüner Reif in einem Netz aus Zweigen, der im Geäst einer Eiche baumelte.

Er entsann sich nur allzu gut der Nacht, in der Affraigs runzlige Hände ihn angefertigt hatten – dieselben Hände, die ihn auf die Welt geholt hatten. Dort, in ihrem Haus voller Kräuter und Knochen, war sein Ziel, König zu werden, manifestiert und sein Schicksal in eine Krone aus Heidekraut und Geißklee eingeflochten worden.

Er hatte nicht alles für nichts gegeben. Er hatte alles, was er einst gehabt hatte, für alles, was er eines Tages sein könnte, aufgegeben: seine Ländereien für ein Königreich, seine Familie für ein Volk. Seine Reichtümer für eine Krone. »Ja, das war es, Sir Richard. All diese Dinge bedeuten nichts, wenn Schottland nicht frei ist.«

Ulster lachte grimmig. »Wallace ist scheinbar doch nicht so weit weg. Ihr seid zum Sprachrohr dieses Schurken geworden!«

»Da bin ich nicht der Einzige. James Stewart, Euer eigener Schwager, führt jetzt die Rebellion an. Und es erheben sich auch weit mehr Stimmen als die von Wallace und mir, um gegen König Edwards Versuche zu protestieren, die Herrschaft über unser Reich an sich zu reißen.«

Bei der Erwähnung von James Stewart, des Großhofmeisters von Schottland und Mann seiner Schwester Egidia de Burgh, wurden Ulsters Augen schmal. Er wandte sich an seinen Hauptmann. »Esgar, ich brauche etwas, das mir den bitteren Geschmack im Mund versüßt. Ich nehme an, Ihr habt den Stab?«

Esgar warf Robert einen Blick zu. Sein Gesicht verfinsterte sich. »Nein, Mylord.«

Als der Ritter berichtete, was sich am Ufer des Sees zugetragen hatte, verhärteten sich Ulsters Züge vor Zorn.

»Ich wollte die Gefangenen selbst zu Euch bringen«, schloss Esgar. »Aber zwanzig meiner Männer verfolgen Sir Roberts Gefährten, und sie werden sie finden. Wir unterhalten auf dem ganzen Weg von hier bis Antrim, wo sie höchstwahrscheinlich hinwollen, Garnisonen. Meine Männer haben Anweisung, mich sofort zu benachrichtigen, wenn sie die Reliquie an sich gebracht oder irgendetwas über ihren Verbleib erfahren haben.«

»Wo werden Eure Männer den Stab hinbringen?«, wollte Ulster von Robert wissen. »Zu Lord Donough?« Als Robert keine Antwort gab, fügte der Earl hinzu: »Ich kann seine Halle noch einmal niederbrennen, wenn es sein muss. Diesmal bis auf die Grundmauern.«

»Dann wird mein Vater sie erneut wiederaufbauen!«, spie Cormac. Seine Stimme zitterte vor Hass.

Ulster achtete nicht auf den Wutausbruch des jungen Iren, seine Aufmerksamkeit galt allein Robert. »Ihr werdet reichlich Zeit haben, Eure Haltung zu überdenken, bevor ich Euch König Edward übergebe.« Als Robert auch weiterhin beharrlich schwieg, zog Ulster die Brauen zusammen. Ein fast väterlicher Ausdruck – eine Mischung aus Bestürzung und Sorge – huschte über sein Gesicht. »Sagt mir, wo Eure Männer den Stab des Malachias hinbringen, dann werde ich in Anbetracht meiner langen Freundschaft mit Eurer Familie erwägen, Euch König Edward nicht auszuliefern. Auf den Stab kann ich nicht verzichten, aber in Bezug auf Eure Person ist es mir vielleicht möglich, Nachsicht zu üben.« Als er erneut keine Antwort erhielt, verschanzte Ulster sich wieder hinter seiner üblichen grimmigen Fassade. »Esgar, Ihr werdet mit Euren Leuten beim ersten Tageslicht nach Antrim aufbrechen. Ich denke, seine Männer werden entweder versuchen, den Stab zu verstecken oder ihn nach Schottland zu schaffen. Wenn Letzteres der Fall ist, müssen sie sich ein Boot beschaffen. Spürt sie auf. Befragt alle Mitglieder von Donoughs Familie und jeden Mönch der Abtei von Bangor – so lange, bis Ihr herausfindet, wo sich der Stab befindet.«

Esgar verneigte sich. »Ich werde Euch nicht noch einmal enttäuschen, Mylord.«

»Und schafft mir diesen Verräter aus den Augen!«

Robert spürte, wie er bei den Armen gepackt wurde. »Ich habe gesehen, wie sehr Irland unter Edwards Joch leidet«, rief er, als Ulster sich abwandte und davonging. »Er blutet Euer Land aus!«

Ulster verlangsamte kurz seine Schritte, drehte sich aber nicht um.

Als die Ritter Robert und Cormac über den Hof zu einem der Ecktürme führten, kamen sie an einem jungen Mädchen in einem weißen Kleid vorbei. Es wurde von einer älteren Frau begleitet – wahrscheinlich einer Gouvernante. Sie verstärkte den Griff um die Schulter ihres Schützlings, als die Männer vorübergingen, doch das Mädchen blickte Robert und dem anderen Gefangenen bekümmert nach, bis sie durch die Turmtür in die dahinterliegende Dunkelheit geschoben wurden.

Der Lateranpalast, Rom, A.D. 1301

»Lest es noch einmal vor!«

Der Befehl klang scharf. Papst Bonifaz drehte sich nicht um, sondern fuhr fort, mit hinter dem Rücken verschränkten Händen aus dem Fenster zu starren. Das sich vor ihm erstreckende Rom glich in der Abenddämmerung einem roten Juwel. Die Strahlen der untergehenden Sonne fingen sich in den Glasfenstern der Palazzi und warfen einen blutigen Schein über die zerbröckelnden Mauern der alten Amphitheater.

Der von der wochenlangen Reise erschöpfte päpstliche Bote räusperte sich und verlas die Botschaft von König Edward erneut. Die aus seinem eigenen Mund kommenden, an Gottes Stellvertreter auf Erden gerichteten herausfordernden Worte verursachten ihm Unbehagen.

»*In meiner von den Schotten vor acht Jahren in Norham verkündeten und bestätigten Eigenschaft als rechtmäßiger Ober-*

souverän Schottlands gedenke ich in voller Härte mein Recht auszuüben, das Reich vor all jenen zu schützen, die den Frieden gefährden, den ich geschaffen habe«, schloss er. »*Deshalb kann ich – bei allem Respekt vor Eurer Heiligkeit – Eurer Bitte, die feindseligen Handlungen gegen Schottland einzustellen, nicht entsprechen, wenn sich die Rebellen auch weiterhin meiner Vorherrschaft widersetzen und meine Garnisonen und Burgen angreifen.*«

»Bildet er sich ein, er stünde über dem Wort der Kirche?« Bonifaz wandte sich vom Fenster ab. Seine große, in kostbare venezianische Seide gehüllte Gestalt hob sich als Silhouette vor der sinkenden Sonne ab, die dem weißen Haar rund um seine Tonsur einen rötlichen Schimmer verlieh. »Zwei Jahre habe ich darauf hingearbeitet, ihn mit seinem Vetter zu versöhnen. Die Tinte auf dem Vertrag zwischen England und Frankreich ist gerade trocken, und schon werde ich für meine Bemühungen mit einer solchen Unverschämtheit belohnt!«

Angesichts des Zorns des Papstes senkte der Bote den Blick. »Erzbischof Winchelsea hat versucht, den König zur Vernunft zu bringen, Eure Heiligkeit, aber ohne Erfolg. König Edward ist entschlossen, Schottland zu unterwerfen und die Rebellen zu vernichten. Als wir sein Lager bei Caerlaverock verließen, bereiteten er und seine Armee sich schon darauf vor, gen Westen vorzurücken.«

»Ob er wohl auch dann noch so halsstarrig bleiben würde, wenn ihm die Exkommunikation drohen würde?« Bonifaz stieß vernehmlich den Atem aus. »Leider kann ich diese Möglichkeit nicht in Erwägung ziehen. Die Könige von England und Frankreich sind die einzigen Männer im Christentum, auf denen meine Hoffnungen für einen neuen Kreuzzug ruhen, um den Sarazenen das Heilige Land abzuringen.« Er wandte sich an den dritten Mann in der Kammer, der halb im Schatten verborgen stand. »Es ist bedauerlich, dass meine Anstrengungen, zugunsten Eures Reiches zu vermitteln, nicht zu dem Ergebnis geführt haben, auf das wir beide gehofft hatten. Ich weiß, dass Ihr viele Opfer gebracht habt, um hierherzukommen, und König Philipp hat in den höchsten Tönen von Euch und Eurer Sache gesprochen, aber ich bin nicht sicher, welchen Kurs wir jetzt einschlagen können.«

William Wallace lauschte dem Urteil des Papstes schweigend. Er war ein Riese von einem Mann, maß fast sieben Fuß, und seine zu Fäusten geballten Hände hatten die Größe von Schaufelblättern. Sein Hals glich dem eines Stiers, Oberkörper und Schultern waren mit Muskeln bepackt. Er trug einen gut geschnittenen Überwurf und einen blauen, mit Silbergarn gesäumten Mantel, doch auch die vornehmen Kleider konnten nicht verschleiern, dass er wie ein Barbar aussah; ein Eindruck, der noch durch seine enorme Körpergröße und die zahlreichen Narben auf seiner blassen Haut verstärkt wurde – die in dem Fleisch eines Mannes festgehaltene Geschichte eines Krieges. In der prunkvollen Kammer des Lateranpalastes, wo alle Oberflächen aus Gold oder schimmerndem Marmor bestanden, wirkte er vollkommen fehl am Platz, dennoch legte er eine stoische Würde an den Tag, und in seinen scharfen blauen Augen leuchtete eine wache Intelligenz.

»Ein Kurs bleibt uns noch, Eure Heiligkeit.« Wallace' Stimme klang rau, aber gemessen.

Bonifaz' Augen verengten sich wissend. »Ein gefährlicher Kurs, Sir William.« Er schüttelte den Kopf. »So rasch, nachdem ich einen Waffenstillstand zwischen England und Frankreich herbeigeführt habe? Ich kann es nicht riskieren, diesen Frieden aufs Spiel zu setzen. Wenn Edward den Vertrag bricht und er und Philipp einen neuerlichen Krieg beginnen, werden sie sich beide nicht dazu bewegen lassen, das Kreuz zu nehmen und ihre Schwerter gen Osten zu richten. Jerusalem wird nie zurückerobert werden, solange die christlichen Herrscher sich gegenseitig bekämpfen.«

»Hält Edwards Krieg gegen die Schotten ihn nicht auch von

einem Kreuzzug ab? In Schottland sterben Christen, Eure Heiligkeit, während die Ungläubigen in der Heiligen Stadt Moscheen bauen.«

Ein schmerzlicher Ausdruck huschte über das Gesicht des Papstes. »Durch den Vertrag habe ich für König Johns Entlassung aus dem Tower gesorgt, wie König Philipp es verlangt hat. Reicht es nicht, dass er sich nicht mehr in Edwards Gewalt befindet? Ich kann Euch versichern, dass es ihm in meiner Obhut an nichts fehlt.«

»Nicht, wenn mein Königreich auch weiterhin in Edwards Fesseln liegt und von seiner Armee verwüstet wird.« Wallace trat näher an den Papst heran. Das letzte Sonnenlicht fing sich in seinen Augen und färbte sein vernarbtes Gesicht rot. »Ich glaube, das ist der einzige Weg, um zu erreichen, dass er aufhört, mein Land anzugreifen. Mit König Philipps Hilfe kann Edward ohne einen Krieg aufgehalten werden. Er kann in dieser späten Phase nicht vertragsbrüchig werden, dazu hat er zu viel zu verlieren – die Heirat seines Sohnes, die Gascogne – und durch einen Kampf zu wenig zu gewinnen. Wegen seines Krieges in Frankreich hat er die Unterstützung seiner Barone verloren und seine Schatztruhen plündern müssen, und er weiß nicht, wie er sich neue Mittel beschaffen soll, um seine Armee zu unterhalten. Noch einen langwierigen Konflikt kann er sich nicht leisten.« Wallace' Stimme klang unverändert ruhig und bestimmt. »Entlasst König John aus dem päpstlichen Gewahrsam, Eure Heiligkeit, dann erreichen wir alle unser Ziel. Im Christentum wird Frieden herrschen, und in meinem Königreich wird der rechtmäßige König auf dem Thron sitzen.«

ZWEITER TEIL

A. D. 1301

»Und so wird sich die Rache des Donnerers zeigen, denn jedes Feld wird den Bauern eine Enttäuschung bereiten. Ihre Sterblichkeit wird die Menschen dahinraffen und alle Länder entvölkern.«

Geoffrey of Monmouth,
»Die Geschichte der Könige Britanniens«

8

Ballymote, Irland, A.D. 1301

DIE ERSTEN TAGE IM GEFÄNGNISTURM vergingen für Robert rasch, die Gefahr, in der er schwebte, schien jede Minute zu beschleunigen, denn Schritte auf den Stufen oder das Klicken eines Riegels stellte stets eine potenzielle Gefahr dar. Doch am Ende der ersten Woche, während der Cormac und er von ihren Häschern weitgehend in Ruhe gelassen worden waren, begann sich die Zeit zwischen Sonnenaufgang und Sonnenuntergang in die Länge zu ziehen. Als die Tage zu Wochen wurden und die Wände der Kammer immer enger zusammenzurücken schienen, kroch sie nur noch unendlich langsam dahin, und hätte er nicht sehen können, wie sich die Knospen der Eichen rund um Ballymote öffneten und wie die Gerste auf den Feldern in der Ferne immer höher wurde, hätte Robert gesagt, die Zeit wäre ganz stehen geblieben.

In diesen schier endlosen Momenten, wo ihm jeder Tag wie eine Woche und jede Woche wie eine Ewigkeit vorkam, wuchs sein Frust über seine Kerkerhaft und den Mangel an Informationen bezüglich des Schicksals seiner Brüder in ihm wie ein Geschwür, bis er alles andere überschattete. Der Umstand, dass seine Zelle eher einem Palast als einem Verlies glich, war ihm ein kalter Trost. Die mit zwei Federbetten, seidenen Läufern auf dem Boden und Gobelins an den Wänden, einem Tisch mit zwei Stühlen, an dem er und Cormac ihre Mahlzeiten einnahmen, einer Waschschüssel und sogar ein paar Büchern ausgestattete Kammer entsprach nur dem, woran Robert gewöhnt war. Aber trotz allem Luxus war und blieb sie ein Gefängnis, und während der Frühling in den Sommer überging und alle seine Pläne in seinem Kopf stagnierten, erinnerte ihn die üppige Einrichtung immer stärker daran, wo er eigentlich sein sollte. Und wo er stattdessen war.

In dieser Zeit kreisten Roberts Gedanken oft um John Balliol. Der Mann, den Edward dazu bestimmt hatte, an Stelle Roberts Großvater auf Schottlands Thron zu sitzen, vegetierte nun in seiner eigenen prunkvollen Zelle dahin, auch er ein Opfer des Ehrgeizes des Königs, über Britannien zu herrschen; ein Ehrgeiz, der noch von den Worten der Prophezeiung und dem starken Willen der loyalen jungen Männer bestärkt wurde, mit denen Edward sich umgab. Allmählich begann es Robert, weggeschlossen, vergessen und über hundert Meilen von seinem Königreich und seinen Verbündeten entfernt, unmöglich – ja, lächerlich vorzukommen, eine solche Entschlossenheit brechen zu können. Viele der Männer des Königs waren von der festen Überzeugung beseelt, Britannien durch ihr Handeln zu retten. Dieser Glaube ließ den Kampf um die Herrschaft über Schottland weniger wie einen Krieg als vielmehr wie einen Kreuzzug erscheinen. Wie konnte ein einzelner Mann hoffen, dagegen anzukommen?

Es gab nur zwei Dinge, an denen er sich in solchen Momenten des Zweifels festklammerte. Das eine war das Vertrauen darauf, dass seine Brüder den Stab sicher nach Schottland schaffen würden, wo James Stewart ihn einsetzen konnte, um mit dem englischen König zu verhandeln. Das andere war die Hoffnung, Affraig würde tatsächlich über besondere Gaben und Macht verfügen. Aber die ganze Zeit lang hing Ulsters Drohung, ihn als Verräter an Edward auszuliefern, wie ein Schwert an einem dünnen Faden über ihm.

Am Anfang seiner Haftzeit hatte der Earl Robert mehrfach besucht, ihm die Freiheit in Aussicht gestellt, wenn er ihm verriet, wohin seine Brüder den Stab brachten, und ihn dann vor den Folgen für ihn gewarnt, wenn er dies nicht tat. Diese Besuche waren seltener geworden und in größeren Abständen erfolgt, als der Sommer ins Land zog. Ihm wurde bald klar, dass Ulster mit dringenderen Angelegenheiten beschäftigt war; eine Tatsache, die Robert dadurch herausbekommen hatte, dass er stundenlang am Fenster saß, das Kommen und Gehen der Männer des Earls beobachtete und registrierte, dass die bewaffneten Truppen, die zur Burg kamen oder sie verließen, immer größer wurden. Manchmal kehrten diese Truppen in reduzierter Stärke zurück oder brachten Verwundete mit.

Da Robert alle Informationen brauchte, die er bekommen konnte, knüpfte er eine freundschaftliche Beziehung zu einem der Diener an, die ihnen ihre Mahlzeiten brachten, einem geschwätzigen Mann namens Stephen. Dank Stephens loser Zunge erfuhr er, dass entlang der Grenzen von Connacht die Bedrohung durch irische Häuptlinge ständig wuchs, die ihre alten Feindschaften begruben, um sich gegen die englischen Siedler zu verbünden. Auf diese Gerüchte folgte bald darauf aufgeregtes Getuschel über eine von Ulsters Grenzfestungen, die überfallen und deren Garnison niedergemetzelt worden sein sollte. In Ballymote herrschte Alarmbereitschaft, die gesamte Aufmerksamkeit war auf das Umland konzentriert.

Während dieser turbulenten Zeit entschlüpfte es Stephen, dass zu Ehren der bevorstehenden Hochzeit von Earl Richards jüngster Tochter mit einem mächtigen hiesigen Lord in der Burg ein großes Fest stattfinden sollte. Kurz darauf summte ganz Ballymote wie ein Bienenkorb, als mit den Vorbereitungen für die Festlichkeiten begonnen wurde – die Dienerschaft des Earls war sichtlich froh, sich mit etwas Erfreulicherem von der unsicheren Lage im Land ablenken zu können. Robert, der Stephens Berichten von all den erlesenen Speisen, die zubereitet wurden, und den ranghohen Gästen, die erwartet wurden, interessiert lauschte, begann einen Plan auszuarbeiten.

»Da kommen noch welche.« Cormac wandte sich vom Fenster ab, von dem aus er das Eintreffen der Gäste beobachtet hatte. Fackelschein fiel durch die Bleiglasscheiben und setzte sein rotes Haar in Flammen. Einige Zeit zuvor hatten sie gehört, wie das Fallgitter hochgezogen worden war, gefolgt vom Hufschlag einer Reitergruppe, der ersten von vielen – einige der zu der Verlobungsfeier geladenen Leute reisten sogar in Kutschen an. »Ich habe insgesamt zwanzig kleine Gesellschaften gezählt. Sieht aus, als würde die Halle des Earls heute Abend aus allen Nähten platzen.«

Robert, der sich an der Tür postiert hatte, nickte, konzentrierte sich aber auf die Unterhaltung der Wächter, die er gedämpft durch das Holz mit anhören konnte. Während der letzten Stunden waren ihre Stimmen etwas lauter und ihr Lachen weniger gepresst geworden. Das Fest bot den Männern des Earls eine willkommene Gelegenheit, die Anspannung abzuschütteln, die sich während der letzten Monate aufgebaut hatte, und das Ale schien in Strömen zu fließen. Irgendwo in der Burg, hinter den langen Gängen und Wendeltreppen, erklang Musik.

»Er hat sich verspätet«, stellte Cormac fest, dabei blickte er stirnrunzelnd zum tiefblau schimmernden Abendhimmel auf. Dann sah er Robert an. Sein jungenhaftes Gesicht verzog sich besorgt. »Vielleicht hat man uns in all der Aufregung vergessen.«

»Er wird schon noch kommen«, versicherte ihm Robert, obwohl sich sein Magen angesichts der gegenteiligen Möglichkeit zusammenkrampfte.

Vor der Tür brandete Gelächter auf.

Die Zeit verstrich, die Musikfetzen wurden von den Rufen der Stallburschen im Hof begleitet, während immer noch weitere Gäste eintrafen.

Endlich vernahm Robert, worauf er gewartet hatte – Schritte draußen auf der Treppe. Er nickte Cormac warnend zu und huschte geräuschlos durch den Raum. Die beiden Männer nahmen am Tisch Platz und hörten zu, wie der Riegel zurückgeschoben wurde. Die Tür ging auf, zwei Diener erschienen im Rahmen. Der ältere und stämmigere trug eine große Platte mit Essen, der andere, ein pickelgesichtiger Junge, einen Zinnkrug und zwei Kelche. Nachdem sie die Kammer betreten hatten, schlossen die Wachposten die Tür hinter ihnen.

»Guten Abend, Sir Robert«, grüßte der ältere Mann. Sein Gesicht war erhitzt, seine Wangen gerötet. »Entschuldigt bitte die Verspätung. Die Köche wissen nicht, wo ihnen der Kopf steht.«

»Das ist verständlich, Stephen.«

»Aber Eure Geduld wird belohnt, Sir«, fuhr Stephen fort, als er die Platte auf den Tisch stellte. »Es gibt Lachs und Wildschwein. Und Ned hat einen Krug Gascognerwein, der eines Königs würdig ist.«

Als Stephen sich vorbeugte, konnte Robert Ale in seinem Atem riechen. »Sind Earl Richards Gäste schon alle eingetroffen?«, fragte er, dabei griff er nach einem der silbernen Messer, die zum Zerschneiden des Fleisches neben der Platte lagen. Auch Leinentücher, mit denen sie sich das Fett von den Fingern wischen konnten, fehlten nicht.

Ned war um den Tisch herumgegangen, stand jetzt ganz in Cormacs Nähe und schenkte den Wein ein.

»Allerdings. In der großen Halle wird schon ausgelassen gefeiert.« Stephen kicherte. »Ich schätze, das wird eine lange Nacht werden.« Er neigte den Kopf. »Genießt Eure Mahlzeit, Sir Robert.«

»Schür das Feuer, bevor du gehst, Stephen.« Robert schnitt eine Fleischscheibe ab und ließ sie auf seinen Teller gleiten.

»Natürlich, Sir.«

Als Stephen zum Kamin trat und sich über den Korb mit Holzscheiten beugte, wechselte Robert einen Blick mit Cormac.

Sein Ziehbruder bewegte sich blitzschnell, während Ned

noch immer mit Krug und Wein beschäftigt war. Er schlang einen Arm um den Hals des pickeligen Jungen und hielt ihm das Messer, das er vom Tisch gerissen hatte, vor das Gesicht. »Wenn du schreist, steche ich dir die Augen aus«, zischte er Ned ins Ohr.

Robert schnellte mit dem Messer in der einen und dem Leinentuch in der anderen Hand mit zwei Sätzen durch die Kammer, kauerte sich neben Stephen, der noch immer unaufhörlich schwatzend Scheite in den Kamin schob, und bohrte ihm die Messerspitze in die fleischige Seite. »Tu genau das, was ich dir sage.«

Stephen erstarrte mit dem Scheit in der Hand. Sein Blick wanderte von Roberts Gesicht zu dem bedrohlich blitzenden Messer.

»Bind dir das vor den Mund.« Robert reichte ihm das Leinentuch. »Aber fest!«

Stephen ließ das Scheit sinken und griff mit zitternden Händen nach dem gefalteten Tuch. Er zog sich den Stoff über den Mund und knotete ihn hinter dem Kopf zu. Am Tisch wies Cormac Ned an, dasselbe zu tun.

»Und jetzt beweg dich!« Robert hielt das Messer unverwandt auf Stephen gerichtet, als er den geknebelten Diener zum Tisch drängte. »Setzt euch. Alle beide.« Als die beiden Männer gehorchten, nickte Robert Cormac zu, woraufhin dieser zu seinem Bett lief und die Decke zurückschlug. Ein provisorischer Strick kam zum Vorschein. Es war sein Laken, das er an diesem Nachmittag eigens zu diesem Zweck zerrissen und zusammengeknotet hatte. Robert hockte sich vor den Dienern auf den Boden und ließ das Messer über ihnen schweben, aber ihm war klar, dass keiner der Männer sich zur Wehr setzen würde, dazu waren sie viel zu verängstigt. Ein dünnes Rotzrinnsal rann aus Neds Nase.

Cormac schlang die verknoteten Stoffstränge um die Handgelenke beider Diener und fesselte sie erst aneinander, dann an das Tischbein. Lange würden die Fesseln nicht halten, aber das war auch nicht notwendig. Robert wollte nur sicherstellen, dass er und sein Ziehbruder nicht überwältigt wurden, wenn sie die Kammer verließen. Er nahm ein Holzscheit aus dem Korb und steuerte auf die Tür zu. Cormac folgte ihm mit dem Messer in der Hand.

Robert klopfte drei Mal gegen das Holz: Stephens übliches Zeichen. Die Tür wurde geöffnet, und einer der Wächter erschien; er grinste über irgendetwas, was sein Kamerad gerade zu ihm gesagt hatte. Doch sein Grinsen erstarb augenblicklich, als er die beiden Männer sah. Robert gab ihm keine Gelegenheit zu reagieren, sondern rammte ihm das Ende des Holzscheits ins Gesicht. Als der Mann zurücktaumelte, duckte sich Cormac unter Roberts Arm hinweg, stürmte zur Tür hinaus und ging auf den zweiten Wächter los. Das Essensmesser war zwar nur eine armselige Waffe, aber sie reichte aus, um den Gegner zu erschrecken und die Orientierung verlieren zu lassen, als die Klinge seine Wange aufritzte und ihn veranlasste, die Arme hochzuwerfen, um sein Gesicht zu schützen. Im selben Moment packte Cormac das Schwert des Mannes und riss es aus der Scheide. Der Wächter, dem Robert einen Schlag mit dem Scheit versetzt hatte, war gegen die Wand geschleudert worden und hatte sich an den Steinen den Kopf angeschlagen. Blut strömte ihm aus Mund und Nase, als er versuchte, Robert abzuwehren, doch er war diesem bei weitem nicht gewachsen. Robert entwaffnete ihn rasch, warf das Scheit weg und umklammerte stattdessen das Schwert des Mannes. »Da hinein«, grollte er, krallte die Finger in den Überwurf des Wächters und zerrte ihn in die Kammer.

»Dafür lässt Euch Sir Richard die Eier abschneiden!«, spie der andere Mann.

Zur Antwort stieß Cormac einen Knurrlaut aus, schmetterte ihm den Knauf seines eigenen Schwertes ins Gesicht und brach ihm die Nase. Während der Wachposten die Hände vor das Gesicht schlug, beförderte Cormac ihn mit kräftigen Fußtritten in die Kammer, warf die Tür zu, schob den Riegel vor und folgte Robert. Gemeinsam stürmten sie durch den Turm nach unten und in die fahle Abenddämmerung hinaus.

»Haltet bitte still, Mylady, sonst gelingt es mir nie, dieses Gewand zuzuschnüren. Euer Vater wird sich schon wundern, wo Ihr bleibt. Genau wie Euer Bräutigam.«

»Ich bekomme kaum noch Luft, Lora«, keuchte Elizabeth de Burgh und spähte über die Schulter, während ihre Zofe die Schnüre am Rücken ihres smaragdgrünen Kleides festzog. Mit jedem Zug schloss sich das steife Seidenmieder enger um ihre Rippen und ihre Brust, bis sie zu ersticken meinte. Es war ein milder Abend, und der schwere Stoff kratzte auf ihrer feuchten Haut. Sie wünschte sich nichts mehr, als sich von dem Gewicht zu befreien und in die kühle Dunkelheit der Burgkapelle zu huschen, wo sie mit ihren Gedanken und Gebeten allein war. Die geknöpften Ärmel des Gewandes schienen ihre Arme vom Ellbogen bis zu den Handgelenken zu fesseln.

»Fast geschafft«, murmelte die Zofe, ehe sie ein letztes Mal an den Schnüren zog. »So, fertig.«

Elizabeth starrte sich im Spiegel an, während Lora einen Satinüberwurf und einen Schleier vom Kleiderhaken nahm. Der Goldbesatz auf dem Gewand schimmerte im Kerzenschein und erfüllte das Glas mit seinem Glanz. Ihre Haut wirkte im Gegensatz dazu sehr blass. Ihr normalerweise unter einer Haube verborgenes schwarzes Haar war mit parfümiertem Öl getränkt und aufgesteckt worden, juwelenbesetzte Haarnadeln hielten die gedrehten Locken an ihrem Platz. Ihr Spiegelbild war ihr fremd. Sie dachte an die vielen Gäste in der Halle ihres Vaters – an all die Köpfe, die sich zu ihr umdrehen würden, wenn sie eintrat; einschließlich derer ihres Vaters und ihres zukünftigen Mannes. Plötzlich erschien ihr das Kleid noch enger und das Atmen noch mühsamer.

»Arme hoch.« Lora hielt ihr den Überwurf hin, den sie über dem Gewand tragen sollte. Auf dem Brustteil war ein schwarzer Löwe eingestickt, das Wappentier der de Burghs.

»Ich kann nicht, Lora.« Elizabeth drehte sich zu ihr um. »Ich kann einfach nicht.«

Die Zofe betrachtete das Kleidungsstück stirnrunzelnd. »Sir Richard hat es eigens anfertigen lassen, Mylady.« Ihr Tonfall klang jetzt besorgt. »Er wird erwarten, dass Ihr es heute tragt.«

»Ich spreche nicht von dem Kleid. Sondern von dem Fest.« Elizabeth schlug eine Hand vor den Mund. Ihre Stimme brach. »Und dieser Hochzeit!«

Mitgefühl malte sich auf Loras Gesicht ab. Als Elizabeths Augen in Tränen zu schwimmen begannen, legte die Zofe den Überwurf auf das Bett und nahm ihre Herrin an den Armen. »Mylady, ich weiß, dass Ihr Euch fürchtet, aber Ihr müsst jetzt Mut zeigen. Ihr wisst, wie wichtig diese Heirat für Euren Vater ist – wie sehr er aufgrund der wachsenden Unruhen an unseren Grenzen auf Lord Henrys Unterstützung angewiesen ist.«

»Ich habe ihn angefleht, mich in ein Kloster eintreten zu lassen. Ich möchte den Schleier für Christus nehmen, nicht für einen Mann, der drei Mal so alt ist wie ich.«

»Lord Henry ist noch gar nicht so alt«, tadelte die Zofe.

Elizabeth nahm die Hand vom Mund. Ihre Züge verhärteten sich. »Er ist älter als mein Vater, Lora. Seine erste Frau hat ihm zwölf Kinder geboren und ist bei der Geburt des letzten gestorben.« Sie drehte sich wieder zum Spiegel. Während sie sich darin betrachtete, wurden ihre Augen schmal, und sie empfand den wilden Drang, sich das Kleid vom Leib und die Nadeln aus den Haaren zu reißen und sich das Gesicht zu zerkratzen, bis sie hässlich war. Ihr war nicht entgangen, wie Lord Henry sie bei ihrer ersten Begegnung vor zwei Monaten, als die Heirat arrangiert worden war, angesehen hatte – wie die Füchse, die mit gierig funkelnden schwarzen Augen in der Abenddämmerung um den Hühnerstall herumschlichen. Sie erinnerte sich auch nur zu gut an die Altersflecken auf seinen Händen, seine fetten Wurstfinger, die sommersprossige kahle Stelle auf seinem Hinterkopf und die gelben Zähne.

Lora seufzte leise. »Es ist Eure Pflicht, eine vorteilhafte Partie zu machen, so wie es auch die Pflicht Eurer Schwestern war. Außerdem müsst Ihr ja nicht allein zu Lord Henry gehen. Ich werde Euch begleiten und bei Euch bleiben. Und jetzt kommt, Mylady«, schloss sie bestimmt; dabei hielt sie den Überwurf in die Höhe. »Euer Vater und seine Gäste warten.«

Benommen hob Elizabeth die Arme und gestattete der Zofe, ihr den Überwurf über den Kopf zu streifen und ihn über ihrem Gewand glatt zu streichen. Sie dachte an ihre Schwester – wie sehr diese große Feste geliebt hatten. Sie hatten sich am Fenster ihrer Schlafkammer in Loughrea gedrängt, um zuzuschauen, wie die Gäste mit ihren Gefolgen von Knappen und Dienern eintrafen, hatten über die pompös dahinstolzierenden Lords gekichert und errötend über die schmucken jungen Ritter getuschelt. Elizabeth hatte ihre Begeisterung für die Hitze und den Lärm, das Menschengewimmel und die vor Trunkenheit glasigen, lüsternen Blicke nie geteilt oder verstanden. Sie hatte immer versucht, sich vor solchen Abenden zu drücken, indem sie Fieber oder irgendeine andere Krankheit vortäuschte. Manchmal hatte ihr Vater ihre Entschuldigung gelten lassen. Heute jedoch gab es kein Entrinnen.

Lora drapierte den Schleier über ihrem Kopf und befestigte ihn mit einem Goldreif. »Ihr seht aus wie eine Königin«, murmelte sie.

Elizabeth erwiderte nichts darauf. Als sie zur Tür ging, kam sie an der Truhe am Fuß ihres Bettes vorbei, auf der ein kleines Elfenbeinkreuz an einer Silberkette lag. Ihr Vater hatte es ihr zu ihrem zehnten Geburtstag geschenkt, wenige Wochen nachdem sie beinahe ertrunken wäre.

»*Gott wird immer mit dir sein*«, hatte er gesagt, als er es ihr um den Hals legte.

Sie hatte es seither ständig getragen; der untere Teil des Kreuzes war inzwischen seidenglatt geworden, weil sie jahrelang daran herumgefingert hatte. Sie blieb einen Moment stehen, um es an ihrem Hals zu befestigen, dann schritt sie durch den Turm und in die Dämmerung hinaus. Pferde und Kutschen verstopften den Hof, der Mistgestank hing wie eine Wolke in der Luft. Während sie langsam auf die Halle zuging, kam sie sich in ihrem schweren Gewand vor wie in einer Rüstung gefangen. Elizabeth umklammerte das elfenbeinerne Kreuz und flehte Gott an, ihr Schicksal in andere Bahnen zu lenken.

9

ROBERT UND CORMAC HATTEN DEN HOF zur Hälfte durchquert, als sie die junge Frau sahen, die sich zwischen den Reihen von Pferden und Wagen hindurchschlängelte und auf die Halle zusteuerte. Hinter ihr führte der Tunnel durch das Torhaus mit den Zwillingstürmen in die Freiheit hinaus. Das Fallgitter war noch immer hochgezogen, um etwaigen verspäteten Gästen Einlass zu gewähren. Die beiden Wachposten kehrten dem Hof den Rücken zu, lehnten an der Mauer und unterhielten sich. Nach all den müßigen Wochen im Turm außer Atem, beschleunigte Robert seine Schritte und hob eine Hand, als die Frau sich umdrehte – eine verzweifelte Geste, mit der er sie zu schweigen bat. Doch im selben Moment wurde ihm klar, dass es für sie so aussehen musste, als wolle er sie angreifen, denn er hatte ohne zu überlegen die Hand mit dem Schwert hochgerissen.

Ihr Schrei gellte durch die Stille des Abends. Die Stallburschen blickten verwirrt von ihrer Arbeit auf, und die beiden Wächter fuhren herum. Robert stürmte vorwärts, um ihnen keine Gelegenheit zu geben, sich zu verteidigen, doch der Schrei des Mädchens hatte drei weitere alarmiert, die aus dem Torhaus gerannt kamen. Robert blieb stehen und schätzte seine Lage ein. Als die Wächter, die seinen Fluchtweg versperrten, ihre Breitschwerter zückten, änderte er seine Richtung und stürzte sich auf die junge Frau, die wie gelähmt dastand.

Von der drohenden Gefahr plötzlich aus ihrer Erstarrung gerissen, setzte sie sich in Bewegung, doch ihr langes Gewand behinderte sie, und sie konnte nur ein paar Schritte weit stolpern, bevor Robert sie zu packen bekam und sie grob an sich presste. Sie hob die Hände, um sie furchterfüllt in seinen Oberarm zu krallen.

»Zurück!«, donnerte Robert, dabei richtete er das gestohlene Schwert auf die Wachposten.

Die fünf Männer blieben stehen und blickten von Robert zu Cormac, der sich bereithielt, ihm den Rücken zu decken. Einer trat vor, als wolle er Roberts Entschlossenheit auf die Probe stellen, doch ein älterer Mann mit kurz geschorenem weißem Haar und einem wettergegerbten Gesicht hielt ihn mit einem gebellten Befehl zurück.

Als sein Kamerad sich wieder in die Reihe eingliederte, heftete sich der Blick des Weißhaarigen auf Robert. »Ihr wisst, dass Ihr von hier aus nirgendwohin könnt, Sir Robert.« Seine Stimme klang selbstbewusst und gebieterisch. »Lasst Lady Elizabeth gehen, dann wird Euch nichts geschehen.«

Als der Name fiel, begriff Robert, dass das Mädchen, dessen Herz er unter seinem Arm heftig klopfen spürte, Richard de Burghs jüngste Tochter sein musste. Stephen hatte oft von ihr gesprochen; das Fest heute Abend fand zur Feier ihrer Verlobung statt. Doch die Freude darüber, dass ihm eine so wertvolle Geisel in die Hände gefallen war, wurde rasch getrübt, als ihm bewusst wurde, was er getan hatte. Er hatte eine Lady gegen ihren Willen und äußerst grob in seine Gewalt gebracht. So gesehen war er nicht besser als ein Straßenräuber, aber er konnte sie nicht freilassen. Nicht, wenn er sein Königreich wiedersehen wollte. »Ihr würdet mir nichts zuleide tun.«

»Ich nicht, Sir«, stimmte der Wächter zu. »Aber wenn Ihr der Lady auch nur ein Haar krümmt, wird Euch Earl Richard die Eingeweide aus dem Leib reißen!«

Robert wandte sich an Cormac. »Hol zwei Pferde.«

Ohne den Blick von den Wächtern zu wenden, zog sich Cormac in Richtung Stall zurück.

Robert rührte sich nicht von der Stelle. Die Schulterblätter des Mädchens bohrten sich in seine Brust. Beide waren sie in den flackernden Schein der Fackeln getaucht, die entlang der Mauern brannten. Von der Halle wehten Musik und Gelächter herüber; die fröhlichen Laute bildeten einen seltsamen Kontrast zu der gespenstischen Szene im Hof. Robert nahm an, dass der Lärm der Feiernden den Schrei des Mädchens übertönt hatte, aber es würde nicht lange dauern, bis jemand sie hier überraschte.

Er schielte über die Schulter. Cormac machte den Stallknechten ungeduldige Zeichen. Es waren junge Burschen, die sichtlich Angst vor diesem bewaffneten, wild dreinblickenden Krieger hatten. Als er am Rand seines Blickfelds eine Bewegung wahrnahm, drehte Robert sich rasch um. Der weißhaarige Wächter kam langsam näher. »Keinen Schritt weiter«, warnte er; dabei setzte er Elizabeth die Klinge an die Kehle.

»*Bitte.*«

Das schwache Flüstern kam von ihr.

Eine innere Stimme – vielleicht die seiner Mutter – setzte zu einer geharnischten Strafpredigt an, doch er brachte sie zum Schweigen, verschloss die Ohren vor der Furcht in der Stimme des Mädchens, ließ nicht zu, dass die Rohheit seines Handelns seine Entschlossenheit ins Wanken brachte. Die Männer, die ihm den Weg vertraten, die verängstigte junge Frau – verglichen mit dem Thron von Schottland waren sie nicht von Bedeutung.

Der weißhaarige Wachposten war ein Stück entfernt von ihm stehen geblieben, seine Kameraden hatten sich hinter ihm aufgebaut und blockierten den Torhaustunnel. Robert bemerkte, wie sich der Blick des älteren Mannes auf etwas hinter ihm richtete. Sein Gesichtsausdruck änderte sich, ein Anflug von befriedigter Erwartung war darin zu lesen. Robert wirbelte alarmiert herum und sah zu seinem Entsetzen einen muskulösen Mann in einer staubigen Tunika hinter seinem Ziehbruder auftauchen.

Cormacs Aufmerksamkeit galt einzig und allein den Burschen, die die Pferde aus dem Stall führten. Robert stieß einen Warnruf aus, doch ehe sein Ziehbruder reagieren konnte, stürzte sich der Mann schon auf ihn und versetzte ihm einen Faustschlag direkt unter die Rippenbogen. Cormac krümmte sich unter der Wucht des Hiebes. Es gelang ihm, sein Schwert festzuhalten, doch sein Angreifer gab ihm keine Gelegenheit, damit auszuholen, sondern riss ein Knie hoch und rammte es unter sein gesenktes Kinn. Robert schrie wütend auf, als sein Ziehbruder auf dem Boden zusammensackte und sein Gegner sich im selben Moment auf ihn fallen ließ, um ihm sein Schwert zu entwinden.

Als er sah, wie der weißhaarige Wächter vorsichtig einen weiteren Schritt auf ihn zukam, zog Robert Elizabeth zu einer der offenen zweirädrigen Kutschen im Hof, vor die zwei kräftige Pferde gespannt waren. Er kletterte hinein und zerrte sie unsanft hinter sich in das Gefährt. Die Pferde begannen erwartungsvoll zu tänzeln. Der kleine Wagen war mit Kissen und Decken ausgelegt, und an einer Seite entdeckte er eine Peitsche. Die Wächter rückten näher, bildeten einen Halbkreis um die Kutsche. »Mein Bruder im Austausch für die Lady!«, brüllte Robert dem Weißhaarigen zu und gab Elizabeth frei, um die

Peitsche zu packen, hielt aber die Klinge weiterhin auf sie gerichtet, als sie sich neben ihm niederkauerte.

Cormac bäumte sich unter dem Gewicht seines bulligen Gegners auf und versuchte, ihn fortzustoßen. Ehe der Weißhaarige antworten konnte, kamen sechs weitere Männer aus der Tür der großen Halle gestürmt, gefolgt von Richard de Burgh, dessen Gesicht zu einer Maske der Wut verzerrt war. Hinter ihm kam ein Mann um die fünfzig mit schütterem Haar, dessen Augen sich ungläubig weiteten, als er die im Wagen hockende Elizabeth sah.

»*Fahr zu, Bruder!*«, röhrte Cormac.

Mit einem gezischten Fluch hieb Robert mit der Peitsche auf die Pferde ein, als der Earl und seine Männer auf ihn zustürzten. Die Tiere galoppierten los. Der weißhaarige Wächter warf sich verzweifelt nach vorn, als die Kutsche an ihm vorbeirumpelte. Es gelang ihm, die Seite zu fassen zu bekommen und sich daran festzukrallen, als sich der Tunnel schmal und eng vor ihnen auftat. Robert, der auf dem Boden des Gefährts kniete, holte mit der Peitsche aus und traf ihn seitlich am Kopf. Der Mann schrie auf, ließ die Seite los und überschlug sich im Staub des Burghofs.

»Lasst das Fallgitter herunter!«, donnerte Ulster.

Ohne Elizabeth zu beachten, die in die Kissen geschleudert worden war, zog sich Robert auf den Kutschbock, griff nach den Zügeln und hieb aus Leibeskräften auf die Pferde ein, als die Wächter im Torhaus den Befehl des Earls ausführten und die spitzenbewehrten Eisenstäbe rasselnd in die Tiefe sausen ließen. Das Fallgitter verfehlte den hinteren Teil der Kutsche nur um Haaresbreite, als es auf den steinernen Untergrund prallte und die Pferde durch den Tunnel auf den Pfad hinausjagten. Robert hörte noch Ulsters wütendes Gebrüll, das sogar das Trommeln der Hufe übertönte, bevor die Kutsche um eine Biegung schoss und im Wald verschwand.

Robert behielt die mörderische Geschwindigkeit bei, solange

er es wagte. Unter den jetzt im Sommer dichten grünen Baumkronen war es dämmrig. In der Ferne begann eine Glocke zu läuten. Da ihm vermutlich nur sehr wenig Zeit blieb, bis die auf ihren Schlachtrössern viel schneller vorankommenden Männer des Earls ihn einholten, zügelte er die Pferde, und als er eine kleine Bresche zwischen den Bäumen sah, lenkte er sie vom Pfad herunter in den Wald. Zweige und Farn knackten und brachen unter den Rädern des Gefährts. Als er nicht mehr weiterkam, brachte er die Tiere zum Stehen und sprang aus der Kutsche. Hinter sich konnte er zwischen den Bäumen immer noch die Straße sehen. Seine einzige Hoffnung bestand darin, dass die Dunkelheit ausreichte, um Pferde und Wagen zumindest eine Weile lang vor seinen Verfolgern zu verbergen.

Mit vor Eile ungeschickten Fingern löste Robert die Geschirrriemen. Die Pferde warfen aufgeregt schnaubend die Köpfe hoch. Keines trug einen Sattel, aber er hatte gelernt, notfalls auch ohne zu reiten. Als er den letzten Riemen wegzog, spähte er zu der Tochter des Earls hinüber. Sie saß noch immer in der Kutsche und klammerte sich mit weit aufgerissenen Augen schwer atmend an den Seiten fest. Der Goldreif, den sie getragen hatte, war ihr vom Kopf gerutscht, ihr Schleier in Unordnung geraten. »Es tut mir leid, Mylady«, wandte er sich an sie. »Aber ich hatte keine andere Wahl.« Er schlang sich den Riemen um die Taille und schob das Schwert, das er Ulsters Wachposten abgenommen hatte, in den provisorischen Gürtel. »Bleibt am Rand der Straße. Euer Vater wird nach Euch suchen.«

Als er sich anschickte, sich auf eines der Pferde zu schwingen, kam plötzlich Leben in Elizabeth, und sie kletterte gleichfalls hastig aus der Kutsche. »Wartet!«

Robert blickte sich um. Sie wirkte jetzt weniger verängstigt als vielmehr völlig verzweifelt.

»Nehmt mich mit.«

Robert starrte das Mädchen an. Die Forderung brachte ihn

einen Moment lang völlig aus der Fassung, doch er löste sich rasch aus seiner Erstarrung und packte Mähne und Rumpf des Tieres, um sich auf seinen Rücken zu ziehen. Von der Straße her ertönten Hufschläge.

Elizabeths Gesicht verzerrte sich vor Qual. »Dann werde ich ihnen sagen, in welche Richtung Ihr flieht!« Ihre Stimme zitterte, als sie die Drohung aussprach, aber sie bahnte sich entschlossen einen Weg durch das Unterholz, raffte mit einer Hand ihre Röcke, schob mit der anderen Zweige zur Seite und steuerte auf die Straße zu.

Fluchend glitt Robert von dem Pferd und lief ihr nach, setzte über Baumwurzeln hinweg und zerriss sich das Hemd, als er an einem Dornengestrüpp hängen blieb. Der Hufschlag wurde lauter, der Waldboden erzitterte unter zwanzig oder mehr Reitern in vollem Galopp. Robert packte Elizabeth und drückte sie mit Gewalt in das Unterholz. Im selben Moment donnerten die Männer des Earls im flackernden Schein der Fackeln, die sie bei sich trugen, an ihnen vorbei. Er presste ihr eine Hand auf den Mund, obwohl sich diese Vorsichtsmaßnahme als überflüssig erwies, denn sie machte keinerlei Anstalten, sich zur Wehr zu setzen. Eine Staubwolke stob auf, dann waren die Männer verschwunden.

Robert wartete noch ein paar Sekunden ab. Insekten krochen im Dunkeln über seine Haut, und Elizabeths Atem strich heiß über seine Haut. Endlich richtete er sich auf und zog sie grob in die Höhe.

Der Schleier war ihr vom Kopf gerutscht, und ihr aufgesteckter schwarzer Zopf hatte sich aus den Haarnadeln gelöst, die ihn hielten. »Ihr wollt nach Schottland, nicht wahr?«

»Von hier aus könnt Ihr problemlos zu Fuß zur Burg zurücklaufen«, wies er sie an, ehe er zur Kutsche zurückging. Ulsters Männer wussten sicherlich, dass sie ihn schnellstmöglich einholen mussten. Wenn ihnen das nicht gelang, würden sie zurückkommen und den Wald durchsuchen. Robert blieb stehen. Die Kutsche stand noch da, wo er sie zurückgelassen hatte, aber die Pferde waren durchgegangen. Eine Welle heißer Wut schlug über ihm zusammen. »*Hölle und Teufel!*«, zischte er, dann fuhr er zu der hinter ihm näher kommenden Elizabeth herum.

Sie zuckte angesichts des Zorns in seinem Gesicht zurück, schob jedoch herausfordernd das Kinn vor. »Nehmt mich mit, dann schicke ich meinem Vater eine Botschaft und bitte ihn, den anderen Mann unversehrt freizulassen. Er ist Euer Bruder, nicht wahr?«

Robert blickte zur Straße hinüber, als er eine weitere Reitergruppe herannahen hörte, dann sah er Elizabeth an, registrierte ihre entschlossene Miene und die Verzweiflung in ihren Augen. Sie umklammerte ein kleines Elfenbeinkreuz, das sie um den Hals trug. Wenn er sie hier zurückließ, würde sie nichts davon abhalten, seine Verfolger durch lautes Geschrei auf ihn aufmerksam zu machen. Mit einer unterdrückten Verwünschung packte er sie am Handgelenk und zog sie in den Schatten der Bäume. Hinter ihm erfüllte erneut Hufgetrommel den Wald.

Picardie, Frankreich, A.D. 1301

Sturmwolken türmten sich am Himmel auf, verwandelten goldenes Abendlicht in stumpfes Kupfer und warfen weitläufige Schatten über die Wiesen des Sommetals. Vom Fenster des auf massiven Erdwällen, die sich über den umliegenden Weiden und Dörfern erhoben, errichteten Bailleul Castle aus beobachtete John Balliol, wie erste Blitze über die Landschaft seiner Heimat zuckten. Hinter ihm eilten Diener durch den dämmrigen Raum, bezogen die Betten mit frischem Leinen, entfachten ein Feuer im Kamin und gossen Wasser in eine Schüssel, damit er sich den Staub vom Gesicht waschen konnte. Der Rest der Burg wurde von der Familie und der Garnison seines Vasallen bewohnt, aber diesen Raum hatte man für ihren lang abwesenden Lord reserviert. Er machte einen staubigen, vergessenen Eindruck.

Der Abend war heiß und stickig, und Balliol erwog einen Moment lang, die Diener anzuweisen, lieber kein Feuer anzumachen, aber das fröhlich in der dunklen Kammer flackernde Licht gab ihm ein Gefühl, nach Hause gekommen zu sein, das er nicht missen mochte.

Daheim.

Es war ein Fremdwort für ihn. Während seiner auf den Tod seiner Mutter folgenden Jahre als Lord of Galloway hatte es eine Bedeutung für ihn gehabt; eine oberflächliche Bedeutung, die er als selbstverständlich hingenommen hatte. Doch nach drei Jahren im Tower von London und zwei Jahren in päpstlichem Gewahrsam in Malmaison Castle war er zu einer Erkenntnis gelangt. Daheim zu sein bedeutete Freiheit. Die Freiheit, zu kommen und zu gehen, wie er wollte, und seine Vasallen nach seinem Gutdünken zu sich zu bestellen. Die Freiheit, zu essen, zu schlafen und mit seinem Sohn auf die Jagd zu reiten, wann immer es ihm beliebte. Das Wort jagte ihm einen Schauer über den Rücken, aber er war nicht sicher, ob er von freudiger Erregung oder Unbehagen herrührte.

Jemand klopfte an die Tür. Balliol drehte sich um, als sein Haushofmeister den Raum betrat.

»Sir, die Männer, die Ihr erwartet, sind eingetroffen. Wünscht Ihr zuerst zu speisen?«

»Nein, Pierre, führe sie herein. Ich werde sie jetzt empfangen.«

Sobald sich der Haushofmeister zurückgezogen hatte, wandte sich Balliol wieder zum Fenster. Die nervöse Energie, die ihn erfüllte, schwoll an; bereit loszubrechen wie der Sturm. Er begriff immer noch nicht, warum man ihn vor drei Tagen zum ersten Mal seit Jahren ohne Wacheskorte aus seiner Kammer in Malmaison geholt und zu einigen päpstlichen Beamten gebracht hatte, die ihn zu seiner Burg in der Picardie begleitet hatten. Ihm war lediglich mitgeteilt worden, dass ihn dort Boten aus Paris aufsuchen würden. Vielleicht würde er jetzt ein paar Antworten bekommen. Er war frei. Aber er wollte wissen, welchen Preis er dafür zu zahlen hatte.

Kurz darauf wurde die Tür erneut geöffnet, und Pierre führte zwei in blaue, mit goldenen Lilien, dem königlichen Wappen Frankreichs, bestickte Überwürfe gekleidete Männer herein. Ohne auf die immer noch geschäftig durch die Kammer huschenden Diener zu achten, wartete Balliol darauf, dass die Besucher ihn begrüßten. Leiser Argwohn stieg in ihm auf.

»Sir John.« Einer der Männer neigte den Kopf. Er hatte einen sorgfältig gegabelten Bart und spitze Züge. »Ich bin Sir Jean de Reims, ein Ritter des Königshofes. Ich überbringe Euch Grüße von König Philipp aus Paris. Er hofft, dass Euch Eure neue Unterkunft mehr zusagt als die frühere.«

Die erste Antwort auf eine seiner zahlreichen Fragen überraschte Balliol. Demnach war der König von Frankreich für seine Freilassung verantwortlich? Diese Erkenntnis führte augenblicklich zu einer weiteren Frage. Er wusste, dass seine Befreiung aus dem Tower und Umsiedelung nach Malmaison auf Geheiß des Papstes erfolgt und Teil der Verhandlungen zwischen England und Frankreich gewesen war, aber er hatte sich nicht vorstellen können, warum sein Schicksal in einen Vertrag zwischen den beiden Ländern aufgenommen worden war. Die Intervention des französischen Königs erschien ihm noch rätselhafter. »Ich dachte, der Befehl, mich freizulassen, sei von der päpstlichen Kurie gekommen?«

»Nur zum Teil. Einer Eurer Anhänger, Sir William Wallace, traf vor zwei Jahren in Paris ein, um sich für Eure Freilassung einzusetzen. Euer Freund und Verbündeter Philipp fühlte sich bewogen, zu Euren Gunsten einzugreifen. Er empfahl Sir William und sein Anliegen dem Papst. Seine Heiligkeit hat zwar die endgültige Entscheidung getroffen, aber Eure Freilassung habt Ihr meinem Herrn, dem König, zu verdanken.«

Ballion trat erneut zum Fenster, wo die sinkende Sonne angesichts des aufziehenden Sturms verschwunden war. Blitze flammten am Himmel auf. Vor sechs Jahren hatte er sich an den französischen König gewandt und ihn um Hilfe im Kampf gegen Edward gebeten. Ihr Bündnis hatte den Einmarsch des englischen Königs in Schottland zur Folge gehabt. Aber wo war Philipp gewesen, als der Krieg begonnen hatte? Wo waren die Soldaten gewesen, die der König versprochen hatte, als Edward mit seiner Armee den Tweed überschritten, Balliols Untertanen abgeschlachtet, seine Städte dem Erdboden gleichgemacht und seine Burgen eingenommen hatte? Wo waren die Franzosen gewesen, als Edward ihn in den Tower hatte werfen lassen?

»Ich bin erstaunt, dass sich König Philipp nach dieser ganzen Zeit so für meine Angelegenheiten interessiert. Ich dachte, er und Edward wären jetzt Freunde?« Balliol wandte sich wieder zu dem Ritter des Königs. »Wie man mir sagte, schloss der Vertrag des Papstes Schottland ausdrücklich aus.«

»Ich verstehe Eure Enttäuschung«, erwiderte Jean beschwichtigend. »König Philipp hätte sich gewünscht, Eure Freilassung schon viel früher durchsetzen zu können, aber der Krieg mit England zwang ihn, seine Aufmerksamkeit auf seine eigenen Grenzen zu richten. Er beabsichtigt, Euch dorthin zurückzubringen, wohin Ihr von Rechts wegen gehört. Auf den Thron von Schottland.«

Bei diesen Worten zog sich Balliols Brust zusammen, aber er unterdrückte die aufkeimende Hoffnung rasch, da sich sein Verstand weigerte, einer so kühnen Behauptung Glauben zu schenken. Es klang lächerlich. »Wie will er das bewerkstelligen?« Seine Stimme klang jetzt ruhig und erschöpft und gab einen Blick auf den gebrochenen Mann hinter der Fasssade frei.

»Ein dauerhafter Friede zwischen England und Frankreich muss erst noch bestätigt werden. Die Gascogne befindet sich immer noch in den Händen meines Herrn. Er kann das Herzogtum so lange besetzt halten, bis Edward einwilligt, den Krieg gegen Euer Königreich zu beenden und Euch zu gestatten, den Thron wieder zu besteigen.«

»Warum sollte Philipp das tun? Ich verstehe es nicht.«

»Eingedenk Eures früheren Bündnisses und um einen Verbündeten auf dem Thron Schottlands sitzen zu haben. Einen Verbündeten, der ihm helfen könnte, den Ehrgeiz seines Vetters in Schach zu halten.«

Vertrauen war für Balliol zu einem seltenen Schatz geworden, zu einer Perle, die von Zeit und Sand geformt wurde. Er hatte Philipp schon ein Mal vertraut, genau wie er König Edward vertraut hatte, dem Paten seines neunzehnjährigen, nach ihm benannten Sohnes. Edward hatte ihn Bruce und allen anderen Thronanwärtern vorgezogen und zum König gemacht; hatte zugesehen, wie er auf dem Stein der Vorsehung gesessen hatte und die Krone auf sein Haupt gesetzt worden war. Vier Jahre später hatte Edward ihn gezwungen, auf einer Plattform zu stehen, die in Montrose eigens zu seiner Demütigung errichtet worden war. Balliol konnte noch immer das Geräusch hören, mit dem der Stoff riss, als zwei von Edwards Rittern das königliche Wappen Schottlands von seinem Überwurf abtrennten. König Niemand, so hatten sie ihn genannt.

Er sah aus dem Fenster, als Blitze die Landschaft in ein gleißendes Licht tauchten. Lange bevor die Familie Balliol reiche Landgüter in England und Schottland erworben hatte, hatten sie hier gelebt, inmitten des sanften Grüns der Wiesen und Weinberge der Picardie. Von diesem nördlichen Rand des Landes aus, von dem aus man nach England blickte, war William der Eroberer zusammen mit Balliols Vorfahren zu seinem ersten Feldzug aufgebrochen. Dies war die Geburtsstätte seiner Eroberungen, vielleicht konnte sie dies wieder werden.

Langsam wagte John Balliol, zaghafte Hoffnung zu schöpfen.

10

In der Nähe von Turnberry, Schottland, A.D. 1301

IN DEM VOLLGESTOPFTEN, VOM FEUER erleuchteten Raum übertönten die geflüsterten Worte das Knirschen von Stein auf Stein.

»*Im Namen von Lady Mond und Brigid von der Flamme beschwöre ich dich: Füge dich meinem Willen!*«

Die stickige Luft war vom Rauch des Feuers erfüllt, dessen bitterer Geruch sich mit dem Übelkeit erregenden Schimmelgestank vermischte, der von dem den nackten Erdboden bedeckenden alten Stroh aufstieg. An den Deckenbalken hingen neben von jahrelangem Gebrauch schwarz angelaufenen Töpfen und Pfannen auch kleine Bündel Lebermoos, Kranichbeere, Alraunwurzel und Heidekraut. Neben einer Pritsche auf der anderen Seite des Raums, auf der sich Pelze häuften, huschten kleine Geschöpfe im Schatten umher. Daneben stapelten sich einige Bücher, deren Einbände sich aufzulösen begannen. Die darin eingeprägten Worte waren verblasst, die Ränder der Seiten von Mäusen angefressen und grün vor Feuchtigkeit, die Namen der Verfasser fast verschwunden. Plinius. Aristoteles. Ptolemäus. Galen.

»*Bei der Macht des heiligen Horns und der Mittsommersonne beschwöre ich dich: Füge dich meinem Willen!*«

Als sie den steinernen Stößel in den Mörser stieß, verspürte Affraig ein schmerzhaftes Ziehen in Handgelenk und Arm, das sie in diesen Tagen häufig plagte – die Gelenke schienen sich unter ihrer papierdünnen Haut zu verknoten und zu verschmelzen, bis es sich anfühlte, als stünden ihre Gliedmaßen in Flammen. Mit mühsamen Bewegungen zerrieb sie die getrocknete Leber, das Herz und die Genitalien des Kaninchenbocks, den sie vor einem Monat mit einer Falle gefangen hatte, zu einem rötlich grauen Pulver.

»Hast du den Wein mitgebracht?«

»Ja«, erwiderte eine atemlose Frauenstimme hinter ihr.

Affraig drehte sich um, als Bethoc, die junge Frau eines Fischers aus Turnberry, eifrig vortrat und ihr einen glasierten Krug mit einem gelben Wachsstopfen hinhielt. Affraig nahm ihn ungeduldig entgegen, fest entschlossen, den Trank so schnell wie möglich fertigzustellen. Sie war froh, dass ihr Geschäft gut lief, aber Bethocs häufige Besuche begannen an ihren Nerven zu zerren – letzten Monat eine Arznei für die Zahnschmerzen ihres Sohnes, den Monat davor ein Zauber, um den Ausschlag ihrer kleinen Tochter zu heilen, den ihr, wie sie sagte, eine eifersüchtige unfruchtbare Nachbarin angehext hatte. Affraig stellte den Krug neben den Mörser auf den wurmzerfressenen Tisch und gab mit zitternden Händen und vor Konzentration gerunzelter Stirn die zerriebenen Organe in den Wein. »Gib ihn deinem Mann zwei Tage vor Vollmond zu trinken. Nicht später. Seine Potenz wird kurz darauf zurückkehren. Achte darauf, dass er alles austrinkt.«

Bethoc, die normalerweise jedem ihrer Worte wie gebannt lauschte, gab keine Antwort.

Affraig drehte sich ärgerlich um. »Hörst du mich, Bethoc?«

Die junge Frau stand an der Tür, die im Wind aufgeschwungen war, und starrte hinaus. Ihre Arme hingen schlaff an ihren Seiten herab, ihr Körper wirkte wie zu Stein erstarrt. »Was *ist* das?«

Affraig stellte den Mörser ab und schlurfte zu ihr hinüber. Strohhalme blieben am Saum ihres schäbigen braunen Kleides hängen. Als sie neben Bethoc stand und der warme Sommerwind über ihr Gesicht strich, sah sie in der Ferne eine Rauchsäule aufsteigen. Sie wehte hoch über den Wald hinweg, der ihr Haus umgab, und färbte den blauen Himmel schwarz. Der Rauch kam von Turnberry.

»Brennt ein Haus?«, fragte Bethoc.

»Nein«, murmelte Affraig. Ihre Haut fühlte sich plötzlich klamm an. Dafür war das Feuer viel zu groß, und die Rauchschwaden, die jetzt eine dichte Wolke bildeten, kamen von zu vielen Stellen zugleich. Hier brannte nicht nur ein Haus, sondern viele. »Die Engländer sind gekommen.« Das Ausmaß der Bedeutung ihrer Worte traf sie wie ein Schlag, kaum dass sie sie ausgesprochen hatte.

Seit Monaten verbreiteten sich Gerüchte über eine Invasion in ganz Carrick und säten Angst und Schrecken in den Herzen der Menschen. Affraig hatte sie alle von den Männern und Frauen gehört, die zu ihr kamen, um um Heilmittel und Zauber zu bitten. Zuerst hatten sie ihr mit gedämpfter Stimme erzählt, dass Caerlaverock Castle gefallen war. Einige sagten, die Engländer würden in nördlicher Richtung auf Glasgow vorrücken, andere waren überzeugt, dass sie Richtung Westen auf ihr Gebiet zumarschierten. Die Bewohner von Turnberry und anderen Orten entlang der Küste von Carrick schienen vor Angst wie von Sinnen, aber zugleich so gelähmt wie Kaninchen, auf die der Schatten eines Falken fällt. Da sie ihre Häuser und ihr Vieh nicht verlassen und das Korn auf den Feldern nicht verdorren lassen wollten, waren die meisten geblieben und hatten behauptet, die von ihren Hütern John Comyn und William Lamberton angeführten Schotten würden die Engländer zurücktreiben, bevor sie allzu weit in das Land vordringen konnten. Nun sah es aus, als wäre ihr Vertrauen nicht gerechtfertigt gewesen.

Bethoc, die bei Affraigs Worten totenbleich geworden war, trat ins Freie und heftete den Blick auf die dunklen, wabernden Wolken. »Ich muss zu meinen Kindern«, sagte sie und schlang die Arme um den Oberkörper. Auf ihrer Stirn und ihrer Oberlippe hatten sich Schweißtropfen gebildet, trotzdem zitterte sie.

»Dazu ist es zu spät. Du solltest hierbleiben. Ich bezweifle, dass die Soldaten bis in dieses Tal kommen.« Affraig konnte den Rauch jetzt riechen, ein schwacher Gestank von brennendem Holz, Reet und Stroh.

Bethoc schien sie nicht gehört zu haben. Sie eilte auf den Wald zu, der Wein, der das Heilmittel für die Impotenz ihres Mannes enthielt, war vergessen.

Affraig sah zu, wie sie zwischen den Bäumen verschwand, über die ein Schwarm Wasservögel hinwegflog – eine beneidenswert einfache Flucht vor den Flammen. Als sie ins Haus zurückging, wünschte sie, ihre Hunde wären noch bei ihr, aber der letzte war, alt und blind, vor zwei Wintern gestorben. Auf der Schwelle blieb sie stehen und blickte mit wässrigen Augen auf die mächtige Eiche mit den Zweignetzen, die über dem Gebäude aufragte. Die Äste waren mit Schicksalen, Hoffnungen und Gebeten übersät. Bei den meisten ging es um Liebe, Geld oder Gesundheit. Jedes Netz enthielt das an einer dünnen Schnur baumelnde Symbol des Wunsches des Bittstellers: eine von einem roten Band zusammengehaltene Haarlocke, einen ausgefransten seidenen Geldbeutel, einen Eisenkrautzweig. Affraigs Blick blieb an einem davon hängen, das hoch oben inmitten des Grüns befestigt war. Eine aus Heidekraut, Wermut und Geißklee geflochtene Krone drehte sich langsam darin.

»Wo bist du, Robert?«, murmelte sie.

Turnberry, Schottland, A.D. 1301

Der von den Wohn- und Lagerhäusern und den Werkstätten entlang der Küstenlinie zwischen den bewaldeten Hügeln und dem Meer aufsteigende Rauch hüllte Turnberry in ein schwarzes Leichentuch. Flammen züngelten an den Seiten der Gebäude hoch, die lehmverputzten Wände wurden in der Hitze rissig. Das Knarren und Krachen eines einstürzenden Scheunendaches übertönte das Prasseln des Feuers, und in der Mitte sprühte ein Funkenregen auf. Im Inneren erklang verzweifeltes Gewieher, und als eine der Türen umkippte, schoss ein weißes Pferd mit rollenden Augen, brennender Mähne und Schweif und angesengtem Fleisch aus dem Inferno heraus und galoppierte in Rauch und Flammen gehüllt die Straße hinunter, vorbei an lichterloh brennenden Häusern und auf dem Boden verstreuten Leichen.

Ein junger Mann lag auf dem Bauch, sein Messer noch immer in der Faust. Der Kopf war ihm vom Rumpf getrennt worden und, eine dunkle Blutspur hinter sich herziehend, ein paar Fuß weit weggerollt. Ganz in der Nähe lagen zwei Frauen übereinander auf der Schwelle einer verkohlten Hausruine. Ihre Münder und Nasenlöcher waren schwarz vor Ruß, die Luft ringsum knisterte vor Hitze. Andere Leichen, zumeist die von Männern, wiesen klaffende Schwertwunden auf; einige hielten Waffen in den Händen. Sie waren dort niedergestreckt worden, wo sie noch versucht hatten, sich zu verteidigen, doch viele waren unbewaffnet – nur mit Säcken voller Habseligkeiten beladen gewesen, die jetzt ringsum verstreut lagen – und offensichtlich auf der Flucht hinterrücks abgeschlachtet worden. Überall, wo man hinsah, hatten eisenbeschlagene Pferdehufe den staubigen Boden aufgewühlt.

Auf den Feldern stand der Weizen in Flammen. Es war ein trockener Sommer gewesen, sodass sich das Feuer rasend schnell ausbreitete und die Ernte verzehrte. Schafe und Rinder flohen von den Weiden. Auch am Strand loderte ein Feuer, dort war eine Reihe von Fischerbooten in Brand gesteckt worden. Dahinter brachen sich die weißen Wellen am Ufer, von der sich vor ihnen abspielenden Katastrophe ebenso unbeeindruckt wie die Sonne am blauen Himmel oder die Kormorane, die über dem Felsmassiv des Ailsa Craig weit draußen in der Bucht ihre Kreise zogen. Über dem goldenen Sandhalbmond, wo die Klippen zu einer grasbewachsenen Landzunge anstiegen, ragten die Mauern von Turnberry Castle aus den Rauchschleiern auf. Die Festung stand unversehrt mit geschlossenen Toren auf einem Felsvorsrpung über der schäumenden See.

Dahinter, gerade außerhalb der Reichweite der Bogenschützen, nahm Humphrey de Bohun seinen großen, mit Schwanenfedern verzierten Helm ab. Die gepolsterte Haube, die er darunter trug, war schweißdurchtränkt und rußgeschwärzt; er konnte den bitteren Geschmack im Mund spüren. Er reichte seinem Knappen den Helm, schwang sich aus dem Sattel, nahm den Weinschlauch entgegen, den einer seiner Pagen ihm hinhielt, und rollte die unter der Last des Kettenhemdes schmerzenden Schultern. Ringsum – am Felsufer vor der Festung entlang – taten Ritter und Knappen dasselbe. Nach dem Ritt des heutigen Tages und der drückenden Sommerhitze hatte sie das Niederbrennen des Dorfes durstig gemacht. Die Fackeln, die viele der Infanteristen bei sich getragen hatten, waren in den trockenen Boden gesteckt worden, die Flammen flackerten in der Brise, die durch das harte, raue Gras wehte.

»Sir Humphrey.«

Er drehte sich um, als eine Gruppe seiner Männer ihre Pferde den flachen Hang hoch auf ihn zulenkten. Sie hatten auf seinen Befehl hin das Getreide in Brand gesetzt.

Der Ritter an der Spitze brachte sein Schlachtross zum Stehen. »Es ist vollbracht, Sir«, meldete er mit einem grimmigen Lächeln. »Die Dorfbewohner werden zur Erntezeit kein Korn dreschen.«

Humphrey nickte und warf dem Pagen den Weinschlauch zu. »Gute Arbeit, Aleyn. Die Männer sollen ihre Pferde tränken und sich die Beine vertreten. Aber bleibt in der Nähe. Wir haben heute noch mehr zu tun.« Er wandte sich wieder zu der

Burg auf der Klippe, Geburtsort von Robert Bruce. Wie kann man ihre steinerne Schale am besten aufbrechen?, überlegte er.

Während er über verschiedene Möglichkeiten nachdachte, fiel Humphreys Blick auf eine hochgewachsene Gestalt, die auf ihn zukam. Es war Thomas, Earl of Lancaster, der Neffe des Königs und einer der mächtigsten Barone Englands. Er trug noch immer sein Schwert, an dessen Klinge Blut klebte. Der junge Mann, durch Heirat Erbe der großen Grafschaften Leicester und Lincoln, war auf dem Turnierfeld ein gefürchteter Gegner und hatte sich im Krieg als ebenso gefährlich erwiesen.

Thomas' normalerweise gut gelauntes Gesicht hatte sich vor Ärger verhärtet. »Hast du mit meinem Vetter gesprochen?«

»Nicht, seit wir in Turnberry eingeritten sind.« Humphreys Blick schweifte über die Männer, versuchte Edward ausfindig zu machen. »Warum?«

»Er will heute Nachmittag nach Ayr weiterreiten.«

Humphrey runzelte die Stirn. »Aber die Burg ist noch nicht …«

»Er hat nicht vor, sie einzunehmen«, schnitt Thomas ihm das Wort ab. »Er hält Ayr für das lohnendere Ziel.« Er betrachtete den Sohn des Königs, den Humphrey jetzt inmitten einer Gruppe junger Männer entdeckte.

Neben Edward stand Piers Gaveston. Der Gascogner war so dunkel wie der Sohn des Königs blond, sein schwarzer Überwurf mit einem Silberbesatz verziert. Die beiden teilten sich einen Weinschlauch und unterhielten sich lachend, als wäre heute ein Festtag.

»Ich glaube, das ist nur eine lahme Ausrede«, fuhr Thomas fort. »Mein Vetter hat anderes im Kopf. Ich habe gehört, Gaveston hat ihn überredet, ein Turnier zu veranstalten, bevor wir die nächste Stadt einnehmen. Er sagt, es wäre ein gutes Training für ihn und seine Freunde. Anscheinend wird es ihnen langweilig, Felder in Brand zu stecken und Dörfer dem Erdboden gleichzumachen.«

»Ich werde mit ihm sprechen.«

Humphrey biss die Zähne zusammen, als er über das Feld auf Edward zuging. Nach dem Fall von Caerlaverock hatte der König seine Armee aufgeteilt und die eine Hälfte persönlich gen Norden in Richtung der in der Nähe von Glasgow gelegenen Burg Bothwell Castle geführt, während sein Sohn einen Feldzug in Galloway und Carrick befehligte. Unter dem Banner des jungen Edward war diese zweite Truppe durch den Südwesten marschiert, hatte Dörfer gebrandschatzt und ein schwarzes, verwüstetes Land hinterlassen. Doch im Lauf der letzten Wochen schien der Sohn des Königs immer mehr das Interesse an seinem Kommando zu verlieren, bis es zum größten Teil Humphrey überlassen blieb, Strategien auszuarbeiten und Befehle zu erteilen. Er hatte versucht, den Sohn des Königs dazu zu bringen, sich wieder seinen Aufgaben zu widmen, aber die durch die Trennung von seinem Vater gewonnene Freiheit schien ihm zu Kopf gestiegen zu sein. Das und der Einfluss, den der willensstarke Piers auf ihn ausübte, führte dazu, dass es Humphrey zunehmend schwerfiel, ihn zu zügeln.

»Mylord Edward.« Humphreys Zorn wuchs angesichts des verächtlichen Blickes, mit dem Piers ihn bedachte, als er sich zu den Männern gesellte, von denen einige zu den Drachenrittern gehörten, so wie Humphrey einst selbst, bevor er in die Tafelrunde des Königs aufgenommen worden war. »Wie ich hörte, plant Ihr, die Männer noch heute aus Turnberry hinauszuführen?«

»Das ist richtig, Sir Humphrey.« Edward strich sich mit einer behandschuhten Hand das blonde Haar aus der Stirn. »Wir haben keine Belagerungsgeräte. Die Burg ist zu gut gesichert, um sie nur mit unseren Männern einnehmen zu können.«

»Schaut einmal dorthin.« Humphrey nickte zu dem Wald hinüber, der in den von den Feldern aufsteigenden Rauchwolken verschwommen zu erkennen war. »Was seht Ihr da?«

»Bäume.« Edward quittierte die Frage mit einem Achselzucken.

»Bäume können gefällt und zu einem Rammbock umfunktioniert werden. Auf Dauer werden Turnberrys Tore einem Angriff nicht standhalten. Wir müssen verhindern, dass die Garnison uns hinterrücks angreift, wenn wir gen Norden ziehen.« Aus dem Augenwinkel heraus bemerkte Humphrey, dass Piers über irgendetwas schmunzelte, was einer der anderen Ritter gemurmelt hatte. Er widerstand dem Drang, seine in einem Kettenhandschuh steckende Hand in das spöttische Gesicht des Gascogners zu schmettern, und lotste Edward von seinen Freunden weg. »Der König sagte, es wäre von elementarer Bedeutung, dass wir Carrick auf diesem Feldzug so hart wie möglich treffen. Nach der Zerstörung Lochmabens ist Turnberry Bruce' letzte große Festung in Schottland. Es reicht nicht, das Land seiner Pächter zu verwüsten. Wir müssen ihm und seinen Anhängern jeden sicheren Hafen nehmen. Wir können nicht zulassen, dass ihm eine so mächtige Burg bleibt, in die er zurückkehren kann.« Angesichts der mürrischen Miene des jungen Mannes stieß Humphrey vernehmlich den Atem aus. »Außerdem wird der Fall Turnberrys Euren Vater hoch erfreuen. Stellt Euch vor, wie stolz er sein wird, wenn Ihr ihm berichtet, wie Ihr die Geburtsstätte seines größten Feindes zerstört habt.«

Bei diesen Worten glomm ein schwacher Funke in Edwards blassen Augen auf, und Humphrey wusste, dass er einen wunden Punkt getroffen hatte.

»Nun gut«, murmelte Edward. »Ich werde den Männern befehlen, ein Lager aufzuschlagen. Wir werden die Burg belagern.«

»Eine weise Entscheidung, Mylord.«

Edward machte Anstalten, sich wieder zu seinen Kameraden zu gesellen, blieb dann jedoch stehen. »Ich finde es faszinierend, welch tiefen Hass Ihr einem Mann entgegenbringt, den Ihr einst Bruder genannt habt, Sir Humphrey.« Ein sardonischer Unterton schwang in seiner Stimme.

Als er sich entfernte, wanderte Humphreys Blick zu der Brustwehr der Burg hinüber, und das Gesicht von Robert Bruce schob sich wie eine dunkle Wolke vor seine Augen …

WEST SMITHFIELD, LONDON, A.D. 1294
(7 Jahre zuvor)

Lange bevor sie Smithfield erreichten, konnten sie schon die Reihen der mit bunten Fahnen geschmückten Stände sehen, die Musik hören und den Duft gerösteten Fleisches riechen. Es war der dritte Tag des Augustjahrmarkts, und die lärmenden abendlichen Festlichkeiten waren bereits in vollem Gang. Die über der Ebene, die sich von den Ufern der Themse bei Westminster bis hin zu der großen, dunklen Fläche des Middlesex Forest erstreckte, untergehende Sonne warf einen warmen Schein über den Jahrmarkt, der zwischen dem Fleet River und dem Friedhof St.Bartholomew's abgehalten wurde. Kleine Kochfeuer glitzterten in der Dämmerung wie Sternbildkonstellationen.

Humphrey spürte Vorfreude in sich aufsteigen. Es war ein Gefühl, das so stark mit seinen Erinnerungen daran, wie er als Junge oft hierhergekommen war, zusammenhing, dass er einen Moment lang wieder elf Jahre alt war und an der Seite seines Vaters ritt, während die Leute am Straßenrand die Ritter und Pagen bestaunten, die das Gefolge des Earls bildeten. Es war Jahre her, seit sie beide zuletzt zusammen den Jahrmarkt besucht hatten. Und jetzt, wo sein Vater mit dem Krieg in Frankreich beschäftigt war, würde sich wohl auch so bald keine Gelegenheit mehr dazu ergeben.

Humphrey spähte zu Robert Bruce hinüber. Der junge Earl ritt neben ihm auf einem Schecken, der einige Handspannen niedriger war als Humphreys Schlachtross Storm. Sein Blick war unverwandt auf die von Menschen wimmelnden Felder gerichtet, ein breites Lächeln spielte um seine Lippen. Humphrey nickte zufrieden. »Ich dachte mir schon, dass Euch das beeindrucken würde«, rief er ihm über den anschwellenden Lärm der Menge hinweg zu.

Henry Percy, der vor ihnen auf einem Schlachtross mit prächtiger Schabracke ritt, drehte sich im Sattel um, bevor Robert antworten konnte. »Gibt es solche Jahrmärkte in Schottland nicht, Sir Robert?« Das fleischige Gesicht des Lord of Alnwick war vor Hitze gerötet, sein blondes Haar kringelte sich auf seiner Stirn. Seine blauen Augen glitzerten kühl.

Robert wich seinem Blick nicht aus. »O doch, Sir Henry. Ganz ähnliche, nur sind sie viel, viel größer.«

Humphrey kicherte leise, als Henry eine Braue hob und sich wieder zur Straße wandte. Dafür drehte sich Aymer de Valence, der Erbe der Grafschaft Pembroke und ein Vetter des Königs, zu Robert um. In seinem Blick lag unübersehbare Feindseligkeit, die Robert aber nicht zu bemerken schien, denn seine Aufmerksamkeit wurde von drei Mädchen gefesselt, die Arm in Arm lachend und schwatzend am Straßenrand entlanggingen.

»Schnappt nicht nach dem ersten Köder, den Ihr seht, mein Freund«, warnte Humphrey ihn grinsend. »Hier findet Ihr Frauen, deren Schönheit einen Mönch dazu bringt, sich seine Kutte vom Leib zu reißen.«

»Tatsächlich?« Robert fasste die Zügel kürzer. »Nun, dann werde ich Euch ihnen empfehlen, wenn ich an ihnen vorbeikomme.«

»Macht Platz, holde Maiden!«, krähte Humphrey, als Robert seinem Pferd die Zügel gab und es in einen schnellen Trab fallen ließ. »Macht Platz für den Earl of Carrick! Einen Mann aus dem eisigen, barbarischen Land der Schotten, wo die Frauen sich Bärte stehen lassen, um sich vor der Kälte zu schützen!«

Er prustete vor Lachen, als Robert lautstark zu protestieren begann, und setzte ihm nach.

Die jungen Männer in ihrer Begleitung folgten ihnen einer nach dem anderen, erst die königlichen Ritter Ralph de Monthermer und Robert Clifford, dann Henry Percy und Guy de Beauchamp, der Erbe des Earl of Norwick. Aymer de Valence bildete die Nachhut; er machte sich nicht die Mühe, sein Pferd an den Straßenrand zu lenken, sodasss das gemeine Volk, das sich in der Mitte drängte, zur Seite springen musste, um nicht unter die Hufe zu geraten.

Auf dem Jahrmarktgelände angekommen, übergaben die sieben Edelleute ihre Pferde den Knappen, mischten sich zu Fuß unter die Menge und begutachteten die feilgebotenen Waren. Es gab dunkles Roggenbrot und geröstetes Schweinefleisch, dunkelrote Kirschen, saftige Honigkuchen und gezuckerte Mandeln, dazu konnte man trüben gelben Cidre und süßes Ale bekommen.

Humphrey erstand zwei Humpen und reichte Robert einen davon. »Trinkt langsam«, brüllte er dem Earl ins Ohr, als sie an einer Schar von Männer vorbeikamen, die einen Ring um zwei aufeinander einhackende Hähne bildeten und die Tiere lautstark anfeuerten. »Es ist stärker, als es schmeckt.«

Robert grinste. »Nicht stärker als der Apfelwein meines Großvaters.« Er setzte den Humpen an die Lippen und leerte ihn in einem Zug.

Nach kurzem Zögern tat Humphrey es ihm nach und wischte sich mit dem Handrücken den Schaum vom Mund. »Noch einen?«

»Meine Runde.« Robert öffnete den Beutel, der neben seinem Dolch an seinem Gürtel hing. Die Lederschlinge, in der sonst sein Schwert steckte, war leer.

An Jahrmarkttagen und bei Turnieren war in West Smithfield das Tragen von Schwertern verboten, nachdem eine der häufigen handgreiflichen Auseinandersetzungen in eine blu-

tige Schlägerei ausgeartet war. Zwischen den Londonern und ihren adligen Nachbarn aus Westminster herrschte keine große Liebe.

»Haltet die Hand darauf«, warnte Humphrey mit einem Blick auf den Geldbeutel, als Robert ihm den Humpen reichte. »Hier trifft man nicht allzu viele Gentlemen.«

An ihrem Ale nippend, bahnten sie sich einen Weg durch das Gewimmel, ohne dabei ihre fünf Kameraden aus den Augen zu verlieren. An einer Vielzahl von Ständen wurden alle nur erdenklichen Stoffe und Tuche angeboten: Leinen aus Flandern, Wolle aus Berwick, Seide aus Venedig und Damast aus dem Heiligen Land. Hiesige Kaufleute und solche aus benachbarten Städten feilschten hartnäckig mit den Händlern. Hinter diesen Ständen erstreckten sich Vieh- und Pferdepferche, neben denen Sättel und landwirtschaftliche Geräte verkauft wurden.

Humphrey erklärte Robert, dass es nicht nur die Tuche waren, die die Leute zum Augustjahrmarkt lockten. »Mein Vater hat fast seinen gesamten Bedarf an Pferden hier gedeckt«, fügte er hinzu, dabei wanderte sein Blick anerkennend über Araberhengste und edle kastilische Zuchtstuten hinweg.

Außer kostbaren Rassepferden gab es auch stämmige Ackergäule, Ponys aus Exmoor, lebhafte Fohlen und zierliche Zelter für Damen. Der Mistgestank und der Lärm, den die Händler veranstalteten, waren überwältigend, doch Humphrey, vom Ale wohlig erwärmt und leicht benommen, schwelgte in Erinnerungen. Es tat überdies gut, der erdrückenden Atmosphäre am Hof entronnen zu sein, wo seit Beginn des Krieges mit Frankreich starke Spannungen herrschten. König Edward war vor zwei Tagen nach Portsmouth aufgebrochen, um das Zusammenziehen der Flotte zu überwachen, die in wenigen Wochen mit einer großen Armee an Bord in die Gascogne segeln sollte, um das Herzogtum zurückzuerobern, das sein Vetter Philipp auf so heimtückische Weise an sich gerissen hatte. Sie alle würden bald zu den Waffen gerufen werden und im Ausland kämpfen müssen, und dies konnte für lange Zeit die letzte Gelegenheit für sie sein, sich zu amüsieren.

»Wie viel soll er kosten?«, fragte Robert einen Händler, der bei einem schönen rotbraunen Schlachtross stand und den Jungen beaufsichtigte, der es striegelte.

»Für Euch achtzig, Sir.«

Robert hob angesichts der Summe die Brauen. »Achtzig was?«

»Egal von was. Mir scheint es zu viel.« Humphrey trat neben ihn. »Fünfzig«, sagte er ins Blaue hinein.

Der Händler schüttelte lachend den Kopf. »Sein Name ist Hunter«, sagte er zu Robert. »Wurde von einem persischen Hengst gezeugt. Er hat Feuer, aber ein ausgeglichenes Temperament. Ich denke, er wird Euch bei Turnieren oder auf dem Schlachtfeld gute Dienste leisten.«

Während sie feilschten, drängte sich Aymer an ihnen vorbei und stieß Robert dabei das Ale aus der Hand. »Entsprechen die nicht eher Eurem Stil, Bruce?« Er nickte zu einem alten Mann ganz in der Nähe hinüber, der zwei krummbeinige Maultiere an einem Strick hielt.

Humphrey hielt Robert am Arm fest, als dieser sich anschickte, sich auf den Ritter zu stürzen. »Lasst ihn.«

Robert schüttelte aufgebracht das Bier von seiner Hand. »Ich verstehe nicht, wieso Ihr mit diesem Hurensohn befreundet seid!«

»Er ist einer von uns.«

»Einer von euch?« Robert musterte ihn forschend, ohne auf die um sie herumwogende Menge und die Marktwächter zu achten, die befahlen, den Weg freizugeben,als ein kleiner schwarzer Bär an einer Eisenkette zu einem Pferch mit einem Pfahl in der Mitte geführt wurde, in dem zwei geifernde Mastiffs warteten. »Ihr meint, einer von euch mit den Drachen auf den Schilden?«

Ehe Humphrey etwas darauf erwidern konnte, kam eine johlende Gruppe ungeschlacht wirkender Männer an ihnen vorbei. Einer stieß einen Bettlerjungen, der der Menge flehend seine Schale hinhielt, grob zur Seite und drehte sich nicht um, als der Junge in den Staub fiel und die wenigen Münzen, die er eingenommen hatte, um die Füße achtlos über ihn hinwegsteigender Passanten rollten.

Für die Unterbrechung dankbar, deutete Humphrey auf einige Reiter, die über den Köpfen der Massen zu sehen waren. »Schaut nur! Die Rennen werden gleich beginnen.« Er nickte dem Händler zu. »Wir kommen wieder, und dann wirst du uns den Hengst für sechzig Shilling überlassen.«

»Wenn er dann noch da ist«, rief der Händler, als Humphrey Robert zu einem mit Flaggen besetzten Strick führte, der die Startlinie bildete.

Dort reihten sich zumeist von Halbwüchsigen mit Peitschen in den Händen gerittene Pferde auf. Vor ihnen erstreckte sich ein leeres Feld bis hin zu einem Galgen, der sich von einem Fleck nackter Erde in der Ferne erhob – in West Smithfield fanden nicht nur Jahrmärkte und Turniere statt, sondern auch Hinrichtungen. Der Jubel der erwartungsvollen Menge schwoll an, als einer der Reiter eine Faust hob und sein Pferd sich unter ihm aufbäumte.

Humphrey entdeckte seine Kameraden, die sich mit ihren Seidenmänteln und federgeschmückten Kappen wie Edelsteine von den einfach gekleideten Londonern abhoben. »Dort drüben. Kommt mit.« Hinter ihm rief Robert etwas, und Humphrey drehte sich um. »Was ist?«

»Ich muss erst pissen.«

Als er sich durch die Menge zu drängen begann, folgte Humphrey ihm. »Wartet. Allein würdet Ihr uns nie wiederfinden.«

Er führte ihn zu einer Reihe von Ulmen in der Nähe des Fleet, wo üblicherweise die Latrinen errichtet wurden. Er erwog, Robert zu erklären, warum er nicht über die Drachenschilde sprach, die er und seine Gefährten trugen, oder ihm zu verraten, welche Bewandtnis es damit hatte, aber da das Ale und der Lärm ringsum seine Sinne benebelten, wusste er nicht, wie er beginnen sollte.

Die Latrinen bestanden aus einem Graben hinter zwei Pfählen, zwischen die man eine Segeltuchbahn gespannt hatte. Männer betraten sie auf der einen Seite und kamen auf der anderen, ihre Hosen schließend oder Tuniken glatt streichend, wieder zum Vorschein. Humphrey und Robert gingen gemeinsam hinein. Der Graben war mit Abwasser und Unrat gefüllt und stank in der feuchten Abendluft.

Robert pfiff vor sich hin, während er sich erleichterte, und betrachtete dabei den zwischen den Ulmen sichtbaren dunkler werdenden Himmel. »Die Frauen lassen sich Bärte stehen, was?«, sagte er plötzlich mit einem Blick zu Humphrey.

Beide brachen in Gelächter aus. Humphrey kicherte noch, als er seine Hose zuschnürte.

»Was belustigt Euch denn so, Mylord?«, erklang eine barsche Stimme hinter ihnen.

Robert und Humphrey drehten sich um und sahen vier Männer hinter die Absperrung treten. Humphrey erkannte den stiernackigen Burschen, der gesprochen hatte. Er und seine ungehobelten Kameraden hatten sich gerade am Bärenhatzpferch an ihnen vorbeigedrängt. Alle trugen grob gewebte Kleider und wirkten, als wären sie an harte Arbeit gewöhnt.

»Vielleicht dieser Schönling, John?«, schlug einer vor, dabei bedachte er Robert mit einem unangenehmen Grinsen. »In diesen feinen Kleidern sehen sie beide wie Puppenjungen aus.«

»Aye, das tun sie allerdings.« John, eindeutig der Anführer, deutete auf den Geldbeutel an Roberts Gürtel. Sein Lächeln verschwand. »Gib uns das. Und du uns deinen auch, Eure Lordschaft«, fügte er, an Humphrey gewandt, hinzu.

»Komm doch und hol ihn dir, du schmierige Ratte.« Robert

wechselte ins Englische. Sein Gesicht hatte sich vor Wut gerötet.

»Mit Vergnügen.« John pfiff scharf durch seine braunen Zähne.

Robert und Humphrey blickten sich um, als am anderen Ende des Segeltuchs zwei weitere Männer auftauchten und ihnen den Fluchtweg versperrten. Vor ihnen lag der mit stinkender Brühe gefüllte Graben, dahinter der Fluss. Mit vor Zorn zitternden Händen löste Humphrey seinen Geldbeutel von seinem Gürtel und warf ihn dem Stiernackigen zu, der ihn geschickt auffing.

»Jetzt du.« John konzentrierte sich auf Robert.

Robert hielt seine Geldbörse bereits in der linken Hand, doch als er sie hob, um sie dem Mann gleichfalls zuzuwerfen, sah Humphrey in seiner Rechten Stahl aufblitzen.

Johns Blick haftete so gierig auf dem Beutel, dass er den Dolch erst bemerkte, als Robert ihn in seine Richtung schleuderte. Er duckte sich und riss die Arme hoch, um sein Gesicht zu schützen. Die Klinge verfehlte ihn, doch noch während sie auf ihn zuflog, nutzte Robert den Umstand, dass John momentan nichts sehen konnte, stürzte sich auf ihn, stieß ihn in den Graben und sprang elegant darüber hinweg, während John rücklings in die Jauche stürzte. Ehe er sich aufrichten konnte, setzte ihm Robert einen Fuß auf die Brust und drückte ihn nach unten. John stieß ein Wutgebrüll aus, schloss den Mund aber hastig, als er immer mehr im Graben versank und die ekelhafte Brühe ihm schon bis ans Kinn reichte. Seine von Roberts unverhofftem Angriff wie gelähmten Kameraden verfolgten das Geschehen benommen. Einer löste sich aus seiner Erstarrung und wollte auf Humphrey losgehen, woraufhin dieser sein Fleischmesser zog und es drohend vor dem Gesicht seines Gegners schwenkte.

»Sag deinen Leuten, sie sollen sich zurückziehen«, befahl Robert John. »Sonst ersäufe ich dich wie eine räudige Katze.«

Er drückte den Kerl tiefer in die Brühe, bis diese über seine Lippen und in seine Nasenlöcher schwappte. »Aber schnell!«

John bemühte sich hustend und würgend, den Kopf zu heben. »Zurück, ihr elenden Hurensöhne! Zurück!«

Seine Männer gehorchten zögernd.

»Gib mir den Geldbeutel meines Freundes!« Robert streckte seine freie Hand aus. In der anderen hielt er noch immer seine eigene Börse.

John hob seine mit Exkrementen bespritzte Hand, an der Humphreys Geldbeutel baumelte. Robert griff danach, sprang dann erneut über den Graben und hob seinen Dolch aus dem Schlamm auf, ohne den Blick von Johns Kameraden zu wenden. Er überließ es John, sich mühsam aus dem Unrat herauszuhieven, und gesellte sich zu Humphrey. Gemeinsam huschten sie rasch an den beiden verunsichert bei dem Segeltuch wartenden Männern vorbei.

Sobald die Menge sie verschluckt hatte, reichte Robert Humphrey seine besudelte Börse. »Wir sollten besser zu den anderen gehen«, meinte er, als er den Rückweg zu dem Rennplatz antrat, wo seine Kameraden zu finden waren. »Diese Halunken werden es wohl nicht wagen, sich mit uns allen anzulegen.«

Ralph de Monthermer drehte sich um, als sie zu ihm traten. »Wo wart ihr denn? Ihr habt das erste Rennen verpasst.« Der königliche Ritter, der ein paar Jahre älter war als sie, schnitt eine Grimasse. »Ist einer von euch in Scheiße getreten? Irgendetwas stinkt hier gottserbärmlich.«

»Ihr müsstet mal an dem anderen Mann schnuppern«, erwiderte Robert, woraufhin Humphrey haltlos zu kichern begann.

Als er wieder zu Atem gekommen war, beobachtete er, wie Robert die Jungen anfeuerte, die auf den Galgen von Smithfield zugaloppierten. Der Mann grinste, als wäre nichts passiert. Bei Gott, er hatte sich wirklich blitzschnell bewegt, ohne Furcht oder Bedenken. Nach einem Moment legte er Ralph eine Hand *auf die Schulter. »Was meinst du?«, murmelte er. »Könnte Robert ein Drachenritter werden?«*

Ralph starrte ihn an, während die Frage in sein Bewusstsein einsickerte. »Er steht weniger als sechs Monate im Dienst des Königs. Es ist zu früh. Außerdem liegt die Entscheidung nicht bei dir, Humphrey, sondern bei König Edward.«

»Ich könnte mit meinem Vater sprechen. Der König hört auf einen Ritter der Tafelrunde.«

»Warte noch ein paar Monate«, riet Ralph. »Wir müssen ihn richtig einschätzen können. Der Frankreichfeldzug wird zeigen, was von ihm zu halten ist. Wenn er sich im Krieg bewährt hat, wissen wir, ob er unser Vertrauen verdient.«

»Ich vertraue ihm jetzt schon«, gab Humphrey zurück, doch seine Worte gingen im Gebrüll der Menge unter.

11

Ulster, Irland, A.D. 1301

DIE RÄNDER DER WOLKEN, die langsam über den Abendhimmel hinwegzogen, begannen sich zu verdunkeln. Ein scharfer Nordostwind peitschte die Kornfelder, auf denen das Unkraut üppig zwischen der Gerste wucherte. Robert roch Regen in der frischer werdenden Luft. Er bahnte sich einen Weg durch das raschelnde goldene Meer; bestrebt, einen Unterschlupf zu finden. Vor einigen Tagen hatten sie den großen Wald hinter sich gelassen, und jetzt, im offenen Gelände, waren sie den Elementen schutzlos ausgeliefert.

Glockenklirren übertönte das Rascheln der Gerste. Vor ihm ragte ein Kreuz aus dem Getreide auf. Als er näher kam, sah Robert Kuhglocken an den Querbalken hängen, die vermutlich die Krähen abschrecken sollten. Auf der Spitze war irgendetwas befestigt. Er ging an dem Kreuz vorbei, drehte sich um und erkannte, dass es sich um einen ausgebleichten Ziegenschädel handelte. Er hing schief auf dem Holz, seine leeren Augenhöhlen starrten über das sanft geneigte Feld hinweg zu einer Straße hinüber, die sich durch goldene und braune Felder in nördlicher Richtung auf eine Ansiedlung in der Ferne zuschlängelte.

Der Anblick der Straße löste in Robert Erleichterung und Unbehagen zugleich aus. Sein erster Impuls bestand darin, hinunterzulaufen und ihr zu folgen; auf das Meer zuzueilen, das er vom Gipfel der Hügel erblickt hatte, die sie heute Morgen heruntergekommen waren. Hinter dem Meer lag Schottland. Doch die Furcht hielt ihn zurück. Seit Wochen, seit er zwei Tage von Ballymote entfernt Patrouillen gesichtet hatte, deren rote Bänder am Oberarm sie als Ulsters Männer auswiesen, hatte er die Straße gemieden.

Als er auf ihr nach Anzeichen von Leben Ausschau hielt, begann ein leichter Regen zu fallen und sein Hemd zu durchweichen. Hinter ihm raschelte es, und als Robert sich umdrehte, sah er Elizabeth sich durch die Gerste kämpfen. Während der ersten Tage hatte sie versucht, mit ihm Schritt zu halten, sichtlich erpicht darauf, eine möglichst große Entfernung zwischen sich und ihren Vater zu legen. Doch jetzt, nachdem sie wochenlang durch die Wälder gestapft, um große Seen herum und über endlose Hügel gewandert waren und von bitteren Beeren und kleinen Fischen mit vielen Gräten gelebt hatten, blieb sie erschöpft und widerwillig immer weiter zurück. Die Entschlossenheit, die er in ihrem Gesicht gelesen hatte, als sie gefordert hatte, dass er sie mitnahm, war schon vor unzähligen Meilen verflogen. Ihr schwarzes Haar fiel ihr regennass und strähnig über den Rücken.

Der Regen fiel jetzt stärker und stach wie mit Nadeln in Roberts Gesicht, als er zum Himmel emporblickte. »Wir müssen irgendwo Schutz finden«, sagte er zu ihr; dabei nickte er zu einer Baumlinie am anderen Ende des Feldes hinüber. Die Blätter hatten sich zwar bereits verfärbt, waren aber noch dicht genug, um die gröbste Nässe abzuhalten.

Elizabeth starrte ihn an, während sie zitternd ihr Kleiderbündel an die Brust drückte. Der Überwurf und das Gewand, das sie getragen hatte, als sie Ballymote verlassen hatten, waren schmutzig und zerrissen, aber sie weigerte sich, sich davon zu trennen, obwohl sie jetzt die Tunika und den Gürtel trug, den er zusammen mit zwei Hühnern und einem Sack Äpfel von einem Bauernhof gestohlen hatte. Die Tunika war ihr zu groß, und in den Gürtel hatte er noch ein Loch stanzen müssen.

»Hier.« Robert trat zu ihr und nahm den Sack, den er trug, von den Schultern.

Sie sah zu, wie er eine ebenfalls auf dem Hof entwendete Decke hervorzog. Sie war schmuddelig und roch nach Pferd. Elizabeth rümpfte die Nase, ließ aber zu, dass er sie ihr um die Schultern legte.

Als sie ihre Kleider in den Sack stopfte, fiel Robert auf, wie blass sie war. Ihre Wangen wiesen die Farbe ausgebleichter Knochen auf, Schatten lagen unter ihren Augen. Sie wirkte viel jünger als ihre sechzehn Jahre – ein Mädchen in einer viel zu großen Tunika, die an ihrer abgemagerten Gestalt schlotterte. Ihre Schritte waren im Lauf des Tages immer langsamer geworden, und in seiner Ungeduld, die letzten Meilen zur Küste zurückzulegen, war Robert taub für ihre Bitten gewesen, eine Pause einzulegen. Jetzt fürchtete er, sie könne krank werden.

Sorge und Wut stritten in ihm, während der Regen über sie hinwegpeitschte und der Wind durch die Gerste pfiff. Wenn sie bei diesem Wetter Fieber bekam, war das ihr Tod. Nicht zum ersten Mal wünschte Robert inbrünstig, er hätte sie in jener Nacht eine Meile von ihrem Heim entfernt am Straßenrand zurückgelassen. Sie hatte ihn über alle Maßen aufgehalten, aber obwohl er sie schon vor Wochen hatte loswerden wollen, wusste er, dass sie in der Wildnis keinen Tag überleben würde. Seinetwegen befand sich Cormac in Ulsters Gewalt und hauste jetzt zweifellos in einem weit weniger luxuriösen Gefängnis. Robert würde nicht zulassen, dass sein Ziehbruder im Verlies des Earls verrottete, und da seine größte Hoffnung in dessen Freilassung in Elizabeths sicherer Rückkehr zu ihrem Vater bestand, durfte er sich nicht von dieser Last befreien. »Kommt«, sagte Robert barsch und nahm sie am Arm. »Dort unten ist ein Dorf. Da werden wir irgendwo unterkriechen können, bis sich das Wetter bessert.«

Als sie an dem Kreuz mit dem Ziegenschädel und den klirrenden Glocken vorbeikamen, starrte Elizabeth es über ihre Schulter hinweg an. Eine unterschwellige Bedrohung schien von ihm auszugehen und seine Schatten vorauszuwerfen, während sie durch den Regen auf die Straße zutrotteten. Zuerst konnte Robert nicht sagen, was genau hier nicht stimmte, dann wurde es ihm plötzlich klar. Die Gerste auf den Feldern war nicht reif, sondern überreif und mit reichlich Unkraut durchsetzt, sie hätte längst geerntet sein müssen. Das hinter dem Fluss liegende Dorf war im Regen und der einsetzenden Dunkelheit nur verschwommen zu erkennen, aber sogar aus der Entfernung bemerkte er, dass kein Kerzenlicht oder Feuerschein hinter den Fenstern flackerte, und der Wind trug keine Spur von Rauch zu ihnen herüber. »Es sieht verlassen aus«, raunte er Elizabeth zu, die neben ihm die überwucherte Straße entlangstolperte.

Eine Brücke führte über den Fluss in die Ansiedlung, aber sie war in der Mitte zerbrochen, Holzstücke trieben im Wasser. Weiter stromabwärts drehte sich ein Mühlrad. Robert stand stirnrunzelnd da, während er die ihm seltsam vertraute Umgebung in sich aufnahm. Er kannte diesen Ort; er war früher im Jahr hier durchgekommen, als er mit seinen Männern gen Süden gezogen war. Als ihm bewusst wurde, dass ihn nur noch wenige Tage, höchstens vier, von Glenarm trennten, wallte freudige Erregung in ihm auf, gefolgt von der Frage, was hier eigentlich geschehen war. Die Antwort bestätigte die ihm zu Ohren gekommenen Gerüchte über Siedler, die Haus und Hof im Stich gelassen hatten und vor den Iren nach England geflohen waren.

Robert nahm Elizabeth bei der Hand und führte sie zum Flussufer, wo das Wasser seichter war. »Steigt auf meinen Rücken, ich wate auf die andere Seite. Es sieht nicht allzu tief aus.« Als sie sich abwandte, drehte sich Robert zu ihr um. Er hatte ihre Angst vor Wasser schon vor einiger Zeit bemerkt. »Keine Sorge, ich lasse Euch nicht los.«

Halb kletterte sie, halb zog er sie auf seinen Rücken, an dem sie wie eine nasse Napfschnecke klebte, stieg in den gurgelnden Fluss und zuckte zusammen, als die kalte Strömung seine Beine umspülte. In der Mitte reichte ihm das Wasser bis zur Taille. Als er stolperte, sog sie zischend den Atem ein und umschlang ihn so fest, dass er fast keine Luft mehr bekam. Robert stapfte weiter, erklomm das schlammige Ufer auf der anderen Seite, löste ihre Arme behutsam von seinem Oberkörper und ließ sie zu Boden gleiten.

Gemeinsam betraten sie bis auf die Haut durchnässt das Dorf, wo sie nur auf verlassene Häuser, Werkstätten und Scheunen stießen. Viele der Häuser sahen aus, als wären sie geplündert worden, Türen waren eingetreten, und die Überreste des Lebens ihrer Bewohner lagen am Boden verstreut. Kleiderfetzen und andere Dinge hingen in den Bäumen. Auf ihrem Weg nach Norden hatte Robert zahlreiche im Stich gelassene Gebäude zu Gesicht bekommen; Burgen und ein paar Kirchen. Aber noch niemals so etwas – eine ganze Stadt. Wer hatte zuerst beschlossen zu gehen? War es ein Rinnsal oder eine Flut gewesen?

Unter den Dachtraufen eines Hauses entdeckte er eine Feuerstelle. Der schwarze Ring wirkte relativ frisch. Nach dem großen Exodus waren noch Menschen hier gewesen, so viel stand fest. Die dunklen Fenster der Gebäude schienen auf sie hinabzustarren. Robert zuckte zusammen, als eine Tür im Wind knarrte. Das geplünderte Dorf und die Nähe zu seinen Landsitzen beunruhigten ihn. Ulster musste wissen, dass er versuchen würde, sich nach Antrim durchzuschlagen. Robert hegte keinen Zweifel daran, dass irgendwo entlang dieser Straße Männer postiert waren, die auf ihn warteten. Die Gefahr auf dieser anstrengenden Reise hatte ihren Höhepunkt erreicht. Da er sich feindlichen Blicken ausgesetzt und verletzlich vorkam, führte er Elizabeth in ein zweistöckiges Haus am Stadtrand.

Er kletterte über zerbrochene Stühle und einen Tisch und schob sie eine morsche Treppe hoch in einen Raum hinein, in dem drei Pritschen unter schrägen Dachbalken standen. Ein Stück Sackleinwand, das einen kalten Luftzug und das letzte Abendlicht hineinließ, hing vor dem Fenster. Die Luft war grau vor Spinnweben und Staub. Durch ein Loch im Dach tropfte stetig Regenwasser; die Dielen darunter waren grün und schleimig und rochen verrottet.

Während Elizabeth zitternd dastand, untersuchte Robert die Decken auf den Betten und verzog angesichts des darauf wachsenden Schimmelteppichs angewidert das Gesicht. »Da ist nichts Brauchbares mehr.« Er öffnete den Sack und zog ihr altes Gewand heraus. »Hier, zieht das an. In den nassen Sachen könnt Ihr Euch den Tod holen, und ich kann es nicht riskieren, ein Feuer zu machen.«

Sie starrte ihn so lange an, bis er sich umdrehte und dem Klicken der Schnalle lauschte, als sie den Gürtel öffnete und zu Boden fallen ließ. Dann ertönte ein Rascheln, gefolgt von einem nassen, schmatzenden Geräusch, als die Tunika daneben landete. Robert hielt den Blick auf einen Balken vor ihm gerichtet, wo eine Spinne eifrig damit beschäftigt war, eine Fliege in ihren Faden zu wickeln. In Schottland hatte er monatelang mit seinen Männern im Wald gehaust, aber das war zu Kriegszeiten gewesen, und er hatte seine Knappen, Diener und Köche, die seine Mahlzeiten zubereiteten, sowie ein Zelt für die Nacht gehabt. Selbst William Wallace, den er einst als gewöhnlichen Räuber abgetan hatte, würde eher als Edelmann durchgehen als er. *Es ist der Mann, der den König ausmacht*, hatte sein Großvater vor Jahren gesagt. Wenn dem so war, wie konnte aus dem Mann, zu dem er geworden war, ein König geschaffen werden? Wie hatte sein Streben nach dem Thron dazu führen können, dass er nass und vor Schmutz starrend mit der Tochter eines feindlichen Earls in diesem Loch stand?

»Ich bin fertig.«

Robert drehte sich um und sah sie in dem smaragdgrünen Gewand dastehen, das sie in der Nacht ihrer Flucht getragen hatte – in der Nacht, in der sie vor ihrer Verlobungsfeier geflohen war. Es war schmutzig und an den Säumen ausgefranst, aber größtenteils trocken. Sie sah darin älter aus: eine etwas verwahrloste Prinzessin, der das Haar in einer zerzausten Masse über eine Schulter fiel.

»Die letzten Äpfel haben wir heute Morgen gegessen. Ich suche uns etwas Essbares. Vielleicht sind im Fluss ein paar Fische.«

Ihr Gesicht wurde lang. »Kein Fisch mehr«, flehte sie. »Bitte.«

Robert konnte seinen Zorn ob der Verzögerung nicht länger bezähmen. »Ihr werdet essen, was ich auftreibe, Mylady, und dankbar dafür sein! Ich hatte auf dieser Reise eigentlich nur ein Maul stopfen wollen. Wenn Ihr nicht wärt, wäre ich schon in Schottland.« Er konnte nicht anders, er musste seinem Herzen Luft machen. »Euer Vater glaubt, ich hätte Euch entführt. Wenn er Euretwegen meinem Ziehbruder etwas antut, werde ich …« Er brach ab, weil er merkte, dass seine Stimme gefährlich laut geworden war.

Elizabeth hatte angesichts dieses Ausbruchs die Lippen zusammengepresst. Jetzt beeilte sie sich, sein Schweigen zu brechen. »Ich habe doch gesagt, ich schreibe meinem Vater und erkläre ihm, warum ich davongelaufen bin. Ich werde ihm sagen, dass es nicht Eure Schuld war. Ich werde ihn bitten, Euren Ziehbruder gehen zu lassen, ich schwöre es.« Sie umklammerte ihr Elfenbeinkreuz und strich mit den Fingern darüber.

»Glaubt Ihr, er hört auf Euch? Ihr sagtet, Ihr hättet ihn angefleht, in ein Kloster eintreten zu dürfen. Da hat er sich Eurem Wunsch auch nicht gefügt, nicht wahr?«

Sein Tonfall ließ Elizabeth die Stirn runzeln. »Ihr werdet doch Euer Versprechen halten, Sir Robert? Ihr nehmt mich mit nach Schottland?«

Er zögerte einen Moment mit der Antwort. »Ja, aber wir müssen schneller vorankommen.«

Als sie knapp nickte, stieg Robert etwas beschwichtigt die knarrenden Stufen hinunter. Elizabeth schien die Lüge zu glauben. Hoffentlich würde sie sich dann morgen zu größerer Eile antreiben. Und dann würde er sie, wenn sie Antrim erreicht hatten, in die Obhut seines Ziehvaters geben, damit sie gegen Cormac ausgetauscht werden konnte. Danach konnte Ulster mit ihr machen, was er wollte, und das wäre das Ende der Geschichte.

Robert verließ das Haus und trat in den Regen hinaus; dabei rückte er das an seiner Hüfte festgeschnallte Schwert zurecht. Vielleicht fanden sich in einigen der Gebäude noch genießbare Essensvorräte, Salzfleisch oder Hafer zum Beispiel. Während er zielsicher die Straße hinunterschritt, wo sich der sich verdunkelnde Himmel in den Pfützen widerspiegelte und Regen auf die Dächer trommelte, hallten die Worte, die er dann doch nicht zu Elizabeth gesagt hatte, in seinem Kopf wider: *Ich muss zu meinem Königreich zurück.*

Bis jetzt hatte er die Absicht, den Thron von Schottland für sich zu beanspruchen, fast ausschließlich als eine Art persönliches Vermächtnis aufgefasst. Es war sein Großvater, der durch Blut und ein Versprechen nach dem Tod von König Alexander zum rechtmäßigen Thronanwärter hätte ernannt werden sollen. Nach der Absetzung John Balliols war es an niemand anderem als an ihm, Robert, dem der alte Bruce seinen Anspruch übertragen hatte, auf sein Recht auf die Krone zu pochen. Die Flamme dieser Überzeugung, vom Ehrgeiz seines Großvaters und Vaters in ihm entzündet, war in den folgenden Jahren von seinen Anhängern angefacht worden; von mächtigen, einflussreichen Männern wie James Stewart. Doch irgendwo auf dieser Reise gen Norden, in der erdrückenden Stille des verarmten Landes, war etwas in ihm erwacht, das jetzt in dieser verlassenen Ortschaft Gestalt in ihm annahm.

Das von einem abwesenden Herrscher zur Finanzierung von Kriegen im Ausland ausgeblutete Land war eine ernüchternde Vision. Konnte das Los dieser verlassenen Stadt unter Edward auch die Zukunft von Turnberry oder Ayr sein? Der englische König hegte keine Liebe für Schottland und seine Bewohner, daran hatte er nie einen Zweifel gelassen. Was hatte er doch gleich gesagt, als er nach der ersten Invasion die Grenze zu England überquert und es Bürokraten überlassen hatte, das Reich zu regieren? *Ein Mann leistet gute Arbeit, wenn er sich von Unrat befreit.* Wenn es Edward gelang, die Rebellion niederzuschlagen und die Herrschaft an sich zu reißen, würden sie dann eines Tages dasselbe Schicksal erleiden wie Irland? Würde er Schottland mit Forderungen nach Abgaben und Getreidelieferungen auspressen, um einen weiteren Krieg in der Gascogne zu finanzieren, wenn die Friedensverhandlungen mit König Philipp erfolglos abgebrochen wurden oder es zu einem neuerlichen Aufruhr in Wales kam?

Robert war so in seine Gedanken versunken, als er durch die schmalen Hintergassen auf eine Reihe von Scheunen zuschlenderte, dass er das Pferd erst bemerkte, als er es fast erreicht hatte. Er blieb wie angewurzelt stehen und starrte das direkt vor ihm angebundene Tier an. Es war ein großes weißes Schlachtross, das Pferd eines Ritters oder wohlhabenden Mannes. Statt eines Sattels trug es eine Decke auf dem Rücken, war aber aufgezäumt. Die Zügel waren um einen Pfosten vor einer Scheune geschlungen, deren Türen ein Stück offen standen. Das Pferd schnaubte, als es ihn sah, und stampfte mit den Hufen. Eisen traf hallend auf den harten Boden.

Hastig verbarg Robert sich in einem Hauseingang. Seine Finger schlossen sich um das Heft seines Schwertes, sein Herz hämmerte angesichts des unerwarteten Beweises für die Anwesenheit eines anderen menschlichen Wesens nach all der Zeit allein in der Wildnis. Das Pferd schnaubte erneut, und ein paar Sekunden später tauchte eine Gestalt aus der Scheune auf, ein hoch gewachsener, muskulöser Mann in einem dunklen Umhang. Das Haar fiel ihm bis auf die Schultern, und er trug einen Vollbart. Doch es war die Waffe in seiner Hand, die Roberts Aufmerksamkeit fesselte. Der Mann hatte eine Armbrust bei sich. Als sein Blick über die dunkle Straße hinwegwanderte und sich auf die Türschwelle heftete, zog sich Roberts Brust zusammen. Nach einem Moment verschwand der Fremde jedoch wieder in der Scheune.

Robert huschte aus seinem Versteck und durch die Gassen zur Hauptstraße zurück. Er versuchte, den Mann als Reisenden, der Schutz vor dem Regen suchte, oder als irischen Banditen abzutun – vielleicht war er einer der Plünderer? Aber das passte nicht ins Bild. Ein Schlachtross, eine Armbrust? Er witterte Gefahr, konnte die Bedrohung, die von dem Mann ausging, jedoch nicht einordnen. Besser, er ging ihm aus dem Weg.

Er hatte den Stadtrand, wo die Straße über einen viel breiteren und tieferen Strom als das Flüsschen verlief, durch das er gewatet war, fast erreicht und erinnerte sich daran, dass es hier eine Furt gab, die er auf dem Weg Richtung Süden überquert hatte. Robert sah sie im selben Moment, in dem er die Männer bemerkte. Zwei standen unter der Dachtraufe eines großen Gebäudes, das einem wohlhabenden Bürger gehört haben mochte. Er machte außerhalb ihrer Sichtweite an der Ecke eines verfallenen Hauses Halt und musterte die roten Bänder an ihren Oberarmen.

Während er sie beobachtete, kam ein dritter Mann aus dem Gebäude, um seinen Kameraden einen Weinschlauch zu bringen. Robert lehnte den Kopf gegen das feuchte Holz des Hauses und blinzelte in den Regen hinaus. Natürlich waren sie hier, er hätte damit rechnen sollen. Wie sollte er den Fluss überqueren, um zu seinem Landsitz zu gelangen, wenn nicht über die Furt? Da sie auf ihren Pferden viel schneller waren als er zu Fuß, konnten Ulsters Männer hier schon seit Tagen oder Wochen lagern und auf der Lauer liegen. Robert fluchte leise. Er hatte keine Ahnung, wie lang der Fluss war, aber es konnte sein, dass er viele Meilen zurücklegen musste, um eine andere seichte Stelle zu finden. Er konnte schwimmen, aber Elizabeth nicht. Er konnte sie hier zurücklassen; die Männer ihres Vaters würden sie schon finden. Aber dann hatte Lord Donough kein Druckmittel mehr, um Cormac freizupressen.

Robert wandte sich ab und hastete zu dem Haus zurück, in dem Elizabeth wartete. Er war fast dort angekommen, als er den Schrei hörte.

12

ELIZABETH STAND DA UND LAUSCHTE Roberts Schritten auf der Treppe. Sobald sie verhallt waren und sie nur noch den durch das Fenster heulenden Wind und das stetige Tröpfeln des Regens durch das Loch im Dach hören konnte, ließ sie sich schwer auf eine der Pritschen sinken. Während der letzten Meilen hatte ihr jeder Schritt Schmerzen bereitet, aber sie hatte versucht, mit Robert mitzuhalten, da sie fürchtete, sonst seinen Zorn zu erregen und vielleicht irgendwo in der Wildnis zurückgelassen zu werden. Sie wusste, dass er daran gedacht hatte; sie hatte es in seinen Augen gelesen. Und sie hatte auch erkannt, dass er log, als er gesagt hatte, er würde sein Wort halten.

Sie schob die verschimmelte Decke zur Seite, streckte sich auf der Pritsche aus und starrte zu dem baufälligen Dach empor, dessen zerbrochene Balken den Blick auf den dunklen, regnerischen Himmel freigaben. Ihre Haut fühlte sich heiß und angespannt an, und in ihrem Kopf pochte es heftig, doch sie kämpfte gegen die Mattigkeit an, die sie zu überwältigen drohte, und zwang sich, über ihre Lage nachzudenken. Was hatte Robert mit ihr vor, wenn er sie nicht nach Schottland mitzunehmen gedachte? Würde er versuchen, sie gegen seinen Bruder auszutauschen? Hatte er sie deshalb die ganze Zeit bei sich behalten? Sie holte tief Atem. Ihr Instinkt sagte ihr, dass sie damit richtig lag. Während der gesamten Reise hatte ihm das Schicksal seines Ziehbruders auf der Seele gelegen; er war wütend auf sich selbst gewesen, weil er ihn nicht hatte retten können – und auf sie, weil sie die Flucht vereitelt hatte

Sie schloss die Augen, als sie sich ausmalte, wie sie nach Ballymote zurückgebracht werden würde, zurück zu ihrem Vater und Lord Henrys Bett. Bei dem Gedanken an ihren Vater stiegen ihr Tränen in die Augen und rannen kalt über ihre Wangen. Er musste solche Angst um sie ausstehen! Sie konnte sich gut vorstellen, wie wütend er gewesen war, als er erfahren hatte, dass sie nicht entführt worden, sondern fortgelaufen war. Durch ihr Verhalten hatte sie seine Ehre besudelt. Doch ihre Schuldgefühle hielten nicht lange an. Tief in Elizabeth regte sich trotzige Entschlossenheit. Sie würde nicht zulassen, dass all diese harten, entbehrungsreichen Wochen umsonst gewesen waren. Sie hatte am Abend ihres Verlobungsfestes zu Gott gebetet und Ihn angefleht, sie vor ihrem Schicksal zu bewahren, und Er hatte ihr Robert geschickt. Die Tortur in der Wildnis war eine Glaubensprobe gewesen, davon war sie fest überzeugt.

Elizabeth setzte sich auf und kämpfte gegen eine Welle der Benommenheit an. Sie würde an ihrem Plan festhalten und nach Schottland gehen. Dort würde sie in ein Kloster eintreten, und sobald sie den Schleier genommen hatte, würde sie ihrem Vater schreiben und ihm alles erklären. Dieser Entschluss verlieh ihr neue Kraft. Sie stand auf, griff nach der Decke und tastete sich im Dämmerlicht die Treppe hinunter. An diesem Morgen hatte sie von den Hügeln aus das Meer gesehen. Es war nicht weit weg. Sie konnte es bis zur Küste schaffen, wo sich wohl ein Fischer finden würde, der sie über den Kanal ruderte.

Elizabeth blieb auf der Schwelle stehen und hielt sich am Türrahmen fest. Draußen regnete es in Strömen. Der Gedanke an die endlose Wasserfläche jagte ihr einen Schauer über den Rücken. Sie hatte die Männer ihres Vaters von dem Kanal sprechen hören – von den tosenden Strudeln, die ein Boot in die Tiefe ziehen konnten, von den riesigen Kreaturen, die dort lebten und von den berghohen Wellen. Ihr wurde übel, wenn sie nur daran dachte. Vielleicht konnte sie in Irland bleiben und hier in ein Kloster gehen? »*Nein*«, mahnte sie sich entschlossen, trat in den Regen hinaus und zuckte zusammen, als ihr die Tropfen wie Nadeln in die Haut stachen. Ihr Vater kontrollierte einen großen Teil dieses Landes. Wenn sie blieb, würde er sie finden.

Beim Überqueren der Straße fiel Elizabeth eine verdächtige Bewegung zwischen zwei Häusern vor ihr auf. Sie erstarrte, weil sie sofort dachte, es sei Robert. Als sie drei Gestalten durch den Regen herannahen sah, fuhr sie herum, floh zum Haus zurück und verschwand in der Dunkelheit, wo sie schwer atmend stocksteif stehen blieb. Hatten die Fremden sie gesehen? Sie schlich zur Tür und spähte vorsichtig hinaus. Die drei Männer standen jetzt auf der Straße. Einer schien direkt zu ihr herüberzuschauen. Elizabeth wich zurück, ließ die durchnässte Decke fallen, huschte zur Treppe und stieg rasch die Stufen hoch, wobei sie bei jedem Knarren erschrocken zusammenzuckte. Oben angelangt, tappte sie über die glitschigen Bodendielen und kauerte sich mit wild klopfendem Herzen hinter eine Pritsche.

Lieber Gott, mach, dass sie mich nicht gesehen haben!

Die Stimmen erklangen erneut. Sie lauschte angestrengt, aber die Männer sprachen zu leise, sie konnte sie nicht verstehen. Füße platschten durch eine Pfütze, dann herrschte einen Moment lang Stille. Als sie unter sich ein Knarren hörte, schnappte Elizabeth nach Luft, duckte sich und presste die Wange gegen den Boden. Unter der Pritsche klaffte ein breiter Riss im Holz, durch den man die Treppe sehen konnte. Weitere knarrende Geräusche folgten, kamen näher, und plötzlich erschien der Kopf eines Mannes in dem Loch. Elizabeth blieb vor Schreck fast das Herz stehen, als sie seinen dichten, zottigen cúlán sah. Es war ein junger, in eine wollene Tunika gekleideter Bursche, der einen tückisch glitzernden Dolch in der Hand hielt. Nachdem er die Treppe erklommen hatte, konnte sie nur noch seine Füße sehen. Seine zwei Gefährten folgten ihm. Alle drei blieben oben in dem spinnwebenverhangenen Dämmerlicht stehen.

Sie fing an zu zittern, als der erste Mann langsam um die Pritsche herumschritt. Seine Schuhe waren mit Lehm verschmiert. Sie versuchte, unter das Bett zu kriechen, stellte aber fest, dass dort zu wenig Platz war. Keine Möglichkeit, sich zu verstecken. Als er hinter ihr auftauchte, krabbelte Elizabeth zur Wand und drückte sich dagegen. Bei ihrem Anblick ging der junge Mann mit noch immer gezücktem Dolch leicht in die Hocke. Seine Unterarme waren mit Narben übersät, seine bloße, regennasse Haut glänzte im Halbdunkel. Sein Gesichtsausdruck wechselte von vorsichtig zu neugierig, während er das Mädchen an der Wand anstarrte. Dann blickte er zu seinen Kameraden hinüber und stieß ein paar Worte hervor.

Elizabeth erkannte die Sprache als Gälisch, verstand aber

kaum etwas. Obwohl sie in Irland geboren und aufgewachsen war, hatte sie die einheimische Mundart nie erlernt, nur Fetzen davon außerhalb der Festungen ihres Vaters und der Städte voller Engländer aufgeschnappt, in denen sie gelebt hatte. Vor vier Jahren hatte das Parlament in Dublin ein Gesetz verabschiedet, das es den in Irland ansässigen Engländern verbot, irische Kleidung zu tragen, das Haar zu einem cúlán zu frisieren oder die hiesige Sprache zu sprechen. Ihr ganzes Leben lang war es ihr so vorgekommen, als gehörten die Iren einer ganz anderen Rasse an; einer barbarischen Rasse mit Neigung zu unmoralischen Exzessen und animalischen Gelüsten, die als dunkle, bedrohliche Macht an den Grenzen ihrer Welt lauerte.

Der narbenübersäte Mann wandte sich jetzt an sie, schien ihr eine Frage zu stellen. Elizabeth gab keine Antwort. Ihr Blick war auf seine Kameraden gerichtet, die zu ihm an den Fuß der Pritsche getreten waren. Einer war ein schlaksiger Halbwüchsiger mit kastanienbraunem Haar. Seine Lippen kräuselten sich zu einem leisen Lächeln, derweil er sie betrachtete. Der andere war ein Riese von einem Mann mit hängenden Schultern und schlaffen Wangen, der sich unter den Deckenbalken ducken musste. Er starrte sie an, ohne irgendeine Regung zu zeigen. Bewaffnet war er mit einer Keule, die vor rostigen Nägeln strotzte, und irgendwie wirkte er wesentlich furchteinflößender als sein grinsender Kamerad.

Der narbige junge Mann kam langsam auf sie zu; dabei gab er leise, beruhigende Laute von sich, als wäre sie ein Tier, dem er keine Angst einjagen wollte. Sie konnte seinen säuerlichen, strengen Atem riechen. Elizabeth wollte sich zur Wehr setzen, stellte aber fest, dass ihr Körper ihr nicht gehorchte, und so blieb sie stattdessen wie erstarrt an der Wand sitzen. Als er sie sanft am Handgelenk fasste und zu sich hochzog, vermochte sie den Blick nicht von der Klinge in seiner Hand zu lösen. Ihre Beine fühlten sich an, als bestünden sie aus Wasser. Ihre Augäpfel schossen wild hin und her; suchten nach einer

Fluchtmöglichkeit, doch fanden keine. Was hatten die drei mit ihr vor? Die Antwort traf sie wie ein Schlag, ihr Magen krampfte sich zusammen, und eine eisige Hand schien sich um ihr Herz zu schließen.

Der Mann sprach leise auf Gälisch auf sie ein, aber sie traute dem Ausdruck in seinen Augen nicht, als er sie an seinen beiden Kameraden vorbei zur Treppe führte. Der Riese starrte sie noch immer an, die Keule baumelte von seiner Faust herab. Er sagte etwas, wobei seine Stimme schwerfällig und nuschelnd klang, als habe er getrunken oder eine missgebildete Zunge. Der jüngere Mann gab ihm eine Antwort, in der unverkennbarer Hohn mitschwang, und zog sie weiter. Sie hatten die Treppe fast erreicht, als Elizabeth plötzlich eine Bewegung neben sich wahrnahm.

Der Riese holte blitzschnell mit der Keule aus. Sie pfiff durch die Luft und traf Narbe seitlich im Gesicht. Ein ekelerregendes Knirschen ertönte, der Mann flog zur Seite, und Elizabeth landete auf ihm. Ihr Gesicht war nur Zentimeter von dem seinen entfernt. Unter der blutigen Masse der von den Nägeln aufgerissenen Wange konnte sie die Kieferknochen sehen. Sie rollte sich zur Seite und schrie auf, als der Riese auf seinen braunhaarigen Kameraden losging, der versucht hatte, ihn hinterrücks anzugreifen. Die Keule krachte auf den Kopf des Mannes, der rücklings auf eine Pritsche geschleudert wurde. Elizabeth stürzte zur Treppe, doch bevor sie sie erreichte, krallte sich eine Hand in ihr Haar.

Als Robert ins Haus stürmte, hörte er auf dem Holzboden über sich krachende Schläge, dann ein Grunzen, gefolgt von dem gellenden Schrei eines Mädchens. Als er die ersten Schreie gehört hatte, hatte ihm sein Instinkt geraten, augenblicklich die Flucht zu ergreifen, da er fürchtete, sie könnten Ulsters Männer herbeilocken. Dieser Impuls war verflogen, als er die Panik in der Stimme des Mädchens erkannt hatte.

Das Schwert in der Hand, nahm er zwei Stufen auf einmal in Angriff. Das Erste, was er sah, als er sich auf einer Höhe mit dem Fußboden befand, war das Gesicht eines Mannes, der ihn aus toten blutunterlaufenen Augen anstarrte. Seine rechte Wange war nur noch ein blutiger Brei aus Fleisch und Knochensplittern. Das Zweite war der riesige Klotz von einem Mann, der Elizabeth auf den Bauch presste. Eine seiner enormen Pranken drückte er auf ihren Rücken, in der anderen hielt er eine mit Nägeln bestückte Keule. Elizabeths Gesicht war abgewandt, doch Robert konnte sie keuchen hören, als der Mann ihr die Luft aus der Lunge presste. Auf seinen Wangen prangten rote Kratzer, und in seinen hervorquellenden Augen flackerte der Irrsinn. Robert stürzte sich ohne zu zögern auf ihn.

Der Riese reagierte überraschend schnell. Er warf sich zur Seite und wich dem gegen seinen Hals gerichteten Hieb aus. Als sie spürte, dass der Druck auf ihren Rücken verschwunden war, zog Elizabeth sich auf die Füße und stolperte zur Treppe und die ersten Stufen hinunter, drehte sich aber um, als Robert ihren Angreifer attackierte. Der Mann schüttelte sich die zottigen Haarfransen aus der Stirn, parierte den Hieb und zwang Robert, sich zu ducken, während er mit der Keule ausholte und dessen Kopf nur um Haaresbreite verfehlte. Noch während Robert sich vornüberbeugte, trat ihm der Ire in den Bauch. Die Wucht des Tritts schleuderte ihn gegen die schrägen Deckenbalken, er sank auf die Knie, und sein Schwert traf nur den Boden neben ihm. Der Mann nuschelte etwas Unzusammenhängendes und kam auf ihn zu.

Robert krümmte sich. Sein Magen fühlte sich an, als würde er in ein eisernes Band gepresst, das ihm die Luft abdrückte. Als Elizabeth kreischte, er solle aufstehen, drehte sich der Ire einen Moment lang abgelenkt um. Da er nicht darauf achtete, wo er hintrat, stampfte er auf den schleimigen Fleck, über dem das Wasser durch das Dach tropfte. Es knackte, als das vom monatelangen Regen morsch gewordene Holz unter seinem Gewicht nachgab. Er grunzte überrascht, als sein Fuß einbrach, was Robert die Gelegenheit gab, die er brauchte. Er stieß zischend den Atem durch die Zähne und richtete sich auf. Während der Mann mit wütendem Gebrüll versuchte, seinen Fuß zu befreien, griff Robert an.

Er stieß einen lauten Kampfruf aus, als er den Mann durchbohrte, sein Schwert tief in den muskulösen Hals trieb. Der Riese ließ seine Keule fallen, schloss beide Hände um die Klinge und spie dabei einen Blutschwall aus. Seine Augen verdrehten sich, er begann konvulsivisch zu zucken, die Zunge quoll ihm aus dem Mund, und er stieß einen Gurgellaut aus, während er versuchte, sich von dem Stahl zu befreien, der seine Luftröhre durchtrennt hatte. Robert riss das Schwert mit einem Ruck zurück, woraufhin der Mann zusammenbrach und in einer großen Blutlache auf dem Boden liegen blieb.

Robert trat zu Elizabeth, die ihn mit einer Mischung aus Entsetzen und Erleichterung anstarrte. »Geht«, befahl er, während er sie die Treppe hinunterdrängte.

Sie ließen die drei Toten im oberen Raum zurück und schlängelten sich um die zerbrochenen Möbel herum auf die Tür zu – er sein Schwert umklammernd, sie stumm und zitternd.

Robert trat auf die Straße hinaus. Der Regen wusch das Blut von seiner Klinge und kühlte seine Kopfhaut. Dann drehte er sich zu Elizabeth um. »Seid Ihr verletzt?«

»W...was?«

»Haben sie Euch etwas getan?«, wollte er wissen, packte sie bei der Schulter und zwang das verstörte Mädchen, ihn anzusehen.

»Nein«, flüsterte sie. »Nein.«

»Wir müssen weg. Die Männer Eures Vaters sind hier.«

»Mein Vater?« Elizabeth wirkte hoffnungsvoll und ängstlich zugleich. Sie öffnete den Mund, um etwas zu sagen, hielt dann aber inne und richtete den Blick auf etwas hinter ihm.

Robert bemerkte, wie sich ihr Gesichtsausdruck änderte, wie neue Angst in ihren Augen aufflackerte. Sie schrie seinen Namen. Als er sich umdrehte, um festzustellen, was sie so erschreckt hatte, grub sich etwas in seine Schulter. Er taumelte gegen den Türrahmen, hielt sich daran fest und starrte die blutige Eisenspitze eines Bolzens an, der seine linke Schulter glatt durchschlagen und ein rotes Loch in sein Hemd gerissen hatte. Einen Moment später spürte er den Schmerz, eine sengende, weißglühende Qual, die sich mit nichts vergleichen ließ, was er je empfunden hatte. Sie tobte so heftig in ihm, dass er kaum zu atmen vermochte. Als er sich, nur noch vom Türrahmen aufrecht gehalten, halb umwandte, sah er eine Gestalt auf sich zukommen. Und obwohl sein Blick von den Schmerzwellen getrübt war, die ihn überfluteten, erkannte er den Mann, der mit einer Armbrust bewaffnet aus der Scheune getreten war.

Der Unbekannte blieb im Regen stehen. Ohne Eile ließ er seine Waffe sinken und nahm einen weiteren Bolzen aus einem kleinen Korb an seiner Hüfte. Als er die Armbrust nachlud, stieß Elizabeth einen erneuten Warnruf aus.

»Lauft!«, brüllte Robert ihr zu. Er versuchte, sie mit seiner freien Hand fortzustoßen, doch der Schmerz, der dabei durch seinen Arm schoss, zwang ihn fast in die Knie. *»Lauft!«*

Elizabeth floh die Straße hinunter, ohne dass der Mann Anstalten machte, sie aufzuhalten.

Robert torkelte ins Haus. Im selben Moment hob der Schütze die Armbrust und zielte, und der Bolzen schlug mit einem dumpfen Geräusch genau dort ein, wo er soeben noch gestanden hatte. Im Inneren des Hauses lehnte Robert sich gegen die Wand. Schweiß und Regen strömten ihm über die Wangen. Der vordere Teil seines Hemdes war dunkel vor Blut. Er hörte, wie draußen die Armbrust ein weiteres Mal geladen wurde. Um schießen zu können, würde der Mann hereinkommen müssen. Seine einzige Chance bestand darin, ihn dabei zu entwaffnen oder zu töten. Robert sammelte seine letzten Kräfte. Kurz darauf verdunkelte ein Schatten die Schwelle. Als der Mann in den Raum trat, holte Robert mit dem Schwert aus. Dabei schrie er vor Schmerz laut auf, weil sich der Bolzen tiefer in sein Fleisch bohrte.

Der Mann wehrte die Klinge mühelos mit seiner Armbrust ab. Das Schwert entglitt Roberts Hand, er stolperte in die Mitte des Raums und umklammerte seine Schulter. Der Unbekannte hob langsam seine Waffe.

»Wer seid Ihr?«, zischte Robert durch die Zähne.

Der Fremde erwiderte nichts darauf. Sein bärtiges, olivfarbenes Gesicht wirkte im Halbdunkel hart und grausam.

Als Robert auf die Knie sank, glaubte er zunächst, der Mann habe erneut auf ihn geschossen, musste sich aber letztlich vergegenwärtigen, dass die Armbrust noch immer auf seine Brust gerichtet war. Die Welt ringsum verdunkelte sich. Der Schmerz glich einem reißenden Strom, der ihn ins Nichts trug. Er kippte nach hinten, spürte kaum, wie er auf dem Boden aufschlug, hörte aber Hufschlag in der Ferne. Das musste der Tod sein, dachte er, der herbeigeritten kam, um ihn zu holen. Dem Hufgetrommel folgten laute Rufe. Robert sah, wie der Mann sich umdrehte, die Armbrust durch die offene Tür schob und abdrückte. Er hörte den Schrei eines Mädchens, weitere Rufe, und dann schlug etwas Schweres dumpf neben ihm auf.

Roberts letzter Gedanke galt seiner Tochter. Marjories lächelndes Gesicht tauchte vor ihm auf, bevor er das Bewusstsein verlor.

13

Lochmaben, Schottland, A.D. 1301

»TURNBERRY HAT SICH NACH zwei Tagen ergeben, Mylord. Wir haben alle gefangen genommen, die sich in der Burg aufgehalten haben.«

Humphrey hielt mit seinem Bericht inne, da er bemerkte, dass der König nicht von dem Tisch aufgeblickt hatte, hinter dem er saß. Edward runzelte die Stirn. Seine hellen Augen glitzerten im Schein der Laternen, als er den Brief überflog, den er in der Hand hielt. Die Seiten des Zeltes schlugen in der Brise, die durch die Klappe wehte und Musik und Gelächter mit sich brachte, kleine Wellen.

Als Humphreys Schweigen ihm zu lange dauerte, hob der König den Kopf. »Fahrt fort.«

»Nachdem wir die Burg dem Erdboden gleichgemacht hatten, zogen wir nach Ayr weiter. Bruce hat den Wiederaufbau der Stadt befohlen, nachdem er sie vor drei Jahren niedergebrannt hat, um uns daran zu hindern, sie als Basis zu nutzen. Unter dem Kommando Eures Sohnes plünderten wir das Dorf und zerstörten die neuen Verteidigungsanlagen. Ich kann Euch versichern, Mylord, dass diese Überfälle zusammen mit dem Schlachten des Viehs und Verbrennen des Getreides dazu führen werden, dass die Bewohner von Carrick nur mit größter Mühe durch den Winter kommen.«

»Gut«, murmelte der König. Er starrte schon wieder auf den Brief.

Ein Windstoß bauschte den Seidenvorhang, der das königliche Zelt in zwei Räume teilte, und Humphrey erhaschte einen Blick auf das Himmelbett, das Edward überallhin begleitete. Es war mit Kissen und rotem Leinen bedeckt. Daneben saß

Königin Marguerite auf einem gepolsterten Stuhl; ihr zartes, schönes Profil hob sich von dem weichen Hermelinumhang ab, der um ihre Schultern lag. Das weite Kleidungsstück vermochte ihre zweite Schwangerschaft nicht gänzlich zu verbergen. Humphrey sah zu, wie sich die Königin vorbeugte und einen Turm aus Kristall über das vor ihr stehende Schachbrett schob. Eine ihrer Zofen, die ihr gegenübersaß, antwortete mit dem Zug eines Bauern aus Jaspis. Hinter einem weiteren Vorhang ertönte leises Greinen, als Edwards kleiner Sohn Thomas erwachte und nach seiner Amme verlangte.

Humphreys Blick wanderte zu dem König zurück. »Habt Ihr irgendeinen Hinweis darauf, wo sich Robert Bruce aufhält, Mylord?«

Bei der Frage hob Edward abrupt den Kopf und legte den Brief weg. Humphrey registrierte, dass am unteren Rand das Siegel des Königs von Frankreich prangte.

»Ich hatte gehofft, Ihr könntet Licht in dieses Dunkel bringen. Schließlich habt Ihr den letzten Monat in seiner Grafschaft verbracht.«

Humphrey kannte den stählernen Ton, den die Stimme des Königs annahm, sobald etwas sein Missfallen erregte, hatte sich aber noch nicht an das Unbehagen gewöhnt, das ein Mann empfand, wenn dieses Missfallen ihm selbst galt. »Ich habe den Konnetabel von Turnberry eingehend verhört, Mylord, aber er hat geschworen, keine Ahnung zu haben, wohin Robert gegangen sein könnte. Er wusste nur, dass er Carrick vor über einem Jahr verlassen hat.«

»Glaubt Ihr ihm?«

»Nun, ganz sicher können wir nicht sein.« Als ihn der Blick des Königs zu durchbohren schien, fügte Humphrey hinzu: »Aber ich denke nicht, dass er sich ewig verborgen halten wird. Früher oder später wird Bruce wieder auftauchen, daran hege ich keinen Zweifel.«

Ein nachdenklicher, fast wissender Ausdruck huschte über

das Gesicht des Königs. »Vielleicht.« Er scheuchte einen Pagen weg, der ihm Wein nachschenken wollte. »Und wie hat sich mein Sohn bewährt? Wie ist sein erstes Kommando verlaufen?«

Schlagartig begriff Humphrey, warum er dem König Bericht erstattete und nicht der junge Edward selbst. Sie waren an diesem Nachmittag in Lochmaben eingetroffen, doch bis jetzt hatte Edward nur nach einigen bloßen Fakten gefragt, statt einen ausführlichen Rapport zu verlangen. »Er hat die Disziplin gut aufrechterhalten, Mylord«, begann er vorsichtig. »Bei der Belagerung von Turnberry und der Plünderung von Ayr wurden keine Fehler gemacht. Nur wenige unserer Männer haben Verletzungen davongetragen, Tote gab es keine, und wir haben auf dem gesamten Feldzug nur fünf Pferde eingebüßt.«

»Interessant.« Der König legte seine langen Finger unter sein Kinn. Das Laternenlicht fing sich in einem seiner Ringe, der Rubin in der Mitte blitzte auf. »Mein Neffe erzählte mir etwas ganz anderes.«

Humphreys Unbehagen wuchs, als er erkannte, dass er in eine Falle getappt war. Er hatte nicht damit gerechnet, dass der König bereits mit Thomas of Lancaster gesprochen haben könnte, und verwünschte sich für seine Nachlässigkeit. Ein Mann tat nicht gut daran, im Umgang mit Edward Longshanks in seiner Wachsamkeit nachzulassen.

»Thomas sagte mir, Turnberry wäre ohne Euch überhaupt nicht eingenommen worden. Er sagte, mein Sohn wäre mehr daran interessiert gewesen, sich mit seinen Freunden zu vergnügen, als Krieg gegen meine Feinde zu führen.«

»Er brauchte etwas Anleitung, Mylord, das ist alles. Sir Thomas mag Piers Gaveston nicht. Ich fürchte, diese Abneigung beeinflusst sein Urteilsvermögen in dieser Angelegenheit.«

Edward griff nach seinem Weinkelch und fuhr mit dem Finger über den Rand. »War es richtig von mir, meinen Sohn zum Prinzen von Wales zu machen, Humphrey? Ich hatte gehofft, dass er sich dann Mühe geben würde, sich einer solchen Ehre würdig zu erweisen.«

Humphrey fiel mit einem Mal auf, wie alt der König wirkte. Seine Wangen und sein Kiefer waren unter dem schneeweißen Bart schlaff geworden, und seine Haut wies einen ungesunden grauen Schimmer auf, der von tiefer Erschöpfung zeugte. Er stellte sich England unter der Herrschaft des Sohnes vor; ein Gedanke, der ihm Sorge bereitete. Es oblag Männern wie ihm, Prinz Edward zu dem Mann zu formen, zu dem er sich entwickeln musste, um den Platz seines Vaters einnehmen zu können. »Ja, Mylord«, erwiderte er mit fester Stimme. »Ich denke, Euer Sohn ist bereit, Autorität auszuüben und Verantwortung zu übernehmen.«

Doch der König befasste sich schon wieder mit dem Brief.

»Nachrichten aus Frankreich?«, unternahm Humphrey einen zaghaften Vorstoß.

»Während Ihr in Carrick wart, erfuhr ich von meinen französischen Spionen, dass John Balliol auf Befehl König Philipps aus dem päpstlichen Gewahrsam entlassen wurde.« Edward hielt Humphrey den Pergamentbogen hin. »Dies kam letzte Woche aus Westminster. Mein Vetter empfiehlt mir, als ersten Schritt auf dem Weg zu Balliols Wiedereinsetzung einen Waffenstillstand mit den Schotten zu schließen.« Sein aufflammender Zorn ließ Jahre von Edward abfallen, verlieh seinen Wangen Farbe und seiner Haltung Kraft und Energie. »Sollte ich mich weigern, wird es keinen Friedensvertrag mit Frankreich geben, und Philipp wird mein Herzogtum Gascogne auch weiterhin besetzt halten, das geht aus seinen Worten klar hervor.«

»Was werdet Ihr tun, Mylord?« Humphrey blickte von dem Pergament auf. Die möglichen Folgen dieser Entwicklung der Dinge beunruhigten ihn. »Ein neuer Krieg kommt doch sicherlich nicht in Frage?«

Edward musterte ihn scharf. »Der Kampf um die Gascogne hat meine Truhen geleert und mich der Unterstützung meiner

Männer beraubt – sogar Euer Vater und andere Mitglieder der Tafelrunde stellten sich damals gegen mich.« Sein Ton klang hart. »Daher gilt es, einen Krieg zu vermeiden. Vorerst jedenfalls. Aber ich werde auch nicht zulassen, dass Balliol den Thron wieder besteigt. Ich habe vor, den Schotten einen einstweiligen Waffenstillstand anzubieten, wie Philipp es wünscht. Da ich im Winter keinen Feldzug zu führen gedenke, beeinträchtigt eine solche Abmachung meine Pläne nicht. Dafür verschafft sie mir Zeit. Es muss einen Ausweg aus dieser Situation geben – ohne Krieg, ohne den Verlust der Gascogne und ohne die Rückkehr dieser Schlange John Balliol. Mir bleibt der ganze Winter, um ihn zu finden.« Der König erhob sich. Obwohl seine breiten Schultern gebeugt waren, überragte er Humphrey um einiges. »Wir werden morgen in der Ratsversammlung darüber sprechen. Heute Abend wird gefeiert. Geht zu meiner Tochter, Humphrey. Frankreich kann noch einen Tag warten.«

Humphrey verneigte sich, verließ das königliche Zelt und ging an den Wachposten vorbei in die kühle Abendluft hinaus. Zahlreiche Lagerfeuer ließen das Gelände in gedämpftem Licht erstrahlen. Die neu erbaute Festung des Königs in Lochmaben – wohin er sich nach einem Sieg im Norden, der den Fall von Bothwell Castle zur Folge gehabt hatte, zurückgezogen hatte – war mit einem von einer Palisade gekrönten hohen Erdwall umgeben. Zu beiden Seiten der Haupttore waren Plattformen errichtet worden, auf denen sich die Schatten von Wachposten dunkel vom Himmel abhoben. Der ganze Komplex wurde von einer Holzfestung beherrscht, die sich wie ein mächtiges Schiff über einem Meer von Zelten erhob. Die Luft war von Musik und Stimmengewirr erfüllt. Männer drängten sich zwischen Zelten, Karren und Pferden oder scharten sich um die Feuer, um Wein oder Ale zu trinken. Von den Kochtöpfen stieg ein würziger Fleischduft auf, und Humphreys Magen begann vernehmlich zu knurren.

Sein Blick fiel auf den Sohn des Königs, zu dessen Ehren das Fest veranstaltet wurde. Der frisch ernannte Prinz von Wales stand neben Piers Gaveston und sah zwei Ringern mit nackten Oberkörpern zu. Einer der Kämpfer hatte eine blutige Nase, der andere eine aufgeplatzte Lippe. Vor Schweiß glänzend umkreisten sie einander, bevor sie sich umklammerten und mit den Fäusten aufeinander eindroschen. Edward, in seinem goldenen Mantel prächtig anzusehen, drehte sich um, als Gaveston ihm einen Weinschlauch reichte. Der Gascogner beugte sich vor und flüsterte ihm etwas ins Ohr, woraufhin der Prinz breit lächelte. Der Fackelschein fiel auf sein erhitztes Gesicht.

»Humphrey!«

Humphrey drehte sich um. Ralph de Monthermer stand vor ihm.

Der Ritter des Königs hob grüßend einen Weinkelch. Sein gelber, mit einem grünen Adler bestickter Mantel schimmerte. »Komm, leiste uns Gesellschaft.«

Humphrey entdeckte Aymer de Valence und Henry Percy in dem Getümmel. Die anderen Barone waren zweifellos ebenfalls ganz in der Nähe, aber er hatte Verlockenderes vor, als den Abend mit den Rittern der Tafelrunde zu verbringen. »Später«, rief er dem Ritter zu, der gutmütig die Achseln zuckte.

Humphrey bahnte sich einen Weg durch die Menge, wich einem betrunkenen Soldaten aus, der in eines der Zelte stürzte und es unter sich begrub, was lautes Gejohle seitens seiner Kameraden zur Folge hatte, und steuerte auf die Festung zu. Andere Männer taumelten Arm in Arm an ihm vorbei. Das Fest mochte ihrem Prinzen gelten, aber sie alle hier feierten auch ihre eigenen Triumphe. Ein Feldzug war zu Ende gegangen, in dessen Verlauf drei mächtige Burgen gefallen und große Landstriche im Westen verwüstet worden waren – ein Feldzug, auf dem sie von den Schotten kaum behelligt worden waren. Wie es aussah, hatten die Rebellen ihren Kampfgeist verloren. Noch so ein Sommer, und die Engländer würden Stirling Castle zurückerobern, das im letzten Jahr in die Hände des Feindes gefallen war, und dann stand ihnen der Norden Schottlands offen. Wenn König Philipps Forderungen sie nicht daran hinderten.

Sie lagen seit fünf Jahren mit Schottland im Krieg und hatten während dieser Zeit sowohl furchtbare Verluste erlitten als auch große Siege errungen. Humphrey dachte an die Unmengen von Gold und Silber, die zur Finanzierung des Kampfes des Königs aus England abgezogen worden waren, an all die Monate, die sie fern von ihren Landsitzen und Familien verbracht hatten, an all die Leben, die von feindlichen Schwertklingen ausgelöscht worden waren, darunter auch das seines eigenen Vaters. Sein nagender Hunger und sein Verlangen, Bess zu sehen, verblassten angesichts des Schmerzes über diesen Verlust. Drei Jahre waren seit Falkirk vergangen, und er sah die Szene immer noch vor sich, als wäre es gestern gewesen – das bis zum Hals in einem Moor versunkene Pferd seines Vaters und den von einem schottischen Speer durchbohrten Earl, der aus dem Sattel glitt und vom Morast verschlungen wurde. Eiserne Entschlossenheit durchflutete Humphrey wie eine heiße Welle. Er würde alles tun, was in seiner Macht stand, um Edward zu helfen und zu verhindern, dass John Balliol auf den Thron zurückkehrte und die Schotten wieder ein eigenes Königreich erhielten.Wenn sie zuließen, dass das geschah, wären alle Opfer umsonst gewesen. Mit dieser Aussicht konnte er nicht leben.

Er nickte den Wachposten am Eingang des Bauwerks zu, das die Gefangenen und die Beute aus Turnberry beherbergte, und stieg die zur Brustwehr hinaufführende Außentreppe hoch. Die Festung war die Vorstufe zu dem steinernen Bollwerk, in das der König sie mit Hilfe der Trümmer der auf dem letzten Feldzug zerstörten alten Burg Lochmabens zu verwandeln gedachte. Von der Brustwehr aus bot sich Humphrey ein umfassender Blick über das umliegende Land. Die provisorische Burg thronte auf einem Felsvorsprung, der in einen See hineinragte. Ein Vogelschwarm flog tief über die Wasseroberfläche hinweg; die Spiegelbilder der Tiere glitten unter ihnen dahin. Auf der Landseite erstreckten sich Wälder bis zu der Ruine der alten Burg, des ehemaligen Heims der Familie Bruce. Ihr Bergfried glich einem abgebrochenen steinernen Zahn, der sich von dem violetten, mit Wölkchen betupften Himmel abhob.

Auf dem Fußweg stand eine junge Frau in einem silbrig blauen Gewand und blickte über den See. Ein mit Perlen besetztes Netz bedeckte ihr Haar. Bei ihrem Anblick spielte ein Lächeln um Humphreys Lippen, und seine Stimmung hob sich.

Bess drehte sich um. »Du bist spät dran.«

»Ich war bei deinem Vater.« Humphrey blieb ein paar Schritte vor ihr stehen. Er sehnte sich danach, sie zu küssen, war sich aber der Gegenwart der Wächter hinter ihm auf der Brustwehr bewusst. Er war der Konnetabel von England, sie die Tochter des Königs – der Anstand musste gewahrt werden.

Bess teilte derartige Bedenken nicht. Sie trat zu ihm und schlang die Arme um seinen Hals. Wie alle Kinder Edwards war sie hochgewachsen, fast so groß wie Humphrey, sie musste den Kopf nur leicht zurücklegen, um ihm in die Augen sehen zu können. »Es sei dir verziehen.«

Ihre Lippen streiften zart die seinen, woraufhin Humphrey die Wachposten vergaß, Bess an sich zog und sie leidenschaftlich küsste. Sie erwiderte den Kuss, und einen Moment lang versanken beide in ihrer eigenen Welt aus atemloser Begierde. Dann löste sich Humphrey von ihr und blickte in ihre hellgrauen, von einem violetten Ring umgebenen Augen. Das kastilische Erbe von Königin Eleanor fand sich in ihrer schönen schwarzhaarigen Tochter wieder. Er lächelte sie an, doch die fehlende körperliche Nähe bewirkte, dass seine Gedanken wieder zu der Enthüllung des Königs zurückkehrten.

Bess berührte seine Wange. »Eben ist eine Wolke über dein Gesicht gezogen, Liebster. Was ist passiert?«

»John Balliol ist freigelassen worden.« Humphrey ging die Brustwehr entlang, Bess an seiner Seite. Sie umrundeten die Festung bis zur Landseite, wo die Wälder ein dunkles, windgepeitschtes Meer bildeten. »Der König von Frankreich droht damit, die Gascogne auch weiterhin besetzt zu halten, wenn dein Vater nicht einem Waffenstillstand mit Schottland zustimmt.«

Bess nickte. »Ich habe Vater mit Bischof Bek darüber sprechen hören.« Als Humphrey abrupt stehen blieb, lehnte sie sich neben ihm gegen die Brustwehr. »Er glaubt, Balliols in dem Vertrag vereinbarte Überstellung nach Frankreich bedeutet, dass Philipp das alles von langer Hand geplant hat. Jetzt, wo der Krieg vorüber ist, sieht es so aus, als wolle der französische König sein altes Bündnis mit Schottland wieder aufleben lassen und meinen Vater zwischen zwei Fronten einschließen.«

Humphrey wunderte sich ein Mal mehr über die Selbstverständlichkeit, mit der sie trotz ihrer Jugend über politische Angelegenheiten sprach. Mit ihren neunzehn Jahren war Bess sechs Jahre jünger als er und genauso alt wie die neue Frau ihres Vaters. Er fragte sich, ob sie in der Halle ihres ersten Mannes, des Grafen von Holland, solchen Diskussionen gelauscht hatte, aber die beiden waren nur kurze Zeit verheiratet gewesen, bevor er sie als Witwe zurückgelassen hatte. »Dein Vater darf sich von Philipp nicht erpressen lassen.«

»Aber wenn Vater sich weigert, läuft er Gefahr, ein Herzogtum endgültig zu verlieren, um das er jahrelang gekämpft hat und das zu seinen reichsten Ländereien gehört.«

»Und wenn Balliol zurückkehrt, war alles umsonst.« Humphreys Züge verhärteten sich. Die Erinnerung an seinen Vater geisterte in seinem Kopf herum. »Wir haben viele Opfer gebracht, und wir zahlen einen hohen Preis für den Sieg, aber wir müssen ihn zahlen! Britannien kann nur als vereintes Königreich unter der Herrschaft eines einzigen Königs gerettet werden. Das werden wir ihnen klarmachen. Ihnen allen!«

Bess musterte ihn forschend. »Möchtest du denn nicht, dass der Krieg ein Ende hat, Humphrey? Dass die Feldzüge und das Blutvergießen aufhören?« Als er keine Antwort gab, schaute sie seufzend auf die unter ihnen trinkenden und feiernden Männer hinab. »Vielleicht ist ein Waffenstillstand der beste Weg.«

Er maß sie mit einem scharfen Blick. »Du weißt nicht, was du da sagst.«

Ihre grauen Augen blitzten auf, etwas von dem stählernen Willen ihres Vaters war darin zu erkennen. »Ich bin die Tochter des Königs, Humphrey. Ich kenne den Preis des Krieges genauso gut wie die meisten der Trunkenbolde da unten. Während meiner Kindheit war mein Vater ständig auf einem Feldzug. Ich wurde mit meinen Schwestern von einer Burg zur nächsten gebracht, wusste nie, ob er wieder nach Hause kommen würde, sah den Schmerz, den meine Mutter empfand, wenn sie nicht bei ihm war, und fühlte denselben Schmerz, *wenn* das der Fall war. Sie wich so gut wie nie von seiner Seite. Ich bin mit einer fast immer abwesenden Mutter und dem Wissen aufgewachsen, dass seine Gier nach Siegen und ihre Gier nach ihm stärker waren als ihre Liebe zu mir. Erzähl mir also nicht, dass ich nicht weiß, wovon ich rede!«

Er drückte ihre Schulter. »Bess, ich bin müde, und diese Neuigkeiten lasten schwer auf mir. Morgen nach der Ratsversammlung werden wir vieles klarer ...« Humphrey brach ab, weil sein Blick auf zahlreiche winzige Feuerpunkte gefallen war, die am Rand der Bäume unterhalb der Palisade zum Leben erwachten.

Noch während er sie anstarrte, schossen sie alle zugleich in die Höhe, beschrieben einen hohen, anmutigen Bogen durch die Luft und prasselten auf das Lager nieder. Einige trafen Zelte, andere blieben im Boden stecken und schlitterten, einen feurigen Schwanz hinter sich herziehend, über das festgetretene Erdreich. Wieder andere fanden menschliche Ziele, bohrten sich in Hälse und Rücken. Schmerzensschreie übertönten zunehmend die Musik.

Humphrey packte Bess bei der Hand und zog sie den Fußweg entlang zu den Stufen hinüber, die außen an der Festung hinunterführten. Die hier oben postierten Wächter rannten hin und her und riefen sich gegenseitig und den Männern unten Anweisungen zu, als unterhalb der Palisade weitere Lichthalbmonde aufflammten. Ein Mann begann, wie wild die Glocke auf der Brustwehr zu läuten. Im Lager brach Chaos aus, als die Brandpfeile vom Himmel hagelten. Einige trafen Pferde, von denen sich eines laut wiehernd aufbäumte und sich mit einem Ruck von dem Pfosten losriss, an dem es angebunden war. Mit dem noch aus seiner Seite ragenden brennenden Pfeil jagte das Tier wie von Sinnen durch die Menge und trampelte zahlreiche Männer nieder, die Schutz vor den teuflischen Geschossen suchten. Als sich weitere Pfeile in die Zeltwände bohrten, begannen sich Feuer auszubreiten, die vom Wind rasch angefacht wurden.

Humphrey war die Treppe schon halb hinuntergestürmt, als der dritte Pfeilregen auf sie niederging. Er schützte Bess mit seinem Körper, während sie in das Holz ringsum einschlugen. Kaum war der Angriff vorüber, rannten sie die letzten Stufen hinunter. Unten angekommen, schob er Bess in den Eingang der Festung, wo zwei Wächter, die Schwerter zur Abwehr unsichtbarer Feinde gezückt, den Tumult vor ihnen beobachteten.

»Bleib hier«, befahl er Bess, die mit totenblassem Gesicht nickte. »Und ihr schützt sie mit eurem Leben«, zischte er den beiden Männern zu.

»Pass auf dich auf.« Sie fasste ihn kurz am Arm.

Humphrey eilte auf das königliche Zelt zu, vorbei an Stallburschen, die sich verzweifelt bemühten, die im Stroh und in den Heuballen auflodernden Feuer zu löschen, doch für jedes kleine Flammenmeer, das sie erstickten, züngelte anderswo ein neues auf. Die Luft war von Rauch und dem wilden Läuten der Glocke erfüllt. Humphrey sah einen der barbrüstigen Ringer mit einem Pfeil im Kopf rücklings im Staub liegen. Der Himmel leuchtete auf, als der nächste Pfeilhagel angeschwirrt kam. »Wartet!«, brüllte Humphrey den blindlings herumirrenden Männern ringsum zu. »Achtet auf den Himmel!«

Aber nur wenige hörten auf ihn und taten es ihm nach, als er sich hinter einen mit Fässern beladenen Karren duckte. Ein Infanterist sank, seinen Alehumpen noch in der Hand, auf die Knie und krümmte sich, als sich ein Pfeil in seine Schulter grub. Mit einem gellenden Schmerzensschrei tastete er nach dem Schaft.

»Hilf ihm«, wies Humphrey einen Knappen an, bevor er aufsprang.

Der König stand vor seinem Zelt und bellte der immer größeren Schar von Männern, die ihn umringten, Befehle zu. Unter ihnen befanden sich auch Ralph, Henry und Aymer. Als er näher kam, hörte er einen der Wächter auf der Plattform am Tor dem König etwas zurufen. Er kauerte mit seinen Kameraden hinter der Palisade.

»*In den Wäldern sind Männer, Sir! Hundert oder mehr!*«

»Sattle Bayard!«, fauchte Edward, an seinen Knappen gewandt. Der Schein der Feuer beleuchtete sein grimmiges Gesicht. »Wo ist mein Sohn?«

»Hier, Vater!« Prinz Edward kam mit Gaveston an seiner Seite auf den König zugeeilt. Der Gascogner trug einen Schild am Arm, in dem ein Pfeil steckte. Die Flammen flackerten über das bemalte Holz.

»Wir reiten los und holen uns diese Kerle!«, befahl der König seinen Rittern mit scharfer Stimme.

Humphrey drängte sich durch die Menge, weil er seinen Knappen Hugh und einige seiner Ritter im Gewühl entdeckte.

Hugh hatte bereits Storm gesattelt und hielt das Schwert seines Herrn in der Hand. Erleichterung malte sich auf dem Gesicht des Knappen ab, als er ihn näher kommen sah. »Sir!« Er hielt ihm die Waffe hin. »Soll ich Eure Rüstung holen?«

»Keine Zeit.« Humphrey griff nach der blanken Klinge und schob sie durch die Schlinge an seinem Gürtel. »Nur mein Wams und meinen Helm. Sitzt auf«, sagte er in einem Atemzug zu seinen Rittern, während Hugh im Zelt verschwand.

Kurz darauf kehrte der Knappe mit dem Gewünschten zurück. Humphrey streifte seinen Umhang ab und legte das mit Filz gepolsterte Wams an, das von dem heutigen Ritt noch schweißfeucht war. Nachdem er die wattierte Haube übergestreift hatte, die Hugh ihm reichte, setzte er den großen, mit Schwanenfedern geschmückten Helm auf. Storm, den die Flammen und der Lärm nervös machten, stampfte mit den Hufen, beruhigte sich aber, als Humphrey aufstieg und nach den Zügeln griff. Auch seine Ritter schwangen sich in den Sattel.

König Edward saß bereits auf seinem Schlachtross Bayard, als Humphrey sich ihm mit seiner Truppe anschloss. Gemeinsam ritten der König, sein Sohn und einige hundert Ritter und Sergeanten auf das Tor zu. Weitere Pfeile schwirrten durch die Luft; die meisten landeten in einiger Entfernung hinter ihnen, wo sich die Flammen zwischen den eng beieinanderstehenden Zelten rasend schnell ausbreiteten. Ein Teil der Festung brannte bereits lichterloh, dichte Rauchwolken stiegen zum Himmel empor. Die Sehschlitze des Helms verengten Humphreys Blickfeld zu einer schmalen Welt aus Qualm und Feuer. Er erkannte die bunten Helmbüschel und Mäntel seiner Kameraden, die ansonsten genauso gesichtslos waren wie er. Ihn quälte die Sorge um Bess; er konnte nur hoffen, dass sie in der Obhut der Wächter sicher war. Mehrere Männer öffneten die massiven hölzernen Tore.

Dahinter sah Humphrey zwischen den Rücken und Kruppen von Reitern und Pferden den Waldrand auftauchen. Weitere Feuer flammten in den Schatten auf und beleuchteten die Umrisse zahlreicher Männer zwischen den Bäumen.

»*Auf sie! Reitet! Reitet!*«

Auf den donnernden Befehl des Königs hin zog Humphrey sein Schwert und stieß Storm die Fersen in die Seiten. Das Schlachtross schoss zusammen mit den anderen Tieren vorwärts, und der Boden erzitterte, als sie in einen wilden Galopp fielen. Humphrey stieß einen markerschütternden Kriegsruf aus, der in der Stahlkammer seines Helms widerhallte und von seinen Kameraden aufgenommen wurde. Als der König mit seinen Männern aus dem Tor hinausjagte, schwirrten von den Bäumen her neue Brandpfeile auf sie zu.

Humphrey sah, wie ein Pferd, das in den Kopf getroffen worden war, sich wild im Kreis drehte und seinen Reiter abwarf, bevor es in ein anderes Tier krachte und Pferd und Ritter zu Boden schleuderte. Um sich schlagende Gliedmaßen und Hufe verschwanden, als die nachfolgenden Männer über sie hinwegritten. Ein Feuerblitz kam direkt auf ihn zu. Humphrey warf sich zur Seite, und der Pfeil schwirrte an ihm vorbei, doch bei der ruckartigen Bewegung hatte er an den Zügeln gerissen und die Gebissstange hart in Storms empfindliches Maul gerammt. Das Pferd stolperte und prallte gegen Henry Percys Schlachtross. Percy schwenkte scharf ab, und Humphrey brauchte eine Sekunde, um die Fassung wiederzugewinnen. Die Bäume vor ihnen wurden rasch größer.

Männer huschten zwischen den Stämmen umher. Einige machten angesichts der angreifenden Ritter kehrt und ergriffen die Flucht, andere legten neue Pfeile an die Sehnen und zielten auf die Pferde. Humphrey sah, wie der König mit Bayard über ein Dornengestrüpp hinwegsetzte. Sein Breitschwert blitzte in seiner Hand auf, als er auf der anderen Seite landete und die Klinge in den Nacken eines Bogenschützen trieb, der eine Sekunde zuvor noch auf ihn geschossen hatte. Ein Blutregen ergoss sich über die Bäume, als der Mann zu Boden sank.

Humphrey richtete sein Augenmerk auf zwei Männer, die vor ihm flohen. Sie waren mit Bogen bewaffnet und trugen grüne Tuniken und Hosen; die Art Kleidung, die ein Mann zur Jagd anlegt. Das Blut rauschte heißer durch seine Adern, als er die Verfolgung aufnahm und sich unter niedrigen Ästen hinwegduckte, das Knacken hörte, mit dem Zweige gegen seinen Helm peitschten und nur benommen wahrnahm, wenn sie seine Schultern und Knie trafen. Er holte einen Gegner ein, holte mit seinem Schwert aus und ließ die Klinge im Vorbeireiten mit enormer Wucht schräg niedersausen. Der Mann brach mit einem gurgelnden Schrei zusammen; eine klaffende rote Wunde verlief quer über seine Brust.

Humphrey zügelte Storm, um nach dem anderen Mann Ausschau zu halten, doch sein Blickfeld wurde durch seinen Helm beeinträchtigt. Er bemerkte, dass der links von ihm reitende Aymer de Valence dem »Wild« ebenfalls nachjagte. Unter wildem Gebrüll beugte sich der Vetter des Königs weit im Sattel vor, um sein Schwert in den Nacken des Mannes zu treiben. Schreie zerrissen die Luft, als die anderen Ritter weitere Opfer fanden. Humphrey trieb Storm weiter, doch die rasch dichter werdenden Bäume zwangen ihn bald, im Schritt zu reiten. Der Rest der feindlichen Bogenschützen war tief in das Herz des Waldes geflüchtet, wohin ihnen die Ritter auf ihren mächtigen Schlachtrössern nicht folgen konnten.

Eine Hornfanfare erscholl und rief die Ritter zum König zurück, der Bayard an den Rand des Waldes gelenkt hatte. Die Feuer hinter der Palisade ließen den Himmel bernsteinfarben erglühen. Die Festung stand in Flammen, Funken sprühten wie Hunderte leuchtender Insekten hoch in die Luft, und die Stimmen der Männer, die sich bemühten, die Feuer einzudämmen und zu löschen, hallten durch das Lager. Humphrey nahm seinen Helm ab; dabei betete er, dass die beiden Wachposten Bess in Sicherheit gebracht hatten.

»Das waren John Comyns Truppen«, verkündete Aymer de Valence, als er sich unter den tief hängenden Zweigen einer Kiefer hinwegduckte. »Weiter hinten im Wald waren noch mehr – auf Pferden und Schlachtrössern. Ich habe meinen Schwager an seinen Farben erkannt, aber er ist geflohen, bevor ich ihn erreichen konnte.«

»Sollen wir ihnen folgen, Sire?«, fragte Ralph de Monthermer, während er versuchte, sein nervöses Pferd zu beruhigen. »Majestät?«, drängte er, als Edward keine Antwort gab. »Sollen wir sie verfolgen?«

Humphrey schielte zu dem König hinüber, der das Visier seines Helms hochgeklappt hatte. Er starrte seine brennende Festung an. In dem höllischen Schein hatte sich sein Gesicht zu einer Fratze der Wut verzerrt.

14

In der Nähe von Lochmaben, Schottland, A.D. 1301

JOHN COMYN TRIEB SEIN vor Schweiß triefendes Pferd die letzten Meter des bewaldeten Hanges hoch.Die Bäume ringsum schwankten in der windigen Dunkelheit. Als er den kahlen Gipfel des Hügels erreichte, sah er, dass der Himmel mit Sternen übersät war. Ihr gespenstisches Licht fiel kalt auf die Helme der sich auf dem Hügel drängenden Männer. Mit jeder Minute tauchten mehr zwischen den Bäumen auf, einige zu Pferd, andere zu Fuß und vor Anstrengung keuchend; viele waren verwundet. Ein sich vor Schmerzen windender Mann wurde von zwei Kameraden auf die Lichtung geschleift. Aus einer langen, gezackten Schnittwunde auf seiner Stirn strömte Blut über seine Wangen.

Comyn brachte sein Pferd zum Stehen und nahm schwer atmend Helm und Haube ab. Sein strähniges dunkles, vor Kurzem kurz geschorenes Haar klebte ihm am Kopf und ließ sein schmales Gesicht noch hagerer erscheinen. Das Wappen auf seinem Überwurf – drei weiße Weizengarben auf einem roten Schild, das Emblem der Roten Comyns – fand sich auch auf der Schabracke seines Pferdes wieder. Schweiß kribbelte auf seiner Haut, der salzige Geschmack mischte sich mit dem metallischen des Visiers, das er jetzt loshakte und wegzog. Er winkte seinen Knappen zu sich und warf ihm den Helm zu, bevor er mit schmerzenden Muskeln aus dem Sattel glitt. »Dungal!«, rief er scharf, als er ein bekanntes Gesicht in dem Gewühl entdeckte.

Dungal MacDouall, ehemaliger Hauptmann der Armee von Galloway, bahnte sich einen Weg durch die Menge. Sein hartes, humorloses Gesicht schimmerte im Sternenlicht so weiß wie der Löwe auf seinem Überwurf.

»Haben sie euch verfolgt?«, fragte Comyn, als Dungal bei ihm angelangt war.

»Nicht lange. Ihre Pferde waren zu klobig, um tief in den Wald vorzudringen. Ich habe das Horn des Königs gehört, der sie zurückgerufen hat.«

Comyn nickte grimmig. »Ich nehme an, sie hatten Dringlicheres zu tun. Die Feuer haben sich schneller ausgebreitet, als ich zu hoffen gewagt hatte.«

»Ihre Festung wird bei Tagesanbruch nur noch Asche sein«, stimmte Dungal sichtlich zufrieden zu.

Als Comyn die hochgewachsene Gestalt seines Vaters erblickte, ging er zu ihm hinüber. Kiefernzapfen knirschten unter seinen Stiefeln.

Der Lord of Badenoch sprach mit seinem Vetter, dem Earl of Buchan und Oberhaupt der Schwarzen Comyns. Buchan, ein imposanter, gut gebauter Mann, hatte dasselbe längliche Gesicht und die dunklen Augen wie Comyns Vater. Er hatte sich seinen Helm unter den Arm geklemmt, und sein Überwurf bauschte sich im Wind. Drei Weizengarben, diesmal auf einem schwarzen Schild, zierten das Kleidungsstück. Die beiden Vettern beherrschten die tonangebenden Zweige der Familie Comyn, deren Macht und Einfluss von den Tälern des Grenzlandes bis hin zu den Bergen und Ebenen des Nordostens des Königreichs reichten. Bei ihnen standen Ingram de Umfraville, ein Verwandter John Balliols, und Robert Wishart, der Bischof von Glasgow.

»Wir haben höchstens zwanzig Männer verloren, Exzellenz. Alles in allem war es ein Erfolg.«

»Erfolg oder nicht, jedes verlorene Leben ist zu betrauern, Sir John.« Wisharts Stimme klang barsch. Seine gedrungene, massige Gestalt verlieh ihm das Aussehen eines Bullen.

»Und Eure Gebete werden unseren Toten ebenso zugutekommen, wie unsere Pfeile den Lebenden zugutegekommen sind. Nach einem verlustreichen Sommer brauchten unsere Leute einen Sieg. Wir haben ihnen zu einem verholfen.«

»Aber wir müssen noch mehr tun.« Comyn trat zu ihnen. Als die Männer sich umdrehten, bemerkte er, wie erschöpft sein Vater aussah. Eine Krankheit, die ihn seit einigen Wochen plagte, hatte seine Haut fahl werden lassen. Der Angriff auf Lochmaben schien seine letzte Kraft gekostet zu haben, obwohl seine Stimme scheinbar nicht davon betroffen war, denn sie klang so schroff und gebieterisch wie immer.

»Dein Plan ist besser aufgegangen, als ich erwartet habe, mein Sohn. Ich muss dich loben.«

»Danke, Vater«, erwiderte Comyn steif. »Trotzdem hätte ich ihr Lager lieber vollständig zerstört gesehen. König Edward wird wieder aufbauen, was wir heute Abend niedergebrannt haben.«

»Aber der Wiederaufbau wird seine Pläne für einen neuen

Feldzug beeinträchtigen. Lochmaben war die Basis, von der aus er weitere Angriffe geführt hätte. Jetzt wird er seine beschränkten Mittel dazu verwenden müssen, alles wieder instand zu setzen.«

Ingram de Umfraville warf eifrig ein: »In der Tat. Es wird uns die Zeit verschaffen, um weitere Männer zusammenzuziehen und auszubilden und ...«

»Wir haben genug Soldaten.« Comyn entging nicht, dass Umfravilles Gesicht sich ob der Unterbrechung verfinsterte, aber das kümmerte ihn wenig. Der Mann war vor Kurzem zum dritten Hüter Schottlands gewählt worden und bildete mit ihm selbst und William Lamberton jetzt ein Triumvirat. Comyn verdross es zutiefst, dass die Edelleute es für nötig befunden hatten, noch einen Mann in dieses hohe Amt einzusetzen, und wachte eifersüchtig darüber, dass Umfraville nicht die Autorität untergrub, die er im Lauf der letzten zwei Jahre erworben hatte. »Wir müssen unsere Stärke jetzt gezielt einsetzen.«

»Was schlagt Ihr vor? Einen Einfall in England?«

Als die kämpferisch gestellte Frage erklang, drehte sich Comyn um und sah sich John of Atholl gegenüber. Die kantigen Züge des Earls wurden vom Sternenlicht betont, sein lockiges Haar war schweißfeucht. In seiner Begleitung befanden sich sein Sohn David, sein jüngeres Ebenbild, sowie Neil Campbell, ein Ritter aus Argyll und einer von William Wallace' treuesten Gefolgsleuten. Beim Anblick des Earls, der ihn mit seinem eindringlichen Blick zu durchbohren schien, als er näher kam, stieg heftige Abneidung in Comyn auf. Er bemerkte, dass einige Männer in seiner Nähe Atholls Frage gehört hatten, ihn nun erwartungsvoll ansahen und auf seine Antwort warteten.

»Vielleicht«, erwiderte Comyn ausweichend. »Die Männer dazu haben wir.«

»Die Männer schon«, stimmte Atholl zu und blieb vor ihm stehen. »Was uns fehlt, sind fähige Generäle.«

Bevor Comyn antworten konnte, ergriff sein Vater das Wort.

»Eure Herablassung ist ungerechtfertigt, Atholl. Mein Sohn hat uns gerade zu unserem ersten Sieg in diesem Jahr geführt. Könnt Ihr eine solche Ehre für Euch in Anspruch nehmen?«

»Bei allem Respekt – der Sieg war klein und kommt zu spät. Ich habe den ganzen Sommer lang dazu aufgerufen, etwas zu unternehmen, bin aber stets auf taube Ohren gestoßen. Wir haben widerstandslos zugelassen, dass die Engländer den Westen des Landes verwüstet und unsere Burgen eingenommen haben.«

Bischof Wishart zog die Brauen zusammen. »Sir John …«, begann er.

Atholl ignorierte ihn und hob die Stimme, als die Männer ringsum verstummten, um ihm zuzuhören. »Edward und seine Armee hatten völlig freie Hand, unser Volk war ihm auf Gedeih und Verderb ausgeliefert, und ihr könnt sicher sein, dass er keine Gnade hat walten lassen. Wir alle haben von in Brand gesteckten Dörfern, abgeschlachteten Männern, geschändeten Frauen und verstümmelten Kindern gehört. Der englische König hat eine Haut aus Leder. Was wir heute Abend getan haben, hat ihm lediglich einen Stich versetzt.« Der Earl schlug sich mit der Faust in die Handfläche. »Wir müssen seine Haut aber durchbohren!«

Comyn hörte zustimmendes Gemurmel. Atholls Sohn David starrte seinen Vater mit unverhohlenem Stolz an. Comyns Abneigung verwandelte sich in erbitterten Groll. Seit Monaten war Atholl ein Dorn in seinem Fleisch, stellte jede seiner Entscheidungen in Frage. Schlimmer noch, er machte aus seiner Sympathie für Robert Bruce kein Hehl und sorgte dadurch dafür, dass Comyns verhasster Rivale in der Truppe immer gegenwärtig blieb, obwohl der Hurensohn vom Angesicht der Erde verschwunden zu sein schien, seit er als Hüter zurückgetreten war. Comyn wünschte sich nichts mehr, als Atholl aus ihren Reihen auszustoßen, weil er hoffte, so Bruce' letzten Einfluss in Schottland auszulöschen, aber der Earl befehligte eine große

Zahl treuer Anhänger, auf die die geplagte Rebellenarmee nicht verzichten konnte.

»Ich sage, wir dürfen Longshanks nicht zur Ruhe kommen lassen«, fuhr Atholl fort. »Die Vorsicht ist unser Feind geworden, Kampfgeist sollte nun unser Verbündeter werden. Lasst uns in England einfallen, während der König und seine Männer noch ihre Wunden lecken!«

Als das Gemurmel zu einstimmigem Zuspruch anschwoll, versuchten sich Comyn und sein Vater gleichzeitig Gehör zu verschaffen, aber die von dem errungenen Triumph und John of Atholls Rede angefeuerten Männer übertönten sie.

»Wir sollten William Wallace nach Hause holen!«, rief einer und schwenkte dabei seinen Speer. »Er soll uns zu einem Sieg über die englischen Hunde führen!«

Comyns Zorn kochte über. »Wallace?«, giftete er verächtlich. »Er ist als Hüter zurückgetreten, gerade *weil* er sich als unfähiger Kommandant erwiesen hat. Falkirk hat zehntausend Schotten das Leben gekostet!«

Als auf der Lichtung ein Proteststurm losbrach, erkannte Comyn seinen Fehler. William Wallace mochte sich seit drei Jahren nicht mehr in ihrer Mitte befinden, aber der Einfluss des Rebellenführers war noch immer zu spüren. Trotz der Niederlage bei Falkirk hatten die Aufständischen nicht vergessen, dass er als Erster sein Schwert gegen die Engländer erhoben, bei Stirling einen großen Sieg errungen und sich auf dem Schlachtfeld stets tapfer geschlagen hatte, und sie erinnerten sich auch noch gut an seine Heldentaten als Gesetzloser zu Beginn der Rebellion. Es wurmte Comyn, dass einem Mann wie Wallace, dem zweiten Sohn einer einfachen Familie, sogar in seiner Abwesenheit mehr Respekt gezollt wurde als ihm selbst nach zwei Jahren im Amt des Hüters. In dem Gewirr der Männer, die lautstark mit Einwänden über ihn herfielen, sah er, wie John of Atholl ihn mit einem Ausdruck unverhohlener Befriedigung anstarrte.

»Die Niederlage bei Falkirk war nicht Wallace' Schuld«, mischte sich Neil Campbell ein, »sondern die der Edelleute, die vom Feld geflohen sind, ohne auch nur einem einzigen Feind entgegenzutreten – angeführt von Lord of Badenoch!«

Angesichts der schweren Kränkung, die der Ritter aus Argyll der Familienehre zugefügt hatte, traten Comyns Vater und der Earl of Buchan mit grimmigen Mienen vor, und Comyn griff mit einem Fluch nach dem Heft seines Schwertes.

»*Friede!*«

Die donnernde Stimme hallte über sie hinweg. Die Menge verstummte und teilte sich, um einem kleinen, drahtigen Mann in schwarzen Gewändern den Weg freizugeben. William Lamberton, der Bischof von St. Andrews, hatte Blut an den Händen, weil er mit den Verwundeten gebetet und den tödlich Verletzten die Sterbesakramente erteilt hatte. Seine Miene war undurchdringlich, doch in seinen seltsamen Augen – eines eisblau, das andere weiß wie eine Perle – brannte ein kaltes Feuer. Er schob sich zwischen Neil Campbell und Comyn, der das Schwert schon halb aus der Scheide gezogen hatte. »Wie rasch wir doch dazu übergehen, statt gegen die Engländer gegeneinander zu kämpfen. Wann werden wir lernen, dass nur Einigkeit uns Stärke verleiht?« In seiner Stimme klang dieselbe Leidenschaft mit, die er auch bei seinen feurigen Predigten an den Tag legte. »Wir haben heute Abend einen Sieg errungen, Sir John«, wandte er sich an Atholl. »Vergesst das in Eurer Gier nach dem nächsten nicht. Kommt.« Er winkte den Earl zu sich. »Schüttelt dem Mann die Hand, der uns zu diesem Sieg verholfen hat. Eurem Landsmann.«

An Atholls Kiefer begann ein Muskel zu zucken, doch unter Lambertons unnachgiebigem Blick trat er vor und streckte widerwillig eine Hand aus.

Comyn starrte den Earl lange an, bevor er sein Schwert mit einem Ruck wieder in die Scheide stieß. Die beiden Männer reichten sich kurz die Hände und wichen dann zurück.

Lamberton musterte die anderen Männer, die angespannt und verunsichert wirkten. »Die Zerstörung von Lochmaben hat uns Zeit verschafft, während der wir unsere nächsten Schritte planen können. Ruhig und besonnen«, fügte er an Atholl gewandt hinzu. »John Balliols Wiedereinsetzung als König ist noch längst keine beschlossene Sache. Bischof Wishart und ich haben Boten nach Paris geschickt, um herauszufinden, was unser König benötigt, um auf den Thron zurückkehren zu können. Wir wollen die Antwort abwarten, bevor wir übereilte Entscheidungen treffen. Das Ergebnis könnte den Kurs dieses Krieges ändern.«

Wishart und andere nickten, aber Comyn entging nicht, dass Atholl mit einem Mal nachdenklich wirkte, so als gefiele ihm diese Neuigkeit nicht sonderlich. Sonderbar, dass sie letztendlich scheinbar doch etwas gemeinsam hatten.

Als sich die Versammlung aufzulösen begann – John of Atholl ging mit Neil Campbell davon, Wishart drehte sich zu dem Lord of Badenoch, um ihn in ein Gespräch zu verwickeln –, kehrte Comyn zu der Stelle zurück, wo er sein Pferd und seine Ausrüstung zurückgelassen hatte, ohne auf die Rufe einiger seiner Männer zu achten. Noch immer kamen ein paar Nachzügler den Hügel hoch, doch die meisten hatten die Lichtung inzwischen erreicht und sich dort verteilt, um sich auszuruhen und ihre Pferde zu versorgen, bevor sich das schottische Heer in sein Basislager tiefer im Wald zurückzog. Comyn kam an einer Gruppe von Bogenschützen vorbei, die ihre Pfeile zählten – zähe, robuste Männer, die von William Wallace ausgebildet worden waren, als dieser der einzige Hüter des Königreichs war.

Wallace. Balliol.

Seit sich die Nachricht von der bevorstehenden Rückkehr des Königs wie ein Lauffeuer in ihren Reihen verbreitet hatte, hatten ihn diese beiden Namen zu peinigen begonnen. Während der Abwesenheit des ehemaligen Rebellenführers und des entthronten Königs war er, John Comyn, praktisch zum Herrscher Schottlands aufgestiegen und hatte seine Stellung mit Hilfe seiner Familie gefestigt. Und jetzt äußerte sich sogar sein ehrgeiziger Vater begeistert über eine mögliche Wiedereinsetzung seines Schwagers, des Königs. Die Comyns, so hatte er einmal gesagt, stellten die Macht hinter dem Thron dar. *Der König ist das Instrument, wir sind die Musiker.* Aber Comyn badete gern im Licht dieser Position und wollte nicht in den Schatten eines anderen Mannes treten.

Er blieb am Rand der Baumlinie stehen, wo das Land in die Dunkelheit abfiel. Einige Meilen weiter südlich konnte er die bernsteinfarbene Feuerglut über Lochmaben sehen. Als das Gesicht von John Balliol vor seinem geistigen Auge Gestalt annahm, wallte Zorn in Comyn auf. Sein Onkel war ein schwacher König gewesen, der sich geweigert hatte, sich Edwards Forderungen zu widersetzen und es Edelleuten wie seinem Vater überließ, das Reich zu regieren und sich gegen die Engländer aufzulehnen. Während Edwards erster Invasion war Balliol vom Schlachtfeld geflohen und hatte sich wochenlang verborgen gehalten, bevor er sich ergeben hatte. Er hatte wie ein Lamm auf der Schlachtbank dagestanden und zugelassen, dass das Großsiegel Schottlands zerbrochen und das königliche Wappen von seinem Überwurf gerissen worden war. Erinnerten sich all diese Männer, die jetzt auf seine Rückkehr hofften, nicht mehr daran? Sein Vater meinte, mit der heimlichen Herrschaft der Comyns hinter dem Thron sei der Ehrgeiz der Comyns an seine Grenzen gestoßen, und sprach niemals den Umstand an, dass er selbst einen Anspruch darauf hatte.

Ein Umstand, den sein Sohn keineswegs vergessen hatte.

15

Dunluce, Irland, A.D. 1301

IN SEINEN TRÄUMEN IRRTE er durch seltsame Welten aus Feuer und Eis und wurde von einer schattenhaften Gestalt verfolgt, deren Gesicht er nie ganz erkennen konnte. Oft wurde er gestellt, manchmal in den Hallen und Gängen einer Burg, die er nicht kannte, dann wieder draußen im Freien, aber immer lag er, von unsichtbaren Händen zu Boden gedrückt, nass bis auf die Haut auf dem Rücken und vermochte sich nicht zu rühren, und immer trat die Gestalt auf ihn zu und hob eine Armbrust. Dann folgte der Schmerz; eine glühende Qual, wenn die eiserne Spitze seine Haut durchbohrte und der Bolzen sich durch Gewebe, Sehnen, Adern und Muskeln fraß. Reißend. Sengend.

Manchmal schrie er auf, aber seine Stimme klang stets wie die eines Fremden. Er versuchte aufzuwachen, sich aus dem Traum zu lösen, aber jedes Mal, wenn er sich an die Oberfläche seines Bewusstseins kämpfte, wartete dort der Schmerz auf ihn, ein bösartiges Tier, das die Zähne in sein Fleisch schlug und ihn ins Dunkel zurückflüchten ließ.

Robert.

Sein Name war ein neuer Laut in der Finsternis, vertraut, aber unerwartet, wie ein Freund, den er jahrelang nicht gesehen hatte. Er regte sich und glitt darauf zu.

»Robert.«

Hinter seinen Lidern setzte ein sanftes Glühen ein. Der Schmerz bleckte die Zähne, aber er gab nicht auf, bewegte sich weiter auf die Quelle seines Namens zu. Er wusste, dass die Stimme jemandem gehörte, den er verzweifelt zu sehen wünschte. Das Glühen verwandelte sich von einem verschwommenen Bernsteinton in die festen Umrisse eines Bettpfostens, einer Tischkante und einer weiter entfernten Tür. Alles war in Kerzenschein getaucht. Jemand trat in sein Blickfeld. Panik keimte in ihm auf, als sich ihm eine Hand entgegenstreckte. Er versuchte, sich aufzusetzen, doch die wilde Bestie in seiner Schulter erwachte und heulte so laut auf, dass er beinahe wieder in das barmherzige Vergessen zurückgetaumelt wäre.

»Beweg dich nach Möglichkeit nicht.«

Wieder dieses Gefühl der Vertrautheit. Er biss die Zähne zusammen, um den Schmerzwellen zu trotzen, und schlug die Augen auf. Das Gesicht eines Mannes waberte vor ihm und kristallisierte sich dann langsam aus dem Nebel heraus. Es war James Stewart, der Großhofmeister von Schottland.

Robert versuchte zu sprechen, brachte aber nur ein überraschtes Krächzen heraus.

»Hier.« James nahm ein Tuch und einen Kelch vom Tisch, tauchte das Tuch in die Flüssigkeit und brachte es rot gefärbt wieder zum Vorschein. »Wein und Honig«, erklärte er, bevor er das nasse Ende über Roberts Mund ausdrückte.

Robert schluckte, spürte, wie die süße Flüssigkeit in seiner ausgedörrten Kehle brannte. »James?«, murmelte er. »Wo bin ich?«

»In Dunluce Castle.«

Als er den Namen hörte, versuchte Robert, sich erneut aufzusetzen. Dunluce war eine der Burgen des Earl of Ulster, eine imposante Klippenfestung, die die nördliche Küstenlinie Irlands beherrschte. Kalter Schweiß bildete sich auf seiner Haut. »Wie bin ich hierhergekommen?«

James schob ihm Kissen in den Rücken, um ihn zu stützen. »Woran erinnerst du dich denn?«

Der Hofmeister runzelte die Stirn, als er sich in dem Stuhl zurücklehnte, der, wie Robert jetzt sah, neben dem Bett stand. Von seiner leicht erhöhten Position aus konnte er auch zwei

Männer gerade außerhalb des Kerzenlichtkreises zu beiden Seiten der Tür stehen sehen. Die roten Bänder, die sie um die Oberarme trugen, waren das Hellste an ihnen.

»Ich …« Robert brach ab. »Ich bin nicht sicher.« Er blickte nach unten. Ein quadratisches, von Bändern, die in seinen Rücken schnitten, gehaltenes Stoffstück bedeckte seine Schulter. Es starrte vor braunem, getrocknetem Blut. Ein bitterer Geruch stieg ihm in die Nase. Kräuter vielleicht? Die Haut seines Armes und seiner Brust wies einen ungesunden grauen Farbton auf. Er erinnerte sich an den Regen und das Blut an seiner Klinge, an den Mann und die Armbrust. »Ich wurde angegriffen, weiß aber nicht, von wem. Oder wann. Oder wie ich hierhergekommen bin.«

»Ein paar dieser Fragen kann ich dir beantworten. Earl Richards Männer haben dich vor vier Tagen hierhergebracht. Sie sagten, du wärest während der Reise fast gestorben.« James' Stimme klang ernst. »Sir Richards Arzt hat dir das Leben gerettet. Als ich vorgestern hier eintraf, berichtete er mir, die Wunde würde allmählich heilen. Er glaubt, es ist ihm gelungen, den Bolzen zu entfernen, ohne weiteren Schaden anzurichten, und er ist zuversichtlich, dass du die Muskeln wieder gebrauchen kannst. Es braucht nur seine Zeit.«

Robert spürte, wie sich seine Kehle vor Erleichterung zuschnürte. Der Großhofmeister musterte ihn. Sein für gewöhnlich so gelassenes Gesicht wirkte grimmig, Eine Flut von Fragen überschwemmte Robert, durchdrang seine Erschöpfung und Verwirrung. »Meine Tochter?«, entfuhr es ihm.

»Marjorie ist noch bei meiner Frau in Schottland. Es geht ihr gut.«

Robert stieß dankbar den Atem aus. »Und meine Männer? Meine Brüder? Wir wurden im Süden von Ulsters Rittern angegriffen. Ich habe sie … wie lange nicht mehr gesehen?« Er schüttelte den Kopf. »Es müssen Monate sein.«

»Niall und Edward sind zu mir nach Kyle Stewart gekommen und haben mir erzählt, was passiert ist. Ich habe den Kanal überquert, sobald es mir möglich war. Es dauerte nicht lange herauszufinden, dass mein Schwager dich in Ballymote gefangen hielt. Ich war dabei zu versuchen, deine Freilassung in die Wege zu leiten, als sich herausstellte, dass du geflohen warst – mit seiner Tochter.«

Roberts Freude darüber, dass seine Brüder in Sicherheit waren, wich neuerlicher Besorgnis. Mit einer schmerzlichen Grimasse setzte er sich auf. »Elizabeth … ist sie …?«

»Meiner Nichte ist nichts geschehen.« James' Tonfall wurde rauer. »Ulsters Männer hörten Schreie und stellten fest, wo sie herkamen. Elizabeth hat sie auf deinen Angreifer aufmerksam gemacht. Sir Richards Ritter haben den Mann getötet, als er seine Armbrust auf sie richtete.«

»Er ist tot?« Fluchend sank Robert wieder in die Kissen. »Ich weiß noch nicht einmal, wer er war. Oder warum er versucht hat, mich umzubringen.«

James schien ihn gar nicht gehört zu haben. »Was in Gottes Namen hast du dir nur dabei gedacht, Elizabeth durch ganz Irland zu schleifen? Sie hätte getötet werden können!« Der Großhofmeister, dessen Ruhe im Angesicht von Stürmen eine Eigenschaft war, die Robert am meisten an ihm bewunderte und dessen Gelassenheit als Politiker sein Amt als einer der ersten Hüter Schottlands nach Alexanders Tod geprägt hatte, stand auf und begann, erregt im Raum umherzugehen.

»Ich habe sie nicht verschleppt, James. Sie wollte fortlaufen.«

»Hältst du das für eine Entschuldigung?«

»Weiß Sir Richard, dass ich sie nicht entführt habe?«

»Sie hat ihrem Vater erklärt, warum sie davongelaufen ist«, sagte James nach einem Moment. Seine Stimme verlor etwas von ihrer Schärfe. »Sie sagte, dich träfe keine Schuld. Ich kann allerdings nicht behaupten, dass mein Schwager derselben Ansicht ist«, fügte er grimmig hinzu.

»Ich dachte, wenn Lord Donough sie nach Ballymote schickt, würde Cormac im Gegenzug freikommen.« Robert wich James' Blick nicht aus. »Ulster ist hier in Dunluce? Hat er irgendetwas von meinem Bruder gesagt?«

»Dank meiner Vermittlung hat sich Lord Donough einverstanden erklärt, für die Begnadigung seines Sohnes einen Tribut zu entrichten. Cormac ist bereits auf dem Rückweg nach Glenarm.«

Robert spürte, wie ihm eine Zentnerlast vom Herzen fiel.

»Durch dein verantwortungsloses Handeln hast du Sir Richard schwer kompromittiert und seine Position geschwächt«, unterbrach James die Stille. »Die Hochzeit, die er für Elizabeth arrangiert hatte, ist abgesagt worden. Ihr Bräutigam behauptete, sie sei befleckt. Du wirst die Konsequenzen dieser Geschichte tragen müssen, Robert.« James runzelte die Stirn. »Verstehst du das?«

Robert hörte ihm nicht zu. Ihm brannte noch immer eine Frage auf der Zunge. Nach den unerwarteten guten Nachrichten hegte er auch in Bezug auf diesen Punkt Hoffnung. »Ich muss unter vier Augen mit dir sprechen.« Sein Blick wanderte zu den Wachposten an der Tür hinüber.

James drehte sich um und nickte ihnen zu. Die Männer zögerten, verließen dann aber den Raum.

Als sich die Tür hinter ihnen geschlossen hatte, sah Robert den Großhofmeister wieder an. »Hat Niall dir einen Stab nach Kyle Stewart gebracht?« Nachdem James geantwortet hatte, konnte Robert nicht verhindern, dass ein Lächeln um seine trockenen Lippen spielte. Er schloss in stummem Gebet die Augen. Es hatte sich letztendlich gelohnt, sein Amt als Hüter niederzulegen, seine Tochter und seine Männer zurückzulassen und sich auf die Suche nach der Reliquie zu machen, obwohl er dabei in Gefangenschaft geraten war und die Strapazen der Flucht hatte auf sich nehmen müssen. Seine Opfer waren nicht umsonst gewesen. »Ich habe getan, was ich mir vorgenommen hatte, James. Das in die Tat umgesetzt, was ich angekündigt hatte, als ich nach der Ratsversammlung in Peebles von meinem Amt zurückgetreten bin. Ich habe gefunden, was König Edward braucht, um die Prophezeiung zu erfüllen. Der Stab des Malachias ist der Schlüssel zu Schottlands Freiheit.« James schüttelte den Kopf, aber Robert, der dies als Zweifel wertete, achtete nicht darauf. »Wir können jetzt neue Bedingungen aushandeln. Bedingungen, die uns vielleicht unsere Freiheit zusichern.«

»Hör auf, Robert«, murmelte James.

»Wir können Edward zwingen, den Stein der Vorsehung für eine Krönung herauszugeben.« Robert hielt inne. »Meine Krönung.«

»Hör auf, sagte ich!«

Der schroffe Befehl bewirkte, dass Robert verstummte, den Großhofmeister stirnrunzelnd musterte und erst jetzt die Sorgenfalten in seinem Gesicht und den geschlagenen, hoffnungslosen Ausdruck in seinen Augen registrierte.

»Während deiner Abwesenheit hat sich die Lage geändert«, begann James. Seine Stimme klang jetzt wieder so ruhig wie immer. »König Edward hat sich dieses Jahr auf einen Feldzug begeben, der sich gegen deine Ländereien gerichtet hat. Während er die Arbeiten an seiner neuen Festung fortsetzte, die an der Stelle der Halle deines Großvaters entsteht, führte sein Sohn seine Truppen nach Carrick und Lochmaben. Felder und ganze Dörfer wurden niedergebrannt, das Vieh größtenteils abgeschlachtet. Turnberry ist gefallen und Ayr zerstört worden.«

»Großer Gott!« Robert stellte sich voller Entsetzen vor, wie seine Grafschaft, seine Heimat ein Raub der Flammen wurden.

»Aber das ist noch nicht das Schlimmste. Kurz bevor ich hierherkam, hörte ich, dass John Balliol aus dem päpstlichen Gewahrsam entlassen wurde. Der König von Frankreich ist entschlossen, ihm zu helfen, seinen Platz auf dem Thron wieder einzunehmen.«

Robert fuhr ungeachtet des stechenden Schmerzes hoch. »Das kann er nicht. Edward würde nie zulassen, dass Balliol auch nur einen Fuß auf schottischen Boden setzt!«

»Vielleicht hat er gar keine andere Wahl. Philipp befindet sich immer noch im Besitz der Gascogne. In Schottland vertrauen viele auf Balliols Rückkehr. Kommt es dazu, ist für dich und deine Familie dort kein Platz mehr, und auch deine Landsitze hier in Irland oder in England bieten dir dann keine Sicherheit mehr. Nicht solange du dich der schottischen Sache verschrieben hast.«

Während er das Ausmaß der Bedeutung dieser Worte verarbeitete, dachte Robert flüchtig an Norwegen, wo seine ältere Schwester Isabel als Königin herrschte, verwarf diesen Ausweg jedoch sofort wieder. Er würde nicht davonlaufen und sich unter ihren Röcken verstecken.

James erhob sich langsam. »Du kannst nur eines tun – dich mit dem einzigen Mann verbünden, der alles tun wird, was in seiner Macht steht, um zu verhindern, dass Balliol seinen Thron zurückgewinnt. Dem Mann, der dir Zuflucht bieten kann, bis dieser Sturm vorübergezogen ist.«

Als Robert begriff, worauf James hinauswollte, schien sich eine eisige Hand um sein Herz zu schließen. »Du kannst nicht das meinen, was ich denke!«

»Du musst dich König Edward unterwerfen. Dich mit dem Feind deines Feindes zusammentun. Es ist der einzige Weg, dich und deine Familie zu schützen.«

»Das ist Irrsinn! Selbst wenn ich mit diesem wahnwitzigen Plan einverstanden wäre – Edward würde mich, wenn ich die Grenze überquere, in den Tower werfen lassen!«

»Vielleicht nicht«, gab James zurück. »Nicht, wenn du ihm das bringst, was er um jeden Preis in die Hände bekommen will.«

Robert starrte ihn fassungslos an.

Der Großhofmeister fuhr unbeirrt fort: »Du musst dich der Gnade des Königs überantworten, ihn für deine Verfehlungen um Verzeihung bitten und ihm zum Zeichen deines guten Willens den Stab des Malachias aushändigen.«

Robert drohte an der in ihm aufflammenden Wut zu ersticken. Von Schmerzen gepeinigt, konnte er nur hilflos daliegen und sich von ihr überwältigen lassen. Er wollte um sich schlagen, vermochte sich aber noch nicht einmal aufzurichten. Stattdessen funkelte er James Stewart finster an. »Ich soll das einzige Druckmittel aufgeben, mit dem ich mein Land befreien kann? Für das ich meinen Kopf riskiert habe? Bei Gott, das werde ich nicht tun!«

»Wenn Balliol wieder als König eingesetzt wird, dann ist es nicht mehr dein Land, Robert. Er und seine Anhänger wissen, dass du Ansprüche auf den Thron hast. Sie werden nicht zulassen, dass du erneut zu einer Bedrohung für sie wirst. Du wist ein verfolgter Mann ohne Land und ohne Macht sein. Was nutzt dir der Stab dann noch?«

Robert schloss die Augen und stieß erschauernd den Atem aus. Die Wahrheit, die in James' Worten lag, ließ sich nicht leugnen. Noch während er sich dagegen wehrte, sickerte sie kalt in sein Bewusstsein ein. Seine Familie hatte einen persönlichen Konflikt mit John Balliol ausgelöst, als sein Vater und sein Großvater vor fünfzehn Jahren dessen bedeutendste Burg in Galloway angegriffen und durch diese Attacke den Männern des Reiches Balliols Schwäche vor Augen geführt und seinen ersten Versuch, die Krone an sich zu reißen, zunichtegemacht hatten. Als Balliol Jahre später als König der Familie Bruce befohlen hatte, für ihn gegen England in den Krieg zu ziehen, hatte Roberts Vater erklärt, er würde lieber sterben als für den Prätendenten auf dem Thron zu kämpfen. Doch so stark die Rivalität mit Balliol auch sein mochte, die Feindschaft zwischen seiner Familie und den Comyns wog noch schwerer – ein tief sitzender Hass, der seit Generationen schwelte.

Aus Blut und Verrat zwischen seinem Großvater und dem Lord of Badenoch geboren, floss dieser Hass durch die Generationen, war von Roberts Großvater an seinen Enkel und von Badenoch an seinen Sohn weitergegeben worden und hatte seinen Höhepunkt an jenem stürmischen Tag während der Ratsversammlung in Peebles erreicht, als John Comyn Robert einen Dolch an die Kehle gesetzt hatte; dem Tag, an dem Robert von seinem Amt als Hüter zurückgetreten war. Wenn Balliol erneut den Thron Schottlands bestieg und die Comyns ihre Macht im Reich zurückerlangten, würden er und seine Familie nie wieder sicher sein.

»Ich habe meine Eide gebrochen, James. Eide, die bindender waren als Vasallentreue. Edward wird mir nie wieder trauen.«

»Vielleicht doch, wenn sich einer seiner obersten Vasallen für dich verbürgt. In einer verzweifelten Situation muss man zu verzweifelten Mitteln greifen. Ich habe Ulster von unserer Absicht erzählt, dich auf den Thron zu bringen.« James hob eine Hand, als Robert einen erbitterten Fluch ausstieß. »Es war ein Risiko, das gebe ich zu. Aber Richard de Burgh war lange Zeit ein Verbündeter deiner Familie, fast ebenso lange, wie er der Feind Balliols war, dessen Männer oft von Galloway herübergesegelt sind, um seine Burgen zu überfallen. Mein Schwager mag auf Edwards Seite stehen, wird aber von seinem eigenen Ehrgeiz beherrscht. Wenn du König werden würdest, hätte er viel dabei zu gewinnen.«

»Und was erhofft sich Ulster in der Zwischenzeit – während ich an Edwards Hof herumlungere und darauf warte, dass dieser Wunschtraum Wirklichkeit wird? Was in Gottes Namen sollte ihn davon abhalten, Edward unseren Plan zu verraten und in der Gunst eines Königs aufzusteigen, der bereits eine Krone trägt?«

»Mein Schwager ist nur unter einer Bedingung bereit, dir zu helfen, Edwards Vertrauen zurückzugewinnen.« James schüttelte den Kopf, als Robert Anstalten machte, ihn mit Fragen zu überhäufen. »Wir werden das alles ausführlich besprechen, wenn du wieder gesund bist. Im Moment müssen Sir Richard und ich nur wissen, ob du bereit bist, dieses Opfer zu bringen.«

Abgrundtiefe Hoffnungslosigkeit umfing Robert wie eine schwarze Wolke. Seine Landsleute hatten ihn einst gehasst, weil er unter Edwards Banner gekämpft hatte. Jahrelange Bemühungen und Kriege waren nötig gewesen, um ihnen zu beweisen, dass ihr Kampf auch der seine war. Mit dem Schritt, den James vorschlug, würde er alles zerstören. Und was war mit England – der Heimat seines Vaters, der ihn verabscheute, und der Männer, die ihm einst vertraut hatten … Humphrey de Bohun, Ralph de Monthermer und all den anderen? Sollte er als verhasster Paria am Rande ihrer Gesellschaft leben? Voller Verzweiflung schloss er die Augen.

»Es gibt keinen anderen Weg, Robert«, sagte James, dem die sich auf seinem Gesicht abzeichnenden widersprüchlichen Empfindungen nicht entgingen. »Wenn Balliol zurückkehrt, verlierst du alles. Auf diese Weise hast du wenigstens eine Chance, dich und deine Familie zu schützen. Wir müssen darauf hoffen, dass es Edward gelingt, Balliol den Thron zu verwehren. In diesem Fall könntest du den Thron, so Gott will, eines Tages doch noch selbst besteigen.«

DRITTER TEIL

A.D. 1302

»Einer wird kommen, der da trägt eine Rüstung, und er wird auf einer fliegenden Schlange reiten … Sein Ruf wird die Meere brausen lassen, und er wird den Zweiten in Angst und Schrecken versetzen. Der Zweite aber wird ein Bündnis mit dem Löwen schließen …«

Geoffrey of Monmouth,
»Die Geschichte der Könige Britanniens«

16

Westminster, England, A.D. 1302

DIE KOLONNE FOLGTE IN EINER LANGEN Reihe langsam der King's Road, die die unter Wasser stehenden Felder durchschnitt. Nebel waberte über die Marschen und die seichten Ufer der Themse, wo Vögel im Schilf ihre Rufe ausstießen. Es war ein früher Morgen Mitte Februar, und das Land schien stumm unter dem anhaltenden Atem des Winters auszuharren. Mit Eis überzogene Pfützen knirschten unter den Hufen der Pferde, die Räder der Karren ließen schwarzen Schlamm aufspritzen. Die aufgehende Sonne glich einer Kupferscheibe, die am pergamentfarbenen Himmel schwebte.

Plötzlich erhob sich Westminster vor ihnen auf der Ebene, beherrscht von den mächtigen Gebäuden der Abtei und der Halle, die mit all ihren Nebengebäuden einander gegenüber auf der zwischen den beiden Armen des Tyburn, die sich in die Themse ergossen, gelegenen Insel Thorney standen. Dies war das pulsierende Herz von Edwards Reich, erbaut aus Stein aus Kent, Marmor aus Purbeck sowie Eichen- und Ulmenholz aus Sussex, das aus den gefrorenen Marschen und Strömen aufragte, die es umgaben. Der Anblick erfüllte Robert mit einer Vorahnung drohenden Unheils, die sich mit jedem Schritt seines Pferdes verstärkte. Einst so vertraut und verheißungsvoll, schienen die weißen Mauern und Türme jetzt über ihn zu Gericht zu sitzen. In der Kolonne von Ulsters Rittern gefangen fand er in der Gegenwart seines Bruders Edward, der mit zusammengepressten Lippen an seiner Seite ritt, nur geringen Trost.

Nachdem er vor fünf Monaten in Dunluce Castle James Stewarts Plan zugestimmt hatte, hatte Robert zwei Zugeständnisse verlangt. Erstens sollte sich James auch weiterhin um seine Tochter kümmern, und zweitens sollte sein Bruder ihn nach London begleiten. Er hatte dem Großhofmeister gesagt, er brauche jemanden, der ihm den Rücken deckte, aber in Wirklichkeit wollte er einen Mann bei sich zu haben, der die Wahrheit kannte. Ohne das fürchtete Robert, den letzten Rest seiner schwachen Hoffnung zu verlieren, dass dieser erzwungene Akt nicht das Ende all seiner Pläne darstellte, sondern nur eine Verzögerung auf dem Weg zu ihrer Verwirklichung. Doch als der erste von Ulsters Männern jetzt die über den Tyburn führende hölzerne Brücke überquerte und die Hufe der Pferde dumpf auf den Planken widerhallten, wünschte er inbrünstig, Edward nicht mitgebracht zu haben. Um seines eigenen Befindens willen hatte er ihrer beider Leben in Gefahr gebracht.

»Jetzt gibt es kein Zurück mehr.«

Sein Bruder hatte seinen Blick aufgefangen. »Nein«, stimmte Robert düster zu. Das Hufgetrommel verhinderte, dass Ulsters Ritter seine Worte hören konnten. »Es nutzt ja nichts mehr, aber es tut mir leid, dass ich dich in all das mit hineingezogen habe. Ich hätte allein herkommen sollen.«

»Und mich um das ganze Vergnügen bringen? Der Tower soll zu dieser Jahreszeit sehr schön sein.« Edwards aufgesetzte Fröhlichkeit verflog rasch. »Ich weiß, wir waren während unseres letzten Aufenthalts hier nicht immer einer Meinung, aber ich bin davon überzeugt, dass du jetzt das einzig Richtige tust. Du handelst zum Besten unserer Familie. In einem von Balliol und den Comyns regierten Schottland gibt es weder für dich noch für irgendeinen anderen Bruce eine Zukunft.«

»Unsere Zukunft kann hier schneller enden, als uns lieb ist«, erwiderte Robert gepresst.

Edward zuckte die Achseln. »Im schlimmsten Fall landen wir im Gefängnis, und die Hälfte aller Männer, die wir kennen, haben die Unannehmlichkeiten einer englischen Zelle bereits kennen gelernt«, stellte er sachlich fest. »Früher oder später hat Edward sie alle freigelassen. Bis auf John of Atholl, der hat sich selbst zur Freiheit verholfen.« Er grinste. »Ich kann mir nicht vorstellen, dass es irgendjemandem gelingt, diesen Hitzkopf lange festzuhalten.« Er runzelte die Stirn, als sich in Roberts Zügen nichts regte. »Komm schon, Bruder, der englische König mag vieles sein, und ich bin der Erste, der alle seine Fehler aufzählt, aber selbst in seinen grausamsten Momenten ist er an die Gebote der Ritterlichkeit gebunden. Wer hat schon einmal von der Hinrichtung eines Earls gehört?«

Robert erwiderte nichts darauf, da er gezwungen war, sein Pferd vor das seines Bruders zu lenken, als sie den Rittern unter einem großen steinernen Torbogen hindurch über die Brücke folgten. Konnte er selbst nach dem, was er in der Nacht entdeckt hatte, in der er aus seiner Bewusstlosigkeit erwacht war und James Stewart an seiner Seite vorgefunden hatte, mit gutem Gewissen behaupten, dass Kerkerhaft das Schlimmste war, was ihnen bevorstehen konnte? Er tastete nach dem Eisenstück, das unter seinem Mantel verborgen an einer Lederschnur um seinen Hals hing. Sein Bruder konnte so lässig über ihr Schicksal sprechen, weil er nicht die ganze Wahrheit kannte. Er wusste nicht, was Robert in jener Nacht in den Eingeweiden von Dunluce Castle gesehen hatte.

Rechts von ihnen hob sich die weiße Fassade der Abtei von Westminster hell vom Himmel ab. Das Wissen darum, dass sich der Stein der Vorsehung ganz in seiner Nähe befand, innerhalb dieser Mauern, in Edwards Krönungsstuhl verborgen, jagte Robert einen Schauer über den Rücken. Er starrte über seine Schulter hinweg zu den mächtigen Türen der Abtei hinüber, während die englischen Ritter, die sie seit der Grenze begleiteten, sie zum Palast eskortierten. Vor ihnen ragte Westminster Hall auf. Sie passierten die Kapelle der Königin, die Bemalte Kammer und die Weiße Halle und gelangten in einen windigen Hof, wo in Roben gewandete Sekretäre und Höflinge sie anstarrten. Die Halle beherbergte das Finanzgericht, den Obersten Gerichtshof, das Gericht des Lordkanzlers und das Zivilgericht.

Robert stieg ab und wies Nes, der sein Schlachtross Hunter während der Reise am Zügel geführt hatte, an, sich um sein Pferd zu kümmern. Der Turnieren und Schlachten vorbehaltene rotbraune Hengst war ein Symbol für Roberts Absicht, England vorübergehend zu seiner Heimat zu machen, ebenso wie die Männer seines Haushalts, die ihn begleitet hatten, und der mit seiner weltlichen Habe beladene Karren – hauptsächlich Kleider, Münzen, Waffen und Ausrüstungsgegenstände aus Antrim sowie ein paar persönliche Dinge, die James Stewart ihm überreicht hatte: ein juwelenbesetzter Dolch und ein Wandbehang aus der Halle seines Großvaters in Lochmaben, eine silberne Halskette, die er seiner ersten Frau Isobel geschenkt hatte, ein Ring, der seiner Mutter gehört hatte, und eine bunt zusammengewürfelte Sammlung von Kelchen, Platten und Möbelstücken. Es mutete geradezu grotesk an, dass das über Jahrhunderte zusammengetragene Vermögen seiner Familie, das reiche Landsitze in drei Nationen umfasst hatte, nun zu einer Karrenladung zusammengeschmolzen war.

Robert sah den Earl of Ulster mit einem Mann in einem blauen Gewand sprechen, der in den Hof getreten war, um sie zu begrüßen – wahrscheinlich ein Haushofmeister –, und ging zu ihm hinüber. Seine Träger luden den Käfig, in dem sein Hund saß, vom hinteren Teil des Karrens. Das junge Tier – das einzige aus Uathachs Wurf, das er von Glenarm mitgebracht hatte – war erst achtzehn Monate alt, versprach aber schon ein ebenso guter Jäger zu werden wie seine Mutter. Robert hatte den Hund nach dem legendären irischen Krieger, von dessen Heldentaten er als Junge in Lord Donoughs Halle gehört hatte, Fionn getauft. Fionn bellte erwartungsvoll, als er die Witterung seines Herrn aufnahm. Hinter dem Käfig, an der Seite des Karrens, lag sein zusammengerolltes Banner. Er hatte sich resigniert damit abgefunden, den weißen, mit dem roten Sparren von Carrick verzierten Überwurf und Mantel zu tragen, konnte es aber nicht ertragen, dass diese Standarte über ihm wehte, wenn er sich anschickte, sich dem Mann zu unterwerfen, der seine Grafschaft zerstört hatte.

»Wird der König uns eine Audienz gewähren?« Robert trat neben Ulster. Sein Blick folgte dem Mann in dem blauen Gewand, der zielstrebig in die Halle zurückeilte.

Richard de Burgh drehte sich zu ihm um. Seine abweisende Miene wirkte wenig tröstlich. »Sie haben meine Boten empfangen, also erwartet König Edward uns. Wir warten jetzt erst einmal ab.« Der Earl fixierte Robert mit einem durchdringenden Blick. »Ihr werdet an unsere Abmachung denken.« Es war keine Frage, sondern ein Befehl.

»Ich halte mein Wort«, erwiderte Robert knapp. Er wollte dem älteren Mann dieselbe Frage stellen – wohl wissend, wie gefährlich Ulsters Mitwisserschaft war –, doch dies erwies sich als überflüssig. Der Earl hatte klargestellt, dass es sich für ihn lohnte, Roberts Geheimnis zu wahren.

Die Spannung zwischen ihnen wurde durch ein Klirren und einen Fluch durchbrochen. Sie drehten sich um und sahen, wie sich einer von Ulsters Männern über einen langen Holzkasten beugte, der ihm aus den Händen gefallen war.

»Geh vorsichtig damit um, verdammt!«, bellte der Earl und stapfte zu ihm hinüber.

Robert blieb, wo er war, den Blick unverwandt auf den schmucklosen Kasten gerichtet. Er enthielt den Stab Jesu, der in die Hand des heiligen Patrick und dann in die des heiligen Malachias gelangt war, bevor er, Robert, ihn gestohlen hatte. Vor weniger als einem Monat hatte James Stewart ihm an einem verlassenen Strand der Küste Carricks die Reliquie übergeben.

Kurz nachdem Ulster an König Edward geschrieben und ihm mitgeteilt hatte, dass Robert sich ergeben wollte und er ihn persönlich nach London begleiten würde, war der Großhofmeister nach Rothesay aufgebrochen, seiner Burg auf der Insel Bute. Als Roberts Schulter zu heilen begonnen hatte, war er an Bord von Ulsters Galeere gegangen und hatte den Kanal überquert, um ihn zu besuchen. Er hatte Stewart in Rothesay treffen wollen, wo seine Tochter und seine Brüder untergebracht waren, aber James hatte sich geweigert, weil er fürchtete, die Versuchung, seiner Familie die Beweggründe für sein Handeln darzulegen, könnte zu groß sein.

»Es ist von entscheidender Bedeutung, dass deine Kapitulation aufrichtig erscheint«, hatte der Großhofmeister ihm eingeschärft, bevor er Dunluce verlassen hatte. »Je weniger Leute die Wahrheit kennen – dass du ein doppeltes Spiel treibst –, desto überzeugender wirkt die Lüge. König Edward ist kein Narr. Selbst wenn er deine Unterwerfung nach außen hin akzeptiert, wird er alle ihm zur Verfügung stehenden Mittel nutzen, um deine Loyalität hinter deinem Rücken auf die Probe zu stellen. Wir wissen, dass er überall seine Spione sitzen hat. Jedes Wort, das aus dem Mund eines Schotten über dich fällt, muss dich verdammen, muss deinen Verrat und deine Abtrünnigkeit anprangern.«

Diese Worte hatten schmerzhaft in Roberts Kopf widergehallt, als er an der Küste von Carrick gelandet war, wo James ihn mit seinem Bruder erwartet hatte. Von dort aus waren sie in Begleitung Ulsters und seiner Männer im Schutz der Dunkelheit gen Süden in Richtung der Grenze geritten. Robert hatte kaum den Fuß auf die Erde seines Heimatlandes gesetzt, als er sich auch schon in Annandale den Beamten des Königs ausliefern und nach England übersetzen musste, fast ohne dass auch nur ein geknickter Grashalm von seiner Anwesenheit in Schottland zeugte.

Robert sah zu, wie Ulsters Mann den schlichten Kasten aufhob, der so viel mehr als die kostbare irische Reliquie enthielt. Darin lagen König Edwards Triumph und seine eigene Niederlage. Etwas abseits der anderen wartete er schweigend ab, während die Kälte in ihm hochkroch und die kahlen Äste der Bäume in den königlichen Gärten wie Knochen im Wind rasselten. Seine Gedanken kreisten um seinen Großvater. Zu Lebzeiten des alten Lords war alles so einfach gewesen – sein Lebensweg hatte klar und deutlich vor ihm gelegen. Mittlerweile schien die ganze Welt auf Sand gebaut zu sein.

Endlich erschien der Hofmeister des Königs erneut und forderte Ulsters Truppe auf, ihm zu folgen. Als ihm der Kasten übergeben wurde, dachte Robert an den barschen, vernarbten Bruder Murtough, der sein Leben gegeben hatte, um den Stab zu beschützen. Seine Schulter schmerzte, als er die Kiste hochhievte und hinter Ulster über den windigen Hof und durch die mächtigen Türen der Halle in einen gewölbeartigen dämmrigen Raum schritt.

Westminster Hall, vom Sohn des Eroberers erbaut, war zweihundertvierzig Fuß lang. Reihen massiver Säulen trugen das Dach und teilten die Halle in drei Gänge. Türen führten in abgetrennte Bereiche, die die verschiedenen Gerichte beherbergten. Entlang der nördlichen Wand reihten sich Stände, an denen die Schreiber und Anwälte Pergament, Schreibfedern und Tinte erstehen konnten. König Edward hätte keine bessere Kulisse als diesen von Verfahren, Verhandlungen und Urteilen bestimmten Ort wählen können, um seine Kapitulation entgegenzunehmen. Robert musste gegen seine wachsende Beklommenheit ankämpfen, als er den Mittelgang entlang auf ein großes, mit einem Teppich bedecktes Podest an der Südwand zuging.

Auf der Plattform stand ein von dem fahlen Licht, das durch

die bogenförmigen Fenster fiel, beleuchteter Thron. Davor hatte sich eine Schar Männer versammelt, die zur Seite traten, als die Gruppe näher kam. Robert ging hinter Ulster; die breitschultrige Gestalt des Earls versperrte ihm den Blick auf das Podest, daher hörte er König Edwards Stimme, bevor er den Mann selbst sah: den vertrauten stählernen Ton, mit dem er den Earl aufforderte vorzutreten. Als Ulster die Stufen hochstieg und auf ein Knie sank, konnte Robert endlich sehen, was vor ihm geschah.

Edward Longshanks saß so steif und aufrecht wie der geschnitzte Stuhl selbst auf dem Thron. Er sah älter und hagerer aus, seine Wangen waren eingefallen und sein herabhängendes Lid noch ausgeprägter, aber trotzdem wirkte er in seinem scharlachroten, mit drei Löwen bestickten Überwurf und der goldenen Krone auf dem Kopf so eindrucksvoll wie eh und je.

Der Schmerz in Roberts Schulter verstärkte sich, das Gewicht des Kastens zerrte an seinen Armen. Während sich der König und Ulster begrüßten, wurde er sich der zahlreichen Augen bewusst, die auf ihm ruhten. Sein Blick wanderte über die Gesichter der Männer in der Menge. Dort waren Anthony Bek, der Bischof von Durham, und John de Warenne, der alte Earl of Surrey, dessen Armee bei Stirling von Wallace' Truppen vernichtend geschlagen worden war. Neben ihm standen die königlichen Ritter Ralph de Monthermer und Robert Clifford, seine ehemaligen Kameraden, die ihn jetzt stumm und grimmig taxierten. In der Nähe sah er Henry Percy mit seinen kalten blauen Augen und Thomas of Lancaster, dessen nun mehr männliche als jungenhafte Züge starr vor Abneigung waren. Daneben stand der schlaksige rothaarige Guy de Beauchamp, der Earl of Warwick. Robert hatte sich wegen einer Affäre mit der Schwester des Mannes außerhalb der Mauern von Conwy Castle mit ihm duelliert. Seiner finsteren Miene nach zu urteilen, hatte sich an Guys Feindseligkeit ihm gegenüber nicht das Geringste geändert.

Es versetzte Robert einen Stich, als sich sein Blick mit dem eines hoch gewachsenen Mannes direkt neben dem Podest kreuzte. Es war Aymer de Valence, der Vetter des Königs und Erbe der Grafschaft Pembroke. Nachdem der Schock des Wiedererkennens abgeflaut war, stellte sich die alte Feindschaft wieder ein. Er erinnerte sich daran, wie der schwarzhaarige Ritter in dem verfallenen, staubigen Haus in Llanfaes mit gezücktem Schwert auf ihn losgegangen war. Aymer bleckte hasserfüllt die Zähne, und Robert sah den Draht aufblitzen, mit dem zwei Schneidezähne eines anderen Mannes in seinem Mund befestigt waren. Seine eigenen hatte Robert ihm bei dem Kampf in Llanfaes mit seiner kettenhandschuhbewehrten Faust ausgeschlagen. Aymer trat einen Schritt vor, doch eine Hand packte ihn an der Schulter. Sie gehörte Humphrey de Bohun. In diese grünen, von ruhiger Abneigung erfüllten Augen zu blicken fiel Robert am schwersten. Die anderen hatte er einst Bruder genannt, aber eher im formellen Sinn, da sie alle der Gemeinschaft der Drachenritter angehörten. In Bezug auf Humphrey hatte er dieses Wort ernst gemeint. Wie trügerisch sich jener Sand unter ihren Füßen verlagert und sie von der Bruderschaft zum Schlachtfeld getragen hatte.

»Tretet vor.«

Die Stimme des Königs riss Robert aus seinen Gedanken, und er richtete seine Aufmerksamkeit wieder auf das Podest. Als er sah, dass Ulster zur Seite getreten war, schritt er durch die feindselige Menge langsam näher heran und stieg die Stufen hoch. Der Teppich dämpfte seine Schritte. Edwards helle graue Augen ruhten unverwandt auf ihm. Als der König sich vorbeugte und sein schlanker Körper sich anspannte, fühlte sich Robert an eine zum Zustoßen bereite Schlange erinnert.

Er stellte den Holzkasten vor den Füßen des Königs auf den Boden und sank auf ein Knie. »Majestät, ich bin gekommen, um Euch zu huldigen, euch erneut den Treueeid zu leisten und Euch wegen meiner Beteiligung an der Rebellion der Schotten um Verzeihung zu bitten. Hiermit überantworte ich mich und alle meine irdischen Güter Eurer Herrschergewalt. Von allen Bindungen an meine Landsleute und ihren Aufstand sage ich mich los. Alle meine Bündnisse mit Rebellen, die Euren Frieden zu stören trachten und die gegen Euch intrigieren, sind nicht mehr von Bestand. Ich bitte Euch, zum Zeichen meiner Unterwerfung dieses Geschenk anzunehmen.«

Als Robert den Deckel des Kastens aufklappte, lehnte sich Edward nach vorn, um den Inhalt zu inspizieren. Triumph glitzerte in seinen Augen, bevor er den Blick wieder auf Robert richtete. »Sir Richard teilte mir mit, dass seine Männer Euch in Irland bei dem Versuch gefangen genommen haben, die Reliquie nach Schottland zu schaffen.« Sein Ton klang schneidend. »Erzählt mir doch, warum Ihr sie mir jetzt als Geschenk darbringt.«

In Roberts Kopf hallte James Stewarts Stimme wider.

Bleib so nah an der Wahrheit, wie es geht. Es ist der einzige Weg, einen Mann wie Edward zu überzeugen. Wenn du dich in Wahrheiten hüllst, wird es ihm schwerer fallen, die Lüge zu erkennen.

»Es ist richtig, ich habe versucht, den Stab an mich zu bringen. Meine Absicht bestand darin, ihn zu benutzen, um Bedingungen für Schottlands Freiheit auszuhandeln. Ich wollte den Krieg beenden. Aber in Irland erfuhr ich von John Balliols bevorstehender Rückkehr, deshalb änderte ich meine Pläne. Ich wünsche mir Frieden für mein Reich, aber nicht unter seiner Herrschaft. Trotz aller Zwistigkeiten zwischen uns weiß ich, dass wir ein gemeinsames Ziel verfolgen – Balliol daran zu hindern, den Thron zu besteigen. Ich habe Euch den Stab gebracht und Euch gebeten, meinen Treueeid anzuerkennen, weil ich dazu beitragen will, dieses Ziel zu erreichen.«

Die goldenen Löwen auf dem Überwurf des Königs schienen sich zu bewegen, als seine Finger sich um die geschnitzten Lehnen des Throns schlossen. »Ihr wollt Balliol also eine Niederlage zufügen. Was noch? Was erhofft Ihr Euch von einem solchen Bündnis?«

Diesmal zögerte Robert nicht mit der Antwort. »Ich möchte mein Land und meine Titel behalten und Eure Zusicherung, dass Leib und Leben meiner Pächter verschont bleiben. Außerdem könntet Ihr erwägen, mir, wenn Balliols Wiedereinsetzung vereitelt werden kann – und ich meine Loyalität unter Beweis gestellt habe –, in Schottland eine Vormachtsstellung zu übertragen, die es mir ermöglicht, als Vermittler zwischen unseren Nationen zu fungieren und künftige Rebellionen im Keim zu ersticken.«

In der Menge erhob sich vereinzelt verächtliches Gemurmel. Edward und Robert wandten den Blick nicht voneinander.

Endlich stieß der König vernehmlich den Atem aus und streckte die Hände vor. »Ich nehme Eure Kapitulation an. Ihr werdet Eure Landsitze behalten, und Euren Pächtern wird nichts geschehen.«

Noch immer vor ihm kniend, ergriff Robert die Hände des Königs. Edwards Haut fühlte sich kalt an, doch sein Griff war fest. Während Robert sprach, seinem neuen Herrn den Treueeid schwor, lastete die in diesen Worten enthaltene Wahrheit schwer auf ihm. In seinem Herzen mochte sie ja eine Lüge sein, doch in der Realität würde er das falsche Spiel nur unter großen Opfern aufrechterhalten können. Edward würde Beweise für seine Loyalität verlangen. Vor ihm lagen Schlachtfelder, auf denen er schottisches Blut würde vergießen müssen, wenn er nicht auffliegen wollte, das wusste er. Ein grausames Schicksal hatte ihn zum Beginn einer Reise zurückkatapultiert, die zu beenden ihn schon so viel Kraft gekostet hatte. Als er zuletzt für die Engländer gekämpft hatte, hatte ein Teil von ihm sich mit ihrer Sache identifizieren wollen. Wie konnte er dies angesichts der Veränderungen, die in ihm vorgegangen waren, erneut tun? Und schlimmer noch – was, wenn das, was er befürchtete, zutraf?

Sobald er den Schwur geleistet hatte, lehnte Edward sich zurück. »Gebt mir den Stab.«

Robert griff in den Kasten. Die goldene Hülle des Krummstabs war eiskalt. Langsam zog er den Stab des Königs der Könige heraus, das Symbol absoluter Macht. Merlins Vision zufolge machte die Reliquie, wenn sie in Westminster mit dem Schwert des Erbarmens, der Artuskrone und dem Krönungsstein vereint wurde, Edward zum Herrscher über ganz Britannien. Robert dachte an das, was er in dem feuchten Keller von Dunluce Castle entdeckt hatte, und musste sich zwingen, dem König den Stab hinzuhalten, weil sich alles in ihm dagegen sträubte.

Edward griff begierig nach der Reliquie. Er erhob sich, wobei sich seine scharlachrote Robe um ihn bauschte, und hielt ihn in die Höhe, um ihn seinen Männern zu zeigen. Als Jubel in der Menge aufbrandete, begann Roberts Herz zu hämmern.

Der Beifall ebbte ab, und der König blickte kalt auf ihn herab. »Ihr dürft Euch erheben. Mein Haushofmeister wird Euch Eure Unterkunft zeigen. Und was Sir Richards Vorschlag angeht – ich werde darüber nachdenken.«

»Danke, Mylord«, murmelte Robert. Er stand auf, spürte, wie das Blut in seine Beine zurückströmte. Dabei löste sich das Eisenstück, das er um den Hals trug, aus den Falten seines Mantels.

»Was ist das?«

Robert wich Edwards scharfem Blick nicht aus. Erregung stieg in ihm auf. Zwar hörte er James' Stimme, die ihn zur Vorsicht mahnte, aber er verdrängte sie entschlossen. Er hatte diese Enthüllung aufschieben wollen, aber nun war ihm die Entscheidung aus der Hand genommen worden, und er würde die Gelegenheit nicht ungenutzt verstreichen lassen. »Die Spitze eines Armbrustbolzens, Mylord, der in Irland auf mich abgeschossen wurde.«

Edwards Mundwinkel zuckten – ein unfreiwilliges Eingeständnis seiner Überraschung. Es hielt nur den Bruchteil einer Sekunde lang an, dann setzte der König wieder seine übliche undurchdringliche Miene auf, aber Robert hätte schwören können, einen Moment lang eine neue, bislang unbekannte Regung in Edwards Gesicht wahrgenommen zu haben.

Er war sich absolut sicher, dass es sich um einen Anflug von Furcht gehandelt hatte.

17

Rothesay, Schottland, A.D. 1302

VOM FENSTER SEINES PRIVATGEMACHS AUS verfolgte James Stewart, wie die Reiter unter den hochgezogenen Zacken des Fallgitters hindurch in den Hof strömten. Die Pferde schnaubten Dampfwolken in die Morgenluft, das Klappern ihrer Hufe hallte von den verwitterten Mauern und Türmen von Rothesay Castle wider.

Die Männer hatten sich zum Schutz vor der Februarkälte in pelzgefütterte Umhänge gehüllt und die Kapuzen tief in die Stirn gezogen, aber James erkannte die Wappen auf den Überwürfen und Schabracken sofort. Bei dem Anblick empfand er keine Überraschung, sondern lediglich müde Resignation.

Es klopfte an der Tür. James drehte sich um, als sie geöffnet wurde und sein Haushofmeister eintrat.

»Es sind Besucher eingetroffen, Mylord. Wollt Ihr sie empfangen?«

»Bring sie direkt in die Halle.« James blickte erneut aus dem Fenster. Die Reiter stiegen ab, und seine Stallburschen kamen herbeigeeilt, um die Pferde zu versorgen. »Und ruf die anderen, Alan. Es ist Zeit.«

Sobald der Haushofmeister den Raum verlassen hatte, trat James an seinen mit Dokumenten übersäten Tisch. Das Feuer im Kamin sprühte Funken, während es die Scheite verzehrte, mit denen seine Diener es gefüttert hatten. Er schloss die Augen und holte tief Atem.

Ja, er hatte gewusst, dass dieser Tag unausweichlich kommen würde, wünschte sich aber inbrünstig, der bevorstehenden Begegnung aus dem Weg gehen zu können. Einen Moment lang gestattete er sich, sich dem Kummer darüber hinzugeben, wie alles gekommen war, betrauerte die Notlage seines von der eisernen Faust des Krieges geschwächten Königreiches und seiner Bewohner. Die andauernden Kämpfe hatten während der letzten Jahre Blut und Leben, Wohlstand und Glauben aus ihnen herausgepresst. Seit sein Vasall William Wallace für sie den Sieg bei Stirling errungen hatte, war das Glück den Schotten nicht hold gewesen. Und jetzt konnte der Rest des den Männern verbliebenen Glaubens von James' eigener Hand zermalmt werden. Nur er kannte das Geheimnis – wusste, dass jenem tief in das Herz von England gepflanzten Samen Hoffnung entspringen konnte.

Er wappnete sich für das bevorstehende Gespräch, ging zur Tür und trat in die weitläufige, dämmrige Halle hinaus. Das frische Stroh, das die Fliesen bedeckte, dämpfte seine Schritte. In der Hitze, die die Kamine verströmten, erinnerte ihn der grasige Duft an einen feuchten Sommernachmittag. Dass ein so simpler Gedanke heutzutage nur Kummer mit sich brachte! Es kam einem so vor, als würde es nie wieder friedliche Sommernachmittage geben, nur noch englische Feldzüge, gefolgt von den eisigen Klauen des Winters, verwüsteten Feldern, vernichteten Ernten und immer weniger Söhnen, die den Acker bestellen konnten. Schwaches Morgenlicht fiel durch die Fenster, Staubkörner flirrten in der Luft. Als James die Stufen des Podestes emporstieg, um sich hinter der Haupttafel der Halle aufzustellen, schwangen die Türen auf, und sieben Männer traten ein. Ihre Kettenhemden und Schwertgriffe glitzerten im bronzefarbenen Licht, das die Kamine verbreiteten.

Der hochgewachsene Mann an der Spitze schlug seine Kapuze zurück, während er näher kam. Die Tritte seiner schweren Stiefel hallten auf dem Boden wider. John of Atholls Gesicht war grimmig verzogen, sein Blick unverwandt auf James gerichtet. Hinter ihm kam sein Sohn David mit Alexander und Christopher Seton. Nachdem sie mit Roberts Brüdern und dem Stab des Malachias aus Irland geflohen waren, waren die Vettern eine Zeit lang bei dem Großhofmeister in Rothesay geblieben, doch als die Wochen vergingen, ohne dass sie von Robert hörten, waren sie zunehmend rastloser geworden. Da sie ihren Tatendrang nicht befriedigen konnten, waren sie schließlich aufgebrochen, um sich den Rebellen im Selkirk Forest anzuschließen. Und zweifellos hatten sie dort den Earl getroffen.

»Sir James«, grüßte Atholl knapp, nachdem er vor dem Podest stehen geblieben war. »Ist das wahr?«

Höflichkeitsfloskeln wären hier fehl am Platz gewesen. Keiner von ihnen konnte es sich leisten, Belanglosigkeiten von sich zu geben, nachdem alles auf Sieg oder Niederlage, auf Leben oder Tod hinauslief. Trotzdem missfiel James Atholls Schroffheit.

»Ist das wahr?«, fragte der Earl erneut. Der Umstand, dass er einige Fuß unter dem Großhofmeister auf seinem Podest stand, schmälerte seine Autorität nicht. »Hat Robert sich ergeben?«

»Sich ergeben?«

Beim Klang der jugendlichen Stimme wanderte James' Blick von Atholl zu Niall und Thomas Bruce, die zusammen mit seinem Hofmeister die Halle betreten hatten. Es war Niall gewesen, der die Frage gestellt hatte.

Seit James aus Antrim zurückgekehrt war, hatte der junge Mann ständig wissen wollen, warum sein Bruder ihn nicht begleitet hatte, obwohl der Großhofmeister ihn mit der Beteuerung zu beschwichtigen versuchte, Robert würde nachkommen, sobald er sich von einer Verletzung erholt hatte. Es war, als wüsste Niall, dass er log. James empfand einen Stich des Bedauerns, da er wusste, dass der aufrichtige, ernste junge Mann ihm in wenigen Augenblicken wohl nie wieder voll und ganz vertrauen würde.

»Uns sind in Selkirk Gerüchte zu Ohren gekommen«, fuhr Atholl fort. »Es hieß, dass Robert sich an der Grenze englischen Wachposten ergeben hätte – dass er den Stab des Malachias bei sich gehabt hätte und beabsichtigen würde, sich und die Reliquie König Edwards Gnade auszuliefern.«

»Das kann nicht der Wahrheit entsprechen!« Thomas trat mit Niall zu Atholl und den Setons. »Der Stab ist hier bei Sir James und mein Bruder noch nicht aus Antrim zurückgekehrt.«

James bemerkte, dass Niall ihn anstarrte. Der junge Mann runzelte die Stirn, als die Lüge ans Licht kam; keinerlei Zweifel spiegelten sich in seinem Gesicht wider. Angesichts ihrer Nähe zur Wahrheit war es eine Ironie des Schicksals, dass die beiden Brüder sie als Letzte erfuhren, aber sie hatten isoliert auf Bute gelebt, weit entfernt vom Rebellenlager, wo sich Gerüchte wie Lauffeuer verbreiteten. Genau darauf hatte James spekuliert. Je schneller die Rebellen von Roberts Desertion erfuhren, desto schneller würden sie ihn dafür verdammen, und sein Überlaufen zu Edward würde noch glaubwürdiger wirken. »Was ihr gehört habt, trifft zu. Robert ist vor etwas über einem Monat mit dem Earl of Ulster von Antrim losgesegelt. Ich habe ihn zusammen mit eurem Bruder in Carrick getroffen«, wandte er sich an Thomas und Niall. »Die beiden haben mit dem Stab nach England übergesetzt.«

»Edward sagte uns, er würde unsere Schwester in Mar besuchen«, meinte Thomas tonlos. Er sah immer noch aus, als glaube er kein einziges Wort von dieser Geschichte.

»Ich riet ihm, euch nicht einzuweihen. Ich hatte Angst, ihr könntet versuchen, ihn und Robert zum Bleiben zu überreden.

Ich dachte, das würde es ihnen leichter machen, ihr Vorhaben in die Tat umzusetzen.«

»Was ist in Irland geschehen?«, drängte Atholl. »Warum hat Robert das getan? Und warum in Gottes Namen habt Ihr es zugelassen?«

Alexander wirkte, als koche er vor Zorn, Christopher war so verwirrt, als könne er diese Enthüllung nicht mit dem Robert in Verbindung bringen, den er kannte.

»Robert hat seinen eigenen Kopf, John, und ich denke, Ihr kennt ihn gut genug, um zu wissen, dass er einen solchen Schritt nicht übereilt oder ohne guten Grund getan hätte. Ihr werdet inzwischen erfahren haben, dass sich Balliol mit König Philipps Hilfe den Thron zurückholen will. Wenn das geschieht, gibt es für Robert in Schottland keinen Platz mehr. Er hatte keine andere Wahl.«

»Keine andere Wahl?« Alexanders Stimme dröhnte durch die Halle. »Er hatte dieselbe Wahl wie wir alle anderen auch – unser Land und unser Vermögen für den Kampf um die Freiheit unseres Reiches zu geben, egal wie hoch der Preis ist. Um einen rechtmäßigen König auf dem Thron zu sehen!« Sein Ton wurde schärfer. »Er hat geschworen, er würde dieser König sein. Bedeuten ihm unsere Opfer für seine Sache so wenig, dass er nicht bereit ist, ein eigenes zu bringen?«

»Vetter.« Christopher fasste ihn bei der Schulter. »Robert muss seine Gründe gehabt haben. Ich kann nicht glauben, dass er sonst so gehandelt hätte.«

Alexander machte sich unwirsch los. »Gründe? Die hatte er reichlich. Gründe, seine eigene Haut zu retten, als er sah, dass das Schiff sank, und uns alle an Bord unserem Schicksal zu überlassen!« Er trat auf James zu. »Wie konntet Ihr dem zustimmen?«

James erstarrte, wahrte aber die Fassung. »Indem er sich Edward unterwarf, hat Robert das größte Opfer gebracht, das er überhaupt bringen konnte. Hätte es eine andere Möglichkeit gegeben, hätte er sie genutzt, glaubt mir.« James zögerte. Er hatte ihnen nicht mehr verraten wollen, aber der Schock und die Wut in ihren Gesichtern bewogen ihn, ihnen nicht jegliche Hoffnung zu nehmen. »Wenn Balliol daran gehindert wird, den Thron zu besteigen, ist es immer noch möglich, dass Robert nach Schottland zurückkehren kann.«

»Als Marionette des englischen Königs!«, erwiderte Atholl hitzig. »In der Zwischenzeit hängt die Rebellion in John Comyns Händen an einem dünnen Faden. Nach dem Angriff der Engländer in diesem Sommer hat er uns nicht mehr als einen mageren Sieg bei Lochmaben bieten können. Noch ein Feldzug, und der Faden wird reißen, das schwöre ich. Robert hat unserem Feind unser einziges Druckmittel in die Hände gespielt. Ich fürchte, Ihr habt uns alle dem Untergang geweiht.« Mit diesen Worten wandte sich John of Atholl ab und verließ die Halle. Sein Sohn folgte ihm zusammen mit Alexander, der dem Großhofmeister einen letzten erbitterten Blick zuwarf. Christopher zögerte noch einen Moment, dann folgte er seinem Vetter.

James sah ihnen nach, während er seinem Hofmeister Anweisungen erteilte. »Alan, biete unseren Gästen eine Erfrischung an, bevor sie aufbrechen. Wenn sie an meinem Tisch nichts zu sich nehmen wollen, pack es ihnen für die Reise ein.« Er blickte Niall und Thomas an. »Ich hoffe, ihr könnt mir die Lüge verzeihen, und bete, ihr seht irgendwann ein, dass dies der einzige Weg war.« Als er keine Antwort erhielt, stieg er von dem Podest herunter und ging quer durch die Halle zu seiner Kammer.

Nachdem er die Tür hinter sich geschlossen hatte, leuchteten James' Augen auf, als er die gestickte Karte an der Wand betrachtete, die seine Herrschaftsgebiete Bute, Renfrew und Kyle Stewart zeigte. Er hatte die ausgedehnten Gebiete im Westen von seiner Familie geerbt, die seit Generationen die Großhofmeister Schottlands stellte. Die Engländer hatten Renfrew eingenommen, das der König dem Earl of Lincoln zugesprochen hatte. Er fragte sich, wie lange es dauern würde, bis der Rest der auf dieser Karte verzeichneten Ländereien gleichfalls in ihre Hände fiel.

Und dann dachte er an Robert, der sich zweifellos inzwischen in Westminster befand. War ihr Plan aufgegangen? Hatte Edward seine Kapitulation akzeptiert? Oder war diese Saat der Hoffnung bereits im kalten Stein des Towers von London verdorrt und eingegangen?

18

Westminster, England, A.D. 1302

DER HOFMEISTER STIESS DIE TÜR mit der Schulter auf. »Eure Unterkunft, Sir.«

Robert betrat die Kammer hinter dem Hauptraum. Die Unterkunft, die ihm und seinen Männern zugeteilt worden war, lag im obersten Stock eines Flügels im älteren Teil des Palastgebäudes und war etwas beengt, aber komfortabel genug. Sein Privatgemach war mit einem Bett, einem Stuhl und einem Tisch möbliert, auf dem eine glasierte Schüssel und ein Krug standen. Im Kamin häufte sich Asche, und ein eisiger Luftzug wehte durch die Fenster.

»Einer der Diener wird gleich Feuer machen«, versicherte ihm der Hofmeister, wandte sich ab und sprach mit einem der Pagen, der die Gruppe von der Halle hierherbegleitet hatte.

Robert überließ es seinem Bruder und Nes, sich häuslich einzurichten, schloss die Tür, schob den Riegel vor, streifte seinen Mantel ab und kämpfte sich aus seinem Wams. Sein Hemd war schweißdurchtränkt. Auf dem ganzen Weg von der

Halle des Königs hierher hatte er seine Gedanken und Gefühle mühsam unterdrückt. Jetzt durchströmten sie ihn wie ein Fieberschub; ließen weiteren Schweiß auf seiner Stirn ausbrechen und seinen ganzen Körper vor angestauter Energie zittern. Robert griff nach dem Krug, goss Wasser in die Schüssel und spritzte sich etwas ins Gesicht. Dann stand er da und ließ sich das Wasser durch den Bart rinnen, während ihn eine berauschende Mischung aus Erleichterung, Verzweiflung und Vorfreude durchflutete.

Einerseits hatte er seine belagerten Landsitze in Schottland zurückgewonnen und war von Edward wieder in Gnaden aufgenommen worden. Andererseits gab es jetzt kein Zurück mehr; keine Chance, sich von dem Plan des Großhofmeisters oder dem Versprechen loszusagen, das er Ulster gegeben hatte, falls der König auf den Vorschlag des Earls einging. Er musste hierbleiben, unter dem Befehl seines neuen Herrn, der von ihm erwarten würde, dass er seine Loyalität unter Beweis stellte. Doch trotz dieser unwiderlegbaren Tatsache erfüllte ihn der Gedanke an Edwards Gesichtsausdruck noch immer mit grimmiger Befriedigung. Hatte er wirklich gesehen, was er zu sehen glaubte? Oder nur gierig danach geforscht? Nein. Er war ganz sicher. Er hatte Furcht in den Augen des Königs aufflackern sehen, als er von dem Armbrustbolzen gesprochen hatte.

DUNLUCE, IRLAND, A.D. 1301
(sechs Monate zuvor)

Mit vor Schmerz gefletschten Zähnen, einen Arm fest um James Stewarts Schulter gelegt, taumelte Robert den schmalen Gang entlang. Tief unten in den Eingeweiden von Dunluce Castle roch die feuchte Luft unangenehm süßlich nach Weihrauch, worunter sich ein leiser Fäulnisgestank verbarg. Halb im Deli-

rium, kam es ihm so vor, als würde er irgendeine vergiftete unterirdische Kirche betreten. Wasser rann in schleimigen Rinnsalen an den grob aus dem Basalt gehauenen Wänden herab. Die Fackel, die einer der beiden Wächter vor ihnen in der Hand hielt, flackerte im Luftzug, als sie an Öffnungen vorbeikamen, die in Lagerräume führten. Ständig donnerten Wellen gegen die Klippen, als würde ein Riese mit seinen Fäusten auf die Burg einhämmern.

Obwohl es in dem Kellerlabyrinth eiskalt war, rieselte Schweiß in Roberts Mund und brannte in seinen Augen. Seit er sich aus dem Bett gekämpft hatte und an James' Seite durch die Burg stolperte, hatte sich der Leinenverband über seiner Schulterwunde langsam dunkelrot verfärbt. Das Blut sickerte jetzt durch sein Hemd.

»Das ist Wahnsinn.« Infolge der Anstrengung, ihn zu stützen, klang James' Stimme gepresst. »Wir können warten. Der Coroner kommt erst in ein oder zwei Tagen. Dann wirst du schon kräftiger sein.«

»Nein«, keuchte Robert. Die Fackelflamme spiegelte sich in seinen Augen wider. »Ich will ihn sehen.«

»Wie weit ist es noch?«, fragte James den Wächter, dann fluchte er, als er gegen die Mauer prallte.

»Nur noch am Alekeller vorbei. Zehn Yards.«

»Ist er hier unten nicht von den Ratten angenagt worden?«

»Ranulf, einer von Sir Richards Jägern, bewacht den Leichnam, Sir.«

Nachdem sie ein dunkles Loch passiert hatten, aus dem der Geruch schalen Ales herauswehte, gelangten sie zu einer weiteren Öffnung in der Wand, hinter der Fackelschein über den feuchten Boden flutete und sich mit dem Licht ihrer eigenen Fackeln vermischte. Hier waren sowohl der Weihrauch- als auch der Verwesungsgeruch stärker; ein süßlicher, fauliger Gestank, der Robert veranlasste, den Kopf abzuwenden. Die Wächter schlugen die Hände vor Mund und Nase, als sie sich *durch den niedrigen Eingang duckten. James folgte ihnen und führte Robert in die Kammer.*

In dem Vorratsraum stapelten sich einige alte Kisten und Fässer an einer Wand. Eine Fackel flackerte in einem Halter, und Rauch quoll aus den Löchern eines Weihrauchbehälters auf einer Kiste. Auf einem der Fässer saß ein stämmiger Mann, der sich ein Tuch vor Mund und Nase gebunden hatte. Ein neben ihm auf dem Boden liegender Jagdhund hob den Kopf und knurrte. Der Jäger Ranulf erhob sich und kniff fragend die Augen zusammen, als er James und Robert hinter den Wächtern auftauchen sah.

Als Ulsters Männer zu ihm traten, um mit ihm zu sprechen, bemerkte Robert eine Holzplatte auf zwei Böcken an der gegenüberliegenden Wand. Darauf lag ein in an einem Ende zugebundene Sackleinwand gehüllter langer Gegenstand. Der Verwesungsgestank war jetzt überwältigend, drang ihm in die Nase und erfüllte seinen Mund und seine Kehle.

»Nun, da Earl Richard es erlaubt hat, könnt Ihr ihn sehen«, rief Ranulf Robert und James zu. Das Tuch dämpfte seine Stimme. »Aber ich warne Euch – der Gestank könnte den Teufel in die Knie zwingen. Er hätte schon vor Tagen unter die Erde gebracht werden sollen.«

James half Robert, zu dem Tisch zu humpeln, während der Jäger ein Messer aus dem Gürtel zog.

»Ich muss das Leichentuch aufschneiden«, sagte Ranulf unwirsch, packte eine Hand voll Sackleinwand und stieß die Klinge in den Stoff. »Als er auf dem Karren hierhergebracht wurde, sind die Fliegen über ihn hergefallen«, fügte er hinzu, als er begann, den Sack aufzuschlitzen. »Also dürften die Maden jetzt ein Festmahl halten.«

Sobald der Sack geöffnet war, durchflutete der Gestank die kleine Kammer. Halb blind vor Schmerzen in seiner Schulter, ließ Robert sich gegen James sinken. Sein Mageninhalt drohte ihm in die Kehle zu steigen.

»Heilige Mutter Gottes!« Der Großhofmeister wandte sich angewidert ab.

Ranulf schob das Messer in den Gürtel zurück und zog den Sack auseinander, sodass der Leichnam sichtbar wurde. Nur durch den Mund atmend, starrte Robert den Mann an, der versucht hatte, ihn zu töten. Sein Bart verdeckte die untere Hälfte seines Gesichts, doch die olivfarbene Tönung seiner Haut war nach wie vor noch zu erkennen, obwohl sie jetzt ins Graue spielte und sich an den Seiten des Halses dunkle Flecken gebildet hatten, während er in der Totenstarre auf dem Karren gelegen hatte. Seine angeschwollene Zunge teilte die Lippen, und Robert sah fette, cremefarbene Maden in seinem Mund wimmeln. Weitere krochen um seine Augen herum.

Robert schluckte hart. Er empfand nichts anderes als Übelkeit. Kein Mitleid, keine Wut, und ganz sicher kein Gefühl des Wiedererkennens. Er wusste nicht, was er erwartet hatte, nur, dass er den Leichnam unbedingt hatte sehen wollen, als James ihm gesagt hatte, er sei von Ulsters Männern hergebracht worden. »Wie ist er denn gestorben?«

Ranulf zog den Sack nach unten, um den Blick auf ein Loch im Hals freizugeben. »Ein Meisterschuss von einem von Earl Richards Rittern.« Bewunderung schwang in seiner Stimme mit.

Auch in der Pfeilwunde hatten sich Maden eingenistet, die Haut ringsum schien sich zu bewegen und kleine Wellen zu schlagen. Robert musste erneut schlucken. Seine Beine zitterten, der Blutfleck auf seinem weißen Hemd wurde größer.

»Das reicht«, beharrte James. »Ich bringe dich zurück.«

Aber Robert hatte gerade die am Ende des Tisches unter den Füßen des Toten liegende Armbrust entdeckt. Neben der Waffe lagen ein Kleiderstapel, ein Kettenhemd und zwei Ledertaschen. »Habt ihr irgendetwas gefunden, anhand dessen man ihn identifizieren könnte?«, krächzte er, löste sich von James'

Seite und hielt sich am Tisch fest, um sich zu stützen. »Ein Siegel? Oder ein Wappen?«

»Nichts«, erwiderte Ranulf. Er folgte Robert, als dieser zu der Armbrust stolperte.

»Er besaß ein Schlachtross.« Robert erinnerte sich plötzlich wieder an das Pferd vor der Scheune.

»Unsere Männer haben es gefunden«, gab der Jäger zurück. »Aber sonst war da nichts«, fügte er mit einem Blick auf die Ausrüstung hinzu.

Robert fuhr mit der Hand über den mit bunten Fäden überzogenen Griff der Armbrust. Das Garn war ausgebleicht und abgewetzt, als wäre die Waffe häufig benutzt worden. Daneben stand ein Korb mit Bolzen. Einer lag auf dem Tisch, der Schaft war in zwei Hälften zerbrochen. Er griff nach der Spitze. Sie war blutverschmiert.

»Die haben wir aus Eurer Schulter entfernt.«

»Ich würde sie gern behalten«, murmelte Robert.

Ranulf zuckte die Achseln. »Warum nicht? Aber erst, nachdem sich der Coroner diesen Burschen angesehen hat.« Er runzelte die Stirn. »Warum wollt Ihr das Ding denn haben?«

»Zur Erinnerung.« Robert lehnte sich schwer gegen den Tisch und betrachtete das blutige Eisenstück, das beinahe sein Leben beendet hätte. »Und als Mahnung, besser Acht zu geben.« Nach einem Moment legte er die Bolzenspitze wieder auf den Tisch. Er fühlte sich zutiefst erschöpft und ausgelaugt. »Du hast recht, James. Hier gibt es nichts zu finden. Ich dachte nur, anhand des Pferdes und der Armbrust …« Er brach ab. »Aber wahrscheinlich war er einfach nur ein Räuber und Wegelagerer, so wie du gesagt hast.«

Er erhielt keine Antwort.

Robert sah ihn an. »James?«

Der Großhofmeister starrte den Toten mit einem seltsamen Ausdruck in den Augen an, dann wandte er sich plötzlich an die zwei Wächter, die am Eingang der Kammer standen und *sich den Mund mit den Händen bedeckten. »Hat Sir Richard einen Barbier hier?«*

Beide hoben fragend die Brauen. Der mit der Fackel erwiderte: »Selbstverständlich, Sir.«

»Bringt ihn sofort her. Mitsamt seinem Handwerkszeug.« Als der Mann zögerte, fügte James scharf hinzu: »Hat Earl Richard euch nicht befohlen, mir alles zu beschaffen, was ich haben will?«

Der Mann sah seinen Kameraden an. Dieser nickte.

James musterte den Leichnam erneut. »Ich bin nicht sicher.« Er schüttelte den Kopf und murmelte dann: »Nein, es kann nicht sein.« Aber sein Gesicht blieb angespannt.

Robert schleppte sich zu einem der Fässer hinüber, sank darauf nieder und umklammerte seine Schulter. Er schloss die Augen, weil ihn der Weihrauchduft und der Gestank verrottenden Fleisches zu überwältigen drohten, und lehnte den Kopf an die eiskalte Wand hinter ihm, als ihm der Schweiß ausbrach.

»Nur der Bart. Mehr muss nicht entfernt werden.«

Robert schlug die Augen wieder auf. James und der Jäger standen mit einem dritten Mann, der sich hastig einen Leinenstreifen vor die Nase band, an dem Tisch. Das musste der Barbier sein, dachte er und fragte sich, wie lange er geschlafen haben mochte.

Der Barbier zog eine Schere aus einem Beutel.

»Vorsichtig«, warnte Ranulf, der über seine Schulter spähte. »Ihr wollt doch nicht, dass sich die Haut löst. Er ist so überreif wie eine verdorbene Frucht.«

Robert bemerkte, dass die Hände des Barbiers zitterten, als er den Bart zu stutzen begann. Während er hantierte, stand James dicht bei ihm und wandte keinen Blick von dem Leichnam. Sowie der Bart gekürzt war, griff der Barbier zu einem bronzenen Rasiermesser mit gebogener Klinge und juwelenbesetztem Griff. Er zögerte, seine Hand schwebte über dem stoppeligen Kinn des Mannes. »Ich werde dieses Messer nie wieder benutzen können«, meinte er gepresst. »Der Himmel weiß, was für Krankheiten diese Leiche verbreiten kann.«

»Ich entschädige Euch für den Verlust«, gab James ungeduldig zurück.

Robert leckte sich über die trockenen Lippen, als der Barbier sich ans Werk machte. Außer dem Kratzen der Klinge und den flachen Atemzügen der Wächter war im Raum kein Laut zu hören. Er hätte gerne gewusst, was in James' Kopf vorging, konnte aber sehen, dass der Großhofmeister im Moment zu abgelenkt war, um mit ihm zu sprechen. Nun, er würde seine Antworten schon noch bekommen. Der Barbier hielt zwei Mal mit seiner Arbeit inne, weil er sich abwenden und mit tränenden Augen würgen musste. Der Hund bellte zur Antwort.

Als der Bart entfernt war, starrte James den Toten eine Weile an. »Ich muss mit Sir Robert unter vier Augen sprechen.«

Ranulf hob die Brauen, aber als James zu ihm aufblickte, musste irgendetwas in seinem Gesicht dem Jäger verraten haben, dass er gut daran täte, nicht zu widersprechen, denn er drehte sich wortlos um und ging zur Tür. Der Hund folgte ihm. Der Barbier packte seine Sachen zusammen und eilte ebenfalls hinaus.

Nachdem auch die Wächter den Raum verlassen hatten, wandte sich der Großhofmeister an Robert. »Ich kenne diesen Mann«, sagte er ruhig. Er hatte die Hand vom Mund genommen.

Robert versuchte aufzustehen, sank aber auf das Fass zurück, als er vor Schmerz beinahe das Bewusstsein verlor.

»Nicht.« James trat zu ihm und legte eine Hand auf seine unverletzte Schulter. »Du brauchst ihn dir nicht anzusehen, du würdest ihn nicht erkennen.«

»Wer ist er?«

»Ich bin sicher, dass er Adam heißt. Er stand in den Diensten von Königin Yolande und kam in ihrem Gefolge aus Frankreich nach Edinburgh, als sie Alexander heiratete.« James *richtete den Blick wieder auf den Leichnam. »Er war in der Nacht, in der der König auf der Straße nach Kinghorn starb, bei ihm.«*

Robert starrte zu ihm empor. »Was hätte ein ehemaliger Diener in Irland zu suchen? Und warum sollte er versuchen, mich zu töten? Das ergibt keinen Sinn.«

»Es sei denn, er wäre hierhergeschickt worden.«

Robert lehnte sich gegen die Wand. »Geschickt? Von wem? Wer könnte denn überhaupt gewusst haben, wo ich war?«

»Ulsters Männer wussten es. Sie vermuteten, dass du durch dieses Dorf kommen würdest. Vielleicht ist er ihnen gefolgt. Vielleicht …« James fuhr sich mit der Hand durch das Haar und begann, im Raum auf und ab zu gehen. Seine übliche Ruhe hatte ihn verlassen. »Vielleicht brachen für Adam nach dem Tod von König Alexander harte Zeiten an, er verlor seinen Posten als Diener der Königin und heuerte als Söldner an.« Sein Blick wanderte zu der Armbrust. »Die Waffe deutet darauf hin. Dann hat ihn ein Feind von dir dafür bezahlt, dass er dich aus dem Weg räumt.«

»Ein Diener, der zum Söldner geworden ist? James, ich habe ihn diese Armbrust laden sehen. Das war sein zweites Naturell. Was, wenn er nie ein Diener war?«

»Wie meinst du das?«

Robert bemühte sich, inmitten des Nebels des Schmerzes einen klaren Gedanken zu fassen. »Soweit ich weiß, ist der König in dieser stürmischen Nacht von seinen Männern getrennt worden und im Dunkeln von der Klippe gestürzt.«

James nickte. Seine Züge verhärteten sich.

»Angenommen, es war gar kein Unfall.« Robert blickte zu dem Toten hinüber. »Angenommen, er hatte dabei seine Hand im Spiel.« Er sah den Großhofmeister den Kopf schütteln, bemerkte aber auch den Mangel an Überzeugung in dieser Geste. »Du musst etwas in dieser Art gedacht haben, als du ihn erkannt hast. Ich habe gesehen, wie erschrocken du warst.«

»Königsmord?« James schloss die Augen. Das Ausmaß der Bedeutung dieser Behauptung war ihm vom Gesicht abzulesen. »Aber warum sollte er hinter dir her gewesen sein? Wer würde euch beide tot sehen wollen?«

»Sein Sohn und Erbe wäre König von Schottland geworden«, murmelte Robert. »Wenn der Junge Prinzessin Margaret geheiratet hätte.«

James schielte zur Tür, wo die Stimmen der Wächter noch schwach zu hören waren. Allzu weit hatten sie sich demnach nicht entfernt. »Robert«, warnte er.

»Ich erinnere mich, dass mein Großvater davon gesprochen hat«, fuhr Robert fort. »Davon, wie schnell König Edward nach Alexanders Tod seine Vorteile wahrgenommen hat. Ich war in Birgham, als der Vertrag besiegelt wurde; ich habe gehört, wie Bischof Bek den Vorschlag des Königs verlesen hat. Edward behauptete, Alexander hätte ihre beiden Häuser durch Heirat vereinen wollen; er habe von einer Verbindung zwischen seiner Enkelin und Edward of Caernarfon gesprochen. Natürlich wurde das alles hinfällig, als Alexander Yolande heiratete. Hätten sie Kinder gehabt, wäre Edwards Sohn die Krone verwehrt geblieben. Als Alexander ohne Nachkommen starb und seine Enkelin zur Königin ernannt wurde, wurde die Heirat erneut arrangiert. Edward hat seinen Willen nur deshalb nicht bekommen, weil Margaret auf der Reise gestorben ist. Er hatte ein Motiv, James.«

Der Großhofmeister rieb sich die Schläfen, als würden ihm seine Gedanken Kopfschmerzen bereiten. »Alexander war Edwards Schwager. Ich kann nicht glauben, dass er dazu fähig wäre. Mord? Wir haben keine Beweise«, schloss er schroff. »Und jetzt, da dieser Mann tot ist, auch keine Möglichkeit, welche zu finden.«

Robert verstand James' Widerstreben, ihm zu glauben. Als einer der engsten Vertrauten und Freund des Königs hatte er zu den Ersten gehört, die Alexanders tödlichen Sturz als Un-

fall bezeichnet hatten. Die Vorstellung, sich geirrt und einen Mörder ungestraft davonkommen haben zu lassen, musste ihm einen Stich versetzen. Aber Robert gedachte nicht, sich dadurch von seiner Suche nach Antworten abhalten zu lassen. »Vielleicht kann ich in London etwas herausfinden.«

James nahm die Hand vom Gesicht. Seine Miene hellte sich auf. »Nein. Schlag dir das aus dem Kopf. Das müssen wir beide tun. Ich kann es einfach nicht glauben. Aber wenn du – Gott möge uns beistehen – doch recht haben solltest, dann würde Edward nicht zögern, die Gefahr, dass du dieses Verbrechen öffentlich machst, auszuschalten. Verstehst du, was das bedeutet? Wenn Beweise für seine Beteiligung an einem Königsmord gefunden würden, würde Edward exkommuniziert und England mit dem Interdikt belegt werden. Er hat schon fast einen Bürgerkrieg ausgelöst, als er darauf bestand, seinen von allen abgelehnten Kampf in der Gascogne fortzuführen. Stell dir vor, wie seine rebellischeren Untertanen reagieren würden, wenn das ans Licht käme und sie deswegen den Zorn Roms zu spüren bekämen?«

»Das hört sich für mich gut an.«

James schüttelte den Kopf. »Ich spreche von dem Risiko für Edward – warum er mit Zähnen und Klauen darum kämpfen würde, dich an der Enthüllung seines Geheimnisses zu hindern. Nicht dass es je dazu kommen könnte. Ich wüsste nicht, welchen Beweis du finden könntest, um ihn zu überführen, bevor er dich vernichtet. Edward ist schon ein gefährlicher, von seinen Launen beherrschter Mann, wenn ihm keine Steine in den Weg gelegt werden. Stell ihn dir in die Enge getrieben und bedroht vor!«

Robert hielt James' eindringlichem Blick unverwandt stand. »Wenn er diesen Adam geschickt hat, um mich umzubringen, was hindert ihn dann daran, das Werk zu beenden, sobald ich in Westminster eintreffe?«

»Wenn du dich ihm unterwirfst, stellst du keine Gefahr mehr

für ihn dar. Im Gegenteil, es wird Edward zum Vorteil gereichen, dich in sein Gefolge aufzunehmen. Er weiß, dass du nach William Wallace' Abreise einer der Rebellenführer warst. Deine Kapitulation wäre nicht nur ein schwerer Schlag für uns, sondern auch der Beweis dafür, dass sein Krieg Erfolge zeigt. Ich denke, dein Nutzen für ihn wird dich schützen.«

Robert las in den Augen des Großhofmeisters, dass er von seinen eigenen Worten nicht ganz überzeugt war. »Was wirst du Ulster sagen?«, fragte er endlich.

»Ich werde mir etwas einfallen lassen. Nicht die Wahrheit jedenfalls. Die darf niemand erfahren, weder Earl Richard noch deine Brüder. Absolut niemand. Übermorgen wird er beerdigt«, schloss James mit einem Blick auf den Toten. »Und diese ganze Geschichte mit ihm.«

Westminster, England, A.D. 1302

Das Wasser trocknete kalt auf seinem Gesicht, als Robert sich von der Schüssel abwandte und zum Fenster der Kammer trat. Er vernahm die durch die Tür gedämpften Stimmen seiner Männer, die den Rest seiner Habseligkeiten in ihre neuen Unterkünfte hochtrugen. Die Fensterscheibe war leicht gewellt und verzerrte die Sumpflandschaft hinter den Palastgebäuden. Während er hinausblickte, spielte er mit der Spitze des Armbrustbolzens.

Edward behauptete, die *Letzte Prophezeiung* in einer Festung des Rebellenprinzen Llewelyn ap Gruffud in Nefyn entdeckt zu haben, demselben walisischen Dorf, in dem die *Prophezeiungen des Merlin* über ein Jahrhundert zuvor gefunden worden waren. Später hatte Geoffrey of Monmouth sie übersetzt. In seiner *Geschichte der Könige Britanniens* beschrieb Monmouth eine Vision Merlins, in der der Prophet den Untergang Britanniens vorhersagte, wenn die Reliquien des Brutus nicht unter einem König vereint wurden. Es war die Prophezeiung, die Edward in Nefyn gefunden hatte, welche diese vier Reliquien auflistete. Kurz nach dieser Entdeckung gründete er seine Tafelrunde und den Zirkel der Drachenritter, die ihm helfen sollten, sich die Reliquien zu verschaffen.

Die Artuskrone, das Schwert des Erbarmens, den Stab Jesu, den Krönungsstein: Diese heiligen Reliquien, deren Herkunft ein Rätsel blieb, verkörperten für jeden erkennbar die Souveränität jeder Nation. Indem er sie an sich brachte, übte Edward eine spirituelle Eroberung der Reiche aus, über die er herrschen wollte, und die *Letzte Prophezeiung* entschuldigte seine Vorgehensweise; rechtfertigte seine Kriege als zum Wohle Britanniens geführt.

Robert hatte Merlins Vision stets angezweifelt, die scheinbar präzise Vorhersage von Alexanders Tod jedoch nur schwer leugnen können. Aber jetzt, nach dem, was er in Dunluce herausgefunden hatte, war das Schicksal nicht länger der einzige Verdächtige. War die Prophezeiung erfüllt worden, oder hatte ein Mann die Tat absichtlich herbeigeführt? Er schloss die Augen und ging in Gedanken die Daten durch. Die zeitliche Abstimmung – Margarets Anerkennung als Alexanders Erbin und seine Verlobung mit Yolande, Edwards Eroberung von Wales und die Einführung der Tafelrunde –, alles schien zusammenzupassen. Er konnte diesen Adam ausgeschickt haben, um sich Yolandes Gefolge anzuschließen und dann den König zu töten – und so die *Letzte Prophezeiung* unanfechtbar zu machen und seine Untertanen dadurch zu überzeugen, dass sie zutraf. Blieb die Frage, ob der Text selbst real war und Edward lediglich danach getrachtet hatte, die Vision wahr werden zu lassen, oder ob er ihn für seine eigenen Zwecke erfunden hatte. Letzteres konnte ihm eines Tages den Hals brechen.

Was würden die Männer der Tafelrunde tun, wenn sie erführen, dass ihr König sie all diese Jahre lang zum Narren gehalten hatte? Die Prophezeiung war das Feuer gewesen, das sie in ihren Überzeugungen bestärkt, sie die Entbehrungen der Feldzüge und den Verlust von Männern, die steigenden Abgaben und das Schwinden ihrer Vermögen hatte ertragen lassen. In seiner Jugend hatte Edward den von Simon de Montfort angeführten Bürgerkrieg überlebt und mit seinem Kampf in der Gascogne fast selbst einen ausgelöst. Würde er jetzt, mit leeren Schatztruhen und einem durch den langen, kostspieligen Krieg in Schottland angeschlagenen Ruf, einen weiteren überstehen?

Robert mochte vielleicht beweisen können, dass das, was er befürchtete, zutraf – dass Edward den Mord an König Alexander in Auftrag gegeben hatte, um die Herrschaft über Schottland an sich zu reißen. Aber wie stand es mit der Prophezeiung? Sie könnte ein Schlüssel sein, mit dem er das Schicksal des Königreichs wenden konnte. Er hatte die lateinische Übersetzung gesehen, die Edward angeblich von dem ursprünglichen walisischen Text hatte anfertigen lassen: ein wunderschön gebundenes und illustriertes Buch, das Bilder von den Schätzen und Motive aus den Legenden von König Artus enthielt. Aber das Original, dem diese Texte entstammten, bewahrte der König in einem versiegelten Kasten auf – die Seiten, die er in Nefyn gefunden haben wollte und die so alt waren, dass man glaubte, sie würden zu Staub zerfallen, wenn sie herausgenommen werden würden. Robert hatte diesen schwarzen Kasten einmal am Schrein des Bekenners in der Abtei von Westminster gesehen, am Tag, an dem die Artuskrone dorthin gebracht worden war.

Robert schlug die Augen auf, als er seine Träger im Nebenraum Truhen verrücken hörte. Er befand sich ganz in der Nähe der Abtei, in der er vielleicht die Geheimnisse des Königs enthüllen konnte. James Stewarts Warnungen bezüglich der Suche nach Beweisen hallten in seinem Kopf wider, verklangen aber angesichts der Entschlossenheit, die in ihm aufstieg. Er musste einen Blick in diesen Kasten werfen.

19

Westminster, England, A.D. 1302

DER TÜRHÜTER VERNEIGTE SICH und öffnete die Türen, und Edward rauschte in die Bemalte Kammer; der Saum seines scharlachroten Gewandes schleifte über die gemusterten Fliesen. Humphrey folgte ihm, den Blick auf den steifen Rücken des Königs gerichtet. Dieser steuerte auf den Schreibtisch zu, der neben dem riesigen Tisch, der den schmalen Raum teilte, fast zwergenhaft wirkte. Am Ende der Kammer stand ein Himmelbett, dessen grüne Pfosten mit gelben Sternen verziert waren, einem Lieblingsmotiv von Edwards Vater Henry III., der sich die Ausstattung des Raums ein Vermögen hatte kosten lassen. Edward blieb bei dem Schreibtisch stehen, bevor er sich zu dem Buntglasfenster dahinter umdrehte. Violette Lichtprismen wurden von seiner Gestalt gebrochen und verstreut.

Humphrey wartete ab. Er fragte sich, warum der König nur ihn von Westminster Hall hierherbefohlen hatte. Als das Schweigen anhielt, ließ er den Blick über die Wandbilder schweifen, die der Kammer ihren Namen gaben. Im fahlen Februarlicht wirkten die fließenden Gewänder der Laster und Tugenden, die Kronen der biblischen Könige und die heldenhafte Gestalt des Judas Makkabäus, eines alttestamentarischen Artus, stumpf und farblos. Humphrey erinnerte sich daran, wie er zum ersten Mal mit seinem Vater hierhergekommen war, um an einer Eröffnungssitzung des Parlaments teilzunehmen. Er war ungeduldig hinter den Lords in die Kammer getreten und von der Farbenpracht förmlich geblendet gewesen. Jeder bunte Strich an den Wänden – nach einem Brand frisch restauriert – hatte im Sonnenlicht geschimmert, das sich in der Themse widerspiegelte und durch die Fenster fiel. Hinter dem

Bett glitzerte das goldene Prunkstück der Bemalten Kammer, eine Szene der Krönung Edwards des Bekenners.

»Lasst uns allein.«

Humphrey blickte sich um und sah zwei Pagen geräuschlos aus dem Raum huschen; er hatte sie überhaupt nicht bemerkt. Als die Tür zufiel, drehte sich der König zu ihm um. Wie er so vor dem Buntglasfenster stand, hoch aufgerichtet, mit der Goldkrone auf dem Kopf, erinnerte er Humphrey an ein Bild in dem Glas selbst, einen König aus alter Zeit. Die Illusion verflog, als Edward das Wort ergriff.

»Haltet Ihr das Ganze für glaubwürdig?«

Humphrey wusste, dass sich der König auf Roberts Unterwerfung bezog, deren Zeuge er eben in Westminter Hall geworden war. Mit einem Schlag begriff er, dass Edward ihn herbestellt hatte, weil er derjenige war, der Robert am besten kannte; weil er während dessen Zeit in den Diensten des Königs sein engster Kamerad gewesen war. Diese Erkenntnis war wenig schmeichelhaft, denn genau deshalb hätte er auch Roberts Verrat kommen sehen müssen. Er hatte oft das Gefühl, dass Edward ebenso dachte und ihm die Schuld für die Desertion des Schotten gab.

»Ich wittere eine List«, fuhr Edward angesichts von Humphreys hartnäckigem Schweigen fort. »Aber es fällt mir schwer zu glauben, dass Earl Richard während all der Monate, die Bruce in seinem Gewahrsam verbracht hat, eine Lüge nicht durchschaut hätte. Er verbürgt sich für den Mann, das ging aus seinen Worten klar hervor.«

»Sir Richard war ein Verbündeter der Familie Bruce. Wer sagt denn, dass das bei seinem Vertrauen in den Mann nicht eine unbewusste Rolle spielt, Mylord?«

Die Augen des Königs wurden schmal, doch er schüttelte den Kopf. »Ich glaube an Ulsters Aufrichtigkeit. Außerdem hat er durch ein Bündnis mit Bruce nichts zu gewinnen – nicht, solange er nicht sicher weiß, dass ich ihn wieder in Gnaden aufnehme. Hätte ich Bruce zurückgewiesen, wären sowohl sein englisches Erbe als auch seine schottischen Landsitze für ihn verloren gewesen. Er lief Gefahr, über Nacht vom Earl zum Bettler zu werden.« Edward hielt inne. »Aber selbst wenn wir Ulsters Fürsprache außer Acht lassen, hat Bruce mir freiwillig sein wertvollstes Objekt für Verhandlungen übergeben.« Seine Augen glitzerten befriedigt, als er von seinem neuen Besitz sprach. »Der Stab des Malachias überzeugt mich mehr als alles andere davon, dass er es ernst meint.«

»Mylord, die Vereinigung der Reliquien des Brutus ist in der Tat ein großer Moment – wir alle haben seit Jahren auf diesen Tag hingearbeitet. Aber abgesehen davon halte ich es für sicherer und klüger, Bruce in den Tower zu werfen.«

»Mag sein. Aber denkt über Eure Vorurteile hinaus, Humphrey. Bruce könnte mir als freiwilliger, scharf überwachter Verbündeter nützlicher sein denn als verbitterter Gefangener. Sein Überlaufen ist ein schwerer Schlag für die Rebellen und wird ihrem Kampfgeist sehr schaden. Durch ihn werde ich ihnen vor Augen führen, wie sinnlos es ist, sich auch weiterhin gegen meine Herrschaft zur Wehr zu setzen. In Kürze könnte sich Bruce als von unschätzbarem Wert erweisen, wenn ich einen neuen Feldzug beginne.«

Bei den letzten Worten wurde der Ton des Königs schärfer. Humphrey wusste, dass es ihn schwer getroffen hatte, auf König Philipps Betreiben hin im letzten Herbst einem Waffenstillstand mit Schottland zustimmen zu müssen.

Nach dem Angriff der Rebellen auf Lochmaben, wo die angerichteten Schäden noch immer nicht vollständig beseitigt waren, hatte der König darauf gebrannt, die Schotten nach Selkirk Forest zu verfolgen und bis auf den letzten Mann auszulöschen, aber der Verlust seines Basislagers sowie der nahende Winter und die geringe Aussicht darauf, die Rebellen tatsächlich in ihrem Versteck aufstöbern zu können, hatten ihn davon abgehalten. Das Einzige, was ihn tröstete, war das Wissen darum, dass die Waffenruhe nur eine zeitlich begrenzte Finte war. Sobald der Frühling kam, würde er ganz Schottland in Schutt und Asche legen.

In der letzten Zeit hatte Edward voller Interesse den Berichten seiner Spione gelauscht, die von wachsenden Unruhen in Flandern sprachen, das Philipp vor vier Jahren seinem Königreich einverleibt hatte. Es fiel den französischen Beamten schwer, die Lage unter Kontrolle zu halten – Rebellion lag in der Luft. Edward war sicher, dass dies seinen Vetter so lange beschäftigen würde, bis er eine Lösung für das Balliol-Problem gefunden hatte, denn er hatte immer häufiger und hitziger von einem neuen Schottlandfeldzug gesprochen.

Humphrey befürchtete, dass der glühende Wunsch, die Rebellen endgültig zu besiegen, das Urteilsvermögen des Königs trüben könnte. Unter der Oberfläche seiner Besorgnis begann es zu brodeln, als er sah, dass Edward Zustimmung von ihm hören wollte; Gründe, jegliche Vorsicht in den Wind zu schlagen und Robert in sein Gefolge aufzunehmen, wenn dieser ihm nur half, den schottischen Widerstand zu brechen. »Was, wenn er hier ist, um für die Schotten zu spionieren? Was, wenn er erneut die Seiten wechselt, Mylord, und den Rebellen wertvolle Informationen über Feldzugspläne zuträgt? Das Risiko ist zu groß!«

Das zerfurchte Gesicht des Königs blieb regungslos. »Deswegen will ich diesen Hurensohn ja überwachen lassen. Meine Männer in Schottland werden nach jedweden Anzeichen dafür Ausschau halten, dass er noch mit seinen alten Verbündeten in Verbindung steht. Erhalte ich irgendeinen Hinweis auf ein doppeltes Spiel, verbringt Bruce den Rest seines Lebens im Tower.« Edward hielt inne. »In der Zwischenzeit möchte ich, dass Ihr sein Vertrauen zurückgewinnt …« Er hob eine Hand, als Humphrey Anstalten machte, Einwände zu erheben. »Bruce ist aus purer Verzweiflung zu mir zurückgekehrt. Ich bin nicht so dumm zu glauben, dass er freiwillig irgendetwas preisgibt, was seinen Leuten schaden könnte. Er wird mir nur das verraten, was er muss, damit ich ihm auch weiterhin traue. Aber ich möchte, dass Ihr den Rest – alles, was sich für meinen bevorstehenden Feldzug als nützlich erweisen kann – aus ihm herausbekommt. Trinkt mit ihm, redet mit ihm, freundet Euch wieder mit ihm an.«

Humphrey erwiderte nichts darauf; er hatte Angst, mit etwas herauszuplatzen, das besser ungesagt blieb.

»Eines noch, Humphrey. Während Ihr Euch um Bruce' Freundschaft bemüht, sollt Ihr herausfinden, was ihm in Irland zugestoßen ist. Er sagte, er wäre durch einen Armbrustbolzen verwundet worden. Ich will wissen, wer der oder die Angreifer waren und ob sie noch am Leben sind.«

Humphrey runzelte die Stirn, als der König hinter dem Schreibtisch hervortrat. »Darf ich den Grund erfahren, Mylord?«

Der König ging zu dem langen Tisch, um sich einen Becher Wein einzuschenken. Über ihm an der Wand presste die Ruhe ihren gemalten Fuß auf den zusammengekrümmten Körper des Zorns und schickte sich an, das Laster auszupeitschen.

»Ich möchte einfach nur wissen, was alles zu seiner Unterwerfung geführt hat«, schloss Edward, dann trank er einen Schluck Wein. »Versteht Ihr?«

»Ja, Mylord.«

»Bekommt heraus, wer ihn angegriffen hat, Humphrey. Und ob der oder die Täter noch am Leben sind.«

Robert folgte dem Diener den Gang entlang. Sein Bruder und zwei Knappen hielten sich hinter ihm. Musik und Stimmengewirr wehten ihm entgegen. Er war froh über die Abwechslung, nachdem er sich die letzten Tage lang überwiegend in seiner Unterkunft aufgehalten und auf die Entscheidung des Königs bezüglich Ulsters Vorschlag gewartet hatte. Während sich die Wände angesichts der Aussicht auf dieses Schicksal immer enger um ihn geschlossen hatten, war ihm viel Zeit zum Nachdenken geblieben – frustrierend nah bei der Abtei und jenem versiegelten schwarzen Kasten. Er fieberte einer neuerlichen Begegnung mit dem König entgegen; brannte darauf, in seinem Gesicht nach der furchtbaren Sünde zu forschen, die er hinter diesen hellen Augen vermutete. Nachdem seine Nerven bereits so angespannt waren wie die Fäden auf einem Webstuhl, hatte man ihm an diesem Morgen endlich mitgeteilt, dass er bei einem am Abend stattfindenden Fest der Gast des Königs sein würde.

Vor ihm öffneten sich die mächtigen Flügeltüren der Weißen Halle. Eine Kakophonie von Stimmen schlug Robert entgegen, zusammen mit einem willkommenen Hitzeschwall, der den letzten Rest der abendlichen Kälte vertrieb. Die Wände der Kammer und die meisten Möbelstücke waren weiß. Sie machte einen prächtigen, aber kalten Eindruck; ein winterlicher Palast, geschmückt mit in Elfenbein- und Silbertönen gehaltenen Wandbehängen, die ein Einhorn zeigten, das von Rittern verfolgt wurde. Die Jagd begann damit, dass Jäger und Hunde durch den Schnee stapften, und endete einige Behänge später mit Tod und Vernichtung. In der letzten Szene verwandelte sich das von einem kühnen Ritter niedergestreckte Einhorn in eine unter verschneiten Bäumen liegende junge Frau.

Am anderen Ende der Halle befand sich eine Galerie mit Türen, durch die Diener ein und aus gingen, darauf eine Plattform, auf der die Köpfe von Spielmännern zu sehen waren. Die metallischen Klänge einer Harfe und das Dröhnen einer Trommel wurden von den hohen Stimmen zweier junger Männer begleitet, die die Heldentaten von Parsifal und seine Suche nach dem Heiligen Gral besangen. Die Worte stiegen zu den Deckenbalken empor, während sich das Schauspiel darunter genauso gut in Camelot hätte abspielen können.

Zwei lange, mit weißem Leinen bedeckte und von mit Kissen bestückten Bänken flankierte Tische standen sich in der

Halle gegenüber. Auf den Bänken drängten sich Lords und Ladys in samtenen Tuniken, federgeschmückten Kappen, Satingewändern und Schleiern. Die Flammen zahlreicher Bienenwachskerzen spiegelten sich in den gewölbten Oberflächen von silbernen Schalen und Kelchen wider. Als die letzten Gäste, darunter auch Robert und seine Männer, die Halle betraten, trugen die Diener bereits in Soße schwimmende Neunaugen, Platten mit Fisch und Fleisch sowie mit Vögeln gefüllte Pasteten auf.

Einen Moment lang fühlte sich Robert in die Halle seines Großvaters in Lochmaben zurückversetzt, umgeben von Wärme, Gelächter und Gesang; er roch das geröstete Fleisch des Hirsches, den er mit dem alten Lord gejagt hatte, lauschte den Dudelsackklängen und sah die Augen seines Großvaters zufrieden funkeln, während sein Blick über seine in seiner Gastfreundschaft schwelgenden Männer hinwegschweifte. Die Illusion zerbarst, als er König Edward in einem prunkvollen weißen, mit Hermelinpelz gesäumten Gewand an der erhöhten Tafel der Halle sitzen sah. Seine junge Königin saß zu seiner Linken, Richard de Burgh zu seiner Rechten.

Als er in die Halle geführt wurde, spürte Robert, wie sich die Augen einiger hundert Männer und Frauen auf ihn richteten. Am Rande seines Blickfeldes nahm er ein Meer geröteter Gesichter wahr. Rote Münder öffneten sich, als die Lords ihren Nachbarn etwas zuraunten, fettige Finger hielten im Griff nach einem Kelch oder einem Knochen inne. Neben neugierigen und geringschätzigen fing er auch viele hasserfüllte Blicke auf. Die Mitglieder der Tafelrunde, die einst als Drachenritter, die darauf warteten, in Edwards inneren Zirkel aufgenommen zu werden, seine Brüder gewesen waren, waren vollzählig anwesend und machten aus ihrer Verachtung für ihn kein Hehl.

Robert legte eine Hand an seinen Gürtel; dorthin, wo für gewöhnlich sein Breitschwert hing. Die Klinge seines Großvaters, die Ulster ihm zurückgegeben hatte, befand sich in seiner Unterkunft. Keinem Mann war es gestattet, bewaffnet die Halle des Königs zu betreten, geschweige denn einem, der noch vor ein paar Tagen als Verräter gegolten hatte. Zwischen den Lords und Earls saßen Edelfrauen, darunter auch Joan de Valence, Aymers Schwester und die Frau von John Comyn. Sie hatte Comyn zwei Kinder geboren, während zwischen ihm und Edward Frieden geherrscht hatte, aber nach seiner Rebellion waren Joan und ihre Sprösslinge vom König nach England zurückbeordert worden. In dem Wandbehang hinter ihr erblickte Robert die Gesichter von Wölfen in gewebten Wäldern.

Sein Bruder und die Knappen wurden zu einem Tisch in der Nähe geleitet, er selbst zur Tafel des Königs. Als er allein die Stufen des Podests emporstieg, hörte er seinen Bruder scharf den Atem einziehen, drehte sich aber nicht um, um festzustellen, was der Auslöser dafür gewesen war. Er blieb vor dem König stehen und verneigte sich, dabei kam ihm der Gedanke, dass alle hier Anwesenden vielleicht auf die große vergoldete Lüge dieses Mannes hereingefallen waren. Am liebsten hätte er ihnen laut zugerufen, dass ihr geliebter König sie möglicherweise alle übel getäuscht hatte. »Mylord.«

Edwards Blick heftete sich so eindringlich auf ihn, als forsche er in seinem Gesicht nach irgendetwas. Nach einer kurzen Pause ergriff er das Wort. »Ihr dürft Platz nehmen.«

Robert richtete sich auf und schritt am Tisch entlang bis zum Ende der Tafel. Dabei kam er an Humphrey de Bohun vorbei, der ihn nicht ansah, sondern sich umdrehte, um sich mit der jungen Frau neben ihm zu unterhalten. Sie war groß und schlank und trug ein fließendes perlweißes Gewand. Das einzig Farbige an ihr war die Röte, die ihr der Wein in die Wangen getrieben hatte. Sie nickte zu etwas, das Humphrey gesagt hatte, musterte Robert dabei aber mit kühlen, abschätzenden Augen. Es war Bess, die jüngste Tochter des Königs. Mit der koboldhaften jungen Prinzessin, die vor Jahren auf dem Turnierfeld ein Unterpfand in Helena de Beauchamps Hand gedrückt und sie in seine Richtung geschoben hatte, hatte sie nichts mehr gemein. Robert bemerkte, dass eine ihrer Hände über der von Humphrey lag. An Bess' anderer Seite saß Elizabeth de Burgh.

Ulsters Tochter war nicht mehr als das verwahrloste Mädchen zu erkennen, das erst vor wenigen Monaten mit ihm durch Irland geflüchtet war. Zart gebaut, in einem elfenbeinfarbenen Kleid und mit hochgestecktem, von einem silbernen Netz gehaltenem schwarzem Haar wirkte sie immer noch zerbrechlich, aber weicher, weniger spröde. Mit ihren fast siebzehn Jahren stand sie an der Schwelle zur Frau. Sie sah ihn nicht an, sondern hielt den Blick gesenkt, als er an ihr vorbeischritt. Robert spürte, wie ihm das Blut in die Wangen stieg. Das Schicksal – und ihr Vater – hatten einen gnadenlosen Sinn für Humor. Er ging weiter, vorbei an Bischof Bek und einem alten Mann in einem cremefarbenen Umhang und nahm seinen Platz am Ende der Tafel ein. Als ein Diener herbeieilte, um ihm Wein einzuschenken, wurde Robert bewusst, dass der alte Mann in dem Umhang ihn anstarrte. Eine eisige Faust schloss sich um sein Herz. Der Mann war sein Vater.

In den sechs Jahren, die Robert ihn nicht gesehen hatte, war das schwarze Haar des Lords of Annandale grau und schütter geworden. Auf dem Scheitel hatte sich eine einer Mönchstonsur gleichende kahle Stelle gebildet. Seine Nase war von feinen Äderchen durchzogen, die Haut um Kinn und Hals schlaff geworden. Einst breit und muskulös gebaut, hatte er jetzt Fett angesetzt, der voluminöse Umhang vermochte den stattlichen Bauch nicht zu kaschieren. Doch die Augen, diese eiskalten blauen Augen, hatten sich nicht verändert. Robert las hundert Enttäuschungen und tausendfaches Bedauern über vertane Gelegenheiten darin. Mit einer Hand umklammerte sein Vater einen Weinkelch. Seine Augen wurden schmal, als er den Blick voller Groll und Anklage auf seinen Sohn heftete. Er machte

Anstalten, etwas zu sagen, doch in diesem Moment erhob sich der König, und die Gäste in der Halle verstummten, bis nur noch die Schritte der Diener und das Klirren der Löffel zu hören waren. Auch der Lord of Annandale setzte nur schweigend seinen Kelch an die Lippen.

»Heute Abend feiern wir die Verlobung meiner geliebten Tochter Elizabeth mit Earl Humphrey.« König Edward hielt inne, um Jubel aufbranden zu lassen.

Robert registrierte benommen, dass sein Bruder am Tisch unter ihm mit vor Schreck geweiteten Augen zu ihrem Vater emporstarrte. Als er nach seinem Wein griff, stellte er fest, dass seine Hand zitterte. Der König sprach weiter, doch Robert nahm kaum ein Wort bewusst wahr.

»Ferner feiern wir die bevorstehende Hochzeit von Lady Elizabeth de Burgh, Tochter des ehrenwerten Earl of Ulster, mit Sir Robert Bruce.«

20

In der Nähe von Turnberry, Schottland, A.D. 1302

DIE IN GEMUSTERTE WOLLENE UMHÄNGE gehüllten Gestalten kamen langsam näher. Der ältere der beiden Männer kämpfte sich mühsam durch den Schneematsch, der jüngere trug zwei Eimer. Affraig trat die Stufen hinunter, um ihnen entgegenzugehen, und blinzelte in den Wind, der die Äste der Eiche knarren und seufzen ließ. Die mit den sich langsam drehenden Netzen geschmückten Zweige waren so kahl wie Geweihsprossen. Sie bemerkte, dass der ältere Mann den Kopf hob, als er darunter hinwegschritt, und sich bekreuzigte. Früher einmal hätte sie sich über dieses Ritual lustig gemacht, weil sein Glaube eindeutig so schwach war, dass er sich bemüßigt fühlte, zu ihr zu kommen. Sie hatte ihre Macht über die Dorfbewohner, die verzweifelten oder tiefen Groll empfanden, wenn Gott ihre Gebete nicht erhörte, immer genossen. Jetzt ließ sie dem Mann diese Geste durchgehen. Ein Gebet war ein Gebet.

»Angus«, begrüßte sie ihn schroff. »Was hast du mir mitgebracht?«

»Milch und Eier«, schnaufte Angus. Sein Gesicht war vom Wind gerötet. »Und Ade hat Euch drei Kaninchen abgehäutet. Ihr erhaltet sie, wenn Ihr noch ein Amulett für unsere kleine Mary anfertigt.« Ein flehender Ausdruck trat in seine wässrigen Augen. »Sie hat wieder Fieber bekommen. Viel schlimmer als beim letzten Mal.«

Affraig verspürte einen Anflug von Zorn, obwohl sie nicht wusste, warum. »Stell sie bei der Tür ab«, befahl sie dem schlaksigen Jugendlichen mit den Eimern unwirsch. Als er zum Haus hinüberging, zog sie einen Beutel aus ihrem Gürtel und reichte ihn Angus. »Die Kräuter für deine Frau.« Als er sie entgegennahm, fügte sie hinzu: »Bring deine Familie in das Dorf zurück. Deine Tochter braucht Wärme und Trockenheit. Amulette sind auch kein Allheilmittel. Man muss für den Körper ebenso sorgen wie für die Seele.«

Doch Angus schüttelte bereits den Kopf. »Die, die zurückgegangen sind, sind allesamt Narren. Was hat es denn für einen Sinn, die Häuser wieder aufzubauen und mit einer neuen Aussaat zu beginnen, wenn die englischen Hunde doch alles wieder niederbrennen? Nein«, schloss er bestimmt, den Blick auf seinen knochigen Sohn gerichtet, der zu ihm getreten war. »Im Wald bei den anderen sind wir sicherer. Wir haben Hütten gebaut, um uns notdürftig vor der Nässe zu schützen, und wir teilen uns das Vieh, das wir gerettet haben. Einige sprechen davon, nach Norden in die Berge zu gehen, wenn das Tauwetter einsetzt, dorthin können uns die Ritter mit ihren Schlachtrössern nicht folgen. Es herrscht zwar Waffenruhe, aber die wird nicht lange anhalten. Die Engländer werden im Frühjahr zurückkommen, das ist so sicher wie die Gezeitenwechsel.«

Als sich Affraigs Zorn verstärkte, begriff sie, dass er sich gegen sie selbst richtete. Sie konnte Kopfschmerzen lindern und einen Abszess öffnen, ein Kind auf die Welt holen und einer Frau helfen, schwanger zu werden. Aber diese Männer und Frauen verlangten jetzt Unmögliches von ihr. *Lass meine Saat in der verbrannten Erde Frucht tragen. Füll meine leere Speisekammer. Hilf uns, die Engländer zu besiegen. Bring mir meinen Sohn zurück.* Die Götter schienen dieser Tage grausamer denn je zu sein, taub für ihre Bitten. Schicksale fielen unerfüllt von ihrem Baum. Letztes Jahr war ein Mann gekommen und hatte sie beschimpft und bedroht. Sein Schicksal war es gewesen, seine große Liebe zu heiraten, aber sie war umgekommen, als die Engländer das Dorf angegriffen hatten. Dieses Ereignis hatte Affraig Anlass gegeben, an sich selbst zu zweifeln.

»Du Narr«, sagte sie mürrisch zu Angus, dabei schlang sie ihren Umhang enger um sich. »Du weißt doch gar nicht, ob die Engländer zurückkommen. Willst du wegen bloßer Gerüchte das Leben deiner Tochter aufs Spiel setzen? Earl Robert wird von der Zerstörung Turnberrys erfahren. Er wird mit einer Armee kommen, um seine Festung wieder aufzubauen, und seine Leute …«

»Habt Ihr es nicht gehört?«, schnitt Angus ihr das Wort ab. »Bruce hat sich dem englischen König ergeben. Vor zwei Monaten hat er die Grenze überquert und ist nach London gegangen. Das ganze Dorf spricht von nichts anderem. Von ihm haben wir keine Hilfe zu erwarten.« Angesichts des Ausdrucks in ihrem Gesicht brach er abrupt ab. »Ich muss zurück.« Er runzelte hoffnungsvoll die Stirn. »Das Amulett?«

»Komm morgen wieder.« Affraig sah ihn nicht an. Ihr Blick ruhte auf einem Netz in dem Baum über ihr, in dem eine durch Wetter und Zeit welk gewordene Krone aus Heidekraut und

Geißklee hing, und blieb auch dann noch darauf haften, als die beiden Männer davongingen. Dann drehte sie sich mit einem heißen Aufwallen ihres Blutes und gebleckten Zähnen um und stapfte durch den matschigen Schnee auf das Haus zu. Der Wind zerrte an ihrem Umhang und riss ihn ihr von den Schultern. Sie ließ ihn achtlos fallen. An der Seite des Hauses lehnte ein langer, gegabelter Stock. Rote Flecken loderten auf ihren Wangen, als sie danach griff und zu der Eiche zurückging. Sie packte den Stock mit beiden Händen, blieb unter den Zweigen stehen und betrachtete die Krone. Ihr Herz pochte im Rhythmus der Worte, die ihr durch den Kopf gingen.

Reiß sie herunter.

Mit einer entschlossenen Bewegung stieß sie den Stock zwischen den Zweigen hindurch. Der Schrei einer Frau ließ sie innehalten. Schwer atmend blickte sich Affraig um. Das gegabelte Ende des Stocks schwebte direkt unter dem Netz. Ihre Nichte stand auf der Schwelle und hielt ihre kleine Tochter auf einer Hüfte.

»Es ist kalt, Brigid.« Affraigs Stimme klang heiser. »Bring Elena hinein.« Sie wandte sich wieder ihrer Aufgabe zu, aber ihre Arme brannten von der Anstrengung, den Stock über ihren Kopf zu halten, und sie musste ihn sinken lassen.

Brigid ging zu ihr. Ihr Kleid schlotterte um ihren schmalen Körper, Hüften und Schlüsselbeine zeichneten sich unter dem dünnen Stoff ab. Ihre schwarzen Locken fielen ihr über den Rücken. Sie war erst Mitte zwanzig, sah aber mit dem verhärmten Gesicht und den gehetzt blickenden Augen deutlich älter aus. Doch in ihrer Stimme schwang eine erstaunliche Kraft mit. »Was tust du da, Tante?«

»Angus sagt, Robert Bruce hat sich dem englischen König ergeben. Er hat uns im Stich gelassen.« Affraigs Blick wanderte zu dem Netz. »Ich werde sein Schicksal vom Baum reißen!« Während sie diese Worte förmlich ausspie, formte sich vor ihrem geistigen Auge das Bild von Robert, wie er vor fünf

Jahren an ihrem Feuer gesessen und zugesehen hatte, wie sie Geißklee, Heidekraut und Wermut zu einem Reif flocht. Der in seinen blauen Augen leuchtende Ehrgeiz hatte sie an seinen Großvater erinnert. Das Bild veränderte sich, verwandelte sich in das höhnische, hasserfüllte Gesicht von Roberts Vater. Auch er war wie sein Vater vor und sein Sohn nach ihm einmal zu ihr gekommen, um sich ihrer Künste zu bedienen. Er war wütend und betrunken gewesen, aber sie hatte seine Münzen genommen und ihm zu dem gewünschten Zauber verholfen.

Als sie später von einem seiner Männer angegriffen worden war, war sie mit noch an Hals und Schenkeln sichtbaren Würgemalen und Prellungen zum Earl gegangen und hatte Gerechtigkeit gefordert. Doch der Bastard hatte ihr nur ins Gesicht gelacht und gesagt, sein Gefolgsmann sei mehr wert als tausend Hexen, und das, nachdem sie sein Schicksal gewoben und seinen Sohn und Erben bei seiner Geburt gerettet hatte. Am nächsten Tag hatte sie sein Schicksal in Stücke gerissen und die Fetzen vor den Mauern von Turnberry Castle verstreut. Für diese Tat hatte er sie aus dem Dorf verbannt.

Sowohl der Vater als auch der Sohn hatten dasselbe Ziel angestrebt: König von Schottland zu werden. Die Geschichte wiederholte sich. Vielleicht hatte sie, indem sie das erste Schicksal zerstörte, unbewusst auch den Sohn verflucht; den Sohn, den sie als schreiendes, blutverschmiertes Bündel auf die Welt geholt hatte, als Mars rot am Himmel stand. Den Sohn, der bislang tief in die Fußstapfen seines Vaters getreten war.

Brigids Stimme riss sie aus ihren Gedanken.

»Du willst nur aufgrund der Worte eines verängstigten Bauern das zerstören, was du im Angesicht der Göttin angefertigt hast?«

»Die Götter verspotten mich, Mädchen. Ich kann einen Mann nicht zum König machen. Oder Elenas Narben heilen oder dir deinen Mann und deinen Sohn zurückbringen.«

Die schmerzliche Erinnerung bewirkte, dass sich tiefer Kummer auf Brigids Gesicht ausbreitete wie ein nasser Fleck auf einem Tuch. Ihr Mann war bei dem Angriff der Engländer auf Ayr getötet worden – von den Schlachtrössern der Ritter unter den Hufen zermalmt –, ihr Sohn von englischen Klingen in Stücke gehackt, als er ihm zu Hilfe kommen wollte. Brigid hatte alles vom Fenster ihres Hauses mit angesehen. Als sie ins Freie gestürzt war, um ihren sterbenden Sohn in die Arme zu schließen, waren die Ritter an ihr vorbeigaloppiert, um ihre brennenden Fackeln auf die Strohdächer zu schleudern. Und als sie mit dem Blut ihrer Liebsten verschmiert zu ihrem Haus zurückgetaumelt war, hatte bereits alles lichterloh in Flammen gestanden. Es gelang ihr, ihre Tochter zu retten, aber das Kind trug furchtbare Narben davon. Auf einer Seite war Elenas Gesicht glatt und weich, die andere bildete eine Fratze aus Narbengewebe, wulstig und aufgeworfen wie über einem heißen Feuer geröstetes Schweinefleisch.

Affraig hatte jede Arznei, jeden Zauber angewandt, den sie kannte, um die Entstellung des Kindes zu mindern, doch nichts hatte geholfen.

Elena barg das Gesicht am Hals ihrer Mutter, als Affraig sie anstarrte. »Meine Macht schwindet«, murmelte sie. »Zusammen mit diesem Land. Ich fürchte, wir werden unser Königreich verlieren. Es wird von der großen Schlange England geschluckt werden.«

»Ich kenne niemanden, der mehr von Kräuterheilkunde versteht als du«, erwiderte Brigid. »Aber du verstehst nichts von Männern und ihrer Politik. Was sagt dir dein Herz über Robert Bruce?«

Affraig blickte zum Himmel empor. »Ich weiß es nicht«, versetzte sie müde. »Vor meinen Augen liegt ein Schleier.« Während sie in Gedanken versunken dastand, flog ein Schwarm Wildgänse in geschlossener Phalanx über sie hinweg Richtung Turnberry. Dem Flug der Tiere haftete etwas Entschlossenes an, etwas Geradliniges und Aufrichtiges. Affraig schleuderte den Stock in den Schlamm.

21

Writtle, England, A.D. 1302

»SIE SIND DA.«

Robert, der auf der Bettkante saß und seine Stiefel anzog, blickte auf. Elizabeth stand mit dem Rücken zu ihm am Fenster. Die Läden standen offen, der Himmel leuchtete scharlachrot, rosa und bernsteinfarben. Der Frühlingsabend war still und frisch. Von den umliegenden Weiden wehte das Blöken der Lämmer herüber, und auf den Feldern, wo Weizen und Roggen wuchsen, krächzten Krähen. Und in der Ferne erklangen Hufschläge.

Als er sich erhob und hinter sie trat, stieg Robert der Duft von Mandelöl und Lilien in die Nase. Er erkannte das Parfüm seiner Frau nicht. *Seiner Frau.* Die Worte nagten noch immer an ihm, obwohl er mittlerweile genug Zeit gehabt hatte, sich an den Gedanken zu gewöhnen. Elizabeth trug eines der Gewänder, die sie aus Irland mitgebracht hatte, mit passendem Schleier und Reif. Der Saum ihres Überwurfs war mit dem Wappentier ihres Vaters verziert, dem schwarzen Löwen. Roberts Schneider hatte neue, mit dem Wappen von Carrick bestickte Kleider für sie angefertigt, aber sie hingen unbeachtet an der Kleiderstange in der Ecke des Raums. Er empfand einen Anflug von Ärger, sagte aber nichts. Sie hatte ohnehin keine Zeit mehr, sich umzuziehen.

Das Fenster der Schlafkammer ging auf den Graben hinaus, der das Anwesen mit seiner Kapelle, der Halle, den Ställen und den Nebengebäuden umgab. Hinter der Zugbrücke erstreckte sich ein mit Pfützen – in denen sich der rote Himmel spiegelte – übersäter Pfad bis hin zu dem Dorf Writtle, wo er zu der in Richtung Süden nach London führenden Straße wurde. Writtles Fachwerkhäuser zogen sich um eine Grünfläche und die Kirche mit dem quadratischen Turm herum, in der er und Elizabeth sechs Wochen zuvor getraut worden waren. Robert konzentrierte sich auf die über den Pfad näher kommenden Reiter. Die Hufe ihrer mit Schabracken versehenen Pferde wühlten den Schlamm auf. Über der Gruppe flatterte ein strahlend blaues Banner mit einem weißen Streifen. Aus der Entfernung konnte Robert keine Einzelheiten erkennen, aber er wusste, dass sechs goldene Löwen darauf prangen würden.

Seine Kiefermuskeln spannten sich an. Der abgrundtiefen Feindseligkeit nach zu urteilen, die er am Tag, an dem er sich König Edward ergeben hatte, in Humphrey de Bohuns Augen gelesen hatte, hätte er geschworen, dass Humphrey ihn am liebsten vom Angesicht der Erde getilgt sehen würde. Die Erinnerung daran führte ihn erneut zu der Frage, warum der Earl auf diesem Treffen bestanden hatte. Das Einzige, was Robert während der letzten Wochen aus Westminster gehört hatte, waren Gerüchte von einem Massaker in Flandern, wo sich die Einwohner von Brügge gegen die französischen Besatzertruppen aufgelehnt hatten. Abgesehen davon war seit seiner Kapitulation alles ruhig geblieben, aber er wusste, dass dieser Zustand nicht von Dauer sein konnte. Edward erwartete zweifellos von ihm, dass er sich in seinen Diensten bewährte. Brachte ihm Humphrey einen königlichen Befehl? Eine Möglichkeit für ihn, das Vertrauen des Königs zu erringen?

Was auch immer der Grund für die Begegnung sein mochte – Robert fragte sich, ob sie ihm die Gelegenheit verschaffen würde, die Antworten zu finden, die er bislang noch nicht in Erfahrung gebracht hatte, da der Umzug nach Writtle und seine Hochzeit seine gesamte Zeit in Anspruch genommen hatten. Der unter seinem Überwurf verborgene Armbrustbolzen presste sich kalt gegen seine Haut.

»Sollen wir sie begrüßen?«

Robert sah Elizabeth an und bemerkte, dass sie an ihrem Ehering drehte. Sie nestelte ständig daran herum, als störe er sie. Vielleicht saß er nicht richtig, oder vielleicht stellte die Geste eine Art Protest gegen die Verbindung dar, die sie einzugehen gezwungen worden war. Wie auch immer, es ärgerte ihn. Elizabeth war nicht die Einzige, die in dieser Ehe gefangen war. Er war in der Hoffnung, sein Königreich zu befreien und den Thron von Schottland zu gewinnen, nach Irland gegangen – und hatte sich am Ende seinem Feind ergeben und eine Vernunftehe mit der Tochter eines der mächtigsten Verbündeten des Königs eingehen müssen. Er kam sich vor wie eine Fliege, die sich im Netz zweier Spinnen verstrickt hatte.

»Nein«, erwiderte er. »Edwin wird unsere Gäste hereinführen. Wir empfangen sie in der Halle.«

Unten in der großen Halle waren die Diener eifrig dabei, den Tischen den letzten Schliff zu geben und sie mit blühenden Weißdornzweigen zu schmücken. Als Robert und Elizabeth eintraten, löste sie sich von seiner Seite und ging über die mit Binsen bestreuten Fliesen, um mit Lora zu sprechen, einer der drei Zofen, die ihr zusammen mit einer Wäscherin, einigen Stallburschen und Trägern von Irland hierher gefolgt waren. Der Raum füllte sich mit Rittern und Ladys, die Roberts Vater von Landsitzen in Writtle und Hatfield herbefohlen hatte. Sie wurden unter den wachsamen Augen von Edwin, dem Haushofmeister der Familie Bruce, hereingeführt. Auch Nes und die anderen Knappen, die Robert nach England begleitet hatten, waren da.

Die Halle und die sie umgebenden Gebäude waren vor fast einem Jahrhundert erbaut worden; das ehemalige königliche Jagdhaus war vor sechzig Jahren durch Roberts Großmutter in den Besitz der Familie Bruce gelangt. Er selbst hatte die berühmte Isobel de Clare nie kennengelernt, da sie vor seiner Geburt gestorben war, aber sein Großvater hatte sie ihm als englische Adlige beschrieben, der er viel Freude im Leben und viele reiche Landsitze verdankte. Writtle war eines von zahlreichen Rittergütern, die Robert nun, da er sich Edward unterworfen hatte, erben würde.

Sein Vater saß am Kopf der erhöhten Tafel, drehte einen Weinkelch in den Händen und nahm die Grüße seiner Gäste entgegen. Trotz der Wärme in der von Kerzen erleuchteten Halle hatte er seine massige Gestalt in einen schweren Mantel gehüllt. Der alte Bruce lebte in Writtle, seit der König ihn nach Roberts Überlaufen zu Wallace und seiner Rebellion als Statthalter von Carlisle entlassen hatte. Zu jeder Seite des Lords saß ein Mann. Einer war Edward Bruce, lässig in ein Leinenhemd und eine Hose gekleidet, dessen Blick müßig den Dienern folgte, die an den Tischen entlangeilten und Weinkelche vor die Gäste hinstellten. Der andere trug ein schlichtes braunes Gewand, sein schwarzes Haar umrahmte ein ernstes Gesicht. Alexander, der Bruder, den Robert seit Jahren nicht mehr gesehen hatte, war vor vier Tagen aus Cambridge eingetroffen, wo er Theologie studierte.

Zuerst hatte Robert sich gefreut, ihn wiederzusehen, denn ihm war klar geworden, wie sehr er seine Familie, die erst durch den Tod seiner Mutter in alle Winde zerstreut worden war, vermisst hatte. Ihr Vater hatte vor Kurzem eine Nachricht aus Kildrummy Castle erhalten, wo Roberts Schwester Christina, die Frau von Earl Gartnait of Mar, einen Sohn zur Welt gebracht hatte. Robert hatte erleichtert vernommen, dass seine jüngeren Schwestern Mary und Matilda bei ihr und in Sicherheit waren, aber seine Freude über das Wiedersehen mit seinem Bruder hatte nicht lange angehalten, denn Alexander hatte kaum ein Wort mit ihm gewechselt.

Als er sich zu ihnen gesellte, registrierte Robert mit einem mulmigen Gefühl im Magen, dass der zinnerne Weinkrug vor seinem Vater bereits fast leer war.

Alexander warf ihm einen Blick zu, als er Platz nahm. »Lady Elizabeth scheint sich gut eingelebt zu haben«, bemerkte er nach einer gestelzten Pause.

»In der Tat«, knurrte ihr Vater, bevor Robert antworten konnte. »Mein Sohn sollte seinem Schöpfer auf Knien für sein Glück danken.« Sein Blick heftete sich auf Robert. »Angesichts deines Verhaltens während der letzten Jahre durftest du schwerlich auf eine so vorteilhafte Verbindung hoffen. Und trotzdem siehst du aus, als würdest du deiner eigenen Beerdigung beiwohnen!« Der alte Bruce rief mit einem Fingerschnippen einen Pagen herbei, deutete auf seinen Kelch und verfolgte aufmerksam, wie der Junge das Gefäß bis zum Rand füllte. »Du musst heute Abend alles in deiner Macht Stehende tun, um dich dieser Ehre würdig zu erweisen, du bist schließlich nur dank der Gnade des Königs ein freier Mann. Bei Gott, du solltest dich voller Demut vor ihm verneigen, weil er dir deine Verbrechen verziehen hat.«

»Ich bin sicher, Vater, dass du dich in den letzten Jahren tief genug für uns beide gebückt hast.«

Noch während Robert sprach, öffnete der Türhüter die Türen und verkündete laut, dass die Ehrengäste des Abends eingetroffen waren. Die Unterbrechung verhinderte, dass Roberts Vater die Bemerkung hörte, doch Alexander entging sie nicht; er funkelte seinen Bruder finster an. Edwin begrüßte die große Gruppe, die jetzt in die Halle strömte.

Robert leerte seinen Kelch, der einen starken Wein aus Bordeaux enthielt, und bedeutete einem Pagen, ihm nachzuschenken, dabei wandte er den Blick nicht von Humphrey, der als Erster die Halle betrat. An seiner Seite, fast ebenso groß wie er, schritt Lady Bess. Die beiden gaben ein schönes Paar ab, er breit in Schultern und Brust, mit gesunder rötlicher Gesichtsfarbe, sie schlank, langgliedrig und mit milchweißer Haut. Sie trugen aufeinander abgestimmte, mit dem de-Bohun-Wappen bestickte Überwürfe und Mäntel. Seiner wurde in der Taille von einem Schwertgurt zusammengehalten, ihrer von einer schmalen Silberkette.

Elizabeth begrüßte das frisch getraute Paar und knickste, um ihnen die Hände zu küssen, bevor Bess sie lächelnd bei den Armen fasste und auf die Füße zog. In der kurzen Zeit, die Robert und Elizabeth in Westminster verbracht hatten, bevor Richard de Burgh nach Irland zurückkehrte, hatten sie und Bess sich sofort angefreundet. Auf ihr Betreiben hin wurde das heutige Treffen wie ein Fest gefeiert. Humphrey reichte seinem Knappen den Schwertgurt und sagte etwas, was die Frauen zum Lachen brachte. Robert schloss die Finger fester um seinen Weinkelch.

Der Haushofmeister geleitete Humphrey zu der Haupttafel, wo dieser den alten Bruce mit einer Herzlichkeit begrüßte, die Robert überraschte. Als sie sich die Hände schüttelten, fragte er sich, wie oft sich die beiden während seiner Abwesenheit getroffen hatten. Schließlich waren sie Nachbarn, eine von Humphreys Burgen lag nur zehn Meilen entfernt. Robert empfand einen Anflug von Bedauern. Er und sein Vater hatten sich nie nahegestanden. Der Lord war offenkundig eifersüchtig auf die zwischen seinem eigenen Vater und Robert herrschende Zuneigung gewesen. Doch der Mann war immerhin sein Blutsverwandter, hatte ihn aber trotzdem während dieser letzten Jahre nur mit kalter Verachtung behandelt. Konnte er es ihm verübeln?

»Sir Robert.«

Robert blickte von seinem Wein auf und sah, dass Humphrey vor ihm stand. Er erhob sich. »Sir Humphrey.«

Edwin führte Humphrey zu seinem Platz neben Robert, und Bess folgte ihm. Sie gestattete Robert, ihr flüchtig die Hand zu küssen, ehe sie sich zwischen ihren Mann und Elizabeth setzte.

Als alle Anwesenden ihre Plätze eingenommen hatten, schlug der alte Bruce mit seinem Kelch so hart auf den Tisch, dass der Wein auf das Tischtuch spritzte. »Es ist mir eine Ehre, Sir Humphrey de Bohun und seine Frau Lady Elizabeth in meinem Heim willkommen zu heißen. Seit König Henrys Lebzeiten durften wir hier keine so illustren Gäste mehr begrüßen.«

Der Lord setzte seine Ansprache begleitet vom Klirren von Geschirr fort, da die Diener begannen, Platten mit gerösteten Schwänen und Gänsen, mit Äpfeln und Safran gekochten dampfenden Forellen und einer riesigen Kaninchenpastete aufzutragen. Diesen Gerichten folgten Schalen mit cremiger Butter und mit Nelken und Ingwer gewürzten Soßen. Auf jedem Tisch stand eine silberne Wasserschüssel, in denen sich die Gäste die Hände waschen konnten.

»Eine weitere große Freude ist es für mich«, schloss der alte Bruce mit schwerer Zunge, »dass mein geliebter Sohn zu mir nach Hause zurückgekehrt ist.« Robert starrte ihn an. Seine Überraschung verflog, als der alte Mann eine Hand auf Alexanders Schulter legte. »Aus Cambridge. Er wird das Tischgebet sprechen.«

Nachdem Alexander ein langes Gebet beendet hatte, das bei Humphreys Rittern ein ungeduldiges Füßescharren auslöste, begann das Fest. Der Wein floss in Strömen, das Stimmengemurmel wurde lauter und die Gäste mit jeder verstreichenden Stunde lauter und ausgelassener.

Robert saß schweigend da, aß kaum etwas und spürte, wie der Wein ihm allmählich zu Kopf stieg und die Gesichter der Menge im Kerzenschein verschwammen. Er wollte wissen, warum Humphrey gekommen war, doch der Earl schien es nicht eilig zu haben, auf den Punkt zu kommen – er unterhielt Bess und Elizabeth mit einer Geschichte von einem Bauernjungen aus den Niederlanden, der in der Verkleidung eines Ritters drei Turniere bestritten und gewonnen hatte, um die Liebe einer Schäferin zu erringen. Für Robert klang sie wie purer Unsinn, doch die Frauen lauschten jedem Wort, und als Humphrey geendet hatte, zog Bess ihn an sich und küsste ihn. Als sie sich mit glänzenden Lippen von ihm löste, griff er nach ihr, weil er mehr wollte, und sie stieß ihn spielerisch, über seine Glut lachend, zurück. Grinsend leerte Humphrey seinen Kelch und hob ihn, damit ein Page ihn erneut füllen konnte.

Als sich Roberts und Elizabeths Blicke kreuzten, errötete sie heftig. Die öffentliche Zurschaustellung von Gefühlen bereitete ihr sichtliches Unbehagen. Er erinnerte sich an ihre Hochzeitsnacht, in der seine Leidenschaft erstorben war, als er auf ihr gelegen und die Angst in ihren Augen gesehen hatte. Sie hatten die Ehe erst letzte Woche vollzogen. Es war eine kurze, angespannte Angelegenheit gewesen; er hatte sich gezwungen, auf ihren verkrampften, reglosen Körper zu reagieren, sie hatte den Kopf abgewandt und die Arme über den Brüsten gekreuzt. Danach hatte Robert kurz vor dem Einschlafen gemeint, sie weinen zu hören. Jetzt würde sie nie mehr eine jungfräuliche Braut Christi sein.

Ein Stuhl wurde quietschend zurückgeschoben. Sein Vater erhob sich, um sich zurückzuziehen. Dafür, dass er reichlich unsicher auf den Beinen war, machte der Lord seine Jahre verantwortlich, aber es war offensichtlich, dass er sturzbetrunken war. »Du wirst bleiben und unsere erlauchten Gäste unterhalten«, wies er Robert undeutlich nuschelnd an. »Ich kann nur beten, dass du nach all den Monaten unter wilden Gesetzlosen deine Manieren nicht vergessen hast.«

»Selbst unter Gesetzlosen entsprach mein Benehmen stets meinem Rang, Vater. Ich wünschte, ich könnte dasselbe von einem Lord behaupten, der zu betrunken ist, um aufrecht auf seinem Stuhl zu sitzen!«

Seine Worte bewirkten, dass in der Halle Stille eintrat. Einige Männer wechselten verunsicherte Blicke, andere, die auf einen handfesten Streit oder anderen Stoff für Klatsch hofften, den sie nach Westminster zurücktragen konnten, feixten in ihre Weinkelche.

Bruce schien ob dieser Beleidigung zu schwanken, was Alexander veranlasste, rasch aufzuspringen und ihn am Arm zu packen. Roberts jüngerer Bruder fuhr zu ihm herum, sein Blick glich geschmolzenem Stahl. »Wie kannst du es wagen, so mit unserem Vater zu sprechen? Er hat all diese Jahre lang dein Erbe verwaltet, während du deine eigene Familie im Stich gelassen hast, um dich Rebellen und Dieben anzuschließen! Und jetzt kommst du und forderst es zurück, als wäre nichts gewesen!«

»Wenn du Predigten halten willst, geh nach Cambridge zurück«, zischte Robert.

»Friede, Brüder.« Edward beugte sich vor, um Alexanders Kelch erneut zu füllen. »Wir haben seit Jahren nicht mehr an einem Tisch gesessen. Lasst uns den Augenblick nicht ruinieren.«

Alexander achtete nicht auf seinen Bruder, sondern führte seinen Vater aus der Halle. Edward zuckte die Achseln und trank selbst aus dem Kelch. Elizabeth, die sich halb erhoben hatte, zuckte zusammen, als Bess ihr beruhigend eine Hand auf den Arm legte.

Bess wandte sich an den Haushofmeister. »Habt Ihr Spielleute hier?«

»Natürlich, Mylady.« Edwin wirkte erleichtert, etwas zu tun zu haben. Er ging zum Kamin, wo zwei Männer auf einer Bank saßen und sich einen Humpen Ale teilten. Auf seinen Befehl griff einer nach einer Flöte, der andere nach einer Leier.

Als die Klänge durch die Halle wehten und die Unterhaltung wieder einsetzte, schenkte sich Robert Wein nach, ohne darauf zu warten, dass ein Page dies für ihn tat.

»Du solltest ihn mit Respekt behandeln.« Humphrey musterte ihn kalt. »Egal was du von ihm hältst, er ist dein Vater.

Wenn er nicht mehr ist, wird die Wunde tiefer sein, als du glaubst.«

Robert setzte zu einer unwirschen Antwort an, besann sich aber, als er an Humphreys eigenen Vater dachte, der auf dem Schlachtfeld von Falkirk umgekommen war. »Warum bist du hier, Humphrey?«

Einen Moment sah es so aus, als wolle der Earl die Frage nicht beantworten, dann lehnte er sich zurück und griff nach seinem Wein. »Ich hielt es für gut, die Sache ein für alle Mal zu bereinigen. Der König hat dir vergeben. Ich möchte dasselbe tun.« Er sah Robert nicht an, während er sprach. »Aber ich muss verstehen, was dich nach England zurückgetrieben hat. Warum hast du dich dem König unterworfen?«

»Du warst in Westminster, als ich meine Gründe dargelegt habe.« Robert wunderte sich über Humphreys Motive für seinen Besuch. Er hatte nicht damit gerechnet, dass der Earl ihm je verzeihen würde. Edwards Vergebung war ein rein politischer Schachzug gewesen. Dem König konnte es nutzen, ihn zu begnadigen, vielleicht glaubte er, es würde andere Rebellen dazu bewegen, den Kampf aufzugeben. Bei Humphrey, dessen Freundschaft er so schmählich verraten hatte, verhielt es sich anders.

»Was ist in Irland geschehen, Robert? Was hat dich dazu gebracht, deine Meinung zu ändern? Du sagtest, du wärest angegriffen worden?«

Robert war plötzlich auf der Hut. Wollte der König etwas über den Angriff herausfinden?

»Weißt du, wer dich attackiert hat?«, bohrte Humphrey weiter.

»Nein.« Robert wünschte, er hätte nicht so viel getrunken. Er konnte nicht klar denken. Was sollte er den König glauben machen? »Nein«, wiederholte er mit mehr Nachdruck. »Mein Angreifer wurde von Ulsters Männern getötet, bevor ich es herausfinden konnte.« Das war gut, es würde den König in

Sicherheit wiegen. Er fragte sich, wie weit die Verschwörung ging. War es möglich, dass Humphrey etwas von dem Verdacht wusste, den er selbst hegte – dass die Prophezeiung vielleicht nichts als eine Lüge war, die Edwards brennenden Ehrgeiz und den Mord an Schottlands König verdeckte? Oder glaubte er, wie Robert immer gedacht hatte, wirklich daran? »Nur seltsam, dass der Mann eine Armbrust benutzt hat. Eine ungewöhnliche Waffe, findest du nicht?« Er hielt inne, um an seinem Wein zu nippen. »Natürlich bedienen sich die Regimenter in der Gascogne ihrer oft. König Edwards Männer.«

Humphreys Gesicht umwölkte sich. »Was willst du damit andeuten?«

»Ich betreibe nur Konversation.«

Humphrey setzte seinen Kelch ab. »Vielleicht war es ein Fehler herzukommen.«

»Vielleicht«, stimmte Robert zu. Seine Stimme wurde rauer. »Weniger als ein Jahr, nachdem du und deine Männer meine Grafschaft niedergebrannt haben, feierst du in der Halle meines Vaters. Du sitzt hier, trinkst meinen Wein und isst an meiner Tafel, obwohl du vor einigen Monaten mein Heim in Brand gesteckt, meine Männer gefangen genommen und unschuldige Bauern samt ihren Frauen und Kindern hast abschlachten lassen.«

»Du hast die Waffen gegen uns erhoben. Wir haben eine von dir und deinen Männern angeführte Rebellion gegen einen König niedergeschlagen, dem du die Treue geschworen hattest. Du hast deine Eide gebrochen, Robert. Was in Gottes Namen hast du denn erwartet? Dass König Edward das tatenlos hinnehmen würde?«

»Humphrey«, sagte Bess scharf. Keiner der beiden Männer achtete auf sie.

»Du stehst auf der Grenze zwischen unseren beiden Königreichen«, fuhr Humphrey mit im Kerzenschein hochrot leuchtendem Gesicht fort. »Und hüpfst von einer Seite zur anderen, wie es dir gerade passt. Ich sage, das macht dich zu einem Mann ohne Überzeugungen. Einem Feigling!«

Robert sprang so abrupt auf, dass sein Stuhl nach hinten kippte. Er stolperte, als er die Wirkung des Weins spürte, und griff dann nach dem Breitschwert, das nicht an seinem Platz war. Noch während er nach der Waffe tastete, hieb Humphrey ihm die Faust ins Gesicht. Robert taumelte zurück, aber es gelang ihm, sich auf den Beinen zu halten. Er richtete sich auf und rieb sich das Kinn, dann ging er auf Humphrey los. Seine Hände schlossen sich um den Hals seines Gegners.

Als Bess und Elizabeth aufschrien und die Ritter in der Halle sich nach und nach von ihren Plätzen erhoben, torkelten die beiden Männer ineinander verkrallt zur Seite, verloren das Gleichgewicht und stürzten auf den Tisch, der unter ihrem Gewicht zusammenbrach. Platten, Krüge und Kelche landeten klirrend auf dem Boden. Die beiden Gegner rangen in den Trümmern miteinander, schlugen und traten aufeinander ein. Robert wälzte sich über Humphrey und versetzte ihm einen heftigen Schlag, woraufhin der Earl eine silberne Platte zu fassen bekam und sie ihm auf den Kopf schmetterte. Robert wurde nach hinten geschleudert. Als er etwas Nasses, Warmes an seiner Wange herunterrinnen spürte, betastete er sein Gesicht, da er dachte, der Bastard hätte ihn ernsthaft verletzt, stellte dann aber fest, dass es sich lediglich um Gänsefett handelte.

Er holte mit der Faust aus, doch just in diesem Moment traf ihn von hinten ein kalter Wasserschwall. Robert schwankte und riss Humphrey mit um, während das Wasser ihm über Gesicht und Nacken floss. Mühsam drehte er den Kopf. Bess stand vor Wut schäumend vor ihm. Sie hielt eine der silbernen Schüsseln in der Hand, die die Diener aufgestellt hatten, damit die Gäste ihre Finger darin säubern konnten. Er hatte den größten Teil des schmutzigen Wassers abbekommen, aber auch

Humphrey war nicht verschont geblieben, er wand sich bis auf die Haut durchweicht unter ihm. Robert strich sich das nasse Haar aus der Stirn und zog sich auf die Füße.

Heiße Scham wallte in ihm auf, als er sah, dass sein Bruder, sein Eheweib und alle Männer und Frauen in der Halle ihn anstarrten. Er hatte einen anderen Earl angegriffen, einen ehemaligen Freund, und sich aufgeführt wie ein gewöhnlicher Schläger in einer Schänke. Während fettiges Wasser von seiner Nase tropfte, streckte er Humphrey eine Hand hin. Nach kurzem Zögern griff der Earl danach und ließ sich aufhelfen. Unter Bess' giftigem Blick standen beide Männer triefnass und betreten da.

»Humphrey, mir schwant …«, begann Robert, dann hob er geistesabwesend eine Hand, als ein Stück Fett an seiner Wange herabglitt.

Die Lippen des Earls verzogen sich zu etwas, was ein Lachen hätte sein können, aber kein Laut entrang sich seiner Kehle.

22

Courtrai, Flandern, A.D. 1302

DREITAUSEND MIT SCHLAMM und Blut bedeckte, in der Mittagshitze in Schweiß gebadete Fußsoldaten schleppten sich über die Ebene. Die Verwundeten wurden von ihren Kameraden gestützt und über Gräben und mit Wasser gefüllte tiefe Furchen geführt; Grunzlaute und Geschrei kündigte ihr Herannahen an. Sie ließen ein Meer aus fallen gelassenen Schwertern, Äxten und blutüberströmten Leichen hinter sich zurück. Hinter ihren Rücken brandete das Gebrüll von neuntausend vor Courtrai Castle aufmarschierten Männern auf, die Speere und Keulen in die Luft stießen, als französische Trompeten zum Rückzug bliesen.

Graf Robert d'Artois, der verfolgte, wie seine erschöpfte Infanterie näher kam, schenkte dem Triumphgeschrei der Flamen, das ihr wie eine Welle folgte, wenig Beachtung. Der erfahrene Krieger und gefeierte Sieger vieler Turniere war von König Philipp hierhergeschickt worden, um den Aufstand in Flandern niederzuschlagen. Das höhnische Gejohle der Horde von Webern, Tuchwalkern und Färbern jagte ihm keine Angst ein. Sie waren mit Speeren und Knüppeln bewaffnet und größtenteils mit Lederwämsen bekleidet, nur die wenigen Edelleute, die sie anführten, trugen richtige Rüstungen. Artois lächelte. Die Halunken glaubten, sie hätten gewonnen. Hinter ihm auf der sumpfigen Ebene warteten zweieinhalbtausend Ritter mit gezückten Lanzen. Die Julisonne fing sich in ihren Kesselhauben und eisernen Helmen und dem beschlagenen Zaumzeug ihrer Pferde.

Nachdem die Infanterie zwischen den Reihen französischer Schlachtrösser hindurchgeströmt war, erstarben die Trompetenfanfaren, und langsame Trommelschläge setzten ein. Artois bellte seinen Kommandanten Befehle zu, die entlang der Reihen weitergegeben wurden. Einige Pferde bäumten sich erwartungsvoll auf, als die Ritter die Zügel kürzer nahmen, ihr Gewicht im Sattel verlagerten und die Schäfte ihrer Lanzen fester umfassten. Als er das Visier seines Helms herunterklappte, verengte sich Artois' Blickfeld auf zwei Schlitze des von Gräben durchzogenen Schlachtfeldes, hinter dem die Reihen der Flamen warteten. Dahinter erhob sich die Burg, in der eine belagerte französische Garnison festsaß, über dem Wasser des Flusses Lys. Er stieß dem Schlachtross seine mit goldenen Sporen bewehrten Fersen in die Flanken und trieb es auf die Gegner zu.

In Artois' Begleitung befanden sich Lords, Grafen, Ritter und Knappen aus der Normandie, der Picardie, Champagne und

Poitou. Sie kamen mit flatternden Bannern, verzierten Helmen und sich im Wind bauschenden Überwürfen, ihre Schilde waren mit den verschiedensten Wappen in leuchtenden Farben bemalt: fauchenden gelben Leoparden und roten Adlern mit ausgebreiteten Schwingen, Kreuzen und Lilien. Sie kamen unter Trommelgedröhn, um das Massaker an ihren Landsleuten in Brügge zu rächen und die Belagerung ihrer Kameraden in Courtrai Castle zu beenden. Sie kamen in der Unterzahl, drei zu eins, und ließen die Infanterie und die Bogenschützen hinter sich, gestärkt durch das Wissen, dass jeder von ihnen – bewaffnet, gut ausgebildet und erfahren – es mit zehn gegnerischen Fußsoldaten aufnehmen konnte.

Die französische Infanterie hatte tapfer gekämpft und die Flamen mit einem entschlossenen Angriff zurückgetrieben. Artois nahm an, dass sie die Schlacht vielleicht sogar gewonnen hätten, wenn er es zugelassen hätte, weswegen er sie auch zurückgerufen hatte. Kein Kommandant, der etwas auf sich hielt, überließ Fußsoldaten den Sieg. Sie hatten die Feinde ausgelaugt. Jetzt würden er und die anderen Edelleute ihnen den Todesstoß versetzen.

Die Ebene war ein Labyrinth aus Gräben, tiefen Rinnen und großen schlammigen Pfützen, einige auf natürliche Weise entstanden, andere von den Rebellen ausgehoben – ein ungeeignetes Gelände für schwere Kavallerie. Artois und seine Kommandanten hatten, als sie vor zwei Tagen eingetroffen waren, das Schlachtfeld vor der Burg mit einiger Besorgnis studiert, dann waren sie glücklicherweise auf einen Einheimischen gestoßen, der ihnen für einen horrenden Preis eine Karte des Feldes mit allen Fallgruben gezeichnet hatte. Mit Hilfe dieser Karte hatte der Graf seine Infanterie die tieferen Gräben mittels Ästen und Balken aus den Häusern der Umgebung überbrücken lassen. Über diese Übergänge tastete sich die Kavallerie jetzt langsam und vorsichtig auf den Feind zu, die Ritter lehnten sich weit im Sattel zurück, als sie ihre Pferde das schlammige Ufer hinunter und auf der anderen Seite wieder hochtrieben. Das Triumphgebrüll der Rebellen war verstummt; sie verfolgten schweigend, wie die Franzosen näher kamen. Fliegen schwirrten über die aufgeschlitzten Leichen im Schlamm vor ihnen hinweg.

Als die Kavallerie den letzten Graben überquerte, hatten sich die anfänglich so geordneten Reihen aufgelöst. Artois, der sein Pferd über den breiten Graben auf festeres Gelände lenkte, registrierte mit einem Anflug von Unbehagen, wie nah die Rebellen waren; wie wenig Raum ihm und seinen Männern für einen Angriff in vollem Galopp blieb. Doch er unterdrückte seine Nervosität, da er nicht die Absicht hatte, über einen Rückzug vor diesen niedrig geborenen Söhnen von Schurken auch nur nachzudenken. Sie würden unterliegen, daran bestand für ihn kein Zweifel. Auf den letzten Metern offenen Geländes trieben er und seine Männer ihre Pferde wild an, senkten ihre Lanzen und gingen unter Kampfgeschrei zum Angriff über.

Die Gildemitglieder aus Gent, Ypres und Brügge erstarrten, als die Ritter auf sie zujagten. Von den Rufen ihrer Befehlshaber angefeuert und vom Sohn ihres gefangenen Grafen angeführt, zückten sie lange Speere und schwangen Keulen mit eisernen Spitzen, die oft mit scharfen Dornen besetzt waren. Zischende Atemzüge und gemurmelte Gebete erklangen, Augen verengten sich in verzweifelter Konzentration. Beine zitterten, und hier und da entleerten sich Blasen. Als die große Welle von Rittern auf sie zuflutete, stürmten die mit Speeren bewaffneten Männer unter dröhnendem Gebrüll auf sie zu.

Die französische Kavallerie donnerte in die Reihen der Flamen, aber da ihr der Schwung fehlte, fiel der Zusammenprall zwar heftig, aber nicht vernichtend aus. Viele Gildemitglieder fielen in diesen ersten Sekunden, Brüste, Hälse und Gesichter wurden von Lanzenspitzen durchbohrt, Rippen und Schädel von den Hufen sich aufbäumender Pferde zerschmettert. Gellende Schreie hallten durch die Luft, Eingeweide quollen aus aufgeschlitzten Bäuchen in den Morast aus Schlamm und Blut. Aber die Flamen waren nicht die einzigen Todesopfer auf dem Feld, denn in dem Gemetzel fielen auch Dutzende von Rittern. Ihre Pferde wurden von den Speeren in Maul und Augen getroffen, und ihr qualvolles Wiehern vermischte sich mit den Schreien ihrer Reiter, die aus dem Sattel geschleudert und von den Feinden aufgespießt wurden.

Nachdem die vorderen Reihen ihre Speere eingesetzt hatten, droschen die dahinter mit Keulen auf die Franzosen ein. Die Helme der Ritter boten keinen Schutz vor diesen beidhändig geführten Waffen, die Schädeldecken und Kiefer zermalmten und deren Eisendorne Wämser, Kettenhemden und Fleisch zerfetzten. Die Gildeleute setzten die Keulen auch gegen die Pferde ein – mit furchtbaren Folgen, denn sie verwandelten die stolzen Tiere in Massen zerschmetterten Fleisches und gebrochener Knochen. Ein Schlachtross, dessen Kopf in einem obszönen Winkel über dem geknickten Hals wackelte, zog eine blutige Spur durch die Menge, bevor es zusammenbrach.

Der sumpfige Grund war bald mit Toten und Sterbenden übersät und bot den Franzosen wenig Raum für taktische Manöver. Die Flamen griffen erbarmungslos an und gaben ihren Gegnern keine Gelegenheit zum Rückzug. Die Ritter, denen es gelang, aus dem Gewühl zu entkommen, versanken in den tückischen Sümpfen oder gerieten in die tiefen, mit Wasser gefüllten Gräben hinter ihnen, wo sie vom Gewicht ihrer Schlachtrösser in die Tiefe gezogen wurden.

Von den Rufen ihrer Kommandanten und der Aussicht auf den Sieg angefeuert, kämpften die Flamen weiter, ihre Reihen schlossen sich über den Gefallenen. Obwohl sie erschöpft, blutüberströmt und häufig verwundet waren, weigerten sie sich, in ihren Anstrengungen nachzulassen. Die Franzosen hatten ihr Land besetzt, und während der letzten Jahre hatten sie unter der Brutalität der Männer des Königs gelitten. Jetzt ließen sie ihrer Wut, die sie über körperliche und geistige Grenzen hinaustrieb, freien Lauf. Mit jedem wuchtigen Hieb, jedem Stoß mit dem Speer metzelten sie einen Ritter nieder. Gnade wurde nicht gewährt, Gefangene nicht gemacht.

Im Herzen des Kampfgetümmels fand sich Graf Robert d'Artois, vom Pferd gezerrt und blutend, von Feinden umzingelt wieder. Da er wusste, dass er am Ende war, warf er sein Schwert zu Boden, nahm seinen Helm ab und hob zum Zeichen seiner Kapitulation die Hände. Er rechnete damit, gefangen genommen zu werden, daher spiegelte sich in seinem schweißüberströmten Gesicht abgrundtiefe Überraschung wider, als ein Mann seinen Kopf nach hinten zog und ein anderer ihm seinen Speer in die Kehle stieß. Als ihr Kommandant zusammenbrach und sich ein Blutstrom über seinen Überwurf ergoss, flohen auch die letzten überlebenden Franzosen vom Schlachtfeld. Diejenigen, die es über die morastige Ebene schafften, zu der sich die Infanterie und die Bogenschützen bereits flüchteten, wurden von den Flamen verfolgt.

In weniger als einer Stunde hatten die Weber und Tuchwalker von Flandern die Blume des französischen Rittertums zerquetscht, über tausend der besten Männer des Königs getötet und die Felder vor der Stadt Courtrai blutgetränkt und mit goldenen Sporen übersät zurückgelassen.

Picardie, Frankreich, A.D. 1302

John Balliol stützte die Hände auf den Tisch und starrte die darauf verstreuten Karten und Briefe an. Die Ecken der Pergamente wurden von dem warmen Wind angehoben, der durch die offenen Fensterläden wehte; dahinter lag das Sommetal träge in der Sommersonne. Das Vieh hatte sich in den Schatten der Bäume zurückgezogen, das Gras der Weiden war bräunlich verfärbt.

Von den Stimmen der Diener abgelenkt, die draußen im Hof bunte Flaggen aufhängten, blickte Balliol auf. An diesem Abend gab er ein Fest für seine Vasallen von den Landsitzen der Picardie, in dessen Verlauf er ihnen befehlen würde, sich den französischen Truppen anzuschließen, die er nach Schottland führen wollte. Seinem Sohn und Erben Edward hatte er den Befehl über eine der Kompanien übertragen und zufrieden zur Kenntnis genommen, dass der junge Mann dem bevorstehenden Kampf entgegenfieberte. Die große Halle war üppig geschmückt, erlesene Speisen waren zubereitet und zahlreiche Weinfässer angeliefert worden – alles war bereit. Nur die Armee fehlte.

Seit Wochen hatte er jetzt nichts von den Männern gehört, die der König ihm versprochen hatte. Balliol wusste, dass Philipp mit den Problemen in Flandern beschäftigt war. Er hatte versucht, sich einzureden, dass der König seine Aufmerksamkeit auf Schottland richten würde, sobald er die Rebellion niedergeschlagen hatte – was aber nur wenig dazu beitragen konnte, seine Ungeduld zu lindern. Die drückende Hitze hatte seine gereizte Stimmung noch verschlechtert.

Die Karten unter seinen Handflächen zeigten die Umrisse seines Königreichs, in das er seit sechs Jahren keinen Fuß mehr gesetzt hatte. Die Briefe, die zumeist das Siegel seines Schwagers, des Lord of Badenoch, trugen, klangen hoffnungsvoll; versicherten ihm, dass sich die Barone Schottlands für seine Rückkehr einsetzten. Balliol war als gebrochener, durch Niederlage und Kerkerhaft gedemütigter Mann nach Frankreich gekommen. Aber im Lauf der Jahre hatten die Botschaften Comyns zusammen mit Philipps Versprechen eine Veränderung in ihm ausgelöst. Sie hatten die Risse in seinem Inneren geglättet und bewirkt, dass er sich wieder wie ein vollständiger Mensch fühlte. Er war bereit, in seine Heimat zurückzukehren, brannte darauf, seine Ehre und seine Würde wiederherzustellen und den Thron für sich und seinen Sohn zu beanspruchen.

Die Tür wurde geöffnet, und sein Haushofmeister erschien. »Mylord, Reiter nähern sich dem Westtor.«

Balliol runzelte unwirsch die Stirn. »Ich habe dir gesagt, du sollst dich um die Gäste kümmern, Pierre. Du musst mir nicht die Ankunft jedes Einzelnen melden, ich sehe sie ja alle heute Abend.«

»Ich bitte um Verzeihung, Mylord, aber bei diesen Männern handelt es sich nicht um Gäste. Sie tragen das königliche Wappen.«

Balliol straffte sich, sein pockennarbiges Gesicht rötete sich vor Erwartung. Als er zur Tür ging, blieb einer der Briefe am Ärmel seines Gewandes hängen und flatterte zu Boden. Das rote Wachssiegel glich einem leuchtenden Blutstropfen.

Im Hof schritt Balliol rasch auf das westliche Tor zu, ohne auf die respektvollen Verbeugungen seiner Dienerschaft zu achten. Durch den Torbogen sah er die Reiter herannahen. Staubwolken stiegen von dem Pfad auf, deshalb schützte er seine Augen mit einer Hand vor dem gleißenden Sonnenlicht und heftete den Blick auf das blaue Banner mit den goldenen Lilien, das über der Gruppe gehisst war. Ein angespanntes Lächeln trat auf sein Gesicht, als sie durch das Tor ritten.

Der Mann an der Spitze war Sir Jean de Reims. Der königliche Ritter wirkte verwirrt darüber, dass Balliol ihn erwartete, um ihn zu begrüßen. »Sir John.« Jean schwang sich aus dem Sattel, seine Kameraden blieben auf ihren Pferden sitzen. Sein Umhang wies große Pferdeschweißflecken auf. »Ich bringe Nachrichten von ...«

»Endlich«, schnitt Balliol ihm das Wort ab. »Es hat Wochen gedauert!«

»Lasst uns drinnen weitersprechen.« Jean blickte vielsagend zu den Dienern hinüber, die über den Türen der großen Halle Fahnen aufhängten.

»Sagt mir zuerst, wann König Philipp mir seine Männer schickt. Ich habe lange genug gewartet.«

Jean zögerte, dann begann er zu sprechen.

Balliol schwieg, während sein Besucher von einem Kampf außerhalb von Courtrai berichtete, der tausend französische Ritter das Leben gekostet hatte. Er hörte von der Wut, die dieses Ereignis am Königshof ausgelöst hatte, und von den Vergeltungsmaßnahmen, die Philipp zur Antwort auf die Katastrophe zu planen gezwungen war. Endlich teilte Jean ihm mit, dass der König jeden kampffähigen Mann in Frankreich zu den Waffen rief und Philipp diese Armee, sobald sie zusammengezogen war, höchstpersönlich nach Flandern führen würde, um an den Rebellen Rache zu nehmen.

»Ihr müsst verstehen, Sir John, dass mein König Eure Rückkehr nach Schottland nicht länger unterstützen kann. Nicht, wenn flämische Bauern unsere Edelleute ausrauben, Sporen und Rüstungen stehlen und es den Aasfressern überlassen, das Fleisch von ihren Knochen zu nagen. Er muss Flandern unter seine Herrschaft bringen.«

»Alles ist bereit.« Balliol deutete auf die Halle. »Just am heutigen Abend werden sich meine Vasallen hier versammeln. Meine Verwandten in Schottland haben den Weg für meine Rückkehr geebnet. Jetzt ist der Zeitpunkt gekommen, wo ich zuschlagen muss!«

»Es tut mir leid, aber das werdet Ihr ohne die Hilfe meines Herrn tun müssen. Er hat mich gebeten, Euch sein aufrichtiges Bedauern auszurichten.« Jean wandte sich zu seinem Pferd, drehte sich dann aber noch einmal um. »Vielleicht später, wenn Flandern unterworfen ist …« Er ließ die Worte um Entschuldigung heischend in der Luft hängen. Nicht eben überzeugend.

»Ihr seid zu mir gekommen, verdammt!« Als Jean aufstieg, änderte sich Balliols Tonfall, wurde sanft, fast flehend. »Ich bitte Euch, lasst uns reden. Der König muss doch irgendetwas tun können. Ein paar Männer erübrigen. Irgendetwas!«

»Es tut mir leid.«

»Wartet!«, rief Balliol, als Jean und seine Männer ihre Pferde antrieben und zum Tor hinausritten. »Das bedeutet das Ende meines *Königreichs*!«

Weiter hinter ihm im Hof verfolgten Diener und Küchenjungen verdutzt, wie der frühere König von Schottland eine Hand voll Schotter aufhob und ihn den sich rasch entfernenden Reitern hinterherwarf. Und als ihn die von den Pferdehufen aufgewirbelte Staubwolke einhüllte, sank John Balliol langsam auf die Knie.

23

Lochindorb, Schottland, A.D. 1302

JOHN COMYN STELLTE ZUFRIEDEN FEST, dass die Mauern von Lochindorb Castle näher und näher kamen. Der Name der in der Abenddämmerung dunkel von der felsigen Insel aufragenden Burg rührte von dem Gewässer her, das sie umgab. Auf Gälisch bedeutete er *See der Schwierigkeiten*. Als Junge hatte dieser Name ihn begeistert, er hatte geglaubt, er würde dem ohnehin schon uneinnehmbaren Bauwerk zusätzliche Stärke verleihen; würde eine steinerne Drohung aussprechen und Feinde vor dem warnen, was sie erwartete, wenn sie es wagten, ungebeten überzusetzen. Jetzt schien sich das Omen gegen ihn zu wenden. Er dachte an seinen Plan und erschauerte in der leichten Brise.

Fackeln flackerten auf der Brustwehr und ließen die roten Schilde erglühen, die zwischen den Schießscharten hingen. Auf einem der Türme wehte das Banner seines Vaters. Als die Ruderer das Boot um die Insel herum hinter die hohen Mauern lenkten, stieg Comyn der Gestank der sich in den See öffnenden Latrinen in die Nase. Von der östlichen Mauer ragte eine Anlegestelle in das Wasser, auf der zwei Männer in der Livree seines Vaters warteten. Sie griffen nach dem Seil, das einer der Ruderer ihnen zuwarf, und zogen das Boot an den Steg heran. Comyn trat auf die Planken und überließ es seinen Knappen, seine Habseligkeiten an Land zu bringen. Als er auf den Torbogen in der östlichen Mauer zusteuerte, schloss sich ihm Dungal MacDouall an.

Das Gesicht des Hauptmanns wirkte im Fackelschein unnatürlich gerötet. »Werdet Ihr heute Abend mit Eurem Vater sprechen?«

Comyn musterte ihn. Obwohl er MacDouall bislang vertraut hatte, war er sich nicht sicher, ob er auf seine volle Unterstützung zählen konnte, denn der Mann war jahrelang ein treuer Vasall John Balliols gewesen. Der auf den Überwurf des Hauptmanns aufgestickte weiße Löwe von Galloway schien im Feuerschein zu lodern. »Ich kann nicht länger warten«, gab er nach einer Pause zu. »Die Delegation wird nicht lange in Frankreich bleiben, und ich darf nur in ihrer Abwesenheit darauf hoffen, mir die Unterstützung zu sichern, die ich benötige.«

MacDouall nickte, als sie unter dem Fallgitter hindurchschritten. »Euer Vater wird überzeugt werden müssen. Ohne seine Zustimmung geht Euer Plan nicht auf.«

»Wer wüsste das besser als ich?«, murmelte Comyn, obwohl sich sein Magen bei den Worten des Hauptmanns zusammenkrampfte. Während der gesamten Versammlung im Selkirk Forest hatte er an kaum etwas anderes gedacht.

Sobald er den Burghof betreten hatte, wurde er vom Haushofmeister seines Vaters begrüßt. Der ernste, ihm treu ergebene Mann war ungewöhnlich erregt, seine Schritte zu hastig für seine gebeugte Gestalt.

»Sir John!« Er löste sich aus der Dunkelheit und kam auf ihn zu. »Dem Himmel sei Dank, dass Ihr zurück seid!«

»Was ist denn passiert, Duncan?« Das Gebaren des Mannes machte Comyn stutzig.

»Euer Vater, Sir. Kommt bitte mit.«

Comyn folgte Duncan über den Hof in das Gebäude aus Stein und Holz, in dem sich die Gemächer seines Vaters befanden. Drinnen drängte er sich an dem Haushofmeister vorbei, nahm je zwei Stufen auf einmal und eilte den Gang entlang zu der Kammer des Lords. Die Tür stand einen Spalt offen, Kerzenlicht und gedämpfte Stimmen drangen heraus.

Die Luft in dem üppig eingerichteten Raum war stickig, die Vorhänge vor den Fenstern zugezogen. Es roch nach Urin und Kräutern. Als er eintrat, fiel Comyns Blick auf zwei Gestalten neben dem Bett. Bei einer handelte es sich um einen Mann in der Kleidung eines Geistlichen, dessen Tonsur im Kerzenschein schimmerte, bei der anderen um seine Mutter.

Eleanor Balliol, die Schwester des verbannten Königs, drehte sich um, als sie ihren Sohn in die Kammer kommen hörte. Ihr von ergrauendem kastanienbraunem Haar umrahmtes faltiges Gesicht drückte tiefen Kummer aus. »John …«

Comyn ging an ihr vorbei zu dem Bett. Inmitten der Decken und Kissen wirkte sein Vater geradezu zwergenhaft. Das Gesicht des alten Mannes war aschfahl, die Augen lagen tief in den Höhlen. Ein einst muskelbepackter, jetzt knochiger Arm ragte unter der Decke hervor. Dort, wo ihm Blutegel angesetzt worden waren, prangten dunkle Flecken.

Als die Botschaft eingetroffen war, die ihn zu der dringenden Versammlung im Wald gerufen hatte, hatte sein von der Krankheit, die ihn seit einem Jahr plagte, geschwächter Vater ihn gebeten, allein zu gehen. Da war er zwar gebrechlich, aber nicht bettlägerig gewesen, geschweige denn dass er mit dem Tod gerungen hätte. Als sich ein Stöhnen den ausgedörrten Lippen entrang, wandte sich Comyn an seine Mutter. »Was sagt der Arzt?«

»Er hat alles getan, was in seiner Macht stand.« Es war

der Priester, der antwortete. »Euer Vater ist jetzt in Gottes Hand.«

Als der Priester sein Kruzifix und eine Phiole mit Öl vom Bett nahm, begriff Comyn mit wachsender Benommenheit, dass sein Vater die Sterbesakramente erhalten hatte. Er starrte den einst so stolzen Lord an. Wie war es möglich, dass ein Mann, der der eiserne Wille hinter zwei Königen gewesen war, in ein verwittertes Gefäß verwandelt wurde, das jeden Augenblick zerbrechen und seine Seele freisetzen konnte? Er spürte die Hand seiner Mutter auf seiner Schulter kaum, als sie mit dem Priester den Raum verließ. Vor der Tür konnte er ihre Stimmen und die von Duncan hören. Sie sprachen bereits über die Beerdigung.

Comyn setzte sich auf die Bettkante und sah seinem Vater in die blutunterlaufenen Augen.

Der Lord leckte sich über die Lippen. »Was wurde bei der Ratsversammlung besprochen?«

Comyn musste sich vorbeugen, um ihn verstehen zu können. Er konnte seinen schalen, vertrauten Atem riechen. »König Philipp hat sein Versprechen gebrochen, Vater. Statt eine Armee nach Schottland zu schicken, führt er die Franzosen nach Flandern. Bischof Lamberton und Ingram de Umfraville wollen an der Spitze einer Delegation nach Paris aufbrechen. Sie hoffen, dass Philipp, auch wenn er nicht dazu zu bewegen ist, uns militärische Hilfe zu gewähren, wenigstens fortfährt, die Gascogne zu besetzen, bis Edward Balliols Rückkehr zustimmt.«

Der alte Mann schloss die Augen. Als er sie wieder aufschlug, stieß Comyn den Atem, den er unbewusst angehalten hatte, zischend wieder aus.

»Sie lassen dich als alleinigen Hüter Schottlands zurück?«

»Ja.«

»Gut.« Die Lider des Lords flatterten, doch seine Augen blieben offen.

»Während der Heimreise hatte ich Zeit zum Nachdenken, Vater«, begann Comyn mit heftig klopfendem Herzen. »Die Ereignisse des vergangenen Jahres haben mich zu der Frage geführt, ob unsere Hoffnungen auf eine Rückkehr König Johns auf den Thron realistisch sind. Und ob wir, indem wir daran festhalten, die Augen vor anderen Wegen zur Wiedererlangung unserer Freiheit verschließen.«

Tiefe Furchen erschienen auf der Stirn des alten Lords.

Comyn, der das Ganze jetzt rasch hinter sich bringen wollte, fuhr fort: »König Philipp hat sein Wort schon einmal nicht gehalten. Es gibt gute Gründe, davon auszugehen, dass er auch diesmal wortbrüchig wird, egal was er der Delegation in Paris verspricht. Jetzt, da Balliol isoliert dasteht und Philipp anderweitig beschäftigt ist, hege ich keinen Zweifel daran, dass Edward uns im selben Augenblick angreift, in dem die Waffenruhe ausläuft. Um ihm überhaupt mit der Hoffnung auf einen Sieg entgegentreten zu können, brauchen wir einen Anführer, der die Macht der Barone vereinen kann – einen Anführer, dessen Autorität nicht in Frage gestellt oder untergraben werden kann.« Er wappnete sich innerlich gegen den Sturm, der gleich losbrechen würde. »Unsere Familie hat durch Heirat einen Anspruch auf den Thron. Diesen Anspruch hat der König selbst während der Anhörung zur Wahl von Alexanders Nachfolger anerkannt.«

Die Bettdecke schlug Wellen, als sein Vater sich zu bewegen versuchte. »Nein«, krächzte er.

»Ich bin Balliols Neffe. Da er hilflos in Frankreich sitzt und Robert Bruce in England zum Verräter geworden ist, bin ich der nächste Thronanwärter.«

Die Stimme seines Vaters wurde kräftiger. »Balliols Sohn ist der Erbe!«

»Edward Balliol hat die Männer des Reiches noch nie angeführt und sich auch nicht ihr Vertrauen so erworben wie ich. Ich habe uns zu dem Sieg bei Lochmaben verholfen.«

»Du sprichst davon, den König zu stürzen!«

Comyn zuckte zusammen, als sein Vater sein Handgelenk packte.

»Ich verbiete dir, diesen Weg weiterzugehen«, schnarrte der Lord. »Schwöre mir, dass du das nicht tun wirst!«

Comyn versuchte, seinen Arm zu befreien. »Es ist für unser Reich das Beste. Das musst du doch einsehen!«

Der Lord wandte den Kopf ab. »Ich habe alles, was ich hatte, dafür gegeben, meinen Schwager auf den Thron zu bringen. Ich werde nicht zulassen, dass mein eigener Sohn all diese Bemühungen zunichtemacht!« Er drehte sich wieder zu Comyn und schloss die Hand so fest um dessen Arm, dass die Knöchel weiß hervortraten. »Ich will nicht umsonst gesündigt haben! Hast du mich verstanden?«

»Gesündigt?«

Der alte Lord schloss die Augen. Seine Worte kamen abgehackt. »Ich habe einen meiner Männer über das Meer geschickt – nach Norwegen. Mit Ingwerbrot für das Mädchen. Habe sie für das Königreich geopfert – für Balliol. Zu unser aller Wohl.«

»Ich verstehe nicht, Vater. Prinzessin Margaret ist auf der Überfahrt gestorben, weil sie etwas Verdorbenes gegessen hat. Vater …«

Die Hand des Lord of Badenoch war vom Arm seines Sohnes geglitten. Ein letzter Atemzug rasselte in seiner Kehle und erstarb. Comyn erhob sich. Eine Vielzahl von Gefühlen tobte in ihm, als er auf die schlaffen Züge seines Vaters hinabblickte. Das stärkste davon war Trotz.

Er ging durch den Raum und öffnete die Tür. Seine Mutter, die im Gang leise mit Duncan sprach, drehte sich um. Als sie seinen Gesichtsausdruck sah, schlug sie eine Hand vor den Mund und eilte in die Kammer. Ihr gedämpftes Schluchzen verklang hinter ihm, als er die Treppe hinunter und in den Abend hinausstürmte. Dungal MacDouall wartete dort auf ihn.

Comyn fuhr sich mit den Händen durch das Haar und lehnte sich gegen die Mauer. »Er ist tot.« Seine Stimme brach bei dem letzten Wort.

»Das tut mir leid, Sir.« Der Hauptmann legte eine respektvolle Pause ein, ehe er fragte: »Hattet Ihr Gelegenheit, mit ihm zu sprechen?«

Comyn starrte zum Himmel hinter den Fackeln auf der Brustwehr empor. Das Banner seines Vaters kräuselte sich im Wind. Dumpf wurde ihm bewusst, dass er jetzt der Lord of Badenoch und somit das Oberhaupt der mächtigsten Familie Schottlands war.

»Sir John?«

Comyn richtete seine Aufmerksamkeit wieder auf MacDouall. »Vor seinem Tod hat mein Vater mir seinen Segen gegeben.« Er straffte sich. Seine Stimme wurde fester; die Lüge musste glaubhaft klingen. »Er glaubt genau wie ich, dass dies die beste Entscheidung für Schottlands Zukunft ist. Aber ich muss meine Fähigkeiten unter Beweis stellen. Ich brauche einen weiteren Sieg.«

Als MacDouall nickte, sah Comyn seine Frage bezüglich der Hingabe des Mannes an ihre Sache beantwortet. Wenn Balliol gestürzt wurde, verloren MacDouall und seine Männer alles. Scheinbar war der Wunsch, sein Vermögen zu retten, stärker als ein altes Bündnis. Genau darauf hatte Comyn gebaut. »Ich möchte, dass Ihr Eure Waffengefährten zusammenruft, alle Enteigneten von Galloway. Zieht mir eine Armee zusammen, Dungal. Wenn ich mich als alleiniger Hüter bewährt habe, werden es nur wenige wagen, mich herauszufordern.«

»Ich stelle mein Schwert in Eure Dienste.«

Comyns Blick wanderte zu dem weißen Löwen von Galloway auf MacDoualls Überwurf. »Von jetzt an werdet Ihr mein Wappen tragen. Dieses Symbol hat in meinem Reich keinerlei Bedeutung mehr.«

Perth, Schottland, A.D. 1302

Rostbraune Blätter tanzten auf dem Wasser; das erste Herbstlaub wurde von der Strömung des Tay davongetragen. Als die Männer die Ruder betätigten, kamen in den Nebelschwaden in einiger Entfernung flussaufwärts die Mauern von Perth in Sicht. Verschiedene auf eine menschliche Ansiedlung hindeutende Gerüche hingen in der Luft: der beißende Gestank einer Gerberei, Rauch von Töpfer- und Bäckeröfen, der süße Duft überreifer Früchte in einem Obstgarten. Irgendwo im Dunst läutete im Turm der Kirche St. John eine Glocke.

Die hohlen Klänge schreckten einen Krähenschwarm auf, der aus den Bäumen auf der anderen Uferseite aufflatterte. Die fünf Passagiere des Bootes blickten in diese Richtung. Zwei von ihnen legten die Hand an den Griff ihres Schwertes, während sie das Ufer absuchten, wo Reiher im Watt Wache standen.

Sie bildeten eine merkwürdige Gruppe – alle waren von einer wärmeren Sonne gebräunt als der, die dieses nördliche Land kannte, und in Umhänge aus feinem Tuch gehüllt, die ihre muskulösen Körper, die Kettenhemden und die Kampfnarben verbargen. Alle waren sichtlich auf der Hut. Soweit sie wussten, befand sich Perth noch immer in schottischen Händen, aber hinter ihnen lag eine lange Reise durch feindliche Gewässer.

Einer der fünf, der am Bug saß und seine Kameraden beträchtlich überragte, zog eine große Hand durch den Fluss und fischte ein welkes Eichenblatt heraus. Er hielt es in die Höhe und richtete seine blauen Augen bedauernd darauf. »So viele Jahreszeiten sind verstrichen, und wir haben dennoch nichts vorzuweisen.«

»Ihr habt getan, was Ihr konntet, Sir«, erwiderte einer der anderen. »Ihr wart näher als irgendjemand sonst davor, die Rückkehr unseres Königs mitzuerleben. Wer hätte eine solche

Katastrophe vorhersehen können – dass eine Bande flämischer Bauern die französische Kavallerie besiegt?«

Der blauäugige Mann lächelte schief. »Wir, mein Freund. Stirling war unser Courtrai.« Sein Lächeln erstarb. »Ich war zu lange fort. An Königshöfen wird der Krieg nur mit Worten geführt. Soll der Kampf entschieden werden, muss ein Mann früher oder später das Schwert sprechen lassen.« Er sog scharf den Atem ein und schnippte das Eichenblatt ins Wasser zurück, wo es von der Strömung fortgetragen wurde. »Legt dort an«, befahl er den Ruderern schroff; dabei wies er auf eine Sandbank. »Wir machen einen Bogen um die Stadt und schlagen uns nach Selkirk durch.«

Und während die Besatzung gegen den Strom ankämpfte, beobachtete William Wallace, wie die Ufer näher kamen.

Westminster, England, A.D. 1302

Robert bahnte sich zielstrebig einen Weg durch die Menge der Männer, die, über die im Parlament zur Sprache gekommenen Punkte diskutierend, aus der Bemalten Kammer strömten. Das vorherrschende Thema war Edwards für das kommende Jahr geplanter neuerlicher Schottlandfeldzug. Ein Feldzug, den die Nachrichten aus Frankreich möglich machten.

Es war von einer blutigen Schlacht bei Courtrai die Rede gewesen, bei der eine Horde flämischer Bauern eine Ritterarmee vernichtend geschlagen hatte. Um diese demütigende Niederlage zu rächen, hatte König Philipp Flandern den Krieg erklärt und sich von John Balliol und dessen Hoffnungen auf eine Wiedereinsetzung abgekehrt. Edward, der von seinem intriganten Vetter zu einem Waffenstillstand mit den Schotten gezwungen worden war, war über diese Wende der Ereignisse hocherfreut gewesen.

Robert hatte den Neuigkeiten mit freudiger Erregung gelauscht, denn wenn Balliol in Frankreich keine Hilfe erhielt, blieb Schottlands Thron leer. Aber trotz der Befriedigung, die ihm die missliche Lage seines Feindes und der Umstand bereiteten, dass die unmittelbare Gefahr von Balliols Rückkehr gebannt war, lag sein eigener Weg auf den Thron alles andere als klar vor ihm. Es hatte sich herumgesprochen, dass eine schottische Delegation am französischen Hof eingetroffen war, um zu versuchen, König Philipp dazu zu bewegen, sein Wort zu halten, und solange sie dort waren, bestand eine kleine Chance, dass Balliol doch noch zurückkam. Er würde sich noch eine Weile in Geduld fassen müssen, das wusste Robert. In der Zwischenzeit hatte er Dringlicheres zu tun.

Er drängte sich an Ralph de Monthermer und Robert Clifford vorbei, die ihm einen Blick zuwarfen, aber nicht grüßten, und trat in den Palasthof hinaus. Es war ein heller Spätoktobernachmittag, Wolken zogen rasch über den Himmel hinweg, und eine leichte Brise ließ den Teppich aus goldenem Laub rascheln, der den Boden bedeckte. Vor ihm ragten hinter den königlichen Gärten die weißen Mauern der Abtei Westminster auf. Robert schlug seinen Mantel, an dem der Wind zerrte, enger um sich und steuerte auf das mächtige Gebäude zu. Dies war seit Monaten das erste Mal, dass er in Westminster war, und die erste Gelegenheit, Antworten auf die Fragen zu bekommen, die nach wie vor in ihm brannten.

In den königlichen Gärten hatte sich eine Schar junger Männer mit ihren Pferden und Hunden versammelt. Von ihren lauten Stimmen angelockt, blickte Robert zu ihnen hinüber. Es schien sich um einen im Aufbruch begriffenen Jagdtrupp zu handeln. Einige der Männer trugen Reitumhänge und federgeschmückte Kappen und hatten sich Hörner an Gehenken über den Rücken geschlungen. Im Mittelpunkt der Gruppe stand Piers Gaveston, prächtig anzusehen in einem schwarzen, mit silbernen Vögeln bestickten Umhang. Neben ihm stand – ebenso hochgewachsen und gut gebaut, aber trotzdem irgendwie farbloser – Prinz Edward mit windzerzaustem blondem Haar. Als Gaveston aus einem Weinschlauch trank und ihn dann an den Prinzen weiterreichte, sah Robert, wie sich Edwards Hand über die des Gascogners schob. Er ließ sie dort einen langen Moment lang liegen, und sie sahen sich tief in die Augen, bevor der Gascogner seine Hand mit einem verschlagenen Lächeln wegzog und zusah, wie sein Freund trank.

Robert schrak zusammen, als jemand seinen Namen rief, und fluchte verhalten, als er Humphrey de Bohun mit im Wind wehendem Mantel auf sich zukommen sah. Er begrüßte ihn mit einem knappen Nicken. »Ich wünsche Euch einen guten Tag, Sir Humphrey.«

»Sir Robert.« Der Earl nickte ebenso steif. »Ihr scheint es sehr eilig zu haben, das Parlament zu verlassen.« Er lächelte – ein Lächeln, das seine kühlen grünen Augen nicht erreichte. »Darf ich fragen, wohin Ihr wollt?«

Robert wandte sich ab und setzte seinen Weg fort, fest entschlossen, sich nicht von seinem Vorhaben abbringen zu lassen. »Zum Schrein des Bekenners, um dort zu beten, wenn Ihr nichts dagegen habt.«

Humphrey hielt sich an seiner Seite. »Der Schutzpatron Englands?«, erkundigte er sich trocken.

Robert war rasch mit einer Ausrede bei der Hand. »Meine Frau ist krank. Nichts Ernstes«, fügte er hinzu, als Humphrey die Stirn runzelte. »Aber sie hat mich gebeten, bei den Gebeinen des Heiligen für sie zu beten.«

»Wenn es Euch nicht stört, schließe ich mich Euch an«, sagte Humphrey. Es war keine Frage, sondern ein Beschluss.

Robert erwiderte nichts darauf, schäumte aber innerlich vor Wut. Nach der handgreiflichen Auseinandersetzung in Writtle hatte er Humphrey einige Male gesehen, hauptsächlich weil ihre Frauen darauf bestanden hatten, aber obwohl es zu keinen weiteren Streitigkeiten gekommen war, blieb ihr Verhältnis angespannt. Es war ganz eindeutig nicht Kameradschaft, die Humphrey bewog, ihn zu begleiten. Robert hegte den Verdacht, dass der Earl den Befehl hatte, ihn während seines Aufenthalts hier zu überwachen.

Der König hatte Robert zwar seine schottischen Ländereien zurückgegeben und seinen Konnetabel Andrew Boyd und die bei Turnberry gefangen genommenen Männer freigelassen, aber es war offensichtlich, dass er ihm noch immer nicht traute. Wenigstens hatte Humphrey ihn nicht mehr über den Angriff in Irland ausgefragt, und da davon nicht mehr die Rede gewesen war, vermutete Robert, dass seine Behauptung, den Angreifer nicht gekannt zu haben, an den König weitergeleitet und von diesem geglaubt worden war. Aber die bloße Tatsache, dass die Frage überhaupt gestellt worden war, überzeugte ihn stärker denn je davon, dass Armbrust-Adam in Edwards Diensten gestanden hatte.

Er und Humphrey duckten sich gemeinsam unter einem efeubewachsenen Torbogen in der Mauer des Abteigeländes hinweg und schritten auf die Kirche zu. Sie wurde von einer Anzahl kleinerer Nebengebäude umgeben, darunter eine Wassermühle, deren Rad im Tyburn klapperte. Dahinter erstreckten sich Marschen und Wiesen bis weit in die Ferne, und die Wasserfläche schimmerte wie Stahl, wenn sich die Sonne hinter den Wolken hervorschob.

Im dämmrigen Inneren duftete es nach Weihrauch und geschmolzenem Bienenwachs. Robert und Humphrey gingen das Kirchenschiff hinunter. Westminster Abbey, vor fast zweihundertfünfzig Jahren von dem Bekenner gegründet, war von König Edwards Vater Henry III. aufwendig wieder aufgebaut worden, doch die Arbeiten waren noch nicht vollständig abgeschlossen. Hier waren die Gemälde vom Alter ausgebleicht, der Stein verwittert und die marmornen Gliedmaßen von Engeln und Heiligen von den Händen vorbeischlendernder Kirchgänger glatt gerieben. Als sie am Altarraum vorbei in das Herzstück der Kirche gelangten, änderte sich der Anblick abrupt, denn Farbe loderte auf allen Oberflächen auf.

Das Licht, das durch die rubinroten und saphirblauen Buntglasfenster fiel, malte Muster auf die goldenen und zinnoberroten Wände. Die neue Gewölbedecke schwebte hundert Fuß über ihnen im Schatten, während auf dem Boden kunstvolle Mosaike aus Serpentin und Porphyr wie Edelsteine schimmerten. Robert sah die verschwommenen Gestalten von Mönchen und Pilgern im Dämmerlicht durch kleine Torbogen oder zwischen geschnitzten hölzernen Wandschirmen hindurchhuschen. Die Kerzen auf den Altären der Kapellen flackerten in dem Luftzug, den sie im Vorbeigehen verursachten. Sie steuerten auf einen mit Schnitzwerk verzierten bemalten Lettner im Herzen der Abtei zu und kamen zum Schrein des Bekenners.

Bevor sie ihn erreichten, wurde Roberts Aufmerksamkeit von einem Stuhl auf einem mit einem karminroten Läufer bedeckten Steinpodest gefesselt. Der Stuhl war mit dem Bild eines von Vögeln und rankenden Blumen umgebenen Königs dekoriert. Der Sitz war auf einem großen Sockel befestigt. Robert wusste sofort, dass dies Edwards Krönungsstuhl war, eine Erkenntnis, die ihn wie erstarrt stehen bleiben ließ. In diesem Stuhl lag der Krönungsstein verborgen. Seine Atemzüge zerrissen die Stille. Es verlangte ihn mit jeder Faser seines Körpers danach, den eichenen Sarg mit seinem Schwert in Stücke zu hacken und so den Stein aus seinem Gefängnis zu befreien.

»Robert.«

Mühsam riss er den Blick von dem Stuhl los und sah, dass Humphrey ihn anstarrte. Robert zwang sich, wortlos um den Lettner herumzugehen.

Der von einem italienischen Steinmetz angefertigte Schrein des Bekenners hatte einen großen steinernen Sockel mit Stufen, die zu Nischen führten. Drei Männer knieten dort und hielten die Köpfe gesenkt. Ihren schmutzigen Reisekleidern nach zu urteilen handelte es sich um Pilger. Ein goldener Reliquienschrein über ihnen enthielt die sterblichen Überreste des Heiligen, darüber wölbte sich ein mit heiligen Szenen bemalter Baldachin. Als Robert ihn erblickte, wurde er augenblicklich von Erinnerungen übermannt.

Er stand, gerade in ihren Orden aufgenommen und aus dem Krieg in Wales zurückgekehrt, bei den Drachenrittern und sah zu, wie König Edward die Artuskrone auf einen Altar vor dem Schrein legte. Die vom Kopf Madog ap Llewelyns gerissene und von Goldschmieden des Königs reparierte Krone fand ihren Platz neben Curtana und einem schlichten schwarzen Kasten, der dunkel im Kerzenschein glänzte. Der Kasten, der die Prophezeiung enthielt.

Der mit einem Tuch bedeckte Altar war noch da, allerdings bis auf einen silbernen Kerzenleuchter leer. Robert wandte sich an Humphrey. »Ich dachte, die Reliquien würden hier aufbewahrt?«

Humphreys ohnehin schon angespanntes Gesicht verdunkelte sich vor Argwohn.

Robert täuschte einen Anflug von Ärger, aber auch von Vertraulichkeit vor. »Ich frage aus reiner Neugier, Humphrey. Vergiss nicht, dass ich dem König geholfen habe, drei der Schätze an sich zu bringen. Ich bin genauso sehr an ihrer Zusammenführung beteiligt wie du.«

Nach einer Pause antwortete Humphrey: »Die Reliquien werden im Tower bewacht und nur zu festlichen Anlässen hierhergebracht.«

Roberts Enttäuschung lastete schwer auf ihm. So lange hatte er auf diesen Moment gewartet, und nun war das, was er suchte, noch nicht einmal hier. James Stewart hatte vielleicht recht – es konnte sein, dass er nie einen Beweis für seinen Verdacht fand, Edward habe den Mord an Alexander in Auftrag gegeben. Aber wenn er beweisen konnte, dass es sich bei der Prophezeiung selbst um eine Lüge handelte, könnte die Enthüllung auf lange Sicht dazu führen, den König seinen Männern zu entfremden, die er durch ihre Macht an sich und seine Sache gebunden hatte. Ohne ihre Unterstützung würde Edward nicht imstande sein, seinen Krieg fortzuführen. Robert wusste, dass er bei Humphrey Vorsicht walten lassen sollte, versuchte es aber trotzdem. »Hast du jemals die Originalprophezeiung gesehen, die der König in Nefyn gefunden hat?«

Humphrey verschloss sich wie eine Auster. »Ich dachte, du wolltest für deine Frau beten?«

Nach einem Moment nickte Robert. Er schritt an den Pilgern vorbei, trat zu dem Schrein und kniete auf den Stufen nieder. Als er die Augen schloss, sah er Edwards Krönungsstuhl vor sich. Der darin verborgene Stein war eine schottische Scherbe im Herzen Englands. So wie er selbst. Und wenn er lange genug an seinem Platz blieb, konnte ein Splitter, so Gott es wollte, den Körper infizieren, in dem er steckte.

VIERTER TEIL

A.D. 1303 – 1304

»Ausschweifungen werden Prinzen verweichlichen, und sie werden sich plötzlich in Bestien verwandeln. Unter diesen wird sich ein Löwe erheben, der sich an menschlichem Fleisch sättigt.«

Geoffrey of Monmouth,
»Die Geschichte der Könige Britanniens«

24

Roslin, Schottland, A.D. 1303

EIN ADLER SCHWEBTE AM HIMMEL und beschrieb langsame Kreise, während er von seinem Horst in den Felsen rund um Edinburgh Richtung Süden auf die riesige dunkle Fläche des Selkirk Forest zuhielt. Unter ihm wanden sich eine Straße und ein Fluss wie zwei Schlangen zwischen den schneebedeckten Hügeln hindurch. Auf dieser Straße ritt ein Trupp von Männern – das Einzige, was sich im Umkreis von Meilen am Boden bewegte.

Als der Adler über sie hinwegflog, hob Sir John Segrave, der kürzlich ernannte englische Statthalter von Schottland, den Kopf und erhaschte einen Blick auf stumpf schimmerndes Gold. Mit zusammengekniffenen Augen konzentrierte sich Segrave auf die Kiefern, Buchen und Stechpalmen vor ihm.

König Edwards Befehl, als Vorgeschmack der für den Sommer geplanten Invasion die Vorhut eines Kundschaftertrupps in das von Rebellen besetzte Gebiet zu führen, war ihm alles andere alles gelegen gekommen, schon gar nicht unter diesen Bedingungen. Es war fast März, aber es gab kaum Anzeichen für Tauwetter, der Winter hielt das Land noch fest in seinem eisigen Griff. Seine Truppe war weniger als einen Tagesritt von der englischen Garnison in Edinburgh entfernt, aber sie hätten sich genauso gut in einer anderen Welt befinden können, so wenig Zeichen von Leben hatten sie auf der Straße gesehen. Wenigstens war es tröstlich zu wissen, dass sich die beiden anderen Gruppen, die den Rest des Kundschaftertrupps bildeten, nur ein paar Meilen hinter ihnen hielten.

Neben Segrave ritten die drei anderen englischen Beamten, die auf diese Mission geschickt worden waren; sie wurden von sechzig Rittern eskortiert. Die Hufe ihrer Schlachtrösser sanken tief in den Matsch ein; das Gewicht der Tiere wurde noch von den Rüstungen ihrer Reiter verstärkt, die allesamt für den Kampf angezogen waren. Die von den Bannerherren getragenen Standarten, von denen Segraves schwarze mit den silbernen Löwen die größte war, flatterten im Wind, in dem ein Hauch von Schnee lag. Hinter den Rittern kamen die Knappen auf ihren leichteren Pferden, gefolgt von zweihundert Fußsoldaten und einem Bogenschützentrupp. Die Luft stank nach Metall und Schweiß, Leder und Mist.

Die Glocken am Zaumzeug wetteiferten mit dem Klirren von Kettengeflecht und dem schroffen Rhythmus von Hufen und stampfenden Füßen. Vor den vor Kälte geröteten Gesichtern bildeten sich kleine Atemwölkchen. Hunde liefen hechelnd neben ihren Herren her, und von Ochsen gezogene Vorratskarren bildeten die Nachhut. Die Kutscher trieben die Tiere mit Peitschenhieben an, als die Straße zwischen zwei niedrigen Hügeln abfiel.

Die ohnehin schon gedämpfte Unterhaltung unter den Männern verstummte allmählich ganz, als der Wald vor ihnen aufragte, eine dunkle Wolke, die sich vor ihnen erstreckte, so weit das Auge reichte. Er strahlte eine unterschwellige Bedrohung aus, die durch das, was er verbarg, noch verstärkt wurde. Irgendwo in diesen Tiefen befand sich das Lager, das William Wallace zu Beginn der Rebellion errichtet hatte und dessen genaue Lage noch immer ein sorgsam gehütetes Geheimnis war. Im Lauf der letzten sechs Jahre hatten die Aufrührer es als sicheren Hafen, Ausbildungsstätte und Ort zum Horten von Vorräten und Beute benutzt. Sie hatten sich häufig aus den grünen Schatten gelöst, um von Engländern besetzte Burgen und deren Nachschublinien anzugreifen, und waren sogar in England selbst eingefallen. Mit der Zeit war dieses Lager als Wiege des Aufstands bekannt geworden.

Segrave hatte nicht die Absicht, sich tief in das Baumlabyrinth hineinzuwagen, wo die Mittagszeit zur Mitternacht wurde und ein Mann sich innerhalb weniger Momente verirren und von felsigen Flüssen und verborgenen Schluchten verschlungen werden konnte und wo es nicht genug Platz gab, um sein Pferd zu manövrieren. Nein, er und seine Männer würden sich am Rand des Waldes halten, um die Grenzen zu überprüfen und die besten Routen für den geplanten Marsch des Königs gen Norden auszukundschaften.

Plötzlich brandeten überall um ihn herum Alarmrufe auf. Aus den Augenwinkeln heraus nahm Segrave verdächtige Bewegungen wahr. Er heftete den Blick auf den Hügel zu seiner Linken, auf dessen Gipfel ein Reitertrupp aufgetaucht war. Rasch überschlug er die Anzahl im Kopf: dreihundert, vielleicht mehr. Sie schienen einen Moment dort zu verharren, eine dunkle Masse, die sich vom Himmel abhob, bevor sie sich wie eine donnernde Welle den Hang herunter ergoss und direkt auf seine Männer zurollte.

Pudriger Schnee stob unter dem Wirrwarr von Hufen auf. Segraves gebellte Befehle gingen in dem Kampfgeschrei unter, die durch das Tal hallten. Die Schreie waren unzusammenhängend, aber für den englischen Statthalter und seine Ritter – die jetzt ihre Schlachtrösser herumrissen – reichten die gehissten Banner aus, um die Angreifer zu identifizieren. Ein wie eine Faust in der Mitte erhobenes zeigte drei Weizengarben: das Wappen von John Comyn, des Hüters von Schottland.

Segrave brüllte den Knappen und Fußsoldaten Anweisungen zu, klappte das Visier seines Helms herunter und riss sein Schwert aus der Scheide. Er stieß seinem Pferd die Fersen in die Flanken und trieb es über den Straßenrand und das weiße Feld auf den Feind zu. Seine Männer folgten ihm, und hinter den Rittern und Knappen kämpften sich die mit Krummschwertern und eisenbeschlagenen Keulen bewaffneten Fußsoldaten durch den Schnee. Die wütend bellenden und an ihren Leinen zerrenden Hunde wurden losgelassen und schossen davon.

Auf der Straße brachten die Kutscher ihre Karren zum Stehen und verfolgten das Geschehen voll furchtsamer Erwartung. Die Bogenschützen postierten sich am Rand, zogen Pfeile aus den an ihren Gürteln befestigten Köchern, spannten ihre Langbogen und zielten. Ihnen blieben nur Sekunden, bis ihre eigenen Männer in Schussweite kamen. Zwei Pfeilhagel wurden nacheinander abgefeuert. Ein Pfeil bohrte sich in den Hals eines Pferdes und bewirkte, dass Tier und Reiter in einer Schneewolke zu Boden stürzten und unter den Hufen der nachfolgenden Ritter verschwanden. Andere Geschosse prallten gegen Helme oder blieben in Wämsen stecken. Zwei weitere Pferde brachen nach allen Seiten auskeilend zusammen, eines bäumte sich auf und warf sich gegen ein anderes, als sich ein Pfeil in sein Auge grub. Die Bogenschützen hoben ihre Waffen erneut, schossen aber nicht, weil die beiden Truppen sich beinahe erreicht hatten.

Segrave befand sich in der vordersten Reihe, als der Kanter in Galopp umschlug. Mit zusammengebissenen Zähnen wappnete er sich für den Zusammenprall und holte mit dem Schwert zum ersten Hieb aus. Ringsum hoben Ritter Schilde und Schwerter, vor ihm taten die Feinde, die ihre Geschwindigkeit beschleunigten, dasselbe.

Das Geräusch, mit dem die Gegner aufeinanderprallten, war fürchterlich – ein brutaler Zusammenstoß von Eisen, Holz und Stahl. Nicht wenige Männer wurden aus dem Sattel geschleudert und rollten sich über die Kruppen ihrer Pferde ab. Andere flogen nach vorn, wenn sich ihre Schlachtrösser unter den erbarmungslos zuhackenden Schwertern aufbäumten, das Fleisch durchtrennten und Knochen zersplittern ließen. Dem

Krachen, mit dem die Klingen auf Helme und Schilde trafen, folgten die knirschenden, kratzenden Laute, mit denen sich die Krieger zweier Armeen ineinander verkeilten. Schwerter pfiffen Funken sprühend durch die eisige Luft. Gellende Schreie entrangen sich den Kehlen der Männer, als im Kampfgemetzel Rüstungen durchbohrt und Glieder vom Rumpf getrennt wurden.

Einer der von der englischen Infanterie losgelassenen Hunde sprang einen Schotten an, der vom Pferd gestürzt war und sein Schwert verloren hatte. Er taumelte zurück, als der Hund ihm die Zähne in den Arm schlug. Zu seinem Glück schützte ihn die Armschiene seiner Rüstung vor dem Biss. Er zog seinen Dolch, stieß dem Tier die dünne Klinge in den Bauch, durchbohrte die Eingeweide, ließ es blutend im Schnee liegen und fuhr herum, als ein Fußsoldat mit einem Krummschwert auf ihn losging. Ein Hieb mit der Klinge spaltete seinen Schädel. Ganz in der Nähe wurde ein anderer schottischer Ritter von zwei Infanteristen von seinem Pferd gezerrt und von ihren Schwertern niedergestreckt. Doch für jeden Schotten, der fiel, nahm ein anderer seinen Platz ein.

Sir John Segrave setzte sich erbittert gegen die Gegner zur Wehr. Der silberne Löwe auf seinem schwarzen Überwurf war säuberlich durchtrennt worden, das Kettenhemd darunter klaffte auf und gab das Filzfutter seines Wamses frei. Unter seinem Helm rann ihm der Schweiß übers Gesicht, als er nach dem Schotten direkt neben ihm stach. Sein Breitschwert wog schwer in seiner Hand. Das Ziehen in seinen Muskeln würde bald qualvollen Krämpfen weichen, das wusste er nur zu gut.

Sein Kopf dröhnte, als ein Schwert seinen Helm traf. Vor Wut schnaubend durchbrach er die Deckung des Schotten neben ihm und stieß die Klinge halb durch den Sehschlitz im Helm des Mannes. Als er sie zurückriss, schoss eine dunkle Blutfontäne aus der Öffnung. Der Schotte sank im Sattel zusammen, und in diesem Moment erkannte Segrave, dass der

Feind seine Truppen umzingelt hatte. Die Gegner am Rand des Schlachtgetümmels schlugen Breschen in die englischen Reihen und begannen, ihre Flanken zu umgehen. Zwei Flügel hatten sich bereits von der Haupttruppe getrennt und ritten die Fußsoldaten hinter ihnen wie Weizenhalme nieder. Andere trieben ihre Pferde durch das Chaos zu der Straße, wo die Ochsenkarren standen.

Ehe Segrave seinen Männern Befehle zubrüllen konnte, stürzte sich ein anderer Schotte auf ihn und zwang ihn, den Angriff zu parieren. Grimmig kämpfte er weiter. Zwischen Schwertern und Schilden erblickte er inmitten der schottischen Reihen einen Riesen von einem Mann, der über seiner Rüstung einen blauen Umhang trug. Er saß auf einem muskulösen Pferd und schwang eine mächtige Axt. Der Koloss mähte mit dieser Waffe die Reihen von Segraves Kavallerie nieder wie Gras. Segrave blieb gerade noch Zeit, mit anzusehen, wie einer der anderen königlichen Beamten in einem Regen aus Blut und Eingeweiden in Stücke gehackt wurde, bevor ein rotes Tuch vor ihm aufflatterte und ihm die Sicht versperrte. Das Banner des Roten Comyn war höher gehisst worden. Als die Kriegsrufe der Schotten immer lauter und die Todesschreie der Engländer immer markerschütternder wurden, gab der Statthalter seinem Pferd verzweifelt die Sporen und jagte auf einen Mann in einem schwarzen Überwurf zu, der unter diesem Banner kämpfte. Überzeugt davon, dass es sich um Comyn selbst handelte, schlug Segrave das Schwert des Mannes zur Seite, der ihm den Weg versperrte, rammte einem anderen seinen Schild ins Gesicht und wehrte dann einen Axthieb ab, wobei er sich fast den Arm brach.

Er hatte den Mann beinahe erreicht, konnte bereits die unter Comyns Helm hervorquellenden schwarzen Haarsträhnen sehen. Der Rebellenführer bellte den Schotten ringsum Befehle zu. Er würde ihn nicht kommen sehen. Das Blut pochte in seinen Schläfen, als Segrave von der Seite her auf sein Opfer eindrang. Im selben Moment traf ihn ein Hieb wie ein Donnerschlag. Er wurde nach vorn geschleudert, der Sattelknauf bohrte sich in seine Magengrube, und das Schwert entglitt seinen Fingern. Ihm blieb noch nicht einmal die Zeit, sich aufzurichten, bevor ihn der nächste Schlag traf. Ein sengender Schmerz schoss durch seine Seite, als eine Klinge sein Kettenhemd durchbohrte. Er glitt aus dem Sattel und stürzte zwischen die Hufe der Pferde und die Sterbenden am Boden. Im selben Moment erscholl ein Horn.

Als John Comyn seinen Helm abnahm, hallte Hörnergedröhn in seinen Ohren wider. Seine Männer ließen sie siegestrunken erklingen, während sich die letzten Engländer auf dem Feld zerstreuten. In Schweiß gebadet, mit sich heftig hebender und senkender Brust, ließ Comyn den Blick über das Schlachtfeld schweifen. Der Boden war mit Dutzenden von Leichen übersät, der Schnee leuchtete rot vom Blut der aufgeschlitzten Leiber von Männern und Pferden, denen die Eingeweide aus dem Bauch quollen. Zwischen den Toten wimmerten die Verwundeten und schickten flehentliche Gebete zum bleigrauen Himmel empor. Die überlebenden Engländer ergriffen die Flucht, hatten aber kaum Aussicht darauf zu entkommen, da eine große Truppe Schotten die Straße rund um die Karren sicherte und hinter ihnen nur der Fluss lag. Einige trieben ihre Schlachtrösser auf den Waldrand zu, wurden jedoch augenblicklich verfolgt. Andere warfen ihre Waffen fort und baten, dass man sie verschonen möge.Triumph flammte in Comyn auf.

»Sir!«

Er drehte sich um und sah Dungal MacDouall auf sich zukommen. Der rote Schild auf dem neuen Überwurf des Hauptmanns zog sich jetzt, durch einen Blutfleck verlängert, an seiner Brust hinunter. Comyns Blick wanderte an MacDouall vorbei zu zwei Galloway-Männern, die jemanden zwischen sich durch den Schnee schleiften. Ihr Gefangener zog eine rote Spur hinter sich her – Blut, das aus einer zwischen zerbrochenen Metallringen und zerfetzter Wattierung sichtbaren Wunde in seiner Seite strömte.

»Er behauptet, der Anführer der Truppen zu sein.« MacDouall blieb vor Comyn stehen und musterte den Gefangenen. »Ich habe ihn niedergestreckt, als ich ihn auf Euch losgehen sah. Meine Männer haben ihn unter seinem Pferd hervorgezogen. Er hat um Gnade gebeten.«

Das Gesicht des Gefangenen glänzte ölig. Er schlug die Augen auf. Als er zu sprechen begann, klang seine Stimme kaum lauter als ein Flüstern. »Mein Name ist Sir John Segrave. Als Statthalter von Schottland unter der Autorität von König Edward verlange ich, dass mir und meinen Männern Gnade gewährt wird.«

»Ihr untersteht hier keiner Autorität, die ich anerkenne.« Comyn schlug seinem Pferd die Zügel über den Hals, als es den Kopf hochwarf und auf dem Gebiss kaute. »Ihr und Eure Männer seid unbefugt in mein Territorium eingedrungen.«

Segrave fletschte die blutbefleckten Zähne – ob vor Schmerz oder vor Wut, konnte Comyn nicht sagen.

»Ich kenne Euch, John Comyn«, keuchte er. »Ihr und Euer Vater habt König Edward gehuldigt, ihm den Treueeid geschworen. Ihr habt seine Base geheiratet und unter seinem Banner in Frankreich gekämpft. Und dann habt Ihr Euch gegen ihn gestellt. Verrat begangen!«

»Wir alle haben Edward die Treue nur geschworen, weil er uns getäuscht hat«, fauchte Comyn und lenkte sein Pferd näher an Segrave heran. »Er hat versprochen, uns unsere Freiheit zurückzugeben, sobald ein neuer König gekrönt ist, aber das war eine Lüge. Kaum saß John Balliol auf dem Thron, da wurde Edward auch schon wortbrüchig. Jetzt verteidigen wir unsere Rechte mit dem Schwert.«

»Schwerter werdet Ihr auch brauchen, wenn der König diesen Sommer gegen Euch ins Feld zieht«, krächzte Segrave.

MacDouall trat auf den Verwundeten zu und hob seine Klinge. »Soll ich ihn zum Schweigen bringen, Sir?«

»Nein. Fesselt ihn. Wir nehmen ihn und die Ritter gefangen. Das Lösegeld, das wir für sie erzielen, wird zur Finanzierung meines Feldzugs beitragen.«

Der Hauptmann bedeutete seinen Männern, Segrave fortzuschaffen. »Und was ist mit dem Rest, Sir?«, fragte er mit einem Blick zu den mit gesenkten Waffen zwischen ihren toten Kameraden knienden Fußsoldaten, Bogenschützen und Knappen.

»Nehmt ihnen ihre gesamte Ausrüstung ab. Und die unverletzten Pferde.« Als MacDouall nickte und sich abwandte, fügte Comyn hinzu: »Eure Männer dürfen als Erste die Karren plündern. Esst und trinkt, so viel ihr wollt, aber alles, was irgendeinen Wert hat, bringt Ihr zu mir.«

Die überlebenden englischen Ritter – kaum die Hälfte der ursprünglichen Anzahl und einige so schwer verwundet, dass sie den Tag schwerlich überstehen würden – wurden zusammengetrieben und gefesselt. Schotten huschten über das Schlachtfeld und bemächtigten sich der Waffen, Geldbeutel und Rüstungen der Toten. Andere versorgten verletzte Kameraden, verbanden Wunden mit von Hemden gerissenen Stoffstreifen, gaben ihnen aus Weinschläuchen zu trinken oder trösteten die mit dem Tod Ringenden mit Worten und Gebeten.

Die Männer aus Galloway fielen über die sechs Karren auf der vom Blut der niedergemetzelten Kutscher und Bogenschützen glitschigen Straße her. Die anderen Schotten murrten ob dieser Bevorzugung, aber diese all ihrer irdischen Güter beraubten Männer, die nach der Entthronung John Balliols ihren Lord und ihr Land verloren hatten, machten den größten Teil der Rebellenarmee – größer noch als Comyns eigene Rittertruppe aus Badenoch. Sie waren von MacDouall rekrutiert worden, unterstanden seinem Befehl und waren unter dem Namen »Die Enteigneten« eine Macht, mit der man rechnen musste. Daher blieb der Unmut der anderen unbeachtet, als die Männer von Galloway Fässer mit Salzfleisch, gepökelten Heringen und französischem Wein von den Ladeflächen der Karren zerrten.

Unter Jubelrufen machten sie sich daran, die Fässer aufzuschlagen, und tauchten Becher und Schläuche hinein. Ein Mann füllte zur Belustigung seiner Kameraden sein Jagdhorn, presste einen Finger gegen das Mundstück, drehte das Horn um und ließ sich die rote Flüssigkeit in den Mund laufen. Nachdem sie getrunken hatten, schwoll ihr Gelächter an und vermischte sich mit den heiseren Schreien der Krähen, die am Himmel über dem Schlachtfeld ihre Kreise zogen. Es war erst später Morgen, trotzdem schien es bereits dunkel zu werden, und kleine Schneeflocken tanzten im Wind.

Comyn war abgestiegen und überwachte das Zusammentreiben der englischen Ritter, denen man ihre Waffen abgenommen hatte und die sich jetzt in einer Reihe am Straßenrand aufstellen mussten. Einige sackten kraftlos gegen ihre Nachbarn. »Wir schaffen die Gefangenen in zwei Karren zu unserem Basislager«, wies Comyn einen seiner Männer an. »Sie dürften eigentlich nicht mitbekommen, welchen Weg wir einschlagen, aber verbindet ihnen trotzdem lieber die Augen.« Er runzelte die Stirn, als er bemerkte, dass der Mann gar nicht zuhörte, sondern mit geweiteten Augen über ihn hinwegstarrte.

Comyn drehte sich um und sah einen Riesen auf sich zustapfen. Er schwang eine von Schaft bis Klinge mit Blut verschmierte Axt und war auch selbst von Kopf bis Fuß damit bedeckt. Es durchtränkte seinen blauen Umhang; Fleisch- und Knorpelfetzen klebten an den Ringen seines Kettenhemdes, an seinem Kinn und seinen Wangen und in seinem braunen, von Helm und Kettenhaube flachgedrückten Haar. Seine blauen Augen leuchteten in all dem Rot, und sein durchdringender Blick heftete sich auf Comyn.

Comyn erstarrte. In seiner Brust bildete sich ein kalter Klumpen. »Sir William«, grüßte er kurz, dann spähte er an Wallace vorbei zu dessen Kameraden – die meisten davon seine früheren Kommandanten aus seiner Zeit als Hüter Schottlands – hinüber, die das Plündern der Karren stumm verfolgten. Unter ihnen konnte er den kahlen Schädel von Wallace' Stellvertreter Gray und die schlaksige Gestalt Neil Campbells ausmachen. Ihre Gesichter drückten grimmige Missbilligung aus.

»Wir müssen aufbrechen, Sir John.« Wallace' Stimme klang heiser von der Schlacht, trug aber weit genug, dass sich viele zu ihm umwandten. »Ruft Eure Männer zurück. Dies ist weder die Zeit noch der Ort zum Feiern.«

Comyn zuckte angesichts der Verachtung in dem Ton des ehemaligen Rebellenführers zusammen, den überdies noch so viele Angehörige seiner Truppen mitbekamen. In den fünf Monaten, seit die Abordnung von Edelleuten nach Frankreich aufgebrochen war, um darauf zu bestehen, dass König Philipp sein Wort hielt und ihnen zu Balliols Rückkehr verhalf, hatte Comyn hart daran gearbeitet, seine Position als Führer der Männer des Reiches zu festigen. Der heutige Sieg war ein großer Schritt nach vorn, und indem er den Enteigneten gestattete, die Karren als Erste zu plündern, sicherte er sich die Dankbarkeit von Balliols früherer Armee – eine zwingende Notwendigkeit, wenn man bedachte, dass er insgeheim die Absicht hatte, ihren verbannten Herrn zu stürzen. Dennoch blieb ihm noch viel zu tun, vor allem in Anbetracht von William Wallace' unerwarteter Rückkehr während des Winters.

Comyn straffte sich und sah den blutüberströmten Wallace, der ihn um mehr als Haupteslänge überragte, mit vor Wut funkelnden Augen an. »Ich nehme an, Ihr würdet die Dinge anders sehen, wenn Eure Männer den Kampf gewonnen hätten. Aber diesmal gebührt der Sieg Badenoch und Galloway. Die Leute verdienen eine Belohnung. Und niemand wird mir in diesem Punkt widersprechen«, fügte er mit einem finsteren Blick in die Runde hinzu.

»Belohnt sie, so viel Ihr wollt, aber erst, wenn wir ins Lager zurückgekehrt sind. Die Kundschafter haben Euch doch sicher berichtet, dass drei Kompanien Edinburgh verlassen haben. Dies hier war nur die Vorhut. Die anderen dürften dicht hinter ihr sein. Wir haben schon viel zu lange hier herumgetrödelt.«

»Ich hätte nie gedacht, dass Ihr Angst vor den Engländern habt.«

Der Hohn in Comyns Stimme prallte wirkungslos an Wallace ab. »Ich gehe keinem Kampf aus dem Weg, Sir John. Ich war oft wagemutig und habe einen hohen Preis dafür bezahlt, aber ich habe nie wie ein Narr gehandelt.«

Comyns Blick fiel auf Earl John of Atholl, der mit Alexander Seton ganz in der Nähe stand. Atholl quittierte Wallace' Antwort mit einem kalten Lächeln, Seton nickte beifällig. Comyn spürte, wie ihm das Blut in die Wangen stieg. Als er den Mund öffnete, um etwas zu erwidern, ertönte vom Hügel her ein Horn. Er fuhr herum und sah die Männer auf höherem Gelände wild zur Straße hinunterdeuten. Comyn eilte zu seinem Pferd, schwang sich in den Sattel und trieb das erschöpfte Tier über das Feld. Wallace folgte ihm. Noch bevor er seine Männer erreichte, hörte Comyn ihre Rufe, die den ersterbenden Widerhall des Horns übertönten.

»Die Engländer kommen!«

Comyn zügelte sein Pferd und richtete sich im Sattel auf, um auf die Straße hinunterzustarren. In der Ferne sah er eine große Reitertruppe, die rasch näher kam. Als Trompeten erschollen, wusste er, dass seine Männer entdeckt worden waren. Sie waren vom Kampf ausgelaugt und größtenteils vom erbeuteten Wein betrunken. Ohne den Vorteil der Überrumpelung hatten sie gegen schwere Kavallerie kaum eine Chance.

»Ihr habt in dem Wespennest herumgestochert, Comyn«, erklang Wallace' harte Stimme neben ihm. »Jetzt werden wir sehen, ob Ihr die Stiche zu ertragen vermögt.«

Mit einem erbitterten Fluch jagte Comyn zur Straße zurück und brüllte den immer noch in den Karren herumkriechenden Männern Befehle zu. Viele folgten seinen Warnrufen und sprangen mit prall gefüllten Beuteln von den Wagen herunter, aber andere waren vom Wein schon zu benebelt, um zu begreifen, was um sie herum geschah.

MacDouall, im Sattel und mit gezücktem Schwert, war sofort an seiner Seite. »Sir … die Gefangenen?«

Comyn starrte die Reihe gefesselter Ritter an, die die Straße erwartungsvoll im Auge behielten und darauf warteten, dass ihre Kameraden ihnen zu Hilfe kamen. Dann wanderte sein Blick zu den Karren voller Waffen, Münzen und wertvollen Ausrüstungsgegenständen, die die Plünderer – auf seinen Befehl hin – nicht angerührt hatten. »Lasst sie. Wir haben keine Zeit!«, spie er, sein Pferd herumreißend. »*Zurück!*«

Ein bärengleiches Röhren übertönte seinen Ruf. »Zurück zu den Bäumen, ihr Dummköpfe! *Alle zu mir!*«

John Comyn blieb ein kurzer Moment, um zu sehen, wie rasch die Männer, die seinem Befehl unterstanden, Wallace folgten, dann wurde er von der Welle der Schotten mitgerissen, die in einem ungeordneten Rückzug auf den sicheren Wald zuritten.

25

Writtle, England, A.D. 1303

ROBERT STAND IM HOF VOR DER HALLE seines Vaters und beobachtete die näher kommende Kutsche. Er spürte, wie die neben ihm stehende Elizabeth zitterte. Seine Frau schlang ihren grauen, mit Zobel gefütterten Umhang enger um ihre Schultern. Er hatte die kostbaren Felle letzten Monat von einem Pelzhändler in Chelmsford gekauft, sie ohne ihr Wissen vom Schneider seines Vaters in ihren Lieblingsumhang einnähen lassen und sich über ihr überraschtes Lächeln gefreut, als sie das neu gefütterte Kleidungsstück vom Haken genommen hatte. Seither hatte die Befangenheit, die wie ein unsichtbares härenes Hemd zwischen ihnen lag und ihnen beiden Unbehagen einflößte, ein wenig nachgelassen. Keiner von beiden hatte diese Heirat gewollt, aber es hatte keinen Sinn, darüber zu jammern und zu klagen. Außerdem hatte ihm die Verbindung mit Ulsters Tochter dabei geholfen, seine Position in England zu festigen, und er konnte die Vorteile nicht leugnen, die ihm das Bündnis mit der mächtigen Familie de Burgh einbrachte. Ein wohlüberlegtes Geschenk, um sie glücklich zu machen, war ein wenig Mühe wert.

Elizabeths im Frühlingssonnenschein hell schimmernde Augen ruhten auf den Reitern, die die Kutsche begleiteten. Als sie vernehmlich den Atem ausstieß, bildete sich vor ihren Lippen eine kleine Wolke in der Luft.

»Mach dir keine Sorgen«, beruhigte Robert sie. »Sie wird dich bald lieb gewinnen.« Aber als er den Blick wieder auf die Straße richtete, spürte er, wie sich seine Worte wie eine kalte Klinge in sein Herz bohrten. Würde sie *ihn* lieben? Würde sie ihn überhaupt wiedererkennen?

Die Reiter überquerten die Zugbrücke. Auf den Überwürfen der Männer prangte das Wappen von Annandale: ein rotes Schrägkreuz auf gelbem Grund. Die Kutsche folgte ihnen, rumpelte über das Holz. Stallburschen eilten herbei, um sich um die Pferde zu kümmern, als die Kutscher vom Bock sprangen und die Hunde in den Zwingern aufgeregt zu bellen anfingen. Unter ihnen war auch Roberts Hund Fionn, jetzt ein ausgewachsener, übermütiger Rüde.

Einer der Reiter, ein stämmiger, untersetzter Mann mit kurz geschorenem grauem Haar, stieg von seinem Pferd und kam auf Robert zu. »Guten Tag, Sir.«

»Walter«, begrüßte Robert den Mann, den er sofort erkannte.

Walter war einer der Vasallen seines Großvaters gewesen, bevor Annandale auf seinen Vater übergegangen war. Sein wettergegerbtes Gesicht weckte Erinnerungen an Jagden in den Wäldern rund um Lochmaben – an seine Heimat. Er wirkte verhärmt; ausgelaugt nicht nur von der Reise oder den Jahren, die vergangen waren, seit Robert ihn zuletzt gesehen hatte. Es musste für die Vasallen seines Vaters, die in Annandale geblieben waren, schwer gewesen sein, ein seltsames Schattendasein in einem von Engländern beherrschten Gebiet zu führen, wo sie nur widerwillig geduldet wurden. Den Erinnerungen haftete jetzt ein Stachel an. Er dachte an Carrick; an alles, was er zurückgelassen hatte. Sein Konnetabel Andrew Boyd war nach Turnberry zurückgekehrt, aber die Burg lag noch immer in Trümmern. Es würde Zeit brauchen, den Wiederaufbau zu planen und die nötigen Mittel zu beschaffen. »Gab es unterwegs Schwierigkeiten?«

»Keine, Sir.« Walter spähte an Robert vorbei in die Schatten der Halle. »Ist der Lord auch zugegen?«

»Mein Vater schläft noch.« *Schläft seinen Rausch von gestern Abend aus*, fügte Robert in Gedanken hinzu. »Edwin wird dir und deinen Männern eine Kammer zeigen, wo ihr essen und euch ausruhen könnt.« Er winkte den Haushofmeister seines Vaters, der herausgekommen war, um die Neuankömmlinge zu begrüßen, zu sich.

Als Edwin Walter über den Hof führte, bemerkte Robert, dass zwei Gestalten aus der Kutsche geklettert waren. Bei einer handelte es sich um eine in einen grünen Wollumhang gekleidete Frau, deren Haar von einer weißen Haube bedeckt wurde, bei der anderen um ein kleines Mädchen. Ihr schmaler Körper war in einen bestickten gelben Mantel gehüllt, der an der Schulter von einer silbernen Brosche gehalten wurde. Ihr Haar, so fein und dunkel wie das seine, war zu einem Zopf geflochten und auf dem Kopf festgesteckt. Sie blickte sich nervös um, als die Frau sie zu Robert und Elizabeth hinüberzog.

Beim Anblick seiner Tochter, die er seit fast drei Jahren nicht mehr gesehen hatte, krampfte sich Roberts Brust zusammen. Was war aus dem kleinen Kind geworden, das er in James Stewarts Obhut zurückgelassen hatte? Vor ihm stand ein unglaublich verändertes, ernstes Mädchen von sieben Jahren. Als er merkte, dass sie ihn mit zusammengezogenen hellen Brauen verunsichert anstarrte, rang er sich ein Lächeln ab. Sein Blick wanderte zu der jungen Frau an der Seite seiner Tochter, die sich während seiner Abwesenheit ebenfalls verändert hatte, wenn auch nicht so stark.

Judith war kurz nach dem Tod seiner Frau Isobel, die während der Belagerung von Carlisle im Kindbett gestorben war, Marjories Amme geworden. Damals war sie ein hageres, mürrisches Geschöpf von etwa fünfzehn Jahren gewesen, jetzt war sie demzufolge um die zwanzig, hatte fleckige Wangen und hellbraunes Haar, von dem einige Strähnen unter ihrer Haube hervorlugten. Obwohl sie seine Tochter schon seit vielen Jahren nicht mehr stillte, hatte Robert die junge Engländerin in seinen Diensten behalten, damit es in Marjories Leben wenigstens eine Konstante gab.

»Sir«, grüßte Judith mit einem leichten Knicks und einem neugierigen Blick in Elizabeths Richtung.

Robert nickte der Kinderfrau zu, dann wandte er sich zu seiner Tochter und breitete die Arme aus. »Marjorie.« Der Schmerz in seiner Brust verstärkte sich, als sie sich nicht vom Fleck rührte.

Das Mädchen griff nach Judiths Hand.

Judith lächelte, löste ihre Finger aus dem Griff des Kindes und tätschelte Marjorie den Rücken. »Geh zu deinem Vater.«

Marjorie trat zögernd ein paar Schritte vor und zuckte zusammen, als Robert sie an sich zog und in die Arme schloss.

Er schloss die Augen und atmete den warmen Duft ihres Haares ein, ehe er sie auf den Scheitel küsste und zurücktrat. »Wie war die Reise? Hast du viel von England gesehen?«

Marjorie blickte sich zu Judith um, aber ihre Kinderfrau war zu der Kutsche zurückgegangen und wies einen der Träger an, ihr Gepäck auszuladen.

»Und Sir James und Lady Egidia? Wie geht es ihnen? Haben sie dich gut behandelt?«

Er erhielt noch immer keine Antwort.

»Das ist meine Frau, Lady Elizabeth. Egidias Nichte.« Robert zögerte. »Deine neue Mutter.«

Das Wort löste kaum eine Reaktion in dem Mädchen aus. Es nickte nur pflichtschuldig.

Während Robert das schweigende Kind musterte und ihm die Worte im Hals stecken blieben, spürte er, wie in die neben ihm stehende Elizabeth Leben kam.

Sie trat zu Marjorie und ging vor ihr in die Hocke. Da sie erst achtzehn war und kein eigenes Kind hatte, war sie auf der Hut. »Möchtest du ein Stück Honigkuchen? Er ist noch warm, er kommt frisch aus dem Ofen.«

Der Knoten zwischen Marjories Brauen verschwand, ein Funke glomm in ihren blauen Augen auf. Als sie nickte, nahm Elizabeth sie bei der Hand, führte sie ins Haus und überließ es dem Haushofmeister, sich um Judith und das Gepäck zu kümmern. Robert folgte ihnen. Ein unverhofftes Gefühl der Dankbarkeit gegenüber seiner Frau wallte in ihm auf.

In der rauchigen, warmen Halle schürten Diener das Feuer. Einer der Jagdhunde des alten Bruce, genauso fett und träge wie sein Herr, lag vor dem Kamin und verfolgte aus verschleierten Augen, wie weitere Scheite in die Flammen geschoben wurden. Zwei andere Diener saßen an einem Tisch und polierten silberne Platten und Becher, und Elizabeths Zofe Lora flickte am Feuer eines der Gewänder ihrer Herrin. Alle blickten neugierig auf, als Elizabeth mit Marjorie die Halle betrat.

Auf einem Tisch befanden sich zahlreiche Gegenstände. Marjorie, die schon jetzt mehr Interesse als Unsicherheit zeigte, als sie sich in der komfortabel ausgestatteten Halle umsah, betrachtete sie mit deutlich aufgehellter Miene. Da gab es zwei Filzpuppen mit geflochtenem Wollhaar und Samtkleidern sowie ein Kugelspiel. Doch am beeindruckendsten war das detailgetreu aus Buchenholz geschnitzte Modell einer Burg, auf die sich das Mädchen konzentrierte, als Elizabeth es zu dem Tisch führte.

»Dein Vater hat sie für dich anfertigen lassen.«

Marjorie ließ Elizabeths Hand los und glitt auf die Bank vor den Spielsachen.

Während seine Frau einem der Diener befahl, Honigkuchen und gewürzten Wein zu bringen, sah Robert zu, wie seine Tochter durch eine der Schießscharten der Burg spähte. »Hier.« Er trat zu ihr. »Du kannst sie aufmachen. So.« Er schob den silbernen Riegel an der Seite hoch, sodass die Vorderfront an kleinen Angeln zurückschwang.

Seine Tochter sog glücklich den Atem ein, als drei Stockwerke zum Vorschein kamen. Eines enthielt ein hölzernes Miniaturbett, eines einen Tisch und eine Bank und das letzte einen geschnitzten Holzkamin und zwei Elfenbeinfiguren, einen Mann und eine Frau. Robert weidete sich an Marjories entzücktem Gesicht. Er wünschte, er hätte sie schon früher hierhergeholt, aber erst nach einem Jahr in England war es ihm sicher genug erschienen. Seine unregelmäßigen Besuche in London verliefen angespannt, weil er dort ständig unter Beobachtung von Humphrey oder anderen Männern des Königs stand. Doch jetzt, während er seiner Tochter beim Spielen zusah, musste Robert sich eingestehen, dass es einen triftigeren Grund dafür gab, Marjorie nicht schon früher zu sich geholt zu haben. Tatsächlich war er nicht nur um ihre Sicherheit besorgt gewesen. Er hatte Angst vor der Fremden gehabt, zu der sie für ihn geworden war. Unwillkürlich musste er an seinen Vater denken, an die Distanz, die trotz eines unter demselben Dach verbrachten Jahres noch immer zwischen ihnen herrschte.

»Hast du in Rothesay oft deine Onkel gesehen?«, fragte er, um sich abzulenken.

Marjorie nickte und setzte dabei eine der Elfenbeinfiguren in den obersten Raum der Burg. »Niall erzählt mir Geschichten.«

»Tut er das?« Robert strahlte ob der Enthüllung. Er lechzte nach Neuigkeiten von daheim. Das lange Schweigen seiner Brüder und Kameraden war unerträglich gewesen; das Wissen darum, dass sie dachten, er habe sie verraten, nagte unaufhörlich an ihm. »Nun, dein Onkel Edward lebt hier, und ich schätze, er wird dasselbe tun, wenn du ihn darum bittest.« Er brach ab. »Sprechen Niall und Thomas manchmal von mir?«

Marjories Aufmerksamkeit galt allein der Burg.

Bevor sie antworten konnte, erschien Edwin auf der Schwelle. »Eine Botschaft für Euch, Sir.« Der Haushofmeister hielt eine Schriftrolle in die Höhe.

Robert überließ seine Tochter ihrem Spiel, ignorierte das Stirnrunzeln seiner Frau, durchquerte die Halle und nahm das Pergament entgegen. Als er das königliche Siegel erkannte, verspürte er ein Ziehen in der Magengrube.

»Was ist passiert?«, fragte Elizabeth, als er das Schreiben überflog.

Robert blickte auf. »Die Schotten haben vor Edinburgh eine Gruppe von Männern des Königs angegriffen. Die Waffenruhe ist gebrochen. König Edward will die Pläne für eine Invasion vorantreiben. Er hat mich zu den Waffen gerufen.« Er sah wieder auf das Pergament. Ein Hoffnungsschimmer keimte in ihm auf.

Da er am Hof mit Misstrauen betrachtet wurde, hatte er keine Gelegenheit gehabt, irgendetwas über die Prophezeiung in Erfahrung zu bringen, ihm war lediglich die nervtötende Freude der Männer darüber entgegengeschlagen, dass es Edward gelungen war, alle vier Reliquien zusammenzubringen – ein Umstand, der dazu führte, dass viele glaubten, der König werde den Willen der schottischen Rebellen bald endgültig brechen und die Alleinherrschaft über Britannien übernehmen. Auch hatte Robert nicht die Spur eines Beweises für seinen Verdacht gefunden, Edward könne beim Tod des schottischen Königs die Hand im Spiel gehabt haben. Er wusste, dass er das Vertrauen des Königs gewinnen musste, wenn er der Wahrheit näherkommen wollte, aber dazu musste er sich bewähren, und bislang hatte sich ihm noch keine Gelegenheit dazu geboten. Bis jetzt.

Der zaghaften Hoffnung auf dem Fuß folgte der niederschmetternde Gedanke an die Schlachtfelder, die ihn erwarteten. Einmal mehr musste er gegen sein eigenes Land kämpfen.

Elizabeth blickte von Robert zu Marjorie. »Wann brichst du auf?«, murmelte sie.

»In drei Wochen.«

Sie sahen sich schweigend an.

Marjories kühle, klare Stimme zerriss die Stille. »Sie sprechen überhaupt nicht von dir.«

Robert musterte sie.

»Niall und Thomas.« Seine Tochter nahm eine der Figuren aus der Burg. »Sie sprechen nie von dir.«

26

Brechin, Schottland, A.D. 1303

WÄHREND DIE MÄDCHEN Weißdorngirlanden für das Maifest flochten und Weizen und Roggen auf den Feldern heranreiften, bereiteten sich die Männer Englands auf den Krieg vor. Schneider flickten Risse in Wämsern, Hufschmiede beschlugen

Pferde, Knappen schärften stumpfe Klingen und entrosteten die Kettenhemden ihrer Herren in Fässern voll Sand. Die Ritter verabschiedeten sich von ihren Frauen und Kindern, legten ihre Rüstungen an, banden Bänder mit dem roten Kreuz des heiligen Georg um und machten sich gemäß dem Befehl ihres Königs auf den Weg zu ihrem Sammelpunkt.

Die auf die Ostküste zuströmende Kolonne aus Rittern und Knappen, Fußsoldaten, Bogenschützen, Packpferden, Maultieren, Karren und Belagerungsgeräten wand sich Meilen lang durch das Land und wirbelte auf der Great North Road riesige Staubwolken auf. Die nach dem Angriff auf Segraves Truppen von Edward zusammengezogene Armee war die größte seit dem Feldzug, der bei Falkirk zehntausend Schotten das Leben gekostet hatte. Die Summe der Rache eines Königs.

Nachdem er in York Rast gemacht hatte, um sich mit Vorräten zu versorgen, setzte Edward den Marsch nach Schottland fort und überquerte Anfang Juni die Grenze, wo er seine Truppen aufteilte. Der Prinz von Wales übernahm das Kommando über eine große Kompanie und zog nach Strathearn, um dort zu brandschatzen, zu plündern und den Worten des Königs zufolge die Hölle zum Leben zu erwecken, während Edward selbst den Hauptteil der Armee zur Ostküste führte, vorbei an dem unbeugsamen Schatten von Stirling Castle, das die Schotten hartnäckig gegen ihn verteidigten. Währenddessen griff eine Flotte irischer Schiffe unter dem Befehl des Earl of Ulster die Westküste an.

Im August erreichte Edward die Stadt Brechin, wo er die Burg belagerte. Die auf einem Felsvorsprung über einem Fluss erbaute Festung verfügte über eine wehrhafte Garnison und ausreichend Vorräte, und da nach vierzehntägigem Beschuss die massigen Mauern und die Männer dahinter noch immer standhielten, war Edward gezwungen, weitere Belagerungsgeräte auf dem Seeweg nach Montrose zu bringen. Weil er schwereren Ballast als Steine als Gegengewicht für diese neuen Maschinen benötigte, schickte er eine Truppe unter dem Befehl von Aymer de Valence zu der nahe gelegenen Kathedrale von Brechin, um dort das Blei aus dem Dach zu brechen.

Robert blinzelte zu dem von Gerüsten verdeckten viereckigen Turm empor. Er war zwar breit, aber nur halb so hoch wie der fast hundert Fuß hohe hinter ihm aufragende Rundturm. Sie erinnerten ihn an zwei nebeneinanderstehende Brüder, einer groß und schlank, der andere klein und untersetzt. In der Mittagssonne warfen sie kurze Schatten über den Kathedralenhof und den Friedhof, hinter dem die Pfarrhäuser und der Palast des Bischofs lagen.

Eine Fliege landete auf seiner Wange und krabbelte auf seinen Mund zu, bis er sie wegscheuchte. Die Hitze zog die Plagegeister in Schwärmen an, zusammen mit den Bremsen, die die Schlachtrösser peinigten.

»Worauf wartet Ihr noch, Bruce?«

Beim Klang der Stimme, die den allgemeinen Lärm von Männern und Pferden übertönte, die das Gelände bevölkerten und die Luft verpesteten, drehte Robert sich um und heftete den Blick auf den Sprecher, der mit einem Zinnbecher in der Hand im Schatten einer Eiche stand.

Aymer de Valence' wie aus Stein gemeißeltes Gesicht war gerötet, die Augen unter dem Rand seines hochgeklappten Visiers zusammengekniffen. Ringsum standen, Schutz vor der sengenden Hitze suchend, andere Ritter und Edelleute, darunter Thomas of Lancaster und Ralph de Monthermer, und tranken den Wein, den Valence im Bischofspalast beschlagnahmt hatte. Noch immer trugen Diener eifrig Weinfässer aus dem Palast und brachten Fleischpasteten, Brot und Käse für die Invasoren. Ein Stück entfernt standen in der Sonne aufgereiht und mit vor Hitze und Zorn hochroten Gesichtern der Bischof von Brechin und seine Geistlichen. Englische Knappen patroullierten mit den Händen an den Schwertern vor ihnen auf und ab und ließen sie nicht aus den Augen.

»Nun?« Valence deutete zu dem Turm hinüber. »Schickt sie endlich hoch, um Himmels willen. König Edward braucht dieses Blei heute Abend.«

Robert nahm die Verachtung des Ritters mit derselben Gleichmütigkeit hin, die er auf dem Marsch gen Norden schon oft hatte an den Tag legen müssen. »Klettert hinauf«, befahl er der Gruppe Fußsoldaten, deren Tuniken staubig von dem Schotter aus den Steinmetztrögen waren, die sie soeben geleert hatten. Unter seiner Rüstung konnte niemand seine angespannten Schultern sehen, und niemand bemerkte, wie sich seine Finger in den mit Stahlplättchen besetzten Handschuhen krümmten, als wollten sie sich um eine Waffe schließen und Valence den Schädel spalten. Die Infanteristen, die Robert auf Befehl des Königs von seinen schottischen Landsitzen abgezogen hatte, machten sich an die Arbeit und hoben die hölzernen Tröge an.

Robert blieb stehen, wo er war, und sah zu, wie sie mit dem Aufstieg begannen. Er hätte protestieren können, dem Hurensohn sagen, er solle seine eigenen Fußsoldaten hinaufschicken, aber Edward hatte ausdrücklich Valence den Oberbefehl übertragen, und jede Respektlosigkeit gegenüber seinem Vetter wäre eine Kränkung für den König. Robert wusste, dass es vor allem galt, die Illusion von Gehorsam und Loyalität aufrechtzuerhalten. Seit Beginn des Feldzuges hatte ihn Aymer wie ein Adler beobachtet. Und er war nicht der Einzige. Je mehr sie sich Schottland genähert hatten, desto stärker war sich Robert allem, was er sagte oder tat, bewusst geworden, bis er sich vorkam, als bewohne er seinen eigenen Körper nicht mehr. Ihm war, als wäre er eine von denen, die ständig um ihn herum waren, geführte Marionette, die sich nur so bewegte, wie sie es wollten. Die Täuschung war kräftezehrend geworden.

Die Männer wirkten auf den wackeligen Leitern, die im

Zickzack über die Ebenen der von dünnen Koniferenstämmen gestützten Plattformen verliefen, unbeholfen und ungelenk. Sie kamen nur langsam voran, weil jedes Paar mit dem Trog kämpfte, den es zwischen sich trug, und gezwungen war, einhändig zu klettern.

»Hölle und Teufel, wir werden noch am Jüngsten Tag hier stehen«, beschwerte sich einer von Valence' Männern.

Eine willkommene kühle Brise kühlte den Schweiß auf Roberts Gesicht und ließ die welken Weißdornblüten rascheln, die das Gras bedeckten. Sie brachte einen schwachen Salzgeruch mit sich, vielleicht von der Lagune von Montrose. Ein paar Meilen östlich hatte die Stadt vor sieben Jahren mit angesehen, wie John Balliol das königliche Wappen vom Überrock gerissen worden war – am selben Tag, an dem Robert und die Drachenritter in die Abtei von Scone eingedrungen waren, um den Krönungsstein an sich zu bringen.

Robert wurde aus seinen Gedanken gerissen, als einer seiner Soldaten auf der Leiter den Halt verlor. Der Mann fiel mit einem erschrockenen Aufschrei auf die schmale Plattform ein paar Fuß unter ihm. Seinem durch den flachen Trog mit ihm verbundenen Kameraden gelang es, das Gleichgewicht zu bewahren, aber er ließ den Trog fallen, der drei Stockwerke in die Tiefe segelte, um auf dem staubigen Boden zu zerschellen. Aymers Männer johlten vor Vergnügen und überlegten – so laut, dass die Schotten auf dem Gerüst es hören mussten –, in wie viele Teile der junge Mann wohl zerbrochen wäre, wäre er aus derselben Höhe heruntergestürzt. Dann wurden Wetten abgeschlossen, welcher von ihnen zuerst abrutschen würde. Ralph de Monthermer war der Einzige, der sich heraushielt. Der königliche Ritter stand schweigend da, sein gelber Mantel mit dem grünen Adler leuchtete im Sonnenschein, während er seinen Wein trank, die ersten Fußsoldaten beobachtete, als sie die oberste Plattform erreichten, und gelegentlich zu Robert hinüberschielte.

Direkt oberhalb dieser Plattform endete der viereckige Turm plötzlich. Hier war das Mauerwerk heller als in den unteren Sektionen, es war erst kürzlich getüncht worden. Die ersten beiden Männer setzten ihren Trog ab und richteten ihre Leiter neu aus, wobei sie immer wieder in die schwindelerregende Tiefe spähten. Sie legten sie diagonal zwischen sich auf das Dach des Kirchenschiffs der Kathedrale, das sich in einem steilen Winkel zum Turm erhob. Darunter zeigte der Rundturm wie ein Finger zum Himmel empor. Die Bleiblöcke schimmerten im Sonnenlicht blau. Einer der Männer kroch mit einem Meißel bewaffnet die Sprossen hoch und begann, die Blöcke loszuschlagen und seinem Kameraden hinunterzureichen, der sie in dem Trog stapelte.

Schnell bildete sich eine Reihe, und alsbald stellte sich ein Rhythmus ein. Sobald ein Trog gefüllt war, packten zwei Männer das schwere Behältnis und stiegen die Leiter hinunter. Unten standen zwei Karren bereit, um das Blei zu den Engländern zu schaffen, die Brechin Castle umzingelten. Jedes Paar war in Schweiß gebadet und rang nach Atem, wenn es die Karren erreichte. Der junge Schotte auf dem Dach, der das Blei vom Dach löste, kletterte höher, als die Blöcke ringsum allmählich verschwanden, sein Kamerad lag bäuchlings auf der Leiter und nahm sie entgegen.

Robert erteilte gerade den Männern, die das Blei auf die Karren luden, einige Anweisungen, als er den Schrei hörte. Er fuhr herum, schützte seine Augen mit einer Hand vor der Sonne und sah, dass der Mann auf dem Dach den Halt verloren hatte und rasch auf den Rand zurutschte. Lose Bleiquader glitten unter ihm hervor, krachten zu Boden und veranlassten die Männer unten, sich hastig zu ducken. Seine Beine flogen in die Höhe, dann gelang es dem Mann, sich herumzuwerfen und das Dach zu packen. Dort klammerte er sich verzweifelt fest und trat mit den Füßen ins Leere.

»So hilf ihm doch!« Robert wölbte die Hände um den Mund,

um den donnernden Ruf in Richtung des Mannes auf der Leiter zu lenken, der das Geschehen schreckensstarr verfolgte.

Ein weiterer gellender Schrei erklang, als der junge Schotte in Panik seinen Griff lockerte und weiter nach unten rutschte. Er kreischte irgendetwas Unzusammenhängendes, als sein Kamerad ihm eine Hand hinstreckte.

»*Nimm sie!*«, drängte Robert den schreienden Jungen. »*Verdammt nochmal, so nimm sie endlich!*«

Sogar das Gejohle der Ritter war verstummt. Einer der Geistlichen bei dem Bischof murmelte ein Gebet.

Der Mann auf der Leiter sprach seinem Kameraden lautstark Mut zu und streckte den Arm so weit aus, wie er konnte. Als der Junge in die Tiefe stürzte, geschah dies so plötzlich, dass Robert nur die Zeit für einen aufblitzenden Gedanken blieb – *wie schnell wir doch dem Himmel entrissen werden* –, bevor der Mann mit einem dumpfen Aufschlag auf einem Schotterhaufen landete. Dort blieb er wie eine zerbrochene Puppe liegen, mit einem unter dem Körper verdrehten Bein und weit ausgebreiteten Armen. Blut tröpfelte unter seinem Kopf hervor und sickerte in den Mörtel.

»Ein Zeichen, dass Gott Euer Tun missfällt.« Es war die Stimme des Bischofs, die die Stille zerriss. »Und noch mehr von Euch werden im Angesicht seines Zorns fallen.«

Aymer de Valence löste sich aus dem Schatten der Eiche. »Bewegt euch, ihr faulen Hunde!«, herrschte er die jungen Burschen auf dem Gerüst und an den Karren an, die regungslos dastanden und den Leichnam ihres Kameraden anstarrten.

Einen Moment lang ließ Robert seine Maske fallen. Er trat auf Valence zu, seine Hand schloss sich um den Griff seines Breitschwerts. Aymer, damit beschäftigt, die Schotten anzubrüllen, bemerkte nichts davon, doch Ralph de Monthermer hielt Robert auf.

Das Gesicht des königlichen Ritters war ernst, als er ihm den Weg vertrat, doch in seinen Augen stand Verständnis zu lesen.

»Zieh vier von deinen Männern ab und lass sie ihn begraben. Ich werde sie durch zehn von meinen ersetzen.«

Roberts Wut verflog langsam, floss in ihn zurück, bis er wieder klar denken konnte und die Hand vom Schwertgriff löste. Nicht hier. Nicht jetzt.

»Sir Ralph?«, fragte Valence, als der Ritter seinen eigenen Männern befahl, den Schotten auf dem Gerüst zu helfen. »Was in Gottes Namen tut Ihr da?«

»Wenn mehr Hände mit anpacken, werden wir schneller fertig. Wie Ihr selbst sagtet – König Edward will das Blei heute Abend haben.«

Robert gestattete sich angesichts des hilflosen Zorns in Aymers Gesicht einen Anflug von stummem Triumph, bevor er sich zu dem Leichnam wandte und vier seiner Männer herbeirief, die ein Grab ausheben sollten.

Als der Tote der Erde übergeben und Gebete gesprochen worden waren, war einer der Karren voll beladen. Hoch über ihnen schimmerten die kahlen Holzbalken des Kathedralendachs durch das fehlende Blei ungewöhnlich hell.

Von Wut und Wein erhitzt, rief Valence seine Ritter zu sich und teilte Ralph de Monthermer und Thomas of Lancaster mit, er werde die Ladung nach Berchin Castle begleiten. »Kommt nach, sobald ihr fertig seid«, schloss er, schob einen Fuß in den Steigbügel und schwang sich in den Sattel.

Der Bischof beobachtete ihn mit grimmig funkelnden Augen. »Schlimm genug, dass Euer König Krieg gegen Schottland führt. Jetzt hat er auch noch dem Allmächtigen den Krieg erklärt – er bestiehlt Seinen Tempel!«

Aymers Miene spiegelte spöttische Entrüstung wider. »Mein Herr tut nichts dergleichen, Exzellenz.« Er griff in seinen Beutel und zog eine Geldbörse hervor. »Dies schickt er Euch als Entschädigung.« Mit diesen Worten warf der Ritter dem Bischof die Börse vor die Füße, lachte über die Wut des Geistlichen und ritt vom Kathedralengelände herunter. Der mit Blei beladene Karren rollte hinter ihm her und hinterließ dabei tiefe Spuren im Gras.

Am nächsten Morgen wurde Robert in seinem Zelt von dem ohrenbetäubenden Krachen der in die Mauern von Brechin Castle einschlagenden Steine geweckt. Er blieb liegen und starrte die fleckige Zeltleinwand an, während das Knarren der Rahmen der Belagerungsgeräte und die Rufe der Baumeister die Morgendämmerung zerrissen. Als die nächsten Einschläge erfolgten, war in der Ferne das Plätschern zu hören, mit dem Trümmerteile in den Fluss fielen, über dem die Festung thronte. Robert setzte sich auf. Seine Haut glänzte vor Schweiß, und dort, wo er gelegen hatte, waren die Laken feucht.

Er stand auf und trat zu einer Truhe, auf der eine kleine Wasserschüssel stand. Daneben lagen ein Rasiermesser und ein zerbeulter silberner Spiegel. Als er sich vorbeugte, um sich das Gesicht zu waschen, schwang der Armbrustbolzen an dem Lederband hin und her. Der Anhänger war wohl eher ein Fluch denn ein Talisman, denn er erinnerte ihn höhnisch daran, dass er der Wahrheit keinen Schritt näher gekommen war. Er starrte sein Spiegelbild im Wasser an und fragte sich, wie lange er diese Scharade noch weiterführen, beten, dass Balliol nie zurückkehrte und auf die Gelegenheit warten konnte, einen Blick in diesen versiegelten schwarzen Kasten zu werfen, der alles oder nichts beweisen würde. Würde er so enden wie sein Großvater, dem der Thron bis zu seinem Tod verwehrt geblieben war? Oder wie sein Vater, als verbrauchter alter Trunkenbold, ein Käfer unter Edwards Daumen, der sich nur in seinen weinseligen Träumen Hoffnungen auf die Krone machte?

Robert spürte, dass der Hass auf den englischen König wie Säure in ihm brannte. Zur Hölle, er war der Nachkomme von Malcolm Canmore! Er sollte aus diesem Zelt rauschen und befehlen, das feurige Kreuz durch England zu schicken! Er würde Affraigs Heidekrautkrone aufsetzen und eine Armee zusammenziehen, um gegen die englischen Eindringlinge zu kämpfen. Seine in dem sonnengebräunten Gesicht dunkelblau leuchtenden Augen starrten ihm aus dem Silber entgegen. Während der ersten Invasion Schottlands war er zwischen gegensätzlichen Loyalitäten hin und her gerissen gewesen. Diesmal wusste er, auf welcher Seite er stand. Er wollte die Rebellen anführen. Stattdessen war er hier, in Edwards Diensten gefangen, und musste die verhasste Maske der Untertanentreue tragen.

Seufzend senkte er den Kopf. James Stewarts Stimme hallte in seinem Kopf wider, warnte ihn vor übereiltem Handeln. Die Engländer standen kurz vor dem Sieg. Jeder Mann, den er dazu bewegen konnte, sich ihm anzuschließen, würde sofort niedergestreckt werden. Allein konnte er keine Armee zusammenziehen, die groß genug war, um sich gegen Edwards Truppen zu behaupten. *Es gibt für alles eine Zeit,* würde der Großhofmeister sagen. *Bring Geduld für die natürliche Ordnung der Dinge auf.*

Nachdem er sich angekleidet hatte, schob Robert die Klappen zurück, die seinen Schlafbereich vom Rest des Zeltes trennten. Sein Bruder saß da und verspeiste Fleisch und Käse, das einer der Diener aufgetragen hatte.

Edward nickte, als Robert zu ihm trat. »Hast du geschlafen?«, fragte er, den Mund voller Brot.

»So gut es bei diesem Lärm ging.«

Zur Antwort ertönte ein donnerndes Krachen, als ein Stein an der Burgmauer zerbarst.

Edward hob die Brauen. »Was meinst du, wie lange sie noch durchhalten?«

Robert brach ein Stück Brot ab, aß aber nicht. »Nicht mehr lange, wenn das so weitergeht.«

»Nes hat mir erzählt, was gestern mit dem einen Jungen passiert ist«, sagte Edward nach einer kurzen Pause. »Und was Valence gesagt hat.« Er beugte sich vor und dämpfte die Stimme.

»Bruder, bitte versprich mir, dass wir eines Tages, wenn du König bist, die Gelegenheit bekommen, diesen arroganten Mistkerl und alle seine Männer ins Jenseits zu befördern.«

Robert verblüffte die Intensität in seiner Stimme. Bis jetzt hatte sein Bruder das Täuschungsmanöver absolut überzeugend durchgeführt. Da er sich wegen seines hitzigen Temperaments Sorgen gemacht und befürchtet hatte, er würde nicht imstande sein, seinen Groll darüber, für den verhassten Feind kämpfen zu müssen, zu verbergen, war er freudig überrascht gewesen, wie begeistert Edward sich in seine neue Rolle eingelebt hatte. Manchmal meinte er, sein Bruder würde es genießen, die englischen Ritter und Barone, mit denen sie am Lagerfeuer saßen und die Rationen teilten, an der Nase herumzuführen – zwei in ihrer Mitte verborgene, ihrem eigenen Reich treu ergebene Schotten. »Das werden wir. Ich schwöre es.«

Edward fixierte ihn mit einem durchdringenden Blick. »Glaubst du wirklich, dass Edward dir gibt, was du willst, wenn er Schottland erobert?« Er umfasste das Lager draußen mit einer Handbewegung. »Sogar nach alldem?«

Robert schwieg. Er hatte Edward nie die Identität seines Angreifers in Irland verraten oder ihm seinen Verdacht bezüglich Alexanders Tod anvertraut, weil er fürchtete, Edward könne sich zu etwas Unüberlegtem hinreißen lassen und sie beide in Gefahr bringen. Die Antwort auf die Frage lautete Nein. Trotz James' zaghafter Hoffnung hatte Robert nie geglaubt, dass Edward ihm freiwillig den schottischen Thron überlassen würde, und hier auf diesem Feldzug, wo er selbst Zeuge seiner eisernen Entschlossenheit wurde, Schottland unter seinem Stiefel zu zermalmen, hatte sich diese Vermutung noch verstärkt. »Noch wissen wir gar nichts. Wir müssen uns in Geduld fassen. Vorerst jedenfalls.«

Die Zeltklappe wurde geöffnet, und Nes schob den Kopf herein. »Sir Humphrey möchte Euch sehen.«

»Schick ihn herein.« Robert warf das Stück Brot auf die Platte zurück, ohne hineingebissen zu haben.

Edward erhob sich. »Ich brauche frische Luft.« Als er auf die Klappe zuging, trat Humphrey ein. Sie schoben sich aneinander vorbei, und Edward nickte dem Earl kurz zu, bevor er das Zelt verließ.

Humphreys Lächeln weckte sofort Roberts Argwohn. Im Lauf des letzten Jahres hatte sein ehemaliger Freund Übung darin bekommen, den Verbündeten zu spielen, während er jeden seiner Schritte überwachte. Aber Robert hatte sich nie hinters Licht führen lassen. Selbst im Täuschen versiert, kannte er die Anzeichen: die steife Körperhaltung, die Unfähigkeit, dem anderen in die Augen zu sehen, das leise Hüsteln, das Humphrey manchmal von sich gab und das Lächeln, das seine Augen nicht erreichte. »Wünscht der König mich an der Belagerungslinie zu sehen?«

»Noch nicht«, erwiderte Humphrey. »Aber die Burg steht unter heftigem Beschuss. Ich schätze, Brechin wird sich noch vor Ende der Woche ergeben. Dann können wir unseren Marsch Richtung Norden fortsetzen.« Er brach ab. »Ich habe gestern Abend mit Ralph gesprochen. Er berichtete mir von einem Unfall bei der Kathedrale – einer deiner Fußsoldaten?«

Robert brauchte sein Bedauern nicht vorzutäuschen. »Ja.«

»Er sagte auch, du wärst mit Aymer aneinandergeraten. Er dachte, du würdest vielleicht …«

Als Humphrey zögerte, beendete Robert den Satz für ihn. »Auf ihn losgehen? Das hätte ich in der Tat beinahe getan. Der Bastard hat darauf gewettet, welcher meiner Männer zuerst abstürzt!« Ehe Humphrey etwas einwerfen konnte, fuhr Robert fort: »Du und ich sind, glaube ich, letztes Jahr zu einer Übereinkunft gelangt. Aber Aymer?« Er lachte humorlos auf. »Zwischen uns wird nie Frieden herrschen.«

Stille trat ein, nur die Steine prallten weiterhin gegen die Burgmauern.

Schließlich nickte Humphrey. »Du solltest ihm aus dem Weg gehen. Er lauert auf eine Gelegenheit, einen Keil zwischen dich und den König zu treiben.«

Robert füllte zwei Kelche mit Wein und reichte Humphrey einen davon. »Ich habe gehört, der König plant, Aberdeen anzugreifen, wenn Brechin gefallen ist?«

»Das ist richtig.«

Während Humphrey trank, dachte Robert an seinen Schwager John of Atholl, den Sheriff von Aberdeen. »Also wird das noch eine Weile so weitergehen?« Als Humphrey ihn ansah, fügte Robert hinzu: »Meine Tochter – sie fehlt mir.«

Humphrey entspannte sich sichtlich und lächelte. Diesmal erreichte das Lächeln fast seine Augen, und Robert erhaschte einen Blick auf den Geist seines alten Freundes.

»Je mehr wir lieben, was wir zurücklassen, desto schwerer wird es, nicht wahr?« Humphrey trank einen weiteren Schluck Wein. Seine Züge wurden weich. »Aber Bess gibt mir die Kraft, die langen Märsche und die Blasen zu ertragen, weil ich weiß, dass mich jeder Schritt irgendwann zu ihr zurückbringt. Genauso geht es dir sicherlich mit Elizabeth und Marjorie.«

Tatsächlich hatte Robert es als Erleichterung empfunden, seine Frau und seine Tochter bei Bess und Königin Marguerite in York Castle zurücklassen zu können. Nach etwas mehr als einem Monat in Marjories Gegenwart, wovon er die meiste Zeit mit Kriegsvorbereitungen verbracht hatte, war sie noch immer eine Fremde für ihn. Und Elizabeth – seine Frau? Die kurze Annäherung zwischen ihnen hatte sich verlangsamt, und ihre Angst, es könne ihr überlassen bleiben, sich um seine ihm entfremdete Tochter zu kümmern, hatte bewirkt, dass ihr Verhältnis sich weiter abkühlte. »Natürlich«, erwiderte er, wohl wissend, das sagen zu müssen, womit der Ritter rechnete; dabei fragte er sich insgeheim, ob es noch irgendeinen Teil seines Lebens gab, der sich nicht aus Lügen zusammensetzte.

Die Zeltklappe wurde geöffnet, und Henry Percy trat ein. Das für gewöhnlich von arrogantem Humor erfüllte Gesicht des Lord of Alnwick wirkte grimmig.

»Die Rebellen sind unter der Führung von John Comyn in England eingefallen. Der König hat soeben Nachricht aus Carlisle erhalten. Er wird sofort eine Soldatentruppe losschicken, um sie zurückzuschlagen.«

Humphreys Kiefermuskeln spannten sich an, aber er nickte, als er den Weinkelch absetzte. »Wann soll ich aufbrechen?«

»Du gar nicht.« Percy heftete den Blick auf Robert. »Sondern er.« Die Herausforderung in seinen kalten blauen Augen war unmissverständlich.

27

Rothesay, Schottland, A.D. 1303

JOHN OF ATHOLL SPRANG in das seichte Wasser, sein Sohn David folgte ihm. Der Saum seines Umhangs schleifte durch die schäumenden Wellen, als er hinter seinem Vater zum Strand hochwatete. Sein Haar war feucht von der Gischt. Im Firth war das kleine Boot während der Überfahrt heftig duchgeschüttelt worden.

John wandte sich an die beiden Fischer, die sie nach Bute gebracht hatten. »Ihr wartet hier?«

Einer der beiden bedachte ihn mit einem zahnlosen Lächeln. »Mit Euren Münzen könnt Ihr viel von unserer Geduld kaufen, Sir.«

Der Earl wühlte in seiner Börse und brachte einen Penny zum Vorschein, auf dem noch immer das Siegel von John Balliol prangte. Er warf dem Fischer die Münze zu, die dieser geschickt auffing. »Ihr erhaltet noch zwei, sobald wir wieder auf dem Festland sind.«

»Vater.«

David deutete strandaufwärts. John folgte dem Blick seines Sohns, vorbei an den Booten und Netzen am Ufer zu den Fischerhütten und Flechtwerkhäusern und dann zu der Burg Rothesay Castle empor, deren vier trommelähnliche Türme über der Stadt aufragten. Ihre von einem Graben umgebene Silhouette hob sich dunkel vom milchgrauen Himmel ab. Durch eine Lücke zwischen den Häusern konnte John die Zugbrücke ausmachen, die wie eine dunkle Zunge aus dem Eingang herausragte. Zahlreiche Menschen eilten darüber hinweg, einige führten Pferde am Zügel, andere zogen Handkarren hinter sich her.

Barsche Stimmen lenkten die Aufmerksamkeit des Earls auf das Ufer, wo vier Galeeren, jede mit sechzehn Rudern ausgestattet, festgemacht hatten. Lang und niedrig geschnitten erinnerten sie ihn mit ihren gebogenen Bügen an die Schiffe der Wikinger, die vor siebzig Jahren in diesen Gewässern Angst und Schrecken verbreitet und die Mauern von Rothesay Castle gestürmt hatten. Männer luden Truhen und Fässer von einem Stapel am Strand in die Galeeren. John sah weitere Gestalten mit Kisten und Säcken die Straße von der Burg herunterkommen. Viele trugen die Farben des Großhofmeisters, das blauweiß karierte Band hob sich auffällig von ihren gelben Tuniken ab.

»Wie es aussieht, sind wir gerade noch rechtzeitig gekommen«, murmelte John mit gerunzelter Stirn. »Zumindest hoffe ich das, sonst war unsere Reise reine Zeitverschwendung.« Er stapfte den Strand hoch. Seine Stiefel sanken tief im Sand ein, und die salzige Brise zerzauste sein lockiges Haar. David folgte ihm.

Als sie die Straße erreichten, gerieten sie in eine Flut von Menschen. Die Luft war von ängstlichen Rufen, dem Wimmern von Kindern und dem Blöken von Tieren erfüllt. Türen wurden zugeschlagen, als Menschen mit so vielen Habseligkeiten beladen, wie sie zu tragen vermochten, ihre Häuser verließen. John drängte sich an einer alten Frau vorbei, die zwei schreiende Maultiere an einem Strick führte, während David in eine Gänseherde geriet, die vor ihm auseinanderstob. Er entschuldigte sich bei der jungen Frau, die das Federvieh vor sich hertrieb, doch sie gab ihm keine Antwort, sondern scheuchte die Gänse nur hastig weiter. Ihr Gesicht war wie das der meisten anderen angespannt und verängstigt.

Sie überquerten die Zugbrücke, stießen mit Truhen beladene Männer zur Seite, die Pferde zum Strand hinunterschafften, und gelangten endlich in den Burghof. Wachposten in der Livree des Großhofmeisters bemannten die Fußwege oben auf den Mauern, andere eilten die steinernen Stufen hinauf und hinunter und riefen ihren Kameraden etwas zu. Der Hof selbst wimmelte von Menschen, die Luft stank nach Schweiß und Rauch – und nach Furcht, wie John bei sich dachte. Als er den Blick über die Menge schweifen ließ, entdeckte er plötzlich einen hochgewachsenen, dunkelhaarigen jungen Mann, bei dem es sich um Niall Bruce handeln mochte, doch bevor er sich vergewissern konnte, war der Mann schon wieder verschwunden, vom Gewühl verschluckt worden.

»Ich sehe ihn, Vater!«

Als David ihn am Arm packte, drehte John sich um, und sein Blick fiel auf eine vertraute Gestalt. James Stewart sprach eindringlich auf einen seiner Männer ein. Der Großhofmeister wirkte ungewöhnlich besorgt und verhärmt.

»Sir James!«

James fuhr herum. Auf seinem Gesicht spiegelten sich Überraschung und Verwirrung wider, als er Vater und Sohn näher kommen sah. »John? Was in Gottes Namen tut Ihr hier?« Bevor John antworten konnte, wandte sich der Großhofmeister wieder an seinen Bediensteten. »Packt den Rest zusammen. Ich treffe euch alle dann unten bei den Booten.« Der Mann eilte davon, und James deutete auf die Halle. »Kommt mit. Ich kann hier draußen in dem Lärm nicht klar denken.«

In der Halle stapelten Diener Fässer und Säcke an einer Wand auf. Die Tische und Bänke waren nach hinten geschoben worden, um Platz zu schaffen, und das Banner der Familie Stewart hing nicht mehr hinter dem Podest.

»Was ist passiert?«, erkundigte sich John, als sie den Raum betraten.

»König Edward hat in Irland eine Armee zusammengezogen, um uns von Westen her anzugreifen – überall entlang der Küste haben sie gebrandschatzt und geplündert. Gestern Nacht haben wir Feuer auf dem Festland gesehen, und im Morgengrauen entdeckten meine Spione die Schiffe. Sie halten auf Bute zu.«

John bemerkte zwei Pagen, die mit Kisten, die wie Geldtruhen aussahen, aus dem an die Halle angrenzenden Privatgemach des Großhofmeisters kamen. »Ihr wollt Rothesay nicht gegen sie verteidigen?«

»Meine Männer werden es versuchen«, versetzte James. »Aber ich kann es mir nicht leisten, hier wie eine Maus in der Falle zu sitzen. Ich werde eine kleine Truppe nach Inverkip bringen und dann versuchen, mich nach Paisley durchzuschlagen, falls die Engländer es noch nicht eingenommen haben.«

»Was ist mit Eurem Verwandten in Ulster? Gibt es keinen Weg, mit ihm zu verhandeln – ihn dazu zu bringen, den Angriff abzublasen?«

»Sir Richard ist Edward treu ergeben. Verwandtschaft hin, Verwandtschaft her, er wird tun, was ihm befohlen wird.«

Als James sich mit der Hand durch das Haar fuhr, fielen John die grauen Strähnen an seinen Schläfen auf. Er wusste, dass er nicht anders aussah. Dieser Krieg ließ sie alle vorzeitig altern. »Der größte Teil der Armee des Königs sitzt an der Ostküste fest, wenn das ein Trost ist.« Er lächelte grimmig. »Und der

Hurensohn wird sich gezwungen sehen, seine Truppen noch weiter aufzuteilen, wenn er feststellt, dass unsere Männer in England eingefallen sind.«

»Comyn hat unsere Leute über die Grenze geführt?« Als John nickte, runzelte James die Stirn. »Warum seid Ihr nicht bei ihnen?«

Johns Lächeln erstarb. »Seit er zum alleinigen Hüter ernannt wurde, ist Comyn leichtsinnig und über Gebühr ehrgeizig geworden. Wir haben bei Roslin nur um Haaresbreite gegen Segrave gesiegt – und wir haben es einzig Wallace zu verdanken, dass es überhaupt ein Sieg war!« John entging nicht, dass James bei der Erwähnung seines Vasallen Wallace nickte. »Comyn hat sich mit MacDouall und dem Pack aus Galloway zusammengetan, und seit dem Tod seines Vaters zieht er mächtige Männer auf seine Seite: den Earl of Strathearn und John of Menteith, David Graham und natürlich seinen Verwandten, den Schwarzen Comyn. Meiner Ansicht nach will er seine neue Position nicht mehr aufgeben.«

»Lamberton und Umfraville werden das nicht dulden«, gab James scharf zurück.

»Solange die anderen Hüter in Paris sind, können sie wenig gegen Comyn ausrichten.« John hielt inne. »Aber das ist nicht der Grund für meinen Besuch.« Er wartete, während Diener Getreidesäcke an ihm vorbeischleiften, um sie an der Wand aufzureihen: Vorräte für die bevorstehende Belagerung. Sobald sie außer Hörweite waren, fuhr er fort: »Als ich letztes Jahr erfuhr, dass sich Robert Edward unterworfen hat, war ich außer mir vor Zorn. Aber ich hatte Zeit zum Nachdenken. Ihr habt mir nicht alles gesagt, nicht wahr, James?«

Der Großhofmeister wandte den Blick ab. »Ich habe Euch alles gesagt, was ich konnte.«

»Robert ist mein Schwager. Ich kenne ihn, seit er ein Junge war, und war ebenso mit seinem Großvater befreundet wie Ihr. Als er sich zum ersten Mal gegen seinen Vater und Edward stellte und sich der Rebellion anschloss, verlor er seine Ländereien. Ich kann nicht glauben, dass er sich nur um seiner Grafschaft und seines Erbes wegen Edward unterworfen hat. Ich weiß, wie sehr Robert darauf brennt, König zu werden, er hat dieses Feuer von seinem Großvater geerbt. Ich kann mir nicht vorstellen, dass es erstickt worden ist. König Philipp hat Balliol im Stich gelassen. Ich für meinen Teil denke nicht, dass es Bischof Lamberton und den anderen gelingen wird, ihn umzustimmen, solange der Krieg in Flandern anhält.« John senkte die Stimme. »Jetzt ist doch sicher der richtige Zeitpunkt für Robert, um zuzuschlagen? Um seinen Anspruch geltend zu machen?«

»Wir sollten unter vier Augen miteinander sprechen.« James wandte den Blick zu David, der stumm und ernst an der Seite seines Vaters stand.

»Alles, was Ihr mir zu sagen habt, kann er auch hören«, versicherte John ihm.

James winkte beide in seine Kammer.

Drinnen war ein Diener damit beschäftigt, hastig eine Karte zusammenzurollen, auf der die Besitzungen des Großhofmeisters verzeichnet waren. »Lass uns allein«, befahl James.

Als der Mann den Raum verlassen und die Tür hinter sich geschlossen hatte, drehte James sich zu Atholl um. »Robert muss seine Ländereien unbedingt behalten. Ohne sie hat er keine Machtbasis, keine Vasallen und in den Augen der Edelleute kaum Autorität. Die Situation unterscheidet sich von der, in der er sich damals befunden hat. Deswegen musste er sich Edward ergeben oder riskieren, alles zu verlieren, und Letzteres stand nicht zur Debatte.« Der Großhofmeister zögerte. »Was ich Euch nicht gesagt habe, ist, dass seine Unterwerfung zeitlich begrenzt sein soll. Wenn die Bedrohung John Balliol ausgeschaltet ist, will Robert versuchen, den Thron für sich zu erobern. Das ist und bleibt sein festes Ziel.«

John spürte, wie angesichts dieser Worte, die seinen Verdacht bestätigten, Hoffnung in ihm aufkeimte, die doch rasch von Ungeduld verdrängt wurde. »Warum denn dann nicht jetzt, wo die Bedrohung so geschrumpft ist? Je mehr Anhänger Comyn um sich schart und je mehr Siege er erringt, desto schwerer wird es Robert fallen, nach seiner Rückkehr seine Autorität wiederherzustellen. Ich fürchte, er wird feststellen, dass er einen Berg bezwungen hat, nur um den nächsten vor sich aufragen zu sehen.«

James wirkte beunruhigt, schüttelte aber dennoch den Kopf. »Keiner von uns weiß, was die Delegation in Paris erreicht. Und wir wissen auch nicht, wie lange wir diesen Krieg überleben.«

»Warum lasst Ihr dann zu, dass Robert den Engländern hilft, uns zu vernichten?«

James schwieg. Sein Blick wanderte zu der Karte, die der Diener auf dem Tisch hatte liegen lassen. »Offen gestanden glaube ich nicht, dass wir noch viel länger durchhalten, John. Falls Schottland fällt, hat Robert eine größere Chance, König zu werden, wenn er auf der Seite der Sieger steht.«

»Ihr wollt, dass wir den Krieg verlieren?«, warf David ungläubig ein.

»Ich wollte nichts von alledem. Aber wenn man die Wahl zwischen Pest und Cholera hat – nun, dann muss ein Mann diese Wahl treffen. Wenn Robert zu früh zurückkehrt, um den Thron zu besteigen, und wir unterliegen, erleidet er dasselbe Schicksal wie Balliol. Wenn König Edward uns mit seiner Hilfe in die Knie zwingt, darf Robert darauf hoffen, irgendwann einmal eine Machtposition zu erhalten. Ein solcher Ausgang würde die Bedrohung Balliol und jegliche Gefahr für seine Autorität seitens Comyn ausschalten.«

»James, bei allem Respekt – das würde uns zehn Jahre zurückwerfen! Robert wäre nur ein weiterer Hund an einer Leine, so wie Balliol unter Edward.«

»Edward ist über sechzig. Er wird nicht mehr sehr lange leben. Sein Sohn kann ihm nicht annähernd das Wasser reichen, und Robert ist nicht John Balliol. Ich glaube, er wird sich im Lauf der Zeit durchsetzen. Aber er braucht einen Ort, der ihm Kraft gibt und von dem aus er handeln kann. Deswegen muss er sein Land und seine Vasallen schützen.«

Die Tür wurde geöffnet, und einer von James' Männern erschien. »Sir, wir müssen aufbrechen. Im Westen steigt Rauch auf.«

James musterte Atholl eindringlich. »Keiner von uns weiß, was kommen wird. Alles, was wir tun können, ist, einen Weg einzuschlagen und ihm durch die Dunkelheit zu folgen. Ich brauche Euer Vertrauen, John, und Robert braucht es auch.« Er streckte eine Hand aus. »Kann ich mich auf Euch verlassen?«

In John stieg eine Erinnerung an Robert Bruce auf, der, umringt von seinen Brüdern und Männern, im Hof von Turnberry Castle stand und dessen Gesicht im Fackelschein und von einem inneren Feuer erleuchtet glühte, als er von seinem Recht auf den Thron Schottlands und seiner Absicht sprach, ihn an sich zu bringen. In diesem Moment war er John als das Ebenbild seines Großvaters erschienen, nur jünger und stärker – ein Jungtier, aus dem noch ein Löwe werden musste.

Er ergriff die Hand des Großhofmeisters. »Ich bete zu Gott, dass Euer Weg der richtige ist, James.«

28

York, England, A.D. 1303

ELIZABETH SCHRECKTE aus dem Schlaf hoch, weil laute Stimmen an ihr Ohr drangen. Als sie sich aufsetzte, glitt das Stundenbuch, in dem sie gelesen hatte, von ihrem Schoß. Sie fing es auf, bevor es zu Boden fallen konnte, und legte es bei einer Illustration der Heiligen Jungfrau, die das Christuskind nährte, aufgeschlagen behutsam neben sich auf die Bank unter dem Fenster. Marias mit gemahlenem Lapislazuli gefärbtes Gewand leuchtete strahlend blau. Ihr Elfenbeinkreuz an der Silberkette, das ihr Vater ihr geschenkt hatte, diente ihr als Lesezeichen. Seit ihrer Hochzeit trug sie es nur noch selten. Der durch die Bleiglasfenster, die über die Burgmauern hinweg auf den Fluss Foss hinausgingen, wehende Luftzug hatte ihren Nacken steif werden lassen. Hinter dem Fenster schimmerten die Fischteiche des Königs golden in der Nachmittagssonne.

Das von den Schlafkammerwänden gedämpfte Schimpfen hielt an und wurde hitziger, als Elizabeth die Tür zu dem kleinen Nachbarraum aufstieß.

»Ich sage es dir nicht noch einmal, Mädchen!«

Das war Judiths Stimme. Die Kinderfrau musterte einen Tisch, der mit den Möbeln aus Marjories Spielzeugburg übersät war. Dahinter stand Roberts Tochter, mit vor Wut blitzenden Augen und zu Fäusten geballten kleinen Händen.

»Was geht hier vor?« Elizabeth blickte von der Kinderfrau zu dem Mädchen.

»Ich habe Marjorie gesagt, sie soll ihre Spielsachen wegräumen und sich zum Essen fertig machen.« Judith wandte sich zu ihr um. »Und zwar schon drei Mal.«

Elizabeth rieb sich den Nacken. Erste Schmerzwellen fluteten durch ihren Schädel. Es war die Zeit ihrer Monatsblutung, und sie fühlte sich reizbar und elend. Noch eine Auseinandersetzung war das Letzte, was sie brauchen konnte. »Räum die Sachen einfach selbst weg, Judith. Wir können uns doch bestimmt morgen damit befassen.«

»Sie hat noch ein Stück in der Hand.« Judith musterte Marjorie, die sie hasserfüllt anfunkelte. »Und ich bitte um Verzeihung, Mylady, aber ich denke, wir sollten die Angelegenheit jetzt regeln.«

Elizabeth starrte das störrische Kind an und bekämpfte das Gefühl der Niederlage, das bereits schwer auf ihr zu lasten begann. In den drei Monaten, seit Robert mit der Armee des Königs gen Norden aufgebrochen war, hatte sich das Benehmen des Mädchens stetig verschlechtert. Letzte Woche hatte sie sich aus ihrer gemeinsamen Unterkunft davongeschlichen, als Judith einen Moment nicht aufgepasst hatte. Elizabeths gesamtes Personal hatte drei Stunden lang nach ihr gesucht und sie schließlich in den Ställen aufgestöbert, wo sie sich versteckt hielt, ohne auf die Rufe der Dienstboten zu reagieren. In der Woche davor hatte sie in einem Wutanfall eine der Puppen zerrissen, die ihr Vater ihr geschenkt hatte, und war dann den Rest des Tages lang untröstlich gewesen. Sie brüllte und kreischte, wenn sie ihren Willen nicht bekam, weigerte sich, das zu tun, was man ihr auftrug, und war zu jedem, der sie ansprach, frech und aufsässig, einmal sogar zu der sanften Königin Marguerite, was Elizabeth zutiefst beschämt hatte.

Sie wusste, dass das Verhalten des Mädchens auf sie zurückzufallen begann, sie hatte die Bemerkungen zweier Kammerzofen der Königin über die wilde kleine Schottin gehört, die dringend eine festere Hand brauchte. Eine junge Rebellin, nannten sie sie, ganz eindeutig die Tochter ihres Vaters. Und Marjorie war nicht der einzige Gegenstand ihres Tratsches. Als sie eines Morgens nach der Messe die Kapelle verlassen hatte, hatte Elizabeth einige Frauen darüber tuscheln hören, dass sie nach über einjähriger Ehe immer noch nicht schwanger war.

Wie zur Antwort auf diese Erinnerung krampfte sich ihr Unterleib zusammen, und warmes Blut sickerte in das zusammengefaltete Leinentuch zwischen ihren Beinen. »Marjorie«, sagte sie scharf. »Du wirst tun, was man dir sagt.«

Marjories Blick wanderte flüchtig zu ihr, dann wieder zu Judith, als stelle die Kinderfrau die eigentliche Autoritätsperson dar.

»Hast du gehört?«

Diesmal würdigte das Mädchen sie noch nicht einmal eines Blickes.

Elizabeth spürte, wie ihre Wangen zu brennen begannen, als plötzlich heißer Zorn in ihr aufwallte. Sie ging um den Tisch herum und packte Marjories Arm. »Gib mir das. Sofort.«

Marjorie zuckte zusammen, ihre Lippen öffneten sich vor Schreck, dann versuchte sie, sich loszureißen. Elizabeth verstärkte ihren Griff, und es gelang ihr, die Hand des Mädchens hinter seinem Rücken hervorzuzerren. Ohne auf Marjories Protestgeschrei zu achten, drückte sie ihr die Finger auseinander und entwand ihr das Spielzeug, das sie umklammerte. Es war der Elfenbeinmann aus der geschnitzten Burg.

Vornübergebeugt, atemlos und mit unordentlichem Haar starrte Elizabeth ihn einen Moment lang an, dann holte Marjorie aus und zerkratzte ihr die Wange. Elizabeth reagierte reflexartig und schlug ihr so hart ins Gesicht, dass sie gegen den Tisch prallte. Das Mädchen blieb dort schlaff hängen, krallte eine Hand in das Holz und tastete mit der anderen nach seiner sich rötenden Wange. Ohne Judith anzusehen, legte Elizabeth die Elfenbeinfigur auf den Tisch und verließ den Raum. Auf dem Weg die Stufen hinunter konnte sie Marjories Weinen hören.

Elizabeth trat in die Nachmittagshitze hinaus und holte tief Atem. Ihre Zofe Lora saß zusammen mit ihrer Waschfrau, die, über eine Wanne gebeugt, ihre Hemden und Unterröcke auswrang, draußen in der Sonne. Die Frauen schienen sich rasch an ihr neues Leben auf der anderen Seite des Meeres gewöhnt zu haben, ihr Alltag verlief fast so wie in Irland. Wie es aussah, war sie die Einzige, die sich nicht anzupassen vermochte.

»Mylady«, grüßte Lora. »Wieder ein herrlicher Nachmittag, findet Ihr nicht?« Das Lächeln der Zofe verblasste, als Elizabeth wortlos weiterging.

»Mylady?«

Elizabeth eilte mit gesenktem Kopf durch den Burghof, nur

darauf bedacht, so viel Abstand wie möglich zwischen sich und ihre Unterkunft zu legen. In der Burg herrschte geschäftiges Treiben, Stallburschen führten Pferde zu den Ställen, drei Jungen rannten lachend mit Schubkarren voller Gemüse von den Gärten zu den Küchen, Sekretäre und königliche Beamte gingen in der großen Halle ein und aus. Über dem Gewimmel erhob sich auf seinem hohen grünen Hügel der in der späten Augustsonne honigfarben schimmernde Bergfried.

Elizabeth drängte sich zwischen einer Schar Dienstmädchen hindurch, die am Brunnen Wasser geholt hatten. Ihre schrillen Stimmen schmerzten in ihren Ohren, und sie hastete weiter; sie sehnte sich verzweifelt nach Einsamkeit und Stille. Aber wohin sollte sie gehen? Während der letzten fünf Jahre hatte York König Edward als Verwaltungssitz und Basis für seine Kriege in Schottland gedient, und in der Stadt hinter den Burgmauern, nach London die bevölkerungsstärkste Englands, ging es genauso hektisch zu.

In dem von Fachwerkhäusern, Läden und unzähligen Gotteshäusern gesäumten Straßenlabyrinth wimmelte es stets von Händlern und Aleverkäuferinnen, Fischern und Ordensbrüdern, während sich auf den Flüssen Ouse und Foss Fischerboote und Handelskoggen drängten. Nachdem Elizabeth seit einigen Monaten hier lebte, kannte sie sich auf den Straßen und Märkten recht gut aus, aber bei aller Vertrautheit blieb ihr die Umgebung fremd, eine Übergangslösung, und sie fühlte sich an den Rand des Lebens anderer gedrängt.

Sie ging an den Ställen vorbei, wo die warme Luft von stechenden Gerüchen erfüllt war, entschied sich für eine Richtung und schlug den Weg zu den Gärten der Burg ein. Ihre Füße trugen sie vom Staub des Hofes zu weichem Gras, das Rumpeln von Schubkarrenrädern und das Gelächter wurde vom Summen der Bienen abgelöst, und sie verlangsamte ihre Schritte. Der tröstliche, süße Duft von Lavendel, Fenchel und Minze stieg ihr in die Nase. Schmetterlinge flatterten über die bunten Blumen hinweg. Zwei Männer gruben Zwiebeln aus, und hinter den Apfelbäumen und Kletterrosen sah sie weitere Gestalten mit zum Schutz vor der Sonne hochgeschlagenen Kapuzen, die Kräuter stutzten und bewässerten. Im Vergleich zum Burghof war der Garten eine Oase der Ruhe.

Während sie weiterschlenderte, wuchsen Elizabeths Schuldgefühle, und sie sah ständig Marjories von dem Schlag gerötete Wange vor sich. Sie hatte des Öfteren erlebt, dass die Söhne und Töchter englischer Barone streng mit ihren Mündeln umgingen und manchmal sogar Gewalt anwendeten, aber sie hatte das stets für falsch gehalten – ihr Vater hätte jede Gouvernante auspeitschen lassen, die es gewagt hätte, die Hand gegen sie zu erheben. Noch schwerer wog, dass sie verstand, wie Marjorie sich fühlte. Das Mädchen sehnte sich nach Rothesay zurück, zurück zu den Menschen, die sie kannte, so wie Elizabeth sich nach der Sicherheit der Burg ihres Vaters sehnte. Der Umstand, dass sie beide in dieser fremden Stadt zurückgelassen worden waren, hätte sie einander näher bringen sollen. Stattdessen hatte sie das Mädchen nur noch weiter von sich gestoßen.

Erhobene Stimmen rissen Elizabeth aus ihren Gedanken. Vor sich konnte sie zwischen einer Reihe rosafarbener Fingerhutpflanzen zwei Frauen ausmachen, die sich gegenüberstanden. Sie waren hochgewachsen und dunkelhaarig, sahen sich sehr ähnlich und waren beide in kostbare Seide gekleidet. Elizabeth blieb stehen, als sie Bess und ihre Schwester Joan erkannte, König Edwards älteste Tochter.

»Du hast gesagt, es wäre vorbei. Du hast es geschworen!« Bess' Ton klang scharf und anklagend.

»Ich habe es geschworen, damit du still bist. Ich hatte Angst, du würdest zu Vater gehen.«

Elizabeth wandte sich zum Gehen. Sie wollte nicht in noch einen Streit hineingezogen werden.

»Du solltest wissen, dass ich das nie tun würde. Aber Joan, du musst diese … Affäre beenden.«

Elizabeth hielt inne, ihre Neugier war geweckt. Sie hasste es, ihre Freundin zu bespitzeln, es war genau das, was ihre älteren Schwestern immer getan und dann darüber getuschelt hatten. Aber den Skandalgeschichten anderer zu lauschen hatte unleugbar etwas Tröstliches an sich.

»Wenn Vater das herausfindet …« Bess brach ab. »Ich mache mir Sorgen um dich. Er wird bald verlangen, dass du wieder heiratest. Wer würde denn um deine Hand anhalten, wenn dieser Skandal ans Licht kommt?«

Joan wandte sich unwillig ab. »Du solltest dich für mich freuen. Du weißt, wie unglücklich meine Ehe mit Gilbert de Clare war. Der Mann war ein Ungeheuer.« Sie hielt das Gesicht in die Sonne, ihre blassen Züge spannten sich an. »Fünf Jahre lang habe ich mich in seinem Bett in den Schlaf geweint. Meine Tränen sind erst versiegt, als er starb.« Sie drehte sich zu Bess um. »Du hast ja keine Ahnung, wie glücklich du dich schätzen kannst, mit einem Mann verheiratet zu sein, den du liebst.«

»Ich habe meinen ersten Mann nicht geliebt. Graf John war ein Fremder für mich, als wir heirateten. Und das ist er bis zu seinem Tod geblieben.«

»Er hat dich nicht so behandelt wie Gilbert mich.« Joan ergriff die Hände ihrer Schwester. »Du musst schweigen. Ich flehe dich an.«

»Denk doch daran, was deinem Geliebten bevorsteht, wenn unser Vater von der Affäre erfährt. Du bringst nicht nur deinen guten Ruf in Gefahr.« Bess löste sich aus dem Griff ihrer Schwester.

Joan wich kopfschüttelnd zurück, dann machte sie auf dem Absatz kehrt und eilte über das Gras davon. Bess sah ihr mit gequälter Miene nach, bevor sie sich ebenfalls in Bewegung setzte. Erschrocken stellte Elizabeth fest, dass sie geradewegs auf sie zukam. Sie hielt nach einem Versteck Ausschau, aber ihr blieb keine Zeit mehr. Bess duckte sich unter den niedrigen

Ästen eines Apfelbaums hinweg, kam um die Fingerhutbüsche herum und stand vor ihr.

Ihre von dem Gespräch mit ihrer Schwester noch angespannten Züge wurden weicher, und sie kam mit einem fragenden Lächeln näher. »Elizabeth?«

»Es tut mir leid«, entschuldigte sich Elizabeth verlegen. »Ich wollte nicht lauschen, ich habe nur ein ruhiges Fleckchen gesucht. Verzeih mir.«

Bess winkte ab. »Schon gut. Ich freue mich, dich zu sehen.«

»Ist alles in Ordnung?«, fragte Elizabeth, als sie Bess umarmte. »Ich konnte nicht umhin, alles mit anzuhören.«

»Liebe ist Wahnsinn.« Bess trat zurück und runzelte die Stirn. »Aber was ist das denn?«

Als die Prinzessin ihre Wange berührte, erinnerte sich Elizabeth an Marjories heftige Gegenwehr. Das Mädchen musste einen Kratzer auf ihrer Haut hinterlassen haben. »Marjorie und ich haben gestritten. Schlimmer als je zuvor.«

Bess setzte sich. Ihr Kleid bauschte sich um sie. Sie klopfte auf das Gras neben ihr. »Erzähl mir alles.«

Elizabeth spürte, wie ihr ein wenig leichter zumute wurde, als sie der Prinzessin von dem Streit zu berichten begann. Die sinkende Sonne wärmte ihre Schultern. »Vor zwei Jahren versuchte ich so verzweifelt einer Heirat zu entrinnen, dass ich deswegen von zu Hause weglief«, schloss sie. »Und weil ich so töricht gehandelt habe, bin ich jetzt in einer Ehe gefangen, die mein Mann nicht will, und Mutter eines heranwachsenden Mädchens, das mich hasst.« Sie zog die Knie an die Brust. »Ich frage mich, ob ich glücklicher geworden wäre, wenn ich mich den Wünschen meines Vaters gefügt hätte. Ich hätte in der Nähe meiner Familie in Irland gelebt und selbst Kinder gehabt. Mein Bräutigam war viel älter als ich, aber vielleicht hätte er mich wenigstens geliebt.«

»Liebe kann Zeit brauchen, um zu wachsen.«

»Wenn ich ein Kind von Robert hätte, stünden die Dinge zwischen uns vielleicht anders«, wagte Elizabeth einen zaghaften Vorstoß. »Aber wegen des Krieges ... nun, wir hatten nicht viele Gelegenheiten, eines zu zeugen.«

»Humphrey und mir geht es ebenso«, gestand Bess. »Nicht dass wir es nicht versuchen, wann immer es möglich ist.« Mit einem silberhellen Lachen legte sie eine Hand auf ihren Bauch. »Aber die Natur ist launisch, wie meine Mutter zu sagen pflegte.«

Elizabeth errötete, als sie an die wenigen Male dachte, wo sie und Robert das Bett geteilt hatten. Sie konnte sie an einer Hand abzählen. Lag es an ihr? Stieß sie ihn ab? Oder dachte er, sie wolle ihn nicht? Vermutlich hatte sie ihm nicht allzu viele Zeichen gegeben. Lora hatte viel über Zeichen gesprochen, als Elizabeth sich ihr damals in Writtle anvertraut hatte. Die Zofe hatte ihr sogar zu ihrer abgrundtiefen Verlegenheit ein Pulver aus getrockneten Rosenblüten, Lorbeer und Nelken gegeben und sie angewiesen, es sich vor dem Liebesakt auf die Brüste und zwischen die Beine zu reiben, um das Verlangen ihres Mannes zu steigern.

Um von dem Thema abzulenken, fuhr Elizabeth fort: »Robert ist so abweisend. Sogar wenn er bei mir ist, scheint er in Gedanken anderswo zu sein.« Sie betrachtete einen über das Gras krabbelnden Käfer, während sie an sein anhaltendes Schweigen während der Wochen auf der Straße in Irland zurückdachte. Die wenigen Male, wo er über etwas anderes gesprochen hatte als über ihr jämmerliches Leben von der Hand in den Mund, war es um König Edward gegangen, den verhassten Invasor seines Heimatlandes. In seiner Stimme hatte eine solche Feindseligkeit gelegen, und nun war er in Schottland und kämpfte für diesen Mann. Es ergab einfach keinen Sinn. »Ich kenne ihn nicht«, schloss sie und drehte dabei geistesabwesend an ihrem Ehering herum. Der Rubin in der Goldfassung blitzte in der Sonne auf. »Überhaupt nicht.«

Bess fing ihren Blick auf. »Meine Mutter pflegte noch etwas anderes zu sagen. Männer sind wie Jahreszeiten. Man muss wissen, wann sie wechseln, und lernen, sich dementsprechend zu kleiden.«

Elizabeth nickte, dachte aber bei sich, dass es bei Robert nur eine Jahreszeit gab. Die kalte Stille des Winters.

29

In der Nähe von Carlisle, England, A.D. 1303

IM FAHLEN LICHT DES HALBMONDES schlichen die Gestalten wie Geister durch das hohe Gras. Die Schatten mächtiger Eichen fielen über das Feld, ihre Äste hoben sich schwarz vom Himmel ab. Außer dem Rascheln der Blätter im Wind war nur das ferne Blöken von Schafen auf der Weide und der schrille Schrei einer Eule zu hören. Die Männer bewegten sich lautlos, mit dem Geschick langjähriger Erfahrung. Ihre Umhänge verschmolzen mit der Dunkelheit und verdeckten ihre glitzernden Rüstungen und Klingen.

Als sie den Kamm eines niedrigen Hügels erreicht hatten, warfen sie sich zu Boden und pressten sich ins Gras. Die Luft war zwar mild, die Erde jedoch nächtlich kühl. Ein feuchter Geruch stieg von ihr auf. Vor ihnen erstreckten sich kürzlich abgeerntete Roggenfelder, dahinter lag ein Ring von ungefähr dreißig strohgedeckten Häusern, Scheunen und Viehpferchen, die sich um eine kleine steinerne Kirche herumzogen. Die Augen der Männer glänzten, das Mondlicht fing sich in ihnen, als sie den Blick auf die Ansiedlung hefteten. In einigen Fenstern glühten Nachtlichter. Ein Hauch von Rauch hing in der Luft, aber er stammte nicht von dem Dorf, sondern entströmte den

Männern selbst. Andere, weniger angenehme Gerüche hafteten an ihren mit getrocknetem Blut besudelten Kleidern.

William Wallace, der bäuchlings in der Mitte der Reihe lag und mit seinem Gewicht das Gras unter sich zerdrückte, beobachtete die Umgebung aufmerksam. Nachdem er die Häuser und Scheunen gezählt hatte, wanderte sein Blick über die schwarze Fläche einer Wiese hinweg zu dem Fluss Eden, der sich in südwestlicher Richtung durch das Land wand. Mit nachdenklich verengten Augen studierte er den grauen Wasserkanal. Hinter ihm erklangen Schritte.

»Sir«, flüsterte eine leise Stimme, und die untersetzte Gestalt Grays kauerte sich neben ihm nieder. Im Dämmerlicht wirkte der kahle, narbige Schädel des Kommandanten wie ein auf seinen dicken Hals gepfropfter Felsen. »Comyn ist bereit.«

»Er hat sich die Stadt noch nicht einmal angesehen.«

»Ich glaube auch nicht, dass er das vorhat – erst, wenn er hindurchreitet.«

Wallace fluchte verhalten. Er musterte seine Männer, die vertrauten Silhouetten von Gilbert de la Hay und Simon Fraser, dann Alexander und Christopher Seton. Die Vettern waren Robert Bruce jahrelang treu ergeben gewesen, doch als der Earl of Carrick in England zum Verräter geworden war, hatten sie kurz nach der Schlacht von Roslin dem Rebellenführer die Treue geschworen. Obwohl Christopher in Yorkshire geboren war, hatte der junge Mann genauso erbittert gegen die Engländer gekämpft wie jeder Schotte in seinen Diensten. Wallace' scharfer Blick blieb auf dem falkenähnlichen Profil von Neil Campbell hängen, der direkt hinter den Setons lag, und er stieß einen leisen Pfiff aus. Als sich der Ritter aus Argyll umdrehte, hob Wallace eine Faust. Neil nickte; er wusste, dass er jetzt die Verantwortung trug.

Wallace kroch durch das Gras zurück. Er richtete sich erst auf, als er wusste, dass ihn der Hang des Hügels verdeckte, und schritt auf das Wäldchen zu, aus dem er und seine Männer gekommen waren. Seine mächtige Gestalt überragte die von Gray, der neben ihm herstapfte. Sein unter seinem Umhang auf seinem Rücken festgeschnalltes Breitschwert rasselte in der Scheide. Wallace fluchte erneut, als er die rötliche Glut im Dickicht sah.

»Was glaubt der Hurensohn, was er da tut?«, schäumte Gray. »Ein Leuchtfeuer anzünden? Christus am Kreuz, wir sind weniger als zwölf Meilen von Carlisle entfernt! Will er uns die Garnison auf den Hals hetzen?«

Wallace bahnte sich einen Weg durch das Unterholz und trat in den Fackelschein. Eine Schar von Männern hatte sich zwischen den Bäumen verteilt, einige schärften die Waffen und rückten die Rüstungen zurecht, die sie bei Roslin den toten Engländern abgenommen hatten, andere ließen Weinschläuche kreisen. Es war eine kleinere Truppe als die, die Wallace sechs Jahre zuvor in diese Hügel und Täler geführt hatte – die Schlacht von Stirling hatte ihn einen großen Teil seiner Männer gekostet –, aber die eintausendfünfhundert Fußsoldaten, die von hundert berittenen Edelleuten unter dem Befehl von John Comyn angeführt wurden, hatten trotzdem auf ihrem Weg Richtung Süden beträchtlichen Schaden angerichtet.

Nachdem sie die durch König Edwards Ruf zu den Waffen stark geschrumpften Garnisonen in Dumfries und Galloway angegriffen hatten, hatten sie vor zehn Tagen die Grenze überquert, einen großen Bogen um die befestigte Stadt Carlisle geschlagen und dann Dörfer und Gehöfte überall in Cumberland niedergebrannt, wobei sie auf wenig oder gar keinen Widerstand gestoßen waren.

Ungefähr dreihundert der unter den Bäumen versammelten Infanteristen standen unter Wallace' Kommando, aber der größte Teil stammte aus Galloway. Die meisten trugen noch den weißen Löwen auf ihren Tuniken, obwohl ihr Hauptmann Dungal MacDouall Balliols Wappen zugunsten von dem seines neuen Herrn abgelegt hatte. Der Hauptmann stand mit verschränkten Armen inmitten eines Kreises von Männern. In seinem harten Gesicht zeichnete sich keine Spur einer Gefühlsregung ab. Neben ihm schlürfte John Comyn Wein und kicherte über etwas, was sein Verwandter, der Earl of Buchan, sagte. Der Schwarze Comyn bot einen beeindruckenden Anblick. Seine mächtige Gestalt wirkte durch den Brustpanzer unter seinem Kettenhemd noch massiger, als sie ohnehin schon war. Bei ihnen standen Edmund Comyn of Kilbride, das Oberhaupt des dritten Zweiges der Familie, David Graham, John of Menteith und der breitschultrige, weißhaarige Earl of Strathearn, der mit der Schwester des Schwarzen Comyn verheiratet war.

Ganz in der Nähe kürzten ihre Knappen Steigbügel und zogen Sattelgurte straffer an. Obwohl Wallace auf ihn zukam, warf John Comyn seinen Weinschlauch einem seiner Ritter zu und trat zu seinem Pferd.

»Sir John.«

MacDouall fuhr herum, als Wallace vor ihm aufragte. Seine Hand tastete nach dem Griff seines Schwertes.

Comyn drehte sich wesentlich langsamer um. »Sir William«, erwiderte er kalt.

»Ihr plant die Angriffsstrategie?«

»Das haben wir längst getan. Wir sitzen auf. Wir reiten in die Stadt. Wir machen sie dem Erdboden gleich.« Comyn verzog die Lippen. »Was gibt es da groß zu planen?«

Die Verachtung in seiner Stimme spiegelte sich in den Gesichtern ringsum wider. Wallace war an diesen Ausdruck gewöhnt, hatte während der ersten Tage des Aufstands oft von Männern wie diesen – Lords und Earls – solche Blicke aufgefangen, mit denen sie ihn auf den ihm gebührenden Platz verweisen wollten. Nach seinem Sieg bei Stirling, als sich Tausende von Bauern und freien Bürgern um sein Banner geschart und lauthals seinen neuen Kriegsnamen, William der Eroberer, gebrüllt hatten, hatten sich diese Blicke verändert. In manchen Augenpaaren hatte er widerwilligen Respekt gelesen. In anderen Furcht. Furcht davor, dass er, der zweite Sohn einer unbedeutenden Familie, mehr Macht ausüben könnte als sie selbst.

»Ich habe mir das Gelände genau angesehen«, teilte er Comyn mit. »Der Eden fließt südlich nah an der Stadt vorbei. Wir laufen Gefahr, in einer Falle zu sitzen, wenn wir angegriffen werden.«

»Und wer bitte schön sollte uns angreifen, Sir William? Bauer Edgar mit seiner Mistgabel?« Der Sprecher war John of Menteith, dessen rotes Haar im Fackelschein loderte.

Menteith, selbst ein zweiter Sohn, dessen Vater, der allseits respektierte Earl Walter, vor einigen Jahren gestorben war, hatte sich erst vor Kurzem Comyns Truppe angeschlossen, zählte aber bereits zu seinen glühendsten Anhängern. Wallace kannte diese Sorte Mann: ein Blutegel, der vom Erfolg anderer zehrte. Sein älterer Bruder, der Earl of Menteith, war nach der Schlacht von Dunbar zu Beginn des Krieges in englische Gefangenschaft geraten, sodass nun er die Verantwortung für die Grafschaft und ihre Landsitze trug. Es war bekannt, dass Menteith gerne wettete. Hahnenkämpfe, Bärenhatzen, Pferderennen und die Würfel hatten dazu beigetragen, dass er innerhalb der letzten fünf Jahre das Vermögen seiner Familie fast vollständig verprasst hatte. Seit sie die Grenze überquert hatten, war er vornehmlich darauf bedacht gewesen, Beute zu machen.

Ohne auf die anderen zu achten, von denen einige Menteiths geringschätzige Bemerkung mit einem höhnischen Grinsen belohnten, fixierte Wallace ihn mit einem durchdringenden Blick. »Ihr scheint vergessen zu haben, dass wir hier sind, um die Armee des Königs zu schwächen – ihn zu zwingen, sie aufzuteilen, damit unsere Landsleute im Norden eine bessere Chance auf einen Sieg haben. Wir sollten uns hüten, unnötige Risiken einzugehen, wenn wir damit rechnen müssen, vom Feind attackiert zu werden.«

Menteiths sommersprossiges Gesicht lief rot an. Er wandte als Erster den Blick ab und sah seinen neuen Verbündeten Hilfe suchend an.

John Comyn sprang ihm augenblicklich bei. »Je mehr Zeit wir mit fruchtlosen Diskussionen verschwenden, desto eher ist der Feind da.« Er starrte in Wallace' blaue Augen. »Meine Männer und ich werden den Ort einnehmen. Ich glaube, auf dem Weg hierher habe ich ein Stück weiter nördlich ein paar Getreidespeicher gesehen. Nehmt Eure Leute und brennt sie nieder.« Comyn ging zu seinem Pferd. Bevor er aufsaß, drehte er sich noch einmal um, und ein Lächeln huschte über sein Gesicht. »Es steht Euch frei, Euch zu nehmen, was Ihr dort vorfindet.«

Wallace blieb schweigend stehen, als die restlichen Edelleute zu ihren Pferden traten und sich mit vom Wein und vor Vorfreude geröteten Wangen in den Sattel schwangen. Sie setzten ihre Helme auf, nahmen die Zügel kürzer und lenkten die Pferde aus dem Wald hinaus. Menteith trieb sein Schlachtross direkt auf Wallace zu und zwang ihn, rasch auszuweichen. Die Enteigneten folgten ihm lachend und scherzend und hoben Waffen und brennende Fackeln, als begäben sie sich auf eine Festtagsjagd, statt sich anzuschicken, ein schlafendes Dorf zu überfallen und zu verwüsten.

Unter John Comyn und seinen beutegierigen Kameraden waren die Männer von Galloway, an die leichte Eroberung unbefestigter Dörfer und Ansiedlungen gewöhnt, leichtsinnig geworden. Viele hatten sich mit Trophäen geschmückt, die sie ihren Opfern abgenommen hatten: einem Dolch mit Elfenbeingriff, einer silbernen Brosche, einem seidenen Geldbeutel oder einem schmuddeligen Schleier. Wallace hatte bemerkt, dass manche sich angewöhnt hatten, Locken von Frauenhaar an Lederbändern um den Hals zu tragen. Als einer von ihnen, ein Bulle von einem Mann mit einem schwarzen Bart, vorbeistapfte, zählte er mindestens sechs verschiedenfarbige zusammengeknotete Haarsträhnen, die auf der Brust seines Wamses hingen.

Er konnte sie wegen dieser Trophäen nicht tadeln, hatte er doch selbst zu Beginn der Rebellion ein Halsband aus menschlichen Zähnen und einen Gürtel aus der Haut des verhassten englischen Schatzmeisters Hugh de Cressingham getragen. Heute stießen ihn derartige Dinge ab. Vielleicht hatten ihn die Höfe von Paris und Rom zivilisiert, oder vielleicht war es die Wonne, mit der diese Männer Tod und Zerstörung brachten, die ihm Sorgen bereitete. Wallace hatte keine Bedenken, Engländer auf dem Schlachtfeld zu töten. Aber die mit Äxten aufgebrochenen Häuser, die Frauen und Mädchen, die zum Vergnügen der Infanterie auf die Straße hinausgezerrt wurden, die Bauern, deren Blasen sich entleerten, wenn sie in einer Reihe aufgestellt und enthauptet wurden, und die kleinen Jungen, die wie Tiere kreischten, wenn sie in einer Scheune bei lebendigem Leib verbrannten – das waren Bilder, die in seinem Gedächtnis haften blieben. Seine eigenen Männer hatten sich nach der Schlacht von Stirling zu ähnlichen Exzessen hinreißen lassen, aber er hatte die schlimmsten Übeltäter kurzerhand aufgeknüpft. Blutdurst machte einen Mann unvorsichtig, und eine undisziplinierte Armee war eine nutzlose Armee.

»Bastarde und Hurensöhne, alle miteinander«, murmelte Gray neben ihm, als Comyn und die anderen zwischen den Bäumen verschwanden. »Und Menteith? Dieser elende Schlächter könnte kurz vor dem Verdursten stehen, und ich würde ihm noch nicht einmal den Schweiß aus meiner Arschfalte zu trinken geben!« Als Wallace nichts erwiderte, sah Gray ihn an. »Getreide verbrennen? Du hättest ihm sagen sollen, wohin er sich seinen Befehl …«

»Er ist der Hüter Schottlands, Gray«, unterbrach Wallace. »Die Männer des Reiches haben ihm diesen Posten übertragen, und das müssen wir respektieren. Das Letzte, was Schottland braucht, ist eine weitere Spaltung seiner Verteidiger. Komm.«

Er schlängelte sich zwischen den Bäumen hindurch zu der Stelle, wo sie ihre eigenen Pferde zurückgelassen hatten. »Holen wir den Rest unserer Männer. Wir werden unsere Rolle in diesem Spiel spielen. Für den Augenblick jedenfalls.«

30

In der Nähe von Carlisle, England, A.D. 1303

SIE KONNTEN DAS FEUER schon aus einer Meile Entfernung sehen. Gespenstisch still züngelten die Flammen zum Himmel empor und beleuchteten die Umrisse von Häusern und Scheunen. Die Strohdächer vieler Gebäude brannten lichterloh, dichte Rauchwolken hingen in der Luft. Menschen ritten oder rannten durch die Straßen. Obwohl sie das Feuer selbst noch nicht hören konnten, wehten bereits schwache Schreie zu ihnen herüber.

Als Robert über die dunklen Felder hinweg zu der brennenden Stadt hinüberblickte, erwachte eine Erinnerung in ihm: Er ritt durch schmutzige, mit Schneematsch bedeckte Straßen, während Männer vor ihm flohen. Die Schlacht bei Llanfaes war ein blutiges Massaker gewesen, die Engländer hatten die Palisaden der Stadt innerhalb weniger Momente durchbrochen, aber die Bewohner waren wenigstens – wenn auch nur äußerst unzulänglich – von Madog ap Llewelyns Truppen verteidigt worden. Was sich heute Nacht in dieser Ansiedlung abspielte, war ein unmenschliches Gemetzel.

Sie hatten ähnliche Szenen gesehen, als sie nach England hineingeritten waren, allerdings war der Kampf da immer schon vorüber gewesen – rauchende Gebäuderuinen unter einem aschgrauen Himmel, auf den Straßen verstreut liegende, von Fliegen umschwirrte Leichen, Überlebende mit leeren oder vor Irrsinn flackernden Augen. Auf diesem Pfad der Verwüstung waren sie den Rebellen durch Annandale und über die Grenze gefolgt, immer einen Tag oder mehr hinter den Schotten, bis zu dem Tag, an dem die Mönche einer Abtei, an der sie vorbeikamen, ihnen mitteilten, sie hätten einen großen Trupp Plünderer in südlicher Richtung entlang des Flusses Eden marschieren sehen. Die aus dreihundert Reitern und zweitausend Fußsoldaten bestehende, von Aymer de Valence und Robert Clifford angeführte englische Armee hatte die ganze Nacht hindurch die Verfolgung aufgenommen.

Hufschläge übertönten die schweren Atemzüge der Fußsoldaten, die sich den Hügel emporkämpften. Zwei Gestalten lösten sich aus der Dunkelheit und brachten ihre Pferde vor Valence zum Stehen.

»Schotten haben das Dorf überrannt«, keuchte einer.

»Haben sie im näheren Umkreis Wachen aufgestellt?«, fragte Aymer. »Oder irgendwelche Verteidigungsmaßnahmen ergriffen?«

Die Zähne des Reiters blitzten im Mondlicht. »Nein, Sir. Die Bastarde scheinen sich vollkommen sicher zu fühlen. Der Fluss schneidet ihnen im Süden den Weg ab. Wenn wir jetzt losreiten, können wir ihnen den Fluchtweg versperren.«

Robert, der auf die in Flammen stehenden Gebäude hinunterstarrte, fragte sich, auf wen er wohl in diesen Straßen stoßen würde. Nicht auf unbekannte Garnisonen, die gesichtslose Burgen bemannten, sondern vielleicht auf Männer, die er kannte, vielleicht gar frühere Kameraden.

Valence zog sein Schwert und nickte dem neben ihm auf seinem Pferd sitzenden Robert Clifford zu. »Du nimmst mit deinen Männern die Stadt ein. Ich sichere die Umgebung und kessele die Hurensöhne ein. Vergiss nicht, Bruder, dass der König so viele Rädelsführer wie möglich lebend in die Hände bekommen möchte. Er will persönlich mit John Comyn abrechnen.«

Bei der Erwähnung des Namens seines Schwagers wurde die Stimme des Ritters rau.

Robert sah, wie Valence den Blick über die Truppe schweifen ließ. Sein Gesicht wurde von dem hochgeklappten Visier seines Helms beschattet, die Augen unter dem Rand glichen Teichen aus Pech.

Schließlich richtete der Ritter seine Aufmerksamkeit auf ihn. »Ihr werdet Euch ihm anschließen, Bruce.« Während Clifford seine Männer zusammenrief, lenkte Valence sein Schlachtross näher an Robert heran. »Wenn Ihr zögert, einen Eurer Landsleute anzugreifen, zu töten oder gefangen zu nehmen, werde ich das erfahren.« Er beugte sich vor und hob sein Breitschwert. »Ich für meinen Teil gedenke, jedem Schotten, den ich dort unten vorfinde, meine Klinge in den Leib zu rammen.« Der Draht in seinem Mund glitzterte, als er die Zähne bleckte und dann mit einem lauten Ruf davonjagte. »Wir reiten!«

»Was hat der Mistkerl gesagt?«

Robert drehte sich um und sah, dass sein Bruder ihn musterte. Edward, dem er den Befehl über die Ritter von Annandale übertragen hatte, trug das Wappen ihres Vaters; auf seinem gelben Überwurf prangte ein rotes Schrägkreuz. Er hatte seinen Helm abgenommen. Sein Gesicht glänzte im Mondschein schweißfeucht. »Folge mir einfach«, wies Robert ihn an.

Als Clifford und seine Männer den Hang hinunterkanterten, klappte Robert sein Visier herunter. Er durfte nicht darüber nachdenken, wem er in diesen Straßen begegnen mochte. Wenn er versagte, war das Opfer, das er gebracht hatte, indem er sich Edward unterwarf, umsonst gewesen. Er musste die Gelegenheit nutzen, egal wie hoch der Preis war. Musste beweisen, dass er zu diesen Männern gehörte. Er trieb Hunter an und folgte Clifford. Sein Bruder und Nes ritten zu seinen beiden Seiten, dann kamen die Ritter und Knappen aus Annandale und Carrick, die Robert zu den Waffen gerufen hatte. Die Männer von Annandale hatten mit angesehen, wie die Rebellen unter dem Befehl von John Comyn ihr Land verwüstet und ganze Städte geplündert und dem Erdboden gleichgemacht hatten, daher bereitete es ihnen jetzt keine Gewissensbisse, ihre Landsleute abzuschlachten. Sie wollten Blut sehen.

Die Flammen vor den Sehschlitzen in Roberts Visier wurden heller, und Rauch verpestete die Luft, als er und seine Männer über ein abgeerntetes Feld preschten. Erdbrocken spritzten auf, Steine prallten von Helmen und Schilden ab. Sie trieben ihre Pferde eine Böschung hoch und folgten einem Pfad, der direkt in die Ansiedlung führte, und ließen ihre Pferde in einen schnellen Galopp fallen. Die Klingen ihrer Schwerter und die Beschläge auf ihren Schilden glühten im Feuerschein. Hinter ihnen kamen Valence und seine Ritter, und dahinter beeilten sich die Fußsoldaten, die Außenbezirke abzuriegeln.

Clifford verlangsamte die Geschwindigkeit auch dann nicht, als die ersten Häuser in Sicht kamen, denn das Prasseln des Feuers übertönte das Hufgetrommel. Auf der Straße beugten sich zwei Männer über eine Truhe. Ganz in der Nähe lag ein Leichnam auf dem Boden. Ein dritter Mann sah zu, wie seine Kameraden die Truhe öffneten. Er hielt ein kleines Fässchen in den Händen, das er immer wieder hochhob und an die Lippen setzte. Wein rieselte über seine Tunika. Als er das Fass sinken ließ, fiel sein Blick auf die auf ihn zujagenden Ritter. Sein Mund öffnete sich, das erbeutete Weinfass entglitt seinen Händen. Er taumelte zurück, drehte sich um und ergriff die Flucht, wobei sich ein gellender Schrei von seinen Lippen löste.

Aber der Schotte kam nicht weit. Nach wenigen Schritten hatte Clifford ihn eingeholt. Sein Schwert sauste nieder, die Klinge fraß sich in den Nacken des Fliehenden und trennte den Kopf vom Rumpf. Der Enthauptete lief noch ein paar Sekunden weiter, dann brach er im Staub zusammen. Seine beiden Kameraden wurden dort niedergemetzelt, wo sie gerade standen, einem spaltete ein Schwert das Gesicht, dem anderen wurde eine Klinge in den Hals gestoßen. Dann galoppierten

Clifford und seine Ritter weiter durch die brennenden Straßen.

Die sengende Hitze war unerträglich. Von überall her drangen Triumphgeheul und qualvolle Schreie an Roberts Ohren. Ein Trümmermeer erstreckte sich vor ihm, in dem er Dutzende von Leichen erspähte – hier eine von der Leistengegend bis zum Hals aufgeschlitzte halb nackte Frau, dort eine andere, der das Gesicht zertrümmert worden war. Ein Mann stürzte aus der Tür eines in Flammen stehenden Hauses und stolperte wie eine menschliche Fackel auf die Straße hinaus. Einer von Cliffords Rittern ritt ihn nieder und beendete seine Schreie mit einem Schwerthieb.

Die Straße hinter ihm wimmelte von Schotten, hauptsächlich Fußsoldaten. Hier nahm das Plündern und, den schrillen Schreien nach zu urteilen, die aus den wenigen noch nicht in Brand gesteckten Häusern hallten, auch das Schänden von Frauen und Mädchen seinen Fortgang. Laute Warnrufe brandeten auf, als die Schotten die herannahenden Engländer bemerkten, aber die Hälfte der Männer war von dem erbeuteten Ale zu betrunken, um sich zur Verteidigung zu formieren. Nur wenige trugen Kettenhemden, und viele von denen, die Helme und Schilde besaßen, hatten diese abgelegt, um besser trinken und nach Beute suchen zu können. Cliffords Ritter mähten sie nieder wie Heu.

Schwerter wurden geschwungen, Blut spritzte auf die Mauern der Häuser, und ersticktes Geheul ging im Trommeln der Hufe unter. Viele Schotten wandten sich ab und rannten blindlings davon, doch einige setzten sich zur Wehr, stürzten sich brüllend und mit wild flackernden Augen auf die Reiter oder hackten mit Äxten in die Beine der Pferde. Jetzt fielen auch die ersten Engländer; Ritter wurden von ihren zusammenbrechenden Schlachtrössern geschleudert oder aus dem Sattel gezerrt. Das Klirren von auf Schilde treffenden Klingen hallte in den verstopften Straßen wider. Einer von Cliffords Rittern verlor die Kontrolle über sein Pferd, dessen Hals vom Krummschwert eines Schotten aufgerissen wurde. Es prallte gegen die Mauer eines brennenden Hauses, woraufhin das Dach des Gebäudes einstürzte und sich ein Funkenregen über die Männer draußen ergoss.

Der Sturmangriff der Ritter fand in dem Gewimmel ein rasches Ende. Schotten hetzten durch die Seitenstraßen und alarmierten ihre Kameraden. Unter ihnen entdeckte Robert einige, die Tuniken mit dem weißen Löwen von Galloway trugen. Das Symbol von John Balliol verlieh ihm neues Feuer. Mit einem anspornenden Kampfruf führte er seine Männer zwischen den Häusern hindurch. Ein Hüne mit einem schwarzen Bart kam direkt vor ihm aus einer Haustür. In einer Hand hielt er einen Dolch, in der anderen flatterte etwas Langes, Büscheliges. Robert konnte gerade noch erkennen, dass es sich um eine blonde Haarsträhne handelte, bevor er mit seinem Schwert zu einem mächtigen, von Wut beflügelten Hieb ausholte, der die Klinge durch das Lederwams des Mannes und tief in seine Schulter trieb. Mit einem Ruck riss er das Schwert zurück und ritt weiter. Die zweiundvierzig Zoll Damaszenerstahl waren mit dem ersten Blut der Schlacht getauft worden.

Mit wild hämmerndem Herzen lenkte er Hunter zu einem Marktplatz, auf dem sich der größte Teil der schottischen Truppen drängte. Inmitten der Fußsoldaten befanden sich auch Ritter, die zu ihren Pferden stürzten, als Roberts Männer auf den Platz ritten. Fliehende Schotten fielen dem von ihnen selbst angerichteten Zerstörungswerk zum Opfer, stolperten über verstreute Möbelstücke oder Säcke und wurden von eisenbeschlagenen Hufen niedergetrampelt, die mühelos den Schädel eines Mannes zermalmen oder sein Rückgrat brechen konnten. Einige versuchten, in den Häusern Schutz zu suchen, sahen sich dort aber den Feuern ausgesetzt, die sie kurz zuvor gelegt hatten. Dichter Rauch hing in der Luft.

Vor der Kirche, aus der die Invasoren Truhen und Kerzenleuchter heraustrugen, bemerkte Robert eine Traube roter Überwürfe. Als er das vom Fackelschein beleuchtete Wappen John Comyns erkannte, trieb er Hunter auf die Plünderer zu. Irgendwo erscholl ein Horn. Ein Mann, der den Fuß bereits in den Steigbügel geschoben hatte, drehte sich bei dem Geräusch um. Als Robert sein Gesicht sah, machte sein Herz einen Satz, denn bei dem Schotten handelte es sich um John Comyn selbst. Er gab Hunter die Sporen. Wenn er den Rebellenführer gefangen nahm, konnte er mit einem Streich seine Loyalität gegenüber Edward unter Beweis stellen und sich selbst von seinem größten Hindernis auf dem Weg auf den schottischen Thron befreien. Comyn saß jetzt im Sattel, kehrte Robert aber den Rücken zu. In dem ganzen Chaos hatte er ihn nicht gesehen.

Robert konzentrierte sich so ausschließlich auf seinen Feind, dass er den links von ihm auftauchenden Reiter erst bemerkte, als es schon fast zu spät war. In letzter Sekunde ließ er die Zügel fallen und hob seinen Schild, um das Schwert abzuwehren, das vor ihm aufblitzte. Der Zusammenprall jagte einen glühenden Schmerz bis zu seiner Schulter empor und lähmte die Nerven in seiner Hand und seinem Arm. Sein eigener Schwung trug ihn ein Stück an seinem Angreifer vorbei, bevor er Hunter mittels Kniedruck zu wenden vermochte. Als er und sein Gegner erneut aufeinandertrafen und sie über die Köpfe ihrer Pferde hinweg ihre Schwerter schwangen, wurde Robert bewusst, dass er den Mann kannte. Der Reiter, dessen weißer Überwurf mit dem Wappen der Roten Comyns bestickt war, trug einen konischen Helm mit einem Nasenschutz, dessen Visier lose herabhing und Mund und Kiefer freigab. Es war Dungal MacDouall, der Mann, dessen Vater bei dem Angriff der Bruces auf Buittle Castle getötet worden war.

Als Robert auf ihn einhieb, blockte der Hauptmann die Klinge mit seinem Schild ab, dann stieß er mit seinem Schwert nach Hunters Kopf. Robert reagierte blitzschnell, grub dem Schlachtross die Sporen in die Flanken und brachte es so dazu, vorn hochzusteigen. Er wurde gegen die Hinterpausche gepresst, als Hunters Hufe durch die Luft wirbelten und eine davon MacDoualls Pferd seitlich am Schädel traf. Das Tier stolperte und prallte gegen Hunter, woraufhin das sich noch immer auf den Hinterbeinen aufbäumende Schlachtross das Gleichgewicht verlor und zusammen mit seinem Reiter zu Boden stürzte.

Es war Roberts Glück, dass er aus dem Sattel und seitlich von Hunters mächtigem Körper weggeschleudert wurde. Sein Kettenhemd knirschte auf dem harten Untergrund, doch sein wattiertes Wams fing die größte Wucht des Aufpralls ab. Irgendwie gelang es ihm, Schwert und Schild festzuhalten, aber sein Helm war verrutscht, was hieß, dass sich die Sehschlitze nicht länger vor seinen Augen befanden. Robert schob das Visier hoch und sah, wie sich MacDouall ein paar Yards entfernt aus dem Staub erhob. Bei dem Sturz war der Schildriemen des Hauptmanns gerissen, der Schild hing nur noch lose an seinem Arm. Zwischen ihnen bemühten sich die Pferde, wieder auf die Beine zu kommen. Überall ringsum tobte die Schlacht weiter. Roberts Bruder und seine Ritter waren in erbitterte Kämpfe mit Männern in den Farben von Badenoch und Buchan verstrickt. Sowohl in der Nähe als auch in weiterer Entfernung erschollen Hornfanfaren.

MacDouall warf den Schild fort, packte sein Breitschwert mit beiden Händen und stapfte durch den Rauch. Ein Funke des Wiedererkennens glomm in seinen Augen auf, als er Roberts Gesicht sah. Er stürzte sich auf ihn und holte mit dem Schwert aus. Robert, der noch immer auf den Knien lag, riss seinen Schild hoch, um den Hieb abzuwehren. Die Klinge fraß sich in das Holz und hinterließ einen klaffenden Riss in Carricks rotem Sparren. Robert krümmte sich unter der Wucht des Schlages, dann richtete er sich auf und zwang MacDouall zurückzuweichen. Einmal auf die Füße gelangt, bewegte sich Robert blitzschnell. Die Schwerter trafen aufeinander, Metallsplitter lösten sich Funken sprühend von den Klingen. Inzwischen hatte Robert Comyn aus den Augen verloren, seine Aufmerksamkeit galt jetzt ausschließlich dem Hauptmann, der ganz eindeutig nicht die Absicht hatte, ihn gefangen zu nehmen, sondern ihn töten wollte. Während die beiden Widersacher aufeinander einhieben, rauschte ein Strom weiterer Männer an ihnen vorbei.

Die von Clifford befehligten englischen Ritter hatten die Stadt überrannt. Obwohl sie sich der schottischen Infanterie gegenüber stark in der Unterzahl befanden, waren sie den verstreuten und betrunkenen Soldaten weit überlegen. Viele Schotten, die noch nicht in das Getümmel geraten waren, liefen mit so viel Beute beladen, wie sie tragen konnten, davon, während die Hörnerfanfaren auch weiterhin die Luft zerrissen. Die, die Richtung Süden rannten, würden von dem Fluss aufgehalten werden, die, die die andere Richtung einschlugen, Valence und seinen Männern in die Arme laufen.

Die Holzwände des Hauses neben Robert stürzten knarrend nach innen ein, sengende Hitze strömte aus Tür und Fenstern. Er duckte sich, als ihm Rauch und ein Funkenregen entgegenschlugen. MacDouall hatte weniger Glück. Ein Klumpen brennenden Strohs fiel vom Dach direkt auf ihn, sodass er zur Seite springen musste. Robert nutzte die Gelegenheit sofort und warf sich mit erhobenem Schild gegen ihn. Der überrumpelte Hauptmann wurde nach hinten geschleudert, sein rechter Arm beschrieb einen weiten Bogen durch die Luft. Robert schob sein Schwert unter dem Rand seines Schildes hervor und trieb die Spitze durch MacDoualls Kettenhemd und Wams, um das Fleisch seiner Achselhöhle zu durchbohren. Vor Anstrengung grunzend stieß er mit aller Kraft zu.

Der Hauptmann brüllte auf, das Schwert entglitt seinen Fingern und landete klirrend im Staub, doch es gelang ihm, Robert oberhalb des Knies einen kräftigen Tritt zu versetzen. Robert taumelte zurück und riss dabei sein Schwert aus MacDoualls

Körper. Sein Fuß blieb an einem von den Plünderern umgestoßenen Getreidesack hängen, er stürzte zu Boden und ließ die Waffe fallen. Mit wild flackernden Augen zog MacDouall mit der linken Hand einen Dolch aus seinem Gürtel, die rechte presste er gegen seine Seite, wo Blut aus einer Wunde quoll und seinen Überwurf durchtränkte. Robert streckte eine Hand aus, seine Finger schlossen sich um den Griff des ihm entfallenen Schwertes. Als MacDouall auf ihn losging, hob er die Waffe und ließ sie in einem hohen Bogen durch die Luft pfeifen. Die Klinge sauste auf das Handgelenk des Hauptmanns nieder und durchschnitt Kettengeflecht und Fleisch, erst der Knochen milderte ihren Schwung. MacDoualls Mund verzerrte sich zu einem grässlichen Schrei. Er sank auf die Knie. Seine noch immer mit dem Kettenhandschuh bekleidete Hand hing jetzt in einem seitlichen Winkel vom Gelenk herab, und Blut schoss aus der Wunde.

Robert zog sich auf die Füße und trat auf MacDouall zu, um die Sache zu Ende zu bringen.

»Earl Robert!«

Er drehte sich um und sah Robert Clifford mit einem Dutzend Rittern auf sich zureiten.

Der Ritter parierte sein Pferd. »Sir Aymers Männer werden hinterrücks angegriffen. Kommt«, befahl er und gab seinem Schlachtross die Sporen.

Mit vor Anstrengung und Rauch brennender Lunge hielt Robert nach Hunter Ausschau. Das gut ausgebildete Schlachtross war nicht durchgegangen, sondern wartete, offensichtlich unverletzt und jetzt aufgeregt mit den Hufen scharrend, ganz in seiner Nähe auf seinen Herrn. Die an den Wänden der Gebäude emporzüngelnden Flammen spiegelten sich in seinen Augen wider. Robert rief nach Nes und seinem Bruder, die drei Männer aus Galloway niedergestreckt hatten, und schwang sich in den Sattel. Während sich Dungal MacDouall über seine blutende Hand krümmte, ritten er und seine Männer über den Marktplatz und in die mit Leichen übersäten Straßen hinein.

Am Stadtrand waren heftige Kämpfe ausgebrochen. Im roten Schein der Feuer erkannte Robert die weiß und blau gestreiften Überwürfe der Ritter von Pembroke. Sie setzten sich gegen eine bunt zusammengewürfelte Reitertruppe zur Wehr. Viele der englischen Fußsoldaten hatten ihre Positionen aufgegeben, halfen Valence und seinen Männern, diese Gruppe zurückzutreiben, und schufen so unfreiwillig eine Bresche in ihren Reihen, durch die die Schotten zu Dutzenden flohen. Einige, die in der Dunkelheit hinter den Flammen die Orientierung verloren hatten oder von Verwundungen behindert wurden, gerieten mitten in das Gewühl, aber weit mehr konnten dank der Bemühungen dieser neu eingetroffenen Truppe entkommen.

Clifford ritt vorneweg. Als sich der königliche Ritter in den Kampf stürzte, erblickte Robert eine mächtige Gestalt, die mit einer Axt um sich hieb. Es gab nur wenige Männer von dieser Statur. Selbst aus der Entfernung wusste Robert sofort, dass er William Wallace vor sich hatte. Ein schmerzhafter Stich durchzuckte ihn. Er zügelte sein Pferd, ließ andere Männer an sich vorbeireiten und hielt den Blick auf Wallace gerichtet, der unter dröhnendem Gebrüll auf einen Fußsoldaten einhackte, bis der Mann in einem Nebel aus Blut rücklings in den Staub flog. Ein englischer Ritter griff ihn von der Seite an. Wallace drehte sich mit einer für einen so hünenhaften Mann erstaunlichen Schnelligkeit und Behändigkeit um und schlug mit einem wuchtigen Axthieb den oberen Teil des Helms des Ritters so mühelos weg, als würde er ein Ei köpfen. Der halbe Schädel des Mannes wurde mit abgetrennt. Er kippte nach vorn, Hirnmasse spritzte auf den Boden, als er aus dem Sattel rutschte. Robert hatte weder an der Schlacht von Stirling noch an der von Falkirk teilgenommen. Zwar hatte er Wallace beim Üben zugesehen und oft von dem Geschick und der Furchtlosigkeit gehört, die er während seiner Zeit in der Rebellenarmee unter Beweis gestellt hatte, aber er hatte den Mann noch nie in der Hitze eines Kampfes erlebt. Er bot einen beeindruckenden Anblick.

Weitere von Valence' Männern rückten vor, um Wallace zu umzingeln. Robert verspürte den irrwitzigen Drang, einen Warnruf auszustoßen. Er konnte sich gerade noch rechtzeitig zurückhalten, aber seine Sorge war unbegründet gewesen. Wallace schwenkte mit einem Mal ab, und seine Männer folgten ihm. Es sah so aus, als hätten sie nur in den Kampf eingegriffen, um so vielen Schotten wie möglich die Flucht aus der Stadt zu ermöglichen. Alle, die dazu in der Lage waren, traten nun den Rückzug an, ritten hinter dem Rebellenführer in die Nacht hinaus und ließen Hunderte von Verwundeten und Toten hinter sich zurück. Zu seiner Linken gewahrte Robert einen Reitertrupp, der aus der Stadt hinausjagte. Viele der Männer trugen die roten und schwarzen Überwürfe der Comyns. Als er sah, dass Clifford ihm ein Zeichen gab, nahm Robert die Verfolgung auf. Sein Bruder und einige Ritter aus Carrick, die ihn die Richtung ändern sahen, schlossen sich ihm rasch an.

Die Reiter hatten einen guten Vorsprung, aber Robert holte das Letzte aus Hunter heraus. Er konzentrierte sich auf einen der Männer am Ende der Gruppe, der Schabracke seines Pferdes nach zu urteilen ein Ritter, und galoppierte auf ihn zu. Der Ritter drehte sich um, aber es war zu spät, Robert trieb ihm sein Schwert in den Rücken, woraufhin der Mann aus dem Sattel geschleudert und unter den Hufen zermalmt wurde. Edward Bruce schloss zu einem anderen auf, der John Comyns Wappen trug, und durchtrennte die Beinsehnen des Pferdes, das zusammenbrach und seinen Reiter unter sich zerquetschte.

Als Robert eine Bewegung hinter sich spürte, fuhr er herum und sah sich einem zähnefletschenden Schotten gegenüber, der auf ihn losging. Es war Alexander Seton. Die Zeit schien mit einem Mal langsamer zu verstreichen. In den wenigen Sekunden, die sie brauchten, um aneinander vorbeizukommen, wobei ihre Schwerter einander verfehlten, sah Robert, wie sich Alexanders Gesicht vor Schock verzerrte – er hatte ihn erkannt. Dann galoppierte sein früherer Kumpan davon und wurde von der Dunkelheit verschluckt. Während die Ritter aus Carrick die letzten gegnerischen Reiter angriffen, brachte Robert Hunter zum Stehen. Mühsam nahm er seinen Helm ab und ließ ihn in den Schlamm fallen, sank gegen die Hinterpausche des Sattels und sog die klare Nachtluft in tiefen Zügen ein. Er schmeckte beißenden Rauch im Mund, der in seiner Kehle brannte, wenn er schluckte. Salziger Schweiß rann ihm in die Augen.

»Hast du Comyn gesehen?« Sein Bruder machte neben ihm Halt. Edward hatte gleichfalls seinen Helm abgenommen. Nasenflügel und Mund wiesen schwarze Rußflecken auf, die ihm zusammen mit den blutunterlaufenen Augen das Aussehen eines Dämons verliehen. »Der Bastard ist direkt an mir vorbeigeritten, aber ich bin nicht an ihn herangekommen.«

»William Wallace war bei ihm«, keuchte Robert zwischen heftigen Atemzügen. »Ich glaube, er konnte entkommen.«

Edwards Augen weiteten sich. »Wallace? Er ist wieder in Schottland?«

Robert nickte. Einen Moment lang starrten sich die Brüder an, während die überraschende Neuigkeit langsam in ihr vom Kampf betäubtes Bewusstsein einsickerte.

Clifford kam zu ihnen geritten. Sein Überwurf, sein Schwert und sein Pferd starrten vor Blut. »Comyn?«

»Fort«, erwiderte Robert. Er nickte zu den Rittern von Carrick hinüber, die die Schotten, die sie überwältigt hatten, auf Lebenszeichen hin untersuchten. »Sechs haben wir unschädlich gemacht.«

Clifford fluchte. »Wir hätten sie alle wie die Fliegen im Netz gehabt, wenn diese Reitergruppe nicht gewesen wäre. Ist wie aus dem Nichts aufgetaucht.« Er wischte sich mit dem Arm

Schweiß von der Stirn, wobei er auf seinem Gesicht eine Blutspur hinterließ. »Ich glaube, William Wallace hat sie angeführt.« Wieder stieß er einen grimmigen Fluch aus. »Mit mehr Männern hätten wir sowohl ihn als auch Comyn festnehmen können. Das hätte das Ende der Rebellion bedeutet.«

»Wir haben ihnen heute trotzdem großen Schaden zugefügt.«

Nach einer Pause nickte Clifford. Ein hartes Lächeln spielte um seine Lippen. »Das haben wir allerdings.« Er deutete zu den Schotten hinüber. »Sorgt dafür, dass Eure Männer sie streng bewachen. Der König will, dass Gefangene gemacht werden.« Er schickte sich an davonzureiten, hielt jedoch inne und sah Robert an. »Ihr habt gut gekämpft, Sir Robert.«

Dunfermline, Schottland, A.D 1303

Nachdem Brechlin Castle sich ergeben hatte und der Befehlshaber der Burg von einem von einem Katapult abgefeuerten Stein getötet worden war, führte König Edward seine Armee gen Norden. Wie eine biblische Plage verwüsteten sie alles, was auf ihrem Weg lag, legten Burgen in Trümmer, zerstörten Städte, brannten Getreideschuppen nieder und versengten die Felder. Wenn sie die verräterischen Rauchwolken am Horizont sahen, die ihr Kommen ankündigten, retteten viele Schotten, was sie nur tragen konnten, trieben ihr Vieh vor sich her und flohen in die Berge und Moore. Die Alten und Kranken blieben zurück, verschanzten sich in ihren kaum Schutz bietenden Häusern und lauschten beklommen dem näher kommenden Hufgetrommel und dem Rumpeln der Vorratskarren und Belagerungsgeräte.

In den letzten Tagen des Sommers marschierte der König durch Aberdeen und dann in John Comyns Herrschaftsgebiet Badenoch ein. Nachdem er die Hauptfestung des Roten

Comyn in Lochindorb belagert und innerhalb weniger Tage erobert hatte, blieb er einige Wochen dort, jagte in den Mooren Hirsche und bediente sich von dem Wein in den Kellern der Burg. Der Sieg, der nach Comyns Angriff auf die Vorhut seiner Armee bei Roslin süß schmeckte, wurde nur durch das Wissen getrübt, dass er sich zwar am Rotwein des Feindes gütlich tat, der Schurke selbst aber eifrig damit beschäftigt war, den Norden Englands zu plündern.

Täglich wartete Edward auf Nachrichten von der Truppe, die er nach Süden geschickt hatte, um die Schotten zu stellen. Das lange Schweigen machte ihn ungeduldig. Erst als der Herbst die Blätter golden färbte und die Tage kürzer wurden, erhielt er die Botschaft, auf die er gewartet hatte. Aymer de Valence hatte die Rebellen in der Nähe von Carlisle besiegt, ein paar hundert Fußsoldaten getötet und die Überlebenden in die Wälder von Selkirk zurückgetrieben. Ob dieser Neuigkeiten sehr zufrieden, zog der König Richtung Süden weiter, während in den Bergen der Winter einsetzte und der erste Schnee die höheren Gipfel überzog.

In Perth traf seine Armee in der Nähe der Abtei von Scone auf die Truppe, die sein Sohn befehligte. Prinz Edward und seine Männer, darunter auch Piers Gaveston, hatten die Grafschaft Strathearn geplündert, und der Prinz konnte es kaum erwarten, seinem Vater die Beute zu zeigen, die sie während des Feldzugs zusammengetragen hatten. Der König, der sich freute, dass sein Sohn seine kriegerischen Pflichten jetzt offenbar ernster nahm, ließ zur Belohnung einige Tage lang ein Festmahl nach dem anderen und Turniere veranstalten, an deren Ende Gaveston zum Ärger einiger Angehöriger der Tafelrunde zum Champion gekrönt wurde.

Doch Edward konnte die Festivitäten nicht unbeschwert genießen. Obwohl er ungehindert weit in den Norden Schottlands vorgedrungen war, die Ländereien der Feinde verwüstet und ihren Widerstand erheblich geschwächt hatte, war der

Sieg nicht vollkommen gewesen. Stirling Castle – dessen Fall zwingend notwendig war, um Schottland nördlich des Forth kontrollieren zu können – befand sich noch in schottischen Händen. Im Westen hatten Ulsters Männer den Kampf vorläufig aufgegeben, nachdem sie zahlreiche Burgen, darunter auch das Bollwerk des Großhofmeisters auf Bute, erobert hatten. Trotz Ulsters Bündnis mit ihm waren große Teile seiner Truppen, unbezahlt und Hunger leidend, desertiert und nach Hause zurückgekehrt. Aber als noch beunruhigender empfand Edward die Neuigkeiten, die zusammen mit den Berichten von der Niederlage der Rebellen eingetroffen waren.

Laut Aymer de Valence hatte sich unter den Schotten, die unter John Comyns Banner kämpften, auch William Wallace befunden. Es ergrimmte Edward über alle Maßen, dass es dem berüchtigten Gesetzlosen irgendwie gelungen war, unbemerkt aus Frankreich zurückzukehren und die Schiffsblockade auf dem Kanal zu durchbrechen, außerdem bereitete ihm Wallace' unverhoffte Ankunft große Sorgen. Der Rebellenführer tauchte wie ein Komet oder ein böses Omen am Tag seines Triumphs auf und verhieß nichts als Unheil. Mehr denn je wollte er den Wolf in seiner Höhle aufspüren und aus dem Schutz der Wälder von Selkirk hinausjagen.

Das Einzige, was Edward beschwichtigte, traf am vierten Tag seines Aufenthalts in Perth in Form einer Botschaft mit dem königlichen Siegel Frankreichs ein. Es war ein Brief von König Philipp, der den Frieden zwischen England und Frankreich formal ratifizierte. Der Vertrag, der die Schotten ausnahm, sicherte Edward und seinen Erben das Herzogtum zu und garantierte die Zustimmung zu der Heirat seines Sohnes mit Lady Isabella. Philipp, der seine Schwester Königin Marguerite grüßen ließ und Geschenke für seine Neffen Thomas und Edmund schickte, sagte, er wolle nicht länger mit seinem Schwager im Krieg liegen.

Edward wusste, dass es nicht familiäre Gefühle, sondern die

Kosten und die Schwierigkeiten, den Krieg in Flandern fortzuführen, gewesen waren, die den französischen König zu einem Friedensschluss bewogen hatten, aber die Gründe dafür waren nicht wichtig. Was zählte, war, dass sich die Gascogne wieder in seinem Besitz befand und die Schotten nicht länger darauf hoffen durften, John Balliol auf den Thron zu bringen. Etwas leichteren Herzens verließ Edward Perth und beschlagnahmte das beeindruckende Klostergelände der Abtei Dunfermline am Ufer des Forth als Winterquartier, um dort seine Kommandanten zu belohnen.

Im Hauptschiff der Kirche von Dunfermline, dessen Gänge von großen runden, mit kühnen Motiven verzierten Säulen gesäumt wurden, versammelten sich die Befehlshaber der englischen Armee vor ihrem König. Hinter den bogenförmigen Fenstern des oberen Stockwerks wölbte sich der klare blaue Novemberhimmel. Die Männer trugen zum Schutz vor der Kälte pelzbesetzte Umhänge, ihre Überwürfe waren geflickt und die Schwerter vom Blut und Rost des Feldzugs gereinigt worden.

Robert stand mitten unter ihnen, den Blick unverwandt auf König Edward gerichtet, der in einem scharlachroten, goldbestickten Mantel auf einem gepolsterten Stuhl vor dem Altar saß. Hinter dem König hing sein Drachenbanner, das, als er ein Prinz im Exil gewesen war, zuerst auf den Turnierfeldern von Frankreich gehisst und später auf seinen Feldzügen in die Schlacht getragen worden war, ein Symbol dafür, dass keine Gnade gewährt wurde. Die große Standarte war stellenweise ausgebessert und an den Rändern ausgefranst, aber die in Feuer gehüllte geflügelte Schlange in der Mitte wirkte immer noch beinahe lebendig. Während Robert sie nachdenklich musterte, wurde Robert Clifford vor den König befohlen.

Der Ritter durchquerte das Kirchenschiff und sank auf ein Knie. Edwards Stimme hallte gebieterisch durch den Raum, als er ihm Landsitze in Roxburghshire zusprach und den beträchtlichen Belohnungen hinzufügte, die Clifford bereits erhalten hatte – Caerlaverock Castle und das Land von Sir William Douglas, der zu Beginn der Rebellion auf Wallace' Seite gekämpft hatte. Als der Ritter sich erhob, applaudierten die Männer der Tafelrunde, und Guy de Beauchamp sowie Thomas of Lancaster klopften ihm anerkennend auf die Schulter, als er sich wieder zu ihnen gesellte.

»Sir Robert Bruce.«

Als Robert vortrat und seine Schritte laut in der einsetzenden Stille widerhallten, fing er die Blicke von Humphrey de Bohun und Ralph de Monthermer auf. Beide nickten zustimmend. Nach dem Sieg in Cumberland hatte das Eis in einigen dieser Männer langsam zu tauen begonnen. Sie hatten gesehen, dass er ohne zu zögern in den Kampf gezogen war, seine Landsleute ohne Anzeichen von Reue getötet und anschließend mit den Siegern gefeiert hatte. Vor allem Clifford hatte den anderen von Roberts Rolle bei dem Gemetzel und der Gefangennahme der Schotten berichtet.

Hinter König Edward trennte ein geschnitzter Lettner das Kirchenschiff von dem Altarraum der Mönche. Dahinter standen die Schreine von König Malcolm Canmore und seiner Frau Königin Margaret, die die Abtei vor zweihundertdreißig Jahren gegründet hatte. Die Nähe zu den Gebeinen seiner Vorfahren ließ Roberts Blut wie Feuer durch seine Adern rauschen. Dunfermline war die königliche Nekropole, wo viele Könige Schottlands begraben lagen, darunter auch Alexander III., der keine fünfzehn Meilen von hier in den Tod gestürzt war. Jetzt präsidierte der Mann, den Robert verdächtigte, dafür verantwortlich zu sein, auf einem ehernen Thron über ihren Särgen.

Robert dachte an seinen Großvater, der von der Blutlinie der Familie Bruce als von einem mächtigen Baum gesprochen hatte, dessen Wurzeln sich bis zu den Normannen und den alten

Königen zurück erstreckten, und Robert als einen den mächtigen Ästen entsprungenen Trieb dieses Baums bezeichnete. In seinen Adern floss das Blut uralter Könige. Er spürte ihren Willen in sich, der ihn antrieb; spürte, dass sie von ihm verlangten, das Versprechen seiner Vorfahren zu erfüllen – diesen Tyrannen aus dem Land zu jagen und sein Recht auf den Thron einzufordern, koste es, was es wolle. Warte nicht länger, raunten sie ihm zu. Handele.

Robert blieb vor Edward stehen, zwang sich, auf ein Knie zu sinken, und neigte den Kopf.

»Sir Robert«, begann der König. »Für Eure Verdienste in dem siegreichen Kampf gegen die Rebellen werdet Ihr mit einem neuen Posten belohnt. Hiermit ernenne ich Euch zum Sheriff von Lanark und Ayr.«

Robert verharrte regungslos vor Edwards Stuhl und starrte die steinernen Bodenplatten an, aber seine Gedanken überschlugen sich. Die Raffinesse, die der König bei der Wahl seiner Belohnungen an den Tag legte, entging ihm nicht. Es hieß, dass William Wallace zurückgekehrt war, um sich erneut an die Spitze der Rebellion zu setzen – der ganze Hof sprach von nichts anderem, seit Aymer de Valence die Neuigkeit verbreitet hatte –, und Edward war eindeutig beunruhigt. Vor dem Krieg war Wallace' Onkel Sheriff von Ayr und Ayr die Heimat des Rebellenführers gewesen. Später, nach der Besetzung, hatte der englische Sheriff von Lanark den Tod von Wallace' Frau und Tochter verschuldet. Indem er ihm dieses Amt übertrug, schuf Edward einen physischen und symbolischen Gegenpol zu dem Gesetzlosen, das wusste Robert.

»Eurem Bruder Sir Edward Bruce wird die Ehre zuteil, meinem Sohn und Erben in dessen Haushalt zu dienen, und Alexander Bruce ernenne ich zum Dekan von Glasgow.«

Robert hörte kaum zu, als der König weitersprach. Wie so oft in diesen letzten Wochen, nach dem Blutbad in der Stadt, erfüllte William Wallace seine Gedanken. Er war davon ausgegangen, dass Schottlands Schicksal mit diesem Feldzug besiegelt sein würde, weil die Rebellen Edward höchstens noch einen Kriegssommer lang Widerstand leisten konnten. Und er hatte befürchtet, mit dem Schicksal seines Landes wäre auch sein eigenes unwiderruflich besiegelt und er für immer an Edwards Hof gefangen sein – und seine einzige Hoffnung bestünde in der schwachen Chance, jenen eindeutigen Beweis gegen den König zu finden. Jetzt überlegte er fieberhaft.

Die Gefahr einer Rückkehr Balliols war endgültig gebannt und William Wallace in letzter Minute zurückgekommen, um die Rebellion anzuführen. Das ließ alles in einem neuen Licht erscheinen. Wallace, der zweite Sohn eines Ritters von niedrigem Rang, der zum Hüter Schottlands aufgestiegen war, hatte die größte Armee zusammengezogen, die das Königreich seit Jahrhunderten gesehen hatte, und die englischen Truppen bei Stirling vernichtend geschlagen. Er war ein erfahrener General, der Tausende von Männern – sowohl Bauern als auch Earls – unter seinem Banner versammelt hatte. Robert kannte Edwards Schwächen; wusste, wo er am empfindlichsten zu treffen war: die Vorratslager in York, die verkleinerten Garnisonen in Edinburgh, Dumfries und Lochmaben. Konnte es ihm und Wallace mit vereinten Kräften gelingen, das Blatt zu wenden?

»Erhebt Euch, Sir Robert.«

Robert blickte auf, als Edward zum Ende kam. »Ich danke Euch für die große Ehre, die Ihr mir erweist, Mylord.« Er richtete sich auf, sein Blick kreuzte sich mit dem des Königs. »Ich bin immer Euer getreuer Diener.«

31

Dunfermline, Schottland, A.D. 1304

DER GEFANGENE PRESSTE SICH gegen die Wand, als sie ihn holen kamen. Helles Tageslicht durchflutete den Stall, in dem sie ihn und die anderen seit Wochen festhielten. Er protestierte schwach, als sie ihn packten, seine ausgedörrten Lippen platzten auf und begannen zu bluten.

»Sei still, du räudiger Hund!«

Während zwei Wächter ihn festhielten, versetzte der, der gesprochen hatte, ihm mehrere Schläge in die Magengrube, um ihn zum Schweigen zu bringen. Dann zerrten die Männer den zusammengekrümmten Gefangenen aus dem Stall. Das Stöhnen und Flehen seiner Leidensgenossen verhallte in der stinkenden Dunkelheit hinter ihnen.

Als sie ihn über einen verschneiten verlassenen Hof schleiften, hob der Mann das Gesicht zum grauen Himmel, öffnete den Mund und versuchte verzweifelt, etwas von der Feuchtigkeit in der Luft aufzufangen. Der Atem der Wächter, die unter seinem Gewicht ächzten, bildete kleine Wölkchen vor ihren Lippen, ihre Stiefel knirschten in den Schneewehen. Der Winter war spät gekommen, erst vor zwei Wochen, kurz nach Weihnachten, hatte es richtig zu schneien begonnen; das Dach und die Türme der Kirche von Dunfermline waren weiß überzogen. Der Gefangene blinzelte zur Abtei hinüber und formte mit den Lippen ein stummes Gebet.

Der Wärter, der ihn geschlagen hatte, drehte sich um, bemerkte, was er tat, und verzog verächtlich den Mund. »Sprichst du wieder mit Gott, Schotte?« Das höhnische Grinsen verschwand. »Heute höre nur ich dir zu, verstanden? Und du wirst reden, das schwöre ich dir.«

Als der Mann, den die anderen Crow nannten, sich abwandte, spie der Gefangene einen blutigen Schleimbatzen in den Schnee und knirschte mit den Zähnen, doch als er die verfallene Scheune schwarz am Ende des Hofes aufragen sah, verließ ihn der Mut. Sie war ein albtraumhafter Ort des Schreckens und entsetzlicher Schmerzen, der ihn in seinen Träumen heimsuchte und im Wachdelirium peinigte. Bei dem Anblick warf er den Kopf zurück und stieß ein gellendes Geheul aus, obwohl die unbenutzte Scheune und die Ställe weitab der anderen Gebäude auf dem Gelände lagen – und selbst wenn ihn jemand hörte, wer würde ihm wohl zu Hilfe kommen? Der englische König und seine Armee hatten die Abtei als Winterquartier beschlagnahmt und die Mönche vertrieben. Was den Mann nicht davon abhielt, sich heiser zu brüllen, als Crow die Scheunentür aufstieß.

In dem dämmrigen Raum befanden sich zahlreiche Gerätschaften, die man auf jedem Bauernhof fand: Pferdegeschirre, Seile und Peitschen, Eimer und Nägel. Alles an sich harmlose Dinge, die jedoch für die Gefangenen zu Folterwerkzeugen geworden waren. Der Holztisch in der Mitte wies frische Blutflecken auf, ein kupfriger Geruch hing in der Luft. Der Gefangene bäumte sich auf, als die zwei Wächter ihn über Flecken von Schnee, der durch das verrottete Dach der Scheune gefallen war, hinweg auf den Tisch zuführten. Aber scheinbar wollten sie ihn heute nicht benutzen, denn sie blieben nicht stehen. Der schwer atmende Gefangene blickte sich gehetzt um, hielt nach Anzeichen dafür Ausschau, was sie mit ihm vorhatten. An dem Trog, in dem sie ihn einmal fast ertränkt hatten, waren sie schon vorbeigegangen. Über dem dunklen Wasser lag eine dunkle Eisschicht. Er konnte es im Mund schmecken, wenn er es nur ansah.

»Hier.« Crow deutete auf einen Haken, der an einem Balken baumelte.

Der Gefangene zuckte zusammen, als die Wächter seine

Arme hochrissen und den Strick, mit dem seine Hände gefesselt waren, über den Haken streiften. Dann traten sie zurück und ließen ihn wie ein Stück Fleisch dort hängen.

Die Peitsche, dachte er bei sich. Heute nehmen sie die Peitsche. Das hatten sie zu Anfang schon einmal getan, ihm die Tunika vom Leib gerissen und seinen nackten Rücken mit der dünnen Lederschnur traktiert. Die Schmerzen waren furchtbar gewesen, aber seitdem hatten sie noch viel schlimmere Dinge mit ihm angestellt. Wenigstens würde die Peitsche ihn nicht töten.

Crow stand vor ihm und musterte ihn mit einem unangenehmen, wissenden Ausdruck, der den Gefangenen mit eisiger Furcht erfüllte, weil er ihn von dem Mann nicht kannte.

»Es ist an der Zeit, mir zu sagen, Schotte, wo sich dieser Hurensohn William Wallace versteckt hält.«

Der Gefangene schüttelte schwach den Kopf. »Ich kann Euch nichts sagen, was ich nicht weiß.« Seine Stimme klang rau. »Warum glaubt Ihr mir nicht?«

Crow lächelte. »Du wusstest die ganze Zeit lang, dass das nicht stimmt. Und jetzt wissen wir es beide.« Er zog einen Dolch aus der Scheide, die neben seinem Schwert an seinem Gürtel hing. »Einer deiner Freunde, irgendein Halunke aus Galloway, der uns in Cumberland in die Hände gefallen ist, hat es mir heute Morgen verraten. Er sagte, du wärst derjenige, mit dem wir uns über Wallace' Basislager in Selkirk unterhalten sollten.«

»Ich weiß nichts über das Lager. Ich bin erst wenige Wochen, bevor wir die Grenze zu England überquert haben, in Annandale zu Wallace' Truppen gestoßen. Er hat gelogen!«

»Ich erkenne die Wahrheit, wenn sie über die Lippen eines sterbenden Mannes kommt. Es war das Letzte, was er mir erzählt hat, bevor er verblutet ist.« Crow nickte zu dem blutbesudelten Tisch hinüber. »Genau dort.«

Der Gefangene wusste, dass dies der Wahrheit entsprach. In

den Wochen seit ihrer Gefangennahme, nach der Katastrophe in der Stadt, waren einige Schotten, die Crow verhört hatte, nicht zu ihren Kameraden zurückgekehrt. Er wusste auch, dass ihr Tod weder diese Männer noch den Herrn berührten, dem sie dienten. Sie waren alle Bauern oder kleine Handwerker wie er selbst, ein Gerberlehrling, der seinen Häschern kein Lösegeld einbrachte und nicht von den Gesetzen der Ritterlichkeit geschützt wurde.

Als Crow näher kam, vermochte der Gefangene den Blick nicht von dem Dolch zu wenden. Die Klinge war dünn und scharf.

»Jetzt weiß ich, dass ich meine Zeit nicht mit den anderen verschwenden darf, sondern meine Anstrengungen auf dich konzentrieren muss.«

»Nein!« Der Gefangene keuchte und bog sich dabei so weit zurück, wie es seine Fesseln zuließen.

»Ich werde dich hierbehalten und foltern, bis du redest. Verstehst du, Schotte? Bis du redest.« Crow nickte seinen Kameraden zu. »Haltet ihn fest.«

Der Gefangene schrie auf und versuchte sich loszureißen, doch die Wächter hielten ihn in eisernem Griff und zerdrückten seinen Schädel fast mit den Händen. Er konnte ihren Atem riechen: Ale zum Frühstück.

Crow trat mit gezücktem Dolch vor und setzte die Spitze an einen Augenwinkel des Gefangenen. »Erst werde ich dir die Augen ausstechen.« Er zog die scharfe Klinge an der Seite seiner rechten Wange hinunter. »Dann schneide ich dir die Ohren ab. Dann die Finger. Und die Zehen. Wenn ich mit dir fertig bin, wird von dir nur noch halb so viel übrig sein wie jetzt, aber ich verspreche dir, dass du noch leben wirst.«

Der Gefangene keuchte heftig. Speichel trat auf seine Lippen. Er kreischte, als die Dolchspitze zu seinem Auge zurückkehrte. Diesmal drückte Crow den Daumen in den Augenwinkel und schob die Haut hoch, bis das Weiße freilag. Dann begann er, die Spitze langsam hineinzustoßen. Etwas Blut und Flüssigkeit traten aus, als sie die oberste Gallertschicht durchbohrte. Das Kreischen des Gefangenen schlug in einen markerschütternden Schrei um. »Ich sage es Euch! Bei Gott, ich sage es Euch!«

Crow zog die Klinge zurück. Blut tröpfelte wie eine rote Träne an der Wange des Schotten herunter. Nach Atem ringend hing er schlaff in den Fesseln. »Ich weiß, wo das Lager ist!«

»Wo?«

»Das kann ich nicht sagen. *Wartet!*«, krähte der Gefangene, als der Dolch erneut aufblitzte. »Beschreiben kann ich den Weg nicht, aber …« Er brach ab und ließ den Kopf sinken. Am Ende war die Furcht stärker als die Scham. »Ich kann Euch eine Karte zeichnen.«

König Edward stand am Fenster und starrte über die Landschaft hinter Dunfermlines Mauern hinweg. Das verschneite Gelände erstreckte sich bis zum Firth of Forth hinab, dessen Wasser dunkel unter dem trüben Himmel schimmerte. In der Ferne konnte er auf der anderen Seite der Flussmündung die schwarzen Klippen erkennen, die die Stadt Edinburgh flankierten.

Edward spürte die Kälte dieser Eislandschaft tief in den Knochen. Dieser Tage machte ihm der Winter mehr zu schaffen als früher, wenn er morgens aufstand, schmerzten seine Glieder, und er verspürte ein ungewohntes Druckgefühl in der Brust. Rein äußerlich gab er trotz seiner schneeweißen Haare und der faltigen Haut noch immer das Bild eines stattlichen Mannes ab, sein Körper war durch jahrelanges Training und Kriege straff und muskulös geblieben. Aber er merkte, wie er innerlich schwächer wurde.

Als er lautes Gelächter hörte, drehte er sich um und sah, dass sein dreijähriger Sohn Thomas in die Kammer gerannt kam, dicht gefolgt von seinem kleinen Bruder Edmund. Sie liefen zu ihrer Mutter, die lesend am Kamin saß. Kurz vor Weihnachten waren Königin Marguerite und der Rest der Frauen mit einer Rittereskorte von York hierhergereist. Schottland war fast erobert, und Edward wollte seine Familie bei sich haben, wenn er die Ursache achtjährigen Verdrusses unter seinem Absatz zermalmte. Er sah, wie Marguerite einen Kuss auf die zerzausten blonden Köpfe der Jungen hauchte, bevor ihre Kinderfrau herbeigeeilt kam.

»Bitte um Verzeihung, Mylady. Mylord«, schnaufte sie, dabei neigte sie den Kopf vor Edward. »Sie sind einfach zu flink für mich.« Sie scheuchte die Jungen aus dem Raum, schloss die Tür und dämpfte so das fröhliche Lachen.

Edwards Blick ruhte auf seiner Frau, die sich mit ihrem Buch wieder zurücklehnte. Die Schwester König Philipps war siebzehn gewesen, als er sie in Canterbury geheiratet hatte. Sie war die Perle von Frankreich genannt worden, eine scheue, zarte Schönheit mit milchweißer Haut. Jetzt, mit einundzwanzig und nach der Geburt zweier Kinder, hatte ihr schmaler Körper weibliche Rundungen entwickelt. Ihre Jugend bewirkte, dass sich Edward noch älter fühlte und ihm stärker bewusst wurde, wie schnell die Zeit verging und was er noch erreichen wollte, bevor sein Körper ihn im Stich ließ und die Erde sich auftat, um seine sterblichen Überreste in sich zu bergen.

Sein Großonkel König Richard hatte den Beinamen Löwenherz getragen, sein Onkel Louis von Frankreich war heilig gesprochen worden. Der Kreuzritter und der Heilige – so würde man sie in Erinnerung behalten. Er wollte ein ebenso großes Vermächtnis hinterlassen, wollte als der Mann gepriesen werden, der ganz Britannien unter seine Herrschaft gebracht und so ein vereintes Königreich geschaffen hatte. Der Mann, den man als neuen Artus bezeichnen würde, den größten Kriegerkönig, der je gelebt hatte.

Marguerite bemerkte, dass er sie anstarrte. »Du wirkst gedankenverloren, mein Gemahl.« Sie sprach mit einem silberhellen französischen Akzent.

Edward holte tief Atem. »Ich denke an den bevorstehenden Feldzug. Stirling Castle ist eine Nuss, die schwer zu knacken sein wird, fürchte ich.«

»Kannst du sie nicht von ihren Versorgungslinien abschneiden und aushungern? Das hast du doch früher schon mit Erfolg getan.«

Er lächelte leicht. Ihr Interesse an seinen Strategien belustigte ihn. »Das würde zu lange dauern. Stirling verfügt über große Mengen an Vorräten und ausgezeichnete Verteidigungsanlagen.« Er hielt ihr eine Hand hin.

Marguerite legte ihr Buch zur Seite und trat zu ihm. Der Saum ihres Gewandes schleifte raschelnd über den Läufer. Sie ließ sich von Edward zum Fenster führen, wo er sich hinter sie stellte und ihr die Hände auf die Schultern legte.

»Wie Edinburgh.« Er beugte sich vor, sodass sich sein Gesicht auf einer Höhe mit dem ihren befand, und starrte zu den über der Stadt aufragenden Klippen hinüber. »Ein Felsen, zu hoch, um ihn mit Leitern zu bezwingen. Nur eine Straße, die hineinführt. Hohe, massive Mauern, gegen die die meisten Belagerungsgeräte nichts ausrichten können.«

»Was wirst du tun?«

»Ich denke daran, etwas zu erproben, das ich Sultan Baybars im Heiligen Land habe einsetzen sehen.«

Marguerite drehte sich um und legte ihm ihre rechte Hand aufs Herz. »Der, der versucht hat, dich umzubringen?«

Vor Edwards geistigem Auge entstand das Bild eines Mannes in einem Umhang, der einen Dolch hob. Seine Brauen zogen sich angesichts der Erinnerung an die Klinge, die sich in seine Brust bohrte, und Eleanors Schreie, als er zusammenbrach, finster zusammen. Während seine Leibwächter den Assassinen überwältigten, den Baybars geschickt hatte, hatte seine Frau sich über ihn geworfen. Das Blut war heiß über seine

Brust geströmt, als sie den Dolch herauszog und die Lippen auf die Wunde presste, um das Gift herauszusagen.

Edward legte eine Hand über die von Marguerite und schob sie von der Narbe weg, die die Haut unter seinem Hemd verunzierte. Seine zweite Frau verkörperte als Königin alles, was er sich wünschen konnte: Sie sprach mit ruhiger, leiser Stimme, hatte ein sanftes Naturell und ein hübsches Gesicht, sie war intelligent, und sie hatte ihm zwei Söhne geboren. Aber sie war nicht Eleanor. Sie hatte seine Seele nicht berührt.

»Mylord.«

Edward drehte sich um und sah Aymer de Valence auf der Schwelle der Haupttür der Kammer stehen. Er trug eine grimmige Miene zur Schau.

»Was gibt es, Vetter?«

»Ich habe gerade erfahren, dass Ihr Robert Bruce die Erlaubnis gegeben habt, nach Turnberry Castle zurückzukehren.«

Als Edward ihre Hand freigab, ging Marguerite zu ihrem Stuhl zurück und hob ihr Buch auf.

Aymer nickte ihr knapp zu, als sie an ihm vorbeikam. »Mylady.«

Edward wartete, bis seine Frau in den Räumen verschwunden war, in die die Kinderfrau seine Söhne gebracht hatte, bevor er antwortete. »Er will den Wiederaufbau seiner Burg überwachen und sich ein Bild vom Zustand seiner neuen Amtsbezirke machen.«

Aymer trat in die Kammer und schloss die Tür hinter sich. »Ich halte das für unklug, Mylord. Unklug und gefährlich. Ihr steht so kurz davor, Schottland zu erobern. Ich beschwöre Euch – schlagt ihm seine Bitte ab!«

»Die Verteidigungsanlagen von Ayr müssen repariert und in beiden Städten neue Garnisonen eingesetzt werden.« Edward ging zum Kamin, hielt die Hände an die Flammen und spürte, wie Wärme in die Spitzen seiner eiskalten Finger strömte. »Meine Feldzüge haben sich in den letzten Jahren auf die

Zerstörung des Westens konzentriert. Wenn ich von meinen Eroberungen profitieren will, muss ich dafür sorgen, dass im Reich wieder Frieden und Wohlstand einkehren. Wenn keine Ernte eingebracht, kein Vieh oder Schafe gezüchtet und keine Handelswege erschlossen werden, werden sich meine Truhen nicht wieder füllen.« Er drehte sich zu Aymer um. »Dies ist keine Laune von mir, Vetter. Ich brauche den Beitrag, den Bruce dazu leisten kann.«

»Dann erlaubt mir, ihn zu begleiten. Ein wachsames Auge auf ihn zu haben.«

Der König musterte Aymer forschend. Der Mann war fast dreißig und seinem imposanten Vater William de Valence sehr ähnlich. Der kampfeslustige Franzose, Edwards Halbonkel, hatte zu den wenigen Familienmitgliedern gehört, die sich nicht von ihm abgewandt hatten, als sein Vater ihn in die Verbannung geschickt hatte. Wie William war auch Aymer gut gebaut und hatte dunkle, ausgeprägte Züge, obwohl sein gutes Aussehen ein wenig durch den Draht beeinträchtigt wurde, der seine Ersatzschneidezähne an ihrem Platz hielt. Der Ritter behauptete, seine eigenen in der Schlacht von Llanfaes verloren zu haben, als er von einigen von Madog ap Llewelyns Männern angegriffen worden war, aber Edward hatte gesehen, wie er Robert Bruce an diesem Tag angesehen hatte, mit Mordlust in den Augen, und sich seinen Teil gedacht.

Aymer, auch hierin ganz der Sohn seines Vaters, neigte ebenfalls zu heftigen Wutausbrüchen und Exzessen im Kampf, aber er war kein Befehlshaber mit Durchsetzungsvermögen, und dem König war nicht entgangen, dass es ihm schwerfiel, mit Männern wie Humphrey de Bohun mitzuhalten, einem geborenen Kommandanten, den seine Untergebenen mochten und respektierten. Edward nahm an, dies lag zum Teil daran, dass Aymer im Gegensatz zu den anderen Mitgliedern der Tafelrunde noch keinen Titel trug. Obwohl sein älterer Bruder in den walisischen Kriegen und sein Vater in der Gascogne umgekommen waren, hatte er die von seiner Mutter gehaltene Grafschaft Pembroke noch nicht geerbt. Der König hatte gesehen, dass sich der Ritter auf dem letzten Feldzug herausgemacht zu haben schien, aber sein Misstrauen gegenüber Robert Bruce wuchs sich zunehmend zu einer unwillkommenen Besessenheit aus. Die Edward ärgerte, da es ihm so vorkam, als würde Aymer denken, er könne etwas sehen, wofür er selbst blind war. Nachdem seine anfänglichen Befürchtungen, Bruce könne etwas über Adam herausgefunden haben, zerstreut worden waren, hatte Edward verfolgt, wie sich dieser widerstandslos in die Rolle des gehorsamen Dieners fügte, so wie es der Vater des Mannes Jahre zuvor gleichfalls getan hatte. Angesichts von Bruce' anhaltender Loyalität war sein Argwohn im Lauf der Zeit verflogen. »Ich brauche dich hier, Aymer, wenn ich einen neuen Feldzug plane.«

»Mylord, bitte sagt mir, was Bruce getan hat, um Euer Vertrauen zu gewinnen. Außer gegen John Comyn zu kämpfen doch nur sehr wenig – und die Feindschaft zwischen ihm und meinem Schwager ist allgemein bekannt. Er hat uns so gut wie nichts über die Rebellen verraten, nur Schwachstellen von Burgen genannt, die wir bereits kennen, und er scheint nicht in der Lage zu sein, uns Informationen über das Lager im Wald zu liefern.«

»Er hat Humphrey erzählt, alle, die nicht zu Wallace' innerem Zirkel gehören, würden am Waldrand abgefangen und mit verbundenen Augen zum Lager geführt.«

»Und das glaubt Ihr?«

»Sir Humphrey glaubt es. Das genügt mir.«

Aymer zog ein finsteres Gesicht. »Humphrey hat sich schon einmal in ihm getäuscht.« Er trat zu dem König und blieb vor ihm stehen. »Ich fürchte, Bruce könnte die Gelegenheit nutzen, um sich davonzuschleichen und die Rebellen zu warnen. Das sollte doch Grund genug sein, ihm einen Bewacher zur Seite zu stellen, meint Ihr nicht?«

»Sie warnen? Wovor denn genau?«, wollte Edward wissen. Verärgerung mischte sich in die Nachsicht, die er seinem Vetter entgegenbrachte. »Dass ich beabsichtige, ihren Aufstand im kommenden Sommer ein für alle Mal niederzuschlagen? Dass ich Stirling einnehmen und diesen Hundesohn Wallace zur Strecke bringen werde? John Comyn und seine Bande sind sich über meine Pläne im Klaren, das versichere ich dir. Ich hoffe es sogar. Die Bastarde sollen wissen, was auf sie zukommt.«

Trotz des Unmuts des Königs ließ Aymer nicht locker. »Mylord, Euch muss doch bewusst sein, dass Bruce nur deshalb wieder in Eure Dienste getreten ist, weil er weiß, dass er alles verlieren würde, wenn John Balliol zurückkehrt. Nicht aus Gründen der Loyalität.«

»Natürlich ist mir das klar.« Edward griff nach seinem Weinkelch. »Robert Bruce hat sich das erste Mal gegen mich aufgelehnt, weil er sich aus dem Schatten seines Vaters lösen wollte, und nicht aus Liebe zu seinem Königreich. Das hat er bewiesen, als er mit dem Stab Jesu zu mir überlief, als Schottland ihn am dringendsten brauchte. Ich gebe zu, dass ich ihn anfangs für eine genauso verräterische Schlange gehalten habe wie Wallace selbst, aber jetzt sehe ich, dass er so ist wie sein Vater, ehrgeizig und zufrieden damit, wie die Made im Speck zu leben, solange er reich ist, bequem auf seinem Land sitzt und über ein wenig Macht verfügt.

Die Autorität, die ich ihm verliehen habe, wird ihn bei der Stange halten. Er könnte sich auch als sehr nützlich erweisen, wenn es darum geht, die Bevölkerung unter Kontrolle zu halten. Er ist für sie ja ein vertrautes Gesicht.« Als Edward innehielt, um einen Schluck Wein zu trinken, spiegelte sich sein eigenes Gesicht in dem goldenen Kelch wider. Sein herabhängendes Lid war dieser Tage sein auffallendstes Merkmal. »Am Ende sind wir alle aus dem Holz unserer Väter geschnitzt, Aymer«, murmelte er. Als jemand an die Kammertür klopfte, hob er gereizt den Kopf. »Tretet ein.«

Die Tür wurde geöffnet, und Richard Crow, der Mann, den er mit der Befragung der schottischen Gefangenen betraut hatte, trat ein. Er hielt ein Stück Pergament in der Hand, und sein Gesicht glühte vor Triumph. »Ich habe sie, Mylord! Die genaue Lage von Wallace' Lager.«

Edward stellte seinen Kelch ab, ging zu Crow hinüber und griff nach dem Pergament. Sein Blick flog über die primitiv gezeichnete Karte. Ein dunkler Ring kennzeichnete die Peripherie des Waldes. Darin befanden sich mehrere gezackte Linien und Dreiecke, Kreise mit Kreuzen darin und ein größeres Kreuz im Südwesten des Rings. »Was sind das für Symbole?«, fragte er, dabei tippte er mit dem Finger auf das Pergament.

»Flüsse, Hügel und Gebäuderuinen«, erwiderte der neben dem König stehende Crow. »Der Schotte, der die Karte angefertigt hat, hat mir alles erklärt. Wenn man sich dem Lager nähert, findet man Markierungen an den Bäumen.«

Edward starrte die schwarzen Linien an. Sein Herzschlag beschleunigte sich, als ihm klar wurde, dass er vielleicht auf eine Karte zum Sieg blickte.

Seine Herrschaft war eine lange Straße gewesen, auf deren Weg viel gewonnen und verloren worden war. Er hatte einen Kreuzzug in das Heilige Land unternommen, Wales erobert, den Bürgerkrieg überlebt und Simon de Montfort, einen der größten Generäle Englands, besiegt. Er hatte das Reich, das ihm sein Vater hinterlassen hatte, reformiert, hatte regelmäßige Parlamentssitzungen und neue Gesetze eingeführt. Er hatte mit seinem Vetter um die Gascogne gekämpft und schließlich gewonnen, achtzehn Kinder gezeugt und den Schmerz ertragen, elf davon begraben zu müssen. Und er hatte ausgeführt, was er vor all diesen Jahren auf der von der Sonne ausgedörrten Erde der Gascogne begonnen hatte, wo die Spottlieder der Waliser über seine erste Niederlage, die er gegen sie erlitten hatte, in seinem Kopf widerhallten. Er hatte Britannien unter seine Herrschaft gebracht.

Doch obwohl die *Letzte Prophezeiung* erfüllt und die vier Reliquien zusammengebracht worden waren, hatte er noch nicht auf ganzer Linie gesiegt. Schottland widersetzte sich ihm nach wie vor, und der eine Mann, der die Symbolfigur dieses Widerstandes darstellte, befand sich noch immer auf freiem Fuß.

William Wallace war ein Dorn in Edwards Fleisch. Es hatte andere, hochrangigere Widersacher von wesentlich edlerem Blut gegeben, die versucht hatten, ihn zu vernichten, doch er hatte sie alle besiegt. De Montfort, seinen eigenen Paten, hatte er in Eversham zerreißen und seine Überreste an die Hunde verfüttern lassen. Der Kopf des walisischen Prinzen Llewelyn ap Gruffud war schon vor langer Zeit auf der London Bridge verrottet. Edward gedachte nicht zuzulassen, dass Wallace, der Verantwortliche für die Niederlage bei Stirling – die größte militärische Katastrophe seiner Herrschaftszeit –, einem ähnlichen Schicksal entging. Edward hatte seinen eigenen Schwager ermordet, um dessen Erbe an sich zu reißen. Er würde nicht aufgeben, bis er sein Ziel erreicht hatte. »Ich werde sofort eine Rittertruppe losschicken.« Der König sah Crow an. »Sagt dem Gefangenen, dass ihn die schlimmste Strafe erwartet, die ich mir ausdenken kann, wenn uns diese Karte nicht zu dem Lager führt.«

»Oh, das weiß er, Mylord«, lächelte Crow, wandte sich ab und verließ die Kammer.

Aymer trat rasch vor. »Mylord, teilt Robert Bruce dieser Truppe zu.«

Edwards blassgraue Augen wurden schmal. »Warum?«

»Erstens kennt er, Augenbinde hin, Augenbinde her, den Wald wesentlich besser als alle unserer Männer und«, fügte Aymer hinzu, »viel besser, als er zugibt, wie ich fürchte. Und zweitens wäre das eine gute Gelegenheit, seine Loyalität endgültig auf die Probe zu stellen.«

Edward konnte nicht umhin, ihm in diesem Punkt recht zu geben. »Nun gut.«

Aymer lächelte überrascht, doch ehe er etwas sagen konnte, fuhr der König fort: »Sir Robert Clifford und Sir Ralph de Monthermer werden die Expedition anführen.«

32

Dunfermline, Schottland, A.D. 1304

»WANN?«

Robert beugte sich über die Truhe, die sein Schwert enthielt, und blinzelte zu seiner Frau hoch. Elizabeth hatte sich abrupt von ihrem Sitz am Fenster erhoben.

»Wann brichst du auf?«, wiederholte sie.

Robert öffnete die Truhe, nahm die Waffe heraus, zog sie ein Stück aus der mit Filigranarbeit verzierten Scheide und stellte zufrieden fest, dass Nes sie gereinigt und die Klinge geschärft hatte. Er richtete sich auf und schob sie durch die Schlaufe an seinem Gürtel. »Sobald meine Männer die Karren beladen haben. Spätestens heute Nachmittag.«

»Warum hast du mir das nicht eher gesagt?«

Elizabeth legte das Buch weg, in dem sie gelesen hatte, drehte sich zum Fenster und schlang die Arme um ihren Oberkörper. Ihr hellblaues, unter dem Busen von einem geflochtenen Gürtel aus dunkelblauer Seide gehaltenes Gewand war vom Sitzen zerknittert, der Saum ihres pelzgefütterten Mantels mit dem Schlamm bespritzt, der das Abteigelände in einen Sumpf verwandelt hatte. Der erste Schnee war bereits von den Männern, die hier lebten, zu Matsch zertrampelt worden. Der König, der in den Gemächern des Abts residierte, hatte den Earls gestattet, den Schlafsaal der Mönche, die Unterkünfte der Laienbrüder, die Waschküchen und die

Lagerräume zu benutzen. Ritter und Knappen hatten die Scheunen belegt oder in den Gärten und Kreuzgängen Zelte aufgeschlagen.

Der größte Teil der Armee erstreckte sich wie ein Spinnennetz mit dem König in der Mitte nach außen; die Infanteristen und Bogenschützen lagerten auf den Feldern rund um das Gelände. Viele hatten provisorische Holzhütten errichtet, um sich vor der gröbsten Winterkälte zu schützen. Der von hoffnungsvollen Quacksalbern, Schaustellern und Huren heimgesuchte schlammige Platz war zu einer Brutstätte für Läuse und Lungenkrankheiten geworden, und die Männer litten unter den rapide sinkenden Januartemperaturen. Die Kakofonie aus bellendem Husten und geräuschvollem Ausspeien von Schleim, die jeden Morgen beim Aufstehen einsetzte, konnte man bis in die Abtei hören.

»Du hättest es mir gestern Abend sagen können.« Elizabeth sah ihn über ihre Schulter hinweg an. »Aber wie hättest du das bewerkstelligen sollen, du warst ja mit Humphrey und Ralph zusammen. Bess hat mir heute Morgen in der Kapelle erzählt, dass ihr bis zum Morgengrauen getrunken und gewürfelt habt.«

Aus der benachbarten Kammer, in der Elizabeths Zofen zusammen mit Judith und Marjorie untergebracht waren, ertönte das schrille Kreischen eines Mädchens. Die Tür zu dem Raum, in dem die Laienbrüder des Klosters Leinen gelagert hatten, bevor der König die Abtei für sich beansprucht hatte, stand einen Spalt offen; über das Geschnatter der Frauen hinweg hörte Robert, wie Judith seine Tochter ermahnte, leiser zu spielen. Die Räumlichkeiten waren beengt, überfüllt und kärglich eingerichtet, und nach Monaten auf der Straße hatte Robert es zunehmend unerträglich gefunden, mit seiner Frau und ihren Zofen hier eingesperrt zu sein. Es war eine Erleichterung gewesen, die letzte Nacht in der Gesellschaft von Männern verbringen zu können. »Ich hätte gedacht, es freut dich und Bess, dass Humphrey und ich uns allmählich wieder anfreunden. Ihr habt ja oft genug darauf gedrängt.«

»Du hast keine Vorstellung, wie schwierig es ist, wenn du fort bist, Robert. Ich werde von einer Stadt zur nächsten geschleppt und muss dabei noch versuchen, mich um deine Tochter zu kümmern.« Elizabeth hob die Hände. »Du siehst nicht, was aus ihr wird. Jetzt, wo du hier bist, benimmt sich Marjorie wie ein Engel. Bist du nicht da – nun, dann könnte sie dem Teufel selbst Konkurrenz machen.«

»König Edward hat mir befohlen, meine neuen Amtsbezirke zu überprüfen und mir die Erlaubnis erteilt, Turnberry wieder aufzubauen. Ich kann meine Pflichten ihm und meinen Pächtern gegenüber nicht vernachlässigen, nur weil du nicht mit einem Kind zurechtkommst. Du hast doch Judith als Hilfe.«

Elizabeth dämpfte ihre Stimme noch mehr, damit die Frauen im Nebenraum sie nicht hören konnten. »Marjorie ist zu alt für eine Kinderfrau. Sie braucht eine Gouvernante. In ihrem Alter konnte ich die Bibel lesen, Schach spielen, Singen und Sticken.« Als er Anstalten machte, etwas zu erwidern, fuhr sie rasch fort: »Lady Bess kennt eine Frau, die Frau von einem von Humphreys Knappen, die die Kinder mehrerer Adelsfamilien unterrichtet hat. Sie kann Latein und Französisch lesen. Judith kann ja Marjories Kinderfrau bleiben, aber deine Tochter braucht jemanden, der sie etwas lehrt. Und eine feste Hand.«

Es klopfte an der Tür, dann steckten zwei seiner Träger die Köpfe in den Raum.

»Sir, die Karren stehen bereit«, meldete einer. Er nickte zu den an der Wand aufgestapelten Truhen hinüber. »Sollen wir anfangen, sie einzuladen?«

Robert nickte. Die Träger hoben die Truhe mit seiner Rüstung an und trugen sie hinaus, und er wandte sich wieder zu Elizabeth. »Ich habe jetzt keine Zeit, mit dir darüber zu debattieren. Wir reden, wenn ich wieder da bin.«

»Wann wird das sein? In zwei Wochen? Oder zwei Monaten?«

Robert trat zu dem Bett, auf dem sein mit Marderfell besetzter Reitumhang lag – ein Hochzeitsgeschenk von ihrem Vater. Er bemerkte, dass Elizabeth ihn sorgfältig für ihn gefaltet hatte, und empfand ein unwillkommenes stechendes Schuldgefühl. »Ich muss den Wiederaufbau von Turnberry überwachen und dann die Verteidigungsanlagen von Lanark und Ayr überprüfen.« Er schüttelte das Kleidungsstück aus und legte es sich um die Schultern. »Es wird höchstens einen Monat dauern.«

»Dann lass uns nach Writtle zurückkehren. Marjorie schien es dort zu gefallen. Meine Knappen sind eine mehr als verlässliche Eskorte.«

»Auf keinen Fall«, wehrte Robert schroffer als beabsichtigt ab. Das Letzte, was er wollte, war, seine Frau und seine Tochter wieder in England zu wissen.

Der wahre Grund für seine Bitte an den König, ihn nach Turnberry reisen zu lassen, bestand in dem dringenden Wunsch, Verbindung mit James Stewart aufzunehmen. Während des Sommerfeldzugs war Rothesay in die Hände von Ulsters Truppen gefallen, und der Aufenthaltsort des Großhofmeisters war zurzeit unbekannt, zumindest den Engländern, aber Robert war sicher, dass ihm die alten Verbündeten seiner Familie im Westen, die MacDonalds von Islay, helfen konnten, ihn aufzuspüren. Während der letzten Wochen in Dunfermline, wo die Abtei fast im Schnee versunken wäre, war er zusehends ungeduldiger geworden. Er brannte darauf, mit seiner Suche zu beginnen, und er hoffte darauf, sich gegen die Engländer behaupten und sie zurückschlagen zu können, wenn Wallace einen Armee von der Größe derer von Stirling zusammenziehen und er sie durch seine Vasallen verstärken konnte. Nun, wo die Gefahr von Balliols Wiedereinsetzung gebannt war, galt es zu handeln. Mit Vorsicht war er nicht weit gekommen. Es war an der Zeit, sie in den Wind zu schlagen.

Wallace war der Vasall des Großhofmeisters, und wenn jemand den Mann dazu überreden konnte, gemeinsam mit ihm auf dieses Ziel hinzuarbeiten, dann war es James. Aber im selben Moment, wo Robert einen solchen Schritt unternahm, würde das Lügengebilde, das er um sich herum aufgebaut hatte, in sich zusammenfallen wie ein Kartenhaus, und der König und seine Männer würden sehen, was er wirklich war: ein Verräter, der sie zwei Mal hintergangen hatte. Elizabeth und Marjorie durften nicht in England sein, wenn diese Täuschung aufflog. Nichts und niemand, woran ihm etwas lag, durfte dann dort sein.

Elizabeth trat auf ihn zu. »Wenn du uns nicht nach Writtle gehen lassen willst, dann nimm uns mit nach Turnberry.«

»Du erwartest von mir, dass ich meine Frau und meine Tochter mitten durch ein Land führe, das sich im Krieg befindet?«

Bei diesen Worten straffte sie sich. »Das hast du schon einmal getan.«

Robert starrte sie mit hochgezogenen Brauen fragend an. Als er begriff, dass sie auf ihre Flucht durch Irland anspielte, konnte er seinen Zorn nicht länger bezähmen. »Dein Gedächtnis lässt dich im Stich, Elizabeth. Du hast mich an diesem Abend gezwungen, dich mitzunehmen. Welche andere Wahl blieb mir denn?«

Scheinbar hätte sie gerne zurückgenommen, was sie gesagt hatte, sie hob eine Hand und setzte zu einer Erwiderung an, doch Robert ließ sie nicht zu Wort kommen. Er hatte das alles schon lange loswerden wollen.

»Du hast dafür gesorgt, dass wir beide in dieser Ehe gefangen sind. Wie dein Vater schon sagte – du hast dir dieses Bett selbst bereitet. Also wirst du verdammt noch mal auch darin liegen!«

In Elizabeths blasse Wangen stieg etwas Farbe. »Das versuche ich ja, aber du hältst dieses Bett so kalt.« Sie hob die Stimme. »Und ich trage nicht allein die Schuld an dieser jämmerlichen Ehe. Falls du es vergessen haben solltest, mein geliebter Mann ... du hast mir damals ein Schwert an die Kehle gesetzt. Du hast mich benutzt, um entkommen zu können, so wie ich dich benutzt habe. Mein Vater hat uns beide bestraft.« Ihr Feuer erlosch, und sie sank auf die Bank unter dem Fenster. »Mein Vater war wütend, ja, aber er hätte diese Heirat nicht arrangiert, wenn er nicht der Ansicht gewesen wäre, eine solche Verbindung würde unseren beiden Familien zum Vorteil gereichen.« Sie blickte zu Robert auf. »Ich möchte ihm beweisen, dass er recht hatte. Wiedergutmachen, was ich getan habe. Aber allein kann ich das nicht.«

Wie wenig sie doch wusste, dachte Robert, während er auf sie hinunterblickte. Der ehrgeizige Richard de Burgh hatte der Heirat nicht zugestimmt, weil er meinte, Robert würde einen guten Mann für seine Tochter abgeben, sondern weil er sie eines Tages vielleicht zur Königin machen könnte. Etwas von seinem Zorn auf sie schwand und machte Müdigkeit Platz. Er wollte sie nicht unglücklich machen, aber bis er den Thron bestiegen hatte, mussten seine Frau und seine Tochter zurückstehen. Solange sie in Sicherheit waren und nicht zu viel wussten, zählte nichts anderes. Er öffnete den Mund, um ihr zu versichern, dass er eine Gouvernante für Marjorie suchen würde, doch in diesem Moment klopfte es erneut an der Tür. Unwillig drehte er sich um. »Ja?«

Die Tür wurde geöffnet, und Robert rechnete damit, einen seiner Träger auf der Schwelle stehen zu sehen, aber zu seiner Überraschung verneigte sich ein junger Page vor ihm. Er trug eine Tunika mit dem blaugolden gewürfelten Wappen von Robert Clifford.

»Ich bringe eine Nachricht von meinem Herrn.« Der Page schielte verstohlen von Robert zu Elizabeth, die den Kopf in den Händen geborgen hatte. »Er sagt, Euch wird hiermit befohlen, Euch mit ihm und Sir Ralph de Monthermer auf eine königliche Mission zu begeben.«

»Was für eine Mission?«

»Ich soll Euch von meinem Herrn ausrichten, dass Ihr nicht wie geplant nach Turnberry aufbrechen werdet. Er wird zu gegebener Zeit selbst mit Euch sprechen.«

Unbehagen keimte in Robert auf, als er sich fragte, warum ihm plötzlich eine andere Aufgabe zugewiesen wurde, obwohl der König ihm bereits gestattet hatte, zu seinem Landsitz zurückzukehren. »Ich verstehe.« Er zügelte sein Temperament, bis der Page die Tür hinter sich geschlossen hatte, dann knurrte er wütend: »*Verdammt!*«

Elizabeth schrak bei diesem Wutschrei zusammen, hob den Kopf und beobachtete ihn, als er im Raum auf und ab zu gehen begann.

Nach einem Moment blieb Robert stehen. Wenn Ralph sich auf diese Mission begab, musste er mehr darüber wissen. Er war sicher, dass der Ritter es ihm erzählen würde, wenn er nachbohrte. »Ich muss mich um diese Angelegenheit kümmern.«

Elizabeth nickte stumm.

Robert ging den Gang zu dem Raum entlang, in dem Ralph untergebracht war. Als er ihn erreicht hatte, klopfte er an, fest entschlossen, so viel aus dem Ritter herauszubekommen wie möglich. Er erhielt keine Antwort. Auch auf sein zweites Klopfen hin blieb alles still. Enttäuscht wandte er sich ab. In diesem Moment hörte er ein gedämpftes Lachen. Argwöhnisch versuchte Robert, die Tür zu öffnen. Sie schwang leise auf.

In dem dahinterliegenden Raum stand eine mit zerknüllten Decken bedeckte Pritsche an einer Wand. An der anderen stapelten sich Truhen, und auf einem Tisch flackerte eine Kerze zwischen zwei Bechern und einem Krug. In der Mitte der Kammer standen zwei Gestalten. Eine kehrte ihm den Rücken zu, aber Robert erkannte Ralph an seinem lockigen dunklen Haar. Bei der zweiten, einer Frau, brauchte er etwas länger. Es war

Joan of Acre, die älteste Tochter des Königs. Sie und Ralph hielten einander eng umschlungen. Bei Roberts Anblick lösten sie sich so hastig voneinander, als würden sie von unsichtbaren Händen auseinandergezerrt.

»*Himmel – Robert!*«, zischte Ralph und schob sich vor Joan.

Die Prinzessin trug nur ein dünnes Hemd, unter dem sich ihre Brüste abzeichneten. Wie Ralph war sie Mitte dreißig, eine große, stattliche Frau mit denselben langen Gliedmaßen wie ihre Schwester Bess. Ihr schwarzes Haar fiel ihr offen um die Schultern.

»Was zum Teufel tust du hier?« Ralphs Gesicht war gerötet.

Hinter ihm trat Joan zum Bett, griff nach einem mit Hermelinpelz gesäumten Umhang, schlang ihn um die Schultern und zog ihn vor der Brust zusammen.

Robert hob die Hände. »Ich bitte um Entschuldigung, Ralph. Lady Joan«, fügte er mit einem Blick auf die Prinzessin hinzu, die ihn mit blitzenden Augen anstarrte. »Ich habe geklopft, aber niemand hat reagiert.«

Joan erwiderte nichts darauf, sondern huschte an Ralph vorbei auf die Tür zu. Als Robert zur Seite trat, huschte sie eilig den Gang hinunter und hielt dabei den Umhang mit einer Hand zusammen.

»Schließ die Tür, um Himmels willen«, grollte der Ritter, drehte sich um, ging zu dem Tisch, nahm einen Becher und stürzte den Inhalt hinunter. Sein Unterhemd stand am Hals offen, und seine Brust glänzte vor Schweiß, obwohl es im Raum eher kühl war.

Robert tat, wie ihm geheißen, und sah zu, wie Ralph sich nachschenkte. Er war wie vor den Kopf geschlagen – er kannte den Ritter seit Jahren und hätte nie gedacht, dass er sich auf eine so gefährliche Affäre einlassen würde. Ein Ritter aus dem königlichen Gefolge, der mit der Tochter des Königs schlief?

Edward würde ihm für diese Besudelung seiner Ehre bei lebendigem Leib die Haut abziehen lassen.

»Schwör mir, dass du es keiner Menschenseele erzählen wirst«, knirschte Ralph, nachdem er seinen Becher geleert hatte.

»Wie lange geht das schon so?«

Der Ritter schüttelte den Kopf. »Ein paar Jahre«, räumte er schließlich ein. »Seit dem Tod von Gilbert de Clare.« Er warf den Becher auf das zerwühlte Bett und fuhr sich mit der Hand durchs Haar. »Ich liebe sie, Robert.«

»Ihr seid nicht verheiratet.«

Ralphs Miene verfinsterte sich. »Das hindert die Hälfte der Männer an diesem Hof nicht daran, sich Mätressen zuzulegen. Die meisten Earls von England haben auf irgendwelchen abgelegenen Landsitzen illegitime Kinder versteckt.«

»Ich bezweifle nur, dass es sich bei auch nur einer der Mütter um eine Tochter des Königs handelt. Joan ist nicht irgendeine gewöhnliche Dirne, Ralph, sondern eines von Edwards wertvollsten Besitztümern.«

Ralph stieß vernehmlich den Atem aus und sah ihm in die Augen. »Was wirst du tun?«

»Den Mund halten – das werde ich tun.« Als sich ein Hoffnungsschimmer auf Ralphs Gesicht abmalte, hob Robert eine Hand. »Wenn du mir sagst, worum es bei dieser Mission geht, auf die der König mich schickt. Zusammen mit dir und Clifford. Ich nehme an, du weißt mehr darüber?«

»Natürlich.« Ralph wirkte überrascht. Vor Erleichterung, so glimpflich davonzukommen, sackte er förmlich in sich zusammen. »Einer der Männer, die in Cumberland gefangen genommen wurden, hat die Lage von Wallace' Basislager in Selkirk verraten. Der König will, dass wir die Rebellen im Wald überfallen. Wir sollen die Rebellenführer Wallace und John Comyn aufspüren, gefangen nehmen und dann das Lager zerstören.«

Robert hatte Mühe, sich seine Gefühle nicht anmerken zu

lassen. »Dann ist vielleicht bald ein Ende dieses Krieges in Sicht?«

»So Gott will.« Ralph zögerte. »Es gibt da noch etwas, das du wissen solltest. Ich verrate es dir zum Dank für dein Schweigen. Es war Aymers Vorschlag, dich dieser Gruppe zuzuteilen. Wie ich gehört habe, hat er den König gebeten, sie selbst anführen zu dürfen, weil er deine Loyalität auf die Probe stellen wollte. Der König hat ihm diese Bitte rundweg abgeschlagen; er ärgert sich wie wir alle immer mehr über die Besessenheit, mit der Aymer dich verfolgt. Aber König Edward wird von dir erwarten, dass du genauso erbarmungslos gegen deine Landsleute kämpfst wie der Rest von uns.«

Robert nickte. »Danke.«

»Du schwörst es?«, rief Ralph, als Robert sich zum Gehen wandte.

»Ich schwöre es.« Als er die Tür öffnete, begriff Robert, dass jetzt einer der Männer des Königs in seiner Schuld stand. Und er war an diesem Hof von Wölfen nicht mehr der einzige Betrüger.

Starr vor Zorn stapfte Aymer de Valence den Gang entlang. Die Entscheidung des Königs, Clifford und Ralph nach Selkirk zu schicken, hatte heiße Wut in ihm aufwallen lassen, vor allem, weil dies eindeutig nur geschehen war, um seine Pläne zu durchkreuzen. Es war ihm ein Rätsel, wieso der König nicht begriff, dass er lediglich zum Wohle aller handelte. Robert Bruce war eine Schlange im Gras, ein Wolf im Schafspelz, ein Judas. Warum sah das außer ihm keiner?

Bruce mochte in Cumberland unbarmherzig gegen Comyns Truppen vorgegangen sein, aber das war kein eindeutiger Beweis für seine Loyalität gewesen, da Wallace vom Feld geflohen war, bevor Bruce die Zeit gefunden hatte, ihn in einen Kampf zu verstricken. In Selkirk würde er sich dem Rebellenführer stellen müssen – einem Mann, den er mit seinem eigenen Schwert zum Ritter geschlagen hatte. Kurz gesagt, einem Freund. Wenn er sich gezwungen sah, Wallace gefangen zu nehmen und das Basislager der Rebellen zu zerstören, würde Bruce sein wahres Gesicht zeigen, daran hegte Aymer keinen Zweifel. Er hatte dabei sein wollen, wenn der Bastard die Maske fallen ließ, die er trug, aber da Edward ihm dies verweigert hatte, würde er sich auf die zweitbeste Möglichkeit verlegen.

Zu ihren Zeiten als Drachenritter war Ralph ein Kamerad von Bruce gewesen, und er fing eindeutig an, ihm erneut zu vertrauen. Aymer wusste, dass er behutsam zu Werke gehen musste, wenn er ihn überreden wollte, den Earl im Auge zu behalten. Er musste seinen Hass zügeln, Ralph sollte denken, dass er es gut meinte. Es würde schwierig werden, aber er musste etwas unternehmen. Er würde nicht tatenlos zusehen, wie Bruce sie erneut verriet. Aymer fuhr mit der Zunge über den Draht, der seine Schneidezähne zusammenhielt. Eher würde er diesen Hurensohn an den Galgen bringen.

Er erreichte eine Biegung des dunklen Ganges und folgte ihr. Vor der Tür von Ralphs Unterkunft stand eine Gestalt. Der Teufel persönlich. Robert Bruce. Mit einem verhaltenen Fluch zog sich Aymer um die Ecke zurück. Als er nach einer Pause Türknarren hörte, spähte er um die Mauer herum, sah Bruce den Raum betreten und meinte, drinnen einen gedämpften Ausruf zu hören. Noch während er überlegte, ob er das heimliche Treffen unterbrechen sollte, stutzte er, als wenige Momente später eine zweite Gestalt zur Tür heraushuschte. Lady Joan!

Edwards Tochter trug einen Umhang, den sie vor der Brust zusammenhielt. Als sie auf ihn zueilte, schlug sie die Kapuze hoch, aber Aymer blieb genug Zeit, um zu sehen, dass ihr Haar ihr offen über die Schultern fiel. Er presste sich gegen die Wand, als sie näher kam, aber er hätte sich die Mühe sparen können. Joan rauschte mit gesenktem Kopf an ihm vorbei. Er erhaschte einen flüchtigen Blick auf ihre geröteten Wangen, dann war sie verschwunden. Als Aymer sich umdrehte, stellte er fest, dass Ralphs Tür geschlossen war.

33

Die Ostküste, Schottland, A.D. 1304

DER MOND HING TIEF über der Küste Schottlands. Für James Douglas war er eine Laterne, die ihn nach Hause geleitete. Sein Blick wanderte über die Klippen und die weißen Erhebungen der dahinter liegenden schneebedeckten Hügel, und seine Augen leuchteten beim Anblick seiner Heimat, die er seit sieben Jahren nicht mehr gesehen hatte.

Damals war er ein spindeldürrer Junge von zwölf Jahren gewesen, der kaum ein Schwert hatte schwingen können. Jetzt, mit neunzehn, war sein Körper zu dem eines jungen Mannes herangereift, seine Arme und seine Brust strotzten vor Muskeln, da sein Onkel ihn eine intensive Kriegerausbildung hatte durchlaufen lassen, und sein Kinn war mit Bartstoppeln bedeckt, die genauso rabenschwarz schimmerten wie sein Haar.

»Ist alles noch so, wie Ihr es in Erinnerung habt?«

James zwang sich, den Blick von den Klippen abzuwenden, und bemerkte, dass William Lamberton ihn beobachtete. Der Bischof von St. Andrews trug einen schwarzen Umhang, dessen Kapuze er über seine Tonsur gezogen hatte. Seine Augen glänzten in der Morgendämmerung, eines eisblau, das andere perlweiß.

»Nein, Exzellenz«, erwiderte James in klarem Französisch, das das Plätschern der Ruder im Wasser übertönte. »Es ist noch viel schöner.«

»Macht Euch keine zu großen Hoffnungen, Master James.«

Die Warnung kam von Ingram de Umfraville, der steif zwischen den Ruderern auf einer der Bänke saß. Sein Atem bildete kleine Wölkchen in der Luft.

James schielte zu ihm hinüber. Umfraville war zusammen mit Lamberton und John Comyn einer der drei Hüter Schottlands. James war ihm in Paris vorgestellt worden, als sie am Ufer der Seine an Bord des Bootes gegangen waren. Er hatte ihn auf Anhieb nicht gemocht, und die vierzehntägige Überfahrt – sie mussten die englische Blockade im Kanal umgehen – hatte nicht dazu beigetragen, seine Meinung zu ändern.

»Das ist nicht mehr das Schottland, das Ihr gekannt habt«, fuhr Umfraville düster fort. »Die Kriegsjahre haben das Land bis zur Unkenntlichkeit verändert.«

»Mir erscheint es genauso wie immer«, meinte Lamberton, der seinen Blick über die Lüste wandern ließ.

James trat zu dem Bischof und setzte sich neben ihn. Er kannte Lamberton weniger als drei Monate, hatte sich aber bereits ebenso von ihm ein Bild gemacht wie von Umfraville. Lamberton war ein Mann weniger Worte, aber was er sagte, wog schwer. Für einen Bischof war er jung, James schätzte ihn auf nicht viel mehr als dreißig Jahre, er hatte einen hellen Verstand und eine Stimme, die die Menschen zwang, ihm zuzuhören, wenn er sprach. James hatte sofort Zutrauen zu ihm gefasst – nicht zuletzt, weil Lamberton der Einzige war, der geschworen hatte, was kein anderer zu schwören wagte. Er hatte ihm versprochen, ihm zu helfen, seine Ländereien zurückzubekommen.

James' Vater, Sir William Douglas, der frühere Statthalter von Berwick, war der erste Edelmann gewesen, der sich dem Aufstand angeschlossen hatte. Ein Turm der Stärke und durch und durch patriotisch, hatte er Wallace zur Seite gestanden, als dieser rebelliert hatte, um Schottland zu befreien und Tod und Verderben über die Engländer zu bringen. Er hatte zusammen mit ihm gekämpft, König Edwards Justiziar aus Scone vertrieben und sich während der Plünderung Berwicks erbittert gegen die Feinde zur Wehr gesetzt. Doch trotz all seiner Macht hatte er nicht verhindern können, dass die Engländer ihn in Ketten gelegt und in den Tower von London geworfen hatten.

James war in Paris gewesen, als er vom Tod seines Vaters erfahren hatte. Im Jahr zuvor war Robert Bruce vor der Burg der Familie in Douglas aufgetaucht, um auf Geheiß König Edwards James und seine Mutter zu entführen – der König wollte sie dazu benutzen, um den Lord dazu zu bewegen, sich von den Rebellen loszusagen. Wie sich herausstellte, hatte Bruce Edwards Befehl missachtet und sie freigelassen, aber James' Mutter hatte ihn danach nach Paris geschickt, wo er bei einem Onkel leben sollte, bis die Gefahr vorüber war. Nachdem er gehört hatte, dass sein Vater im Tower gestorben war, hatte er herausgefunden, dass seine Ländereien, die er einst erben sollte, einem Mann namens Robert Clifford übertragen worden waren, einem der Günstlinge des Königs.

Anfangs hatte James getobt und Edward und alle, die ihm dienten, verflucht, aber endlich schlug seine Wut in einen kalten Hass um, und als er eines Morgens am Ufer der Seine saß, schwor er im Gedenken an seinen Vater stumm, dass er in seine Heimat zurückkehren und sich zurückholen würde, was rechtmäßig ihm gehörte. Die Möglichkeit dazu hatte sich im späten Herbst ergeben, als sein Onkel ihn Lamberton vorstellte, dem Mitglied einer Delegation, die in der Hoffnung, John Balliol wieder auf den Thron zu bringen, am französischen Hof vorstellig geworden war – eine Hoffnung, die jetzt durch den zwischen England und Frankreich ausgehandelten Friedensvertrag zunichtegemacht worden war. Ohne James' Wissen hatte sein Onkel mit Lamberton in Verbindung gestanden und mit ihm über die Möglichkeit gesprochen, dass Lamberton ihn als Mündel in seine Obhut nahm, und der Bischof hatte zugestimmt.

James hatte nur wenig in die Tasche gepackt, die er mitgenommen hatte: ein paar Münzen, die sein Onkel ihm zugesteckt hatte, einige Kleidungsstücke und sein Schwert, das jetzt unter seinem Umhang an seiner Hüfte festgeschnallt war und dessen Knauf sich ihm in die Seite bohrte. Er trug den Titel eines Lords, kam sich aber vor wie ein Vagabund. Dennoch lag in dieser Entwurzelung eine Freiheit, die ihm zusagte. Er war ein Abenteurer auf der Suche nach Reichtum, Ruhm und Vergeltung.

»Glaubt Ihr, ich bekomme die Gelegenheit zu kämpfen, Exzellenz?« James sprach mit gedämpfter Stimme, damit Umfraville und die Ritter, die die Eskorte der beiden Hüter bildeten, ihn nicht hörten.

Ein rosiger Schimmer zeigte sich am Horizont, und Lambertons Gesicht war in der einsetzenden Dämmerung deutlich zu erkennen. »Die Botschaften, die wir in Paris erhielten, klangen bedrohlich. Der König und sein Sohn haben in diesem Sommer einen großen Teil Schottlands erobert. Statt nach dem Ende des Feldzugs nach England zurückzukehren, hat er sich entschlossen, in Dunfermline zu überwintern. Ich glaube, er will uns nächstes Jahr, wenn der Schnee schmilzt, endgültig besiegen.« Der Blick des Bischofs wanderte zu den Klippen, deren narbiges Antlitz in der Morgendämmerung rostrot leuchtete. »Meine Kameraden gelangen allmählich zu der Überzeugung, dass uns nichts anderes übrig bleibt, als uns zu ergeben.«

James forschte in den Zügen des Bischofs. »Aber Ihr habt immer noch Hoffnung?« Er lächelte leicht. »Hättet Ihr die nicht, hättet Ihr mir nicht versprochen, mir zu helfen, mein Land zurückzugewinnen.«

Lamberton sah ihn an. Seine seltsamen Augen glühten im Feuer der aufgehenden Sonne. »Die Hoffnung stirbt nie, Master James.«

Dunfermline, Schottland, A.D. 1304

Ralph de Monthermer lag, einen Arm unter den Kopf geschoben, wach auf seinem Bett. Als er tief Atem holte, nahm er den Geruch von Olivenöl, Kräutern und Joans ureigenen Duft wahr. Ralph schloss die Augen. Die Dunkelheit hinter seinen Lidern füllte sich mit Visionen von ihrem schimmernden Haar, das ihr über die Schulter fiel, als sie sich vorbeugte, um ihn zu küssen. Ihre Haut glänzte im Kerzenschein wie Honig.

Die Tür flog plötzlich auf und prallte gegen die Wand. Aus seinen Träumen gerissen, setzte Ralph sich auf, als vier der Männer des Königs in den Raum stürmten. »Was in Gottes Namen soll das bedeu…«

»Sir Ralph, auf Befehl des Königs werdet Ihr hiermit des Verbrechens der Vergewaltigung angeklagt. Wir sind hier, um Euch festzunehmen.«

Ralph schwang die Beine über die Bettkante und stand auf. Bis auf seine Unterhose war er nackt. »Vergewaltigung? Soll das ein schlechter Scherz sein, Martin?«

»Kein Scherz«, gab Martin grimig zurück. Er nahm eine Hose und ein Hemd von einer Truhe und warf Ralph beides zu. »Ich schlage vor, Ihr zieht das an. In den Ställen ist es kalt.«

»Ställe?« Ralph starrte den Ritter an. »Wo die Gesetzlosen sind?«

»Es tut mir leid, mein Freund. Ich habe mich bei dem König dafür eingesetzt, dass Ihr in einem angemesseneren Quartier untergebracht werdet, bis die Angelegenheit geklärt ist, aber er ließ sich nicht umstimmen.« Martin runzelte die Stirn. »Warum habt Ihr das getan, Ralph? Die Tochter des Königs!«

Ralph glaubte, ins Bodenlose zu stürzen. Auf den Schreck, sein Geheimnis gelüftet zu wissen, folgte eisige Furcht.

»Ich habe es nicht geglaubt, als der König es mir gesagt hat«, fuhr Martin fort, »aber er meinte, Lady Joans Tränen hätten es bestätigt.«

Ralph wusste ohne jeden Zweifel, dass Joan ihn niemals eines solchen Vergehens bezichtigen würde. Der König hatte sich auf Vergewaltigung verlegt, weil er von der Affäre erfahren hatte, da war er ganz sicher. Es war ein schweres Verbrechen, auf das die Strafe der Kastration stand, falls er für schuldig befunden wurde. Nachdem der erste Schock abgeebbt war, loderte heiße Wut in ihm auf, als er begriff, dass Robert Bruce ihn verraten haben musste. »Der Hurensohn hat mir sein Wort gegeben!« Mit einem Zornesschrei stieß Ralph den Tisch mit den Bechern und dem Krug um. Roter Wein spritzte auf, als die Gefäße klirrend auf dem Boden landeten. »*Ich bringe ihn um!*«

Auf Martins Nicken hin traten die Ritter zu ihm. Ralph holte aus und schlug einem von ihnen ins Gesicht, doch noch während der Mann zurücktaumelte und nach seiner blutenden Nase tastete, stürzten sich seine Kameraden auf ihn, drehten Ralph die Arme auf den Rücken und führten ihn aus der Kammer.

34

Die Wälder von Selkirk, Schottland, A.D. 1304

DIE PFERDE STAPFTEN durch den Schnee, der Boden erzitterte unter ihren Hufen; Schneeflocken rieselten unablässig von den Bäumen. Die kahlen Äste der Eschen und Föhren hoben sich wie ein Netz vom Himmel ab, wo im Westen ein kupfernes Feuer loderte. In der Welt draußen ging die Sonne auf, aber in den Tiefen des Selkirk Forest herrschte seit Tagen Zwielicht.

Gestern Morgen, als sie einem Fluss gefolgt waren, dessen

Breite dem breiten Himmelsstreifen entsprach, waren sie für eine Weile der ewigen Düsternis entronnen, doch nicht lange danach war die Kolonne von dreihundert Rittern und Knappen Richtung Südwesten vom Fluss abgeschwenkt und tiefer in den Wald vorgedrungen. Der unebene Untergrund war mit Büschen und Dornengestrüpp bewachsen, der steil anstieg, nur um dann zu von Farn überwucherten Tälern abzufallen, die von zugefrorenen Bächen durchzogen waren. Es war eine endlose, zweifarbige Fläche aus weißem Schnee und schwarzen Stämmen, die nur hie und da von dem leuchtenden Rot der Stechpalmenbeeren unterbrochen wurde.

»Erkennt Ihr hier irgendetwas wieder, Bruce?«

Robert, der einen Schecken ritt, der einige Handbreit weniger maß als Hunter und sich daher besser durch den dichten Wald lenken ließ, musste sich nicht umdrehen, um festzustellen, dass es Valence war, der ihn angesprochen hatte.

Als der Ritter versuchte, sein Pferd neben das seine zu treiben, drängte einer der Ritter aus Carrick, die Robert begleiteten, sein Tier dazwischen.

Valence lachte. »Kein Grund zur Sorge. Wir sind hier alle Freunde.« Er beugte sich vor, damit er um den Mann herumspähen und Robert ansehen konnte. »Nicht wahr, Bruce?« Seine Heiterkeit verflog. »Und es war nur eine einfache Frage.«

»Bei den wenigen Gelegenheiten, wo man mich in das Lager geführt hat, wurden mir immer die Augen verbunden«, entgegnete Robert. »Was Ihr, wie ich denke, bereits wisst.« Tatsächlich hatte er auf dem Weg von Süden her, von Dunfermline durch eine kahle Winterlandschaft, nicht den kleinsten Teil des Waldes erkannt. Er war fast immer aus westlicher Richtung in Wallace' Lager gekommen.

»Je näher wir diesem Vipernnest kommen, desto klarer wird alles werden, daran hege ich keinen Zweifel.« Valence zog die Zügel fester an, wobei die Stahlplättchen auf seinen Handschuhen leise klirrten, und trieb sein Schlachtross zwischen den Bäumen hindurch, um sich wieder zu seinen eigenen Männern zu gesellen.

Robert drehte sich um, weil er hinter sich das Knirschen von Hufen hörte. Als er Humphrey sah, nickte er dem Ritter aus Carrick zu, der seinem Pferd die Fersen in die Flanken stieß und vorausritt, damit der Earl das seine an Roberts Seite lenken konnte.

»Sir Aymer scheint alles daranzusetzen, um zu deinem Schatten zu werden«, bemerkte Humphrey. »Jedes Mal, wenn ich nach hinten blicke, ist er in deiner Nähe.«

Roberts Blick ruhte auf Valence, der aufrecht im Sattel saß und seinen weiß und blau gestreiften Umhang über eine Schulter zurückgeschlagen hatte, damit man seine Rüstung und sein Breitschwert sah. »Ich frage mich, wie er es geschafft hat, den König zu überreden, ihn an diesem Unternehmen teilnehmen zu lassen. Soweit ich weiß, hat König Edward ihm die Erlaubnis verweigert, bis die Sache mit Ralph ans Licht kam.«

Bei der Erwähnung von Monthermers Vergehen umwölkte sich Humphreys Gesicht. »Ich kann es immer noch nicht glauben. Ich kenne Ralph seit Jahren, ich war dabei, als er in die Gemeinschaft der Drachenritter aufgenommen wurde. Und auch, als der König ihn an seine Tafelrunde geladen hat. Vergewaltigung?« Er schüttelte den Kopf. »Ich hätte nie gedacht, dass er dazu fähig sein könnte.«

»Was, wenn es gar keine Vergewaltigung war?« Robert achtete darauf, seiner Stimme einen fragenden Unterton zu verleihen. »Was, wenn Ralph und Joan ein Liebespaar waren und der König es herausgefunden hat? Er wäre verständlicherweise außer sich. Vielleicht hat er Ralph wegen eines solchen Verbrechens angeklagt, um ihn zu bestrafen?«

»Das würde entschieden besser zu dem Mann passen, den ich kenne. Aber wenn Ralph eine Affäre mit Lady Joan hatte, hat er ein gut gehütetes Geheimnis daraus gemacht. Ich wäre nie darauf gekommen.«

Robert erwiderte nichts darauf, aber sein Blick wanderte zu Valence. Er war sicher, dass der Ritter bei dieser Angelegenheit seine Hand im Spiel gehabt hatte. Jetzt stand er nicht nur unter Aymers ständiger Beobachtung, sondern der in Dunfermline gefangene Ralph musste auch noch glauben, er wäre derjenige, der ihn verraten hatte. Und was noch schlimmer war – jeder Schritt ihrer Pferde brachte sie näher zu Wallace.

Der Rebellenführer hatte im näheren Umkreis Wachen aufgestellt, die sie kommen hören würden, aber Humphrey und Aymer, denen befohlen war, den Trupp an Ralphs Stelle anzuführen, hatten das vorausgesehen und ihre eigenen Männer vorausgeschickt, um die Gegend auszukundschaften. Robert hegte gemischte Hoffnungen. Wenn Wallace und der Rest der Widerstandskämpfer in diesem Gefecht fielen, hatte er keine Chance mehr, dem König offen entgegenzutreten – die Engländer zurückzuschlagen und ungeachtet Edwards neuer Gesetze Ansprüche auf den Thron zu erheben. Die Rebellion wäre beendet, und das Höchste, worauf Robert hoffen durfte – wenn er den Beweis, den er suchte, nie fand – wäre, dass der König ihn im Lauf der Zeit zum Statthalter oder vielleicht zum Hüter Schottlands ernennen würde. Der Gedanke, diese Lüge bis ans Ende seiner Tage weiterleben zu müssen, war unerträglich. Lieber würde er im Kampf fallen, als auch nur noch ein einziges Jahr in Edwards Diensten zu verbringen.

Robert wünschte, sein Bruder wäre hier, aber Edward hatte seinen neuen Posten im Haushalt des Prinzen von Wales angetreten. Er fragte sich, ob der König ihn mit diesem Schachzug isolieren wollte, dafür sorgen, dass er seinen Platz kannte und ihn nicht verließ. Sein Blick schweifte zu Nes, der ganz in der Nähe ritt. Humphreys Stimme riss ihn aus seinen Gedanken.

»Mir ist klar, dass dies ein seltsamer Zeitpunkt ist, um das Thema zur Sprache zu bringen, Robert, vor allem in Anbetracht der Sache mit Ralph. Aber ich kann es einfach nicht länger für mich behalten. Bess erwartet ein Kind.«

Von der unverhofften Ankündigung überrumpelt, rang Robert um Fassung. »Bess? In Hoffnung?«

»Nun ja, sie sagte, wir müssten abwarten, bis wir sicher sein können, aber ja, sie glaubt, dass sie schwanger ist.«

Trotz seiner inneren Anspannung verspürte Robert angesichts des puren Entzückens im Gesicht des Earls einen unerwarteten Anflug von Freude. Von Elizabeth wusste er, dass das Paar schon seit längerer Zeit auf ein Kind hoffte. Humphreys Lächeln war ansteckend. Robert musste es unwillkürlich erwidern. »Ich freue mich für dich. Wirklich.«

Humphreys Grinsen wurde breiter. »Danke, mein Freund.« Er brach ab, scheinbar ebenfalls von dem Moment aufrichtiger Herzlichkeit überwältigt.

Cliffords Stimme brach den Zauber. »Hier!«

Humphrey und Robert trieben ihre Pferde den niedrigen Hang hoch, von dem der Ruf gekommen war. Valence hielt sich dicht hinter ihnen. Während ihrer Unterhaltung war die Sonne untergegangen, und der Wald versank in einem violetten Dämmerlicht.

Clifford war am Rand einer großen Lichtung von seinem Pferd gestiegen. »Schaut mal.« Er deutete auf ein Gebilde, das aus dem dichten Unterholz herausragte. »Wir müssen ganz in der Nähe sein.«

Robert glitt aus dem Sattel und entdeckte zwischen den Bäumen das Skelett einer Belagerungsmaschine. Sie wirkte verlassen, die unteren Balken waren mit Efeu überwuchert, die Holzplanken verrottet und mit Raureif überzogen. Hinter ihnen hatte der Tross von Rittern und Knappen Halt gemacht. Die Männer nutzten die Gelegenheit, um sich zu erleichtern oder ihre verkrampften Muskeln zu lockern.

Clifford nahm die Karte entgegen, die einer seiner Ritter ihm reichte. Er blickte von dem zerknitterten Pergament zu der Lichtung. »Hier. Ich glaube, diese Stelle ist markiert.«

Valence hatte sich zu ihnen gesellt, stand neben ihm und

versperrte Robert den Blick auf die Karte. Er nickte. »Drei Tage vom Fluss entfernt. Du hast recht.«

»Sir!«

Einige von Cliffords Rittern waren auf die Lichtung vorgedrungen, ihre Stiefel hinterließen deutliche Linien im Schnee. Einer war stehen geblieben und deutete auf die Bäume auf der anderen Seite.

Clifford und Valence eilten zu ihm hinüber, Robert und Humphrey folgten ihnen. Schon bald sahen sie, dass die Ritter auf etwas zeigten, was auf einen Baum gemalt war. Im Dämmerlicht war es noch schwach zu erkennen: ein weißer Kreis mit einem Kreuz darin. Roberts Herz wurde schwer, als er Wallace' Zeichen erkannte. In einiger Entfernung prangte ein weiteres auf dem knorrigen Stamm einer Eiche.

Clifford lächelte. »Wenn der Schotte die Wahrheit gesagt hat, sind wir nur noch einen halben Tagesritt vom Lager entfernt.«

Weniger, dachte Robert. Zwei oder höchstens drei Stunden.

»Ich schlage vor, dass wir hier unser Nachtlager aufschlagen«, meinte Humphrey. »Und bei Tagesanbruch losreiten. Das sollte unseren Kundschaftern genug Zeit geben, um mit Meldungen über etwaige feindliche Patrouillen zurückzukommen.«

Clifford nickte. »Dem stimme ich zu.«

»Und wir stellen selbst Wachen auf«, fügte Humphrey hinzu. »Wir wollen ja nicht, dass die Bastarde uns unverhofft angreifen. Dies ist ihr Gebiet, vergesst das nicht.«

»Keine Sorge.« Valance' Blick ruhte auf Robert. »Meine Männer werden aufpassen.«

Robert schritt durch den Schnee zu seinen Leuten zurück. Die Befehle der Kommandanten hallten im Wald wider, die Ritter stiegen ab. Jegliche Unterhaltungen wurden mit gedämpfter Stimme geführt, die Nähe zum Feind ließ die Männer auf der Hut sein.

Knappen packten Decken und gewachste Segeltuchbahnen aus, um sie auf dem Boden auszubreiten, während andere die Pferde fütterten und Wasser aus einem nahe gelegenen Bach holten. In dem geschäftigen Treiben bemerkte niemand, dass Robert rasch und leise auf Nes einsprach. Als der junge Mann einen Eimer von seinem Sattel löste und zwischen den Bäumen verschwand, wurde allgemein angenommen, dass er sich den anderen anschließen wollte. Selbst Aymer de Valence, der ihn fortgehen sah, schenkte dem Knappen, der so tief unter ihm stand, dass er es nicht wert war, ihn zur Kenntnis zu nehmen, keinerlei Beachtung. Die Nacht brach herein, und die Gesichter der auf der Lichtung zusammengerollten Männer verblassten zu hellen, verschwommenen Flecken. Niemandem fiel auf, dass ein Knappe fehlte.

»Das werde ich nicht tun.«

Die Stimme von William Wallace übertönte das Prasseln der Flammen. Sein Gesicht wurde vom Feuerschein beleuchtet, die Narben auf seinen Wangen von der flackernden Glut betont. Seine blauen Augen blitzten die Gruppe von Männern, die auf der von riesigen Kiefern mit schneebedeckten Ästen gesäumten Lichtung standen oder saßen, wütend an. »Wie kann auch nur einer von euch so etwas ernsthaft in Erwägung ziehen?«

»Habt Ihr denn nicht gehört, was wir gesagt haben, Sir William?«, fragte Ingram de Umfraville. Er deutete auf Lamberton, der ganz in der Nähe stand. Die Kapuze seines schwarzen Gewandes beschattete sein Gesicht. Neben dem Bischof stand James Douglas, der die Männer ringsum mit scharfen Augen musterte. »Seine Exzellenz hat dieselben Worte aus dem Mund König Philipps gehört wie ich. Der König hat beschlossen, mit Edward Frieden zu schließen, um sich ganz auf seinen flämischen Krieg konzentrieren zu können. Jegliche Hoffnung unsererseits auf militärische oder politische Unterstützung ist dahin. Balliol wird jetzt genauso wenig aus Frankreich zurückkehren und den Thron besteigen, wie ich von den Toten auferstehen kann. Eine Kapitulation ist unsere einzige Chance, am Leben zu bleiben.« Umfraville runzelte die Stirn und sah Lamberton Hilfe suchend an. »Ihr habt dem zugestimmt, noch ehe wir wussten, wie die Lage hier aussieht, Eure Exzellenz. Und jetzt, nun …« Er schüttelte den Kopf. »Es ist fruchtlos, daran zu denken, weiterhin Widerstand zu leisten. Edward hat so gut wie gewonnen.«

»Bei allem Respekt, Ihr wart nicht hier«, erwiderte Wallace. Er richtete den Blick auf Lamberton. »Wollt Ihr den Rücken vor einem Tyrannen beugen, Exzellenz?«

Lambertons Augen glitzerten im Feuerschein. »Ihr wisst, dass ich das nicht will, mein Freund. Aber ich gebe zu, dass ich keinen Ausweg mehr aus dem Desaster sehe. Der König will keinen langwierigen Krieg in Schottland, genauso wenig wie er einen in Wales oder der Gascogne wollte. Ich denke, wir werden ihn dazu bringen können, uns akzeptable Bedingungen anzubieten, wenn wir uns ergeben. Auf diese Weise könnten die meisten Männer hier ihr Land und ihr Leben behalten. Was nicht der Fall wäre, wenn wir uns weigern, uns Edward zu unterwerfen.«

»Seht Euch nur an, was Edward in diesem letzten Jahr alles erreicht hat.« Umfraville hatte zu Lambertons Worten bekräftigend genickt. »Er hat große Teile unserer Armee und unseres Landes vernichtet und uns hierauf reduziert.« Er spreizte seine behandschuhten Hände, um die abgerissene Gruppe von Männern auf der Lichtung zu umfassen. Hinter ihnen huschten zwischen den Bäumen weitere Gestalten zwischen den Feuern umher, aber ansonsten war es ruhig in dem Waldlager, das einst Tausende beherbergt hatte. »Wir müssen unsere Niederlage eingestehen. Unsere Waffen niederlegen und beten, dass der König sich großzügig zeigt.«

Durch die Menge lief ein zustimmendes Raunen. Das lauteste kam von Robert Wishart, der, in Pelze gehüllt, auf einem verrotteten Baumstumpf kauerte. Der von der Gicht verkrüppelte Bischof von Glasgow hatte den größten Teil des Jahres in seinem Haus in der Nähe von Peebles verschanzt verbracht. »Sir James Stewart ist nicht hier, um uns seine Meinung kundzutun, aber ich bin sicher, er würde sich der Ansicht meines guten Amtsbruders anschließen«, sagte er, Lamberton zunickend, schroff. »Vergesst nicht, dass Sir Robert Bruce Edwards Vertrauen gewonnen hat. Der Earl of Carrick könnte sich als nützliche Brücke zwischen unseren beiden Seiten erweisen, wenn es darum geht, Bedingungen auszuhandeln.«

Dieser Vorschlag löste viel Gemurmel aus, vor allem bei Gray, Neil Campbell und Simon Fraser. Alexander und Christopher Seton, die bei diesen Männern standen, quittierten die Erwähnung ihres früheren Freundes mit Schweigen. Alexanders Gesicht war grimmig verzogen, Christopher starrte in die Flammen.

Wallace konzentrierte sich auf John Comyn. »Und von Euch, Sir John, hätte ich schon gar nicht gedacht, dass Ihr mit dieser Entscheidung einverstanden seid. Was ist mit all Euren hochtrabenden Plänen? Eurer Entschlossenheit, unsere Armee zum Sieg zu führen? Wollt Ihr euch jetzt ergeben?«

Comyn hielt Wallace' Blick stand. Seine eigenen Augen waren trüb vor Schlafmangel. Während der letzten rauen Monate im Wald waren sein Haar und sein Bart gewachsen und zottig geworden, was ihn älter erscheinen ließ als seine neunundzwanzig Jahre. Seine Haut wirkte im Feuerschein fahl, und aufgrund der kargen Kost, mit der sie sich alle begnügen mussten, war sein Gesicht eingefallen, und seine Wangen waren hohl. »Ich möchte mich genauso wenig dem englischen König vor die Füße werfen wie Ihr. Mein Amt als Hüter aufgeben?« Er zog die Brauen zusammen, und eine tiefe senkrechte Furche erschien auf seiner Stirn. »Meine Hoffnung aufgeben, jemals …« Comyn verstummte, dann schüttelte er den Kopf und wandte sich ab. »Edwards Feldzug hat uns alles gekostet. Was hat es für einen Sinn, frei zu sein, wenn wir nicht so leben können, wie wir wollen? Lochindorb Castle ist mir genommen worden, mein Land wurde geplündert und verbrannt. Wofür kämpfe ich jetzt noch?« Sein Blick wanderte über die Männer ringsum hinweg, unter denen sich der Schwarze Comyn und Edmund Comyn of Kilbride, John of Menteith und Dungal MacDouall befanden. »Wofür kämpft irgendeiner von uns, wenn keine Hoffnung auf Sieg besteht?«

Keiner seiner Kameraden gab ihm eine Antwort. Alle hatte der Winter im Wald auf eine harte Probe gestellt. Sie waren an Federbetten, eine Armee von Dienern, Bordeauxwein, Wildbret und Eberfleisch gewöhnt und mussten jetzt von der Hand in den Mund leben – und sie wurden von Läusen und Fieber geplagt. Und die ganze Zeit wuchs ihre hilflose Wut, wenn Berichte zu ihnen durchdrangen und sie erfuhren, dass ihre Ländereien und Burgen von Edwards Truppen eingenommen, ihre Keller und Truhen geplündert, ihre Mauern niedergerissen und ihre Vasallen gefangen genommen oder getötet worden waren. Keiner von ihnen war zum Gesetzlosen geboren.

»Wir können nicht darauf hoffen, am Ende zu gewinnen«, stimmte John of Menteith zu. »Nicht, nachdem wir bei Cumberland so viele Männer verloren haben.«

Wallace' Augen loderten vor Wut. »Und wessen Schuld war das?«

Menteith straffte sich angesichts dieser Anklage. »Wie könnt Ihr es wagen ...«

»Was sagtet Ihr doch gleich, als ich Euch vor der Gefahr warnte, in dieser Stadt eingekesselt zu werden?«

Menteith errötete im Feuerschein. »Ich war nicht der Einzige!«

»*Und wer, bitte schön, sollte uns angreifen?*«, fuhr Wallace fort; dabei imitierte er Menteiths schrille, hochmütige Stimme so treffend, dass Gray und einige andere spöttisch lächelten.

»Ihr trachtet nur danach, Eure Börse zu füllen. Eure Gier kostet uns das Leben guter Männer. Ihr alle«, schnarrte er in Richtung von Comyn und der anderen Edelleute. »Ihr kostet uns diesen Krieg. Fahrt zur Hölle!«

»Ich bin diesem Schurken keine Rechenschaft schuldig!«, keifte Menteith, doch seine Stimme ging im Gebrüll der anderen unter.

»Du unverschämter Hundesohn!« Der Schwarze Comyn schäumte und zog sein Schwert aus der Scheide.

Dungal MacDouall tat es ihm nach, obwohl die Bewegung ungewöhnlich linkisch wirkte – der rechte Arm des Hauptmanns, den Robert Bruce verletzt hatte, war noch nicht ganz verheilt. Was nichts war im Vergleich zu dem, was mit seiner linken Hand geschehen war. Vor Schmerz und Blutverlust fast von Sinnen, war er lebend aus der brennenden Stadt gerettet worden, nur um seine halb abgetrennte Hand zu verlieren. Einer der Enteigneten hatte sie abgenommen, während vier andere ihn festhielten. MacDouall hatte sowohl das Abtrennen des Körperteils als auch das anschließende Ausbrennen der Wunde bei vollem Bewusstsein miterlebt, bevor ihn eine gnädige Ohnmacht umfangen hatte. Alles, was ihm geblieben war, war ein in schmutziges Leinen gewickelter Stumpf und der verblassende Geist von Gefühl in Fingern, die nicht mehr da waren.

Gray und Neil Campbell beeilten sich, ihnen entgegenzutreten und ihre eigenen Waffen zu ziehen. Lamberton und Wishart versuchten, sich brüllend Gehör zu verschaffen, aber niemand hörte auf sie.

Es war James Douglas, der die Gestalten, die sich aus der Dunkelheit hinter dem Lagerfeuer lösten, als Erster bemerkte. Zwei in das Grün und Braun von Wallace' Infanterie gekleidete Männer führten einen dritten zwischen sich. Sein Gesicht war mit einer Kapuze bedeckt, sodass er blind in ihrem Griff stolperte, seine Hose und Tunika schneedurchweicht. Zwei weitere Fußsoldaten kämpften sich hinter ihnen mit Dolchen und Händen durch das Unterholz.

»Exzellenz?«, lenkte James Lambertons Aufmerksamkeit auf sich.

Beim Anblick der Männer verengten sich Lambertons Augen. Der Rest der Gruppe stritt noch immer lautstark miteinander. Gray und MacDouall standen sich mit erhobenen Waffen gegenüber. Speicheltropfen flogen von ihren Lippen, während sie wilde Drohungen ausstießen. Jeden Moment würden sie aufeinander einschlagen. »Ruhe jetzt! Das gilt für alle!«, donnerte Lamberton.

»Sir William!«, rief einer der Männer. »Wir haben diesen Spion bei dem Versuch ertappt, in unser Lager einzudringen. Er sagt, er hätte eine Botschaft für Euch, von dem Earl of Carrick!«

Wallace drängte sich zwischen Gray und MacDouall durch, um den Gefangenen besser sehen zu können. »Wer ist das?«

Ein Fußsoldat nahm dem Gefangenen die Kapuze ab. Der junge Mann, dessen Gesicht zum Vorschein kam, stand desorientiert da und blinzelte die Menge an, die ihn anstarrte. Seine Wangen waren von Zweigen und Dornen zerkratzt, seine Haut vor Kälte gerötet.

»Nes!«, entfuhr es Christopher Seton.

»Ihr kennt ihn?«, fragte Wallace den Mann aus Yorkshire, ohne den Blick von dem Gefangenen zu wenden.

»Er ist Sir Roberts Knappe«, erwiderte Christopher, dem es nicht gelang, seine Freude über das Wiedersehen mit dem jungen Mann zu verbergen.

Alexander runzelte die Stirn. John Comyn war vorgetreten und musterte Nes mit einer Mischung aus Abneigung und Furcht.

»Was für eine Botschaft?«, wollte Wallace wissen.

»Die Engländer lagern weniger als drei Meilen nordöstlich von hier. Sie wollen Euch im Morgengrauen angreifen.«

Wallace hob eine Hand, um das aufbrandende Stimmengewirr zu ersticken. »Sir Robert hat dich geschickt?«

Nes nickte. »Mein Herr befindet sich bei den Engländern, aber er hat mir befohlen, Euch zu warnen.« Er wand sich unter Wallace' feindseligem Blick, dann nahm er all seinen Mut zusammen und fügte hinzu: »Und er geht damit ein großes Risiko ein.«

»Wie stark ist die Truppe?«

»Ungefähr dreihundert Reiter auf leichten Pferden unter dem Befehl von Aymer de Valence, Robert Clifford und Humphrey de Bohun.«

Als die Namen dieser berühmten Kommandanten fielen, die die Schotten alle gut kannten, erhob sich erneut erregtes Gemurmel. James Douglas erstarrte bei der Erwähnung von Clifford, dem Mann, in dessen Besitz sein Land übergegangen war.

»Sie haben vor, die Anführer der Rebellion lebendig gefangen zu nehmen und dann das Lager zu zerstören«, schloss Nes.

»Warum sollte Sir Robert uns warnen?«, erkundigte sich Lamberton.

»Das kann ich nicht sagen, Exzellenz«, erwiderte Nes.

»Kannst du nicht, oder willst du nicht?«, explodierte Alexander Seton. »Himmel, Nes! Mach den Mund auf. Wie lautet die Wahrheit?«

Nes wischte sich mit dem Arm den Schweiß von der Stirn. »Bitte frag mich nichts, was ich nicht beantworten kann, Alexander. Glaub mir einfach, dass es keine Lüge ist.«

»Schafft ihn fort, während ich über die Sache nachdenke«, befahl Wallace seinen Männern.

Nes' Blick ruhte auf Christopher und Alexander Seton, als wolle er noch etwas sagen. Dann wurde ihm die Kapuze wieder übergestreift, und die Fußsoldaten führten ihn fort. Wallace wartete, bis sie außer Hörweite waren, bevor er sich zu den anderen umdrehte. »Wir könnten dies zu unserem Vorteil nutzen. Wir …«

»Wir brechen auf«, schnitt ihm John Comyn das Wort ab.

Wallace fuhr zu ihm herum. »Was?«

»Ich lasse mich nicht in Ketten vor Edwards Thron schleifen, sondern ich werde aus freien Stücken zu dem Bastard gehen, wenn mir keine andere Wahl bleibt. Wenn wir uns ergeben, bekommen wir vielleicht unsere Ländereien zurück«, fügte er, an seine Kameraden gewandt, hinzu.

»Wir wissen, dass die Engländer kommen, ihr Narren!«, donnerte Wallace wütend angesichts der Vorstellung, sich den Männern zu ergeben, die ihm alles genommen hatten – sein Heim, seinen Vater, seine Frau und seine Tochter. »Wir können uns zur Wehr setzen! Sie in einen Hinterhalt locken!«

Doch Comyn hatte sich bereits umgedreht und ging davon. Ingram de Umfraville, der Schwarze Comyn, MacDouall und die Enteigneten, Menteith und eine Gruppe anderer Edelleute folgten ihm und führten Wallace so vor Augen, dass er zwar Krieger auf einem Schlachtfeld befehligen konnte, aber kein Politiker war. Er konnte nur hilflos zusehen, wie weitere Männer hastig die Lichtung verließen, ihren Knappen zuriefen, die Pferde zu satteln, die Lagerfeuer mit Schnee löschten und Vorräte zusammenpackten.

Robert Wishart watschelte zu Wallace hinüber. Der Bischof war zu klein, um Wallace eine Hand auf die Schulter zu legen, aber er versuchte es dennoch. »Mein Freund, Ihr wisst, dass ich im Geiste immer auf Eurer Seite stehe. Aber körperlich bin ich dazu leider zu alt und zu fett.« Er vertrat Wallace den Weg, als der Rebellenführer sich abwenden wollte. »Vielleicht sollten wir doch die Waffen niederlegen, William?«

»Lieber sterbe ich!« Wallace durchbohrte den Bischof mit einem flammenden Blick. »Ich habe schon einmal einen Aufstand gegen Edward angezettelt, und ich kann es wieder tun.« Er rief Gray und die anderen zu sich.

Wishart stieß resigniert den Atem aus. »Was passiert mit unserem Informanten?« Er deutete in die Richtung, in die die Fußsoldaten Nes davongeführt hatten.

»Wenn wir ihn bei uns behalten und die Engländer das Lager leer vorfinden, wenn sie kommen, wird ihr Verdacht auf Robert fallen«, wandte Lamberton ein.

»Was, wenn er für sie spioniert?«, grollte Gray. »Dann kann er ihnen verraten, wie viele und wo wir sind.«

»Was nicht von Bedeutung ist, wenn sie uns hier nicht vorfinden«, gab Lamberton zurück. Er sah Wallace an. »Ich würde sagen, wir vertrauen ihm, bis wir eine Erklärung von Sir Robert selbst bekommen.«

Wallace nickte einem seiner Männer zu. »Sag ihnen, sie sollen ihn zu der Stelle zurückbringen, wo sie ihn aufgegriffen haben, und freilassen.« Er drehte sich zu Wishart um. »Ich bete, dass wir uns in besseren Zeiten wiedersehen.« Die Stimme des Rebellenführers klang gepresst. Er nahm das lederne Bündel, das ihm einer seiner Leute reichte, und warf es sich über die Schulter.

»Ich sorge dafür, dass er in Sicherheit gebracht wird, Sir William«, versprach Lamberton und trat dabei an die Seite des älteren Bischofs.

James Douglas nickte bekräftigend und legte eine Hand an den Griff seines Schwertes.

Wallace stapfte mit gesenktem Kopf zwischen den Bäumen hindurch, gefolgt von Gray, Neil Campbell, Simon Fraser und ungefähr zweihundert Fußsoldaten und Bogenschützen, von denen viele schon seit Beginn der Rebellion bei ihm waren.

Christopher Seton schloss sich ihnen an, zögerte aber und blickte sich um, als Alexander im Kreis des Feuerscheins verharrte. »Vetter?«

»Vielleicht sollten wir wie Comyn und die anderen versuchen, unsere Haut zu retten.«

Christopher ging zu ihm zurück. »Du hast Nes gehört. Hinter der ganzen Sache steckt offensichtlich mehr, als er zugeben konnte. Robert hat uns eine Warnung geschickt. Wir sollten sie beherzigen.«

»Für ihn ist es leicht, uns zu sagen, was wir tun sollen, während er an der Tafel des Königs sitzt, sein Wildbret isst und seinen Wein trinkt. Vielleicht sollten wir aufgeben, Christopher. Versuchen, unser Land zurückzubekommen, so wie er es getan hat.« Alexanders Züge spannten sich an. »Ich sehe keine Hoffnung mehr, dass wir doch noch siegen könnten.«

»Wir wissen weder, was am Hof vor sich geht, noch, was Robert plant. John of Atholl glaubt, James Stewart hat uns nicht alles erzählt, richtig?«

»Und wo sind Atholl und der Großmeister jetzt? Vielleicht haben sie sich schon ergeben.«

»Bitte, Vetter«, flehte Christopher. Er spähte zu den Bäumen hinüber, zwischen denen Wallace' Männer verschwanden. Comyn und seine Anhänger waren nicht mehr zu sehen. »Hier können wir nicht bleiben.«

Alexander hob den Kopf und sah ihn an. Nach einer Pause setzte er sich in Bewegung. Während die Vettern Wallace' Truppe folgten, suchten die letzten Männer ihre Habseligkeiten zusammen und huschten davon.

Weniger als eine Stunde später war im Rebellenlager außer dem Prasseln einiger Feuer kein Laut mehr zu hören.

35

Die Wälder von Selkirk, Schottland, A.D. 1304

DIE ENGLÄNDER MERKTEN ZUERST, dass etwas nicht stimmte, als die Patrouillen, die ihre Kundschafter im Umkreis von einer Meile entdeckt hatten, nirgendwo zu sehen waren. Die Situation offenbarte sich ihnen deutlicher, als sie die Außenbereiche des Rebellenlagers erreichten.

Hier war der Schnee von Füßen und Hufen zu Matsch zertrampelt worden und der Boden mit Abfall übersät, ein Teil davon alt und in die Erde getreten: Tierknochen und Fasern von Stricken, Feuerholzsplitter, ein halb mit Eis überzogener verrotteter Eimer und der verkohlte Stummel einer Fackel. Andere Gegenstände waren offensichtlich gerade erst weggeworfen worden: eine Tasche mit gerissenem Riemen, ein Zinnbecher, aus dem eine rote Flüssigkeit in den Schnee gelaufen war, ein Schwert in seiner Scheide, das an einem Baumstamm lehnte, und Decken neben den Überresten eines Feuers, von dem noch feiner Rauch aufstieg.

Als die englische Reitergruppe ihre Pferde an einem breiten Fluss vorbei, dessen seichte Stellen mit einem Eisfilm überzogen waren, tiefer in das Lager hineintrieben, verstärkte sich der Eindruck von Verlassenheit. Zwischen mit Essensresten verkrusteten herumliegenden Holzschalen und Feuergruben, in denen noch Glut leuchtete, standen Zelte, deren Klappen in der kalten Luft flatterten. Im Inneren lagen Pelze und zerknüllte Decken auf leeren Pritschen, neben denen sich Truhen, Kleider und andere Habseligkeiten stapelten. In einigen brannten sogar noch Öllaternen.

Die Ritter, die die Vorhut bildeten, zügelten ihre Pferde, als sie auf eine große Lichtung gelangten. Im Wald dahinter erstreckten sich weitere Zelte und provisorische Unterstände, so weit sie sehen konnten. Es gab auch einige festere Hütten mit schneebedeckten Torfdächern und sogar abgezäunte Bereiche mit Ställen und Trögen für Tiere. Aber trotz aller Anzeichen dafür, dass der Ort bewohnt wurde, war keine Menschenseele zu sehen.

»Was hat das denn zu bedeuten?« Clifford brachte sein Pferd zum Stehen, schob sein Visier hoch und fixierte die Kundschafter, die er gestern ausgeschickt hatte. »Ihr sagtet doch, ihr hättet Patrouillen gesehen?«

»Ja, Sir«, antwortete einer.

»Wo in Gottes Namen sind dann die Schotten?«

Valence lenkte sein Schlachtross auf die Lichtung, lehnte sich aus dem Sattel und stach mit seinem Breitschwert auf einen Deckenstapel neben einer Feuerstelle ein, als hoffe er, darunter würde sich ein menschlicher Körper verbergen. Mit einem barschen Befehl rief er seine Ritter zu sich.

Humphrey drehte sich im Sattel um, als Robert sein Pferd hinter das seine lenkte. »Ist das Wallace' Basis?«, fragte er scharf. Sein Gesicht wirkte angespannt.

»Ja«, erwiderte Robert, sorgsam darauf bedacht, sich seine Erleichterung nicht anmerken zu lassen. »Das dort drüben ist seine persönliche Unterkunft.« Er nickte zu einem Holzgebäude zwischen zwei mächtigen Kiefern hinüber. Davor standen einige mit Fässern und Getreidesäcken beladene Karren.

»Durchsucht alles«, befahl Humphrey zweien seiner Männer. Als sie abstiegen, blickte er sich nach allen Seiten um. »Erinnerst du dich an Wales?«, murmelte er.

Robert dachte an den Hinterhalt, in den walisische Rebellen sie in der verlassenen Ansiedlung auf der Straße nach Conwy gelockt hatten. Er und Humphrey waren mit knapper Not mit dem Leben davongekommen. Einen Moment lang fragte er sich, ob Wallace ihnen eine ähnliche Falle gestellt hatte, nachdem er erfahren hatte, dass die Engländer kommen würden. Er schielte zu Nes hinüber, der ruhig auf seinem Pferd saß.

Am Morgen hatte er voller Unbehagen die verräterischen Kratzer an den Händen und im Gesicht des Knappen gemustert, aber die meisten Männer hier wiesen ähnliche Spuren auf. Die nächtliche Abwesenheit des jungen Mannes schien niemandem aufgefallen zu sein, aber da Aymer ihn nicht aus den Augen ließ, hatte er sich von Nes lediglich kurz bestätigen lassen können, dass er die Warnung ausgerichtet hatte. Indem er die Rebellen alarmiert hatte, hatte Robert sich der Gefahr ausgesetzt, enttarnt zu werden, aber ihm war keine andere Wahl geblieben.

Sein Blick schweifte über die Bäume hinweg. Der Wald machte einen geradezu gespenstisch friedlichen Eindruck, nur das Zwitschern der Vögel und das stetige Tropfen schmelzenden Schnees von den Zweigen ringsum zerriss die Stille. Wenn die Flucht der Rebellen eine Täuschung war, dann eine sehr überzeugende.

Zahlreiche Ritter von Valence und Clifford waren abgestiegen und schwärmten im Lager aus. Bei ihrer Suche gingen sie immer unsanfter vor, traten Türen ein, rissen Decken und Pelze von den Pritschen und zerrissen Zeltplanen. Andere, die tiefer in das Lager hineingeritten waren, kehrten nach und nach zurück.

»Wir haben Fußspuren gefunden, die in alle Richtungen führen«, rief einer von Valence' Rittern. »Unmöglich, sie alle zu verfolgen.«

»Da!«, entfuhr es Clifford. Er deutete auf die Bäume zu ihrer Linken.

Robert folgte dem Blick des Ritters und sah eine dunkle Figur im Dunst stehen. Als Clifford, Humphrey und Aymer mit gezückten Schwertern darauf zugaloppierten, folgte er ihnen mit wild klopfendem Herzen. War es Wallace? Als er sich hinter den anderen Rittern durch das Unterholz kämpfte, erkannte er, dass die Gestalt in Wirklichkeit an einem Ast hing. Es handelte sich um eine aus Stroh und Sackleinwand gefertigte Zielscheibe in Form eines Mannes, der eine primitiv aufgemalte goldene Krone und eine rote Tunika mit drei goldenen Löwen auf dem Vorderteil trug. Mehrere Pfeile ragten aus ihr heraus.

»Diese Bastarde!«, schäumte Aymer. Er ritt zu der Figur und durchtrennte mit einem Schwerthieb das Seil, mit dem sie an dem Ast befestigt war. Die Strohpuppe sank in den Schnee.

»Woher wussten sie, dass wir kommen?« Humphrey nahm seinen Helm ab und stülpte ihn über den Sattelknauf, dann stieg er ab. Seine Stiefel knirschten im Schnee, als er einen Kreis beschrieb und zu den turmhohen Kiefern ringsum aufblickte. »Ob sie uns gesehen haben?«

Robert glitt aus dem Sattel und gesellte sich zu ihm. »Das müssen sie wohl.« Er hob die Schultern und widerstand dem überwältigenden Drang zu grinsen. »Vielleicht eine Patrouille, die unsere Kundschafter nicht bemerkt haben. Wallace hat immer ziemlich viele Wachposten im Umkreis des Lagers aufgestellt. Er ist nie ein Risiko eingegangen.«

»Du!« Aymer sprang von seinem Pferd, stapfte auf Robert zu und zielte mit seinem Schwert auf seine Brust. »Du hast sie gewarnt!«

Robert lachte höhnisch auf. »Es schmeichelt mir, dass du mich für fähig hältst, an zwei Orten zugleich zu sein. Vielleicht kann ich auch fliegen? Oder Wasser in Wein verwandeln?« Seine Heiterkeit verflog. »Du hast mich doch die ganze Nacht beobachtet. Wie immer!«

»Dann war es einer deiner Männer«, fauchte Aymer. Er nickte zu den Rittern von Carrick hinüber. Die roten Sparren auf ihren Überwürfen blitzten zwischen den Bäumen auf. »Du hast einen der Halunken losgeschickt, um den Schotten zu verraten, dass wir hier sind!«

»Aymer«, warnte Humphrey und schob sich dabei vor Robert. »Das ist nicht der richtige Zeitpunkt, um uns wieder mit deiner fixen Idee zu kommen.«

Aymer schnaubte. »Es sollte mich nicht wundern, dass du diese Schlange in Schutz nimmst. Schließlich hat er dich schon einmal getäuscht.« Er funkelte Humphrey an. Sein Schwert wies wie ein anklagender Finger auf den Earl. »Du bist ein blinder, vertrauensseliger Narr, wenn du dich erneut einwickeln lässt.«

Humphrey griff nach seinem eigenen Schwert. Seine grünen Augen loderten vor Zorn.

»Brüder …« Clifford machte Anstalten dazwischenzugehen.

Aymer drängte sich an Humphrey vorbei und baute sich vor Robert auf. »Wir hätten ihn nie in unseren Kreis aufnehmen sollen. Er war nie einer von uns!«

Robert hob sein Schwert und sah ihn an. »Wie sehr du doch betonst, ein Bruder dieser Männer zu sein. Aber ich frage mich, wie bedenkenlos du einen von ihnen verraten würdest, um deine irrwitzige Besessenheit zu befriedigen.« Robert nickte, als Aymer mitten in der Bewegung innehielt und ein neuer Funke in seinen Augen aufflackerte. »Du weißt über Ralph und Lady Joan Bescheid, richtig?« Er drehte sich zu Humphrey. »Es tut mir leid, ich habe dir gestern die Wahrheit verschwiegen. Ich habe in Dunfermline zufällig herausgefunden, dass sie eine Affäre haben. Es war keine Vergewaltigung. Sie sind ein Liebespaar.« Ehe Aymer etwas einwenden konnte fuhr er fort: »Ralph sagte, Aymer hätte den König gebeten, ihn dieser Gruppe zuzuteilen, weil er mich ausspionieren wollte. Er war wütend, als der König ihm seine Bitte abschlug. Komm schon, Valence, gib es zu! Du hast Ralph angeschwärzt, damit du seinen Platz einnehmen und wie ein Schatten an mir kleben konntest. Es würde mich überhaupt nicht wundern, wenn *du* die Schotten gewarnt hättest, um mich dann für ihre Flucht verantwortlich zu machen!«

»So ein Irrsinn!«, spie Aymer und sah dabei Clifford und Humphrey hilfesuchend an. Beide Männer schwiegen. Hinter ihnen begann sich eine Schar Ritter zu versammeln. Aymer lachte ungläubig auf. »Bitte sagt nicht, dass ihr diesem Hurensohn glaubt!«

»Du hast mich nie gemocht, das hast du mich von Anfang an spüren lassen«, fuhr Robert fort. »Aber seit ich dich in Wales verprügelt habe, hasst du mich. Wie fühlt man sich denn, Aymer, wenn man jeden Tag daran denken muss, dass man dem Mann, den man hasst, dieses schöne glitzernde Lächeln verdankt?«

Mit einem Wutschrei stürzte sich Aymer auf ihn. Ehe Robert Gelegenheit hatte, zum Gegenangriff überzugehen, holte Humphrey aus und traf Valence am Kiefer. Die Stahlplatten in seinen Handschuhen verliehen dem Schlag eine tückische Wucht.

Aymer taumelte nach hinten. Blut spritzte auf, als der Draht an seinen Schneidzähnen seine Lippe aufriss. Er richtete sich auf, spuckte Blut aus und fuhr zu dem Earl herum. Ein paar von Humphreys Männern traten vor, zogen ihre Schwerter und bildeten einen schützenden Ring um ihn. Aymer warf ihnen einen kurzen Blick zu, dann sah er Humphrey wieder an und ließ langsam seine Waffe sinken. »Er wird dich wieder verraten«, krächzte er, ehe er einen weiteren Blutklumpen in den Schnee spie. »Darauf verwette ich meine Grafschaft.« Er blickte ein letztes Mal zu Robert hinüber, der an Humphreys Seite getreten war. »Und wenn er das tut, Humphrey, dann werde ich dich an diesen Tag erinnern.«

Als Aymer sich abwandte, kam einer seiner Ritter auf ihn zu, doch er stieß ihn grob zur Seite.

36

Turnberry, Schottland, A.D. 1304

DER TAG NEIGTE SICH DEM ENDE ZU, als Robert und seine Männer den Pfad einschlugen, der nach Turnberry führte. Zu beiden Seiten erstreckten sich mit Schwarzdorn bewachsene morastige Felder bis zu den Rändern der Waldgebiete. Hinter den Eschen und Bergulmen erhoben sich die Hügel von Carrick in der Dämmerung. Auf den höheren Hängen glitzerte noch Schnee. Vor ihnen, wo das Meer am Horizont schimmerte, ragte die gedrungene Kuppel des Ailsa Craig in der Ferne auf. Der Wind trug das Rauschen der Wellen zu Robert hinüber. Er konnte schon das Salz in der Luft schmecken. Am Ende des Pfades thronte die Burg, in der er geboren worden war, auf einem Felsvorsprung über mit Grasnelken und Hundskamille übersäten Klippen.

Abgesehen von dem kurzen Anlegen an dem verlassenen Ufer, wo James Stewart ihm den Stab des Malachias übergeben hatte, hatte Robert vier Jahre lang keinen Fuß mehr in seine Grafschaft gesetzt. Als er sich jetzt dem Dorf näherte, in dem er seine Kindheit verbracht hatte, kam es ihm so vor, als wäre er nie fort gewesen. Das Gefühl heimzukommen – hierhin zu gehören – war überwältigend. Jeder Pore der sandigen, felsigen Landschaft schienen Erinnerungen zu entströmen.

Da waren die Klippen, auf die er und Edward als Jungen geklettert waren, um der einsetzenden Flut zu entkommen, und der Strand, an dem sein Ausbilder Yothre ihn im Umgang mit Schwert, Lanze und Schild unterwiesen hatte. Dort war der Wald, in dem er mit seinen Brüdern und Schwestern gespielt und wo er Affraig erstmals getroffen hatte. Innerhalb der vom Meer verwitterten Mauern der Burg hatte er von König Alexanders Tod erfahren und an der Seite seines Großvaters gesessen, als die Bruce-Männer und ihre Verbündeten den Angriff auf John Balliol in Galloway geplant hatten, um seine Hoffnungen auf den Thron zunichtezumachen. Jahre später hatte er in luftiger Höhe auf dieser Brustwehr gestanden, den blutroten Drachenschild in die schäumenden Wellen geworfen und so den Eid gebrochen, den er seinen Mitbrüdern und König Edward geleistet hatte. In derselben Nacht hatte Affraig sein Schicksal in eine Heidekrautkrone gewoben und er vor seinen Männern gestanden und geschworen, dass er ihr König sein würde.

Doch als Robert sich den Burgmauern näherte und die Schreie der Möwen im Wind widerhallten, nahm eine bestimmte Erinnerung am klarsten in seinem Kopf Gestalt an.

Turnberry, Schottland, A.D. 1284
(zwanzig Jahre zuvor)

Robert stand vor der Schlafkammertür und lauschte den leisen Stimmen seiner Mutter und seines Vaters. Hinter den Türrändern glühte Feuerschein, weil die Rahmen sich während des Übergangs vom Winter in den Frühling verzogen hatten. Er fand heraus, dass er, wenn er das Gesicht dagegenpresste und ein Auge zukniff, einen kleinen Teil des Raums sehen konnte, der von dem großen Himmelbett beherrscht wurde.

Sein Vater saß auf der Bettkante. Seine mächtige Gestalt war in einen pelzbesetzten Mantel gehüllt, und er hielt einen Weinkelch in der Hand. Seine Stiefel hatte er ausgezogen; sie lagen vor ihm auf dem Läufer. Sie waren mit dem Lehm und Staub eines Jahres in einem fremden Land bedeckt, weil sie immer noch nicht ordentlich gesäubert worden waren, obwohl der Bruce schon seit über einer Woche wieder daheim war. Roberts Mutter stand dicht bei ihm, ihr langes schwarzes Haar fiel ihr offen über den Rücken. Während Robert sie beobachtete, legte sie seinem Vater eine Hand auf die Schulter.

»Du kannst nicht ständig über ihren Tod nachgrübeln, Robert. Die Männer standen in deinen Diensten, sie haben nur ihre Pflicht getan.« Sie versuchte ihm den Kelch sanft zu entwinden, doch er wich zurück und starrte mit glasigen Augen finster zu ihr empor.

»Nach einem Überraschungsangriff auf unsere Kompanie bei Conwy haben sie Donald und seinen Sohn Alan gefangen genommen.« Bruce sprach schleppend und mit schwerer Zunge. »Wir folgten ihren Spuren bis zu einem Lager auf den unteren Hängen von Snowdon. Llewelyns Rebellen waren längst fort, aber sie hatten uns ein Andenken hinterlassen. Die Leichen der Männer, die sie bei dem Überfall überwältigt und mitgenommen hatten, waren im Schnee angepflockt. Ihre Bäuche hatte man mit langen, dünnen Schnitten aufgeschlitzt, allerdings nicht so, dass sie an den Wunden starben. Nicht sofort. Aber sie reichten aus, um die Wölfe anzulocken. Einige waren noch da und fraßen, als wir kamen.« Sein Gesicht verzerrte sich bei der Erinnerung. »All das Aas in diesem Winter hatte sie mutig gemacht. Unsere Bogenschützen erschossen ein paar, bevor der Rest floh.« Er setzte den Kelch an die Lippen und trank. »Alans Gesicht – ich werde es nie vergessen. Ich fürchte, er und sein Vater waren noch am Leben, als die Bestien begannen, ihnen das Fleisch von den Knochen zu reißen.«

Robert schnitt unwillkürlich eine Grimasse. Seine Mutter hatte eine Hand vor den Mund geschlagen.

»Und willst du wissen, was meine Belohnung war?« Bruce tastete nach einer kleinen Truhe, die zum Teil aus einer Tasche auf dem Bett herausragte. Er hielt sie einen Moment lang in die Höhe, dann warf er sie beiseite. Die darin enthaltenen Münzen klirrten. »Lincoln, Surrey und andere haben Land und Burgen als Entschädigung für die Opfer erhalten, die sie gebracht haben.« Seine Miene verfinsterte sich. »Ich habe gehört, König

Edward plant, zu Ehren der Sieger der Eroberung von Wales einen neuen Zirkel von Männern zu gründen, eine Elitebruderschaft. Aber zu mir hat er kein Wort davon gesagt. Ich habe in seinen Diensten fünfzehn Männer verloren. Wo bleibt meine Belohnung?«

Marjorie streckte eine Hand aus, und diesmal gelang es ihr, ihrem Mann den Kelch abzunehmen. »Edward ist ein englischer König, Liebster. Er belohnt seine eigenen Männer zuerst und am großzügigsten. Hat das dein Vater nicht immer gesagt?«

Er blickte mit zusammengezogenen Brauen zu ihr auf. »Ich wünschte, du hättest ihn nicht gebeten hierherzukommen. Das Letzte, was ich jetzt brauchen kann, ist seine ständige Einmischung.« Jetzt, wo er den Kelch nicht mehr in der Hand hielt, wurden seine Schultern schlaff. Er sah seine Stiefel auf dem Läufer an, schien direkt durch sie hindurchzustarren. »Alan war sechzehn, Marjorie.« Sein Gesicht verzerrte sich, und plötzlich strömten Tränen über seine Wangen.

Marjorie zog ihren Mann an sich, und er barg den Kopf in ihrem Schoß.

Robert richtete sich auf und trat von der Tür zurück, als das Schluchzen seines Vaters durch das Holz hallte. In seinen ganzen zehn Lebensjahren hatte er den Mann noch nie weinen sehen. Es war ein grässlicher Anblick. Er schämte sich, und es jagte ihm Angst ein, Zeuge dieser Szene geworden zu sein.

»Robert.«

Er fuhr herum und sah einen hünenhaften Mann im Gang stehen. Seine silberne Haarmähne schimmerte im Licht der Fackel an der Wand hinter ihm. Sein Großvater hob einen Finger und winkte ihn zu sich. Dankbar dafür, das heisere Schluchzen seines Vaters hinter sich lassen zu können, lief Robert den Gang hinunter. Der alte Lord sagte nichts, sondern legte ihm nur eine Hand fest auf die Schulter, führte ihn an dem Raum vorbei, den er sich mit seinen vier jüngeren Brüdern teilte, *und dann die Wendeltreppe empor, die zur Brustwehr führte. Die kühle Abendluft war von den Schreien der Möwen erfüllt. Tief unter ihnen brachen sich die Wellen an den Klippen und warfen schäumende weiße Gischt auf.*

Robert blickte unsicher zu seinem Großvater auf, als der alte Mann die Arme auf die Zinnen stützte und zu der brotlaibförmigen Kuppel des Ailsa Craig hinüberblickte. »Großvater, ich …«

»Lauschen ist eine hässliche Angewohnheit, Robert. Man steckt seine Nase nicht in die Angelegenheiten anderer Menschen.«

Nach einer Pause nickte Robert. »Ich wollte nur wissen, warum er mich wegschickt.« Seine Augen wurden schmal, als er dem Blick seines Großvaters zum Ailsa Craig folgte und dann über den Feenfelsen hinweg Richtung Süden starrte, wo die Horizontlinie kaum merklich dunkler wurde – dort lag die nördlichste Spitze von Irland. »Werde ich bestraft?«

»Bestraft?« Der alte Lord drehte sich zu ihm um. »Bei Zieheltern zu leben ist keine Strafe, Robert. Es ist eine in Ehren gehaltene Tradition deiner Verwandten. Die Söhne aus der Familie deiner Mutter haben alle diese Reise unternommen. Außerdem …«, er schaute wieder auf das Meer hinaus, »… hat dein Vater das nicht in die Wege geleitet. Ich habe es getan. Es ist höchste Zeit, dass du einen Teil der Ländereien kennenlernst, die du einmal erben wirst. Lord Donough ist einer der Vasallen deines Vaters in Glenarm. Er ist ein guter Mann. Du wirst sein Page sein und an seiner Tafel bedienen, und du wirst das, was ich dir über die Jagd beigebracht habe, anwenden können. Außerdem wirst du in die Kampfeskunst eingeführt – du lernst reiten und den Umgang mit einem Schwert. Das ist der erste Schritt zu deiner Ausbildung als Ritter.«

Robert starrte seinen Großvater an. Die Aussicht darauf, Kampftechniken zu erlernen, ließ freudige Erregung in ihm aufsteigen. Aber Irland schien ihm sehr weit weg von der ein-

zigen Heimat, die er kannte. »Warum Antrim? Kann ich nicht zu einer Familie in Ayr gehen, oder irgendwo in der Nähe?« Er strahlte, als ihm eine Idee kam. »Oder zu dir nach Lochmaben, Großvater?«

»Später vielleicht. Jetzt liegt ein anderer Weg vor dir. Lord Donough hat auch Söhne. Einer, Cormac, ist ungefähr so alt wie du, glaube ich.«

Robert wandte sich stirnrunzelnd ab, nicht bereit, sich so leicht beschwichtigen zu lassen.

Doch sein Großvater fasste ihn bei den Schultern, drehte ihn zu sich und fixierte ihn mit seinen dunklen Falkenaugen. »Die Blutlinie deiner Mutter reicht bis zu den O'Neill-Königen von Irland und meine durch meinen Großvater, den Earl of Huntingdon, bis zu König David und seinem Vater Malcolm Canmore zurück. In deinen Adern fließt das Blut von Königen, Robert. Das weißt du. Aber was ich dir nicht gesagt habe, ist, dass der Vater unseres Königs, Alexander II., mich zu seinem Nachfolger ernannt hat.«

Robert blickte verwirrt auf. »Aber sein Sohn …«

»Das war vor der Geburt unseres Königs. Alexander hatte damals noch keine Erben.« Der alte Lord nahm die Hände von Roberts Schultern und lehnte sich gegen die Brustwehrmauer. Seine Haarmähne wehte im Wind wild um seinen Kopf. »Der König hatte im königlichen Park von Stirling eine Hirschjagd veranstaltet. Ich und viele andere Edelleute vom Hof haben ihn begleitet. Während der Jagd stürzte das Pferd des Königs. Alexander landete unglücklich, geriet unter sein Schlachtross und brach sich mehrere Rippen. Es hätte wesentlich schlimmer kommen können, und das wusste er auch. Alexander hielt furchtbare Schmerzen aus, daher bestand er darauf – bevor einer von uns zur Burg zurückreiten und eine Trage für ihn holen konnte –, einen Nachfolger zu benennen. Und zwar mich.

Er ließ alle anwesenden Edelleute auf dem staubigen Waldpfad auf ein Knie sinken und mich als seinen Erben anerken-

nen. Damals war ich achtzehn.« Er sog scharf den Atem ein. »Zwei Jahre später bekam Alexander einen Sohn – unseren König –, und seine Blutlinie war somit gesichert, aber ich habe nie den Stolz und die Entschlossenheit vergessen, die ich an diesem Tag empfunden habe. Es war, als ob …« Er runzelte die Stirn, suchte nach den richtigen Worten. »Als würde mein Blut erwachen. Ich war mir meiner Rolle in der Welt und der großen Linie von Männern, zu der ich gehörte, bewusst, des Erbes, das jeder von ihnen vom Vater an den Sohn weitergegeben hat, über all die Jahre hinweg bis hin zu mir. Du, Robert, bist jetzt Teil dieser Linie. Dein Vater und ich werden irgendwann einmal sterben, und du wirst nicht nur unser Vermögen erben, sondern auch unseren Platz in der Welt, unser …« Er lächelte leicht, ein eigenartiger, entrückter Ausdruck trat in seine Augen. »Nenn es Schicksal, wenn du willst. Du musst für diese Bürde bereit sein.«

Robert nickte, von der Geschichte des alten Mannes beflügelt. »Das werde ich, Großvater.« Er hielt inne und blickte über die tosende See hinüber nach Irland. »Und ich werde alles tun, damit du stolz auf mich bist.«

»Das weiß ich, mein Sohn.«

Der alte Mann drehte sich um, um die Wellen zu beobachten. Er schien seinen Fehler nicht bemerkt zu haben. Robert dachte an seinen Vater, der in den Armen seiner Mutter weinte, berichtigte ihn aber nicht.

Turnberry, Schottland, A.D. 1304

Als Roberts Trupp sich der Burg näherte, wurde das ganze Ausmaß der Verwüstung sichtbar, die die Engländer bei ihrem Überfall angerichtet hatten. Turnberrys Mauern waren rußgeschwärzt und an vielen Stellen beschädigt, wo die Holzbalken verbrannt waren. Die Tore waren schon lange verschwunden, das Mauerwerk zu beiden Seiten eingestürzt. Hinter dem klaffenden Loch konnte Robert den Burghof sehen. Sein Konnetabel Andrew Boyd hatte getan, was ihm aufgetragen worden war, und die Trümmer größtenteils wegräumen lassen. Berge von Schotter und Geröll türmten sich vor den Toren. Dennoch wirkte der Ort verwahrlost und verlassen.

Indem er das Dorf betrachtete, das sich an den windumtosten Klippen hinunter bis zum Strand erstreckte, konnte Robert Zeichen des Wiederaufbaus erkennen, obwohl er weit weniger Häuser sah, als er in Erinnerung hatte. Ausgebrannte Ruinen ragten wie schwarze Zähne zwischen den neuen Gebäuden auf. Ein paar Dorfbewohner gingen ihrem Tagewerk nach, scheuchten Hühner in den Stall, schlossen Fensterläden, stellten schlammbespritzte Holzschuhe vor die Tür und riefen Kinder ins Haus, doch obwohl Nes das Banner von Carrick in die Höhe hielt, kam niemand herbeigeeilt, um seinen Earl zu begrüßen. Roberts Rückkehr wurde nicht mit Jubel, sondern mit misstrauischen Blicken und zugeschlagenen Türen aufgenommen. Die Männer, die im letzten Jahr in seiner Truppe gedient hatten, hatten ihm seinen langen Aufenthalt in England verziehen, aber den Männern und Frauen von Turnberry hatte er keinen Grund dazu gegeben.

Als er an dem Haufen von Geröll und verkohltem Holz vor dem Eingang der Burg vorbeikam, bemerkte Robert einen zersplitterten, mit Ketten umwundenen Baumstamm, der aussah, als wäre er als Rammbock benutzt worden. Er stellte sich vor, wie Humphrey an der Spitze einer kleinen Armee hier gestanden und Befehle gebrüllt hatte, während seine Männer die Burgtore bearbeiteten. Dieser Gedanke brachte die Erinnerung daran zurück, wie der Earl vor ihn getreten war und Aymer de Valence ins Gesicht geschlagen hatte. Seit sie den Wald verlassen hatten, hatte Robert die Szene oft im Geist durchgespielt. Humphrey hatte ihm gesagt, er sollte wie geplant nach Turnberry reiten, während er selbst mit den anderen nach Dunfermline zurückkehrte. Der Umstand, dass der Earl ihn verteidigt hatte, erfüllte Robert mit Schuldgefühlen. Valence war ein elender Bastard, aber er hatte recht: Er, Robert Bruce, verriet Humphrey erneut.

Im Hof standen Karren und hölzerne Wagen neben einem provisorischen Stall aufgereiht. Von den alten Ställen und Zwingern oder den Nebengebäuden aus Holz und Stroh war nichts mehr übrig geblieben, es gab für den Übergang nur ein paar windschiefe Hütten. Als Robert und seine Männer durch das zerstörte Tor ritten, lösten sich zwei Wachposten aus dem Schatten, und als sie sahen, dass ihr Lord zurückgekehrt war, verschwand einer eilig in der Burg.

Robert stieg gerade von seinem Pferd, als Andrew Boyd, der Konnetabel von Turnberry, herauskam, um ihn zu begrüßen. »Sir Robert, es ist mir eine Ehre, Euch zu Hause willkommen zu heißen.«

»Die Ehre ist ganz meinerseits, Andrew.« Robert ergriff die ausgestreckte Hand des Mannes. »Ich freue mich, Euch zu sehen.«

»Nach Erhalt Eurer Botschaft hatte ich früher mit Euch gerechnet. Hattet Ihr während der Reise Schwierigkeiten?«

»Ich musste einen unerwarteten Umweg machen – im Auftrag des Königs. Aber jetzt bin ich hier und hoffe, dass wir sofort mit der Arbeit beginnen können.« Robert spürte Entschlossenheit in sich aufsteigen, als er sich im Hof umsah. Er war mit dem Ziel hergekommen, James Stewart aufzusuchen, denn sein Plan, Wallace ins Vertrauen zu ziehen, war zu einer festen Absicht geworden, seit er den Überfall im Wald vereitelt hatte, doch jetzt brannte er darauf, den Wiederaufbau Turnberrys, zu dem der König ihm die Erlaubnis gegeben hatte, in Angriff zu nehmen.

»Wie Ihr seht, ist alles bereit.« Boyds Blick wanderte über die rußschwarzen Mauern zur Brustwehr hoch. »Die Grundsubstanz ist gut. Turnberry wird bald so gut wie neu sein.«

»Gibt es irgendwo Schlafplätze für mich und meine Männer? Wir haben eine lange Reise hinter uns.«

»Selbstverständlich. Die große Halle ist weitgehend unversehrt geblieben. Aber erst ist hier jemand, der Euch sehen möchte.«

»Wer?« In Robert keimte die Hoffnung auf, der Großhofmeister könne ihm zuvorgekommen sein.

»Euer Bruder, Sir.«

Erst jetzt bemerkte Robert den Mann, der in dem Torbogen der Burg stand. Mit seinem schlichten braunen Gewand und dem schwarzen Haar verschmolz Alexander Bruce mit den Schatten.

»Ich kümmere mich um Eure Männer, Sir. Ihr solltet mit Eurem Bruder unter vier Augen sprechen.« Boyds Ton klang ernst. »In der Halle ist es warm und trocken.«

Robert überließ es dem Konnetabel, den erschöpften Rittern ihre Unterkunft zu zeigen, und ging über den mit Schotter übersäten Hof auf seinen Bruder zu. Alexanders ernstes Gesicht löste Unbehagen in ihm aus. Sein Bruder sollte in Cambridge sein und seine Studien beenden. Seinen Posten als Dekan von Glasgow, den ihm König Edward zugesagt hatte, würde er erst später im Jahr antreten. »Bruder?« Er umarmte Alexander flüchtig. »Was führt dich hierher?«

Alexander erwiderte die steife Begrüßung. »Ich habe auf dich gewartet. Vor zwei Wochen bin ich am Hof eingetroffen. Dort sagte man mir, dass du hierherkommen würdest.« Sein Blick blieb hart und anklagend, dann schüttelte er den Kopf und drehte sich um. »Komm mit.«

Robert knirschte mit den Zähnen. Er wusste, dass sein jüngerer Bruder es liebte, seine Macht auszuspielen, und ihn nur noch länger zappeln lassen würde, wenn er ihn jetzt bedrängte. Während er ihm den dämmrigen Gang entlang in die große Halle folgte, herrschte angespanntes Schweigen zwischen ihnen.

Die Halle bot einen traurigen Anblick. Die weiß getünchten Wände wiesen riesige Rußflecken auf, die Tische und Bänke, die einst hier gestanden hatten, waren verschwunden, sodass der Raum einer leeren Hülle glich, einer Echokammer für das gedämpfte Dröhnen des Meeres. Auf dem Boden lagen Decken und Säcke voller Habseligkeiten – offenbar hatte die Halle Boyd und seinen Männern als Baracke gedient. In ein paar Wandhaltern brannten Fackeln.

Robert entdeckte einen Stofffetzen an der Wand und trat darauf zu. Als er den ausgefransten, versengten Rand anhob, erkannte er, dass das alles war, was von dem Wandbehang übrig geblieben war, der den Moment zeigte, wo Malcolm Canmore seinen Rivalen Macbeth getötet, den Thron bestiegen und die Dynastie gegründet hatte, von der die Familie Bruce abstammte.

Alexander musterte ihn einen Moment lang, bevor er das Wort ergriff. »Ich bringe Nachrichten, Bruder.« Er sog den Atem ein, als Robert sich zu ihm umdrehte. »Unser Vater ist tot.«

Robert ließ den verbrannten Wandbehang abrupt los.

»Er hat sich im Winter eine Lungenkrankheit zugezogen und sich nicht mehr davon erholt. Kurz nach Weihnachten ist er gestorben.«

Robert lehnte sich gegen die Wand. Eine Erinnerung flammte in seinem Kopf auf: diese Halle, von Musik und Fackelschein erfüllt. Sein Vater stand hinter der Haupttafel, einen Weinkelch in der Hand, und sah zu, wie Marjorie mit ihrer kleinen Tochter Christina in den Armen tanzte. Als sich seine Frau im Rhythmus der Flöten und Trommeln drehte und Christina vor Freude quiekte, spielte ein Lächeln um die Lippen des Mannes.

Die Wand an Roberts Rücken fühlte sich kalt und feucht an. Er konnte verkohltes Holz, modrigen Stein und den bitteren Duft des Meeres riechen.

»Ich habe Isabel in Norwegen und Christina, Mary und Matilda in Mar benachrichtigt«, fuhr Alexander gestelzt fort. »Ich nehme an, du kannst unsere Brüder informieren?«

»Thomas und Niall habe ich schon lange nicht mehr gesehen. Als ich zuletzt von ihnen gehört habe, waren sie bei James Stewart. Hat er sehr gelitten?«, fragte Robert plötzlich.

Alexander starrte ihn einen Moment lang an, dann wandte er den Blick ab. »Nein«, erwiderte er ruhig. »Er starb im Schlaf. Am Tag zuvor hat er die Beichte abgelegt, und ihm wurden die Sterbesakramente erteilt.«

»Von dir?«

»Nein. Aber ich war bei der Zeremonie anwesend.«

»Danke, Bruder.«

Alexander wirkte überrascht. Die Furchen auf seiner Stirn verschwanden, und auf einmal sah er in seinem schmucklosen braunen Gewand wieder wie der kleine Junge aus, an den Robert sich erinnerte. Er trat einen Schritt auf ihn zu. Zaghaftes Mitgefühl spiegelte sich in seinem Gesicht wider. »Robert, ich ...«

Draußen erklang lautes Stimmengewirr.

Robert blickte sich, über die Störung verärgert, ungehalten um, doch als er sich wieder zu Alexander wandte, sah er, dass sein Bruder sich gestrafft und sein Gesicht sich verschlossen hatte. »Ich sollte nachsehen, was da los ist«, sagte er.

Alexander nickte stumm und versuchte nicht, ihn zurückzuhalten.

An der Tür zum Hof wäre Robert beinahe mit Nes zusammengeprallt. Hinter der Schulter des Knappen sah er zwei Männer mit Pferden am Tor stehen. Andrew Boyd war, von einer Gruppe von Rittern umringt, bei ihnen. Alle überschütteten die Neuankömmlinge mit Fragen und bemühten sich, sich gegenseitig zu übertönen, um sich Gehör zu verschaffen.

»Was ist geschehen?«, erkundigte sich Robert.

»Zwei von Sir Andrews Männern sind aus Ayr zurückgekommen, wo sie weitere Arbeiter anheuern wollten. Dort ist eine Truppe eingetroffen, die aus dem Wald geflohen ist. Sie sagen, John Comyn und seine Armee wollen sich König Edward ergeben. Sir, sie sagen, der Krieg wäre vorbei!«

37

St. Andrews, Schottland, A.D. 1304

DIE EDELLEUTE VON SCHOTTLAND drängten sich in der großen Halle der Burg von St. Andrews. Von ihren durchweichten Umhängen tropfte Wasser auf die steinernen Bodenplatten. Der Gestank von feuchtem Pelz und schalem Schweiß vermischte sich mit dem stechenden Metallgeruch von Rüstungen, Männer husteten in der nasskalten Luft. Draußen regnete es in Strömen, graue Schleier hingen über der Stadt und dem windgepeitschten Sandhalbmond rund um den Felsvorsprung, auf dem die Burg erbaut war.

Von der Höhe des Podests in der Halle aus musterte König Edward die durchnässte, klägliche Schar. Seine Beamten standen zu beiden Seiten seines Throns. Während er darauf wartete, dass die letzten Männer in den Raum strömten, ließ er den Blick über die Menge schweifen. Befriedigt stellte er fest, dass nur die wenigsten ihm in die Augen zu sehen vermochten. Dort in der ersten Reihe stand Ingram de Umfraville neben John of Menteith und Robert Wishart, ganz in der Nähe der Schwarze Comyn mit seinem Neffen, dem vierzehnjährigen Earl of Fife. Einer oder zwei starrten ihn herausfordernd an, darunter auch William Lamberton, aber diese kleinen Trotzakte berührten den König wenig. Die gesenkten Köpfe und grimmigen Mienen der Mehrheit der Schotten waren greifbare Beweise für seinen Sieg.

Als die Türhüter die mächtigen Türen schlossen, konzentrierte sich Edward auf John Comyn, der direkt vor dem Podest stand. Der Lord of Badenoch war jetzt weitaus besser gekleidet als vor einer Woche, als er gekommen war, um dem König die Bedingungen der Schotten für eine Kapitulation zu überbringen. Er hatte sich rasiert, und sein dunkles, nach einem im Wald verbrachten Winter langes und zottiges Haar war gewaschen und gestutzt worden. Aber der junge Mann hatte sich trotz seiner abgerissenen äußeren Erscheinung gut gehalten, während er seine Forderungen vorgetragen hatte. Er war um vieles selbstbewusster aufgetreten als sein Onkel John Balliol vor acht Jahren, und dafür zollte Edward ihm Respekt. Die Liste der Bedingungen war allerdings ziemlich lang, doch Edward befand sich in großzügiger Stimmung. Er konnte es sich leisten.

»Willkommen, Männer von Schottland.« Die Stimme des Königs hallte durch die überfüllte Halle. Das Gemurmel und Füßescharren erstarb. »Es freut mich, so viele von euch heute in Frieden vor mir stehen zu sehen. Keiner von uns hegte den Wunsch, dass dieser Krieg fortgeführt wird. Hiermit akzeptiere ich die Bedingungen für eure Kapitulation, die mir euer Hüter Sir John Comyn of Badenoch vorgelegt hat.« Der König nickte Sir John Segrave zu, der mit einer Pergamentrolle in der Hand neben dem Thron wartete.

Als der englische Statthalter von Schottland zum Rand des Podests ging, wurde sein von der bei Roslin davongetragenen Verletzung verursachtes Hinken für jedermann sichtbar. Er entrollte das Pergament und begann zu lesen: »Edward, durch die Gnade Gottes gesalbter König von England, Herzog der Gascogne, Herrscher von Irland, Eroberer von Wales und Obersouverän von Schottland, verkündet, dass nach erfolgter schottischer Kapitulation kein Mann, der an der Rebellion gegen ihn beteiligt war, enteignet wird. Er wird für seine Taten auch nicht mit Kerkerhaft bestraft, obwohl eine Liste mit den Namen derer aufgestellt wurde, die für einige Zeit verbannt werden. Es wurde beschlossen, dass, sofern jeder in Schottland eingekerkerte Engländer unverzüglich freigelassen wird, jedem Schotten, der sich momentan in England in Gefangenschaft befindet, ebenfalls die Freiheit geschenkt wird.« Segrave hielt inne, um sich zu räuspern. Das heisere Geräusch zerriss die Totenstille im Raum.

»Diejenigen, deren Ländereien bereits beschlagnahmt wurden, bekommen die Möglichkeit, sie zurückzukaufen. Der Preis richtet sich nach der Rolle, die der Antragstellter bei dem Aufstand gespielt hat, und beträgt zwischen einer und fünf Jahreseinkünften des Besitzes. Schottland wird auch weiterhin von den Freiheiten, Gesetzen und Sitten profitieren, die unter König Alexander III. herrschten. Aber König Edward erkennt Schottland nicht länger als eigenständiges Königreich an. Daher gilt es von nun an als Nation, und er wird neue Regierungsverordnungen erlassen. Außerdem nimmt er den Earl of Fife in seine Obhut.«

Edward erstarrte angesichts des unmutigen Raunens, das durch die Halle lief, registrierte dann aber zufrieden, dass John Comyn sich umdrehte und die Menge finster anfunkelte, bis wieder Ruhe eintrat. Dies war eine seiner wichtigsten Bedingungen, bezüglich derer er keinerlei Zugeständnisse machen würde. Der Krönungsstein mochte ja sicher in dem Stuhl in Westminster ruhen und John Balliol machtlos in Frankreich ausharren, aber er wollte den Schotten ein für alle Mal klarmachen, dass kein neuer Herrscher auf ihrem Thron sitzen würde. Der vierzehnjährige Earl, dessen Erbrecht es war, einen König zu krönen, war der letzte Schimmer dieser Hoffnung. Fife würde in England bleiben.

Befriedigt verfolgte der König, wie zwei seiner Ritter ungehindert auf den jungen Earl und seinen Onkel zuschritten. Der Schwarze Comyn schien vor Wut zu schäumen, aber er trat dennoch zur Seite und ließ zu, dass die Ritter seinen blass und verängstigt wirkenden Neffen in den vorderen Teil der Halle führten, wo alle den Symbolcharakter dieser Handlung sehen konnten.

John Comyns Züge hatten sich verhärtet, aber er erhob keine Einwände. Er stand vor der Wahl, entweder Fife zu verlieren oder seine reichen Landsitze nicht wieder zurückzugewinnen, und es war klar, wo seine Prioritäten lagen. Als Segrave geendet hatte und das Pergament wieder zusammenrollte, verneigte sich Comyn vor Edward. »Majestät, ich stimme im Namen des schottischen Volkes zu.«

»Ein Punkt wäre noch zu klären.« Edward erhob sich, als Segrave zu seinem Platz zurückkehrte. »Auf einen Mann erstreckt sich mein Friedensangebot nicht.« Seine Stimme hob sich gebieterisch. »William Wallace hat sich geweigert, sich meiner Gnade auszuliefern, daher soll ihm auch keine gewährt werden. Ich will, dass er aufgespürt und zu mir gebracht wird.« Der Blick des Königs schweifte über die Männer in der ersten Reihe hinweg und blieb auf den drei Hütern John Comyn, Ingram de Umfraville und William Lamberton haften. »Wer ihn gefangen nimmt, wird von allen in den Bedingungen enthaltenen Verpflichtungen befreit. Dieser Mann wird nicht verbannt und muss keine Reparationszahlungen für die Rückgabe seiner Ländereien zahlen.«

Der Funke von Interesse, der in John Comyns Augen aufglomm, entging Edward nicht.

Als seine Beamten die Parlamentssitzung für beendet erklärten und die Schotten langsam aus der Halle in eine angrenzende Kammer strömten, wo sie ihre Siegel unter die Kapitulationsurkunde setzen würden, lehnte sich der König auf seinem Thron zurück. Nach acht langen Jahren hatte Schottland sich ihm endlich unterworfen. Seine Herrschaft über Britannien war nahezu perfekt. Zwei lose Fäden in Gestalt von Stirling Castle, dessen Garnison ihm immer noch Widerstand leistete, und William Wallace, der sich mit einer bunt zusammengewürftelten Horde von Gesetzlosen auf der Flucht befand, blieben noch. Ein kräftiger Ruck, und beide waren abgerissen. Edward lächelte. Ein seltenes Gefühl von Frieden durchströmte ihn.

»Mylord.«

Ob der Frauenstimme überrascht, drehte er sich um und sah, dass seine älteste Tochter Joan auf das Podest getreten war.

»Ich wusste gar nicht, dass du hier bist, Liebes.«

Joan nickte, hielt den Kopf aber gesenkt. »Ich wollte mir die Stunde deines Triumphs nicht entgehen lassen.« Sie zögerte, dann ging sie auf den Thron zu und kauerte vor ihm nieder. »Vater, ich habe gesehen, wie du heute hier Feinde begnadigt hast – Männer, die mit Feuer und Schwert gegen dich gekämpft haben. Ralph de Monthermers einziges Verbrechen bestand darin, mich zu lieben. Kannst du nicht auch einem Mann verzeihen, der dir so viele Jahre treu gedient hat?«

Edward lehnte sich zurück, stieß vernehmlich den Atem aus, schloss die Augen und spürte, wie sich die kühle Hand seiner Tochter über die seine legte. Als Aymer de Valence ihm von der Affäre berichtet hatte, war er außer sich vor Wut gewesen, doch in den darauffolgenden Wochen war sein Zorn angesichts des Kummers seiner Tochter allmählich verraucht.

»Ich liebe ihn, Vater.«

Edward schlug die Augen auf und sah, dass ihr Tränen über das Gesicht strömten. Nach einem Moment schob er seine Hand über ihre. »Friede, Tochter. Ich werde noch heute Befehl geben, Sir Ralph freizulassen.« Als Joan vor Erleichterung aufschluchzte, fügte er hinzu: »Sobald er hier eintrifft, werden wir über die Hochzeit sprechen.«

Joans Schluchzen wurde lauter. Jetzt unter Tränen lachend, küsste sie seine Hände. Endlich gelang es ihr, die Fassung zurückzugewinnen, und sie erhob sich. »Danke, Mylord.«

Edward sah seiner Tochter nach, als sie sich zurückzog, dann hielt er nach seinem Sohn Ausschau. Jetzt, wo die Menge sich zerstreute, konnte er den Prinzen mit Piers Gaveston an der Wand am anderen Ende der Halle lehnen sehen. Die beiden steckten die Köpfe zusammen und waren in eine angeregte Unterhaltung verstrickt. Der Prinz lächelte wegen irgendetwas, das Gaveston sagte, und umfasste seine Schulter. Dem König entging nicht, dass der Daumen seines Sohnes langsame Kreise auf dem Samt von Gavestons Mantel beschrieb. Seine Ruhe verflog. Er beobachtete die Nähe zwischen den beiden jungen Männern schon seit einiger Zeit mit Besorgnis, aber er war zu beschäftigt gewesen, um sich damit zu befassen. Doch jetzt, wo der Krieg mit Schottland beendet war, würde er sich auf eine Angelegenheit konzentrieren, die er zu lange vernachlässigt hatte: die Hochzeit seines Sohnes mit Isabella von Frankreich.

FÜNFTER TEIL

A.D. 1304 – 1306

»Die Helle der Sonne wird angesichts des Bernsteinscheins des Merkur verblassen, und Entsetzen wird den Betrachter erfassen. Stilbon von Arkadien soll seinen Schild wechseln; der Helm des Mars wird Venus rufen.
Die Meere werden aufwallen … und der Staub der Vorfahren wird zu neuem Leben erweckt werden. Die Winde werden mit einem furchtbaren Tosen aufeinanderprallen, und ihr Toben wird bis zu den Sternen dringen.«

Geoffrey of Monmouth,
»Die Geschichte der Könige Britanniens«

38

Stirling, Schottland, A.D. 1304

ÜBER DEN SCHROFFEN HÜGELN der Ochil Hills ging die Sonne auf. Als die ersten roten Strahlen die Zinnen von Stirling Castle berührten, begann eine Glocke zu läuten. Der Widerhall der Klänge wehte die felsigen Höhen hinunter, auf denen die Festung stand, bevor sie über den Marschen und Wiesen verhallten, die die Ufer des Flusses Forth säumten. Das Lager erwachte zum Leben, die gedämpften Stimmen der erwachenden Männer übertönten das Prasseln der Flammen, als neue Scheite auf die im Lauf der Nacht heruntergebrannten Feuer geworfen wurden. Die Köche machten sich an den Kesseln und Bratspießen zu schaffen, und bald zogen Rauchschwaden über die englische Armee hinweg, die sich auf den Hängen zwischen der Festung und der Stadt ausgebreitet hatte.

Robert ging durch das Lager und kniff die Augen zusammen, weil sich goldener Sonnenschein über den Burgfelsen ergoss und die über dem Meer von Zelten gehissten Banner aufleuchten ließ. Männer krochen mit schlafverquollenen Augen aus ihren Unterkünften und reckten sich gähnend, bevor sie mit ihrem Tagewerk begannen. Ein paar nickten ihm zu, als er vorbeikam, aber die meisten waren zu sehr mit ihrer Morgenroutine beschäftigt, um Notiz von ihm zu nehmen. Die Glocke war verstummt, und nun setzte das Klirren von Ketten ein, als die Belagerungsgeräte für einen weiteren Tag voller Gewalt bereit gemacht wurden.

Am Rand des Lagers standen hinter den Zelten, den Viehpferchen und den Vorratswagen die mit Steinen und Blei von den Kathedralen von St. Andrews und Perth beladenen Karren. Dahinter waren an bestimmten Punkten rund um den Hang sechzehn Maschinen, deren Rahmen sich dunkel von der Morgenröte abhoben. Dort herrschte bereits geschäftiges Treiben, die Baumeister führten notwendige Reparaturen aus, während die Mannschaften die Schlingen der Steinschleudern und die löffelförmigen Balken der Katapulte mit Steinen bestückten. Die gesamte Umgebung wurde von mit Bündeln zusammengebundener Zweige bedeckten hölzernen Wänden geschützt, die den Aufprall einschlagender Geschosse abmildern sollten.

Nach drei Monaten waren Robert die Maschinen genauso vertraut wie die Gesichter der Männer, die sie bedienten. Der Pfaffe, der Donnerer, der Eroberer, der Stier – jede war zu Wasser oder zu Land für die letzte Belagerung im Lauf eines achtjährigen Krieges quer durch Schottland geschafft worden. Dahinter wurden die Mauern von Stirling Castle in helles Sonnenlicht getaucht, das jeden Riss und jeden Sprung enthüllte. Von der Belagerungslinie wand sich ein Pfad steil bis zu einer Brücke empor, die über einen Graben unterhalb der äußeren Burgmauer führte. Der steinerne Fußweg endete abrupt im leeren Raum, ein paar Meter von einem massiven Torhaus mit hochgezogener Zugbrücke entfernt. Brücke und Pfad waren ebenso wie der Hang mit Geröll übersät. Pfeile ragten am Rand des Grabens aus der Erde, und dort, wo Leichen halb unter dem Schotter begraben lagen, wehten Kleiderfetzen im Wind. Robert musterte Stirlings Mauern, hielt nach neuen Schäden Ausschau. Das war ihm zur Gewohnheit geworden, so hielt er die Tage im Gedächtnis fest, die verstrichen, während er wartete und die Ungeduld wie ein Fieber in ihm brannte. Vier Monate waren vergangen, ohne dass er etwas gehört hatte.

Seine Aufmerksamkeit wurde von einer Gruppe von Männern abgelenkt, die sich zwischen zwei zwanzig Fuß hohen

Katapulten – dem Siegreichen und dem Donnerer – versammelt hatten. Unter ihnen befand sich König Edward, der die Menge um Haupteslänge überragte. Sein Überwurf leuchtete im Morgenlicht blutrot, die drei goldenen Löwen schimmerten. Der König sprach mit seinem obersten Baumeister. Dicht bei ihm stand Humphrey de Bohun, der eine Hand hob, als er ihn sah. Als Robert zu dem Earl hinüberging, spürte er eine unterschwellige Erregung, die in der Luft lag; die Männer unterhielten sich angeregt und tranken den Wein, den die Pagen des Königs aus der Stadt hinter dem Lager geholt hatten. Als er näher kam, bemerkte er, dass in der Nacht drei neue Karren eingetroffen waren. Vor zweien davon waren noch Ochsen angespannt, aus einem wurden kugelförmige irdene Gefäße geladen, in deren Hälsen Stoffrollen steckten. Von einem anderen Karren luden Männer große Holzfässer ab.

»Ein schöner Morgen«, begrüßte ihn Humphrey lächelnd.

»Was ist denn das?« Robert fiel auf, wie behutsam die Männer mit den Tongefäßen umgingen, als sie sie neben dem Donnerer aufstapelten.

»Die Überraschung des Königs.« Humphrey winkte einen Pagen zu sich, der mit einem Weinkrug und einem Kelch zu ihnen kam, den Kelch füllte und ihn Robert reichte.

Robert hatte von der Überraschung gehört, die Edward der Garnison von Stirling bereiten wollte, aber außer dem Gerücht, dass es sich dabei um etwas handelte, was der König auf seinem Kreuzzug entdeckt hatte, hatte er nichts in Erfahrung bringen können. Was auch immer es sein mochte, er wusste, dass Edward ungeduldig darauf gewartet hatte, umso mehr, weil es trotz des Einsatzes einer beeindruckenden Anzahl von Belagerungsgeräten nur gelungen war, kleinere Schäden an der Burgmauer zu verursachen. Stirling thronte auf seinem Felsvorsprung, bewachte die einzige Brücke über den Forth und blieb uneinnehmbar.

Die Burg wurde von einer kleinen schottischen Garnison

unter dem Befehl eines Mannes namens William Oliphant verteidigt, der sich standhaft weigerte, sich zu ergeben, und der während der Verhandlungen darauf beharrt hatte, die Burg Stirling für John Balliol zu halten und sie nur auf dessen Anweisung hin aufzugeben. Er hatte sich in dem Wissen, über reichliche Vorräte zu verfügen, mit seinen Männern verschanzt. Die Engländer gingen davon aus, dass diese sich während der schlimmsten Bombardierungen in Höhlen im Felsgestein verbargen und zwischen den Angriffswellen herausschlüpften, um ihre Angreifer und unvorsichtige Baumeister unter Pfeilbeschuss zu nehmen. Robert hatte sich mit grimmiger Freude an Edwards wachsender Entmutigung geweidet, als sich die Belagerung ohne Aussicht auf ein Ende immer länger hinzog. Der König stand so dicht vor dem Sieg. Die meisten schottischen Magnaten hatten sich ihm unterworfen, neue Regierungsverordnungen wurden erlassen, und Edward kontrollierte zahlreiche Burgen des Königreichs. Aber Stirling und William Wallace – der seit dem fehlgeschlagenen Überfall im Wald wie vom Erdboden verschluckt war – leisteten ihm hartnäckig Widerstand. Und beide waren für seine Gesamtherrschaft über Schottland von essentieller Bedeutung.

»Vorsichtig!«

Der oberste Baumeister hatte den Warnruf ausgestoßen. Zwei Männern war das Fass entglitten, das sie gerade von dem Karren wuchteten, und krachend zu Boden gefallen. Robert sah, dass aus einem Riss im Holz ein feines gelbgraues Pulver rieselte.

Der Baumeister eilte zu ihnen hinüber. »Dass ihr mir jedes Korn davon aufsammelt! Christus am Kreuz, wollt ihr, dass das ganze Lager abbrennt? Mylord«, rief er Edward zu. »Ich schlage vor, Ihr haltet mehr Abstand.«

Als der König und die versammelten Earls und Ritter zurückwichen, hielt sich Humphrey an Roberts Seite. »Griechisches Feuer«, murmelte er.

Robert sah ihn überrascht an. Sein Großvater hatte ihm von dieser Substanz erzählt, hatte er doch im Heiligen Land gesehen, wie sie angewendet wurde. Das bei den Arabern sehr beliebte griechische Feuer war eine Mischung aus Öl, Salpeter und Schwefel, die fast alles zu verbrennen vermochte und von der es hieß, man könne sie nur mit Sand oder Urin löschen. Der alte Lord hatte fast ehrfürchtig von ihrer zerstörerischen Kraft gesprochen – den Donner Gottes hatte er sie genannt. »Eine Sarazenenwaffe? Hier in Schottland?«

»Der Zweck heiligt die Mittel«, erwiderte Humphrey. Sie blieben in sicherer Entfernung zu den Belagerungsgeräten stehen, und er nickte zu den Fässern hinüber. »So Gott will, wird die Belagerung am Ende dieses Tages vorüber sein.« Er drehte sich zu Robert, seine grünen Augen leuchteten vor Leidenschaft auf. »Und das ist dann das Ende. Unsere Königreiche sind vereint, so wie einst unter Brutus. Jetzt können wir damit beginnen, es wieder zu alter Größe aufzubauen – wir alle. Mit der Zeit wird Britannien stärker sein denn je. Du wirst schon sehen, mein Freund.«

»Werwolf ist bereit.«

Robert und Humphrey blickten sich um, als Ralph de Monthermers Stimme hinter ihnen erklang.

»Der König will ihn heute Nachmittag aufstellen lassen.«

Thomas of Lancaster, der die Worte mit angehört hatte, drehte sich mit einem breiten Lächeln um. »Wenn die Schotten einen Vorgeschmack von der Wirkungskraft dieses Monsters bekommen, fallen sie auf die Knie und betteln um Gnade.«

Noch vor ein paar Monaten hätten diese Männer scharf darauf geachtet, wie er auf derartige Bemerkungen reagierte, und nach Zeichen für Loyalität gegenüber seinen Landsleuten gesucht, das wusste Robert. Heute war das nicht mehr der Fall. Nach zwei Jahren war er einer von ihnen, und der König vertraute ihm sogar so weit, dass er ihn in die Verhandlungen mit den Schotten über eine neue Regierung mit einbezog. Humphrey behandelte ihn wie einen Bruder, und Ralph, der sich vor Kurzem mit Lady Joan verlobt hatte und die Grafschaft Gloucester erben würde, hatte geschworen, tief in Roberts Schuld zu stehen, nachdem er erfahren hatte, dass dieser Aymer de Valence' Verrat aufgedeckt hatte. Valence für seinen Teil ließ Robert seither in Ruhe. Der Ritter, der bei Henry Percy und Guy de Beauchamp stand, hatte seit der Exkursion in den Wald kein Wort mehr mit ihm oder Humphrey gewechselt.

»Auf den Sieg.« Humphrey hob seinen Kelch.

Thomas und Ralph taten es ihm nach, und Robert folgte ihrem Beispiel.

Eine Hornfanfare erscholl. Die Männer an den Steinschleudern betätigten die Winden, die Ketten knirschten, und die großen, mit Blei gefüllten Körbe wurden in die Höhe gezogen. Das andere Ende des Balkens jeder Schleuder wippte zu Boden, wo Steine in die Schlingen gelegt werden konnten. An den Katapulten – außer an dem Siegreichen und dem Donnerer – luden die Männer die Steine in das ausgehöhlte Ende der Balken.

Eines nach dem anderen begannen sich die Geräte, wie zum Leben erwachende Riesen zu bewegen, ihre hölzernen Arme schnellten hoch, ihre Ladungen flogen auf die Mauern von Stirling zu, Steine schlugen in Zinnen und Ecktürme ein, Mörtel und Mauerwerk explodierten. Nachdem das letzte Geschoss sein Ziel getroffen hatte, trat eine gespenstische Pause ein, nichts rührte sich, nur Staubwolken stiegen langsam zum Himmel auf. Dann wurden die Balken wieder nach unten gezogen, die Baumeister brüllten Befehle, und weitere Steine wurden herbeigerollt.

Diesmal beteiligten sich die Mannschaften des Siegreichen und des Donnerers an den Vorbereitungen, sie legten einige der Tontöpfe in die Aushöhlungen in den Balken. Männer mit brennenden Fackeln traten zu den Geräten. Als sie die Flammen an die Stoffrollen in den Hälsen der Gefäße hielten, stoben Funkel auf. Das gen Himmel gerichtete Ende jedes Balkens wurde mittels eines komplizierten Seilsystems nach unten gezogen, woraufhin das beladene Ende in die Höhe schnellte und gegen einen gepolsterten Querbalken prallte. Die Flammen flackerten im Luftzug auf, als die Töpfe über die Burgmauern hinweg auf die dahinter liegenden Gebäude zugeschleudert wurden. Beim Aufprall zerbrachen sie, und Feuerwellen schienen wie eine Flüssigkeit alles zu überfluten, was sie berührten, während ringsum die von den anderen Schleudern abgeschossenen Steine in die äußeren Mauern einschlugen. Dahinter stieg Rauch auf, als sich das griechische Feuer über die Dächer ergoss. Robert, der das Schauspiel zusammen mit seinen Gefährten verfolgte, begriff, warum manche Menschen diese Substanz für Zauberei hielten. Es war beunruhigend – Feuer, das sich entgegen seiner Natur wie Wasser verhielt. Viele der bei dem König stehenden Edelleute begannen, von dem Anblick beeindruckt, Beifall zu spenden.

Edward nickte seinem obersten Baumeister zu, der sich umdrehte und Befehle in Richtung der Mannschaften des Siegreichen und des Donnerers bellte. Jetzt wurden die Katapulte mit den Fässern beladen. Wieder traten die Männer mit den Fackeln vor; diesmal entzündeten sie ein kurzes Stück Seil, das aus der Seite eines jeden Fasses herausragte. Die Steinschleudern nahmen die Mauern unter Dauerbeschuss. Die Balken beider Katapulte wurden gleichzeitig gelöst, und die Fässer flogen, die brennenden Seilstücke wie einen Kometenschweif hinter sich herziehend, auf die Burg zu. Eines verfehlte sein Ziel und schlug in den Graben ein. Ein paar Sekunden lang geschah nichts, dann ertönte ein ohrenbetäubendes Krachen, das vom Gipfel des Hügels widerhallte, und eine Fontäne aus Erde und Felsbrocken spritzte auf. Das zweite Fass segelte über die Brustwehr und traf das Dach der Burgkapelle. Wieder kam es zu einer donnernden Explosion, die von den Geräuschen abbröckelnden Mauerwerks begleitet wurde.

Robert, der noch immer bei seinen jubelnden Kameraden stand, umfasste seinen Weinkelch fester und zwang sich, Begeisterung zu heucheln.

»Als ob man mit einem Hammer auf einen Schildkrötenpanzer einschlägt«, bemerkte Thomas of Lancaster. Der Neffe des Königs schüttelte den Kopf. »Gott verfluche sie, aber die Sarazenen wissen, wie man eine Burg in die Knie zwingt.«

»Wo ist mein Sohn?«

Als die scharfe Frage des Königs an sein Ohr drang, drehte Thomas sich um. »Ich glaube, er übt für das Turnier, Mylord. Ich habe ihn kurz nach Sonnenaufgang zu der Wiese herunterreiten sehen. Mit Gaveston.«

Robert bemerkte, dass sich Thomas' Züge verhärteten, als er den Namen aussprach. Er und Piers verabscheuten einander. Robert hatte Lancaster einmal nach etwas zu viel Wein leise und angewidert von der widernatürlichen Freundschaft zwischen seinem Vetter und dem Gascogner sprechen hören.

»Er sollte hier sein und das alles mit ansehen.«

»Ich werde ihn holen, Mylord.«

Als Thomas sich auf den Weg machte, fiel Roberts Blick auf zwei Männer, die in Begleitung königlicher Leibwächter näher kamen. Einer war klein, schlank, trug ein schwarzes, silbern gesäumtes Gewand, und seine Tonsur glänzte nach dem steilen Aufstieg zum Lager vor Schweiß. Bei seinem hochgewachsenen, athletischen Begleiter handelte es sich um James Douglas, der trotz der bewaffneten Eskorte an seiner Seite selbstbewusst ausschritt. Der junge Mann, den Robert einst vor König Edwards Zugriff gerettet hatte, war vor vier Monaten mit Lamberton in St. Andrews gewesen, als der Bischof und die meisten der Magnaten sich Edward unterworfen hatten. Als er von der Massenkapitulation erfahren hatte, war Robert an Edwards Hof zurückgekehrt, um festzustellen, inwiefern diese unerwartete Wende der Ereignisse seine Pläne beeinflussen könnte. Und dort hatte der Bischof ihn aufgesucht.

Lamberton schenkte Robert keine Beachtung, als er zu König Edward geführt wurde, sein Blick wanderte nur kurz zu der belagerten Burg hinüber. »Mylord«, grüßte er, wobei er die Stimme heben musste, um das Getöse zu übertönen, als weitere Steine und Fässer in die Mauern einschlugen, explodierten und Jubelrufe der Zuschauer nach sich zogen. »Ich habe eine Botschaft für Euch.« Unter den wachsamen Augen der königlichen Leibwächter griff der Bischof in die Ledertasche, die er bei sich trug, und entnahm ihr eine Pergamentrolle. »Der Großhofmeister von Schottland, James Stewart, wünscht, Frieden mit Euch zu schließen. Er hat sein Siegel unter diese Kapitulationsurkunde gesetzt.«

Robert lauschte den Neuigkeiten aufmerksam. Demnach hatte Lamberton sein Versprechen gehalten und den Großhofmeister ausfindig gemacht. Er hatte mit James' Kapitulation nicht gerechnet, aber sie ergab einen Sinn: den König zu beschwichtigen und seinen Blick von anderen drohenden Gefahren abzulenken. Ungeduld wallte in ihm auf. Brachte der Bischof die Nachricht, auf die er wartete?

Edward entrollte das Pergament und überflog es. Nach einem Moment reichte er es einem seiner Ritter. »Ich werde darüber nachdenken. Wie Ihr seht, bin ich im Moment anderweitig beschäftigt.« Ein dünnes Lächeln spielte um die Lippen des Königs. »Stirlings Kommandant ist nicht so vernünftig wie seine Landsleute. Das wird er heute bereuen.«

Der König drehte sich um, um die Angriffe weiter zu verfolgen, und ließ den Bischof stehen. Während weitere Explosionen den Berghang erschütterten, heftete sich Lambertons Blick auf Robert.

Die beiden Reiter standen sich auf der Wiese gegenüber. Tau glitzerte unter den Hufen ihrer Pferde, als die Tiere stampften und scharrten. Einer der Reiter zog die Zügel fest an und bemühte sich, sein Pferd ruhig zu halten, während sich ein

Page in seiner Nähe bereithielt, um ihm eine rote Lanze zu reichen. Er trug ein gestepptes Wams, Bein- und Armschienen und einen schlichten eisernen Helm. Ein gebogener roter Schild schützte die linke Seite seines Körpers.

Am anderen Ende der Wiese lehnte sich ein zweiter Reiter lässig gegen die Hinterpausche seines Sattels, während sein Schlachtross auf dem Gebiss kaute. Die Zügel hatte er um seine behandschuhte linke Hand geschlungen, in der er einen schwarzen, mit einem weißen Schwan bemalten Schild hielt. Den Arm hatte er unter dem Riemen an der Rückseite hindurchgeschoben. Er trug einen Beinschutz aus Kettengeflecht und ein schwarzes Lederwams mit silbernen Beschlagnägeln. Ein mit Schwanenflügeln verzierter Helm verdeckte sein Gesicht. Als er sah, dass sein Gegner sein Pferd in Position brachte und nach der Lanze griff, streckte der Mann seinem eigenen Pagen eine Hand hin und ließ sich seine Waffe reichen. Seine Finger schlossen sich um den Eschenholzschaft; umfassten die schwarze Lanze direkt unterhalb der Handschutzplatte aus Stahl. Dann presste er dem Schlachtross die Spitzen seiner Sporen in die Flanken und trieb das Tier zu einem Galopp an.

Edward Bruce sah aus einiger Entfernung zu, wie die beiden Männer aufeinander zujagten. Er konnte die Erde unter seinen Füßen unter dem Hufgetrommel erzittern spüren. Ringsum spornten die Männer aus dem Gefolge des Prinzen – die meisten davon Söhne und Enkel von Rittern und Earls – die beiden Kontrahenten an. Am Rande des Geschehens warteten Pagen und Knappen, die sich mit den Schilden und Helmen ihrer jungen Herren beladen hatten, damit diese unbehindert Weinkrüge kreisen lassen und die Wettkämpfe verfolgen konnten. Edward schützte seine Augen mit einer Hand vor dem goldenen Glanz der aufgehenden Sonne und beobachtete, wie die Lanzen gesenkt wurden, bis sie sich auf einer Höhe befanden, und der Abstand zwischen den Pferden sich rasch verringerte. Die schwarze Lanze lag so gerade in der Luft wie ein Pfeil, die rote wippte bei dem Ansturm auf und ab. Hinter sich hörte er, wie ein paar Männer Wetten abschlossen, aber die meisten machten sich nicht die Mühe. Der Ausgang des Kampfes war zu klar vorhersehbar.

Als sie aufeinandertrafen, beugte sich der Reiter mit der schwarzen Lanze im Sattel vor, führte einen kraftvollen Stoß gegen den roten Schild seines Gegners und traf ihn genau in der Mitte. Diese Lanzen waren nur für Schaukämpfe bestimmt und endeten in drei stumpfen Eisenspitzen, die die Wucht des Aufpralls auf eine größere Fläche verteilen sollten, dennoch ließ dieser sowohl Schild als auch Lanze zersplittern. Die Holzspäne flogen dem Getroffenen ins Gesicht, bevor er aus dem Sattel geschleudert wurde. Der Reiter in Schwarz galoppierte an ihm vorbei, als er im Gras landete, während sein Pferd ohne ihn weiterjagte. Er rollte über den Boden und blieb inmitten der Überreste seines Schildes liegen. Seine Pagen beeilten sich, ihm zu Hilfe zu kommen. Am anderen Ende des Feldes parierte der Sieger sein Pferd und hob triumphierend seine zerbrochene Lanze.

»Hervorragend, Piers. Eine Meisterleistung.«

Edward drehte sich um und sah den Prinzen begeistert Beifall klatschen.

Der Prinz fing seinen Blick auf und grinste. »Ihr wirkt beunruhigt, Sir Edward.«

»Ganz im Gegenteil, Mylord. Ich kann es kaum erwarten, gegen einen so würdigen Gegner anzutreten.«

Der Prinz lachte. »Gut ausgedrückt.« Hochgewachsen und gut gebaut wie sein Vater, bot er in seinem polierten Kettenhemd einen beeindruckenden Anblick. Auch sein scharlachroter Überwurf war mit drei goldenen Löwen verziert, der einzige Unterschied bestand in dem gezackten blauen Band, das über den oberen Rand verlief. Sein Gesicht war sanfter als das des Königs, der blonde Bart ließ die Linien der Wangen und des Kiefers weicher erscheinen. Seine blauen Augen schimmerten im Sonnenlicht, als sein Blick Piers Gaveston folgte, der sein feuriges Schlachtross zur Startlinie zurücklenkte. »Sobald dieser Krieg vorüber ist, habe ich vor, meine Truppe nach Frankreich zu bringen. Mit Piers als Champion gewinnen wir jedes Turnier.«

»Daran hege ich keinen Zweifel.«

Nach sieben Monaten in den Diensten des Prinzen hatte Edward Bruce vieles gelernt; vor allem, immer zuzustimmen, wenn es um den Gascogner ging. Er hatte sich fast von Anfang an an diese Regel gehalten, so rasch die Zuneigung des Prinzen errungen und hoffte, auf diese Weise dem Sohn des Königs näher zu kommen und wertvolles Wissen zusammentragen zu können, das Robert vielleicht half, wenn sein Bruder endlich diese verhassten Bande der Loyalität zerriss und sich gegen die Engländer stellte. Aber er hatte schnell festgestellt, dass es wenig Platz für irgendeinen anderen an der Seite des Prinzen gab, wenn der Gascogner in der Nähe war.

Der Klang eines Horns in der Ferne riss ihn aus seinen Gedanken. Danach ertönte das dumpfe Geräusch, mit dem Steine gegen die Mauern von Stirling prallten, als der tägliche Beschuss begann. Der Widerhall scheuchte ein paar Krähen aus dem Wald auf, der an die Wiese grenzte. Hinter den Wipfeln der Bäume ragte der Felsen mit der Burg auf, die an den Zinnen hängende Standarte glich aus dieser Entfernung einem verschwommenen goldenen Fleck.

»Bis dahin müssen wir uns mit dem Wettbewerb begnügen, den mein Vater plant«, fuhr der Prinz fort, dabei reichte er Edward einen juwelenbesetzten Weinschlauch.

Edward trank einen Schluck und beobachtete zugleich den gestürzten Reiter, dem seine Pagen gerade aufhalfen. Nach einem Moment schüttelte der junge Mann sie unwillig ab, griff nach dem neuen roten Schild, der ihm gereicht wurde, und stolperte zu seinem Pferd. Die Zuschauer belohnten seinen zähen Mut mit lautem Beifall. Piers Gaveston, der an der Startlinie wartete, krümmte den Arm, bevor er sich von seinem Pagen eine neue Lanze geben ließ.

»Mein Vater hat für seine Tafelrunde ein Turnier veranstaltet, nachdem er Wales erobert hatte.« Der Prinz wandte den Blick nicht von Piers. »In Nefyn. Ich erinnere mich natürlich nicht daran, denn ich war gerade erst geboren. Aber die Männer sprechen immer noch davon – von den Kämpfen, den Preisen. Mein Vater allerdings nicht. Er erinnert sich nur an die Eroberung des Landes.«

Von den Höhen des Felsens von Stirling hallte eine Explosion wider, die diesmal einen ganzen Schwarm schwarzer Vögel aus dem Wald aufflattern ließ. Die jungen Männer auf der Wiese drehten sich um und starrten zu der Festung in der Ferne hinüber. Edward sah Rauchwolken aufsteigen und fragte sich, welche neue Teufelei der König jetzt ausgeheckt hatte, um die Garnison zum Aufgeben zu bewegen.

Nur der Prinz schien keine Notiz davon zu nehmen; er schaute über die Wiese, wo die Reiter ihre aufgeregten Pferde beruhigten. In seinen Augen lag ein entrückter Ausdruck, als blicke er auf einen anderen Ort oder in eine andere Zeit. Seine Brauen zogen sich unter dem blonden Haar zusammen, das ihm in die Stirn fiel. »Ich frage mich, was mein Vater als Nächstes tun wird, wenn Stirling gefallen ist. Er hat sein ganzes Leben damit verbracht, Krieg zu führen. Ich glaube nicht, dass er daneben noch etwas anderes kennt.« Er schien wieder zu sich zu kommen, als Piers Gaveston sein Schlachtross antrieb und über die Wiese galoppierte. »Wisst Ihr, was ich interessant finde?«, wandte er sich plötzlich mit einem neugierigen Lächeln an Edward. »Wir sind beide nach meinem Vater benannt, aber keiner von uns ist ein erstgeborener Sohn. Es ist, als könnten wir den Erwartungen, die dieser Name an uns stellt, nie gerecht werden.« Er lachte, aber es schwang wenig Fröhlichkeit darin mit. »Mein Bruder Alfonso, der erste Erbe meines Vaters, starb nur wenige Monate nach meiner Geburt. Aber manchmal denke ich, ich bin trotzdem immer noch nur der zweite Sohn.«

Auf dem Feld schmetterte Piers Gaveston seine Lanze in den Schild seines Gegners.

Von der Heftigkeit dieser Worte überrascht, musterte Edward den Prinzen. »Ich weiß, was es heißt, im Schatten eines Bruders zu leben.« Er runzelte die Stirn, als er den Stachel der Wahrheit spürte. »Ich glaube, für Alexander, Thomas und Niall war es leichter, sie haben nie damit gerechnet, das Erbe meines Vaters anzutreten. Ich dagegen – bei mir war die Aussicht darauf wesentlich größer. Und nun, da mein Vater tot ist …« Er brach ab. »Nun ja, ich werde ja sehen, wie groß die Kluft ist.«

Der Prinz nickte und fasste ihn bei der Schulter. »Ihr lebt jetzt in meinem Haushalt. Wir werden aus eigener Kraft unser Glück machen.«

»Wollt Ihr diese Runde aussitzen, Sir Edward?«

Die in mürrischem Ton gestellte Frage veranlasste Edward Bruce, sich umzudrehen. Piers Gaveston hatte sein Pferd zu ihnen herübergelenkt, ohne dass sie es gemerkt hatten. Er hatte seinen Helm abgenommen, seine Züge wirkten hart.

»Ich bin bereit, wenn Ihr es seid, Master Piers.« Edward weidete sich an der in Gavestons kohlschwarzen Augen aufblitzenden Wut. Es war zu einem kindischen, aber vergnüglichen Zeitvertreib für ihn geworden, den arroganten jungen Schnösel daran zu erinnern, dass er im Gegensatz zu ihm selbst noch nicht zum Ritter geschlagen worden war.

Der Prinz nahm die Hand von Edwards Schulter und lächelte zustimmend. »Dann kommt.« Er deutete auf das Feld. »Zeigt, was ihr könnt.«

Piers wendete sein Schlachtross, und Edward trat zu seinem Knappen Euan. Der junge Mann aus Annandale hielt seine graue Stute, während er den Fuß in den Steigbügel schob und sich in den Sattel schwang. Euan reichte ihm den Helm, den er über seine Kettenhaube stülpte und dabei den Geruch von Eisen einatmete. Dann nahm er seinen Schild mit dem Wappen von Annandale, schob den Arm durch den Trageriemen, schlang sich die Zügel um die Hand, gab der Stute die Sporen und trieb sie über die Wiese. Euan folgte ihm mit drei gelben Lanzen.

Piers drehte sich im Sattel um, als Edward neben ihm Halt machte. Er hatte seinen Helm mit den Schwanenflügeln aufgesetzt, aber das Visier noch nicht heruntergeklappt. »Es sieht ja fast so aus, als hätte mein Prinz eine Vorliebe für Euch entwickelt.« Sein Französisch unterschied sich von dem seiner englischen Kameraden, denn Piers hatte seine ersten Lebensjahre in der Gascogne verbracht. Kurz nach dem Tod seines Vaters, eines Ritters in Edwards Diensten, der hoch in seiner Gunst gestanden hatte, war er in den Haushalt des Königs aufgenommen worden. »Ich hoffe, Ihr könnt es ihm verzeihen, dass er Euch etwas entgegenbringt, was Ihr leicht für echte Zuneigung halten könntet.« Piers lächelte und wandte den Blick ab. »Aber in Wirklichkeit hat Edward nur eine Schwäche für ungehobelte Klötze wie Euch. Ihr Benehmen amüsiert ihn.«

Ehe Edward etwas erwidern konnte, ließ Piers sein Schlachtross in einen leichten Galopp fallen und hielt auf das andere Ende der Wiese zu. Edward lenkte seine Stute zum Startpunkt und nahm seinem Knappen die erste Lanze ab. »Du wirst den ungehobelten Klotz gleich kennenlernen, du Hurensohn«, murmelte er.

Als Piers nach einer neuen schwarzen Lanze griff, stieß Edward seiner Stute die Fersen in die Flanken. Sie war voller Feuer, bereit für das Rennen, und schien über das Gras hinwegzufliegen. Obwohl es windstill war, schien die Luft bei dieser Geschwindigkeit förmlich auf ihn einzuhämmern. Edward beugte sich vor, während die Hufe der Stute über den Boden trommelten, und passte sich ihren Bewegungen an, so wie er es von Lord Donough in Antrim gelernt hatte. Als er die Lanze senkte, wurden seine Augen hinter den Sehschlitzen seines Helms schmal. Seine Konzentration richtete sich einzig und allein auf Piers Gaveston, der auf ihn zugejagt kam.

Edward bleckte die Zähne, wappnete sich für den entscheidenden Moment und zielte mit der Lanze auf die Mitte des schwarzen Schildes. Schon im Augenblick des Zusammenpralls wusste er, dass ihm ein perfekter Stoß gelungen war, spürte, wie die Lanze auf dem Holz zerbrach. Piers kippte zur Seite, ließ seine eigene Lanze fallen und konnte sich nur mit Mühe gerade noch im Sattel halten. Als der Gascogner sein Pferd ungelenk zum Stehen brachte, riss Edward seine Stute herum und schwenkte den abgebrochenen Schaft durch die Luft. Am Feldrand brachen der Prinz und seine Männer in Jubel aus.

Vor Anstrengung schwer atmend, ritt Edward Bruce über die Wiese zurück. Ihm entging nicht, dass Silber aufblitzte – die Wetteinsätze, die ihre Besitzer wechselten. Er lenkte die Stute im Schritt an Piers vorbei, der sich wieder aufgerichtet hatte. »Kein schlechter Versuch, Master Piers.« Als Gaveston etwas Unverständliches durch sein Visier grollte, grinste Edward in seinen Helm und kehrte zum Startpunkt zurück, um sich von Euan eine neue Lanze reichen zu lassen.

Wieder galoppierten die beiden Männer aufeinander zu, holten aus ihren Pferden das Äußerste heraus. Edward sah, wie Piers seine Lanze auf ihn richtete, sah, wie er sich in den Steigbügeln aufstellte. Er beugte sich vor, zielte erneut auf die Mitte des schwarzen Schildes, während der Gascogner sich auf die des seinen konzentrierte. Doch im letzten Moment vollführte Piers ein Ablenkungsmanöver und hob die Lanze so, dass sie Edwards Gesicht treffen musste. Obwohl er wusste, dass sein Helm ihn schützte, zuckte Edward zusammen und wandte instinktiv den Kopf zur Seite. Seine Lanze schwenkte von der Mitte vom gegnerischen Schild zum Rand ab und entglitt ihm dann, wohingegen die Spitze von Piers' Waffe an der Seite seines Helms zerbrach. Edward taumelte unter der Wucht des Zusammenpralls, sein Kopf wurde nach hinten geschleudert, und er stieß mit dem Rücken schmerzhaft gegen die Hinterpausche seines Sattels. Seine Rüstung bewahrte ihn vor dem Schlimmsten, aber er war benommen genug, um die Kontrolle über die Stute zu verlieren, die blindlings weitergaloppierte.

Nachdem es ihm endlich gelungen war, sie zum Stehen zu bringen, schüttelte er den Kopf, um die Benommenheit zu vertreiben, und knirschte mit den Zähnen, als er die Jubelrufe hörte, die diesmal dem Gascogner galten. Edward wendete die Stute und ritt das Feld hinunter, fest entschlossen, jetzt mit dem Bastard kurzen Prozess zu machen, doch er wurde von einem Reiter abgelenkt, der sich aus dem Schatten der Bäume löste, zwischen denen hindurch ein Pfad nach Stirling führte. Es war Thomas of Lancaster.

Der Earl ritt geradewegs auf den Prinzen zu, der nach einem kurzen Wortwechsel mit seinem Vetter auf Piers deutete.

Als er die anderen Männer aufsitzen sah, trieb Edward seinne Stute zu der Gruppe hinüber. »Verlassen wir das Feld, Mylord?« Verärgert darüber, dass das Turnier enden sollte, ohne dass er die Chance erhalten hatte, sich für die Niederlage zu revanchieren, nahm er seinen Helm ab.

Doch der Prinz saß bereits im Sattel und ritt mit Piers an seiner Seite ohne ein Wort davon.

39

PRINZ EDWARDS TRUPPE ritt in das Lager ein. Die Männer sprangen rasch zur Seite, als die jungen Edelleute ihre vor Schweiß triefenden Pferde zwischen den Zeltreihen hindurchlenkten. Als er die Belagerungslinie erreichte, zügelte der

Prinz sein Schlachtross und richtete den Blick erst auf seinen von seinen Baronen umringten Vater, dann auf die vom Feuer geschwärzten und vom Steinbeschuss beschädigten Mauern von Stirling Castle. Rauch und Staub hatten die Luft in einen grauen Dunst verwandelt, der das Sonnenlicht trübte und den Prinzen zum Husten reizte.

Als der König ihn sah, hob er eine behandschuhte Hand und winkte ihn zu sich. Edward holte tief Atem, als er abstieg, und schritt hoch erhobenen Hauptes auf seinen Vater zu. Thomas of Lancaster begleitete ihn, ebenso wie Piers Gaveston, der die finsteren Blicke einiger älterer Barone mit der ihm eigenen Unverschämtheit ignorierte, jedoch klug genug war, sich vor dem König zu verneigen.

»Du hast mich rufen lassen, Vater?«

»Dein Platz ist hier.« Die hellen Augen des Königs wanderten von dem Prinzen zu Piers. »Du hast genug Zeit mit Spielereien vertan.«

Edward spürte, wie ihm das Blut in die Wangen stieg. Er war sich der Gegenwart der Earls und Lords nur allzu sehr bewusst. Die Barone waren zwar in eigene Unterhaltungen verstrickt, aber er war sicher, dass jeder von ihnen mit einem Ohr dem Wortwechsel lauschte. »Das Feuer der Sarazenen leistet gute Arbeit«, bemerkte er steif, dem Blick seines Vaters in Richtung der Burg folgend. Hinter den Mauern stieg Rauch vom zerstörten Dach der Kapelle auf. Die Belagerungsgeräte hatten ihren Beschuss eingestellt, die sie bedienenden Männer richteten sie neu aus und rollten weitere Steine von den Karren herbei.

»Es wird die Mauern nicht einstürzen lassen«, versetzte der König. »Aber Werwolf schafft es vielleicht. Ich lasse ihn nach der None auffahren.«

Als sich Frauenstimmen unter die rauen der Männer mischten, drehte sich der Prinz um und sah die Königin und ihre Zofen in das königliche Zelt strömen, das in der Mitte des Lagers stand. Die Klappen waren zurückgeschlagen, und drinnen hatte man auf dem Teppich einige Stühle aufgestellt. Pagen warteten den Frauen auf, führten sie zu ihren Plätzen und reichten ihnen mit Wasser versetzten Wein, damit sie ihren Durst stillen konnten. Die kühle Dämmerung war der sich entfaltenden Wärme des Morgens gewichen; es versprach ein heißer Tag zu werden. Harfenklänge wehten zu ihnen herüber, als einer der Musikanten der Königin zu spielen begann.

Prinz Edward bemerkte, dass sein Vater lächelte, als Marguerite auf ihrem gepolsterten Thron Platz nahm. Die Königin, die nur zwei Jahre älter war als er selbst, war mit ihren Zofen in einem Gebäude in der Stadt untergebracht gewesen, aber sein Vater hatte gewünscht, dass sie den Höhepunkt seiner dreimonatigen Belagerung miterlebte, so als seien die Mauern von Stirling eine Bühne, auf der ein großes Schauspiel aufgeführt werden sollte.

»Komm mit, Edward«, befahl der König schroff, von plötzlicher Energie erfüllt. »Begleite mich. Ich will die Schäden an der Burg inspizieren.« Als der Prinz sich anschickte, ihm zu folgen, drehte sich der König um. »Nur du.« Bei diesen Worten ruhte sein Blick auf dem Gascogner.

Bayard, das Schlachtross des Königs, stand gesattelt bereit. Eine mit dem königlichen Wappen bestickte Schabracke bedeckte seinen mächtigen Rumpf. Nachdem er mit seinem obersten Baumeister gesprochen hatte, saß der König etwas mühsam auf. Auf seinen Wink hin folgten ihm Thomas of Lancaster und Humphrey de Bohun zusammen mit einer Anzahl Ritter.

Der Prinz schwang sich in den Sattel seines Pferdes und schielte dabei unbehaglich zu der Burg hinüber. »Kann nicht einer deiner Baumeister die Schäden an der Mauer begutachten?«

»Wozu brauche ich die Augen eines anderen Mannes, wenn ich selbst gut genug sehen kann. Außerdem bietet sich uns so eine Gelegenheit, miteinander zu reden.«

Von nagender Furcht erfüllt, folgte Edward seinem Vater, als der König Bayard den felsigen Hang hochtrieb. Er ritt von einem Belagerungsgerät zum nächsten und machte bei jedem Halt, um ein paar Worte mit der Mannschaft zu wechseln, während die Burgmauern immer näher rückten. Die beiden Earls und die Ritter wahrten einen diskreten Abstand zu ihm. Der König fand sichtlich Vergnügen an diesem Ausritt, saß entspannt im Sattel seines Schlachtrosses, das er geschickt vom Schritttempo in einen leichten Trab fallen ließ und sogar ab und an mit seinen Sporen die muskulösen Flanken des Tieres berührte, um Bayard dazu zu bringen, vorn in die Höhe zu steigen und die Hufe durch die Luft wirbeln zu lassen. Edward ertappte seinen Vater dabei, wie er ab und an verstohlen zum königlichen Zelt hinüberspähte, und begriff, dass er seine junge Frau beeindrucken wollte. Er hatte die Fenster des Hauses, in dem Marguerite untergebracht war, eigens verbreitern lassen, damit sie die Belagerung verfolgen konnte. Jetzt präsentierte er sich seiner Löwin in voller Pracht und umkreiste seine Beute.

Je näher sie den Burgmauern kamen, desto dichter wurde der Rauch; mittlerweile hing er in Schwaden über den Zinnen der Brustwehr. Der Prinz blickte zu ihnen empor, hielt nach Bewegungen auf den Fußwegen Ausschau. Unterhalb der Mauer sah er Gliedmaßen aus dem Geröll herausragen, das den Pfad zur Zugbrücke bedeckte. Da der Angriff vorübergehend unterbrochen worden war, hatten sich ein paar Krähen auf dem Schotter niedergelassen und pickten das verrottende Fleisch von den Knochen der Männer, die den sporadischen Gegenangriffen der Verteidiger zum Opfer gefallen waren.

»Edward.«

Der Prinz riss den Blick von den Mauern los, als sein Vater ihn scharf zu sich beorderte. Der König hatte kurz vor einer der Steinschleudern Halt gemacht, lehnte sich im Sattel zurück und ließ Bayard das kurze Gras abrupfen. »Ja, Mylord?«

Er hoffte, sein Vater würde das leichte Zittern in seiner Stimme nicht bemerken.

Der König musterte ihn forschend. »Diese Belagerung wird bald beendet sein, Edward, und damit auch der gesamte Krieg. Sobald ich hier einen Statthalter eingesetzt habe, gedenke ich, nach Westminster zurückzukehren. Ich habe die Zügel in England zu lange schleifen lassen. Mir wurde berichtet, dass es zunehmend zu Unruhen in den Grafschaften kommt. Seit die Barone und Sheriffs im Krieg kämpfen, werden überall im Land Städte und Dörfer von bewaffneten Diebesbanden heimgesucht. Mord, Erpressung und Raub haben überhandgenommen. Das Reich musste seinen Herrn und Gebieter zu lange entbehren.« Der König legte eine Pause ein. »Und es gibt noch andere Angelegenheiten, die ich vernachlässigt habe. Zum Beispiel deine Hochzeit.«

Der Prinz zog die Brauen zusammen, als das Thema zur Sprache kam, das er seit Monaten zu vermeiden versucht hatte. Er war dankbar für Stirlings hartnäckigen Widerstand und William Wallace' Verschwinden gewesen, weil beides seinen Vater in Atem gehalten und von diesem heiklen Punkt abgelenkt hatte. »Ich bin noch nicht einmal zum Ritter geschlagen worden. Warum willst du mich in eine Ehe drängen, obwohl ich noch in der Kunst der Kriegsführung ausgebildet werde?«

»Der Krieg ist gerade der Grund dafür, dass diese Heirat so schnell wie möglich in die Wege geleitet werden sollte«, erwiderte der König mit einem Blick zu Humphrey, der mit Thomas of Lancaster in der Nähe wartete. »Deine Schwester Bess bekommt Mitte des Winters ihr erstes Kind und du einen Neffen. Aber ich möchte, dass du einen eigenen Sohn hast. Mir ist nicht mehr viel Zeit auf dieser Welt beschieden, Edward. Wenn meine Krone auf dich übergeht, muss der Fortbestand deiner Blutlinie gesichert sein. Ich habe an König Phlipp geschrieben«, eröffnete er seinem Sohn barsch, als dieser den Blick senkte. »Um die Bedingungen festzulegen.«

Der Prinz schwieg, während sein Vater fortfuhr, über die Hochzeitspläne zu sprechen, und malte sich die vor ihm liegende dunkle Zukunft aus. Er sah sich einen Ring auf den Finger seiner verschleierten Braut schieben. Ihre Hände würden sich klein und kalt anfühlen. Er sah ein mit Bändern geschmücktes Ehebett vor sich, und er biss die Zähne zusammen, als er sich dann mit dieser kühlen, blassen Fremden hineinklettern sah. Die Vorstellung stieß ihn so stark ab, dass er Trost brauchte. Sein Blick wanderte zu der Belagerungslinie, wo Piers Gaveston wartete. Isabella von Frankreich, die Tochter von König Philipp und die Nichte von Königin Marguerite, war gerade einmal acht Jahre alt. Sie konnte erst heiraten, wenn sie mindestens zwölf war. Vier Jahre Freiheit blieben ihm noch.

»Isabella ist eine gute Partie«, schloss der König. »Jetzt, wo der Konflikt mit Frankreich beigelegt ist und ich die Gascogne zurückerhalten habe, kann diese Verbindung dazu beitragen, die Bande noch zu festigen.«

Edward hielt dem kompromisslosen Blick seines Vaters stand. »Ja, Vater.«

Der König öffnete den Mund, um etwas zu erwidern, doch bevor er einen Ton herausbrachte, kippte er plötzlich mit einem Ruck nach vorn und prallte gegen den Sattelknauf. Der erschrockene Bayard bockte und hätte ihn beinahe abgeworfen. Der Prinz sah etwas Langes, Dünnes aus dem Rücken seines Vaters ragen. Erst nach einem Moment begriff er, dass es sich um einen Pfeil handelte. Er schrie vor Angst auf, als ringsum weitere Pfeile einschlugen. Mit einem Mal geriet alles in Bewegung. Etwas Blaues blitzte auf, als Humphrey de Bohun herbeigaloppiert kam, seinen Schild schützend über seinen Kopf hielt und nach Bayards Zügeln griff. Dann trieb er sein Pferd mit den Knien an und jagte mit dem Schlachtross und seiner königlichen Last im Schlepptau den Hang hinunter. Thomas of Lancaster lenkte sein Pferd neben das des Prinzen und brüllte ihm zu, er solle machen, dass er fortkomme. Endlich kam Leben in Edward, er gab seinem Schlachtross die Sporen und donnerte in halsbrecherischem Galopp zu den Belagerungslinien zurück, wo Männer hin und her liefen und sich etwas zuriefen und die Bogenschützen sich in einer Reihe aufstellten, um den Pfeilregen, der von Stirlings Brustwehr auf sie niederprasselte, mit einem Gegenangriff zu beantworten. Das Blut pochte in Edwards Schläfen. Vor ihm hing sein Vater vornübergebeugt schlaff im Sattel, der Pfeil ragte wie ein Ausrufezeichen aus seiner Schulter. Dann wurden der König und Bayard von der Menge verschluckt.

Robert überließ es Nes, James Douglas einen Stall für die Pferde der Männer zu zeigen, und führte William Lamberton hastig in seine Unterkunft in der Hauptstraße von Stirling. Fionn begrüßte sie mit einem kurzen Bellen und trottete dann zu dem Bischof, um ihn zu beschnuppern. »Ihr habt den Großhofmeister gefunden.« Robert scheuchte den Hund weg und schloss die Tür hinter ihnen. »Wo ist er?«

Der Bischof sah sich um. Das Haus war ein gut ausgestattetes Holzgebäude, von dessen Hauptkammer zwei weitere Räume abzweigten. Ein von einem Vorhang halb verdecktes Bett stand an einer Wand, ein Tisch und eine Bank neben einem niedrigen Kamin, in dem ein Krug mit verwelkten Blumen stand. Der Boden war mit Mädesüß bestreut, das den schwachen Geruch der hinter einem Flechtwerkschirm verborgenen Latrine überdeckte. Auf den Regalen, die sich an einer Wand entlangzogen, stand eine Sammlung vom langen Gebrauch glänzender Zinnbecher und Platten.

Lamberton griff nach einem mit einer feinen Staubschicht überzogenen Stundenbuch, das am Ende eines Regals lag, und drehte es in den Händen. »Ich frage mich, wessen Heim dies einst war. Vermutlich das einer Bürgerin.« Er blickte zu Robert auf. »Ihr habt es wahrlich verstanden, König Edwards Gunst zu erringen, Sir Robert.«

»Eure Exzellenz.«

Lamberton, dem die Schärfe in Roberts Ton nicht entging, legte das Buch wieder weg. »Sir James befindet sich zusammen mit Eurem Schwager in Atholl.«

Die gute Nachricht, dass der Großhofmeister gefunden worden war, wurde für Robert durch diese unerwartete Neuigkeit noch versüßt. Da er seit Monaten nichts von John of Atholl gehört hatte, hatte er bereits das Schlimmste befürchtet. »Und Thomas und Niall?«

»Eure Brüder sind bei ihnen. Sicher und bei guter Gesundheit.«

Die Erleichterung milderte Roberts Ungeduld ein wenig. Er war wegen des langen Wartens auf Nachricht und der Verzögerung seiner Pläne so von innerer Unruhe erfüllt gewesen, dass er gar nicht gemerkt hatte, wie sehr er sich um seine Brüder sorgte. »Also hat James sich erboten, sich dem König zu unterwerfen?«

»Er hielt es für das Vernünftigste. Er wollte nicht gejagt werden wie Sir William, mit einem auf seinen Kopf ausgesetzten Preisgeld und ohne sicheren Hafen. Und er war nicht der Einzige. Sir John hat sich ebenfalls ergeben.«

Robert nickte, während er die Bedeutung dieses Schrittes zu erfassen versuchte. »Auf diese Weise sollten wir auf die Umsetzung meines Plans hinarbeiten können, ohne ungebetenes Interesse seitens des Königs zu erwecken. Je mehr Bedrohungen seines Friedens ausgemerzt werden, desto stärker wird er sich auf die noch verbliebenen konzentrieren.« Er begann, im Raum auf und ab zu gehen. »Obgleich das seine eigenen Schwierigkeiten mit sich bringt. Bei unserem Gespräch in St. Andrews sagtet Ihr, Ihr wüsstet nicht, wo Wallace untergetaucht ist.« Robert drehte sich zu dem Bischof um. »Hat James eine Ahnung, wie wir uns mit ihm in Verbindung setzen können?« Ehe Lamberton antworten konnte, fuhr er fort: »Je eher wir das tun, desto besser. Stirling kann sich nicht mehr lange halten. Wenn die Burg gefallen ist, wird William Wallace zum Hauptziel des Königs werden, und er wird jedes Mittel nutzen, um sich seiner zu bemächtigen. Es grenzt an ein Wunder, dass er noch nicht aufgespürt worden ist, wenn man bedenkt, wie viele Schotten bereits angeheuert wurden, um ihn zu suchen.« Robert hielt inne und musterte Lamberton forschend. »Habt Ihr mit Sir James über meine Absichten gesprochen?« Er runzelte die Stirn, als der Bischof keine Antwort gab. »Ihr habt mir in St. Andrews Euer Wort gegeben, Exzellenz.«

Lamberton ging zu dem Tisch und der Bank und setzte sich. Vor vier Monaten, kurz nach dem Tod von Roberts Vater und seiner Rückkehr an Edwards Hof, hatte der Bischof ihn aufgesucht und wissen wollen, warum er Nes in Selkirk zu ihnen geschickt hatte, um sie vor dem Angriff der Engländer zu warnen. Da Robert wusste, dass er sich durch seine Handlungsweise bei den Rebellen eine Blöße gegeben hatte und ihm auch klar war, dass er jede Unterstützung brauchte, die er bekommen konnte, wenn er seinen kühnen Plan in die Tat umsetzen wollte, hatte er sich Lamberton anvertraut. Er hatte zugegeben, nur nach außen hin Edwards treu ergebener Diener zu sein, und von der die ganze Zeit lang von ihm und James Stewart geheim gehaltenen Hoffnung gesprochen, dass, wenn Balliols Rückkehr endgültig verhindert wurde, er, Robert, eines Tages Anspruch auf den Thron von Schottland erheben könnte. König Edward sei nur ein Schild gewesen, der unwissentlich seine Interessen geschützt hatte.

Dann hatte er Lamberton von seiner durch William Wallace' Rückkehr inspirierten Plan erzählt, den Rebellenführer davon zu überzeugen, im Geheimen eine neue Armee von der Größe derer von Stirling aufzubauen. Mit diesem Heer würden sie zum Gegenschlag gegen Edward ausholen und sich dabei Roberts Kenntnisse seiner Schwächen zunutze machen. Hatten sie Erfolg, würde er den Thron besteigen und mit Hilfe von

Wallace' Ruf die Männer des Reiches auf seine Seite ziehen. Am Ende hatte er Lamberton gebeten, den Großhofmeister zu suchen, den einzigen Mann, der Wallace dazu bringen konnte, gemeinsam mit ihm auf dieses Ziel hinzuarbeiten.

Der Bischof hatte eingewilligt und ihn angewiesen, bis zu seiner Rückkehr nichts zu unternehmen. Dadurch ermutigt, hatte Robert mit zunehmender Ungeduld auf eine Nachricht gewartet. Jetzt beschlich ihn angesichts von Lambertons Verhalten der unbestimmte Verdacht, sein Vertrauen in den Bischof könnte ungerechtfertigt gewesen sein.

»Ich habe mit Sir James gesprochen, so, wie ich es gesagt habe.« Lamberton sah ihn an. »Ihm ausgerichtet, was Ihr mir erzählt habt. Wortwörtlich.«

»Er hat nicht zugestimmt?«

»Wir sind beide übereingekommen, dass es eine Chance wäre, Edwards Macht zu untergraben. Sobald der König seine neue Regierung eingesetzt hat, wird er mit den meisten seiner Männer nach London zurückkehren. Er hat in England mit wachsenden Problemen zu kämpfen, Verbrechen und Armut nehmen zu. Er muss sich mit seinem eigenen Reich befassen, wenn er verhindern will, dass es zu massiven Unruhen kommt. Das ist der Moment, wo wir zuschlagen. Der Zeitpunkt für einen neuen Aufstand.«

Robert nickte. »Da stimme ich Euch zu.«

»Bei unseren früheren Unternehmungen wurde unsere Kampfkraft durch Entzweiungen unter unseren Anführern geschwächt. Unsere Rebellionen waren Feuer, die eine kurze Zeit lang hell und heiß gebrannt, sich dann aber letztendlich selbst verzehrt haben. Feindseligkeiten und persönlicher Ehrgeiz haben einen Keil zwischen jede Kombination von Hütern getrieben. Wenn ein Mann – dem von allen Parteien der Rücken gestärkt wird – das Sagen hätte, dann hat, so glauben der Großmeister und ich, ein neuerlicher Aufstand die Möglichkeit, mehr als nur eine Saison zu überdauern. Wir können

Schottland zurückgewinnen. Aber dazu müssen wir es vereinen.«

»Genau das will ich als König ja tun. Mit Wallace als meinem Schwert.«

Lamberton legte seine schmalen Hände auf die zerkratzte Tischplatte. »William Wallace kann Euch dabei nicht länger helfen, Robert. Ihr habt es ja selbst gesagt – er ist das Hauptziel des Königs. Viele der Edelleute haben sich von Edwards Versprechen, die Zeit ihrer Verbannung zu verkürzen oder den Preis für den Rückkauf enteigneter Landsitze zu senken, dazu verleiten lassen, sich an der Jagd auf ihn zu beteiligen. Wallace kann Schottland nicht vereinen, im Gegenteil, seine Gegenwart würde, glaube ich, jeden unserer Versuche dazu vereiteln. Die gierigen Bastarde würden sich gegenseitig an die Gurgel gehen, nur um derjenige zu sein, der ihn in Ketten vor den König schleift.« Er durchbohrte Robert mit einem glühenden Blick. »Ihr wisst, dass ich recht habe.«

Robert schüttelte den Kopf, aber seinem Widerspruch mangelte es an Überzeugng. Die Worte des Bischofs bestätigten die Befürchtungen, die ihn in den letzten Monaten gepeinigt und sich noch verstärkt hatten, als er gesehen hatte, wie Edwards Wunsch, William Wallace zu finden, zum Fieber der Besessenheit geworden war und wie begierig er den Berichten der Männer – viele davon Schotten – gelauscht hatte, die behaupteten, den Gesetzlosen hier oder dort gesichtet zu haben.

»Nach Ansicht vieler hat John Balliol noch immer das größere Anrecht auf den Thron«, fuhr Lamberton fort. »Solange er lebt, sprecht Ihr davon, ihn zu stürzen, vergesst das nicht. Wenn Ihr Euch morgen krönen würdet, würden Euch nur wenige folgen. Sogar Männer, die einst auf Eurer Seite gestanden haben, betrachten Euch jetzt als Verräter. Wenn Ihr als König akzeptiert werden wollt und wir die Vereinigung erreichen wollen, die uns unser Königreich zurückbringen könnte, muss das ganze Land geschlossen hinter Euch stehen. Und dazu brauchen wir die Zustimmung des einen Mannes, der über die größte Macht im Reich verfügt. Dieser Mann ist nicht William Wallace. Sondern John Comyn.«

Robert starrte den Bischof verblüfft an. »So lautet Euer Plan?« Er stieß ein hartes, bellendes Lachen auf. »James Stewarts Plan?«

»Als Hüter steht John Comyn das Recht zu, für die Männer des Reiches zu sprechen. Aber darüber hinaus hat er sich in den letzten Jahren eine große und loyale Anhängerschaft aufgebaut und wird von der Armee von Galloway unterstützt. Als Lord of Badenoch verfügt er über zahlreiche Vasallen, dazu kommen seine Verwandten, die Schwarzen Comyns und die Comyns von Kilbride. Doch am schwersten wiegt, dass er mit seinen Triumphen bei Lochmaben und Roslin die Hoffnung auf einen Sieg wieder zum Leben erweckt hat.«

»Sieg?«, schoss Robert zurück. »Durch seine maßlose Gier hat er den Tod von Hunderten von Schotten verschuldet!«

»Und wessen Hände haben ihnen den Tod gebracht?« Lamberton erhob sich plötzlich. Eine hitzige Anklage loderte in seinen Augen. »Das ist es, was die Leute sehen werden, wenn Ihr vor sie tretet, Robert: Euren Beitrag zu unserer Niederlage. Ich muss gestehen, dass es mir schwerfällt, nicht genauso zu denken. Allein werdet Ihr ebenso wie Wallace Schottland in zwei Lager spalten. Comyn dagegen ist zu dem Mörtel geworden, der dieses Reich zusammenhält.«

»Ich kann nicht glauben, dass James alldem zustimmt.«

»Es hat einiger Überredung bedurft«, räumte Lamberton ein. »Aber am Ende hat er eingesehen, dass ich recht habe.«

Zorn wallte in Robert auf; Zorn auf den Großhofmeister, weil er den Plan gebilligt hatte, auf Lamberton, weil der Vorschlag von ihm gekommen war, und Zorn auf den kleinen Teil seiner selbst, der wusste, dass die Worte des Bischofs einen Sinn ergaben. »James hat mich dazu gebracht, mich zu ergeben. Ihm verdanke ich meine jetzige Lage.«

»Er hat richtig gehandelt. Zu dieser Zeit hat er mit einer Rückkehr König Johns gerechnet. So wie wir alle. Euch Edward zu unterwerfen war der einzige Weg, Eure Interessen zu wahren. Hättet Ihr bei den Rebellen mitgekämpft, würdet Ihr jetzt auch versuchen, Euer einteignetes Land zurückzukaufen und vielleicht sogar einige Zeit im Exil verbringen. Stattdessen seid Ihr vor Verfolgung sicher und befindet Euch in der einzigartigen Position, bei der Zusammensetzung der neuen Regierung entscheidend mitwirken zu können – also im besiegten Schottland eine nicht zu unterschätzende Macht darzustellen.«

Robert starrte ihn an. »Ihr habt die ganze Zeit für Balliols Rückkehr gekämpft, Exzellenz. Ihr wart der Kopf der Delegation in Paris. Woher kommt dieser Sinneswandel? Wieso wollt Ihr mir helfen, ihn zu stürzen?«

»Weil ich jetzt weiß, dass John Balliol nie auf Schottlands Thron sitzen wird. Ich weiß auch, dass James Stewart und Robert Wishart Euren Anspruch vor langer Zeit unterstützt haben. Und ich vertraue ihrem Urteil.«

»Auch andere können einen Anspruch geltend machen«, murmelte Robert. »John Comyn eingeschlossen.«

»Keiner ist so stark wie der Eure. Hätte Edward nicht Balliol ernannt, wäre Euer Großvater der von den Männern des Reiches gewählte König geworden. Viele vertraten die Meinung, der Lord of Annandale hätte das größere Anrecht auf den Thron gehabt. Es wäre eine gewisse ausgleichende Gerechtigkeit, seinen Nachkommen zum König zu machen. Dann wäre die Welt so, wie sie von Anfang an hätte sein sollen. Eine sauber gewischte Tafel. Das ist etwas, worauf wir unter den Männern bauen können. Etwas, das Euren Ruf verbessern könnte.«

Robert heftete den Blick auf die verwelkten Blumen im Kamin. Die Blütenblätter waren braun, brüchig und zusammengerollt wie tote Spinnen. Im Geiste sah er wieder die runde Halle in Peebles vor sich, sich selbst und John Comyn inmitten einer Masse von Männern. Er sah den Hass in Comyns Augen, einen Hass, der durch die Generationen geflossen und von jeder genährt worden war. Er sah eine Dolchklinge an seiner Kehle aufblitzen, spürte, wie sich Comyns Arm um seinen Hals legte; sah, wie ihre Kameraden mit gezückten Waffen aufeinander losgingen. »Ihr sprecht von einer zwingend notwendigen Einigkeit, Exzellenz. Aber Ihr wart in Peebles. Ihr habt gesehen, was beim letzten Mal passiert ist, als John Comyn und ich gemeinsam als Hüter eingesetzt worden sind.« Robert schüttelte den Kopf. »Das kann nicht funktionieren.«

»Es muss, Robert. Keiner von uns kann Edward allein bekämpfen. Es bedarf des Einflusses von John Comyn und der Rechtmäßigkeit Eures Thronanspruchs, um das Königreich aufzurütteln und Edwards Herrschaft zu beenden.«

Robert wandte sich von dem Bischof ab. Widersprüchliche Gefühle rangen in seinem Inneren miteinander. Einerseits brannte er darauf, endlich zu handeln – die Ketten der Loyalität zu sprengen, die ihn an einen König fesselten, den er hasste – und sich zu erheben, um zurückzuverlangen, was seiner Familie genommen worden war. Aber der Preis?

Er und Wallace waren nicht immer einer Meinung gewesen, aber Robert respektierte den Mann: seine durch nichts zu erschütternde Vision eines befreiten Schottlands, seine Standhaftigkeit, seine Treue gegenüber seinen Männern, seine Tapferkeit auf dem Schlachtfeld. Mit John Comyn verhielt es sich genau andersherum. Der Mann war sein Todfeind. Lamberton verlangte von ihm, Jahrzehnte des Hasses zu vergeben; alles zu vergessen, was die Comyns seiner Familie und sie der seinen angetan hatten. Kurz gesagt, ihm zu vertrauen. Wieder einmal steckte er in einer Zwickmühle.

Robert traf eine Entscheidung. »Wie Ihr schon sagtet, hat König Edward mir einige Autorität verliehen. Außerdem wird er einen Statthalter in Schottland brauchen, wenn er seine

Truppen abzieht.« Er wandte sich wieder an Lamberton. »Ich habe die Hoffnung noch nicht verloren, aber wenn Ihr recht habt und ich Wallace nicht dazu benutzen kann, eine Armee zusammenzuziehen, dann werde ich alle Macht nutzen, die mir der König zugesteht, um in Schottland wieder zu Einfluss zu gelangen. Ich glaube, dass Edward sich im Lauf der Zeit dazu bewegen lässt, mich zum alleinigen Hüter zu ernennen. Es wird etwas länger dauern, ja, aber von dieser Position aus könnte ich um den Thron kämpfen.«

»Macht nicht denselben Fehler wie Euer Vater, Robert«, warnte Lamberton. »Er lebte von den Versprechen des Königs. Aber was haben ihm diese Brosamen letztendlich gebracht? Nur einen einsamen Tod in England.«

Fionn erhob sich plötzlich von seinem Platz neben dem Bett und bellte. Eine Sekunde später wurde die Tür geöffnet, und Nes erschien. »Sir, der König! Man hat auf ihn geschossen!«

40

ROBERT DRÄNGTE SICH durch die Menge, die sich um das königliche Zelt geschart hatte, dessen Klappen fest geschlossen waren. Lebhaftes Stimmengewirr schlug ihm entgegen, als Ritter und Barone den Moment Revue passieren ließen, wo der Pfeil von Stirlings Brustwehr abgeschossen worden war. Einige beklagten den Umstand, dass sie ihn nicht hatten kommen sehen. Andere verwünschten den Schotten, der ihn abgefeuert hatte, und schworen der ganzen Garnison Rache.

Die greifbare Anspannung, die über der Menge lag, löste in Robert eine eigenartige Erregung aus; ein Gefühl, dass alles im Begriff stand, sich zu ändern, und damit auch sein Platz in der Welt. Wenn Edward tot war, würde sein zwanzigjähriger

Sohn zum König gekrönt werden. Nach dem zu urteilen, was sein Bruder ihm erzählt hatte, teilte der Prinz die Besessenheit des Königs, Schottland zu erobern, nicht, seine Interessen lagen anderswo. Was noch schwerer wog – der junge Edward würde sich in der Anfangszeit als Herrscher auf die Erfahrung und den Rat älterer Männer verlassen müssen. Wenn Robert zu diesen Männern gehörte … ob er ihn dann davon überzeugen könnte, Schottland die Freiheit zurückzugeben? Ihn davon überzeugen, dass das Land einen König brauchte, wenn Frieden und Wohlstand gewahrt bleiben sollten?

Als Robert sich dem Zelt näherte, wurde die Klappe geöffnet, und Humphrey trat heraus. Der Earl wirkte erschöpft, lächelte aber und hob die Hände, um den Wartenden Schweigen zu gebieten. »Unserem König geht es gut.«

Ein erleichtertes Raunen lief durch die Menge und verwandelte sich in lauten Jubel.

»Der Pfeil hat ihn in die Schulter getroffen, aber es ist nur eine Fleischwunde. Sein Arzt sagt, sie wird rasch verheilen.«

Benommen spürte Robert, wie andere Männer ihn anrempelten, während sie nach Humphreys Worten lautstark begannen, Gott zu danken. Er starrte den Earl an. Seine Hoffnungen erloschen. Der alte Bastard hatte überlebt!

»König Edward legt Wert darauf, dass der Zwischenfall den Angriff auf Stirling nicht noch weiter verzögert. Er wünscht, mit uns allen bei Werwolfs Feuertaufe anwesend zu sein.«

Erneut brandete donnernder Applaus auf.

»*Bringt die Wurfmaschine!*«, dröhnte Humphreys kräftige Stimme.

Als sich einige Baumeister aus der Menge lösten, um den Befehl auszuführen, fiel Humphreys Blick auf Robert. »Robert?« Er fasste ihn bei der Schulter. »Du bist so blass wie ein Gespenst!«

Robert nahm sich zusammen. »Ich habe gerade gehört, was passiert ist.«

»Es war für uns alle ein Schock.« Humphrey senkte die Stimme, als etliche Männer an ihnen vorbeieilten, um ihren Pflichten nachzukommen. Das Lager brodelte angesichts der Aussicht auf Vergeltung. »Ich muss zugeben, dass ich zuerst dachte, er wäre tot. Der Arzt sagt, er muss vor Schmerz das Bewusstsein verloren haben. Er kam zu sich, als wir ihm die Rüstung abnahmen.« Der Earl schüttelte fast verwundert den Kopf. »Ich schwöre dir, als der Pfeil entfernt wurde, saß er aufrecht da und setzte mir in allen Einzelheiten auseinander, wie er sich noch vor Sonnenuntergang an der Garnison rächen würde. Ein Ochse hat weniger …«

»Kann ich ihn sehen?«

Humphrey zögerte. »Jetzt?«

»Er wurde von einem meiner Landsleute angeschossen.« Robert sah dem Earl offen ins Gesicht, um die Lüge, die er vorzubringen gedachte, glaubhaft wirken zu lassen. »Ich möchte nicht, dass dieser Zwischenfall den Frieden gefährdet, auf den wir alle so hart hingearbeitet haben. Die Taten weniger dürfen nicht das Schicksal vieler bestimmen.«

Nach einer Pause nickte Humphrey. »Ich will sehen, ob er dir eine Audienz gewährt.«

Robert wartete mit klopfendem Herzen, während der Earl im Zelt verschwand. Das Gespräch mit Lamberton, das vorübergehend von der Möglichkeit des Todes des Königs verdrängt worden war, kam ihm wieder in den Sinn und erfüllte ihn mit dem Drang, etwas zu unternehmen. Monatelang hatte er gewartet und gehofft, der Bischof werde mit der Antwort zurückkommen, die er hören wollte, doch alles, was ihm angeboten worden war, war ein vergifteter Kelch. Er wollte Lamberton beweisen, dass er sich irrte; wollte beweisen, dass er sich auf seine Weise verschaffen konnte, was er wollte, ohne dazu mit John Comyn paktieren zu müssen. Der Bischof hatte recht – er hatte die Gunst des Königs errungen. Es war an der Zeit herauszufinden, was ihm dieser Umstand einbringen konnte.

Humphrey erschien und gab ihm ein Zeichen. Als Robert Anstalten machte, sich zwischen den Zeltklappen hindurchzuzwängen, legte der Earl ihm eine Hand auf die Schulter. »Der König mag ja zäh wie Leder sein, aber achte darauf, ihn nicht zu sehr anzustrengen.«

Robert schob sich an den königlichen Leibwächtern am Eingang vorbei und betrat das Zelt. Öllaternen tauchten das Innere in einen kupfrigen Schein und ließen die Vergoldung an dem gepolsterten Thron und den Stühlen schimmern, die noch immer in einer Reihe für die Königin und ihre Kammerfrauen dastanden. Sie waren leer. Ein Diener, der ein Becken mit rötlich verfärbtem Wasser in den Händen hielt, eilte an ihm vorbei. Dahinter konnte er in einem teilweise von reich bestickten Vorhängen verdeckten anderen Teil des Zeltes den König sehen.

Edward saß auf einem Stuhl. Sein Arzt stand hinter ihm, beugte sich vor und hantierte mit einer Nadel. Der König trug lediglich eine Hose, seine Brust war bloß. Die schlaffe Haut an seinem Bauch warf Falten, doch seine mit weißen Haaren bedeckte Brust war noch immer genauso muskelbepackt wie seine Arme, die verkrampft auf den Lehnen ruhten, während der Arzt zu Werke ging. Direkt über dem Herzen des Königs verlief eine wulstige Narbe; eine alte Wunde. Das aufgeworfene Narbengewebe bewies, wie dicht der Assassine daran gewesen war, ihn zu töten, er hatte das Herz nur um Haaresbreite verfehlt. Edward hatte tödliche Begegnungen auf Schlachtfeldern in England, Wales, Schottland, Frankreich und dem Heiligen Land, Jagdunfälle, Fieberanfälle, den Einsturz eines Turms, der vom Blitz getroffen worden war, und Stürme auf hoher See überlebt. Und jetzt diesen verhexten Pfeil. Fast konnte man meinen, der Tod hätte Angst, ihn zu holen.

Der König hielt sich nicht allein im Zelt auf. Königin Marguerite stand dicht bei ihm und zuckte jedes Mal zusammen, wenn die Nadel durch die Haut fuhr. Weiter hinten stand Prinz

Edward allein an der Seite des Zeltes, sein Gesicht war zu einer Maske der Besorgnis erstarrt. Robert erkannte auch andere Personen – Bischof Bek, Thomas of Lancaster, ein paar königliche Berater und eine Anzahl von Pagen –, aber er hatte nur Augen für den König.

Edward fixierte ihn, als er näher kam. »Sir Robert. Humphrey richtete mir aus, Ihr hättet mir etwas zu sagen.«

»Ich wollte Euch meine Reverenz erweisen, Mylord, und Euch noch einmal meiner Treue versichern. Mir liegt viel daran, dass die Taten der Garnison von Stirling Euch nicht negativ gegenüber allen anderen Schotten beeinflussen.«

Während der König ihn anstarrte, waberten Weihrauchschwaden, die einem kleinen Schwenker entströmten, zwischen ihnen hindurch. Der rauchige Duft konnte den Gestank nach Schweiß und Blut nicht ganz überdecken. Aus dem Augenwinkel heraus sah Robert einen zerbrochenen Pfeil auf der Truhe liegen. Der Schaft glänzte rot und feucht. Er verspürte ein Zwicken in der Schulter, in die ihn der Armbrustbolzen getroffen hatte. *Jetzt sind wir quitt*, dachte er, ohne Edwards Blick auszuweichen.

»Ein Mann hat den Pfeil abgeschossen, nicht ein ganzes Königreich«, sagte der König schließlich. »Ich war unachtsam. Der Vorfall hat mich gelehrt, wie wertvoll Vorsicht ist, und mich daran erinnert, meinen Feinden nie ungedeckt den Rücken zuzukehren. Die Schotten sind ein heimtückisches Volk.«

Das Lächeln, das um Bischof Beks Lippen spielte, entging Robert nicht.

Sobald der Arzt die Wunde genäht und den Faden abgeschnitten hatte, bewegte Edward behutsam die Schulter und stand dann auf. »Gibt es sonst noch etwas?«

Robert zögerte. In Gegenwart von Bek und den anderen wollte er nicht weitersprechen.

Der König runzelte die Stirn, dann gab er seiner Familie und seinen Beratern einen knappen Wink. »Lasst uns allein.«

Im Vorübergehen kreuzte sich Bischof Beks Blick mit dem von Robert. Er schien eine Warnung, eine Drohung zu übermitteln. Der Prinz wirkte erleichtert, entlassen worden zu sein, und huschte rasch vor der Königin und ihren Frauen aus dem Zelt.

Nachdem er mit Hilfe seiner Pagen ein frisches Hemd übergestreift hatte, griff Edward nach einem Weinkelch. »Sprecht, Sir Robert. Ich bin nicht in der Stimmung für Ratespiele.«

»Ich habe über Schottlands Zukunft und Eure Pläne für eine neue Regierung nachgedacht, Mylord. Diese Attacke hat bestätigt, was meiner Meinung nach am vordringlichsten ist – die Notwendigkeit, eine starke Staatenunion unserer Völker zu schaffen, um den Frieden zu erhalten und die rebellischen Elemente in Schach zu halten, die versuchen könnten, ihn zu stören. Vor allem, weil William Wallace immer noch auf der Flucht ist.« Robert registrierte befriedigt, dass bei der Erwähnung des Gesetzlosen rote Flecken in dem blassen Gesicht des Königs aufloderten.

»Weiter«, befahl Edward barsch und nippte an seinem Wein.

»Dringender als Erlasse und Beamten braucht Ihr die Autorität und Unbeirrbarkeit eines starken Führers hier, wenn Ihr nach England aufbrecht. Ich habe als Sheriff von Lanark und Ayr bewiesen, dass ich im Westen Frieden halten kann. Als Euer Statthalter in Schottland könnte ich noch weit mehr bewirken. Ich kenne die Menschen hier, Mylord«, fuhr Robert fort, bevor der König etwas erwidern konnte. »Ich kenne ihre Ängste und Hoffnungen. Ich würde die ersten Anzeichen einer Rebellion erkennen, lange bevor das Feuer wieder aufzuflammen beginnt.«

Der König trank seinen Wein aus. »Ich habe meinen Statthalter bereits ausgewählt. Mein Neffe John of Brittany wird dieses Amt übernehmen.«

Dieser Rückschlag bremste Robert etwas, aber er fasste sich

schnell wieder. »Er wird einen Berater brauchen. Jemanden, der Schottland und seine Bewohner kennt. Ich wäre ...«

»Ich habe auch schon meinen Kanzler und meinen Schatzmeister bestimmt und bin dabei, Richter und Sheriffs zu ernennen, von denen einige in der Tat Schotten sein werden.« Edward schlug einen gebieterischen Ton an. »Dies ist nicht das erste Land, das ich unter meine Herrschaft bringe, Sir Robert. Ich bin mir der heiklen politischen Erfordernisse bewusst, die eine Eroberung mit sich bringt, und ich weiß, dass es sich meist als vorteilhaft erweist, Machtpositionen mit Einheimischen zu besetzen.« Er wandte sich zum Bett, hielt seinen Überwurf hoch und betrachtete das blutige Loch, das der Pfeil hinterlassen hatte, stirnrunzelnd. »Nur dürfen sie nicht über zu viel Macht verfügen, sonst wollen sie zu hoch hinaus.« Er trat zu einem Kleiderhaken und griff nach seinem scharlachroten Umhang. »In Schottland werden wieder ähnliche Zustände herrschen wie nach der Absetzung John Balliols. Das Land wird Freiheiten genießen, aber mir untertan sein. Es wird weder Hüter noch Regenten geben.« Er drehte sich wieder zu Robert um. »Und keinen König.« Edward sah ihn einen langen Moment durchdringend an, dann versuchte er, sich den Umhang um die Schultern zu legen. Sein Gesicht verzerrte sich vor Schmerzen. »Helft mir«, befahl er gereizt.

Robert zwang sich, vorzutreten und dem König den Umhang abzunehmen. Seine Finger zerknüllten den weichen Stoff. Er stellte sich hinter Edward, wobei ihm der Kräutergeruch der Arznei des Arztes in die Nase stieg. Der König war einige Zoll größer als er, aber Robert bemerkte, dass das Alter seine hochgewachsene Gestalt allmählich zu beugen begann. Als er das Kleidungsstück in die Höhe hielt, bewegten sich die drei Löwen, und ihre geöffneten Mäuler schienen ihn anzugeifern. Er dachte an den roten Löwen von Schottland, der von Balliols Wappenrock gerissen worden war, während er den Umhang um Edwards breite Schultern drapierte.

Die Zeit schien langsamer zu verstreichen. Unter den Büscheln schütteren weißen Haares entdeckte Robert ein Muttermal auf dem Nacken des Königs, und er sah von der Sommersonne verbrannte Kopfhautflecken auf dem Schädel durchschimmern. Bei Gott, das war nur ein Mann, so sterblich wie jeder andere auch. Wie konnte dieser fünfundsechzigjährige vergängliche Körper die Ursache von so viel Tod und Zerstörung sein? Roberts Hände – die kräftigen, sonnengebräunten Hände eines Dreißigjährigen – schwebten zu beiden Seiten des Halses über den Schultern des Königs.

Edward drehte sich abrupt um und befestigte die Brosche am Hals mit einer Hand. »Ich weiß Euer Hilfsangebot zu schätzen, Sir Robert, ja, ich heiße es sogar willkommen. Der Krieg ist beendet, und ich möchte, dass das auch so bleibt. Mir schwebt vor, dass ein schottischer Rat mit meinem Statthalter und seinen Beamten zusammenarbeitet. Neben anderen will ich John Comyn und Bischof Lamberton in diesem Rat haben. Aber vor allem sollt Ihr darin sitzen. Ihr werdet in diesem neuen Schottland meine Augen und Ohren sein.«

»Es wäre mir eine Ehre, Mylord«, murmelte Robert.

»Kommt.« Ein hartes Lächeln huschte über das Gesicht des Königs. »Ich will dabei sein, wenn Werwolf in Position gebracht wird.«

Als Edward aus dem Zelt rauschte, folgte Robert ihm. Er trat in das gleißende Sonnenlicht hinaus, nahm aber den Jubel kaum wahr, mit dem die Männer ihren König begrüßten. Lambertons Stimme hallte in seinem Kopf wider und löschte alles andere aus.

Macht nicht denselben Fehler wie Euer Vater. Er lebte von den Versprechen des Königs. Aber was haben diese Brosamen ihm letztendlich gebracht? Nur einen einsamen Tod in England.

Bevor Balliol abgesetzt worden war, hatte Edward Roberts Vater als Lohn für seine Loyalität den Thron von Schottland versprochen. Robert erinnerte sich an den Eifer seines Vaters, als sie sich an jenem verhängnisvollen Sommertag auf den Weg nach Montrose gemacht hatten. Er war nicht dabei gewesen, als sein Vater seine Belohnung eingefordert hatte, aber man hatte ihm später erzählt, was geschehen war. *Bildet Ihr Euch wirklich ein, ich hätte nichts Besseres zu tun, als Königreiche für Euch zu gewinnen?*, hatte der König gespottet. Sein Vater hatte den Verlust und die Demütigung nie verwunden.

Als sich die englischen Edelleute um ihren König scharten und Dankgebete für seine wundersame Rettung murmelten, hielt sich Robert etwas abseits. Seine Gedanken befanden sich in wildem Aufruhr.

Von vierzig Ochsen gezogen, rollte Werwolf durch das Lager. Die Tiere grunzten in einem gequälten Chor, als die Männer ihre Peitschen über ihr blutiges Fell knallen ließen und sie weitertrieben. Hinter ihnen rumpelte das Belagerungsgerät, Stahlseile und Stricke schwangen hin und her, Räder wühlten den Boden auf, der riesige Rahmen ragte zum Sommerhimmel auf. Werwolf war eine Wurfmaschine; eine Steinschleuder von einem Ausmaß, wie sie noch kein Mann je zuvor gesehen hatte. Es hatte zwei Monate gedauert und fünfzig Baumeister bedurft, um sie auf einer Wiese unterhalb der Stadt Stück für Stück zu konstruieren. Das notwendige Holz stammte von den Häusern der Umgebung und den nahe gelegenen Wäldern. Die Soldaten der englischen Armee mussten sich die Hälse verrenken, als sie langsam vorbeifuhr. Der große Korb lag auf der beräderten Plattform, das andere Ende des Balkens zeigte gen Himmel.

Auf der Brustwehr war alles ruhig, kein Verteidiger ließ sich blicken. Hinter den Mauern brannte außer Sichtweite ein großes Feuer, von dem graue Rauchschwaden aufstiegen und über die Zinnen wehten. Als Werwolf zum Stehen kam, schirrten einige Männer die Ochsen aus, während andere die

Seile in Position brachten und das Rad der Winde mit Fett einrieben, damit der Abschuss reibungslos vonstattenging. Die Mannschaft begann sie vor Anstrengung keuchend zu bedienen, das Stahlseil wickelte sich auf, der mit Blei gefüllte Korb schwang in die Höhe, und der Balken wurde gesenkt. Eine andere Gruppe von Männern rollte einen riesigen Stein, weit größer als die, die von den anderen Katapulten abgeschossen wurden, in eine Lederschlinge. Sobald der Stein darin lag, wurde die Schlinge an einem Haken am Balken befestigt.

Die Männer rund um den Fuß der Maschine traten zurück. Der oberste Baumeister sah den König an, der ihm zunickte. Auf seinen Befehl hin gab die Mannschaft die Winde frei. Der Korb hing einen Moment lang in der Luft, während sich das Seil entrollte, dann fiel er wie ein Anker in die Tiefe. Zur selben Zeit beschrieb Werwolfs Arm mit der daran befestigten Schlinge einen Bogen nach oben. Als er den Zenit erreichte, wurden Schlinge und Stein auf die Mauern von Stirling zukatapultiert. Das Geschoss traf einen der Torhaustürme und pulverisierte das Mauerwerk. Die obere Hälfte des Turms stürzte in einem Trümmerregen in den Graben. Die Männer der englischen Armee brachen beim Anblick der gezackten Wunde, die Werwolf in die Seite der Burg geschlagen hatte, in donnernden Jubel aus, der von dem Hügel widerhallte.

»Noch einmal!«, befahl Edward. »Alle Geräte einsetzen.«

Einmal mehr betätigte Werwolfs Mannschaft die Winde, und der Korb wurde in die Höhe gezogen. Als ein weiterer Stein in die Schlinge geladen wurde und alsbald auf Stirlings Mauern zuflog, fielen die Steinschleudern und Katapulte ein. Die Wucht der Einschläge schien die Burg in ihren Grundfesten zu erschüttern. Aufflammendes Feuer verdichtete die Rauchschwaden zu Wolken, und diese verdunkelten den Himmel.

Nach weniger als einer Stunde heftigen Beschusses begannen die Männer nahe der Mauer laut zu rufen und auf das Torhaus zu deuten. Die Zugbrücke wurde langsam herabgelassen und der Angriff abgebrochen, als ungefähr fünfzig Gestalten aus der Burg strömten und sich einen Weg durch das Geröll bahnten, das den Pfad bedeckte. Sie wurden von den Rittern des Königs in Empfang genommen, die sie unsanft nach Waffen durchsuchten, bevor sie sie zu der Stelle führten, wo Edward wartete.

Es war eine jämmerliche Schar, einige verwundet und die meisten hohlwangig vor Hunger und Schlafmangel. Alle hatten graue Gesichter und trugen die gleichen formlosen Gewänder. Als sie, von den Rittern eskortiert, näher kamen, erkannte Robert, der bei dem König stand, dass die Garnison von Stirling Säcke über ihren Überwürfen und Rüstungen trug. Auch der Grund für ihre eigenartige Blässe wurde bald ersichtlich – sie hatten sich die Wangen mit Asche eingerieben. Sack und Asche: ein Zeichen von Buße und Reue. William Oliphant und seine Männer, die zweifellos wussten, dass einige Soldaten der Garnison von Caerlaverock nach ihrer Kapitulation gehängt worden waren, lieferten sich der Gnade des Königs aus.

Oliphant sank auf ein Knie. »O großer König«, krächzte er heiser, dabei streckte er eine Hand aus, in der er einen großen Schlüssel an einem Ring hielt. »Stirling gehört Euch. Ich bitte demütig darum, mich ergeben zu dürfen, und flehe Euch nur an, das Leben meiner Männer zu schonen.«

Robert schielte zu dem König, der schweigend auf den knienden Mann hinabblickte.

»Nein«, versetzte Edward nach einer gewichtigen Pause. »Ihr dürft Euch nicht ergeben.«

Einige der Männer des Königs sahen ihn erstaunt an. Humphrey runzelte fragend die Stirn. William Oliphants Kopf fuhr hoch, Furcht flackerte in seinen Augen auf.

»Es hat zwei Monate gedauert, Werwolf zu bauen. Ich will ihn ausgiebig erproben, und ich werde über Eure Kapitulation nachdenken, wenn ich mit dem Ergebnis zufrieden bin. Ihr werdet die Burg verlassen, wenn ich es Euch erlaube. Keinen

Augenblick früher.« Der König gab seinen Rittern ein Zeichen. »Führt sie in die Burg zurück und verbarrikadiert die Tore.«

William Oliphant erhob sich. Sein Blick wanderte über die Gesichter der Männer rings um den König. Keiner machte Anstalten, ihm zu Hilfe zu kommen. Nach einem Moment drehte er sich um und begann, gefolgt von seinen Männern, den Pfad zu Stirlings zerstörtem Torhaus wieder emporzusteigen, während Werwolfs Balken sich langsam gen Himmel hob.

Robert starrte den König an. Kalte Resignation breitete sich in ihm aus. Er wandte sich von Edward ab und blickte suchend über die Menge hinweg. Es dauerte nicht lange, bis er inmitten all der Köpfe die Tonsur von William Lamberton ausgemacht hatte.

41

Burstwick, England, A.D. 1304

SIE VERSAMMELTEN SICH im Hof des königlichen Landguts und wärmten ihre Hände an Bechern mit Glühwein, während Stallburschen ihre Pferde aufzäumten und die Knappen die Hunde aus den Zwingern holten. Neben zwölf Jagdhunden gab es auch zwei Mastiffs, die Lederrüstungen und dornenbesetzte Halsbänder trugen und mit ihren kräftigen Kiefern jedes Wild niederreißen konnten. Als die Jäger meldeten, dass die Schweißhunde die Witterung aufgenommen hatten, brach die Gruppe auf. Hörner wurden geblasen, um die Hunde anzuspornen. Als sie den Wald erreichten, ging die Sonne auf. In die Vorfreude der jungen Männer mischte sich ein Hauch von Furcht, denn heute jagten sie keine Hirsche oder Hasen, sondern Keiler.

Zwischen den Bäumen verteilt, ritten die Männer durch Farndickicht und Dornengestrüpp und setzten mit ihren Schlachtrössern über schmale Bäche und herabgefallene Äste hinweg, die Hunde immer vorneweg, manchmal sichtbar, manchmal nur an ihrem Gebell zu orten. Prinz Edward, dessen smaragdgrüner Umhang hinter ihm herwehte, befand sich in der Mitte des Trupps. Die Flanken seines Pferdes trieften unter der Satteldecke vor Schweiß. Sein Herz hämmerte, das Blut rauschte heiß durch seine Adern. All seine Sinne schienen geschärft; seine Augen machten goldene Sonnenlichtflecken im Laub am Boden aus, seine Ohren nahmen den kaum merklichen Wechsel in den Hornkadenzen wahr, die ihn jetzt Richtung Osten lenkten, sein Mund und seine Nase waren von dem feuchten Geruch von Moos und verrottenden Eicheln erfüllt. Überall ringsum war in dem verblassenden Feuer der Blätter der Tod des Sommers zu erkennen.

Rechts von ihm gab Thomas of Lancaster seinem weißen Schlachtross die Sporen und setzte über einen Baumstumpf hinweg. Sein Vetter grinste breit, sein Gesicht war gerötet. Edward Bruce hielt sich dicht hinter ihm, entschlossen, mit dem Earl mitzuhalten. Der Schotte hielt einen Speer in der rechten Hand. Sein Umhang war schlammbespritzt, und über seine Stirn verlief ein blutiger Kratzer, den er sich bei einem Sturz zugezogen hatte, aber er befand sich in derselben Hochstimmung wie der Rest der Gruppe.

Seit drei Stunden folgten sie der Fährte durch überwucherte Lichtungen und seichte Flüsse, während sich der Himmel eisblau färbte. Ihr Wild war gerissen, versuchte sie zu überlisten, indem es auf seiner eigenen Spur zurücklief, aber die Jäger verstanden ihr Handwerk, sie lasen die Abdrücke im Boden, untersuchten Dunghaufen auf ihre Frische hin und kamen ihm so immer näher. Der Prinz hatte erfreut registriert, dass sich Eicheln in den Hinterlassenschaften des Tieres befanden, was hieß, dass sein Fleisch besonders würzig schmecken würde. Ein schönes Geschenk für seinen Vater, der sich, von Darmbeschwerden während seines Rückzugs aus Schottland geschwächt, auf dem Gut erholte. Seine hochschwangere und deshalb ständig erschöpfte Schwester Bess würde sich zweifellos ebenfalls darüber freuen.

Als er den niedrigen Ästen einer Eiche auswich, erhaschte Edward einen Blick auf einen schwarzen Samtumhang, der vor ihm zwischen den Bäumen verschwand. Lächelnd trieb er sein Schlachtross an, ohne auf die Zweige zu achten, die ihm ins Gesicht peitschten. Als er zu dem Reiter aufschloss, wurde das Blumenmuster auf dessen Samtumhang sichtbar. Der Mann hörte das Hufgetrommel hinter sich und drehte sich um. Piers Gaveston grinste, als er den Prinzen erkannte, und gab seinem Pferd die Sporen, bis sie beide wild durch den Wald galoppierten und den Rest der Gruppe weit hinter sich ließen.

Vor ihnen wurde der Wald lichter, und der Untergrund fiel zu einem breiten, natürlichen Pfad ab, auf den beide zuhielten. Erdbrocken und Laub flogen auf. Es gelang Edward, sein Pferd neben das von Piers zu lenken, sodass sie Seite an Seite dahinjagten. Die Bäume verschwammen zu goldenen und braunen Flecken. Das Jagdhorn des Prinzen hüpfte auf seinem Rücken wild auf und ab. Nach Atem ringend, beugte er sich im Sattel vor. Aus dem Augenwinkel heraus sah er Piers dasselbe tun. Der Gascogner hatte die Lippen zurückgezogen und die Zähne gebleckt. Ein Stück vor ihnen wurde der Pfad schmaler und die Bäume wieder dichter. Edward trieb sein Schlachtross erbarmungslos an, versuchte, sich vor Piers zu setzen, doch der Gascogner verringerte seine Geschwindigkeit nicht. Der dicke Stamm einer Buche ragte vor ihnen auf.

In letzter Sekunde verlor Edward die Nerven. Er riss sein Pferd scharf nach links, um dem Baum auszuweichen, schoss einen niedrigen Hang hinunter und wäre beinahe aus dem Sattel geschleudert worden, als sein Pferd einen Bogen um einen umgestürzten Stamm schlug und durch das Unterholz brach.

Zweige zerkratzten sein Gesicht. Mühsam gewann er die Kontrolle über das Tier zurück, zog die Zügel an und brachte es zum Stehen. Dann saß er mit geschlossenen Augen im Sattel, bis sich seine keuchenden Atemzüge beruhigten und das Zittern in seinen Gliedern nachließ.

»Mylord!« Piers ritt zu ihm hinunter. Vor dem Maul seines Pferdes stand Schaum, seine Nüstern waren gebläht. »Seid Ihr verletzt?«

»Wenn nicht, habe ich es nicht dir zu verdanken«, fauchte Edward. Die ausgestandene Angst hatte sein Blut erhitzt. »Warum bist du nicht langsamer geritten?«

»Ich dachte, du würdest das tun.« Piers musterte den Prinzen lächelnd. In seinen dunklen Augen glitzerte eine verschlagene Frage. »Hat dir das Rennen keinen Spaß gemacht?«

Beim Anblick dieses Grinsens spürte Edward, wie sich seine eigenen Lippen unwillkürlich zu krümmen begannen, aber er kämpfte dagegen an. »Gib mir einfach den Wein, verdammt.«

Piers zog die Füße aus den Steigbügeln, sprang zu Boden, löste den Weinschlauch vom Sattel und reichte ihn Edward, der einen großen Schluck nahm. Der Wein rann seine ausgedörrte Kehle hinunter. Schwache Hörnerklänge wehten zu ihnen herüber. Der Prinz drehte sich im Sattel um und versuchte herauszufinden, wo sich der Rest des Jagdtrupps befand.

»Sieh mal.«

Edward drehte sich wieder um und sah, dass Piers zu einem Baum getreten war. Die Rinde des unteren Teils wies Kratzer auf, die der Prinz sofort erkannte – hier hatte ein Keiler seine Hauer geschärft. Plötzlich auf der Hut, ließ er den Weinschlauch sinken. »Piers, du solltest wieder aufsitzen.«

Der Gascogner achtete nicht auf ihn. »Hier sind noch mehr«, rief er, tiefer in das Unterholz vordringend.

Fluchend stieg der Prinz gleichfalls ab und zog sein Schwert. Seine Beine fühlten sich nach dem langen Ritt zittrig an, als er Piers folgte und blinzelte, als er auf eine im Sonnenlicht liegende Stelle gelangte. Der Geruch nach feuchter Erde und verrottenden Blättern stieg ihm in die Nase. Er lauschte auf jedes Geräusch im Unterholz ringsum. Einen Keiler zu Pferde anzugreifen war schon gefährlich, zu Fuß jedoch grenzte es an Selbstmord. Seine Hauer konnten einen Mann mühelos aufschlitzen.

Piers blieb bei einer Eiche stehen, bückte sich und fuhr mit einem behandschuhten Finger über die Kerben im Stamm. »Die scheinen frisch zu sein.«

»Wir sollten die anderen rufen.« Edward griff nach seinem Jagdhorn.

Ehe er es erklingen lassen konnte, richtete sich Piers auf und packte ihn am Handgelenk. »Die finden uns noch früh genug.«

»Und zwar in Stücke gerissen, wenn sich dieser Keiler hier irgendwo herumtreibt.« Edward versuchte, einen festen Ton anzuschlagen, aber der Druck von Piers' Fingern bewirkte, dass er lediglich ein Flüstern herausbrachte. Der Gascogner war ihm so nah, dass er die Schweißperlen auf seiner Oberlippe und den Schatten eines Bartes erkennen konnte. Er wandte den Blick ab. »Piers …«

»Ich hatte gehofft, dich allein sprechen zu können.« Der Gascogner lockerte seinen Griff nicht. »Was hat der König über mich gesagt, Edward?«

»Über dich gesagt? Ich weiß nicht, was du meinst.«

»Weich mir nicht aus. Dazu kennen wir uns zu lange.«

Edward schüttelte den Kopf. »Er hat nichts gesagt, Piers, das schwöre ich dir.«

Der Gascogner gab Edwards Handgelenk abrupt frei. »Ich sehe doch, wie viel Mühe er sich gibt, uns voneinander fernzuhalten. In den letzten zwei Monaten hat sich etwas zwischen uns geändert. Hast du das nicht gemerkt?«

Edward überlegte. Nach der Einnahme der Burg von Stirling, die sein Vater noch eine Weile unter Beschuss genommen hatte, bevor er endlich die Kapitulation der Garnison akzeptierte, hatte der König seine Armee Richtung Süden nach England geführt. Sie waren nur langsam vorangekommen, weil sein Vater von einer plötzlich aufgetretenen Krankheit geplagt worden war. Es stimmte, während dieser Zeit hatte er ihm mehr Pflichten aufgebürdet, aber der Prinz hatte das auf seinen geschwächten Zustand zurückgeführt.

»Nein«, widersprach Piers scharf, als Edward ihm dies auseinanderzusetzen versuchte. »Dahinter steckt mehr als die Gesundheit deines Vaters. Er schließt mich von Versammlungen aus und manövriert andere in höhere Machtpositionen an deinem Hof. Edward Bruce – ein gottverdammter *Schotte* – verfügt über mehr Einfluss als ich. Und dein Vater spricht so oft von deiner Hochzeit, dass man glauben könnte, du wärst schon verheiratet!«

Edward runzelte finster die Stirn und schob sein Schwert mit einem Ruck in die Scheide zurück. Zwischen ihm und Piers bestand die unausgesprochene Übereinkunft, die bevorstehende Hochzeit mit Isabella von Frankreich niemals zu erwähnen. »Du bist nicht derjenige, der zu diesem Schritt gezwungen wird.«

»Nein, meine Zukunft ist viel düsterer«, schnappte Piers. »Wenn dieser Tag kommt, verliere ich dich.« Er drängte sich an dem Prinzen vorbei und ging zu ihren Pferden.

Edward holte ihn ein und fasste ihn bei der Schulter. »Lass uns nicht streiten.« Sie standen einander gegenüber, während ringsum die Blätter von den Bäumen rieselten. Die Hörnerklänge waren immer noch weit entfernt, wurden aber heller, drängender. Edward wusste, dass der Rest der Männer nach ihm suchte. »Es ist egal, was mein Vater sagt oder tut. Ich werde nicht zulassen, dass er oder irgendjemand sonst uns trennt.«

»Ich brauche mehr Macht und einen höheren Rang bei Hof, Edward. Nur so ist meine Zukunft an deiner Seite sicher. Du musst deinem Vater die Stirn bieten.«

Der Prinz lachte bitter auf. »Ihm die Stirn bieten?«

»Er wird dich dafür respektieren.«

»Nachdem er mich zu Brei geschlagen hat, dann vielleicht.« Edwards Heiterkeit verflog. »Du weißt immer noch nicht, wozu er fähig ist.«

Piers streckte eine behandschuhte Hand aus und umschloss seine Wange. »Dafür weiß ich, wozu du fähig bist.« Er trat einen Schritt näher.«

»Nicht.« Edward versuchte, den Kopf abzuwenden.

Piers hinderte ihn daran, indem er das Gesicht des Prinzen festhielt und sich vorbeugte, um ihn zu küssen.

Edward spürte, wie ihn heiße Begierde durchzuckte. Die Lippen seines Freundes waren warm und schmeckten nach gewürztem Wein und Salz. Er roch nach Schweiß und Leder. Edward grub die Finger in die Schulter des Gascogners. Abscheu und Verlangen kämpften in ihm, als sich sein Mund unter dem von Piers hungrig öffnete. Es war schon Wochen her.

Rechts von ihnen geriet plötzlich alles in Bewegung, als etwas Großes aus dem Unterholz brach, rasch gefolgt von lautem Hufschlag. Der Prinz und Piers fuhren auseinander, als Edward Bruce dem Keiler über die Lichtung hinweg nachsetzte. Bei ihrem Anblick machte der Schotte mit gezücktem Speer und einem vor Schock erstarrten Gesicht abrupt Halt. Einen Moment lang starrten die drei Männer einander an. Dann ertönte Gebell, und die Lichtung füllte sich mit Hunden, Jägern und Edelleuten. Ein paar zügelten, erleichtert, ihren Prinzen zu sehen, ihre Pferde, aber die meisten verfolgten von glühendem Jagdfieber erfüllt ihr Wild weiter.

»Mylord!«, keuchte einer der Männer. »Seid Ihr verletzt?«

Der Prinz riss den Blick von Edward Bruce los. »Mir fehlt nichts«, erwiderte er rau, ließ Piers, der den Schotten mit den Blicken durchbohrte, stehen und ging zu seinem Pferd. Seine Wangen fühlten sich an, als stünden sie in Flammen.

Vom Dickicht verdeckt, beobachtete Thomas of Lancaster von der anderen Seite der Lichtung aus, wie sich sein Vetter mit schamrotem Gesicht in den Sattel schwang. Als der Prinz sein Pferd antrieb und sich dem Jagdtrupp wieder anschloss, folgte ihm Edward Bruce mit gesenktem Speer. Piers Gaveston sah dem Schotten nach, bevor er sein eigenes Schlachtross bestieg und es von der Lichtung wegtrieb. Sein Gesicht war vor Wut verzerrt. Thomas blieb noch einen Moment, wo er war. Seine Hände schlossen sich fester um die Zügel.

Turnberry, Schottland, A.D 1304

Elizabeth stand in der Fensternische und beobachtete die Möwen, die am Himmel ihre Kreise beschrieben oder in die Tiefe schossen. Das Rauschen und Tosen der sich an den Klippen brechenden Wellen war allgegenwärtig. Regenschleier zogen zwischen der dunklen Kuppel des Ailsa Craig und der fernen Insel Arran hinweg. Es war zu düster, um die schwache Linie erkennen zu können, die an klaren Tagen die nördlichste Spitze Irlands markierte. Tief unter ihr schäumte das Meer und verursachte ihr Schwindelgefühle. Im Gegensatz zum Lough Rea, dessen stille Fläche sie als Kind meiden gelernt hatte, gab es auf diesem von der See gepeitschten Felsen kein Entrinnen vor dem Wasser. Im Traum überkam sie oft das panikartige Gefühl, verzweifelt zu kämpfen und keine Luft zu bekommen – die Kindheitsängste, die an die Oberfläche drängten –, und wenn sie erwachte und das Donnern der Wellen hörte, brauchte sie immer ein paar Momente, um zu begreifen, dass sie nicht mehr zu ertrinken drohte.

Sie blickte auf den Brief in ihrer Hand, den sie vor Kurzem von ihrem Vater bekommen hatte. Es war ein für ihn typisches gestelztes Schreiben, er berichtete flüchtig, wie es ihren Schwestern ging, ehe er sich den anhaltenden Kämpfen mit den Iren zuwandte, die nach wie vor an den Grenzen von Connacht und Ulster für Probleme sorgten. Zwischen den Zeilen ihres Vaters las sie die Hoffnung, König Edward würde sich nun, da der Krieg in Schottland beendet war, um seine anderen belagerten Herrschaftsgebiete kümmern.

Sie trat zu der Kommode, auf der sie ihre persönlichen Besitztümer aufbewahrte: einen Spiegel, einen Kamm, eine Parfümphiole und ein paar Schmuckstücke, darunter ihr Elfenbeinkreuz, das jetzt in einem seidenen Beutel steckte. Dieser Tage würdigte sie es kaum noch eines Blickes, denn es bot ihr eher Schmerz denn Trost; erinnerte sie an eine Zeit, in der ihr Vertrauen in ihren Vater und Gott absolut gewesen war. Sie kam nicht gegen das Gefühl an, dass beide sie bestraft und sie vor einem Mann gerettet hatten, von dem sie fürchtete, er könne sie zu sehr begehren, nur um sie dann einem auszuliefern, der überhaupt kein Verlangen nach ihr hatte. Sie faltete den Brief zusammen und legte ihn auf die Kommode, als in der Kammer nebenan lautes Hämmern einsetzte. Nachdem die Außenarbeiten größtenteils abgeschlossen waren, hatten die Steinmetze, Zimmerleute und Arbeiter begonnen, die Schäden in Turnberrys Innerem zu beheben.

Seit über einer Woche hatte Elizabeth dem unaufhörlichen Lärm nicht entkommen können, weil Stürme über Carricks Küstenlinie hinwegtobten und die Straßen in einen schlammigen Morast verwandelten. Nicht dass außerhalb der Burgmauern viel Trost zu finden gewesen wäre, es gab nur windumtoste Dünen und einsame, von dichten Wäldern und Hügeln gesäumte Marschen. Die Dorfbewohner erschienen ihr unfreundlich und misstrauisch, und die wenigen Male, wo sie sich über Turnberrys Grenzen hinausgewagt hatte, hatten nicht dazu beigetragen, diesen Eindruck zu ändern. Als sie einmal einen Ausritt in die nahen Wälder unternommen hatte, um ihr Pferd zu bewegen, hatte sie eine alte Frau mit verfilztem weißem Haar gesehen, die zwischen den Bäumen stand und sie anstarrte. Ein Kind mit bösen Brandnarben im Gesicht hielt sich an ihrer Seite. Als sie ihr Pferd gewendet hatte, um das seltsame Paar zu begrüßen, war es nirgendwo mehr zu entdecken gewesen. Immer wenn sie jetzt an diese Begegnung zurückdachte, fragte sie sich, ob es sich um Geister gehandelt hatte.

Robert hatte sie kurz nach dem Fall Stirlings nach Turnberry gebracht, war aber nur lange genug geblieben, um die bereits ausgeführten Reparaturarbeiten an der Burg zu besichtigen. Er sagte ihr, er würde sich auf Geheiß des Königs mit John Comyn treffen, um einen neuen schottischen Rat ins Leben zu rufen, aber Elizabeth wusste, dass er ihr etwas verschwieg. Seit sie das englische Lager verlassen hatten, hatte sie eine Veränderung in ihrem Mann gespürt. Er war noch wortkarger und in sich gekehrter geworden, empfing mitten in der Nacht Boten, schickte seinen Knappen Nes auf irgendwelche geheimnisvollen Botengänge und besprach sich hinter verschlossenen Türen mit Männern, die sie nicht kannte.

In Dunfermline hatte Elizabeth gedacht, er hätte begonnen, ihre Niedergeschlagenheit zu bemerken, denn nach seiner Rückkehr von dem fehlgeschlagenen Überfall im Wald hatte er eingewilligt, eine Gouvernante für Marjorie einzustellen. Emma, die Frau von einem von Sir Humphreys Knappen, war eine warmherzige, matronenhafte Frau, sanft und energisch zugleich, die die Erziehung des Mädchens sofort in die Hand genommen hatte. In den letzten Monaten war Marjorie wesentlich leichter zu lenken gewesen. Obwohl dies eine Erleichterung darstellte, begann Elizabeth, die plötzliche Leere in ihren Tagen mit dem wachsenden Wunsch nach einem eigenen Kind auszufüllen.

Sie wandte sich vom Fenster ab, ging zum Bett und setzte sich auf die Kante. Die Kammer war erst kürzlich gestrichen worden, um die Rauchschäden zu beseitigen, und der beißende Geruch nach Tünche verursachte ihr Kopfschmerzen. Sie massierte ihre Schläfen mit den Fingerspitzen und dachte an Bess, die bald ihr Kind bekommen musste, wenn sie es nicht schon hatte. Sie vermisste die Freundin. Die Einsamkeit in ihrem Inneren schwoll an und verdrängte alles andere, bis sie sich wie eine bis auf das Dröhnen des Meeres hohle Schale fühlte.

»Warum weinst du?«

Elizabeth blickte auf und wischte sich hastig über die Augen, als sie Marjorie auf der Schwelle stehen sah. »Hast du keinen Unterricht?«

»Ich habe gelernt, einen ganzen Psalm zu lesen. Mistress Emma hat gesagt, ich kann bis zum Mittagessen spielen.« Marjorie blieb noch einen Moment unschlüssig an der Tür stehen, dann kam sie in die Schlafkammer.

Elizabeth sah, dass sie die Puppe, die ihr Vater ihr damals in Writtle geschenkt hatte, in der Hand hielt. Sie wirkte abgegriffen und schmuddelig, ein schwarzes Perlenauge fehlte.

»Ich habe sie ganz unten in meiner Truhe gefunden.« Marjorie streichelte einen der Zöpfe der Puppe. Der andere hatte sich gelöst, die Wollfäden waren verheddert. »Ich dachte, ich hätte sie verloren. Erinnerst du dich?«

Sich erinnern? Das Mädchen hatte fünf Tage lang ununterbrochen gejammert. Elizabeth unterdrückte ein Lächeln. »Aber ja.«

Marjorie hielt ihr die Puppe hin. »Hilfst du mir? Ich kann keinen Zopf flechten.«

»Ich?« Es gelang Elizabeth nicht, ihre Überraschung zu verbergen. »Kann Judith das nicht tun?«

»Sie ist eingeschlafen.« Marjorie kletterte auf das Bett.

Als Elizabeth die Puppe nahm und das Wollhaar mit den Fingern kämmte, um die verfilzten Knoten zu lösen, rückte Marjorie näher und sah ihr aufmerksam zu.

Plötzlich streckte das Mädchen eine Hand aus und berührte den Ring an Elizabeths Finger. »Er ist so schön.«

Elizabeth zuckte zusammen, als Marjories Hand über ihre

strich. Haut zu spüren – menschlichen Kontakt – versetzte ihr einen Schock. Sie hielt still, die Puppe war vergessen, als Marjorie den Ring hin und her drehte und die Art bewunderte, wie sich das Licht in dem Rubin fing.

»Mistress Emma hat auch einen Ring. Aber keinen so hübschen.« Marjorie runzelte die Stirn. »Warum tragen Ladys ihn an diesem Finger?«

»Weil dort eine Ader verläuft, die zum Herzen führt.« Nach einem Moment legte Elizabeth dem Mädchen den Arm um die Schultern und schloss die Augen, während die Schreie der Möwen die sich an den Felsen brechenden Wellen übertönten.

42

Badenoch, Schottland, A.D. 1304

DIE NACHT BRACH ÜBER DEN Mooren herein, die Schatten in den Tälern und Senken des Landes wurden dunkler. Robert, der sich an der Spitze seiner Truppe um die höheren Hänge herumschlängelte, bemerkte Feuerschein auf dem Hügelkamm über ihnen. Er trieb sein Pferd den mit Farn bewachsenen Hügel bis zu der Stelle hoch, wo sich ein Ring von Steinen dunkel vom Himmel abhob. Als er näher kam und der Wind ihm das Haar in die Augen wehte, sah er, dass rund um den Kreis herum Zelte aufgebaut worden waren, deren Inneres von Laternen ausgeleuchtet wurde.

Am Rand des Lagers wurde er von zwei Wachposten angehalten, die ihn anstandslos passieren ließen. Ohne auf den Rest der Gruppe zu warten, ritt er zwischen den Zeltreihen hindurch und stieg neben den hohen Steinen ab. In der Mitte des Rings brannte ein großes Feuer, an dem zahlreiche Männer mit Essensschalen in den Händen saßen. Robert las zwar wenig freundliches Willkommenheißen in ihren Augen, aber er erkannte zu seiner Beruhigung einige vertraute Wappen.

»Sir Robert.«

Er fuhr herum. Eine hoch gewachsene Gestalt löste sich aus der Dunkelheit. Bei ihrem Anblick hob sich seine Stimmung. »Sir James!« Er ergriff die ausgestreckte Hand des Großhofmeisters und sagte aufgewühlt, aber dennoch formell: «Ich freue mich, Euch zu sehen.»

James Stewart bedachte ihn mit einem für ihn seltenen Lächeln. »Ich freue mich auch, Robert.« Sein Lächeln verflog, aber die Gefühle, die ihn bewegten, waren immer noch in seinen Augen zu lesen. »Die Straße, die uns hierhergeführt hat, war lang. Zu gegebener Zeit will ich alle Neuigkeiten hören, aber im Moment ...« Er brach ab und spähte über Roberts Schulter, als der Rest der Gruppe in das Lager ritt. »Willkommen, Exzellenz«, rief er William Lamberton an ihrer Spitze zu.

Der Bischof kam näher, dicht gefolgt von James Douglas. Seit er Lamberton in Paris getroffen hatte, von wo aus sie gemeinsam nach Norden weitergereist waren, war Robert aufgefallen, dass der junge Mann dem Bischof kaum von der Seite wich.

James' Blick heftete sich auf ihn. Seine Augen weiteten sich. »James? Bei Gott! Ich hatte gehofft, dass du kommen würdest, aber jetzt wird mir klar, dass ich auf einen Jungen gewartet habe. Lamberton«, beschwerte er sich, »Ihr habt mich nicht auf den Mann vorbereitet, den ich hier vor mir sehe.« Als James Douglas' hellblaue Augen fragend zu dem Bischof wanderten, runzelte der Großhofmeister die Stirn. »Willst du deinen Paten nicht begrüßen?«

»Onkel?« Der dunkelhaarige junge Mann trat zögernd einen Schritt vor.

»Habe ich mich so verändert?« Stewart überbrückte die Distanz zwischen ihnen mit zwei Schritten und umarmte seinen

Neffen. »Du hast die Kraft deines Vaters!«, entfuhr es ihm lachend, als James die Arme fest um ihn schloss. Nach einem Moment trat er zurück. »Was hast du in Stirling erreicht? Lamberton sagte, er wolle um die Rückgabe deiner Ländereien bitten.«

»Der König meinte, er würde darüber nachdenken, Mylord«, erwiderte James bereitwillig. »Aber ich weiß, dass Robert Clifford hoch in seiner Gunst steht, daher fürchte ich, der König wird einen Preis festsetzen, den ich nicht bezahlen kann, damit ich von meiner Forderung abrücke.«

»Nehmt nicht vorschnell das Schlimmste an, Master James. Edward hat nicht glattweg abgelehnt.« Lamberton richtete seine Aufmerksamkeit auf den Großhofmeister. »Meine Boten haben Euch ausgerichtet, dass der König Eure Kapitulation akzeptiert hat?«

»Ja. Danke, Exzellenz.« Der Blick des Großhofmeisters ruhte auf dem Bischof, schien eine tiefere Dankbarkeit hinter diesen Worten zu übermitteln. Er lächelte, als er seinen Neffen wieder ansah. »Es ist gut, dich wiederzuhaben.«

Robert wurde von einer Gruppe von Männern abgelenkt, die auf sie zukam. Beim Anblick der vertrauten Gesichter wurde ihm warm ums Herz.

Da war Niall, noch mehr in die Höhe geschossen, mit einer neuen Reife in den dunklen Augen und selbstsicherem Auftreten. Ob der Veränderung überrascht, die mit ihm vorgegangen war, wurde Robert bewusst, dass er ihn zum letzten Mal am Ufer des Lough Luioch gesehen hatte, wo er ihm den Stab des Malachias in die Hände gedrückt hatte, während hinter ihnen Ulsters Männer auf sie zugaloppiert waren. Er fragte sich, was sein jüngster Bruder – der ihn einst angebetet hatte – jetzt wohl von ihm denken mochte, und bekam seine Antwort, als dieser ihn umarmte.

»Ich wusste immer, dass du uns nicht verraten hast«, murmelte Niall.

Nachdem sein jüngster Bruder ihn freigegeben hatte, trat Thomas Bruce schroff und reserviert wie immer vor und schüttelte seinem älteren Bruder kräftig die Hand. »Willkommen zurück, Robert.«

»Du hast es ihnen gesagt?«, wandte sich Robert an James.

»Es war an der Zeit«, erklang eine andere Stimme, bevor der Großhofmeister antworten konnte.

John of Atholl löste sich aus der Menge. Hinter dem Earl kam sein Sohn David, der die Farben seines Vaters trug.

»Ich habe mir schon gedacht, dass du irgendetwas im Schilde führst«, erklärte John, fasste Robert bei den Schultern und lächelte, während er ihn von Kopf bis Fuß musterte. »Sir James hat meinen Verdacht nur bestätigt.«

»Morgen wird John Comyn wissen, was du vorhast«, warf der Großhofmeister ein. »Ich habe keinen Grund gesehen, deinen Brüdern die Wahrheit vorzuenthalten. Schließlich«, fügte er mit einem vielsagenden Blick in ihre Richtung hinzu, »brauchst du ihre Unterstützung, wenn du triumphieren willst.«

»Die hat er.« Christopher Seton löste sich aus den Schatten.

Sein Anblick entlockte Robert ein breites Lächeln. Er war über alle Maßen dankbar dafür, dass seine Brüder und Freunde den Sturm überstanden hatten und jetzt vor ihm standen und ihm alles verziehen, was er getan hatte. Während der letzten Jahre hatte der Gedanke, dass sie ihn für sein Desertieren hassen mussten, ständig an ihm genagt.

Christopher ergriff Roberts Hand und sank auf ein Knie. »Mein Schwert gehört Euch, Sir Robert. Das war immer so.«

Robert zog den Ritter aus Yorkshire auf die Füße und umarmte ihn. Hinter Christophers Schulter erkannte er Alexander Seton. Der Lord lächelte zwar nicht zur Begrüßung, neigte aber den Kopf. »Wie seid ihr hierhergekommen?«, fragte Robert Christopher. »Ich dachte, ihr wärt bei Wallace und seinen Leuten.«

»Ich musste wissen, warum du damals im Wald Nes zu uns geschickt hast.« Christopher blickte zu dem Knappen hinüber, der bei den Pferden stand. »Wallace hat Alexander und mich gehen lassen, um Sir John aufzusuchen. Dein Schwager hat uns alles erzählt – dass du dich König Edward nur zum Schein ergeben hast und dass du immer noch beabsichtigst, Ansprüche auf den Thron zu erheben.«

»Weißt du, wo Wallace ist?«

»Nein. Er ist in der Wildnis untergetaucht, um seinen Jägern zu entkommen.«

»Es gibt viel zu berichten«, unterbrach John of Atholl. »Aber das wollen wir mit etwas Warmem im Magen tun.« Der Earl wies einen seiner Pagen an, Essen und Trinken zu bringen. »Kommt, leistet mir am Feuer Gesellschaft«, forderte er Robert und Lamberton auf. »Meine Männer werden euren Knappen zeigen, wo sie lagern können.«

»Erst muss ich mit Sir James sprechen«, versetzte Robert mit einem Blick zu dem Großhofmeister. Er lächelte dem neben ihm stehenden Niall zu. »Geh schon vor.«

Als sein jüngster Bruder mit den anderen davonging, verblasste Roberts Lächeln. Noch ehe die Nacht vorüber war, würde er Niall und Thomas sagen müssen, dass ihr Vater tot war.

»Robert.«

Als er die Stimme des Großhofmeisters hörte, drehte er sich um und ließ sich von James durch das Lager führen, bis sie außer Hörweite der Männer waren.

James blieb neben einem Steinhaufen stehen und wandte sich im Dunkeln zu ihm. Das fahle Licht der Mondsichel betonte das Grau in seinem Haar. »Bischof Lamberton hat mir in seiner letzten Botschaft mitgeteilt, dass du Zweifel hast. Jetzt lese ich sie selbst in deinem Gesicht.«

»Kannst du mir daraus einen Vorwurf machen?«, gab Robert zurück. »Das hatten wir so nicht geplant.«

»Unsere Pläne basierten auf Hoffnung, nicht auf Wissen. Wir

mussten davon ausgehen, dass John Balliol zurückkehrt und du verbannt wirst. Wir konnten nicht ahnen, dass dieser Tag kommen, dass der Krieg zu Ende und der Thron noch immer unbesetzt sein würde. Wir konnten bis jetzt nicht über diese Möglichkeit hinausdenken.«

»Wenn ich das tue, was ihr wollt, liefere ich mich einem Mann aus, der mein Todfeind ist. Ich setze alles aufs Spiel. Sogar wenn Comyn darauf eingeht, kann man nicht wissen, wie viel Unheil aus einem Bündnis zwischen uns entsteht. Du kennst den Hass, der zwischen uns herrscht.«

»Du hast dich schon enttarnt, als du Nes losgeschickt hast, um die Männer im Wald zu warnen«, erinnerte ihn der Großhofmeister. »John Comyn muss wissen, dass du ein geheimes Ziel verfolgst. Er hat sich Edward unterworfen, weil er keine andere Möglichkeit zum Überleben gesehen hat. Durch dieses Bündnis bietest du ihm die Hoffnung, dass er kein Sklave der Engländer werden und sich nicht ihrem Willen beugen muss. Ich glaube, dass er dir zumindest zuhören wird. Und der Preis für seine Zustimmung ist für ihn kein schlechter Anreiz.«

Roberts Kiefermuskeln spannten sich an. »Preis?«, wiederholte er bitter. »Es ist eine Belohnung, die über alles hinausgeht, an das ich je gedacht hätte. Du und Lamberton, ihr verlangt mir ein großes Opfer ab.«

»Ist der Preis es nicht wert, gezahlt zu werden, wenn er dir zu einem Königreich und unserem Volk zur Freiheit verhilft?«

Robert wandte sich ab, um einer Antwort auszuweichen. Er spürte, wie der Wind kalt durch das Heidekraut wehte. Trotz seiner Freude über das Wiedersehen mit seinen Freunden und Brüdern spürte er, wie sich die Dunkelheit der letzten Wochen wieder über ihn zu legen begann.

»Es ist der einzige Weg, Robert. Für weniger wird Comyn nicht auf unsere Bedingungen eingehen.«

»Vielleicht gibt es doch noch eine andere Möglichkeit. Ich

habe zwar keinen Beweis dafür gefunden, dass Edward den Mord an König Alexander in Auftrag gegeben hat, aber ich weiß, wo ich Antworten finden könnte – zumindest, was die Prophezeiung betrifft.«

»Ich habe gesagt, du sollst dir das aus dem Kopf schlagen!«, zischte der Großhofmeister. »Wenn Edward Verdacht geschöpft hätte, hätte er …«

»Das hat er nicht. Er denkt, ich wüsste nicht, wer mich in Irland angegriffen hat. James, ich schwöre, ich habe Furcht in seinen Augen gelesen, als er das hier gesehen hat.« Robert griff in seinen Überwurf und zog die Spitze des Armbrustbolzens an ihrer Lederschnur hervor. Das Eisenstück glitzerte im Mondlicht. Er stieß den Atem aus, als er an den Tower dachte – an all die Wachposten und verschlossenen Türen zwischen ihm und dem Kasten mit der Prophezeiung. »Es ist mir noch nicht gelungen daran zu kommen, aber es besteht die Chance, dass ich den Beweis finde, der es uns ermöglicht, Edward unseren Willen aufzuzwingen.«

»Nein. Schluss damit.« Der Ton des Großhofmeisters duldete keinen Widerspruch. »Damit unser Plan aufgeht, musst du bei Hof auch weiterhin gut angeschrieben sein. So Gott will, wird John Comyn einwilligen, uns zu unterstützen, aber selbst wenn er das tut, wird es viele Monate dauern, bis wir den Stein ins Rollen bringen können. Wir müssen heimlich Bündnisse schließen und unsere Vasallen auf das Kommende vorbereiten, wir müssen eine bewaffnete Armee zusammenziehen und Angriffsstrategien ausarbeiten. Dann muss deine Krönung geplant werden. In dieser Zeit dürfen wir keinesfalls König Edwards Misstrauen wecken. Du musst dich ihm gegenüber auch weiterhin loyal verhalten und den schottischen Rat für das Parlament im nächsten Jahr einberufen, so wie er es befohlen hat. Die Zeit ist auf unserer Seite – je länger unsere Vorbereitungen dauern, desto sicherer wird sich der König fühlen. Wenn wir dann zuschlagen, wird er gar nicht mehr damit rechnen.« James packte ihn bei der Schulter. »Riskiere das nicht alles um einer fixen Idee willen, Robert!«

»Eine fixe Idee? Edward hat höchstwahrscheinlich unseren König ermordet!«

»Und ich versuche, einen neuen auf den Thron zu bringen«, erwiderte James bestimmt. »Weder du noch ich können Alexander zurückholen. Aber wenn ein so schweres Verbrechen wie Königsmord begangen worden ist, können wir es wiedergutmachen, indem wir dich zum König krönen. Unser Volk hat so viel verloren, so viel gelitten. Freiheit ist mehr wert als späte Gerechtigkeit.«

Robert blickte zu den Lagerfeuern hinüber, hörte Stimmen und Gelächter. »Ich kann nicht umhin, mich zu fragen, ob du meinem ursprünglichen Plan zugestimmt hättest, wenn ich dich vor Lamberton aufgespürt hätte.«

»Als Lamberton mir von deiner Absicht erzählte, William Wallace dazu zu benutzen, eine Armee für den Kampf gegen König Edward zusammenzuziehen, hielt ich das für Irrsinn. Dazu stehe ich immer noch. Ich hoffe, dass Sir William irgendwann einmal zurückkehren und eine ihm gebührende Position im Reich einnehmen kann, aber erst, wenn wir die Oberhand gewonnen haben. Das Beste, was er im Moment tun kann, ist, sich versteckt zu halten.« James' Brauen zogen sich zusammen. »Allerdings fürchte ich, seine Gier nach englischem Blut wird ihn früher oder später wieder auftauchen lassen.«

Robert wusste, dass der Kampf verloren war. Tatsächlich war er schon verloren gewesen, als er den Fuß auf die Straße nach Norden gesetzt hatte. Trotz seiner Bedenken konnte er einen Sinn in Lambertons Plan erkennen, zumal aus seinen eigenen bislang nichts geworden war. Aber hatte es so weit kommen müssen? Er dachte an seinen Großvater, der nach der Schlacht von Lewes von Simon de Montforts Truppen gefangen genommen worden war. Durch den Verrat der Comyns hatte die Familie Bruce eine so hohe Lösegeldsumme für den Lord entrichten müssen, dass sie fast in den Ruin getrieben worden wäre. Robert versuchte sich vorzustellen, was der alte Mann sagen würde, wenn er wüsste, was sein Enkel vorhatte, aber er verdrängte den Gedanken rasch. Sein Großvater hatte Zeiten wie diese nicht erlebt. James hatte recht. Jeder Preis war es wert, gezahlt zu werden, wenn er ihm den Thron eintrug.

»Weiß Comyn, worum ich ihn bitten will?«

»Nein. Er glaubt, du kämst, um ihn einzuladen, Mitglied des neuen Rates des Königs zu werden. Zumindest ein einziges Mal«, fügte James mit einem schiefen Lächeln hinzu, »lügen wir nicht.«

»Wann brechen wir auf?«

»Beim ersten Tageslicht. Schau einmal dort.« James schritt durch das Heidekraut auf den Rand des Moores zu, das sich weit in das Dunkel hinein erstreckte. »Lochindorb ist nicht weit weg.«

Robert folgte dem Blick des Großhofmeisters und sah, dass unter ihm ein großer See zwischen den Hügeln lag. Weit draußen erkannte er inmitten des vom Mondlicht beschienenen Gewässers eine Burg, deren Zinnen im Fackelschein schimmerten. Ein rotes Banner leuchtete im Licht der Flammen. »Also morgen«, murmelte er. »Möge es das letzte Opfer sein, das ich bringen muss.«

43

Lochindorb, Schottland, A.D. 1304

JOHN COMYN BEOBACHTETE, wie das Boot ablegte. Er konnte Robert Bruce gut erkennen, weil er sich durch das Weiß seines Mantels von den anderen Passagieren abhob. Als er über sich gedämpfte Stimmen hörte, drehte Comyn sich um. Sein Blick wanderte an der mächtigen Mauer der Burg zu den Zinnen empor, wo zwei in seine rote Livree gekleidete Wachposten an der Brustwehr lehnten. Die Spitzen ihrer Bogen, die sie neben sich gestellt hatten, waren gleichfalls zu sehen.

Als er sich wieder zu dem Boot wandte, das auf das südliche Ufer des Sees zuhielt, stellte Comyn sich vor, wie er den Befehl gab. Er würde die Eibenholzbogen knarren hören, wenn die Sehnen gespannt wurden; würde Pfeile auf das Boot zuschwirren sehen. Bruce würde über Bord gehen, sein Mantel kurz die Wasseroberfläche verdecken, bevor er in einem blutigen Strudel unterging. Die Tat selbst wäre leicht zu begehen, die Folgen jedoch schwerwiegend. Comyn wusste, dass es so wäre, als würde man einen Stein übers Wasser gleiten lassen, was er als Junge oft getan hatte. Er hatte immer gestaunt, wie weit sich die kleinen Wellen ausbreiteten.

»Wir haben viel zu besprechen.«

Comyn leckte sich über die trockenen Lippen, als der neben ihm stehende Schwarze Comyn das Wort ergriff. Auch der Earl of Buchan hatte den Blick auf das Boot geheftet.

»Das haben wir allerdings«, murmelte Comyn. Er rollte die Schultern, merkte erst jetzt, wie verspannt er nach der Verhandlung mit Bruce und dessen Verbündeten war. »Lass uns hineingehen.« Er schritt vor dem Schwarzen Comyn über den glitschigen Steg, vorbei an einigen Rittern, in den Burghof. Dort wurden sie von Dungal MacDouall erwartet.

Der Hauptmann neigte den Kopf vor den beiden Lords, wirkte aber zornig erregt. »Ich bitte um Verzeihung, Sir«, sagte er mit zusammengebissenen Zähnen, »aber darf ich fragen, was ich getan habe, um Euer Misstrauen zu verdienen?«

»Misstrauen?« Comyn runzelte die Stirn.

»Ich kann mir keinen anderen Grund vorstellen, weswegen Ihr mich von der Unterredung mit Bruce und dem Großhofmeister ausgeschlossen haben könntet.«

»Friede, Dungal«, erwiderte Comyn gereizt. »Ich habe Euch ausgeschlossen, weil ich es nicht für möglich gehalten habe, dass Ihr Euch mit dem Mann in einem Raum aufhaltet, der Euch verstümmelt hat, ohne auf Rache zu sinnen.«

Dungal zuckte zusammen und zog seinen linken Arm instinktiv an den Körper. Der vernarbte Stumpf ragte aus dem Ärmel seines Hemdes heraus, die Haut war rot und wulstig.

»Kommt.« Comyn führte die Männer über den Hof in die große Halle. »Wir müssen reden. Das Treffen verlief nicht wie geplant.«

MacDouall hielt sich an seiner Seite. »Bruce hat Euch keinen Sitz in dem neuen schottischen Rat angeboten?«

»Doch. Aber das war nicht der einzige Grund für sein Kommen.«

Der Türhüter stieß die mächtigen Türen auf, als er die Lords näher kommen sah.

Die große Halle wurde von einem Podest beherrscht, hinter dem eine rote Standarte mit John Comyns Wappen die Wand bedeckte. Die anderen Wände waren mit Gobelins geschmückt, die die verschiedenen Oberhäupter zeigten, die der Familie im Lauf der Jahre vorgestanden hatten: Ein Comyn stand hinter einem König, der ein Dokument mit seinem Siegel versah, ein anderer verneigte sich vor dem Thron, als ihm weitere Ländereien zugesprochen wurden, und John Comyns Großvater kämpfte in der Schlacht von Lewes an der Seite von König Henry und einem jungen Edward. Feuer prasselten in den Kaminen, und die Halle roch nach Rauch und dem frischen Stroh, das an Stelle der Sommerbinsen für den Winter auf dem Boden verteilt worden war.

Einige Diener waren eifrig damit beschäftigt, die Kelche und Platten abzuräumen, die während der Versammlung aufgetragen worden waren. Comyn schickte sie unwirsch fort und nahm am Kopfende eines Tisches Platz. Der Schwarze Comyn wuchtete seine breite, muskulöse Gestalt auf eine der Bänke, ehe er mit einer Hand Brotkrumen zu Boden fegte. Dungal MacDouall setzte sich ihm gegenüber und musterte die Überreste der Mahlzeit so finster, als suche er nach Beweisen für die Anwesenheit seines Erzfeindes.

Comyn wartete, bis die Türen der Halle geschlossen worden waren, bevor er begann, MacDouall von der Versammlung und ihrem unerwarteten Ausgang zu berichten.

Der Hauptmann saß, die rechte Hand auf der Tischplatte zur Faust geballt, einen langen Moment schweigend da. »Also beabsichtigt Bruce, König John zu stürzen?« Er sprach leise, aber so eindringlich, dass es einem Aufschrei gleichkam.

»Er lechzt schon lange nach dem Thron, das ist keine große Neuigkeit«, grollte der Schwarze Comyn. »Dieser Ehrgeiz brennt seit drei Generationen in seiner Familie. Überraschend ist nur der Umstand, dass Bruce seinen englischen Herrn die ganze Zeit hintergangen hat und jetzt plant, Krieg gegen ihn zu führen.«

»Ich finde das überhaupt nicht überraschend«, murmelte Comyn. »Der Hurensohn hat sich so oft mit dem Wind gedreht, dass niemand mehr weiß, in welche Richtung er gerade blickt.«

»Und er glaubt wirklich, Ihr würdet ihm dabei helfen?«, erkundigte sich MacDouall ungläubig.

»Der Großhofmeister und dieser ewige Einmischer Lamberton haben sich alle Mühe gegeben, mich davon zu überzeugen, dass ein solches Bündnis äußerst vorteilhaft für mich wäre. Wenn ich Bruce in seinem Kampf um den Thron unterstütze, gehen Annandale und die Grafschaft Carrick auf mich über.«

»Nur wenn er auch wirklich König wird«, warnte der Schwarze Comyn. »Vergiss nicht, dass die Abmachung nichtig ist, wenn es ihm nicht gelingt, den Thron an sich zu reißen, John. Er verlangt von dir, dass du dich uneingeschränkt hinter ihn stellst – mit deinen Männern, den Vasallen deiner Verwandten und allen deinen Verbündeten.« Der Earl sah MacDouall an. »Und mit den Enteigneten.«

MacDouall stieß ein schnarrendes Lachen aus und erhob sich von seinem Platz. »Bruce kann sich doch nicht ernsthaft einbilden, dass wir darauf eingehen!«

Comyn hielt seinem vor Wut glühenden Blick stand. »Ich denke, sie halten ihr Angebot für so großzügig, dass ich nicht ablehnen kann.« Er dachte an die Versammlung zurück, an den Moment, wo James Stewart auf die Bedingungen zu sprechen gekommen war. Nachdem die erste Überraschung verflogen war, hatte er Robert Bruce einen verstohlenen Blick zugeworfen und aus dem unverhohlenen Groll in dessen Gesicht geschlossen, dass es nicht seine Idee gewesen war, ihm Land und Titel seiner Ahnen anzubieten. »Sie können ja nicht ahnen, dass ich fest entschlossen bin, den Thron selbst zu besteigen. Den König zu stürzen, wie Ihr es ausgedrückt habt«, fügte er trocken hinzu, dabei hob er eine Braue in Richtung des Hauptmanns.

»Ich sehe lieber Euch auf dem Platz Eures Onkels sitzen als tausend Bruces«, erwiderte MacDouall. Er setzte sich wieder, zog mit seiner gesunden Hand einen der benutzten Kelche zu sich heran und goss sich Wein ein, doch seine Hand zitterte so stark, dass er etwas davon verschüttete.

Der Schwarze Comyn musterte seinen Verwandten nachdenklich. »Mich wundert immer noch, dass dein Vater dir zu deinem Plan seinen Segen gegeben hat, John. Er verstößt gegen alles, wofür die Familie Comyn steht; alles, worauf unsere Vorväter hingearbeitet haben. Wir sind Königsmacher, keine Könige.«

»Die Zeiten haben sich geändert. Wir müssen uns mit ihnen ändern, wenn unsere Familie ihren früheren Ruhm wiedererlangen soll.« Der durchbohrende Blick des Mannes machte Comyn nervös. Der Earl, der Vetter seines Vaters und fünfzehn Jahre älter als er, war ein kluger, scharfsinniger Mann, der die schottische Politik seit Jahrzehnten maßgeblich beeinflusste und unter Balliols Herrschaft sogar zum Konnetabel von Schottland ernannt worden war. Ein Mann, den man sich besser nicht zum Feind machte. Comyn war erleichtert, als der Earl nickte und sich zurücklehnte.

»Das mag ja sein«, bemerkte der Schwarze Comyn. »Aber weder Ehrgeiz noch die augenblickliche Situation ändern etwas an der Tatsache, dass Robert Bruce einen weitaus berechtigteren Anspruch auf den Thron hat als du. Wie wahrscheinlich ist es denn, dass du an seiner Stelle gekrönt wirst?« Ehe Comyn antworten konnte, fuhr er fort: »Wenn Bruce sein Ziel erreichen würde, würde er dich zu einem Earl machen. Das ist etwas, was man nicht leichtfertig von der Hand weisen kann. Der Besitz von Carrick verschafft dir Landsitze in Irland, und Annandale ermöglicht es dir zusammen mit den Gütern in Galloway, den Westen Schottlands zu kontrollieren. Er stellt dir eine große Belohnung in Aussicht.«

»Dafür muss ich unter seiner Herrschaft leben.« Die Vorstellung trieb Comyn die Zornesröte ins Gesicht. »Niemals werde ich das Knie vor diesem Mann beugen! Noch nicht einmal, wenn mein Leben davon abhängen würde. Lieber bleibe ich ein Untertan des englischen Königs!«

»Könntet Ihr Euer Anrecht auf den Thron geltend machen, bevor er es tut?«, fragte MacDouall. »Da keine Hoffnung mehr auf König Johns Rückkehr besteht, würden Euch die Männer des Reiches sicherlich unterstützen. Bruce' Anspruch mag ja berechtigter sein, aber Ihr seid mit Balliol verwandt, und das würde in den Augen Eurer Verbündeten den Ausschlag geben. Warum sollen wir nicht dieselbe Gelegenheit nutzen wie die Gegenseite? König Edward ist nach England zurückgekehrt. Warum ziehen wir nicht unsere Anhänger zusammen und erheben uns gegen ihn? Mit Euch als König?«

»Das geht nicht.« Die Antwort kam von dem Schwarzen Comyn. »Und zwar aus demselben Grund, aus dem Bruce gezwungen war, uns um Hilfe zu bitten. Wenn sein Plan – oder unserer – aufgehen soll, dann muss das ganze Reich dahinterstehen. Keine Partei hat die Macht, den Engländern allein entgegenzutreten.« Er sah Comyn an. »Deine Kapitulation hat dich viel Geld gekostet. Du bist zwar dem Exil entgangen, weil du König Edward geschworen hast, William Wallace zu jagen, aber du hast für die Rückgabe Lochindorbs einen hohen Preis gezahlt, und wenn du dem König den Gesetzlosen nicht auslieferst, wirst du noch größere Summen aufbringen müssen, um auch die restlichen Landsitze zurückzubekommen.« Er hielt inne. »In einem Punkt stimme ich mit Lamberton überein: Schottland muss vereint sein, wenn wir uns von dem englischen Joch befreien wollen. Du hast viele Verbündete und befehligst eine Armee, aber seit Bruce das Erbe seines Vaters angetreten hat, ist auch seine Macht gewachsen. Und er hat ebenfalls einflussreiche Freunde: den Großhofmeister von Schottland, die Bischöfe von Glasgow und St. Andrews, Earl John of Atholl, Earl Gartnait of Mar, die MacDonalds von Islay, zahlreiche Lords und Ritter. Wenn du versuchen würdest, den Thron an dich zu bringen, würden sie sich gegen dich stellen.«

»Dann sehen wir einer Zukunft als Untertanen Englands entgegen?«, murmelte Comyn. »Ich frage mich, welches Übel das kleinere ist.«

»Nicht unbedingt.« Der Schwarze Comyn legte die Hände gegeneinander. »Wenn die Hoffnung, dass Bruce König wird, beseitigt werden würde, wäre es für seine Anhänger schwerer, sich gegen deinen Anspruch zu wehren. Wenn nur zwei mögliche Herrscher zur Wahl stünden – du und der englische König – dann weiß ich, für wen sich viele entscheiden würden.«

»Beseitigt?« Comyn runzelte die Stirn. Er fragte sich, ob der Schwarze Comyn an der Anlegestelle dieselbe Vision gehabt hatte wie er. Dann schüttelte er den Kopf. »Wir können Bruce nicht beseitigen. Wir würden Gefahr laufen, einen Bürgerkrieg heraufzubeschwören.«

»Wir nicht. Aber König Edward könnte es.«

Comyn beugte sich vor. »Worauf willst du hinaus?«

»Wir wissen jetzt, dass Robert Bruce die Engländer hintergeht. Wenn Edward herausfindet, was er plant, dann verwette ich meine Grafschaft darauf, dass Bruce den Rest seines Lebens im Tower von London verbringt.«

Comyn schüttelte erneut den Kopf. »Ein guter Vorschlag, aber keiner, der sich so einfach in die Tat umsetzen lässt. König Edward vertraut Bruce weit mehr als einem von uns. Mein Hass auf den Mann ist allgemein bekannt. Edward ist kein Narr. Er würde es als Versuch meinerseits ansehen, Bruce in Misskredit zu bringen, um mir Vorteile zu verschaffen. Ich könnte sogar meine Position als Ratsmitglied verlieren. Wenn ich außer meinem Wort keine hieb- und stichfesten Beweise für Bruce' Verrat erbringen kann, wird der König mir nicht glauben.«

»Wozu brauchen wir echte Beweise, wenn wir sie uns unseren Bedürfnissen entsprechend zurechtschmieden können?«

Gräfin Isabel of Buchan lag mit offenen Augen auf ihrem Bett. Ein Wandbehang an der Wand neben ihr zeigte einen Mann in wallenden Gewändern mit einem weißen Heiligenschein, der am Bug eines Schiffes stand. Im Hintergrund war eine Insel mit einem Kreuz darüber zu sehen, das in einem vom Himmel herabfallenden Lichtstrahl glühte. Der heilige Columba auf dem Weg nach Iona, nahm sie an. Der Gobelin bewegte sich in dem durch das Fenster wehenden Luftzug, sodass es aussah, als würde das gewebte Meer kleine Wellen schlagen. Seit ihr Mann gegangen war, war das Feuer im Kamin heruntergebrannt und der Raum so kalt geworden wie ein Grab. Isabel fröstelte, machte aber keine Anstalten, unter die Bettdecke zu kriechen oder ihre Zofen aus dem Nebenraum herbeizurufen, damit sie das Feuer schürten. Stattdessen schloss sie die Augen und probte die Worte noch ein Mal. Ihre Lippen bewegten sich stumm.

Einige Zeit später erklangen draußen im Gang schwere Schritte. Die Gräfin stützte sich auf die Hände, schwang sich herum und glitt von der Bettkante. Einen Moment lang geriet sie in Panik, wusste nicht, wo sie sich am besten hinstellen sollte. In den Burgen ihres Mannes oder in ihren eigenen Herrenhäusern kannte sie sich aus. Hier in John Comyns nördlicher Festung war sie ein Gast, und der unvertraute Raum machte sie unruhig. Sie trat zum Fenster, nahm auf der gepolsterten Sitzbank Platz und rückte das Netz zurecht, das ihr Haar hielt. Im nächsten Moment wurde die Tür geöffnet.

Isabel rang sich ein Lächeln ab, als ihr Mann eintrat. Bei seinem Anblick gefror es ihr auf den Lippen. Sie kannte seinen Gesichtsausdruck – die angespannten Kiefermuskeln, die Furchen auf der Stirn. Er verhieß nichts Gutes. Sie sah zu, wie er die Brosche löste, die seinen schwarzen Umhang zusammenhielt, und das Kleidungsstück von seinen breiten Schultern streifte.

»Warum ist das Feuer heruntergebrannt?«, knurrte er und sah sie zum ersten Mal an.

»Radulf wird sich gleich darum kümmern«, versprach Isabel, als ihr Mann den Umhang auf das Bett warf. Sie stand auf und strich ihr Gewand glatt. »Ist die Verhandlung so verlaufen, wie du gehofft hast?«

Der Earl grunzte etwas, was sie nicht verstand, und ging zu dem Haken, an dem sein Reitumhang hing. »Sag den Zofen, sie sollen packen«, wies er sie an, den Umhang über seinen Überwurf ziehend. »Die Träger werden die Truhen in einer Stunde abholen.«

»Wir reisen ab?«

»Ich muss mich um einige dringende Anglegenheiten kümmern.«

Die Worte, die Isabel einstudiert hatte, drängten über ihre Lippen. Sie versuchte, sie auszusprechen, aber es gelang ihr nicht. »Und der neue Rat des Königs?«, fragte sie stattdessen. »Hat Sir Robert dich aufgefordert, Mitglied zu werden?«

Der Earl drehte sich abrupt um. Die Furche auf seiner Stirn vertiefte sich, er lachte sardonisch auf, dann trat er zu ihr. »Immer so korrekt.« Er schloss eine Hand um ihr Gesicht. »*Sir* Robert hat einen unerwarteten Zug gemacht. Das Spiel hat sich geändert. Wir Comyns müssen jetzt unsere Figuren neu aufstellen. Aber ja, König Edward will mich in dem Rat haben.«

Isabel schloss die Augen, als sie die Schwielen auf seinen Handflächen an ihrer Wange spürte. Der jahrelange Umgang mit dem Schwert hatte seine Haut verhärtet. Die seltene zärtliche Geste ermutigte sie. »Das ist gut.« Sie legte ihre Hand über die seine. »Ich habe mir gedacht, dass wir den König jetzt, wo der Krieg zu Ende ist, bitten könnten, meinen Neffen freizulassen?« Isabel sprudelte die Worte förmlich hervor, froh, sie endlich losgeworden zu sein. Sie waren ihr monatelang im Kopf herumgegangen, seit sie ihrer Schwester versprochen hatte, ihren Mann dazu zu bewegen, sich an den König zu wenden.

Der Earl zog seine Hand zurück. »Ich habe dir nach St. Andrews gesagt, dass keine Hoffnung auf eine Freilassung deines Neffen besteht. Edward hat keinen Zweifel daran gelassen: Earl Duncan wird nie wieder einen Fuß nach Fife setzen. Edward hat Angst, den Königsmacher nach Schottland zurückkehren zu lassen.«

»Seit St. Andrews sind Monate vergangen«, fuhr Isabel hastig fort. »Viele Schotten sind aus dem Exil zurückgekehrt. Warum nicht auch mein Neffe? Vielleicht denkt König Edward jetzt anders darüber. Duncan ist doch nur ein Junge.«

»Schluss jetzt. Ich habe keine Lust, mit einer Frau über Politik zu reden.«

Isabel umklammerte seinen Arm, als er sich abwandte.

»Aber wenn du in diesem neuen Rat sitzt, könnte sich der König doch überreden lassen …«

»Schluss jetzt, habe ich gesagt!« Die Stimme des Schwarzen Comyn steigerte sich zu einem Brüllen, und er stieß seine Frau grob von sich weg.

Isabel war nicht einmal annähernd so groß wie er. Die Wucht des Stoßes bewirkte, dass sie gegen einen Bettpfosten geschleudert wurde und mit Kopf und Rücken gegen das geschnitzte Holz schlug. Da ihr Haarnetz nur an den Seiten etwas gepolstert war, trug es kaum dazu bei, ihren Hinterkopf zu schützen. Die Welt begann sich um sie zu drehen. Benommen sank Isabel zu Boden und presste eine Hand gegen die schmerzende Stelle.

Der Earl starrte mit geballten Fäusten und roten Flecken im Gesicht auf sie herab. »Treib es nicht zu weit, Isabel«, murmelte er mit einem drohend erhobenen Finger. »Du weißt, dass ich keine Geduld dafür habe. Das Thema ist beendet.« Er richtete sich auf, als die Tür des Nebenraums geöffnet wurde.

Agnes, eine von Isabels Zofen, erschien. »Mylord?« Sie schielte nervös von dem Earl zu der am Boden kauernden Isabel. »Ich dachte, ich hätte gehört, wie … ein Unfall?«

»Meine Frau ist gestolpert, Agnes«, schnarrte der Earl. »Kümmere dich um sie.« Als Agnes an die Seite ihrer Herrin eilte, ging der Schwarze Comyn zur Tür hinüber. »In einer Stunde schicke ich die Träger her. Sorg dafür, dass du dann zum Aufbruch bereit bist.« Er schlug die Tür hinter sich zu.

Isabel zog die Hand vom Kopf weg und starrte das Blut an ihren Fingern an. Es überraschte sie immer wieder, wie rot es schimmerte.

»Nun, nun, Mylady.« Die Zofe gab beruhigende Laute von sich, als sie der Gräfin aufhalf. »Kommt, setzt Euch vor den Spiegel. Ich richte Euer Haar.«

»Mir fehlt nichts, Agnes«, sagte Isabel, ließ sich aber von der Zofe zu dem Stuhl vor dem kleinen Tisch führen, auf dem ein silberner Spiegel stand. Sie starrte ihr weißes Gesicht in dem Glas an, während Agnes Netz und Nadeln entfernte und ihr schwarzes Haar löste. Im Spiegel sah es so aus, als geschähe dies alles mit einer anderen Frau. Wie betäubt folgte sie den Anweisungen der Zofe, den Kopf nach rechts oder links zu drehen. Nur ihre Augen zeigten Zeichen von Leben. So dunkelblau wie Indigo, glichen sie zwei gefrorenen Teichen, in deren Tiefe es glitzerte. Tief in Isabels Innerem brodelten Groll und Wut, aber unter der eisigen Schicht aus Angst und Unschlüssigkeit blieb die ganze verborgene Kraft unter der Oberfläche gefangen.

44

Burstwick, England, A.D. 1304

DIE ABENDDÄMMERUNG SETZTE bereits ein, als Robert und seine Männer in den Hof des königlichen Landguts einritten und das Hufgeklapper von den Mauern der Gebäude widerhallte. Feuerschein schimmerte hinter den Fenstern, und Holzrauch hing in der kalten Luft. Diener eilten unter den wachsamen Augen der Posten vor den Türen der großen Halle über den Hof, um Befehle auszuführen, und von den Ställen und Koppeln wehten der Lärm und der Gestank mehrerer hundert Pferde herüber.

Robert stieg ab. Auf einer gegenüberliegenden Wiese war ein Lager aus Zelten und Karren errichtet worden, zwischen denen Männer umherhuschten. Nach dem Fall von Stirling war die englische Armee entlassen worden, die Infanteristen kehrten zu ihren Gehöften und Dörfern zurück, die Ritter und Lords zu ihren Landsitzen, aber der König und sein beträchtliches Gefolge blieben. Robert, der von Badenoch zur Grenze und dann nach England geritten war, um dem König zu folgen, hatte zu seiner Überraschung erfahren, dass Edward nicht weiter gen Süden gezogen war. Als Stallburschen herbeieilten, um die Pferde zu nehmen, und Fionn zu ihnen hinübertrottete, um sie zu begrüßen, fragte er sich, welchen Grund es für diese Verzögerung geben mochte.

Eine eigenartige Stille hing über dem Ort. Vom Lager her war keine Musik und kein Gelächter zu hören, die Diener gingen schweigend ihren Tätigkeiten nach, und die Wachposten wirkten bedrückt. Robert überließ es seinen eigenen Männern, sein Gepäck abzuladen, und trat zu den Wächtern, um mit ihnen zu sprechen, doch da wurde die Tür von einem der Gebäude geöffnet, und sein Bruder kam heraus.

Edward Bruce trat auf ihn zu und sagte »Ich dachte mir schon, dass du es bist. Willkommen, Bruder.«

Robert lächelte. Er freute sich, ihn zu sehen. »Ich hatte damit gerechnet, dich erst in Westminster wiederzusehen. Warum ist der König noch hier?«

»Kurz nachdem wir Schottland verlassen hatten, wurde er krank. Sein Arzt riet ihm, sich hier auszuruhen.«

»Etwas Ernstes?«

»Nein. Tatsächlich war er schon auf dem Weg der Besserung. Wir wollten letzte Woche aufbrechen, aber dann…« Edward hielt inne. »Deine Neuigkeiten zuerst, Bruder.« Er blickte zu den Wachposten hinüber, die aber in ihre eigene Unterhaltung verstrickt waren. »Wie bist du mit Comyn zurechtgekommen?« Er sprach mit gedämpfter Stimme.

»Er hat mir zugehört. Das ist alles, was ich mit Sicherheit sagen kann. Er sagte, er würde mir eine Antwort geben, wenn er Zeit zum Nachdenken gehabt hätte. Also warte ich jetzt erst einmal ab.« Robert hob die Schultern, als wolle er eine Last abschütteln. »In Lochindorb habe ich unsere Brüder getroffen. Niall und Thomas lassen dich grüßen. Sie sind in Sicherheit.«

Ein Lächeln breitete sich auf Edwards Gesicht aus. »Gott sei Dank.« Er lachte erleichtert auf. »Als die Iren Rothesay angriffen, habe ich das Schlimmste befürchtet.«

»Sir, wo sollen wir das hinbringen?«

Als Nes ihm die Frage zurief, sah Robert, dass seine Männer die Pferde abgeladen hatten. Stirnrunzelnd blickte er sich um und wunderte sich dann, warum kein Haushofmeister oder Beamter herausgekommen war, um ihn zu begrüßen. »Kann ich mein Gepäck erst einmal bei dir unterstellen?«, fragte er seinen Bruder. »Ich sollte mit dem König sprechen, wenn er mich empfängt. John Comyn und der Earl of Buchan haben sich einverstanden erklärt, in seinem neuen Rat zu sitzen. So Gott will, wird ihn das alles eine Weile beschäftigen«, murmelte er.

»Ich würde damit warten«, riet Edward. »Seine Tochter ist vor fünf Tagen gestorben.«

»Lady Joan?« Roberts Gedanken wanderten zu Ralph de Monthermer.

»Nein, Bruder. Bess. Sie starb im Kindbett. Das Kind auch.«

Vor Robert entstand das Bild einer von Feuerschein erleuchteten Kammer. Seine Frau lag völlig kraftlos auf dem Bett, ihr aschgraues Gesicht glänzte vor Schweiß. Zwischen Isobels Beinen färbte sich ein Stoffballen dunkel mit ihrem Blut. Mehr davon durchtränkte die Decken, der kupferartige Geruch vermischte sich mit dem beißenden Rauchgestank von den Feuern, die noch immer überall in der Stadt Carlisle brannten. Seine während einer Belagerung geborene Tochter wurde von der Hebamme gewickelt und im Arm gewiegt. Neben dem Bett beugte sich ein Priester über seine sterbende Frau. »Wo ist Sir Humphrey?«, fragte er rasch.

»Er war im Auftrag des Königs unterwegs und ist erst gestern Nacht zurückgekommen.«

»Bring mich zu ihm.«

»Robert, ich glaube nicht …« Edward brach ab, als er den entschlossenen Zug in seinem Gesicht sah. »Also gut.«

Robert folgte seinem Bruder über den Hof in eines der Fachwerkgebäude. Während des gesamten Weges den Gang hinunter sah er im Geist diese Kammer vor sich. Er war mit Isobel of Mar nur ein Jahr lang verheiratet gewesen, und die Verbindung war auf Wunsch seiner Familie zustande gekommen, nicht weil sie einander geliebt hätten. Trotzdem hatte ihr Tod ihn getroffen. Für Humphrey und Bess war ihre Heirat die Besiegelung ihrer Liebe gewesen. Und während Robert Trost in seiner am Leben gebliebenen Tochter gefunden hatte, hatte Humphrey in einer Nacht zwei Menschen verloren.

Er näherte sich einer Kammer am Ende des Ganges, deren Tür offen stand. Heisere Rufe drangen heraus. Als er eintrat, bot sich ihm ein Bild der Verwüstung. Vom Bett gerissene Decken und Teile einer Rüstung lagen am Boden verstreut, ein umgestürzter Tisch mit zersplitterten Beinen zwischen den Scherben eines zerbrochenen Kruges und einer Schüssel. Truhen an der Wand standen offen, Kleidungsstücke und Bücher quollen heraus. Einer der Bettpfosten sah aus, als hätte jemand mit einer Klinge darauf eingedroschen, tiefe Kerben klafften in dem Holz. In der Kammer befanden sich vier Männer – Robert Clifford, Ralph de Monthermer und zwei von Humphreys Rittern – und beobachteten wachsam einen fünften in der Mitte. Es dauerte einen Moment, bis Robert seinen Freund erkannte.

Humphrey de Bohun schwankte, das braune Haar lag dort, wo der Helm gesessen hatte, flach am Kopf an, sein Hemd war mit Erbrochenem besudelt. Sein Gesicht glühte fiebrig, die Augen waren zu blutunterlaufenen Schlitzen verengt. Mit einer Hand umklammerte er einen Weinschlauch, mit der anderen sein Schwert. Die mit Filigranarbeit verzierte Scheide der Waffe – ein Geschenk von Bess – lag vor seinen Füßen auf dem Boden. Er brüllte die umstehenden Männer an und befahl ihnen immer wieder, sein Pferd zu holen.

Ralph de Monthermer sprach auf ihn ein, versuchte, ihn zu beruhigen, doch Humphrey hörte nicht auf ihn. Ralph drehte sich überrascht um, als Robert sich an ihm vorbeidrängte. Ohne auf die Warnung des Ritters zu achten, trat Robert über die Gegenstände auf dem Boden hinweg und ging zu Humphrey hinüber. Humphrey konzentrierte sich mit sichtlicher Mühe auf ihn und holte mit seinem Schwert aus. Der Hieb war langsam und ungeschickt geführt, Robert konnte ihm mühelos ausweichen. Er packte Humphreys Schwertarm am Handgelenk und fasste ihn gleichzeitig bei der Schulter. »Humphrey.« Er sah den Earl eindringlich an. »Lass los.«

Humphrey fixierte ihn. In seinen stumpfen Blick kam Leben. »Robert?«, krächzte er.

»Lass das Schwert los, Humphrey.«

Der Griff des Earls lockerte sich, die Waffe entglitt seinen Fingern und landete klirrend auf dem Boden. Ralph beeilte sich, sie an sich zu nehmen. Als Humphreys Widerstand erlahmte und er auf die Knie sank, tat Robert es ihm nach, ohne seine Schultern loszulassen. Der Weinschlauch fiel aus Humphreys anderer Hand. Rotwein ergoss sich dunkel über einen Läufer, als der vom Schicksal Geschlagene kraftlos gegen Robert sackte.

Während er in der verwüsteten Kammer kauerte und Humphrey die Finger in seine Arme krallte, vergaß Robert alle seine Pläne und Sorgen. Das zwanghafte Verlangen nach Schottlands Thron, das ihn antrieb, als werde ihm eine Spore in die Seite gestoßen, ließ nach. Mit ihm schwanden seine Befürchtungen bezüglich John Comyns Antwort auf seinen Vorschlag und der Gedanke an den schweren Kampf, der vor ihm lag, wenn sein Feind einwilligte, seinen Anspruch zu unterstützen. In diesem Moment war er nur ein Mann und spendete einem Freund Trost, der im Meer seines Kummers zu ertrinken drohte.

Skipness, Schottland, A.D. 1305

»Mylord, Ihr habt Besuch.«

John of Menteith richtete sich auf und wandte sich von dem Tisch ab, über den er sich gebeugt hatte. Sein Haushofmeister stand in der Tür. »Arbeite weiter«, wies er seinen Buchhalter an und tippte dabei auf die Schriftrollen, die offen auf dem Tisch lagen. »Wer ist es denn?« Stirnrunzelnd ging er zur Tür hinüber, spähte an dem Haushofmeister vorbei in die hinter seiner Kammer liegende Halle und sah dort eine hochgewachsene Gestalt in einem weißen Überwurf an der Spitze einer Gruppe von Männern stehen.

Menteith spürte, wie sich sein Magen vor Unbehagen zusammenkrampfte. »Hauptmann MacDouall«, grüßte er, räusperte sich und rang sich ein gepresstes Lächeln ab, als er die Halle betrat. »Mit Euch hatte ich nicht gerechnet.«

Dungal MacDouall hatte seine behandschuhte Hand an den Griff seines Breitschwerts gelegt. »Warum nicht?« Seine Stimme klang tonlos und kalt. »Der Earl of Buchan hat Euch doch gesagt, dass ich kommen würde.«

»Das schon«, erwiderte Menteith mit einem gezwungenen Lachen. »Aber da die Hälfte der Barone Schottlands Wallace erfolglos gejagt haben, bin ich davon ausgegangen, dass das Ganze etwas länger dauern wird.« Er brach abrupt ab, als er eine Gestalt in der Gruppe hinter dem Hauptmann bemerkte, die von zwei Männern festgehalten wurde. Ihr wild hin und her zuckender Kopf wurde von einer Kapuze verdeckt. »Wer ist das?«

MacDouall wandte den Blick nicht von Menteith. »Reist Ihr immer noch regelmäßig nach Glasgow?«

Menteith errötete, wohl wissend, dass der Zustand seiner Burg dem Hauptmann die Frage beantworten musste. Er krümmte sich innerlich, als sein Blick auf die weiß getünchten Wände fiel. Die helleren Rechtecke verrieten deutlich, wo einst Wandbehänge gehangen hatten. Das Winterstroh war noch nicht fortgekehrt und durch Binsen ersetzt worden, obwohl der Frühling ins Land zog, und ein zerbrochenes Bein der Haupttafel wurde von einem Strick zusammengehalten. Während des letzten Jahres war der größte Teil des für die Instandhaltung seiner Halle bestimmten Geldes in die Hände der Männer geflossen, die Bärenhatzplätze und Hahnenkampfringe in der Stadt betrieben. »Ja«, murmelte er. »Ich reise immer noch nach Glasgow.«

»Gut. Aus den Ansiedlungen rund um die Stadt sind in der letzten Zeit die meisten Berichte über die Sichtung unseres Wildes gekommen. Aber Wallace hat unter der Landbevölkerung noch immer viele Freunde, deshalb ist es ihm bisher gelungen, seinen Häschern zu entkommen. Wir werden ihn aus seinem Versteck herauslocken müssen, wie wir es Euch gesagt haben.«

Menteith wandte sich ab. »Ich weiß immer noch nicht, wie ich das Eurer Meinung nach bewerkstelligen soll.«

MacDoualls Stimme wurde rauer. »Verliert jetzt besser nicht die Nerven, Sir John. Ihr habt meinem Herrn geschworen, ihm zu helfen, wenn die Zeit gekommen ist.« Er hielte inne, zügelte mit sichtlicher Mühe sein Temperament. »Wir wissen, dass es Euch nach der Kapitulation nicht gut ergangen ist; dass es Euch fast ruiniert hat, König Edward die geforderten Abgaben zu zahlen, um die beschlagnahmten Landsitze Eurer Familie zurückzubekommen. Dies ist Eure Möglichkeit, Euch Euer Vermögen zurückzuholen.«

»Aber wie soll ich Wallace herauslocken?« Menteith sah MacDouall in die Augen. »Und woher wollt Ihr wissen, dass er auch wirklich kommt?«

MacDouall nickte den beiden Männern zu, die die Gestalt mit der Kapuze gepackt hielten. Einer zog die Haube weg, woraufhin ein kahler Schädel und ein zerschlagenes Gesicht zum Vorschein kamen. Trotz der aufgeplatzten Lippen, der mit Blutergüssen übersäten Wangen und des geschwollenen Auges erkannte Menteith Wallace' Stellvertreter Gray sofort.

»Wir haben ihn in Lanark gefasst, wo er sich mit Vorräten versorgen wollte.« Ein zufriedener Unterton schwang in MacDoualls Stimme mit, als er seinen Gefangenen betrachtete. »Meine Männer haben die Stadt seit Monaten beobachtet.«

Menteith machte Anstalten, den Hauptmann am Arm zu fassen, besann sich dann aber eines Besseren und steuerte MacDouall mit einem Kopfnicken von Gray weg, der sie aus blutunterlaufenen Augen anstarrte. »Warum in Gottes Namen habt Ihr zugelassen, dass er uns sieht?«, zischte er durch die Zähne. »Jetzt weiß er, dass wir beide in die Sache verwickelt sind.«

»Das macht nichts. Er dient uns nur als Köder. Ich möchte, dass Ihr nach Glasgow geht und dort in Eurem Bekanntenkreis verbreitet, Ihr hättet Gray gefangen genommen, wäret jedoch bereit, ihn gegen ein angemessenes Lösegeld freizulassen. Aber geht vorsichtig vor. Wir wollen, dass Wallace erfährt, in wessen Händen sich der Mann befindet, aber nicht die anderen, die ihn jagen. Oder die Engländer. Ihr müsst derjenige sein, der Wallace überwältigt, oder unser Plan scheitert.« MacDouall nickte einem seiner Männer zu, woraufhin sich dieser aus der Gruppe löste.

Menteith bemerkte, dass er eine kleine Truhe in den Händen hielt.

»Das soll Euch nur helfen, die Räder zu schmieren«, erklärte MacDouall. »Wenn Ihr Erfolg habt, erhaltet Ihr noch mehr.«

Menteith nahm die Truhe entgegen. Ihr Gewicht erschien ihm wie ein Versprechen.

45

In der Nähe von Glasgow, Schottland, A.D. 1305

MENTEITH LIEF DER SCHWEISS in Strömen über das Gesicht. Als er ihn wegwischte, stob eine Wolke von Fliegen von der zuckenden Flanke seines Pferdes auf. Es war fast Mittag, die Luft flirrte vor Hitze. Der Schweißgestank der Männer und Pferde, die an der Kreuzung warteten, während die Sonne am weiß glühenden Himmel höher stieg, lockte Schwärme von Insekten an.

Menteith hakte den Weinschlauch los, der an seinem Gürtel hing, und ließ den Blick über die achtzehn Männer schweifen, die einen geschlossenen Karren umringten. Seine Ritter ächzten unter dem Gewicht ihrer Rüstungen und hatten ihre Visiere hochgeklappt, um wenigstens einen schwachen Luftzug unter ihre Helme zu lassen. Einige saßen zusammengesunken im Sattel, andere lehnten in dem schmalen Schattenstreifen, den der Karren spendete, während ihre Knappen die Pferde am Straßenrand grasen ließen. Links stieg die Straße zum Wald hin an, rechts führte sie über eine steinerne Brücke über einen Fluss mit steilen Ufern, bevor sie sich über eine Wiese wand, auf der eine verfallene Scheune stand. Dahinter verschwand sie in der Ferne und schlängelte sich um den Hügel herum nach Glasgow. Kurz nach ihrer Ankunft hatte einer seiner Männer gemeint, im Wald zu ihrer Linken Gestalten erspäht zu haben, aber die Kundschafter, die Menteith ausgeschickt hatte, waren zurückgekehrt, ohne jemanden gefunden zu haben.

Menteith hob den Schlauch an die Lippen, trank und verzog das Gesicht, denn der Wein war heiß und klebrig geworden. Er musterte die Straße, doch außer ein paar aufflatternden

Vögeln rührte sich nichts. Vielleicht würde Wallace gar nicht kommen. Oder vielleicht war er schon da, beobachtete sie und wartete darauf, dass die sengende Hitze sie auslaugte, bevor er seinen Zug machte. Aufgrund dessen, was er über den Rebellenführer wusste, traute Menteith ihm eine derartige Taktik durchaus zu. Seit Kriegsbeginn hatte der Mann eine Spur von Überfällen, Hinterhalten und Morden quer durch das schottische Tiefland und den Norden Englands gezogen. Obwohl er ihn verabscheute, konnte Menteith Wallace das Talent für raffinierte Schachzüge und blutige Gemetzel nicht absprechen.

Hier auf der offenen Kreuzung, unter der glühenden Mittagssonne, kam er sich entsetzlich schutzlos und verletzlich vor. In den Hügeln und Wäldern ringsum gab es reichlich Deckung; mehr als genug Platz für eine große Gruppe Männer, um sich verborgen zu halten. Zu Wallace' Horde gehörten zahlreiche Bogenschützen aus Selkirk. Vielleicht war irgendwo dort in den Bäumen ein Dutzend Pfeile auf ihn gerichtet. Menteith schob den Weinschlauch in seinen Gürtel zurück und griff nach den Zügeln. Ihm war, als könne er nicht genug Luft in seine Lunge pumpen. Würde Wallace nach dem Köder schnappen? Oder würde er ohne Vorwarnung angreifen, seinen Kameraden retten und sie alle niedermetzeln? Menteiths Haut kribbelte vor Schweiß, Fliegen und einem wachsenden Gefühl drohender Gefahr, als er sein Pferd wendete. »Gott verfluche ihn!«

»Sir?«, fragte einer seiner Ritter, als Menteith auf den Karren zuritt.

Ohne auf ihn zu achten, beugte sich Menteith zu den geschlossenen Leinwandklappen. »Bis der Hurensohn sich blicken lässt, bin ich in der Hitze erstickt!«

»Habt Geduld«, ertönte die scharfe Antwort aus dem Inneren des Karrens. »Wallace wird kommen. Er wird sichergehen wollen, dass Ihr keine Verstärkung mitgebracht habt, bevor er sich zeigt.«

»Wie lange sollen wir denn noch warten?«

»Sir.«

Menteith drehte sich nicht um, als einer der Männer ihn rief, sondern konzentrierte sich auf den Karren. »*Wie lange?*«

»Sir John!«

»Was ist denn, zum Teufel?«

»Reiter, Sir.« Der Ritter zeigte zu dem bewaldeten Hang zu ihrer Linken hinüber.

Menteith richtete sich im Sattel auf und blickte in die angegebene Richtung. Eine Gruppe von Männern war an der Baumlinie aufgetaucht, ein kleiner Trupp, nicht mehr als zehn. Sie kamen, lässig im Sattel zurückgelehnt, ohne Eile näher.

»Ist er es?«, erkundigte sich die Stimme im Inneren des Karrens.

Menteith musterte die Gruppe mit schmalen Augen, hielt nach William Wallace Ausschau. Keiner der Reiter schien die Statur des Gesetzlosen zu haben, aber das ließ sich aufgrund der Entfernung nicht sicher sagen. Die meisten trugen Hüte oder Kapuzen; die Gesichter waren nicht zu erkennen. Wenn das Wallace' Bande war, hatte er, wie vorausgesehen, die Straßen gemieden, aber Menteith wunderte sich über die geringe Anzahl von Männern. Einige hundert waren nach dem Zusammenbruch der Rebellion mit Wallace geflohen, und selbst wenn man Deserteure und Todesfälle berücksichtigte, konnte die Gruppe doch unmöglich auf so wenige zusammengeschrumpft sein? Er konnte sich nicht vorstellen, dass Wallace töricht genug war, mit einem so bescheidenen Trupp zu erscheinen. Da befand er sich ja sogar mit seinen achtzehn Männern in der Überzahl. Menteith leckte sich den Schweiß von der Oberlippe.

Einer der Reiter trennte sich von seinen Kameraden, trieb sein Pferd den Hang hinunter auf sie zu und machte just außerhalb der Schussweite der Bogenschützen Halt. Menteith erkannte Neil Campbell. Der Ritter aus Argyll gehörte seit den Anfangszeiten des Aufstandes zu Wallace' Leuten.

»Ich habe Euer Lösegeld, John of Menteith!«, rief Campbell. »Wo ist Gray?«

»*Ist er es?*«

Als sich die Stimme im Karren erneut zu Wort meldete, blickte Menteith sich abgelenkt um. »Nein«, murmelte er. »Einer seiner Männer. Campbell.« Er sah den Ritter aus Argyll wieder an. »Was soll ich tun?«

Im Karren regte sich etwas. Eine hochgewachsene Gestalt erschien und sprang zu Boden. Der Mann trug einen eisernen Helm, der sein Gesicht verdeckte, und einen schlichten Umhang über Kettenhemd und Wams. Er hatte nichts an sich, anhand dessen man ihn identifizieren konnte, kein Wappen oder Abzeichen. Auffällig war nur, dass ihm die linke Hand fehlte. Zwei weitere Männer tauchten hinter MacDouall auf; sie trugen ähnlich schlichte Kleider und schleiften den gefesselten Gray, dem man eine Kapuze über den Kopf gestreift hatte, zwischen sich. Der Gefangene setzte sich heftig zur Wehr, doch MacDouall zog sein Schwert, trat hinter ihn, legte den linken Arm unter Grays Kinn, zerrte seinen Kopf grob nach hinten und setzte ihm die Klinge an den Hals.

»Sagt ihm, Wallace sollte das Geld überbringen. Sagt ihm, weil er sich nicht daran gehalten hat, hätten sich Eure Bedingungen geändert.« MacDoualls Stimme wurde von dem Helm gedämpft, als er Menteith Anweisungen gab. »Sagt, Ihr wollt mehr Geld, oder Ihr schneidet Gray die Kehle durch.«

Menteith gab dies heiser an Campbell weiter.

Neil Campbell drehte sich um und sah den Rest seiner Gruppe an.

»*Komm schon, du Hund*«, murmelte MacDouall, während sich sein Gefangener hustend und würgend in seinem Griff wand. Nach einem Moment riss er ihm die Kapuze herunter. Gray zuckte zusammen und wandte sein zerschlagenes Gesicht vom hellen Sonnenlicht ab. Ein mit getrocknetem Blut verkrusteter Knebel steckte in seinem Mund. MacDouall trat ihm von hinten so hart gegen die Beine, dass er zusammenbrach und vor Schmerz grunzte, als seine Knie auf dem staubigen Pfad aufschlugen. Seine Hände waren hinter dem Rücken gefesselt, frisches Blut glänzte in den Wunden an Kopf und Körper. MacDouall baute sich hinter ihm auf und zog sein Schwert zurück, als wolle er ihm die Klinge in den Nacken treiben.

Im Schatten der Bäume auf dem Hügel erscholl ein lauter Ruf, ein Reiter löste sich aus dem Wald und lenkte sein Pferd den Hang hinunter auf sie zu.

Menteith sog scharf den Atem ein. Es gab nur einen Mann von so gigantischer Statur. Als der Reiter näher kam, wurden seine Züge klarer und formten sich zu einem narbigen, von einem braunen Haarschopf umrahmten brutalen Gesicht mit einer Nase, die aussah, als wäre sie mehrfach gebrochen worden. William Wallace trug eine fleckige Hose, mit Lederstreifen überzogene Stiefel und eine grob gewebte blaue Tunika. Ein Gürtel schlang sich um seine breite Taille. Er hätte wie ein gewöhnlicher Bauer gewirkt, wenn die unter seinen Kleidern sichtbare Rüstung und vor allem die große Axt nicht gewesen wäre, die in einer an seinem Sattel befestigten Schlinge baumelte. Menteith wandte den Blick nicht von Wallace ab, als weitere Männer zwischen den Bäumen auftauchten. Eine Hand voll war beritten, doch die meisten kamen zu Fuß und hielten Speere, Keulen, Bogen und Dolche in den Händen. Die sechzig, vielleicht achtzig Mann starke Truppe marschierte zielstrebig hinter ihrem Anführer den Hang herunter.

Menteith umklammerte die Zügel fester. Hinter ihm kratzte Metall auf Leder, als seine Männer ihre Schwerter zogen. »Was machen wir jetzt?«, fragte er MacDouall.

Wallace brachte sein Pferd neben Neil Campbell zum Stehen. »Lass meinen Gefährten gehen, Menteith.« Seine Stimme klang rau.

Beim Anblick seines Kameraden hatte Gray sich auf die Füße gezogen, doch seine beiden Bewacher hielten ihn mit eisernem Griff fest. Er rief Wallace etwas zu, was jedoch von dem Knebel erstickt wurde. Einer von MacDoualls Männern versetzte ihm mit seiner kettenhandschuhbewehrten Faust einen Schlag, der eine neue Wunde in seine Kopfhaut riss und bewirkte, dass er in sich zusammensackte.

Wallace trieb sein Pferd vorwärts. »Lass ihn gehen, und ich schenke dir das Leben.«

Er machte in kurzer Entfernung Halt, gerade noch in Reichweite seiner beiden Bogenschützen, wie Menteith feststellte. Plötzlich drehte sich Gray um und rammte einem seiner Wächter das Knie in den Unterleib. Als der Mann zu Boden ging, stürzte sich der Gefangene auf den zweiten und stieß ihm seinen Schädel mit solcher Wucht ins Gesicht, dass die Nase des Mannes brach und er zurücktaumelte. MacDouall versuchte Gray zu packen, doch dieser rannte bereits, durch seinen Knebel brüllend, auf Wallace zu. MacDouall fuhr mit einem gebellten Befehl herum, woraufhin vier weitere Männer aus dem Karren sprangen. Zwei hielten Hörner in den Händen, in die sie jetzt bliesen. Die durchdringenden Klänge zerrissen die Luft. Wallace' den Hang hinunterstürmende Männer zögerten, hoben ihre Waffen und blickten sich Gefahr witternd um. Einige riefen ihrem Anführer etwas zu, doch Wallace achtete nicht auf sie, sondern jagte auf Gray zu.

MacDouall wandte sich an Menteiths Bogenschützen. »Schießt auf ihn!«

Die Bogenschützen traten vor und spannten die Sehnen. Wallace stieß einen Warnruf aus, als er sie sah. Zwei Pfeile schwirrten durch die Luft. Einer traf Gray zwischen den Schulterblättern in den Rücken, die scharfe Spitze durchbohrte sein Hemd und grub sich in sein Rückgrat. Gray krümmte sich, dann brach er mit noch immer hinter dem Rücken gefesselten Händen im Gras zusammen. Der zweite Pfeil segelte über ihn hinweg und bohrte sich in den Hals von Wallace' Pferd. Das Tier bäumte sich laut wiehernd auf, drehte sich auf den Hinterhufen und schleuderte Wallace aus dem Sattel. Er überschlug sich mehrmals, war aber sofort wieder auf den Beinen, stürzte zu seinem am Boden liegenden Pferd, packte den Stiel der Axt und riss die Waffe aus der Schlinge. Kriegsgeschrei brandete auf, als seine Männer den Hang hinunterstürmten, um ihm zu Hilfe zu kommen. Plötzlich von Furcht erfüllt hob Menteith sein Schwert. In diesem Moment begannen sich Dutzende von Gestalten aus dem hohen Gras und am Ufer des Flusses zu erheben.

Mit vom langen Warten steifen Gliedmaßen krochen die in mit Schweiß und Tau durchtränke grüne Umhänge gehüllten, von den Hornfanfaren alarmierten Männer aus ihren Verstecken. Alle hielten Bogen in den Händen. In der Ferne stieg auf der Straße nach Glasgow eine Staubwolke zum Himmel auf, und unverkennbares schwaches Hufgetrommel setzte ein. MacDouall rief den jetzt kampfbereiten Bogenschützen Befehle zu, woraufhin diese alle zugleich ihre Waffen hoben und einen Pfeilhagel abschossen.

Neil Campbell hob seinen Schild, als sich der Himmel verdunkelte, aber er und Wallace waren nicht die Ziele. Die Pfeile flogen in die Höhe, beschrieben einen Bogen und ergossen sich über Wallace' Männer, von denen nur wenige Rüstungen trugen, sodass die Geschosse leichte Opfer fanden, Hälse und Arme durchbohrten oder sich in Lederwämser gruben. Schreie gellten durch die Luft, als Männer und Pferde in der ersten Angriffswelle zu Boden stürzten. Doch weitere kamen nach und setzten unter wildem Gebrüll über ihre gefallenen Kameraden hinweg.

Die kleine Gruppe von Neil Campbell ritt auf Wallace zu, um seine Flanken zu decken. MacDouall schrie seinen Bogenschützen durch seinen Helm etwas zu und zeigte auf die Gefahr. Die Bogenschützen feuerten eine weitere Pfeilsalve ab. Diesmal befand sich Campbell in Schussweite. Zwei Pfeile schlugen in den Schild des Ritters ein, einer traf sein Pferd in den Rumpf, woraufhin es blindlings davongaloppierte. Die Reitergruppe ritt direkt in den Geschosshagel hinein. Pferde bäumten sich auf und prallten gegeneinander, wenn sie getroffen wurden, Männer wurden aus dem Sattel geschleudert und unter den Hufen zertrampelt. Anderen gelang es, ihre Pferde aus dem Gewühl herauszutreiben und sich in Sicherheit zu bringen.

Wallace hatte Gray gepackt und zerrte den schlaffen Körper seines Kameraden hinter sein verletztes Pferd, das noch immer schwach auskeilte. Der Rebellenführer duckte sich hinter das sterbende Tier, als ein erneuter Pfeilregen weitere Männer auf dem Feld niederstreckte. Trotz seiner Verluste kam der Mob immer näher, verringerte den Abstand zu Menteiths Trupp auf der Kreuzung rasch. Ein paar von Wallace' Bogenschützen hatten jetzt Halt gemacht und rüsteten sich zum Gegenangriff.

Menteith drehte sich im Sattel und heftete den Blick auf die die Straße von Glasgow herankommenden Reiter – den Rest von MacDoualls Truppen. Sie würden nicht rechtzeitig eintreffen. Einer seiner Ritter schrie eine Warnung, als mehrere Pfeile rings um sie herum einschlugen. Einer traf den Karren, andere die Bogenschützen am Ufer des Flusses, von denen einer rücklings ins Wasser stürzte, als sich ein Geschoss in sein Gesicht bohrte. Ein anderer versuchte sich vor Schmerz keuchend einen Pfeil aus der Schulter zu ziehen. Vor Furcht zitternd, lenkte Menteith sein Pferd hinter den Karren. MacDouall duckte sich, als ein Pfeil auf ihn zugeflogen kam, dann war er wieder auf den Beinen und donnerte Befehle.

Neil Campbell hatte sein Pferd wieder unter Kontrolle gebracht und sich seinen Kameraden angeschlossen, aber Wallace' Leute befanden sich jetzt in optimaler Schussweite von MacDoualls Bogenschützen. Diejenigen, die nicht verwundet oder getötet wurden, verloren die Orientierung und duckten sich hinter ihre Schilde. Pferde gerieten in Panik, stoben in alle Richtungen davon und stießen in ihrem Bestreben, die

Flucht zu ergreifen, Männer um. Wallace' Bogenschützen schossen auch weiterhin auf die Gegner, hatten dem unaufhörlichen Pfeilfeuer von der Kreuzung her aber nichts entgegenzusetzen. Langsam machte der Rebellentrupp Halt, die Männer kauerten sich hinter Schilde oder gefallene Kameraden. Weniger als hundert Yards offenen Geländes lagen zwischen ihnen und dem hinter seinem Pferd Schutz suchenden Wallace. Das Tier war noch von anderen Pfeilen getroffen worden, sein mächtiger Körper zuckte im Todeskampf.

»Überwältige ihn, Colban«, befahl MacDouall einem seiner Männer, der mit ihm in dem Karren gesessen hatte. Als Colban sich entschlossen auf den Weg machte, bedeutete MacDouall fünf anderen, ihm zu folgen. »Ich will ihn lebend!«, brüllte er ihnen hinterher.

Während die Bogenschützen den Mob auf dem Hang weiter unter Beschuss nahmen und gellende Schreie erschollen, wenn sich Pfeile in Fleisch bohrten, näherten sich MacDoualls Männer dem toten Pferd. Neil Campbell, dessen eigenes Pferd inzwischen ebenfalls niedergestreckt worden war, rief Wallace über den Rand seines Schildes hinweg eine Warnung zu. Der Rebellenführer erhob sich mit der Axt in den Händen, als Colban und die anderen auf ihn losgingen. Colban konnte gerade noch seinen Schild hochreißen, ehe Wallace mit der riesigen Waffe ausholte. Die Klinge grub sich mit solcher Wucht in das Holz, dass Colbans Arm brach. Er sank auf die Knie und stieß ein lautes Schmerzgeheul aus, als Wallace die Axt zurückriss und dabei den Schild und Colbans schlaffen Arm grob zur Seite stieß. Colban kniete einen Moment lang regungslos da und starrte zu dem Rebellenführer empor, dann ließ Wallace die Axt auf seinen Kopf niedersausen. Blut und Hirnmasse spritzten auf, als sein Schädel gespalten wurde. Colban brach zusammen, Wallace riss die Waffe wieder hoch, schwang sie beidhändig und trieb sie einem anderen von MacDoualls Männern in den Leib.

MacDoualls fünfzig Reiter donnerten in einer Staubwolke auf die Kreuzung zu. Auf einen Befehl ihres Hauptmanns hin schwenkten sie von der Straße ab und jagten auf Wallace' Männer zu. MacDoualls Bogenschützen stellten das Feuer ein, doch die noch immer hinter ihren Schildern kauernden Rebellen wurden jetzt von den Reitern überrumpelt. Die Masse der Männer begann sich zu zerstreuen, einige setzten sich gegen die neuen Gegner zur Wehr und droschen mit Klingen und Keulen auf die Beine der Tiere ein, andere flohen in dem Versuch, höheres Gelände und die Sicherheit des Waldes zu erreichen, hügelaufwärts. Neil Campbell, der sich zu Wallace durchkämpfte, wurde von zwei Reitern gestellt und gezwungen, sich zu verteidigen.

Menteith, der das Geschehen von seinem Platz hinter dem Karren aus verfolgte, sah, wie Wallace einem von MacDoualls Männern seine Axt in die Brust hieb. Der Rebellenführer röhrte wie ein in die Enge getriebener Hirsch, drehte sich in dem sich um ihn schließenden Kreis von Männern hierhin und dorthin, wehrte Klingen ab, die vor ihm aufblitzten, und schwang seine große Axt in Richtung der Arme und Hälse seiner Feinde. Zwei hatte er bereits getötet, hackte jetzt auf den dritten ein und zerschmetterte dessen Schwert. Sie würden ihn nicht überwältigen können, erkannte Menteith; nicht, wenn sie nicht versuchten, ihn zu töten. Er hielt nach MacDouall Ausschau, doch die Aufmerksamkeit des Hauptmanns war auf seine Reiter gerichtet, die die Rebellen niedermetzelten. Menteith wischte sich den Schweiß aus den Augen. Er durfte Wallace nicht von diesem Feld entkommen lassen. Nicht nur, dass ihm dann die Belohnung entging – der Rebellenführer würde denken, er allein wäre für den Hinterhalt verantwortlich. Wallace hatte den Sheriff von Lanark in seinem Bett ermordet. Menteith wollte nicht für den Rest seines Lebens nachts wach liegen und in der Dunkelheit auf den Tod warten. Er wandte sich an seine Bogenschützen und sprach hastig auf sie ein.

MacDouall drehte sich um, als einer von Menteiths Bogenschützen hinter dem Karren auftauchte und zielte. Er wollte ihm etwas zurufen, aber es war zu spät, der Pfeil schnellte bereits von der Sehne. Wallace hatte einen dritten Mann bezwungen, dessen Schild an sich gerissen und drang auf einen vierten ein, als sich der Pfeil von hinten in seinen Oberschenkel bohrte. Er schwankte, war einen Moment lang nicht auf der Hut. Dieser Augenblick reichte MacDoualls restlichen drei Männern, um seinen Arm zu packen und ihn samt Axt zurückzureißen, während ein anderer ihm einen Schlag gegen die Schläfe versetzte. Der wuchtige Hieb brachte Wallace aus dem Gleichgewicht, und als er sich vornüber krümmte, rammte ihm der dritte Söldner sein Knie ins Gesicht. Ein Blutstrom schoss aus seiner Nase, und er sank auf ein Knie.

Einen Moment lang sah es so aus, als wäre der Hüne besiegt. Dann richtete sich Wallace unter Aufbietung einer ungeheuerlichen Kraft auf, schmetterte seinen Schild in das Gesicht eines seiner Angreifer und drückte dem Mann den Kiefer ein. MacDouall stürzte auf ihn zu. Während Wallace mit den beiden letzten Männern rang, sprang der Hauptmann über das tote Pferd hinweg, ging von hinten auf ihn los und hieb dem Gesetzlosen den Knauf seines Schwertes gegen den Hinterkopf. Wallace fiel mit einem überraschten Grunzen auf die Knie, die Axt entglitt seiner Hand. MacDouall trat ihm in den Rücken, sodass er mit voller Wucht auf dem Bauch landete. Während sich einer seiner überlebenden Männer vor Anstrengung keuchend breitbeinig auf ihn setzte, löste der andere einen zusammengerollten Strick von seinem Gürtel und fesselte Wallace grob die Hände auf den Rücken.

Auf dem Hügel floh der Rest der von MacDoualls Reitern auseinandergetriebenen Rebellen. Der Hang war mit über dreißig Toten übersät, Neil Campbell jedoch von seinen Kameraden in Sicherheit gebracht worden. Die letzten von ihnen verschwanden zwischen den Bäumen, während Menteith zu

MacDouall hinüberritt, der Wallace' Festnahme überwachte. Einige der Bogenschützen des Hauptmanns hatten ihre Waffen zur Seite gelegt und waren zu Hilfe gekommen. Der Rebellenführer war noch bei Bewusstsein; sein mächtiger Körper bäumte sich ab und an in dem Versuch auf, die Feinde abzuwerfen, aber seine Wunden hatten ihn erschöpft, er brachte nicht mehr die Kraft dazu auf.

Menteith zügelte sein Pferd.

MacDouall richtete sich auf, als er ihn sah. »Ihr Narr«, grollte er, auf ihn zustapfend. »Ihr hättet ihn töten können!«

»Irgendjemand musste ihn aufhalten«, gab Menteith zurück. »Er hat Eure Männer wie Weizenhalme niedergemäht.«

»Gray ist noch am Leben.«

MacDouall drehte sich um, als einer seiner Männer ihm diese Mitteilung machte. Menteith folgte ihm, als der Hauptmann zu dem gefesselten Wallace trat. Gray lebte in der Tat noch, er stöhnte durch blutverschmierte Zähne, und der Rücken seines Hemdes starrte rund um den Pfeil herum vor Blut.

MacDouall nickte dem Mann zu. »Mach ein Ende.«

Wallace, der sah, was geschehen würde, röhrte vor Wut, konnte sich aber nicht rühren, als Grays Kopf nach hinten gebogen und seine Kehle von einer Dolchklinge aufgeschlitzt wurde. Wallace brüllte immer noch, als MacDoualls Männer ihm eine Kapuze überstreiften und ihn zu dritt zu dem Karren zerrten.

Nachdem der Rebellenführer fortgeschafft worden war, nahm MacDouall seinen Helm ab. Einige seiner Männer, die die Gesetzlosen angegriffen hatten, kamen zu ihm herübergeritten.

»Es sind ziemlich viele in den Wald entkommen, Hauptmann«, meldete einer. »Sollen wir ihnen folgen?«

»Nicht nötig«, erwiderte MacDouall. »Wir haben, was wir wollten.« Er gab einem seiner Männer bei dem Karren ein Zeichen.

Als der Mann zu ihnen trat, sah Menteith, dass er eine abgewetzte Ledertasche in den Händen hielt.

Er reichte sie MacDouall, der sich an Menteith wandte. »Übergebt Wallace der englischen Garnison in Lochmaben.« Er hielt ihm die Tasche hin. »Und händigt ihnen dies aus. Sagt ihnen, sie wäre bei ihm gefunden worden. Verstanden?«

»Was ist darin?« Menteith nahm die Tasche entgegen. Sie fühlte sich leicht an.

»Nichts, worüber Ihr Euch den Kopf zerbrechen müsstet. Vergesst nicht, Menteith, Ihr habt William Wallace allein gefangen genommen. Meine Männer und ich waren nie hier.«

46

West Smithfield, London, A.D. 1305

DER SPÄTE AUGUSTNACHMITTAG war feucht und verhangen, der Himmel verhieß Regen, als Robert und seine Männer in westlicher Richtung durch die Außenbezirke der Stadt ritten. Vor ihnen beherrschten die Stadtmauern von London den Ausblick, sie ragten über den Häusern, Kirchen und Werkstätten auf, die sich an ihrer steinernen Linie entlangzogen, bevor sie nach und nach von Weilern, Leprahospitälern und imposanten Ordenshäusern durchsetzten Marschen und Wiesen wichen. Dazwischen wand sich die Straße nach Westminster hindurch. Von Backhäusern, Rauchfängen und offenen Feuern stieg Rauch auf und vermischte sich mit dem grauen, vom salzigen Gestank der Marschen erfüllten Nebel, der in der schwülen Luft hing.

Die Straße war merkwürdig leer, die Dörfer ungewöhnlich ruhig. Robert hörte schwache Jubelrufe, die innerhalb der Mauern aufzubranden schienen, und fragte sich, ob heute irgendein Fest veranstaltet wurde, das die Bewohner der Vororte in die Stadt selbst gelockt hatte. Aber er dachte nicht länger darüber nach, denn er wurde von seinen eigenen Sorgen geplagt.

Der Tod der Tochter des Königs hatte einen furchtbaren Schatten über das Weihnachtsfest geworfen, der bis zum neuen Jahr anhielt, dem Zeitpunkt, wo der Hof endlich Yorkshire verließ und Richtung Süden reiste, durch Lincoln hindurch nach Westminster. Robert war es so vorgekommen, als würde das Schicksal Schottlands gleichfalls auf diesen unerbittlichen Marsch gen Süden geschleift, um im Herbstparlament in den Stein von Gesetzen gemeißelt zu werden. Als er im späten Frühjahr nach Writtle aufgebrochen war, hatte er gehofft, die Nachricht, auf die er lauerte, würde dort auf ihn warten. Aber er hatte nur unvollständig geführte Kontobücher, reparaturbedürftige Gebäude und verwirrte Pächter vorgefunden, die schon lange die Aufsicht eines nüchternen Lords benötigt hätten.

Als der Frühling in den Sommer überging, hatte sein ungeduldiges Warten auf eine Antwort von John Comyn einen Punkt erreicht, wo ihn jedes Hufgetrommel, das sich der Burg näherte, zum nächstgelegenen Fenster trieb. Doch noch immer traf keine Botschaft ein. Und nun kehrte Robert, nachdem er zwei Monate in Essex verbracht und die Angelegenheiten seines Vaters geordnet hatte, an den Hof des Königs zurück, wo ihn die Parlamentssitzung erwartete. Übermorgen würde Schottlands neue Konstitution in Kraft treten und ein den englischen Oberherren untertaner Regierungsrat eingesetzt werden.

Eine grölende Lachsalve riss ihn aus seinen Gedanken, er blickte sich um und sah vier Halbwüchsige am Straßenrand entlangrennen. Ein fünfter, jüngerer, stolperte hinter ihnen her, verzweifelt bemüht, mit ihnen Schritt zu halten. Die älteren Jungen schenkten der Reitergruppe wenig Beachtung, doch der jüngste blieb grinsend stehen, als Fionn auf ihn zutollte.

»Du verpasst noch, wie er baumelt, Stephen!«, rief ihm einer der anderen zu.

Nachdem er den Hund gestreichelt hatte, lief der Junge seinen Kameraden hinterher. »Wir hätten den Weg durch Newgate nehmen sollen«, keuchte er. Sein Englisch klang so breit und schwer, als habe er nie etwas anderes gesprochen.

»Dummkopf! Da sind die Straßen verstopft. Hier entlang geht es schneller. Wir suchen uns einen Platz auf der Mauer von St. Bartholomew. Von da aus können wir sehen, wie ihm die Eingeweide aus dem Bauch quellen!«

Erneut lachend, rannten die Jungen weiter. Robert hörte, wie irgendwo neuerliche Jubelrufe aufbrandeten, diesmal lauter als zuvor. Jetzt erst wurde ihm bewusst, dass ein leises Summen zahlreicher Stimmen die Luft erfüllte. Vor ihnen bog die Straße in demselben scharfen Winkel nach links ab wie die Stadtmauern, die bei Cripplegate in südlicher Richtung verliefen. Roberts Trupp folgte der Biegung und sah bald die mächtigen Gebäude des Klosters St. Bartholomew weniger als eine halbe Meile entfernt vor sich aufragen. Dahinter erstreckte sich die glatte Ebene von West Smithfield in den Nachmittagsdunst hinein. Der Anblick, der sich ihm dort bot, bewog Robert, sein Pferd zum Stehen zu bringen.

Die grüne, vom Wasser des Fleet durchschnittene Fläche wimmelte von Menschen – Hunderten und Aberhunderten. Noch während Robert sie anstarrte, strömten von Newgate und Aldersgate weitere herbei und ergossen sich wie eine dunkle Flut auf die Ebene von Smithfield. Plötzlich wurde ihm klar, warum die Vororte und die Straßen verlassen dagelegen hatten. Ganz London schien sich auf den Feldern vor ihm zu versammeln. Sein erster Gedanke galt dem Augustjahrmarkt, zu dem ihn Humphrey Jahre zuvor mitgenommen hatte. Doch als er über die wogende Menge hinwegblickte, stellte er fest, dass es weder Verkaufsstände noch Pferdepferche noch Feuergruben gab, über denen sich Bratspieße drehten.

»Was ist denn hier los?«

Robert drehte sich um, als einer der Ritter aus Essex, ein Mann namens Matthew, das Wort ergriff. Matthews Blick hing wie die des Rests der Gruppe wie gebannt an der ungewöhnlichen Szene. Robert wandte sich wieder der Menge zu. Jetzt fiel ihm der skelettähnliche Rahmen eines Galgens auf, der über ihren Köpfen aufragte. Heute drängten sich dort nicht die Toten, sondern die Lebenden – Männer standen unter einer Reihe leerer Schlingen auf der Plattform. Die Rufe der Jugendlichen, die er aufgeschnappt hatte, ergaben mit einem Mal einen beunruhigenden Sinn. »Hier findet eine Hinrichtung statt.«

Robert trieb sein Pferd zu einem schnellen Trab an. Seine Begleiter folgten ihm, während die ersten Regentropfen vom Himmel fielen. Je mehr sie sich Smithfield näherten, desto lauter wurde der Lärm der Menge, und schon bald waren Robert und seine Männer gezwungen, ihre Pferde in langsamem Schritttempo durch das Gewühl zu lenken. Die Schaulustigen setzten sich hauptsächlich aus gewöhnlichem Volk in grob gewebten Tuniken und Holzschuhen, Arbeitern und Handwerkern, von denen einige noch ihre fleckigen Schürzen trugen, und ein paar wohlhabenden Bürgern mit Federhüten und bestickten Umhängen zusammen. Robert hob sich in seinem brokatverzierten Mantel, den weichen Lederstiefeln, dem Breitschwert an der Hüfte und seiner Eskorte von Rittern und Dienern von ihnen ab wie ein Edelstein von einem Strand voller Kieselsteine. Er bemerkte, dass Nes sich dicht an seiner Seite hielt und die vorbeieilenden Londoner argwöhnisch im Auge behielt.

»Wir sollten einen Bogen um sie machen, Sir«, rief Matthew, während er ein paar picklige Jungen, die versuchten, sein scheuendes Pferd zu berühren, finster anfunkelte. »Richtung Norden und dann hinunter nach Holborn.«

»Einverstanden.« Ein anderer Ritter wendete sein Schlachtross und lenkte es dem Strom entgegen. Fionn folgte ihm aufgeregt bellend.

Robert bückte sich und packte einen der pickligen Jungen am Kragen. »Wer wird hier hingerichtet?« Der Junge versuchte sich loszureißen, aber Robert hielt ihn fest. »Sag es mir!«

»William Wallace«, platzte der Bursche heraus. »Das Ungeheuer aus dem Norden!«

Robert gab ihn frei. Er bekam kaum mit, dass der Junge ihm einen Schwall von Beleidigungen entgegenschleuderte, bevor er von der Menge verschluckt wurde.

»Sir!«

Robert achtete nicht auf Matthew, sondern wandte sich an Nes. »Nimm mein Pferd!«, rief er seinem Knappen zu, riss die Füße aus den Steigbügeln und sprang aus dem Sattel. Ohne auf Nes' Warnruf zu reagieren, drängte er sich durch das Gewühl. Seine Größe und Körperkraft erlaubten es ihm, sich rücksichtslos vorwärtszukämpfen.

Am Rand der Menge erblickte er die zerlumpten Gestalten von Bettlern, die den Vorübergehenden flehend die Hände entgegenstreckten. Ab und an war das Klappern der Almosenschalen von Aussätzigen zu hören. Auch Spielleute und Jongleure, Scharlatane mit Taschen voller fragwürdiger Heilmittel und Ablasshändler mit ihren falschen Reliquien waren von dem Gewimmel angezogen worden wie Fliegen vom Honig. Es herrschte eine Art Festtagsstimmung, nur waren diese Schaulustigen nicht auf Spiele, Völlerei und Tanz erpicht, sondern sie lechzten nach Blut. Sie stießen und rempelten sich gegenseitig an, um so nah wie möglich an den Galgen heranzugelangen und einen Platz zu ergattern, von dem aus sie das Spektakel am besten verfolgen konnten.

Robert drängte sich weiter; angetrieben von dem Drang, mit eigenen Augen zu sehen, was hier geschah. Einige Male fing er Wallace' Namen auf. Wie hatten sie ihn gefangen genommen? Und wann? Feiner Regen vernebelte die Luft und ließ die Köpfe und Schultern der Menschen dunkel schimmern. Er trat jemandem auf den Fuß und spürte gleichzeitig einen Stoß im Rücken. Eine Frau, der das Haar offen um die Schultern fiel, vertrat ihm den Weg, lächelte und musterte ihn abschätzend von Kopf bis Fuß. Dann zog sie mit einer Hand das Oberteil ihres dünnen Kleides herunter und entblößte ihre Brüste. Die andere streckte sie aus und drehte eine schmutzige Handfläche nach oben.

»Für einen Penny dürft Ihr Euch daran gütlich tun, Mylord.«

Robert stellte fest, dass er in der wogenden Menge gefangen, von allen Seiten eingekeilt war. Der Gestank schalen Atems stieg ihm in die Nase, als ein zahnloser alter Mann sich zu ihm umdrehte, um ihn lüstern anzugrinsen. Seine Ohren dröhnten, weil zwei junge Burschen neben ihm beim Anblick des nackten Fleisches begeistert zu grölen begannen. Er sah, wie die Frau den Blick auf die jungen Männer richtete; sah eine Reihe dunkler Muttermale auf ihren Brüsten, als sie sich zu ihren möglichen Freiern durchkämpfte. Sie verschwand in der Menge, und Robert geriet in einen neuen Menschenstrom. Er drohte, auf dem schlammigen, mit Abfällen übersäten Boden auszugleiten, spürte einen Ruck an seiner Seite und begriff, dass ihm soeben sein Geldbeutel gestohlen worden war, aber er hatte in dem Gedränge nicht genug Spielraum, um nach dem Dieb Ausschau zu halten. Dann trat er auf etwas Weiches, Breiiges – vielleicht einen Tierkadaver –, das mit einem ekelhaften schmatzenden Laut unter seinem Stiefel nachgab. Ein durchdringender Gestank nach Schweiß, fettigem Haar, Rauch und Exkrementen verpestete die Luft. Es roch, als wäre aller Unrat der Stadt in diesem brodelnden Hexenkessel aufgekocht worden.

Vor ihm, jetzt nicht mehr weit entfernt, ragte der Galgen zum aschgrauen Himmel auf. Einige der Männer auf der Plattform trugen die scharlachrote Livree des Königs, die anderen waren schwarz gekleidet. Von einem anderen Teil der Menge in der Nähe der Stadtmauern brandete Jubel auf; das Gejohle schwoll an und ebbte ab wie eine Welle. Darunter vernahm Robert das Dröhnen von Trommeln.

»Er ist auf dem Weg hierher«, krähte ein pummeliger blonder Junge, der auf den Schultern eines älteren Mannes saß. Sein Cherubsgesicht glänzte vor Aufregung schweißnass. »Ich kann die Männer des Königs sehen!«

»Ich habe gehört, er ist ein Riese«, sagte ein neben ihm eingezwängter sehniger Mann. »Zehn Fuß groß.«

»Sobald sich sein Hals in die Länge zieht, wird er noch größer«, versetzte ein Dritter und löste damit bei den Umstehenden höhnisches Gekicher aus.

Robert widerstand dem Drang, sein Schwert zu ziehen und ihre roten, lachenden Münder aufzuschlitzen. Seine Hand schloss sich um den Griff der Waffe.

»Nein – ich sagte doch, mein Vetter ist Sekretär am Gericht des Lordkanzlers. Er hat es beim Prozess gestern selbst gehört. William Wallace hat alle Verbrechen gestanden, die ihm zur Last gelegt wurden, alle *außer* Verrat. Er sagte, er könne keinen Hochverrat begangen haben, weil er Edward nie als seinen König anerkannt habe.«

Robert drehte den Kopf und erblickte zwei ältere Männer, die besser gekleidet waren als der Rest ringsum. Sie trugen finstere Mienen zur Schau.

»Und was hat König Edward dazu gesagt?«, fragte der Begleiter des Sprechers mit hochgezogenen Brauen.

»Wie es aussieht, war der König auf der Jagd. Er hat dem Prozess gar nicht beigewohnt.«

Der Jubel steigerte sich zu einem ohrenbetäubenden Gebrüll. Jetzt konnte Robert scharlachrot gekleidete Ritter durch die Menge reiten sehen, die sich vor ihnen teilte, um ihnen den Weg freizugeben. In ihrer Mitte wurden zwei Karrengäule am Zügel geführt, die aufgeregt die Köpfe hochwarfen. Als sich zwischen den Schultern der vor ihm Stehenden eine Lücke bildete, stellte Robert fest, dass die Tiere eine Art Holzgerüst hinter sich herzogen, an das, das Gesicht dem Regen zugewandt und mit ausgestreckten Armen wie Christus am Kreuz, ein nackter Mann festgebunden war.

Seine Statur verriet Robert, dass es sich um Wallace handelte, denn ansonsten war er kaum noch zu erkennen. Sein Körper war mit Schmutz bedeckt – dem Inhalt von Nachttöpfen, Unrat, verfaulten Früchten, Pferdemist – allem, was die Bürger Londons von der Straße hatten aufklauben können, um es nach ihm zu schleudern, als er durch ihre Stadt gezerrt wurde. Sein Gesicht war blutig, und dort, wo ihn Stöcke und Steine getroffen hatten, wies seine Haut leuchtend rote Male auf. Sein Körper bäumte sich im Rhythmus der Bewegungen der Pferde auf, seine Füße schleiften über den schlammigen Boden. Der Mob begrüßte den Rebellenführer mit hasserfülltem Geschrei und Gegröle, dann schloss sich die Lücke vor Robert wieder und versperrte ihm den Blick auf Wallace.

Vor dem Galgen machten die Männer des Königs Halt. Eine Pause trat ein, die Menge rund um das Gerüst sang und johlte, als Wallace losgebunden wurde. Wenige Momente später wurde er, jetzt mit auf dem Rücken gefesselten Händen, von zwei Wächtern gezwungen, die Plattform zu besteigen. Die entfesselten Zuschauer verhöhnten ihn, als er nackt vor ihnen stand, und überschütteten ihn mit geifernden Beschimpfungen. Robert erinnerte sich daran, wie Wallace auf einer Lichtung im Wald gestanden, mit kraftvoller, autoritärer Stimme zu den Männern Schottlands gesprochen und jeden Einzelnen mit seinen blauen Augen gemustert hatte. Er hatte diesen Mann mit seinem eigenen Schwert zum Ritter geschlagen. Es drängte ihn, lautstark zu protestieren – zu verhindern, was gleich geschehen würde. Aber er hätte genauso gut versuchen können, die einsetzende Flut aufzuhalten.

Vom Balken des Galgens wurde eine Schlinge herabgezogen

und Wallace um den Hals gelegt. Die Menge verstummte, als sie von einem der schwarz gewandeten Henker zugezogen und der Knoten sorgsam an der Seite platziert wurde, damit sein Genick nicht brach. Auf Hochverrat stand Erhängen, Ausweiden und Vierteilen. Diese Strafe wurde als der dreifaltige Tod bezeichnet, weil es hieß, dass die Opfer dreimal starben. Der Henker trat zurück und nickte seinen Kameraden zu. Robert sah, wie Wallace die Augen schloss. Er schien tief Atem zu holen. Dann zogen drei Männer am anderen Ende des Seils, das über den Balken glitt. Die Schlinge schloss sich plötzlich um Wallace' Hals und drehte seinen Kopf zu einer Seite. Als seine von Londons Straßen aufgeschürften Füße sich von der Plattform lösten, brach der Mob erneut in Jubelgeschrei aus. Die Männer am Seil setzten all ihre Kraft ein, um seine sieben Fuß in die Höhe zu ziehen. Wallace' aschfahles Gesicht lief rot an, seine Augen weiteten sich, als ihm die Luft abgeschnürt wurde. Die Menge fuhr fort, begeistert Beifall zu spenden, während die Momente verstrichen und Wallace' Füße zu zucken und in den leeren Raum zu treten begannen. Seine Augen quollen aus den Höhlen, sein Hals dehnte sich, sein Gesicht lief violett an, und auf seiner Stirn traten die Adern hervor. Seine Zunge schob sich zwischen seine Lippen, als sein Körper von Krämpfen geschüttelt wurde. Robert, dem erst jetzt bewusst wurde, dass er selbst den Atem angehalten hatte, stieß ihn zischend wieder aus.

Allmählich erstarb der Applaus. Ein paar Frauen wandten den Blick ab; sie konnten diese langsame, qualvolle Auslöschung eines Lebens nicht länger mit ansehen. Endlich nickte einer der schwarz gekleideten Henker, der Wallace genau im Auge behalten hatte, den schwer atmenden, schwitzenden Männern am Ende des Seils zu, woraufhin diese den Strick gleichzeitig losließen und Wallace mit einem dumpfen Laut auf der Plattform aufschlug. Einer der Männer trat zu ihm und kippte einen Eimer Wasser über ihm aus, damit er das Bewusstsein wiedererlangte. Kurz darauf hallten erstickte Atemzüge über die fast totenstille Menge hinweg. Eine seltsame Erleichterung schien die Menschen zu durchströmen, sie begannen wieder zu lachen und sich miteinander zu unterhalten. Die Männer halfen Wallace auf die Füße und führten ihn zu einem Tisch auf der Plattform, auf dem er ausgestreckt und festgebunden wurde, um den zweiten Tod zu erleiden. Es regnete jetzt stärker, und die Zuschauer drängten sich enger zusammen. Unter dem Galgen glänzten die Messer mit den gebogenen Klingen und die anderen Werkzeuge, die die Henker jetzt in den Händen hielten.

Zuerst trennten sie Wallace die Genitalien ab, was ihm einen markerschütternden Schrei entlockte. Während sich ein dunkler Blutstrom über seine Schenkel ergoss, begannen die Henker, seine Bauchdecke aufzuschneiden, um an die Eingeweide zu gelangen. Robert spähte zu dem blonden Jungen hinüber, der angesichts der Aussicht darauf, den Unhold sterben zu sehen, so freudig erregt gewesen war. Er saß noch immer auf den Schultern des Mannes, hatte aber das Gesicht abgewandt, die Augen zusammengekniffen und die Fäuste in die Ohren gebohrt, um Wallace' Schmerzensgebrüll, dem nichts Menschliches mehr anhaftete, nicht hören zu müssen. Der Anblick eines Mannes, der bei lebendigem Leibe ausgeweidet, dessen Innereien herausgerissen und in ein rauchendes Kohlebecken geworfen wurden, wo sie zischend und prasselnd verbrannten, war zu viel für ihn. Aber viele andere verfolgten das grausame Schauspiel gebannt, wenngleich die meisten von ihnen schwiegen. Bald würde der dritte Tod folgen, das gnädige Enthaupten. Während der Regen an seinen Wangen herunterrann, drehte Robert sich um und begann, sich einen Weg durch die Menge zu bahnen.

Westminster, London, A.D. 1305

Sir John Segrave wartete vor der Westminster Hall, als König Edward und seine Männer in den Hof ritten. Die Beine ihrer Pferde waren mit dem Schlamm des Middlesex Forest verkrustet. Hinter den Lords, Rittern und Knappen, die den König begleiteten, rumpelte ein mit einem halben Dutzend erlegten Hirschen beladener Karren einher. Einer davon, ein Vierzehnender, war schon auf dem Feld ausgenommen und sein Fleisch in Portionen zerteilt worden. Sein großer, von einem schartigen Geweih gekrönter Kopf wurde von einem der Jäger auf einer Stange getragen, von deren Schaft Blut tropfte. Zwischen den Pferden rannten aufgeregt bellende Hunde umher.

Segrave überquerte steifbeinig den Hof, sein Hinken – wie gesagt, ein Andenken an den Kampf mit Comyns Truppen bei Roslin – verschlimmerte sich bei schlechtem Wetter immer. Mit einer abgewetzten Ledertasche in den Händen steuerte er zielstrebig auf den König zu, vorbei an den Pagen, die den Rittern Speere und Helme abnahmen, als sie mit regennassen Gesichtern von ihren Pferden stiegen. König Edward, der, angetan mit einem grünen Reitumhang, in ihrer Mitte stand, schien sich in einer ungewöhnlich gelösten Stimmung zu befinden; er lachte über irgendetwas, das sein Schwiegersohn Ralph de Monthermer sagte. Guy de Beauchamp und Henry Percy waren bei ihnen. Segrave wappnete sich für das, was gleich kommen würde. Er konnte nur beten, dass der König seinen Zorn nicht an dem Überbringer schlechter Nachrichten auslassen würde.

Als Edward Segrave näher kommen sah, erstarb sein Lächeln und machte einer begierigen Frage Platz. Er eilte zu dem Statthalter herüber, dabei streifte er seine Lederhandschuhe ab. »Ist es vollbracht?«

Segrave nickte zustimmend. »Ja, Mylord. William Wallace wurde heute Nachmittag zum Galgen von Smithfield geführt, wo Euren Anweisungen gemäß mit ihm verfahren wurde.«

Edwards Nasenflügel blähten sich. Er nickte langsam, als koste er die Nachricht aus. »Und der Leichnam des Verräters?«

»Er wurde gevierteilt. Sobald sich die Menge rund um Smithfield zerstreut hat, werden die Teile abtransportiert. Der Kopf wurde in Pech getaucht, um ihn zu konservieren. Noch vor der Vesper wird er auf der London Bridge zur Schau gestellt werden.«

»Gut.«

»Mylord.« Aymer trat zu ihnen. Seine Stimme klang tonlos, seine Stimmung war merklich gedrückter als die der anderen Männer. »Der oberste Jäger lässt fragen, ob Ihr uns die Ehre erweist, das erlegte Wild zu zerteilen.«

Segrave fiel auf, dass der Ritter dem König beim Sprechen nicht in die Augen sah. Er hatte gehört, Valence sei wegen seines an Besessenheit grenzenden Hasses auf Robert Bruce bei Edward in Ungnade gefallen. Segrave umklammerte die Tasche fester, wohl wissend, was auszulösen er im Begriff stand.

Edward rieb sich mit einem seltenen Lächeln die Hände. »Das werde ich.«

»Mylord«, unterbrach Segrave. »Da ist noch etwas.«

Edward runzelte ob seines Tons die Stirn. »Ja?«

»Das wurde mir soeben zusammen mit den Kleidern und Waffen übergeben, die Wallace bei seiner Gefangennahme abgenommen wurden.« Segrave hob die Tasche. »Meinen Männern zufolge hat John of Menteith sie bei dem Gesetzlosen gefunden.« Er griff in die Tasche und zog eine Pergamentrolle hervor. »Das hier befand sich darin.«

Edward griff danach. Während die Jäger die Kadaver der Hirsche vom Karren zerrten und die Edelleute sich miteinander unterhielten, entrollte er das Pergament und las. Segrave bemerkte, wie sich der Gesichtsausdruck des Königs änderte und die Farbe langsam aus seinen Wangen wich.

»Was ist, Mylord?«, erkundigte sich Aymer, dem nicht entging, dass sich die Miene seines Vetters verfinstert hatte.

Edward blickte auf. Seine Augen glühten. »Wo ist Robert Bruce?«

47

DIE ABTEI VON WESTMINSTER ragte über dem Geländekomplex auf, ein fahler Riese vor einem bleifarbenen Himmel. Die Spitzbogen und Pfeiler schimmerten vor Nässe. Wasser schoss aus den klaffenden Mäulern der Wasserspeier und ergoss sich über die zu ihnen emporgewandten Gesichter von Engeln. Das rote Glas der Fensterrosette schien Regentropfen zu bluten. Tief darunter strömten Männer und Frauen mit gesenkten Köpfen durch die mächtigen Türen.

Robert ritt über die King's Road direkt auf die weißen Mauern der Abtei zu. Er trieb sein Pferd über die Brücke über dem Tyburn und durch den großen steinernen Torbogen und brachte es vor dem Eingang zum Abteigelände zum Stehen. Als er abstieg, wanderte sein Blick zu dem riesigen Dach der Westminster Hall, das sich über den dahinterliegenden Palastgebäuden erhob: dem Ort, wo Wallace' Prozess stattgefunden hatte. Roberts nasser Umhang hing schwer von seinen Schultern herab, seine Stiefel waren mit dem Unrat von Smithfield besudelt. Aus seinem Haar tropfte Wasser auf seine Wangen, doch er achtete nicht darauf; er sah nur Wallace auf dem Henkertisch vor sich. Er hatte viele Männer im Kampf einen blutigen Tod erleiden sehen, sie waren von Schwertern und Äxten in Stücke gehackt worden, und Krähen und Würmer hatten sich an ihren Eingeweiden gütlich getan. Aber dem, was dem Rebellenführer angetan worden war, haftete etwas Gottloses an, hier war nicht nur das Fleisch, sondern auch die Seele verstümmelt worden. Diese langsame Erniedrigung des Körpers war kein Tod, den ein Krieger verdiente. Oder sonst irgendein Mensch.

Hufe klapperten hinter ihm, als ihn der Rest seines Trupps einholte. Nes stieg als Erster ab und kam direkt auf ihn zu. »Sir?« Unüberhörbare Besorgnis schwang in seiner Stimme mit, als er die Zügel von Roberts Pferd nahm. Nes zögerte. »Mylord, Ihr konntet nichts für ihn tun.«

Robert richtete den Blick auf die zerlumpte Prozession von Männern und Frauen, die die Abtei betraten. Er wusste, dass das nicht zutraf. Hätte er an seinem Plan festgehalten und nicht auf James Stewart und Lamberton gehört, könnte er jetzt vielleicht eine von Wallace zusammengezogene Armee anführen, und sie würden beide für die Freiheit ihres Königreichs kämpfen. Stattdessen hatte er vergeblich auf eine Antwort von John Comyn gewartet, die nie gekommen war. Welche Wahl blieb ihm denn jetzt noch? Schottland? Er dachte an die Prophezeiung, fragte sich, ob er sich geirrt hatte und sie schließlich doch existierte. War das der Grund für das Scheitern aller seiner Pläne? Er musste es wissen. Robert ließ Nes stehen und duckte sich unter dem Torbogen in der Abteimauer hinweg.

Nachdem das Spektakel in West Smithfield zu Ende gegangen war, hatte die rund um den Galgen versammelte Menge sich bald wieder zerstreut. Einige kehrten zum Abschluss des Tages noch in die Schänken der Stadt ein, andere kehrten zu ihrem Tagewerk zurück, während der Regen das Blut von dem Schafott wusch und das Hacken der Henkersaxt die Luft zerriss, als Wallace' Leichnam zerstückelt wurde. Robert, der seine Männer anhand von Fionns Gebell wiederfand, war dann nach Westminster weitergeritten. Er hatte gehofft, das Gewühl hinter sich zu lassen, aber rasch feststellen müssen, dass die King's Road von Menschen wimmelte, von denen viele durch Entstellungen, Hautkrankheiten, Armut und Hunger gezeichnet waren. Die Befragung einer Pilgergruppe ergab, dass der König befohlen hatte, am Schrein des Bekenners besondere

Almosen an die Armen zu verteilen. Darüber hinaus, berichteten ihm die Pilger, würden dort für alle sichtbar die Reliquien von Britannien ausgestellt werden.

Robert konnte weder an Wallace' Schicksal etwas ändern noch eine Einigung mit John Comyn erzwingen, aber er konnte den bewussten schwarzen Kasten öffnen. Er konnte versuchen, die Wahrheit herauszufinden. Ergo beschleunigte er seine Schritte, stapfte über den aufgeweichten Boden und steuerte auf die Türen der Abtei zu.

»Robert?«

Beim Klang der vertrauten Stimme drehte er sich abrupt um. Humphrey kam mit zum Schutz vor dem Regen hochgeschlagener Kapuze über den Hof auf ihn zu. Robert blickte sich um. Er hatte die Türen fast erreicht, konnte das von Kerzen erleuchtete dämmrige Innere dahinter sehen. Schlangen von Armen strömten an ihm vorbei auf die Almosenpfleger zu, die sie einließen. Auch einige königliche Wächter waren anwesend, um für Ordnung zu sorgen und nach Dieben Ausschau zu halten.

»Ich wusste gar nicht, dass du zurück bist«, sagte Humphrey.

»Bin gerade erst gekommen.«

Humphrey musterte Roberts schmutzige Stiefel und durchweichte Kleider. »Du siehst aus, als wärst du durch einen Fluss geritten, um hierherzukommen, mein Freund.«

»Ich war in Smithfield.«

Nach kurzem Zögern nickte Humphrey. »So Gott will, war das das letzte Blut, das in diesem Krieg vergossen wurde.« Trotz der optimistischen Worte blieben seine Stimme tonlos und seine grünen Augen trübe. Der Schmerz, der ihn in der Nacht, in der Bess und sein ungeborenes Kind gestorben waren, fast um den Verstand gebracht hatte, war jetzt ein Teil von ihm, er hatte sich in sein Gesicht eingegraben. »Gehst du hinein?« Er nickte zu der Abtei hinüber. »Ich will eine Kerze für Bess anzünden. Es ist fast ein Jahr her, dass …« Er schüttelte sich. »Entschuldige. Die letzten Tage waren schwer. Sie hätte letzte Woche Geburtstag gefeiert.«

»Verstehe.«

»Auf dem Weg hierher habe ich den König von der Jagd zurückkommen sehen. Ich treffe ihn heute Abend, um über das morgige Parlament zu diskutieren.« Humphrey deutete auf die Kirche. »Begleitest du mich zum Beten? Ich wäre froh, Gesellschaft zu haben. Dann gehen wir gemeinsam zum König. Ich weiß, dass er die endgültigen Entscheidungen bezüglich des Regierungsrates hören will, bevor die entsprechenden Gesetze erlassen werden.«

Robert überlegte noch, was er am besten antworten sollte, als Nes über das Abteigelände gelaufen kam.

»Sir Robert! Ich habe eine ...« Der Knappe blieb wie angewurzelt stehen, als er Humphrey sah, dessen Gesicht zum Teil von seiner Kapuze verdeckt wurde. »Botschaft«, beendete er den Satz mit einem viel sagenden Blick zu Robert. »Ich habe eine Botschaft für Euch.«

Robert runzelte die Stirn. Ihm entging nicht, wie Nes zu Humphrey schielte. Er nickte dem Earl zu. »Ich komme gleich nach.« Er wartete, bis Humphrey im Inneren des Gebäudes verschwunden war, dann wandte er sich an Nes. »Was gibt es denn?«

»Sir Ralph de Monthermer hat mich auf Euch warten sehen.« Nes' Stimme klang angespannt. Er blickte über das Abteigelände zu der Mauer hinüber, hinter der der Palastkomplex lag. »Er ist gerade von einer Jagd mit dem König zurückgekommen. Bei ihrer Rückkehr wurde dem König ein Brief übergeben, den John of Menteith bei William Wallace gefunden hat, als er ihn gefangen nahm. Ralph weiß nicht, was in dem Brief steht, aber er hat gehört, wie der König Aymer de Valence befohlen hat, Euch festzunehmen.«

»Mich festnehmen?« Robert spürte, wie das Blut in seinen Adern gefror. »Weswegen?«

»Das weiß Ralph nicht.« Nes hielt inne, um Atem zu schöpfen. »Aber er sagte, er wäre Euch dies schuldig.« Der Knappe griff unter seinen Umhang und zog etwas hervor. Auf seiner Handfläche lag ein Paar von einem Tagesritt verschmutzter Sporen.

Unmissverständlicher hätte die Botschaft nicht sein können.

»Flucht?« Robert blickte zu Nes auf. »Nicht ohne meinen Bruder.«

Edward Bruce schlug die Kapuze seines Umhangs zurück, als er die Gemächer des Prinzen betrat. Im Schein der Fackeln, die den Gang beleuchteten, glitzerten Regentropfen auf dem Kleidungsstück. Abgesehen vom Rascheln eines Besens, der irgendwo in dem Stockwerk über ihm geschwungenn wurde, herrschte in dem Gebäude eine gesegnete Ruhe; der Prinz und seine Männer waren nach ihrer Rückkehr von Smithfield direkt in die Palastküchen gegangen, um etwas zu essen und Ale zu verlangen. Edward, der ihr rohes Gerede und Gelächter nicht ertragen hätte, hatte sich entschuldigt. William Wallace' Todesschreie gellten immer noch in seinen Ohren. Die Hinrichtung hatte einen bitteren Geschmack in seinem Mund hinterlassen und die Illusion von Kameradschaft zerstört, die er im Lauf der vergangenen Jahre um sich herum aufgebaut und die es ihm ermöglicht hatte, die Rolle des loyalen Vasallen glaubhaft zu spielen. Eine kalte, von der Notwendigkeit, unerkannt zu bleiben, eingedämmte Flut der Wut war in ihm losgebrochen.

Er war wütend auf sich selbst, krümmte sich bei der Erinnerung an die Male, wo er mit diesen Männern zusammengesessen, getrunken und über ihre Witze über die barbarischen Iren, die wilden Waliser und die unzivilisierten Schotten gelacht hatte. Wie konnte sein Vater ihn nach diesem König benannt haben? Barbarisch? Wild? Ihm fielen keine besseren Worte ein, um zu beschreiben, was Edward Wallace heute auf diesem Schafott angetan hatte. Der Elfenbeinturm des Königs triefte vor Blut.

Morgen bei der Parlamentssitzung würde keine der Freiheiten, die der König ihnen zugestand, die Fesseln verdecken, die Schottland an England ketteten. Robert musste bald aus Writtle eintreffen, und soweit Edward wusste, hatte sein Bruder von John Comyn noch kein Wort bezüglich des vorgeschlagenen Bündnisses gehört, und es schien wenig Hoffnung auf die Aussicht zum Handeln zu bestehen, um die er gebetet hatte. Edward hätte einen anderen Weg eingeschlagen. Wäre er der Erstgeborene, würde er jetzt nicht darauf warten, dass ein Comyn über das Schicksal der Bruces und des Königreichs entschied. Er würde morgen gen Norden reiten, sich zum König krönen und Wallace als Märtyrer benutzen, um ganz Schottland unter seinem Banner zu versammeln. Und zur Hölle mit allen, die ihm dabei in die Quere kamen!

Edward erreichte die Treppe, die zu seiner Unterkunft führte, und stieg hinauf. Er war so in seine Gedanken versunken, dass er die Schritte im Gang hinter sich nicht bemerkte. Als sein Name gerufen wurde, blieb er auf halber Treppe stehen, drehte sich um und sah vier Männer auf sich zukommen. Ihre Schatten tanzten dunkel über die von Fackeln erleuchteten Wände. Als sie näher kamen, erkannte er Piers Gaveston an ihrer Spitze. In den kohlschwarzen Augen des Gascogners lag ein eigenartiger, hungriger Ausdruck. Piers trat auf ihn zu, und Edward wurde bewusst, dass er ein Schwert in der Hand hielt.

»Master Piers«, grüßte Edward, ohne den Blick von der Waffe zu wenden. Die Männer in Begleitung des Gascogners kannte er alle, sie gehörten zum Haushalt des Prinzen. Auch sie hatten die Hände an die Griffe ihrer Schwerter gelegt, bereit, sie zu ziehen. »Fließt das Ale nicht mehr?«

»Es ist sogar in Strömen geflossen«, erwiderte Piers. »Bis uns einer der Männer des Königs aufgesucht und uns beauftragt hat, Euch zu finden.«

»Das habt Ihr ja jetzt. Was wollt ihr?«

»Euch festnehmen.«

Edward spürte, wie der letzte dunkle Schleier von ihm abfiel und er die Welt ringsum plötzlich mit überwältigender Klarheit wahrnahm. Sein Herz begann zu hämmern, doch er wahrte eine unbeteiligte Miene. Seit er Zeuge jener Umarmung in den Wäldern bei Burstwick geworden war, hatte sich Piers' Verhalten ihm gegenüber geändert. Das des Prinzen ebenfalls, doch während dieser bestrebt schien, Edward enger an sich zu binden, war Piers kälter und aggressiver geworden. Vielleicht wollte er heute noch mehr schottisches Blut vergießen, ein für alle Mal vermeiden, dass das Geheimnis gelüftet wurde, das sie drei teilten? »Festnehmen?« Sieben Stufen trennten Edward von den Männern. Er stand näher beim Absatz als beim Fuß der Treppe. »Soll das ein Scherz sein?«

Piers lächelte. »Um Euren Bruder kümmern sich die Männer des Königs. Was Euch betrifft – mein Prinz hat mir die Ehre zuteilwerden lassen, Euch eigenhändig gefangen zu nehmen.«

Mit diesen Worten stürzte sich der Gascogner auf Edward, der herumwirbelte und die Stufen emporstürmte. Er hatte kein Schwert bei sich, nur einen Dolch im Gürtel, mit dem er gegen vier Klingen wenig ausrichten konnte. Am Ende der Treppe gabelte sich der Gang in zwei Richtungen. Edward sah einen Diener auf Händen und Knien die Fliesen schrubben. Ein hölzerner Eimer stand neben ihm auf dem Boden. Diesen packte er und schleuderte ihn die Treppe hinunter. Piers duckte sich, als sich ein Schwall Schmutzwasser über die Stufen ergoss. Edward hörte, wie der Eimer die Stufen hinunterpolterte, gefolgt von einem Schmerzensschrei, und jagte den Gang entlang auf seine Kammer zu. Er drehte sich nicht um, als Schritte im Korridor widerhallten und der Diener einen Warnruf ausstieß, verschwand mit einem Satz in dem Raum am Ende des Ganges, drehte sich um und erhaschte einen Blick auf Piers, der triefnass und vor Wut schäumend direkt auf ihn zukam, bevor er die Tür zuwarf.

Er schob den Riegel vor, wobei er sich in der Hast die Knöchel aufschürfte, und sah sich fieberhaft im Raum um. Sein Blick fiel auf einen massiven Schrank an einer Wand. Im selben Moment krachte etwas gegen die Tür. Edward stemmte sich gegen das schwere Möbelstück und schob es über die Bodendielen, wobei der Läufer verrutschte. Wieder ertönte ein Krachen, der Riegel drohte, unter der Wucht des Aufpralls aus der Halterung zu springen. Der dritte Stoß wurde vom Geräusch splitternden Holzes begleitet.

»Du kannst nirgendwohin flüchten, du Hurensohn!«, hörte er Piers schnarren.

Der Schrank ließ sich endlich mit einem protestierenden Quietschen vor die Tür schieben. Edward lehnte sich nach Atem ringend dagegen und lauschte dem fortdauernden, von Piers' Drohungen und Flüchen unterbrochenen Hämmern.

48

Nach zahlreichen weiteren vergeblichen Versuchen gaben sie es auf, die Tür aufbrechen zu wollen.

Piers erhob auf der anderen Seite die Stimme. »Geoffrey, Brian – ihr beide bleibt hier und passt auf, dass er nicht entkommt. Wir holen eine Axt aus dem Holzschuppen.«

Der an dem Schrank lehnende Edward hegte keinen Zweifel daran, dass Piers ihn diese Worte bewusst hatte hören lassen wollen. Der Gascogner wusste, dass er ihn in eine Falle gejagt hatte. Die Kammer hatte ein Fenster mit einer Bleiglasscheibe – zu klein, als dass er sich hätte hindurchzwängen können. Die weiß getünchten Wände bestanden aus dickem Stein.

Während die Schritte im Gang verhallten, betrachtete Edward die Dielen unter dem verrutschten Läufer und überlegte, ob er sie aufreißen und sich zum daruntergelegenen Stockwerk hindurcharbeiten konnte. Geoffrey und Brian warfen sich erneut so fest gegen die Tür, dass der Schrank erzitterte. Teile des Rahmens begannen zu zersplittern. Mit einer Axt würden sie sie im Handumdrehen aufgebrochen haben.

Edwards Überzeugung, dass es sich bei dem Ganzen um einen von Piers geführten persönlichen Rachefeldzug handelte, schwand, als ihm der Ernst seiner Lage bewusst wurde. Weswegen auch immer sie ihn und Robert verhaften wollten, es musste etwas Schwerwiegendes sein. Seine Gedanken kreisten um William Wallace. Hatte der Gesetzlose aus schierer Verzweiflung oder unter der Folter seinen Henkern etwas preisgegeben, das den Plan seines Bruders verraten hatte, einen neuen Aufstand gegen den König anzuführen und den Thron an sich zu reißen? Er konnte sich nicht vorstellen, dass Wallace etwas Derartiges tun würde, aber er hatte gesehen, was sie ihm heute angetan hatten. Würde nicht jeder Mann angesichts derart grässlicher Aussichten Geheimnisse enthüllen, die er ansonsten mit ins Grab genommen hätte?

Edward durchquerte die Kammer, trat zu der Truhe neben seinem Bett, öffnete sie und nahm sein Schwert heraus. Hinter ihm schwankte der Schrank unter einem neuerlichen mächtigen Stoß gegen die Tür. Er stampfte auf die Dielen und wählte eine hohl klingende, ein Stück von den Deckennägeln entfernte Stelle aus.

»Mach auf, Edward«, drang plötzlich des Prinzen Stimme gedämpft durch das Holz. »Was auch immer man dir zur Last legt, es geht für dich besser aus, wenn du freiwillig herauskommst.«

Edward blickte zur Tür hinüber. Demnach wussten sie nicht, wessen er bezichtigt wurde? Geoffrey hatte einen vernünftigen Ton angeschlagen, aber die Ereignisse des heutigen Tages waren von jeglicher Vernunft weit entfernt. Nein, er traute den Männern nicht mehr, in deren Gesellschaft er die letzten zwei Jahre verbracht hatte. Er rammte die Spitze des Schwertes ein Stück in eine der Ritzen im Boden und versuchte, es als Hebel zu benutzen, um die Diele anzuheben. Er fluchte, als er feststellte, dass sie gut festgenagelt war und keinen Deut nachgab. Regenwasser und Schweiß rannen ihm den Nacken hinab, als er einen erneuten Versuch unternahm. Die Spannung in der Klinge nahm zu, je stärker sich der Stahl bog. Im Gang hörte er Stimmen, jetzt schwächer, als hätten die Männer des Prinzen sich entfernt, aber er konnte nicht verstehen, was sie sagten.

Die Stimmen steigerten sich plötzlich zu Alarmrufen. Momente später erklangen schwere Schritte, gefolgt von Schwerterklirren. Edward riss seine eigene Klinge zurück, umfasste die Waffe mit beiden Händen und starrte stirnrunzelnd zur Tür, hinter der nun Kampflärm zu vernehmen war. Eine vertraute Stimme rief seinen Namen und veranlasste ihn, zu dem Schrank zu stürzen und ihn wegzuschieben. Edward zog den Riegel zurück, öffnete die Tür und sah seinen Bruder mit Brian ringen. Geoffrey hockte mit schmerzverzerrtem Gesicht auf dem Boden und umklammerte seine Schulter. Blut quoll zwischen seinen Fingern hervor.

Robert war vollkommen durchnässt, seine Kleider mit Lehm bespritzt. Seine Augen flackerten im Fackelschein wild, während er mit dem jüngeren Mann kämpfte. Der Gang war schmal, Robert war gezwungen, sich halb zu duellieren, halb zu ringen. Edward sprang über Geoffrey hinweg, um seinem Bruder zu Hilfe zu kommen. Es gelang ihm, sich hinter Brian zu ducken und ihm einen Arm fest um den Hals zu legen. Der jüngere Mann begann hustend nach Luft zu ringen. Voller Panik umklammerte er Edwards Arm und ermöglichte es Robert so, ihm das Schwert zu entwinden. Edward lockerte seinen Würgegriff nicht, bis Brian fast bewusstlos war, dann gab er ihn frei. Der junge Mann sank zu Boden.

»Lass uns hier verschwinden«, drängte Robert. Er reichte seinem Bruder Brians Schwert und begann den Gang hinunterzulaufen.

Edward sprintete hinter ihm her. »Was zum Teufel geht hier vor?«, wollte er wissen, als sie die Treppe hinunterjagten, vorbei an dem Eimer, den er nach Piers geworfen hatte. »Sie wollten mich festnehmen.«

»Es hat irgendetwas mit einem Brief zu tun, den sie bei Wallace gefunden haben. Ralph hat mir eine Warnung zukommen lassen.« Robert blieb stehen, als sie die Tür nach draußen erreichten. Er atmete tief ein, öffnete sie einen Spalt und spähte hinaus. »Wir haben keine Zeit, um jetzt nach Antworten zu suchen. Nes und meine Männer erwarten uns mit Pferden auf der anderen Seite des Tyburn.«

»Gaveston muss jeden Augenblick zurückkommen.«

»Dann sollten wir schon auf dem halben Weg nach Schottland sein.« Robert stieß die Tür auf und huschte in den feuchten Nachmittag hinaus.

Der Regen hatte nachgelassen; auf dem Hof hatten sich große Pfützen gebildet, in denen sich der Himmel spiegelte. Ringsum erhoben sich die Palastgebäude, die im Vergleich zur Westminster Hall zwergenhaft klein wirkten. Wie immer wimmelte das Gelände von Sekretären und Anwälten, Dienern und Höflingen. Hinter den Lücken zwischen den Gebäuden erblickte Edward die breite Wasserfläche der Themse. Er folgte Roberts Beispiel, schlug seine Kapuze hoch und verbarg sein Schwert in den Falten seines Umhangs, als sie außen an den Gemächern des Prinzen vorbeeilten, die an die Obstgärten grenzten. Edward blickte über seine Schulter, um nach Piers Ausschau zu halten, und sah eine Gruppe von Männern, einige zu Fuß, andere zu Pferde, die sich im Haupthof vor der Westminster Hall versammelt hatten. Viele hatten ihre Schwerter gezogen. Unter ihnen erkannte er die Farben von Henry Percy und Guy de Beauchamp. Während

Edward sie beobachtete, gesellten sich noch mehr zu ihnen. »Glaubst du, das gilt uns?«

Robert folgte seinem Blick. »Nur Ralph und Humphrey wissen, dass ich wieder zurück bin. Wenn sie nicht einige von meinen Männern gesehen haben, dürften die anderen noch nicht wissen, dass ich hier bin.«

»Sie werden es früh genug erfahren, wenn Piers Brian und Geoffrey findet«, gab Edward grimmig zu bedenken. »Wir hätten dafür sorgen sollen, dass sie nicht mehr reden können.«

»Ich werde dem, was man mir vorwirft, nicht auch noch Mord hinzufügen.« Robert duckte sich in eine Lücke zwischen einer Reihe von Rosenbüschen und führte seinen Bruder zwischen den Obstbäumen hindurch. Wasser spritzte auf, als er durch die Pfützen stapfte. Einen Moment lang tauchte die Sonne alles ringsum in ein helles, silbernes Licht, dann verschwand sie wieder hinter einer Wolke.

Vor ihnen ragte hinter einer Reihe von Lagerhäusern die Abtei Westminster über der sie umgebenden Mauer auf, entlang derer die Straße über den Tyburn nach London führte. Robert schlüpfte zwischen zwei Lagerschuppen hindurch, denen der beißende Geruch gärender Äpfel entströmte. Edward folgte ihm. Er blieb mit dem Umhang an einem rostigen Nagel hängen und musste sich mit einem unterdrückten Fluch losreißen. Sie hatten den schmalen Weg zur Hälfte zurückgelegt, als er vor sich Hufgeklapper sowie das Wiehern eines Pferdes und die erhobene Stimme eines Mannes hörte. Edward erkannte den rauen Ton sofort.

Robert, nur darauf konzentriert, die Straße zu erreichen, schien die Gefahr nicht bemerkt zu haben. Edward konnte ihn gerade noch daran hindern, sich aus der Deckung der Lagerhäuser zu lösen. Er packte seinen Bruder bei der Schulter und zerrte ihn zur Wand zurück. Dabei erhaschte er einen Blick auf Reiter auf der Straße, nur wenige Yards von ihnen entfernt, die alle das Wappen von Pembroke trugen.

Humphrey verließ das Abteigelände. Die Gebete, die er für Bess gesprochen hatte, gingen ihm noch im Kopf herum. Die Worte hatten die vertraute hohle Leere in seiner Brust wieder aufgerissen, die der Verlust eines lebenswichtigen Teils seiner Selbst dort hinterlassen hatte. Meist füllte er sie mit anderen Dingen aus: seiner Tätigkeit für den König, der Verwaltung seiner Landsitze, der betäubenden Süße von Wein und ein Mal auch der geschickten Umarmung einer Hure. Aber nichts vermochte das Loch zu schließen, die Ränder blieben wund und schmerzten.

Er ging durch den Torbogen in der Mauer und schritt an den Reihen der Pilger und Bettler vorbei, die sich in der Hoffnung auf einen Blick auf die vier heiligen Reliquien Britanniens oder eine Gabe aus den Truhen der Almosenpfleger in die Abtei begaben. Der Anblick von Aymer de Valence, der in Begleitung mehrerer Ritter auf ihn zuritt, riss Humphrey aus seinen düsteren Gedanken. Valence' blauweiß gestreifter Mantel war mit Schlamm bespritzt, vermutlich kam er gerade von der Jagd. Der König hatte auch Humphrey dazu eingeladen, doch er hatte abgelehnt.

»Hast du Robert Bruce gesehen?«, fragte Aymer schroff.

»Warum willst du das wissen?«, erwiderte Humphrey, unfähig, seine Abneigung zu verbergen. Er und Aymer hatten in ihrer Zeit als Drachenritter oft die Klingen gekreuzt, aber trotz aller Unstimmigkeiten eine gewisse Höflichkeit gewahrt. Bis zu dem Überfall im Wald.

»Der König hat mir befohlen, ihn zu verhaften.«

»Ich warne dich, Aymer«, knurrte Humphrey. »Ich bin nicht in der Stimmung für deine irrsinnige Besessenheit.« Er wandte sich ab, doch Aymer lenkte sein Pferd so, dass es ihm den Weg versperrte.

Der Ritter beugte sich aus dem Sattel zu Humphrey hinunter. Seine schwarzen Augen glühten vor Freude. »Wallace hatte bei seiner Gefangennahme einen Brief bei sich, aus dem hervorgeht, dass Bruce in eine Verschwörung gegen unseren König verstrickt ist.« Die Befriedigung in Aymers Augen vertiefte sich, als Humphrey die Stirn runzelte.

»Was für eine Verschwörung?«

»Der Brief war für den Großhofmeister von Schottland bestimmt und wies ihn an, seine Pächter zu einem Aufstand gegen König Edward und die englischen Garnisonen in Schottland aufzurufen sowie die Krönung eines neuen Königs vorzubereiten.« Aymer zog die Lippen zurück und bleckte die mit Draht befestigten Schneidezähne. »Bruce' Krönung!«

Humphrey schüttelte den Kopf; weigerte sich, diesen Worten Glauben zu schenken. Robert war seit drei Jahren bei ihnen. Er hatte unter ihnen gelebt, mit ihnen getrunken und gelacht, mit ihnen gefeiert und gebetet. Er hatte an ihrer Seite gekämpft und im Namen ihres Königs das Blut seiner Landsleute vergossen. Und jetzt arbeitete er darauf hin, den Krieg zu beenden, für Frieden zu sorgen und ein unter Edwards Banner vereintes Königreich zu schaffen.

»Der Brief enthüllt Bruce' Plan, nach Schottland zurückzukehren«, fuhr Aymer fort, »sich zum König zu krönen und eine Rebellion anzuführen, wobei er sich die Schwächen der Garnisonen von Stirling, Edinburgh und Lochmaben zunutze machen will. Wallace war damit zweifellos auf dem Weg zu James Stewart. Deswegen hat er sein Versteck verlassen, und John of Menteith konnte ihn gefangen nehmen.«

»Du sagst, Robert hat ihn selbst geschrieben? Und er trug sein Siegel?«

»Er war nicht versiegelt, aber es steht eindeutig fest, wer ihn verfasst hat.«

»Jemand hat ihn Wallace untergeschoben.« Humphrey hob vor Zorn die Stimme. »Irgendjemand wollte, dass du ihn findest. Um Robert in Misskredit zu bringen.«

Aymer schüttelte angewidert den Kopf. »Warum bist du so schnell bereit, ihm zu glauben, obwohl er uns schon zuvor belogen hat? Uns verraten hat! Kein Schotte würde Bruce in Misskredit bringen, wenn das sein Plan ist. Sie würden alle wollen, dass es so kommt.«

»Es muss eine andere Erklärung geben«, beharrte Humphrey. Er erinnerte sich an Roberts Trost, seine verständnisvollen Worte in der Nacht, in der Bess und sein ungeborenes Kind gestorben waren. Es konnte nicht alles Lüge gewesen sein. »Ich werde es nicht hinnehmen, dass …« Er brach ab, als zwei Männer den Palasthof verließen und auf sie zugeritten kamen. Er kannte sie; sie gehörten zum Haushalt des Prinzen.

»Sir Aymer!«, rief einer von ihnen, ohne auf die Pilger zu achten, die zur Seite springen mussten, als er sein Pferd scharf parierte. »Master Piers hatte Edward Bruce in seiner Kammer eingesperrt. Robert Bruce hat ihm zur Flucht verholfen und unsere Männer angegriffen. Die Ritter des Königs durchsuchen alle Gebäude.«

Aymer knirschte einen Fluch, dann wandte er sich an Humphrey. »Sag mir – würde ein Unschuldiger fliehen?« Er sprach hastig auf seine Ritter ein. »Wir postieren an jedem Ausgang Wachposten. Sie werden nicht weit kommen.«

»Warte!«, rief Humphrey, als Aymer sein Pferd wendete.

Aymer drehte sich im Sattel um.

»Ich habe Robert gesehen. Er wollte mit mir in der Abtei beten, aber dann kam sein Knappe mit einer Botschaft für ihn. Danach hat er sich nicht mehr blicken lassen.«

»Schwärmt aus«, befahl Aymer seinen Männern. »Durchkämmt das Gelände. Kehrt im Palast das Unterste zuoberst, aber findet den Abtrünnigen!«

Als Aymer und seine Männer davonjagten, blieb Humphrey einen Moment lang stehen, hob das Gesicht dem Regen entgegen und schloss die Augen. Robert, der ihn aus dem Schutz der Gasse zwischen den Apfellagern heraus beobachtete, sah seine Verwirrung, sein Leid. Bittere Schuldgefühle schnürten ihm die Kehle zu. Er lehnte sich gegen die Wand und legte die Stirn gegen den Stein. Da war er, sein endlich ans Tageslicht gekommener Betrug, sein Verrat, der klar und deutlich in den Zügen seines Freundes zu lesen stand. Sein Bruder spähte mit sorgenvoll zusammengezogenen Brauen um die Ecke des Gebäudes herum.

»Valence hat zwei seiner Männer zur Brücke hinuntergeschickt. Auf diesem Weg können wir nicht entkommen.« Edward drehte sich wieder zu ihm um. »Robert, was sie gesagt haben – über den Brief?« Er schüttelte den Kopf. »Wie kann Wallace so etwas bei sich gehabt haben? Bitte sag mir, dass du ihn nicht geschrieben hast.«

»Ich nicht. Aber jemand, der die Wahrheit kennt, hat es getan.« Robert stieß sich von der Wand ab. »Sobald sie feststellen, dass wir uns nicht im Palast aufhalten, werden sie anfangen, die Straße abzusuchen. Dort wartet Nes mit den Pferden. Wenn sie ihn vor uns erreichen, haben wir verloren.« Hinter einem Flecken mit Gestrüpp bewachsener Erde und einem niedrigen Zaun wimmelte die entlang der Mauer verlaufende Straße noch immer von Menschen, die in die Abtei drängten. Humphrey war verschwunden, vermutlich über das Palastgelände zur Westminster Hall zurückgegangen. Robert zögerte. »Vielleicht sollte ich bleiben und einfach alles abstreiten. Du hast Humphrey gehört – er glaubt, der Brief wäre Wallace untergeschoben worden. Vielleicht kann ich sie davon überzeugen, dass es wirklich so war?«

»Nein.« Edward packte ihn bei der Schulter. »Ich habe gesehen, was sie Wallace angetan haben, habe in jedem Handstreich seiner Henker den namenlosen Hass des Königs gelesen. Du stehst jetzt unter Verdacht. Dieser Brief bringt dich mit ihm in Verbindung. Der König wird jetzt Wallace sehen, wenn er dich anschaut, und wird den Geist des Rebellen fürchten. Valence mag ein elender Bastard sein, aber er hat recht. Du hast die Engländer schon einmal verraten. Es ist für sie leichter, dich für schuldig als für unschuldig zu halten, und ich will nicht, dass dir dasselbe widerfährt wie William Wallace.«

Robert forschte im Gesicht seines Bruders und sah einen seltenen Anflug von Furcht in dessen Augen. Er nickte. »Wir gehen durch die Abtei, wir können in der Menge untertauchen. Wenn wir sie durch das nördliche Querschiff verlassen, kommen wir auf dem Friedhof raus. Dann klettern wir über die Mauer, um zum Fluss zu gelangen, und laufen am Ufer entlang.«

Sich dicht beieinander haltend, huschten die Brüder zwischen den Vorratslagern hervor, eilten über den schlammigen Boden und sprangen über den niedrigen Zaun. Vor ihnen steuerten zwei Männer – ihren Holzschuhen und schlichten Kleidern nach zu urteilen handelte es sich um Bauern – auf die Abtei zu.

Robert starrte sie an. Ein Gedanke nahm in seinem Kopf Gestalt an. »Ihr da!«, rief er. »Ich brauche eure Umhänge.«

Die Männer drehten sich um und quittierten das seltsame Anliegen mit einem Stirnrunzeln. Einer machte Anstalten, den Kopf zu schütteln, hielt aber inne, als Robert die Brosche löste, die seinen eigenen Umhang zusammenhielt.

Robert streifte das Kleidungsstück von den Schultern und hielt es dem Mann hin, dabei blickte er sich argwöhnisch um. »Wir geben euch unsere dafür.« Er nickte Edward zu, der seinem Beispiel folgte, als er begriff, worauf er hinauswollte.

Die Männer musterten ihn verblüfft. Die gefütterten Seidenumhänge schimmerten im grauen Nachmittagslicht, die Gold- und Silberfäden glitzerten. Nach einem Moment begannen sie, ihre eigenen abzulegen. Die gemusterte Wolle war von der Sonne ausgebleicht, stellenweise geflickt und vom Regen durchtränkt. Robert nahm einen, Edward den anderen. Die Brüder legten sich die Umhänge um die Schultern, ließen die Bauern mit ihrer Beute zurück und liefen über das Gras, um sich den in die Abtei strömenden Pilgern und Bettlern anzuschließen.

Robert schlug die Kapuze seines Umhangs hoch, wobei ihm der fremde Schweißgeruch eines anderen Mannes in die Nase stieg. Er trug sein Breitschwert bei sich, aber nur ein geübtes Auge hätte den Umriss der Klinge unter dem dünnen Material bemerkt. Als sie sich den Türen näherten und unter den geifernden Köpfen der Wasserspeier hinwegschritten, schloss er sich einer Gruppe von Bettlern an und versuchte, nicht die Aufmerksamkeit der Wächter auf sich zu ziehen, die miteinander plaudernd am Eingang standen und die dahinschlurfenden Menschen beobachteten. Er hielt den Kopf gesenkt und zog die Schultern hoch, um sich unsichtbar zu machen, aber er hätte sich die Mühe sparen können. Ein Bauer zu sein hieß, unsichtbar zu sein. Die Ritter würdigten ihn und seine zerlumpten Begleiter keines Blickes, sondern sahen durch sie hindurch. Sie sahen keinen Earl im Umhang eines Bettlers, der das Haus Gottes mit einem Schwert betrat, sondern nur einen weiteren Mann in fadenscheiniger Kleidung, die nichts als Armut und Hunger verbarg.

Innerhalb weniger Momente hatten sie die Tür passiert und wurden von einem langsamen Strom von Männern und Frauen mitgeschwemmt. Überall brannte Weihrauch, wohl auch, um den Gestank der Armen zu verdecken. Viele der Neuankömmlinge konzentrierten sich auf die Almosenpfleger, die Münzen verteilten. Andere blickten sich um, während sie den Gang hinuntergingen, um die Wohltätigkeit des Königs in Anspruch zu nehmen, und schlugen ihre regennassen Kapuzen zurück, um die mächtigen Säulen zu bestaunen, die das Innere der Abtei gen Himmel hoben, über eine marmorne Lage zur nächsten bis hinauf zu Gott. Das höhlenartige Gewölbe wurde von Kerzen erleuchtet, deren Schein die Vergoldungen und die Bronze der Statuen schimmern ließ und sich in den Fresken fing, die die Wände des neueren Teils des Gebäudes schmückten, der von Henry III., dem Vater des Königs, dekoriert worden war. Die Abtei war ein prächtiger Ort, schön genug für Christus selbst, und Welten von dem Schmutz und der Eintönigkeit ihres Daseins entfernt.

Robert bemerkte weitere Posten, die zwei andere heilige Reliquien bewachten, die die Abtei beherbergte – einen Zahn von einem der Heiligen Drei Könige und einen Stein mit dem Fußabdruck Christi – und die für die Pilger zur Schau gestellt wurden. Viele Menschen knieten mit gefalteten Händen davor. Geflüsterte Bittgebete erfüllten das Hauptschiff, stiegen zur dunklen Kuppel des Gewölbes auf. Er hielt den Kopf gesenkt und den Blick auf den Boden gerichtet, der am Kreuzgang der Kirche von abgetretenen Steinplatten in ein juwelengleiches Mosaikmuster überging. Die Besuchermenge vor ihnen teilte sich, einige steuerten auf die Almosenpfleger zu, um sich Essen geben zu lassen, andere gingen weiter, auf den geschnitzten und bemalten Lettner im Herzen der Abtei zu, hinter der der Schrein des Bekenners stand. Hier machte Robert Halt.

»Bruder.« Edward nickte zu der kleinen Tür im nördlichen Querschiff hinüber, die zu dem Friedhof führte. »Der Weg ist frei.«

»Noch nicht«, murmelte Robert, den Blick fest auf den Lettner geheftet. Dahinter lagen die Antworten, die er suchte. Die Reliquien waren die ganze Zeit lang außerhalb seiner Reichweite im Tower eingeschlossen gewesen. Jetzt befanden sie sich hier, ganz in seiner Nähe, ein greifbares Symbol für die Macht des Königs, das seine Untertanen just an dem Tag besichtigen durften, an dem er seine Eroberung Schottlands besiegelte. Der gerissene alte Hund hatte sie mit Blut, Brot und Wohltaten geködert, damit sie sein Ansehen, seine Mildtätigkeit und seinen Ruhm priesen. Robert war heute schon einmal hierhergekommen. Diesmal würde er nicht unverrichteter Dinge wieder kehrtmachen. Die Gefahr änderte nichts daran, wenn überhaupt, bestärkte sie ihn noch in seiner Entschlossenheit. Dies war seine letzte Chance, das wusste er.

Ohne auf Edwards geflüsterte Proteste zu achten, drängte

er sich zwischen den Pilgern hindurch zu dem geschnitzten Lettner vor. Sein Blick wanderte zu dem mit einem Teppich bedeckten Podest mit dem Krönungsstuhl, in dem der Stein der Vorsehung verborgen lag. Er fühlte sich wie magisch davon angezogen – dachte an Rettung und Buße – und unterdrückte dieses Verlangen sofort energisch. Es hatte dreier Männer bedurft, um den Stein anzuheben, als die Drachenritter ihn aus der Abtei von Scone geraubt hatten. Er konzentrierte sich auf das, weswegen er hergekommen war, und ging mit seinem Bruder an seiner Seite um den Lettner herum.

Der Sockel des Schreins war von Gläubigen umringt. Einige knieten in den Nischen, um so nahe wie möglich bei dem Heiligen zu beten, während diejenigen, denen es nicht gelungen war, in die unmittelbare Nähe des Bekenners zu gelangen, einen dichten Kreis um das Heiligtum bildeten. Andere hielten sich am Rand, bevor sie sich in einem nie abreißenden Strom auf die andere Seite des Lettners begaben. Eine große Anzahl von ihnen war mit Missbildungen geschlagen, für die die Gebeine des Heiligen als wirkungsvolles Heilmittel galten. Über dem steinernen Sockel hing der bemalte Baldachin, der heute hochgezogen worden war, um den Blick auf den Reliquienschrein mit den sterblichen Überresten des Bekenners freizugeben.

Roberts Blick blieb auf dem Altar ruhen, auf dem vier Gegenstände ausgestellt waren. Bei einem davon handelte es sich um die Artuskrone, die dem walisischen Prinzen Madog ap Llewelyn nach dem letzten Aufstand abgenommen worden war und jetzt auf einem Samtkissen zur Schau gestellt wurde. Daneben lag Curtana, das Schwert des Erbarmens, das der Bekenner einst selbst geführt hatte. Dazwischen nahm der Stab des Malachias die gesamte Länge des Altars ein. Seine juwelenbesetzte Hülle glitzerte im Schein mehrerer Kerzen. Zuletzt fixierte Robert den schwarz lackierten Kasten, in dem König Edward die *Letzte Prophezeiung* aufbewahrte. Zwei scharlachrot gekleidete Wächter standen zu beiden Seiten des Altars und behüteten die Schätze.

»Ich hole mir den Kasten mit der Prophezeiung«, raunte Robert seinem Bruder zu.

»Robert – nein. Setz deswegen nicht dein Leben aufs Spiel!«

»Bitte, Edward, du musst mir helfen. Vertrau mir dieses eine Mal.«

Edward musterte ihn, ob des Flehens in seiner Stimme sichtlich überrascht. Dann schob er zur Antwort eine Hand in die Falten seines schäbigen Umhangs und umfasste den Griff des Schwertes, das sein Bruder dem Wachposten Brian abgenommen hatte.

Sie kämpften sich weiter durch den Kreis der Betenden. Einige blickten ungehalten auf, ein oder zwei zischten ihnen zu zu warten, bis sie an der Reihe waren. Die Wachen blickten zu ihnen herüber, sagten aber nichts. Die Brüder hatten den Altar fast erreicht, als sie hinter dem Lettner aufgeregte Stimmen hörten. Eine eisige Faust schloss sich um Roberts Herz, als er das barsche Bellen von Aymer de Valence hörte.

»Sie müssen hier irgendwo sein. Diese Bauern haben sie hineingehen sehen. Findet sie!«

Roberts Zuversicht schwand, als er begriff, dass der Umhangtausch sie verraten haben musste. Voller Verzweiflung stürzte er zum Altar, wobei er die Umstehenden rücksichtslos zur Seite stieß. Die beiden von dem Geschrei auf der anderen Seite des Lettners abgelenkten Wächter sahen ihn erst im letzten Moment kommen. Einer stieß einen Warnruf aus und griff nach seinem Schwert, doch Robert hatte bereits das seine gezogen. Er schwang die Klinge durch die Luft und ging auf den Wächter los, der zurücktaumelte, gegen einen hinter ihm knienden Mann prallte, zu Boden stürzte und mit dem Kopf gegen den Sockel des Schreins schlug.

Das Aufblitzen der Klinge und der Schrei des Wachpostens

riss die Männer und Frauen aus ihren Gebeten, als der zweite Wächter ebenfalls sein Schwert zog und Robert angriff. Das Klirren der Klingen schreckte den Rest der Pilger auf. Die Menge setzte sich in Bewegung, versuchte, von dem Altar und den beiden davor kämpfenden Männern fortzukommen. Zugleich strömten andere Menschenschlangen auf den Schrein zu und versperrten denen, die flüchten wollten, den Weg, sodass ein großes Gedränge entstand. Angstvolle Schreie gellten durch die Abtei, als Alte und Kranke in das Gewühl gerieten. Der erste Wächter hatte sich auf die Knie gezogen, bei dem Sturz aber sein Schwert verloren, nach dem er jetzt inmitten der trampelnden Füße fieberhaft tastete.

»Ich habe ihn!« Edward schob sich vor Robert, um sich auf den zweiten Wachposten zu stürzen.

Weiterer Ermutigungen bedurfte es nicht. Robert griff augenblicklich nach dem Kasten. Der plötzliche Ansturm einer Menschenmasse brachte ihn zu Fall, und er prallte mit voller Wucht gegen den Altar. Die Artuskrone glitt von ihrem Kissen, als Curtana dagegen stieß, und der Stab des Malachias wurde gegen den schwarzen Kasten geschleudert, der über das Altartuch zu rutschen begann. Robert warf sich nach vorn, aber es war zu spät, der Kasten landete krachend auf den steinernen Stufen. Zugleich kippten zwei Kerzen um, die Flammen züngelten über die zarte Seide des Altartuchs und setzten sie in Brand.

Hinter sich konnte Robert hören, wie Valence und seine Männer versuchten, sich zum Schrein durchzukämpfen, was Panik unter den Pilgern auslöste. Schreie zerrissen die Luft, als Menschen umgestoßen und niedergetrampelt wurden. Sein Bruder drosch den Knauf seines Schwertes in das Gesicht des Wächters und brach ihm die Nase, dann trat er ihn so fest in den Magen, dass er sich krümmte. Robert bückte sich und griff nach dem Kasten mit der Prophezeiung. Der Deckel hatte sich zwar nicht geöffnet, aber in dem Holz hatte sich an der Seite ein Riss gebildet, durch den er in das Innere spähen konnte. Kalte Erregung stieg in ihm auf. Nichts war zu sehen – nichts außer der dunkel glänzenden Oberfläche, die sich in sich selbst widerspiegelte. Keine Pergamentfetzen, noch nicht einmal Staub. Der Kasten war leer.

»Komm jetzt!«, drängte Edward, der plötzlich an seiner Seite auftauchte.

Robert zögerte, konnte den Blick nicht von dem Altar wenden, auf dem das Tuch schwelte. Dann drückte er seinem Bruder den Kasten in die Hände und nahm den Stab des Malachias an sich.

Während Valence und seine Männer sich einen Weg durch die Menschenmengen bahnten, die jetzt in alle Richtungen aus der Abtei flohen, mischten sich Robert und Edward unter die Massen. Die Waffen hatten sie in die Scheiden zurückgeschoben, die Kapuzen hochgeschlagen und die Schätze unter ihren Umhängen versteckt, sodass sie sich durch nichts von der zerlumpten Menge unterschieden. Sie erreichten die Tür des nördlichen Querschiffs, durch das sich Ströme von Pilgern drängten. Robert blickte sich noch einmal um. Einige Geistliche versuchten, das Feuer im Schrein des Bekenners zu löschen, und stießen Warnrufe aus, als Rauchwolken in die Luft stiegen. Er sah, wie Aymer de Valence wahllos vorbeikommende Männer anhielt und ihnen mit wutrotem Gesicht die Kapuzen vom Kopf riss, dann wurde er, den Stab des Malachias noch immer fest umklammernd, durch die Tür in den grauen Nachmittag hinausgeschoben. Während er und Edward den Friedhof überquerten, über Gräber hinwegsprangen und auf die Mauer zuliefen, die entlang des Tyburn verlief, erfüllte ein von der Aussicht auf Freiheit heraufbeschworenes Gesicht Roberts Gedanken. Das Gesicht des Mannes, von dem er sicher war, dass er ihn verraten hatte.

John Comyn.

49

Dumfries, Schottland, A.D. 1306

DIE MÄNNER HUSCHTEN rasch die schmalen Pfade entlang, die sich hinter dem zusammengepferchten Labyrinth von Häusern aus Flechtwerk und Lehm entlangwanden. Auf diese Weise mieden sie die Hauptstraße, wo sich die Stadtbewohner auf dem Heimweg befanden. Vom Fluss Nith wehte ein kalter Wind herüber. Es war früher Abend, kurz vor der Vesper, und die ersten Sterne waren rings um die Sichel des Mondes wie glitzernde Edelsteine am Himmel verstreut. Schnee lag in der frostigen Luft. Die von Menschen und Tieren zu einem schmutzigen Matsch zertretenen Reste des letzten Schneefalls häuften sich noch am Rand der Pfade.

Während die Männer durch die stinkenden Gassen eilten, vorbei an Senkgruben, Wasserfässern und Viehpferchen, und ihre Stiefel auf den gefrorenen Resten von Abfallhaufen knirschten, wuselte eine Schar von Ratten vor ihnen her. Ein grollendes Knurren ertönte, gefolgt von einem Krachen, als sich etwas Großes gegen den Zaun neben ihnen warf. Christopher Seton stolperte gegen die Holzwand eines Hauses zurück und griff nach dem Heft seines Schwertes, als das Knurren in wütendes Gebell überging. »Heiliger Christus!«

»*Komm!*«, drängte Thomas Bruce und hastete weiter die Gasse hinunter.

Über ihnen rief jemand etwas. Christopher blickte auf und sah ein Frauengesicht weiß im Schatten eines Fensters schimmern. Als sie die Männer auf der Straße bemerkte, schlug sie die Fensterläden so heftig zu, dass der Hund erneut außer sich geriet. Christopher zog sich die Kapuze seines schwarzen Umhangs tiefer ins Gesicht und folgte seinen Kameraden.

Am Ende der Häuserreihe öffnete sich eine Straße vor ihnen, deren Pflaster mit Reif überzogen war. Auf der anderen Seite erhob sich die Mauer des Klosters Greyfriars. Das von John Balliols Mutter vor über vierzig Jahren gegründete Mönchskloster beherrschte eine Landzunge am nördlichen Ende von Dumfries. Weiter unten auf der gepflasterten Straße drangen Feuerschein und Stimmen aus den Häusern; die Bewohner richteten sich für den Abend ein und sperrten Kälte und Dunkelheit aus. Ein scharfer Rauchgeruch lag in der Luft.

Robert blieb am Eingang der Gasse stehen, als er sich nähernde Hufschläge hörte. Vier Reiter tauchten in der Straße auf, sie kamen von der Brücke, die über den Nith führte, und ritten hügelaufwärts. Sie bemerkten die Männer nicht, die sie beobachteten. Da sie Schwerter trugen, hielt Robert sie für eine weitere Gruppe, die an der morgigen Versammlung teilnehmen wollte: dem ersten Zusammentreffen der Richter, die König Edward für die neue Regierung ausgewählt hatte. Ein Anflug von Furcht durchzuckte ihn; er wusste, wie nah die ihm drohende Gefahr war. Die englische Garnison war weniger als zwei Meilen entfernt in der königlichen Burg stationiert. Ein einziger Fehler, und sie waren ihm auf den Fersen. Er hatte den Rest seiner Gruppe mit den Pferden in den Außenbezirken von Dumfries zurückgelassen – eine zwingende Notwendigkeit, um seine Anwesenheit geheim zu halten, aber eine weite Entfernung, falls er fliehen musste.

Sobald die Reiter außer Sicht waren, drehte Robert sich zu seinen Männern um und nickte. Sein Bruder Edward löste sich als Erster aus der Gasse und überquerte die Straße. Niall folgte ihm, seine schmale Silhouette wurde durch den schwarzen Umhang verlängert, den er trug, um Schwert und Rüstung zu verbergen. Vier Ritter von Roberts Landsitzen kamen als Nächste, dann Thomas, Christopher und Alexander Seton. Robert ließ die anderen passieren und fasste nur Alexander am Arm. »Stehst du hinter mir?«

Alexander wich seinem fragenden Blick nicht aus. »Sonst wäre ich nicht hier.«

Nach einer kleinen Pause gab Robert ihn frei und beobachtete, wie er den Blick über die Straße schweifen ließ, bevor er sie überquerte. Er hatte nicht erwartet, dass ihre Freundschaft, die vor neun Jahren, als Alexander sich dem Aufstand angeschlossen hatte, begonnen hatte, noch so eng sein würde wie früher, er verstand Alexanders Wut und Groll. Dadurch, dass er vor all diesen Jahren zu Robert übergelaufen war, hatte der Lord seine Landsitze in East Lothian an die Engländer verloren, aber immer gehofft, für seine Verluste entschädigt zu werden, wenn Robert auf den Thron kam. Diese Hoffnung war zunichtegemacht worden, als Robert sich König Edward unterworfen hatte, und hatte die Vettern entwurzelt. Trotzdem meinte er, sein alter Freund würde allmählich auftauen. Schließlich waren zwei Monate vergangen, seit er und Christopher wieder zu seiner Truppe gestoßen waren.

Einen Moment lang zögerte er, fragte sich, ob er einen Fehler gemacht hatte, als er die Setons in das heutige Unternehmen mit einbezogen hatte. Aber jetzt war keine Zeit für nachträgliche Bedenken. Er war hier, und niemand, weder Freund noch Feind, würde ihn daran hindern, die kalte Gerechtigkeit zu üben, die er im Sinn hatte. Er hatte fünf Monate darauf gewartet.

Robert spurtete über die Straße. Seine Stiefel kratzten den Reif vom Pflaster. Er erreichte die Klostermauer, sprang hoch und krallte die Fingerspitzen in die Mauerkrone. Die meisten seiner Kameraden hatten das Hindernis bereits überwunden und warteten in der Deckung der Bäume auf der anderen Seite. Robert benutzte die kleinen Vorsprünge im Stein als Halt und zog sich vor Anstrengung keuchend – sein Kettenhemd erhöhte sein Gewicht beträchtlich – in die Höhe. Er war fast oben angelangt, als er Stimmen hörte. Zwei Männer kamen die vom Mondschein beschienene Straße entlang auf ihn zu. In seiner

Eile verlor er den Halt und wäre fast abgestürzt, doch zwei Händepaare packten seine Arme und zogen ihn hoch. Robert schwang die Beine über die Mauer und sprang in die Dunkelheit hinab. Für den Bruchteil einer Sekunde war er wieder in Westminster, der Stab des Malachias steckte in seinem Gürtel, und er hörte den Lärm seiner Verfolger hinter seinem Rücken. Dann landete er hart auf dem Boden und fiel auf ein Knie, bevor er sich mit einem dankenden Nicken in Richtung von Thomas und Christopher, die ihm geholfen hatten, wieder aufrichtete. Auf der anderen Seite der Mauer wurden die Stimmen der Männer lauter, als sie vorbeigingen, und verhallten dann.

Robert rückte sein Schwert zurecht und ging zum Rand der Bäume, hinter dem sich gefrorene Gemüsefelder erstreckten, in deren Furchen Schnee glitzerte. Vor ihnen ragten die Gebäude des Klosters blass im Mondschein auf, eine imposante Kirche erhob sich über den niedrigeren Bauwerken, die einen Kreuzgang umgaben. Kleine Nebengebäude zogen sich um die größeren herum: ein Back- und ein Brauhaus, Latrinen und Ställe. Hinter einigen Fenstern flackerte Kerzenschein. Die zehn Männer schlichen durch die Gärten. Ihre schwarzen Umhänge ließen sie mit der Dunkelheit verschmelzen, ihre Schritte wurden vom Schnee gedämpft.

An einer Häuserecke presste Robert sich gegen die Wand; die anderen reihten sich neben ihm auf. Vor ihnen lag gegenüber von einem Stall ein kleiner Hof. Er konnte den beißenden Gestank schmutzigen Strohs riechen. Eine Laterne hing an einem Nagel, knarrte im Wind und warf einen schmalen Lichtstrahl über den Boden. Er hörte Pferdegewieher, das Rascheln eines Besens und Stimmen. Zwei Männer kamen aus dem Stall und überquerten den Hof. Als sie an der Laterne vorbeigingen, musterte Robert ihre roten Überwürfe, auf die ein vertrautes Wappen aufgestickt war. Seine Kundschafter hatten recht gehabt. Die Bestätigung verstärkte seine Entschlossenheit.

Nachdem die Männer verschwunden waren, klang vom

Stall her nur das Geräusch des Besens zu ihnen herüber. Robert wandte sich an Edward und Thomas. »Findet heraus, wo genau er sich aufhält.«

Seine Brüder kamen mit gezückten Dolchen zum Rand der Wand, blinzelten in den Hof hinaus und huschten dann zum Stall hinüber.

»Glaubst du, er wird dir zuhören?«

Robert drehte sich um, als Alexander ihm diese Frage stellte. Das Gesicht des Lords lag im Schatten seiner Kapuze, er konnte seinen Ausdruck nicht sehen, aber der Zweifel in seiner Stimme war nicht zu überhören. »Was bleibt ihm denn anderes übrig?«

»Er könnte beschließen zu kämpfen. Wenn er oder seine Männer die englische Garnison alarmieren, sind wir …«

»Wir geben ihm keine Gelegenheit dazu«, schnitt Robert ihm das Wort ab. Er blickte sich um und sah Edward in den dämmrigen Stall spähen und dann hineinschlüpfen. Thomas folgte ihm. Eine junge Stimme wurde fragend erhoben und schlug in einen Aufschrei um, der abrupt abbrach. Dann erklangen Kampfgeräusche, dann das Wiehern erschrockener Pferde, gefolgt von Stille. Schließlich war ein schmerzliches Grunzen zu hören, dann wurde etwas über den Boden geschleift. Edward und Thomas tauchten wieder auf und kehrten zu den wartenden Männern zurück. Als sie ihre Dolche wieder neben ihren Schwertern in den Gürtel schoben, sah Robert, dass kein Blut an den Klingen klebte. Nur die Knöchel von Thomas' Faust waren verräterisch gerötet.

»Er ist tatsächlich hier«, murmelte Edward. »Er und seine Männer sind in der Gästekammer und im Haus des Abtes untergebracht.«

»Wo steckt er jetzt?« Robert betrachtete die beiden Gebäude, auf die Edward deutete.

»Beim Essen, sagte der Stallbursche«, erwiderte Thomas. »Im Refektorium.«

Robert fluchte. Er hatte inbrünstig gehofft, seinen Feind allein anzutreffen und überrumpeln zu können. »Wie viele Pferde stehen im Stall?«

Thomas schüttelte den Kopf. »Schwer zu sagen. Ein Dutzend oder mehr?«

Edward musterte Robert forschend. »Wenn du daran denkst, das Refektorium zu stürmen, könnte es für uns schlecht ausgehen. Dieses Unternehmen sollte nicht mit einem Blutbad enden.«

Robert traf eine Entscheidung, stieß sich von der Wand ab und ging über den Hof auf das Gebäude zu, in dem die beiden Männer verschwunden waren. Die anderen folgten argwöhnisch, sich nach allen Seiten umblickend. Vor ihnen lag eine Reihe hoher bogenförmiger Fenster, die im Feuerschein rötlich schimmerten. Robert blieb direkt darunter stehen. Drinnen hörte er Stimmen, begleitet von gedämpftem Lachen und dem Klappern von Geschirr. Er winkte Niall, den größten und leichtesten der Männer, zu sich, verschränkte seine behandschuhten Hände zu einem provisorischen Steigbügel und bedeutete Thomas, ihm zu helfen. Niall trat in ihre gewölbten Hände, benutzte die Wand des Refektoriums, um sich abzustützen, und Robert und Thomas hoben ihn hoch. Die anderen scharten sich dicht um sie und behielten den Hof sowie die Türen der Gebäude im Auge.

»Zwanzig Mann«, flüsterte Niall, als sie ihn wieder herunterließen. »Drei davon sehen wie Pagen aus. Aber er ist nicht dabei«, schloss er mit einem Blick zu Robert.

»Wir sollten gehen«, meinte Alexander. »Es ist fast Zeit für die Vesper. Wir können heute Nacht zurückkommen, wenn sie sich zurückgezogen haben.«

»Nein«, murmelte Robert, der seiner Ungeduld kaum Herr wurde. »Wir teilen uns auf und suchen ihn. Wenn er sich irgendwo allein aufhält, ist das unsere beste Chance.« Ohne auf Alexanders offensichtliche Unzufriedenheit einzugehen, befahl er dem Lord, die Gästeunterkünfte des Klosters zu überprüfen. »Begleitet ihn«, wies er seine drei Brüder und einen seiner Ritter an. »Wir übernehmen das Quartier des Abts.« Robert fing Edwards Blick auf. »Wenn ihr ihn findet, will ich derjenige sein, der ihn befragt, verstanden?«

Die beiden Parteien trennten sich, und Robert führte Christopher und die anderen drei Ritter zum ganz in der Nähe gelegenen Haus des Abts. Die dunklen Fenster verhießen nichts Gutes. Als er sich der Tür näherte, hörte er knirschende Schritte im Schnee. Er und seine Männer duckten sich in den Schatten der Veranda, als drei Ordensbrüder an ihnen vorbeigingen. In ihren grauen Kutten wirkten sie wie Gespenster, ihr Atem bildete Wölkchen in der Luft. Robert spähte ins Dunkel, blickte ihnen nach, bis sie zwischen den Gebäuden rund um den Kreuzgang verschwanden. Gerade als er sich wieder zur Tür wandte, entdeckte er Fußabdrücke, die vom Haus des Abtes wegführten. Die Mönche hatten auf ihren täglichen Gängen dunkle Linien durch den Schnee gezogen, da sie immer denselben Weg nahmen. Diese Abdrücke stammten von einem einzelnen Mann, sie führten über das Gras, wo der Schnee noch unberührt war, zur Kirche hinüber. Als er den Lichtschimmer hinter den Fenstern sah, stieg kribbelnde Erregung in Robert auf. »Wir versuchen es zuerst in der Kirche.«

»Was ist mit den Mönchen?«, warnte Christopher.

Aber Robert spurtete bereits über das Gras. Er erreichte die Vorhalle, stieg die Stufen zur Tür hoch, griff nach dem Riegel und schob ihn nach unten. Ein Klicken und ein Knarren ertönte, und die Tür öffnete sich. Er legte das Gesicht an den schmalen Spalt und spähte in das Hauptschiff, dessen Gänge im Schatten verschwanden. Am Ende des Kirchenschiffs sickerte hinter dem Lettner, der den Chorraum der Mönche verdeckte, blassgoldener Kerzenschein hervor. Aus dem starken Weihrauchgeruch schloss er, dass die drei Mönche die Kirche für den Abendgottesdienst hergerichtet hatten. Alexander hatte recht. Viel Zeit blieb ihm nicht.

Da er von der Tür aus nicht viel sehen konnte, betrat Robert das Innere. Seine vier Kameraden folgten ihm, blieben aber auf sein Zeichen hin an der Tür stehen, um Wache zu halten. Als Robert durch das kalte, staubige Kirchenschiff ging und seine Schritte hohl auf den Steinplatten widerhallten, flackerten die Kerzenflammen in dem Luftzug, den er mit hereingebracht hatte. Er näherte sich dem Chorraum, ohne Anzeichen dafür zu bemerken, dass sich hier jemand aufhielt. Seine Frustration wuchs. Im Mittelteil der Kirche blieb Robert stehen und starrte in das friedliche Halbdunkel. Er wollte gerade auf dem Absatz kehrtmachen, als er ein Geräusch hörte.

Rasch verbarg er sich hinter einer Säule und starrte in die Dunkelheit am Ende des Ganges. Mondlicht fiel durch die Fenster hoch oben in den Wänden und warf silberne Flecken auf den Boden. In einiger Entfernung führten flache Stufen zu einer Öffnung in der Wand – einer kleinen Kapelle, wie er annahm. Ein Mann erschien, stieg die Stufen herunter und kam den Gang entlang auf Robert zu. Als er in einen der Mondlichtflecken trat, konnte Robert seine Züge erkennen. John Comyn.

Roberts Blick saugte sich an dem verkniffenen, hungrigen Gesicht fest. Es war dieses Gesicht, das er vor sich gesehen hatte, als er aus Westminster geflohen war, sich durch den Schlamm an den Ufern des Tyburn gekämpft hatte, um Nes und die Pferde zu erreichen; dieses Gesicht, das ihn mit Aymer de Valence dicht auf den Fersen durch den Middlesex Forest getrieben hatte. Er und seine Männer waren so schnell wie möglich durch den Wald geritten, hatten nur Halt gemacht, wenn die Pferde erschöpft waren, und waren so der Gefangennahme entgangen, hatten aber während der gesamten kräftezehrenden Reise Richtung Norden ständig damit rechnen müssen. Da sie Pfade kreuz und quer durch das Land nehmen mussten, um die Städte zu umgehen, hatten sie viele zusätzliche Meilen zurücklegen müssen, sodass sich der September schon dem Ende zuneigte, als Robert die Grenze überquerte. Ende des Monats war er dann in Turnberry, begrüßte Frau und Tochter und rief von seiner neu befestigten Burg aus seine Verbündeten und Pächter zusammen. Früh einsetzender Schneefall im späten Oktober hatte ihn auf eine Unterbrechung der Verfolgung hoffen lassen, aber Robert wusste, dass er nicht viel Zeit hatte. Das Spiel war aus, sein Verrat ans Licht gekommen. Er musste schnell planen, bevor ihn die Vergeltung ereilte. Aber während all der Wochen, während derer er alte Bündnisse erneuert und heimliche Treffen einberufen hatte, hatte das Gesicht John Comyns seine Gedanken verdunkelt.

John Comyn blieb wie angewurzelt stehen, als die schwarz gekleidete Gestalt mit gezücktem Schwert aus dem Dunkel auf ihn zurauschte. Als Robert seine Kapuze zurückschlug, wich Comyns verwirrte Überraschung blankem Schrecken.

Beim Anblick des ungläubigen Entsetzens, das sich im Gesicht seines Feindes widerspiegelte, schwanden Roberts letzte Zweifel bezüglich der Herkunft des Briefes, der bei William Wallace gefunden worden war. »Was ist denn, Sir John? Ihr seht aus, als hättet Ihr einen Geist gesehen.« Seine Stimme zitterte leicht; er vermochte seiner Gefühle kaum Herr zu werden. »In gewisser Weise trifft das ja auch zu, schließlich hattet Ihr ja beabsichtigt, dass mein Leben in London endet und meine Pläne im Tower verrotten.«

Comyn leckte sich über die Lippen. »Warum seid Ihr hier?«

»Hat König Edward Euch nicht gesagt, dass ich nach Schottland zurückgekehrt bin?« Unverkennbarer Sarkasmus schwang in Roberts Tonfall mit. Er weidete sich an Comyns Gesichtsausdruck, der ihm verriet, dass der Mann überhaupt nichts wusste. Robert nahm an, dass der König nach seiner Flucht nichts mehr hatte durchsickern lassen. »Ich nehme an, wenn Ihr Euch morgen bei der Versammlung seiner neuen Richter einfindet, werdet Ihr feststellen, dass ich ganz oben auf der

Tagesordnung stehe.« Er trat auf Comyn zu. »Aber zwischen Euch und mir gibt es vorher noch etwas zu klären.«

Comyn wich nicht zurück, aber er schielte an Robert vorbei zur Tür, wo Christopher und die anderen Ritter den Fluchtweg versperrten. »Die Mönche werden jeden Augenblick zurückkommen. Sie werden meine Männer alarmieren.«

»Ich habe nur eine Frage. Es dauert nicht lange.«

»Eine Frage?«

»Monatelang habe ich überlegt, warum Ihr so lange gezögert habt, auf meinen Vorschlag einzugehen. Jetzt wird mir klar, dass Ihr andere Pläne hattet. Was ich nicht verstehe, ist, warum?« Robert zog die Brauen zusammen. »Warum habt Ihr das getan, John? Warum habt Ihr Wallace diesen Brief untergeschoben und mich an die Engländer verraten? Ist Euch Edward als König lieber?«

Zorn blitzte in Comyns Augen auf. »Ihr und Edward seid nicht unsere einzige Wahl. Außer Eurem Großvater und John Balliol gab es noch elf andere Männer, die während der Anhörung ihre Ansprüche geltend gemacht haben.« Er schlug sich mit der Faust auf die Brust. »Mein Vater gehörte auch zu ihnen.«

Robert starrte ihn ungläubig an. »Ihr wollt selbst König werden?«

»Warum nicht?«, begehrte Comyn auf. »Als Ihr als Hüter zurückgetreten seid, habe ich die Herrschaft über das Königreich übernommen. Während Ihr vor den Engländern im Staub gekrochen seid, habe ich uns zum Sieg geführt. Balliol ist mein Verwandter, und meine Familie genießt hier immer noch großen Respekt, während die Eure in Vergessenheit geraten ist, das Relikt eines vergangenen Jahrhunderts. Ihr habt Euch an die letzte Macht geklammert, die Euer Großvater ausgeübt hat. Aber ich sage Euch, sie ist Euch durch die Finger geglitten. Solange ich lebe, werdet Ihr Schottlands Krone nicht tragen.« Comyns Gesicht verzerrte sich. »Ihr seid ein doppelgesichtiger Schurke, der etwas stehlen will, worauf er kein Anrecht hat!«

»Doppelgesichtig?« Robert umklammerte den Griff seines Breitschwerts so fest, dass seine Knöchel weiß hervortraten, und zielte mit der Spitze auf Comyns Hals. »Soll ich Euch beschreiben, wie Wallace gestorben ist, Ihr elender Hurensohn?« Er schwenkte seine freie Hand in Richtung der Kapelle, aus der Comyn gekommen war. »Gott verdamme dich! Ich hoffe, du hast um Vergebung gebetet.«

Comyn lachte spöttisch auf, wandte den Blick jedoch nicht von dem Schwert. »Vergebung? Ich brauche keine Vergebung! Wallace wurde im ganzen Land gesucht. Edward hätte ihn früher oder später ohnehin aufgeknüpft. Seinen Tod habe ich mir nicht zuzuschreiben.«

»Nein? Ihr habt ihn mit Hilfe von John of Menteith aus seinem Versteck gelockt.« Die in Comyns Augen aufflackernde Überraschung entging Robert nicht. »Neil Campbell hat mich in Turnberry aufgesucht. Er hat mir von dem Hinterhalt bei Glasgow erzählt – dass Menteith eine große Anzahl Männer bei sich hatte, weit mehr als die, die er befehligt, und dass einem eine Hand fehlte. Wir wissen beide, dass das MacDouall war. Genau wie wir wissen, dass Ihr von den wenigen, die wussten, was ich plante, der Einzige seid, der mich verraten würde.«

»Ihr könnt nichts davon beweisen. Überhaupt nichts.«

Robert lächelte grimmig. »In gewisser Weise bin ich Euch zu Dank verpflichtet. Euer falsches Spiel hat meine Pläne vorangetrieben, mich zum Handeln gezwungen. Ich bin endlich frei von Edwards Ketten. Während wir hier miteinander sprechen, bereiten meine Verbündeten meine Krönung vor. Und Ihr werdet mithelfen, mich an die Macht zu bringen.«

John Comyns Züge erstarrten zu einer Maske des Hasses. »Eher würde ich …«

»Ihr werdet mich unterstützen, oder ich mache Euren Verrat öffentlich bekannt. Ihr habt Schottlands Helden dem Feind ausgeliefert, damit er auf dem Henkersblock ausgeweidet werden konnte. Wallace genießt noch immer den Respekt vieler Menschen. Habt Ihr nichts von der Empörung mitbekommen, die das Reich erfasst hat, seit sich die Nachricht von seinem Tod im Norden verbreitet hat? Was werden diese Leute wohl tun, wenn sie erfahren würden, dass Ihr dahintersteckt? Glaubt Ihr, sie würden Euch folgen? Sie würden Euch am nächstbesten Baum aufknüpfen!«

»Robert!«

Er fuhr herum und sah, dass Christopher halb den Gang heruntergekommen war.

»*Die Mönche*«, zischte der Ritter. »Sie kommen!«

»Verriegelt die Türen«, grollte Robert. Er war nur einen kurzen Moment abgelenkt, doch das reichte Comyn, um ihm einen Stoß gegen die Brust zu versetzen, der ihn gegen eine der Säulen schleuderte. Noch während er versuchte, das Gleichgewicht wiederzuerlangen, drängte sich Comyn an ihm vorbei. Er war mit einem Satz hinter dem Lettner und spurtete durch den Chorraum auf eine Seitentür im Gang gegenüber zu. Robert war ihm dicht auf den Fersen. Die Kerzen flackerten im Luftzug und warfen tanzende Schatten über die Wände.

Robert warf sich auf Comyn und packte ihn an seinem roten Überwurf. Der Stoff zerriss, als er seinen Gegner zum Stehenbleiben zwang. Er duckte sich, als Comyn herumwirbelte und mit einer Faust auf sein Gesicht zielte. Robert ließ ihn los und holte knurrend mit seinem Schwert aus, um auf ihn einzuprügeln, bis er sich ergab. Comyn taumelte vor der Klinge zurück, blickte sich wild um, stürzte dann zum Altar und packte einen großen silbernen Kerzenleuchter. Die Kerze fiel heraus, und die Flamme erlosch, als sie auf dem gefliesten Boden landete. Comyn schwang den Leuchter mit beiden Händen. Er war fast so lang wie eine Schwertklinge. Plötzlich hieb er damit wie mit einer Axt auf Robert ein.

Robert sprang zur Seite. »Unterstützt meinen Anspruch!

Weigert Ihr Euch, verjage ich Euch und alle von Eurem Blut aus Schottland, sobald ich gekrönt bin!«

Zur Antwort ging Comyn mit einem Wutschrei auf ihn los, schlug Roberts vorgestrecktes Schwert mit dem Kerzenleuchter weg und drosch ihn dann in Roberts Seite. Die Wucht des Hiebes hätte Rippen zersplittern lassen, hätte Robert nicht sein Kettenhemd getragen. Dennoch wurde er in das Gestühl des Chorraums geschleudert und blieb halb auf einer Bank liegen, die quietschend über die Fliesen rutschte. Er ließ sein Schwert fallen. Christopher rief ihm erneut eine Warnung zu. Draußen erhob sich schwaches Stimmengewirr, als die Mönche versuchten, in die Kirche zu gelangen, die Tür jedoch versperrt fanden.

Robert klaubte sein Schwert vom Boden auf und zog sich auf die Füße, als Comyn ihn erneut angriff. Er tauchte unter dem gegen seinen Kopf gerichteten Hieb weg und holte mit dem Schwert aus. Sein Blut geriet in Wallung. Die Spitze der Klinge schlitzte Comyns Oberarm auf, fraß sich durch Kleidung und das Fleisch darunter. Comyn brüllte auf, lockerte den Griff um den Kerzenleuchter aber nicht. Roberts Herz hämmerte, während er seinen Feind umkreiste – der schnelle Rhythmus des Schlachtfeldes. Der Chorraum, das Hämmern an der Tür und die Rufe der Mönche verblassten zusammen mit seinen von Vernunft geleiteten Absichten. Er war hergekommen, um Comyns Ruf und seine Position zu bedrohen, nicht sein Leben. Aber dieses Wissen wurde von dem wilden Drang ausgeblendet, den letzten Atemzug aus dem Mann vor ihm herauszuprügeln.

Er ging erneut auf seinen Widersacher los, doch Comyn reagierte blitzschnell und wehrte den Hieb mit dem Kerzenleuchter ab. Silber und Stahl trafen mit einem lauten Klirren aufeinander, das durch das Gewölbe hallte. Robert spürte, was passierte, noch ehe er es sah. Das Summen in seinem Arm endete abrupt, als sein Breitschwert zerbrach. Die obere Hälfte der

Klinge landete im Chorgestühl, und er behielt nur den Griff und einen gezackten Metallstumpf in der Hand. Entgeistert starrte er das Schwert an, das ihm sein Großvater an dem Tag geschenkt hatte, an dem er zum Ritter geschlagen worden war, bevor Comyn seine Deckung durchbrach und ihm den Kerzenleuchter in den Magen rammte. Diesmal konnte das Kettenhemd die volle Wucht des Stoßes nicht abfangen, und Robert krümmte sich vor Schmerz.

»*Robert!*«

Als Christophers Ruf und dann schwere Schritte durch das Kirchenschiff hallten, tastete Robert nach seinem Dolch, riss ihn aus dem Gürtel, richtete sich auf und stieß damit nach John Comyn, der erneut auf ihn eindrang. Er trieb dem Mann den Dolch in die Seite und dann unter seine Rippen, ohne Comyn dabei aus den Augen zu lassen. Robert spürte Widerstand, als der Stahl über Knochen kratzte, dann rutschte die Klinge ab und durchtrennte Muskeln und Organe. Etwas Heißes ergoss sich über seine Hand – Blut, das im Flammenschein dunkel wie Wein schimmerte. Comyn ließ den Kerzenleuchter fallen und krallte die Finger in Roberts Schulter. Die Wut in seinem Gesicht wich einem Ausdruck verständnisloser Überraschung. Robert drehte das Messer mit gebleckten Zähnen in der Wunde und weidete sich an der Qual, die in den Augen seines Gegners aufflammte.

Comyn stieß ihn weg, taumelte gegen den Altar zurück und blickte auf den Griff des Dolches hinab, der zwischen seinen Rippen steckte, dann packte er ihn, schloss die Augen und zog die Waffe mit verzerrtem Gesicht und einem erstickten Schrei ruckartig heraus. Das Hämmern gegen die Kirchentüren wurde lauter und lauter. Comyn sank gegen den Altar, Blut quoll aus der Wunde in seiner Seite und seinem Mund und färbte seine zusammengebissenen Zähne rot. Robert, der sich schwer atmend über ihn beugte, schrak zusammen, als Christopher neben ihm auftauchte.

Die Züge des Ritters erstarrten vor Schreck, als er auf Comyn hinabblickte. »Wir müssen hier weg«, zischte er Robert zu, ehe er den Blick von dem Verwundeten losriss. »Jetzt sofort!«

Das Hämmern an der Tür war zu einem rhythmischen Dröhnen geworden – die Mönche versuchten, sie aufzubrechen. Jeden Moment würden Comyns Männer eintreffen, wenn sie nicht ohnehin schon da waren. Robert wurde von eisigem Entsetzen erfasst, als ihm einfiel, dass sich seine Brüder noch dort draußen befanden und das Gelände absuchten. Er drehte sich noch einmal zu Comyn um, der gegen den Altar gelehnt in einem See von Blut am Boden saß. Die Erkenntnis, dass er in unmittelbarer Gefahr schwebte, gefangen genommen zu werden, brachte ihn wieder zu sich. Großer Gott, was hatte er getan?

Christopher schob ihn auf die Seitentür im Gang zu, die die anderen Ritter entriegelt hatten und sich nun hastig hindurchzwängten. »*Geh schon!*«

Als sie auf die Tür zusteuerten, erscholl hinter ihnen ein heiserer Schrei. Robert fuhr herum. John Comyn stürzte sich mit wild flackernden Augen und dem blutigen Dolch in der Hand auf ihn. Doch es war Christopher, der sich umdrehte und sein Schwert hob, Christopher, der Comyn den Stahl in den Leib trieb. Der Lord krümmte sich über der Klinge zusammen und spie einen Schwall Blut aus, bevor der Ritter sein Schwert zurückriss. John Comyn brach auf dem Kirchenboden zusammen und blieb regungslos liegen, während sich rings um ihn eine Blutlache ausbreitete.

Die drei anderen Ritter riefen ihnen zu, sich zu beeilen. Draußen erklang die erhobene Stimme von Roberts Bruder Edward und riss ihn aus seiner Erstarrung. Er schob Christopher vor sich her auf die Tür zu, dann tauchten sie beide in die eisige Dunkelheit des Kirchhofs ein. Fackelschein tanzte auf und ab, als Comyns Männer auf die Kirche zugerannt kamen. Edward, Niall und die anderen warteten schon nach Atem ringend und mit gezückten Schwertern auf sie.

»Sie haben uns gesehen«, keuchte Edward.

»Hier entlang!« Niall hielt auf die Kirchenmauer zu.

Die zehn Männer erreichten die Mauer mit einigem Vorsprung vor Comyns Leuten. Robert schob sein zerbrochenes Schwert in den Gürtel und zog sich an den Steinen hoch. Seine Brüder und seine Männer taten es ihm nach und sprangen einer nach dem anderen auf der anderen Seite hinunter. Nur Christopher hatte Mühe, an der Mauer Halt zu finden. Sein Gesicht schimmerte im Mondlicht geisterhaft weiß. Plötzlich rutschte er ab und landete mit einem leisen Aufschrei rücklings im Schnee. Comyns Männer rannten unter triumphierendem Geheul auf ihn zu. Die Fackeln warfen einen roten Schein über die Grabsteine. Robert, der rittlings auf der Mauer saß, beugte sich zu ihm hinunter und streckte dem Ritter eine Hand hin. Christopher rappelte sich hoch und ergriff sie, und Robert zog ihn vor Anstrengung keuchend zu sich hoch. Christopher schwang sich über die Mauer und sprang auf der anderen Seite in die Tiefe. Als Comyns Männer näher heran waren, geriet Robert einen Moment lang in das Licht ihrer Fackeln.

»Bruce!«, hörte er eine Stimme brüllen, als er ebenfalls von der Mauer sprang. »Es ist Robert Bruce!«

SECHSTER TEIL

A.D. 1306

»Daher spute dich, das zu empfangen, was Gott dir ohne Verzögerung schenkt; die zu unterdrücken, die bereit sind, sich unter dein Joch zwingen zu lassen; und uns zu belohnen, die wir weder Leib noch Leben schonen werden, damit dein Stern hell erstrahlt. Und damit du dies erreichst, werde ich selbst dir in höchsteigener Person mit zehntausend Männern beistehen.«

Geoffrey of Monmouth,
»Die Geschichte der Könige Britanniens«

50

Dumbarton, Schottland, A.D. 1306

MITTE FEBRUAR, ALS DER SCHNEE des Winters allmählich aus dem Tiefland zurückkroch, grüne Felder zum Vorschein kamen und Ströme und Flüsse sich von ihren eisigen Fesseln befreiten, begann sich ein Gerücht zu verbreiten.

Es begann als Raunen, das die Reisenden auf den jetzt passierbaren Straßen auf den Lippen trugen: Berichte von einem Aufstand im Süden. Innerhalb weniger Tage verdichtete sich das Gerücht zur Wahrheit, Dörfer und Ansiedlungen entlang der Grenze brodelten vor den Neuigkeiten, dass Robert Bruce in der Nacht aufgetaucht war, die Bewohner von Dumfries zur Rebellion aufgerufen, die Burg gestürmt und König Edwards neu eingesetzte Richter, die sich dort versammelt hatten, vertrieben hatte. Darauf folgte die Nachricht, dass Bruce und seine Männer Dalswinton Castle eingenommen hatten, ein Bollwerk der Comyns. Als dann noch Tibbers, Ayr, Rothesay und Dunaverty an Bruce' Truppen fielen, begannen die englischen Garnisonen in Schottland, ihre Zugbrücken hochzuziehen und Burgtore zu verbarrikadieren. Dringende Botschaften wurden gen Süden zu König Edward geschickt. Robert Bruce, so lauteten sie, habe die Fahne der Rebellion gehisst. Und die Männer des Landes versammelten sich in Scharen unter seinem Banner.

Während der ersten Wochen nach dem Geschehen in Dumfries behandelten viele Schotten das Thema wie etwas, das mit ihnen nichts zu tun hatte; sie diskutierten hitzig auf den

Feldern und in den Kirchen der Dörfer darüber, während das Leben trotz der stürmischen Ereignisse überall ringsum weitgehend normal weiterging. Aufgeregt, besorgt und ängstlich fragten sich alle, ob der Sturm auch sie erreichen oder ob er vorher von selbst abflauen würde. Dann breitete sich Anfang März in der Ferne das Grollen des Aufruhrs aus und wurde lauter, bis jeder sein Herannahen spürte.

Zu den einen kam es in der eiskalten Morgendämmerung, zu den anderen am Nachmittag oder am frühen Abend; eine brennende Fackel, die von der königlichen Burg zum Weiler im Wald, vom geschäftigen Hafen bis zur Ansiedlung in den Bergen getragen wurde. Von Mann zu Mann weitergegeben, war es ein lebendes Leuchtfeuer, das allen, die es sahen, dasselbe sagte. Es war das feurige Kreuz, Schottlands uralter Ruf zu den Waffen. Überall im Reich öffneten Männer Truhen, um ihnen Schwerter zu entnehmen, die seit Ende des Krieges dort ruhten, zogen Äxte aus Hackblöcken, um die Klingen zu schärfen, schlugen frische Nägel in die schartigen Enden von Keulen und versahen Pfeile mit neuen Federn. Im Westen, in Ayr und Lanark und rings um die Wälder von Selkirk, erreichte das feurige Kreuz Dörfer, in denen die Menschen noch immer außer sich vor Zorn über die Hinrichtung von William Wallace waren, von der sie im Herbst erfahren hatten. Hier war es eine Fackel, die an Zunder gehalten wurde und einen Flächenbrand auslöste. Viele Männer, die davon erfasst wurden, hatten zu Beginn der Rebellion an Wallace' Seite gekämpft, nach seinem Sieg bei Stirling gefeiert und Söhne und Brüder auf dem Schlachtfeld von Falkirk durch den Stahl einer englischen Armee einen blutigen Tod sterben sehen. Männer, die in den Jahren danach die Hoffnung, aber nicht das Herz verloren hatten.

Während all dieser Vorbereitungen für Verteidigung und Kampf nahmen die Geschichten von dem Aufstand und Robert Bruce' raschen Siegen entlang der Westküste kein Ende. Bruce, hieß es, zog die Armee des Reiches für einen neuen Krieg gegen England zusammen und plante, sich zum König zu krönen. Diese Enthüllung stieß auf eine Mischung aus Unglauben, Wut und Aufregung. Aber es war nicht das einzige Gerücht. Zu dieser Zeit gewann noch ein anderes an Bedeutung, eine dunkle Unterströmung aus Halbwahrheit und Hörensagen, die in den Comyn-Herzländern Galloway und Badenoch, Kilbride und Buchan immer stärker wurde und wie eine Woge unter dem aufbrandenden Ruf zu den Waffen dahinfloss.

Robert Bruce, so raunte man sich zu, hatte John Comyn ermordet.

Robert bückte sich und kicherte, als der kleine Junge in seine ausgebreiteten Arme watschelte. Sein Neffe Donald griff nach der Spitze des Armbrustbolzens, der um seinen Hals hing, hielt das Eisenstück in seinem pummeligen Fäustchen, musterte es neugierig und versuchte dann draufzubeißen. Robert nahm seinem Neffen den Anhänger aus dem Mund, stand auf und schwang den Jungen hoch in die Luft. Donald quiekte vor Wonne.

»Er mag dich.« Christina trat zu ihm und fuhr ihrem Sohn mit der Hand durch das Haar, das so hell war wie ihr eigenes. Lächelnd blickte sie zu Robert auf. »Der Umgang mit einem anderen Mann tut ihm gut. Sein Vater ist ja nicht mehr da.«

Christinas Lächeln erstarb nicht, als sie ihren zappelnden Sohn auf den Arm nahm, aber Robert entging der Schleier nicht, der sich bei der Erwähnung ihres Mannes über die hellblauen Augen seiner Schwester legte. Gartnait war vor einem Jahr gestorben und hatte Christina als Witwe und den kleinen Donald als Earl of Mar zurückgelassen. Robert sah zu, wie sie ihren Sohn zu dem Tisch in der Mitte des Zeltes trug, dessen Leinwandseiten sich im Wind blähten. Von draußen wehte der Lärm des Lagers zu ihnen herein.

Christina übergab den Jungen seiner Amme und setzte sich,

um die Mahlzeit zu beenden, die ihre Diener zubereitet hatten. Ihre Schwestern Mary und Matilda waren mit dem Essen schon fast fertig.

Mary Bruce sah ihren Bruder an. »Willst du uns nicht endlich Gesellschaft leisten, Bruder?« Sie legte fragend den Kopf schief. »In der Zeit, die du dort stehst, hättest du dein Fasten zweimal brechen können.«

Robert hielt dem scharfen Blick seiner Schwester stand. Mit ihrem schwarzen Haar und den ausgeprägten Zügen, die ihrem Gesicht einen harten, fast verschlagenen Ausdruck verliehen, sah sie Edward ungemein ähnlich, wie er verblüfft feststellte. Seine Schwestern waren seiner Aufforderung gefolgt und kurz vor Weihnachten von Kildrummy Castle nach Turnberry gekommen. Er war noch immer überrascht, wie sehr sie sich verändert hatten, seit er sie zuletzt gesehen hatte, vor allem Mary und Matilda, die mit zwanzig und neunzehn die jüngsten seiner Geschwister und ein Jahrzehnt jünger waren als er selbst. »Ich muss an einer Ratsversammlung teilnehmen.«

»Elizabeth und Marjorie besuchen uns heute Abend.« Christina hielt ihrem Pagen ihren Kelch hin, um sich mit Wasser versetzten Wein nachschenken zu lassen. In ihrer Stimme schwang ein bedeutsamer Unterton mit. »Es wäre ein seltenes Vergnügen, wenn wir alle zusammen essen könnten.«

Matildas Miene hellte sich auf. »Lady Elizabeth bringt ihren Spielmann mit.« Ihre weiche, leise Stimme verriet ihr schüchternes Naturell. Robert war aufgefallen, dass sie immer, wenn sie etwas sagte, zu Mary blickte, als müsste sie sie um Erlaubnis bitten.

Er maß Christina mit einem strafenden Blick. Es verdross ihn, dass seine Schwester entschlossen schien, seine Eheprobleme zu schlichten. Nach seiner Rückkehr nach Schottland hatte es eine kurze friedliche Periode gegeben, während der er versucht hatte, ein paar Brücken zu seiner Frau zu schlagen. Doch das neue, dünne Band war unter den Belastungen der letzten Wochen gerissen. Nach den Ereignissen von Dumfries hatte sich Elizabeth ihm gegenüber merklich kühler verhalten, doch er war zu sehr damit beschäftigt gewesen, in den Krieg zu ziehen, und hatte weder die Zeit gehabt noch die Neigung verspürt, mit ihr zu reden. »Das hier ist ein Belagerungslager, Christina, kein Jahrmarkt.« Ein Windstoß traf ihn in den Rücken, als jemand eintrat. Für die Unterbrechung dankbar, drehte Robert sich um. Es war Christopher Seton.

Der Ritter nickte den drei Frauen höflich zu. Sein Blick ruhte einen Moment lang auf Christina, bevor er sich an Robert wandte. »Außer denen, die du erwartet hast, sind noch andere Männer eingetroffen. Bischof Wishart ist da. Ich habe ihn in das Kriegszelt geführt. Die anderen versammeln sich ebenfalls dort.«

Robert grunzte zufrieden. »Seine Exzellenz ist genau zur richtigen Zeit gekommen.«

Christina hatte sich erhoben. »Sir Christopher«, rief sie, als Robert auf den Zelteingang zusteuerte.

Der Ritter drehte sich um. »Mylady?«

»Ich habe gerade versucht, meinen Bruder zu überreden, heute Abend mit uns zu essen. Vielleicht könnt Ihr ihn dazu bewegen?« Christina lächelte. »Es ist Platz genug für euch beide da.«

Robert machte Anstalten, sie zurechtzuweisen, besann sich aber, als er den Gesichtsausdruck seines Freundes sah. Der Ritter trug ein dümmliches Grinsen zur Schau.

In diesem Moment schienen die Jahre der Kämpfe und Entbehrungen von ihm abgefallen zu sein, und Christopher sah wieder so aus wie damals, als Robert ihn während der Belagerung von Carlisle kennengelernt hatte – ein ernster, eifriger junger Mann, vor dem noch das ganze Leben mit all seinen Möglichkeiten lag. Sogar als sie von der Hand in den Mund im Wald gelebt hatten, war es ihm gelungen, sich seinen gutmütigen Humor zu bewahren; er hatte am Lagerfeuer Flöte gespielt, um die Männer aufzuheitern, und mit Edward und Niall gelacht und gescherzt. Bis vor vier Wochen.

Robert starrte ihn an, fragte sich, ob Christopher sich so bereitwillig seiner Sache verschrieben hätte, wenn er damals auf den Mauern von Carlisle – an dem Tag, an dem Robert ihm das Leben gerettet hatte – gewusst hätte, dass er zehn Jahre später an dem Mord an einem Mann im Hause Gottes beteiligt sein würde. Seit jener Nacht in Dumfries war er in sich gekehrt und saß während der Mahlzeiten schweigend und mit zusammengepressten Lippen einfach nur da.

Für Robert stellte es eine Erleichterung dar, ihn jetzt lächeln zu sehen, so, als könne trotz der Ereignisse des letzten Monats noch alles gut werden in der Welt. In Turnberry hatte er bemerkt, dass seine verwitwete Schwester und der Ritter sich zueinander hingezogen fühlten. Wenn Christina den unbekümmerten Mann, den er einst gekannt hatte, wieder zum Vorschein bringen konnte, wer war er, ihr dabei Steine in den Weg zu legen? »Wir werden kommen«, versprach er seiner Schwester. »Alle beide.«

Die beiden Männer verließen das Zelt.

Es war ein kühler Märzmorgen. Große Wolken zogen über den Himmel hinweg und warfen Schatten über das braune Wasser des Clyde. Die Windböen, die von der breiten Flussmündung herüberwehten, schnitten wie Glas in die Haut, und Robert schlang seinen pelzbesetzten Umhang enger um sich. Überall ringsum blähten sich Zelte und Fahnen, eine Vielzahl von Farben und Emblemen flatterten wild. Jeden Tag waren neue Banner hinzugekommen, als mehr Männer dem Ruf zu den Waffen folgten. Rauchschwaden vermischten sich mit dem Gestank der ausgehobenen Latrinen und der Misthaufen vor den provisorischen Ställen. Das Lager erstreckte sich auf einer Ebene in der Nähe der Ufer des breiten Flusses. Direkt hinter einem Schlammkanal, der jetzt, wo Ebbe herrschte, zu sehen war, ragten zwei mächtige Felshörner auf. In dem grünen Spalt zwischen ihnen war die alte Festung Dumbarton Castle erbaut worden.

Von den Schlammbänken führte ein felsiger Pfad zu den massiven Mauern der Burg, hinter denen eine Ansammlung von Stein- und Holzgebäuden lag. Dahinter stiegen die Doppelfelsen, deren höhere Flanken von weiteren Mauern umgeben waren, in schwindelerregende Höhen empor. Auf jeder Felskrone thronten ein weißer Turm und eine große Halle. In einem von beeindruckenden Festungen übersäten Land gehörte Dumbarton zu den am schwersten einnehmbaren. In ihrem Inneren, auf seinem von Wasser umgebenen Felsen gut geschützt, saß John of Menteith. Der Mann, der William Wallace gefangen genommen und an die Engländer ausgeliefert hatte, war von König Edward großzügig belohnt worden. Der König hatte ihm seine Schulden bei der Krone erlassen und ihn zum Verwalter der Burg ernannt.

Es war die sechste Festung, die Robert in vier Wochen belagert hatte. Sein Feldzug, der so unerwartet in Dumfries begonnen hatte, hatte einem einen Abhang hinuntergestoßenen Felsbrocken geglichen, der an Schwung zulegte und Steine und Geröll mitriss, bis er zu einer Lawine geworden war. Zusammen mit Rothesay, Dunaverty und Ayr bewachte Dumbarton die westlichen Zugangswege nach Schottland – eine Route, die sowohl für Nachschublieferungen als auch für die Verstärkung, die Robert sich von den dahinter liegenden Inseln erhoffte, von elementarer Bedeutung war. Abgesehen von ihrer strategischen Position gehörte sie auch noch zu denen, deren Eroberung ihm am meisten am Herzen lag. Er war entschlossen, Menteith für seinen Verrat an Wallace büßen zu lassen. Die anderen Burgen waren durch Geschick, List oder Drohungen rasch gefallen, aber Menteith hatte bislang ausgehalten, und ohne Belagerungsgeräte, mit denen er die Mauern unter Beschuss nehmen konnte, hatte Robert sich damit begnügen müssen, die Nachschubverbindungen seines Feindes abzuschneiden und den Bastard mit seiner ständig wachsenden Armee in Angst und Schrecken zu versetzen.

»Hier sind die Neuankömmlinge.« Christopher lenkte Roberts Aufmerksamkeit auf eine kleine, aus etwa zwanzig Männern bestehende Gruppe, die um eine Schar staubbedeckter Pferde herumstand.

Als Robert näher kam, sah er zu seiner Überraschung eine Frau in einem maulbeerfarbenen, von einer silbernen Brosche zusammengehaltenen Umhang vortreten. Sie war schätzungsweise Ende dreißig, hatte ein stolzes, wettergegerbtes Gesicht und rotblondes, an den Schläfen ergrauendes Haar. Sein Erstaunen wuchs, als sie auf ihn zukam und ihn umarmte. Robert fasste sie bei den Armen und entwand sich ihrem Griff. »Mylady ...«, begann er verwirrt. Ihm war bewusst, dass die Männer ihn anstarrten. Einer, der ganz vorn stand, war jünger als die anderen, vielleicht achtzehn oder neunzehn. Mit seinem sandfarbenen Haar und den eng beieinanderstehenden Augen sah er der Frau zu ähnlich, um nicht mit ihr verwandt zu sein. Beiden haftete etwas seltsam Vertrautes an, das Robert aber nicht einordnen konnte. Der junge Mann hatte die Arme vor der Brust verschränkt und musterte ihn kühl.

Die Frau lachte über Roberts Verwirrung. »Erinnerst du dich nicht an mich, kleiner Bruder?«

Allmählich dämmerte ihm, wen er da vor sich hatte. Die Frau war seine Halbschwester Margaret, das einzige Kind aus der ersten Ehe seiner Mutter. Robert hatte sie zuletzt gesehen, als er ein Junge gewesen war, denn sie war mit fünfzehn verheiratet worden. Im Lauf der Jahre hatte er über seine Mutter und dann weniger häufig über seinen Vater von ihr gehört und wusste, dass Margarets Mann, ein Ritter aus Roxburghshire, vor einiger Zeit gestorben war. »Schwester!« Lachend zog er sie in seine Arme zurück.

Margaret deutete mit einem breiten Lächeln auf den rotblonden jungen Mann. »Das ist mein Sohn Thomas Randolph. Dein Neffe.«

Robert streckte lächelnd eine Hand aus. Thomas Randolph machte keine Anstalten, sie zu ergreifen, erst auf einen finsteren Blick seiner Mutter hin trat er vor und schüttelte sie flüchtig.

»Ich wusste überhaupt nicht, dass du nach Schottland zurückgekehrt warst, bis das feurige Kreuz durch unser Dorf kam und die Leute sagten, du würdest eine Armee zusammenziehen«, wandte sich Margaret wieder an Robert.

»Nun, ich musste mich bedeckt halten, während ich meine Anhänger um mich versammelte. Ich wusste, dass es nur eine Frage der Zeit war, bis die Engländer sich an meine Fersen heften würden.«

»Ich habe dir die besten Krieger meines verstorbenen Mannes mitgebracht.« Margaret deutete auf die Reiter hinter sich. »Ihre Schwerter gehören dir, Bruder.«

»Ich nehme dein Angebot dankend an.« Robert hieß die Männer mit einem Nicken willkommen. »Ich brauche jeden Mann, den ich in den nächsten Tagen rekrutieren kann.«

»Entsprechen die Gerüchte der Wahrheit, Sir Robert?«, unterbrach Thomas sie. Seine Stimme klang kühl und beherrscht. »Bezüglich dessen, was mit John Comyn geschehen ist?«

Margarets Augen wurden schmal. »Thomas, ich schwöre bei Gott, dass ich dir ...«

»Nein, Schwester«, schnitt Robert ihr das Wort ab. »Ich bin sicher, dass ihr beide viele Fragen habt.« Er starrte seinen Halbneffen an. »Aber wir haben später Zeit, um miteinander zu reden. Jetzt muss ich eine Kriegsratsversammlung einberufen.«

Thomas Randolph, der sich unter seinem durchdringenden Blick zu winden schien, wandte sich ab.

Robert sah Margaret wieder an. Seine Miene hellte sich auf. »Es sind Familienmitglieder hier, die du bestimmt gern sehen möchtest.« Er rief den Knappen eines seiner Ritter zu sich, der gerade vorbeikam. »Arthur, zeig meiner Schwester und ihren Männern einen Platz, wo sie lagern können, und begleite sie dann zu Lady Christinas Zelt.«

Er überließ Margaret und ihren kampflustigen Sohn der Obhut des Knappen und steuerte auf sein Zelt zu. Ihm war nicht entgangen, dass Christopher Setons Lächeln bei der Erwähnung von John Comyn erstorben war.

Das Kriegszelt stand in der Mitte des Lagers. Zwei Banner wehten davor, ein weißes mit dem roten Sparren von Carrick, das andere gelb mit dem roten Schrägkreuz von Annandale. Robert sah eine Gruppe von Männern und Pferden, die er als Bischof Wisharts Gefolge erkannte. Nes sprach gerade mit ihnen. Er trug ein neues Kettenhemd, dessen Ringe unter seinem Umhang glitzerten. Vor zwei Wochen hatte Robert den jungen Mann zum Dank für seine Hilfe bei der Flucht aus Dumfries zum Ritter geschlagen.

In dieser Nacht hatte Nes, der den von Comyns Männern veranstalteten Lärm gehört hatte, den Rest von Roberts Truppe und die Pferde in die Stadt gebracht, wo er seinen Herrn aus dem Kloster hatte fliehen sehen. Robert und die anderen waren aufgesessen und mit Comyns Leuten dicht auf den Fersen durch die Straßen von Dumfries gejagt. Um die Verfolger aufzuhalten, hatte Robert die Stadtbewohner alarmiert und sie zu den Waffen gerufen, als sie durch die Stadt galoppiert waren. Seine Männer waren in die Kriegsrufe eingefallen, bis ihr Gebrüll von den Häusern widergehallt war. Da sie an einen Überfall von Räubern glaubten, waren die Einwohner von Dumfries Messer und brennende Fackeln schwenkend aus ihren Häusern gerannt gekommen.

Durch die anwachsende Menge am Fortkommen gehindert, waren Comyns Männer stattdessen in Richtung der Burg in den Außenbezirken der Stadt geritten, wo die erste Versammlung von König Edwards neuem schottischem Regierungsrat stattfinden sollte. Robert, der annahm, dass sie Verstärkung holen wollten, hatte eine kühne Entscheidung getroffen, der erregten Menge zugerufen, er sei gekommen, um sie von ihren englischen Unterdrückern zu befreien, und das Kommando über den Mob übernommen. Unterstützt von über hundert bewaffneten Stadtbewohnern, hatten er und seine Männer die Burg gestürmt und die Garnison vertrieben, die geflohen war, als er gedroht hatte, das Gebäude mit ihnen darinnen niederzubrennen. Robert hatte sie gehen lassen; ihr Entkommen zählte nicht. Mit diesem Schritt hatte sein Feldzug begonnen, und nichts sollte ihn jetzt noch aufhalten.

Nes' Blick fiel auf Robert, und er kam auf ihn zu, um ihn zu begrüßen. »Es sind alle hier, Sir.«

Als sie den Pavillon erreichten, sah Robert Elizabeth aus dem Zelt treten, das sie sich mit Marjorie teilte. Sie schützte die Augen mit einer Hand vor der Sonne, während sie den Blick über das Lager schweifen ließ, schien ihn aber nicht zu bemerken. Wie unglaublich mager sie wirkte! Ihr Kleid schlotterte förmlich an ihrem Körper. Wenn er sie jetzt ansah, erschien es ihm kaum möglich, dass sie je imstande sein würde, das neue Leben in die Welt zu setzen, nach dem sie sich so sehnte. Robert musste unverhofft an Katherine denken, die Zofe seiner ersten Frau, die eine kurze Zeit lang seine Geliebte gewesen war, bis er ihre Untreue aufgedeckt hatte. Als er sie fortgeschickt hatte, hatte Katherine ihm eröffnet, schwanger zu sein. Er dachte selten an sie, aber jetzt ging ihm eine Frage durch den Kopf und verflog, als Elizabeth in seine Richtung blickte. Robert gab den Blick zurück. Er hatte ihr Schmuck und pelzgefütterte Umhänge geschenkt, aber das reichte nicht aus. Er musste ihr ein Kind schenken – das Kind, das sie sich wünschte, und den Erben, den er brauchte. Schon bald, versprach er stumm. Nach seiner Krönung würde sie bekommen, was sie wollte.

Nes schob die Zeltklappen zur Seite. Robert trat ein und konzentrierte sich auf den großen runden Tisch in der Mitte, der von vierzehn Männern umringt wurde. John of Atholl war da, er hatte die Fäuste auf den Tisch gelegt und trug eine entschlossene Miene zur Schau. Neben dem Earl stand sein Sohn David, daneben Edward Bruce neben Neil Campbell, der in dem Kampf mit Menteith eine neue Narbe im Gesicht davongetragen hatte. Thomas Bruce nickte, als er Robert sah, Niall lächelte strahlend. Zwischen ihnen stand Alexander Bruce, der im Herbst zu ihnen gestoßen war, nachdem Robert ihm befohlen hatte, seinen Posten als Dekan der Kathedrale von Glasgow aufzugeben. Er hatte um die Sicherheit seines Bruders gefürchtet, da ihm dieses Amt von König Edward übertragen worden war, aber Alexander hatte wenig Grund gesehen, ihm für seine Umsicht zu danken. Robert war erleichtert, dass er die Kompanie heute verlassen würde. Er brauchte im Moment keine Priester um sich, er wusste selbst um seine schwere Sünde.

William Lamberton blickte sich um, als Robert mit Christopher und Nes auf den Tisch zutrat. James Douglas hielt sich an der Seite des Bischofs, seine Haltung drückte eiserne Entschlossenheit aus. Neben ihm stand Gilbert de la Hay, Lord of Errollo, einst ein treuer Anhänger von Wallace. Der Lord war wie eine kaledonische Kiefer gebaut, sein blonder Haarschopf streifte die schräge Zeltdecke. Bei den letzten vier Männern am Tisch handelte es sich um James Stewart, Alexander Seton und zwei Neuankömmlinge. Mit dem breiten, gebeugt gehenden Bischof Wishart hatte Robert gerechnet. Die Anwesenheit des anderen, eines Mannes ungefähr in seinem Alter mit einem ansprechenden, falkenhaften Gesicht und glattem dunklem Haar, kam für ihn überraschend. Roberts Brauen zogen sich zusammen, als sein Blick sich mit dem von Malcolm Lennox kreuzte. Zum letzten Mal hatte er den Earl nach der Schlacht von Falkirk im Wald gesehen. Einige Jahre vor dieser Begegnung hatte Lennox zu den Männern gehört, die ihn und seinen Vater in Carlisle belagert hatten.

Lennox trat augenblicklich vor und streckte eine Hand aus.

»Sir Robert, ich habe gehört, Ihr braucht Männer für einen neuen Krieg gegen die Engländer?«

Als Robert zögerte, griff John of Atholl ein. »Sir Malcolm hat hundert Mann von Lennox mitgebracht.«

»Dann ist er mir höchst willkommen.« Robert ergriff die Hand des Earls.

»Sir Robert.«

Beim Klang der schroffen Stimme drehte Robert sich um und sah, dass Bischof Wishart zu ihm hochblinzelte. Robert sank auf ein Knie, küsste den Ring an der welken Hand des alten Mannes und erhob sich dann, um ihn zu umarmen. Sie standen seit Monaten durch Boten in Verbindung, aber gesehen hatte er den Bischof von Glasgow schon einige Jahre nicht mehr, und er stellte fast erschrocken fest, wie sehr der Mann – während der herrscherlosen Zeit einer der ersten Hüter Schottlands – gealtert war. »Eure Exzellenz, ich freue mich, Euch hier zu sehen.«

Wishart fasste Robert bei den Armen. »Sir James sagte, Ihr wart in London, als William ...« Der Bischof holte tief Atem. Ein Rasseln entrang sich seiner Kehle. »Hat er sehr gelitten?«

Robert sah dem Bischof in die wässrigen Augen. Das Bild von William Wallace, wie er nackt und an ein Holzgestell gefesselt durch die stinkende Stadt geschleift wurde, stieg ungebeten vor ihm auf. Er legte Wishart eine Hand auf die Schulter. »Jetzt leidet er nicht mehr.«

»In Gottes Armen finden alle Frieden«, murmelte Lamberton.

Wishart presste die Lippen zusammen, wandte sich ab und winkte zwei Pagen, die mit einer Truhe an der Seite des Zeltes warteten. Gemeinsam hievten sie sie an den Griffen hoch und trugen sie zu dem Bischof hinüber. Wishart klappte den Deckel hoch und griff hinein. »Ich habe etwas für Euch, Robert. Etwas, was ich in der Hoffnung, die Stunde würde kommen, wo es gebraucht wird, versteckt gehalten habe.«

Robert beobachtete, wie Wishart ein zusammengefaltetes Viereck aus Goldstoff zum Vorschein brachte, die Ränder in die Hände nahm und es ausschüttelte. Der Stoff glitt zu Boden, und ein sich auf dem glitzernden Gold aufbäumender Drache wurde sichtbar. Alle Männer am Tisch verstummten und starrten die königliche Standarte Schottlands voller Ehrfurcht an. Roberts Brust schwoll vor Stolz. Er spürte den Willen seines Großvaters in sich, der ihn dazu trieb, eine Hand danach auszustrecken und nach dem Stoff zu greifen, dem Symbol des Bruce-Vermächtnisses, seinem Erbe. Als sich seine Finger um das goldene Tuch schlossen, wusste er, dass sich die Jahre des Wartens, all die Lügen und die Täuschungen gelohnt hatten. In weniger als zwei Wochen würde er zum König gekrönt werden.

»Großer Gott, Exzellenz«, murmelte James Stewart. »Wo habt Ihr die her? Ich dachte, Longshanks hätte nach seiner ersten Eroberung alle königlichen Insignien mit nach Westminster genommen?«

»Eine hat er vergessen«, gab Wishart scharf zurück, nahm Robert das Banner behutsam ab und reichte es den Pagen, damit sie es wieder zusammenfalteten und in der Truhe verstauten. »Ich habe aus meiner Kleiderkammer in Glasgow auch ein angemessenes Gewand für die Zeremonie mitgebracht.«

»Also ist alles vorbereitet?« Neil Campbells Blick wanderte zwischen dem Bischof und Robert hin und her.

»Soweit es möglich war«, erwiderte William Lamberton. Er schielte zu dem Earl of Lennox hinüber. »Wir sind übereingekommen, dass die Inthronisation am Tag von Mariä Verkündigung in der Abtei von Scone stattfinden soll. Der Abt ist informiert und wird die Leitung übernehmen. Die Zeremonie werde ich selbst durchführen.«

Malcolm nickte ruhig. Er schien die Nachricht von diesem revolutionären Akt unbeeindruckt aufzunehmen. Robert nahm an, dass ihm bereits Gerüchte zu Ohren gekommen waren.

»Was ist mit dem Krönungsstein?«, erkundigte sich Gilbert

de la Hay. »Verzeiht mir«, fügte er, an Robert gewandt, hinzu, »aber kann ein König denn ohne den Stein überhaupt gekrönt werden?«

»Das Ritual wird in jeder anderen Hinsicht wie gewohnt vollzogen werden. Auf dem Moot Hill.« Robert zögerte. Er war sich des Geheimnisses, das er vor ihnen allen hütete, und seiner Unfähigkeit, dieses Unrecht wiedergutzumachen, nur allzu bewusst. »Mein Großvater pflegte immer zu sagen, es sei der Mann, der den König ausmacht.«

»In der Tat.« Lamberton nickte zustimmend. »Und das Banner ist eine willkommene Ergänzung zu der Krone und dem Zepter, das wir angefertigt haben. Ich würde sagen, wir sind bereit.«

»Dann bleibt nur noch ein Punkt zu klären.« Robert wandte sich an John of Atholl. »Wann kannst du aufbrechen?«

»Wann immer du willst.«

Der neben dem Earl stehende David nickte bekräftigend.

»Dann heute«, wies Robert sie an. »Die Kundschafter sagen, sie hält sich noch immer auf ihrem Landsitz auf, aber wir wissen nicht, wie lange noch. Wenn du sie in Gewahrsam genommen hast, bring sie direkt nach Scone. Ich treffe dich dort.«

»Und wenn sie nicht freiwillig mitkommt?«

»Lass ihr keine andere Wahl«, versetzte Robert ausdruckslos.

»Wem?«, fragte Malcolm Lennox, wobei er erst Atholl, dann Robert ansah.

»Der letzte Mosaikstein, den wir für die Zeremonie brauchen«, erwiderte Robert brüsk. Er drehte sich zu den anderen um. »Gibt es sonst etwas Neues von unseren Kundschaftern? Irgendwelche Anzeichen für Bewegungen der Engländer?«

Neil Campbell antwortete als Erster. »Nichts. Seit unser Aufstand begonnen hat, haben sich die Garnisonen in den Burgen verschanzt. Ich schätze, dort werden sie bleiben, bis aus England Verstärkung eintrifft.«

»Im Moment könnte eine englische Maus in Schottland furzen, und wir würden es alle hören«, trompetete Gilbert de la Hay. »Ich habe sie noch nie so still erlebt. Und das unter diesen Umständen …« Er runzelte die Stirn. »Es ist beunruhigend.«

»Es ist die Ruhe vor dem Sturm«, meinte Lamberton. »Sobald die Straßen frei sind, wird König Edward kommen. Und zwar in der Absicht, ein Blutbad anzurichten. Sir Roberts rasches Handeln in den letzten Wochen hat uns einen kleinen Vorteil verschafft. Da so viele Garnisonen aus dem Westen vertrieben worden sind, ist der König gezwungen, von Osten her in unser Land einzufallen. Aber trotzdem dürfen wir ihn und die Stärke der Armee, die er mitbringt, nicht unterschätzen.«

»Wir brauchen mehr Männer.« Edward Bruce' Stimme klang hart. »Wir haben zu wenige. Entschieden zu wenige.« Er musterte die Männer nacheinander, bevor er Robert fixierte. »Hast du mit deiner Frau gesprochen? Wenn Thomas und Alexander ihre Abreise bis nach deiner Inthronisation verschieben, könnte sie sie vielleicht begleiten – und mit ihrem Vater reden. Immerhin machst du sie zur Königin.«

»Dieses Risiko will ich nicht eingehen«, erwiderte Robert. »Nicht, ehe ich nicht jede andere Hoffnung auf Unterstützung ausgeschöpft habe. Der Earl of Ulster ist noch immer Edwards Vasall. Thomas und Alexander werden in Irland sehr viel mehr Verbündete finden. Lord Donough und die Männer von Antrim werden meinem Ruf folgen, und die MacDonalds von Islay sicherlich auch. Unsere Schwester Margaret ist gerade mit zwanzig Rittern aus Roxburghshire eingetroffen«, fügte er, an Edward gewandt, hinzu. »Außerdem haben wir die Ritter von Atholl und Mar und jetzt von Lennox.«

»Wenn ich in den Wald zurückkehre, kann ich den Rest von Sir Williams Leuten mitbringen«, warf Neil Campbell ein. »Wir sind nicht viele, aber wir fiebern diesem Kampf entgegen.«

»Und da Rothesay sich wieder in Sir James' Händen befindet, können wir auch auf Verstärkung von dieser Seite zählen«, schloss Robert. Zum ersten Mal, seit er das Zelt betreten hatte, sah er dem Großhofmeister, der schweigend zugehört hatte, in die Augen.

»Natürlich«, erwiderte James nach einer Pause. »Das versteht sich von selbst. Aber«, fuhr er fort, als Robert den Blick abwenden wollte, »trotzdem machen alle, die du eben erwähnt hast, nur die Hälfte der Männer des Reiches aus.« Er sah Lamberton an. »Unser Plan sah nicht vor, als geteiltes Königreich in den Krieg zu ziehen, Exzellenz.«

»Dieser Plan hat sich geändert, James«, murmelte Lamberton. »Wir können jetzt nichts mehr dagegen tun. Wir müssen mit den Männern vorliebnehmen, die wir haben, und ansonsten auf Gott vertrauen. König Edward wird uns so oder so angreifen. Wir haben keine Wahl.«

»Wir könnten zu den Comyns gehen, versuchen, Wiedergutmachung zu leisten und den Oberhäuptern der verschiedenen Familienzweige Machtpositionen in dem neuen Reich anbieten. Ihnen klarmachen, dass sie in dieser Stunde der Not zu uns stehen müssen, wenn sie nicht wollen, dass ...«

»Nein«, schnitt Robert dem Großhofmeister abrupt das Wort ab. »Wir beziehen die Comyns nicht mit ein.« Er legte die Hände auf die Tischplatte und sah die anderen eindringlich an. »Dann lasst uns eine Strategie für die kommenden Tage besprechen. Sosehr ich es hasse, es zugeben zu müssen, aber Dumbarton wird in der Zeit, die uns noch bleibt, nicht fallen. Wir müssen weiterziehen.«

Während Robert seine Absichten erläuterte, wechselten einige Männer besorgte Blicke, denn zwischen ihm und dem Großhofmeister herrschte auch weiterhin eine nahezu greifbare, eisige Stille.

51

ALS DIE KRIEGSRATSVERSAMMLUNG beendet war, entließ Robert alle Männer bis auf seine Brüder Thomas und Alexander. Während die anderen leise miteinander tuschelnd das Zelt verließen, führte er die beiden in einen Privatbereich des Pavillons, in dem sich die Truhen mit seinen persönlichen Besitztümern stapelten, die er aus Turnberry mitgebracht hatte. Seine Rüstung hing an einem Ständer, an dem ein Schwert in einer Scheide lehnte. Die zerkratzte Klinge hatte er von John of Atholl als Ersatz für seine eigene erhalten, die in jener Nacht in Dumfries zerbrochen war. Fionn hatte sich auf einigen Decken ausgestreckt. Der Hund öffnete ein Auge, als Robert zu ihm trat. Er kraulte ihn hinter den grauen Ohren, zog dann eine Truhe zu sich heran, griff nach einem Schlüssel, der an einer Kette an seinem Gürtel hing, und schloss sie auf.

In der Truhe lag unter einer Kleiderschicht verborgen ein langer, dünner, in ein Tuch gewickelter Gegenstand. Als Robert den Stab des Malachias herausnahm, verrutschte der daneben verstaute schwarze Kasten. Er zögerte einen Moment, den Blick auf den Riss im Holz geheftet, während all seine Fragen und unausgereiften Gedanken in ihm brodelten, dann klappte er den Deckel zu und verschloss die Truhe wieder. Was dieses Problem betraf, so war die Zeit für Fragen oder zum Handeln noch nicht gekommen. Noch nicht.

»Hier.« Er reichte Alexander den Stab. »Sobald du in Antrim angekommen bist, bring ihn zu den Mönchen der Abtei von Bangor. Ich weiß nicht, wie lange er dort sicher ist, aber im Moment dürfte König Edward größere Sorgen haben als die Suche danach, denke ich.«

Alexander nahm den Stab widerstrebend entgegen.

»Vielleicht wird das den heiligen Malachias so gnädig stimmen, dass er den Fluch von unserer Familie nimmt?«, schlug Thomas mit einem Seitenblick zu Alexander vor.

»Kommt auf dem Umweg über Islay zurück«, fuhr Robert fort. »Sagt Angus Og MacDonald, die Familie Bruce berufe sich auf das alte Bündnis mit den Herren der Inseln. Und während ihr dort seid, setzt euch mit den MacRuaries in Verbindung. Ich möchte die irischen Fußsoldaten für den Kampf verpflichten. Sie wären uns von großem Nutzen.«

»Die Söldner?« Thomas runzelte die Stirn. »Verzeih mir, Bruder, aber die MacRuaries und ihre Verwandten wechseln die Seiten noch öfter als du.«

»Sie gehen dorthin, wo ihnen Geld winkt.« Robert öffnete eine andere Truhe und entnahm ihr einen kleinen Kasten, den er seinem Bruder reichte. »Sag ihnen, sie erhalten noch mehr, wenn sie ihren neuen König unterstützen.«

»Wir brechen auf, sobald die Pferde bereit sind«, erwiderte Thomas. »Hoffentlich können wir übersetzen, bevor die Frühjahrstiden den Kanal aufpeitschen.« Er drückte kurz Roberts Schulter. »Es tut mir leid, dass wir deine Krönung verpassen.«

»Dafür entschädigt ihr mich, wenn ihr mit halb Irland im Schlepptau zurückkommt.«

Thomas verließ grinsend das Zelt, doch Alexander blieb mit dem Stab in den Händen vor Robert stehen. »Willst du tun, worum ich dich gebeten habe, bevor ich gehe, Robert? Lässt du mich dir die Beichte abnehmen?«

Robert wandte sich stumm ab.

Alexander vertrat ihm stirnrunzelnd den Weg. »Du magst das Blut von deiner Klinge gewischt haben, aber deine Seele kannst du nicht so leicht davon reinigen. Bruder, du hast eine Todsünde begangen. Was du und Christopher Seton getan habt, war ein Sakrileg. Ihr müsst Reue zeigen – wenn nicht den Comyns gegenüber, dann ganz sicher gegenüber Gott. Lass mich hierbleiben. Niall oder Edward können Thomas begleiten. Setz mich als Beichtvater statt als Sendboten des Krieges ein.«

Robert fuhr herum. »Ich brauche Soldaten, Alex, keine Priester!«

Alexander wich angesichts des Zorns in seiner Stimme zurück. Nach kurzem Zögern wandte er sich gleichfalls ab.

Robert wartete einen Moment, dann trat er in den Hauptteil des Zeltes und blieb stehen, als sich James Stewart zu ihm umdrehte.

»Du kannst deinen Bruder so weit fortschicken, wie du willst, Robert, aber das ändert nichts daran, dass er recht hat.«

»Ich habe dafür jetzt keine Zeit.«

James schob sich vor Robert, als dieser auf den Zelteingang zusteuerte. »Was ich bezüglich einer Wiedergutmachungsleistung an die Familie Comyn gesagt habe, war ernst gemeint. Du hast uns erzählt, es wäre ein Unfall gewesen, Sir John hätte dich ohne Vorwarnung angegriffen, und du hättest dich verteidigen müssen. Dir wäre nichts anderes übrig geblieben, als ihn zu töten.«

»Ganz recht«, erwiderte Robert scharf, der meinte, Zweifel aus der Stimme des Großhofmeisters herauszuhören.

»Dann müssen die Comyns das erfahren. Alles ist so schnell gegangen. Seit Dumfries hast du nicht einmal eine Pause eingelegt, um über das nachzudenken, was du getan hast. Über das Unheil, das du angerichtet hast.«

»Das ich angerichtet habe? Der Auslöser warst du – du und Lamberton. Ihr habt mich gezwungen, diesem unsinnigen Plan zuzustimmen. Nichts von alldem wäre geschehen, wenn ich den Comyns nicht meine Absichten enthüllt hätte. John Comyn würde noch leben, König Edward wüsste nichts von meinem Verrat, und der Kopf von William Wallace würde jetzt nicht auf der London Bridge verrotten!«

Bei den letzten Worten zuckte der Großhofmeister zusammen. »Es gab keine andere Möglichkeit. Deswegen hast du dem

Plan zugestimmt. Mach mich nicht für etwas verantwortlich, von dem du selbst weißt, dass ich nicht allein die Schuld daran trage.«

Robert stapfte durch das Zelt, dabei fuhr er sich mit der Hand durch das Haar. »Die ganze Zeit, während der ich in England und in Edwards Diensten gefangen war – meine Freunde hintergangen und gegen meine eigenen Landsleute gekämpft habe, weil du mich überzeugt hast, dass es sein muss – hat John Comyn hier Anhänger um sich geschart, um seine eigenen ehrgeizigen Ziele zu verfolgen. Zur Hölle, James, der Mann wollte König werden! Natürlich hätte er nie dazu beigetragen, mich an seiner Stelle auf den Thron zu bringen.«

»Keiner von uns konnte ahnen, dass er ...«

»All diese Jahre lang habe ich auf deinen Rat gehört, dir vertraut, so wie es mein Großvater getan hat. Ich habe mich nie gefragt, warum du eigentlich wolltest, dass ich den Thron besteige. Jetzt dämmert es mir. Ohne einen König ist der Posten eines Großhofmeisters nicht viel wert, nicht wahr? Du willst unbedingt deine frühere Macht zurückgewinnen und benutzt mich dazu, sie dir zu verschaffen. Du sprichst von notwendiger Wiedergutmachung?« Robert baute sich vor dem Großhofmeister auf. »John Comyns Blut klebt ebenso an deinen Händen wie an meinen. Wir haben beide Wind gesät und müssen jetzt den Sturm ernten.«

Als er sich diesmal anschickte, das Zelt zu verlassen, hielt James ihn nicht auf.

Robert stürmte durch das Lager, ohne auf die Grüße oder Fragen derer zu achten, an denen er vorbeikam. Er fand eine abgelegene Stelle am Ufer des Clyde, setzte sich und starrte über die Flussmündung hinweg. Dann hob er eine Hand voll Steine auf und schleuderte sie ins Wasser. Und während er so dasaß und der Wind ihm das Haar ins Gesicht wehte, verrauchte sein Zorn plötzlich und machte einer kalten Welle von Schuldgefühlen Platz.

Du hast uns erzählt, es wäre ein Unfall gewesen.

Er konnte sie alle belügen. Der Himmel wusste, dass er darin genug Übung hatte. Aber er konnte sich nicht selbst belügen.

Innerlich hatte er versucht, sich für die Tötung John Comyns zu rechtfertigen, hatte sich eingeredet, es sei die Rache für William Wallace und die Verbrechen gewesen, die die Comyns an seiner Familie begangen hatten, ein im Namen seines Großvaters begangener Ehrenmord. Er hatte sich sogar eingeredet, was er James und den anderen gegenüber behauptet hatte – dass der Mann ihn getötet hätte, wenn er nicht zuerst zugeschlagen hätte. Aber obwohl all dies zum Teil zutraf, konnte er nicht leugnen, was in dem Moment in ihm vorgegangen war, als er Comyn den Dolch zwischen die Rippen gestoßen hatte. Der Akt war nicht aus Rachedurst oder Furcht verübt worden, sondern aus reiner, nackter Mordlust. In diesem Bruchteil einer Sekunde hatte er Comyn töten wollen, und zwar nicht für irgendjemand anderen, sondern für sich selbst, um der heißen, befriedigenden Erregung willen, die ihm die Tat verschaffte.

Robert hob einen weiteren Stein auf und rieb ihn zwischen den Händen. Vor seinem geistigen Auge sah er sich als Sechzehnjährigen in der Abtei von Scone, umringt von den Männern des Reiches, die einander wütend anbrüllten. Der Tod der Maid of Norway war gerade bekannt geworden, und die Thronfolgefrage stand erneut zur Debatte. Er erinnerte sich an die barsche Stimme seines Großvaters und an John Comyns Vater, der nach seinem Dolch griff. Robert hatte sein Schwert gezogen, um seinen Großvater zu verteidigen. Als er es dem Lord of Badenoch an die Kehle gesetzt hatte, waren alle anwesenden Männer verstummt. Sein Großvater hatte ihm eine Hand auf die Schulter gelegt und ihn angewiesen, die Klinge sinken zu lassen. Robert runzelte die Stirn, als er seine eigene Stimme in seinen Ohren widerhallen hörte.

»*Warum stört es dich, wenn ich mein Schwert auf ihn richte, wo du doch seine Burg attackiert hast? Du hasst ihn!*«

»Ja! Und dieser Hass hat die Macht, ein Königreich zu spalten!«

Robert verdrängte die Erinnerung energisch. Was geschehen war, war geschehen. Es brachte nichts zurückzuschauen. In zwei Wochen würde er zum König gekrönt werden. Das war es schließlich, was alle gewollt hatten, diese Männer aus der Vergangenheit und der Gegenwart, die ihn jetzt mit Fragen und Zweifeln plagten. Robert blickte auf den Stein in seiner Hand hinab, dann warf er ihn in den Fluss. Während er sich umdrehte und das Ufer hochstieg, breiteten sich hinter ihm kleine Wellen aus.

52

Westminster, London, A.D. 1306

DIE JUNGEN MÄNNER DRÄNGTEN sich in einer Wolke aus Atem und Schweiß in der Abtei. Es waren fast dreihundert, sie rempelten sich fiebrig vor Erregung gegenseitig an, um besser mit ansehen zu können, wie die vor ihnen den Ritterschlag empfingen, während sie ungeduldig darauf warteten, selbst an die Reihe zu kommen. Die meisten hatten in der Nacht in der nahe gelegenen Kirche der Tempelritter gewacht und waren jetzt benommen von dem harten Stein unter ihren Knien und dem langen Ausharren im Dunkeln. Rings um sie herum hatten sich Lords und Ladys zwischen die Säulen und Grabmale der Toten gezwängt, um das Spektakel ebenfalls zu verfolgen.

Einer nach dem anderen traten die Männer vor, wenn sie aufgerufen wurden, und blieben vor einem Podest im Herzen der Abtei stehen. Darauf stand Prinz Edward of Caernarfon, umgeben von der Elite seines Gefolges. Der einundzwanzigjährige Prinz trug einen weißen, goldbestickten Überwurf, der in der Taille von einem mit Rubinen und Saphiren besetzten Gürtel gehalten wurde. Sein blondes Haar glänzte vor parfümiertem Öl, sein Bart war säuberlich gestutzt, und goldene Sporen schmückten seine Stiefel. Er hielt ein Breitschwert in der Hand, dessen Klinge in dem hellen Sonnenlicht schimmerte, das durch das Rosettenfenster der Abtei fiel. Mit diesem Schwert war er an diesem Morgen in der Palastkapelle gegürtet worden, als sein Vater ihn zum Ritter geschlagen und zum Herzog der Gascogne ernannt hatte.

Der Prinz befahl jedem Anwärter, der vor ihn trat, niederzuknien. Bei jedem Ritterschlag verstummte die Menge, um den zu leistenden Schwur hören zu können, bevor der Prinz das Schwert hob und mit der flachen Klinge die Schulter des Kandidaten berührte. Wenn sich der Mann erhob, spendeten die Umstehenden lautstark Beifall, in den auch die Zuschauer im hinteren Teil der Abtei einfielen, die nichts sehen konnten. Jeder junge Ritter erhielt von einem der Männer aus dem Gefolge des Prinzen, die selbst an diesem Morgen zum Ritter geschlagen worden waren, einen Überwurf und Sporen. Piers Gaveston wich dem Prinzen nicht von der Seite. Sein schwarzes Haar und die olivfarbene Haut hoben sich dunkel von seinem weißen Überwurf ab.

König Edward saß auf seinem Thron und verfolgte, wie sein Sohn einem weiteren Anwärter die Ritterwürde erteilte. Er spürte die Glut in den jungen Männern vor ihm, von denen viele seit Jahren diesem Moment entgegenfieberten. Heute Abend würden sie im Palast von Westminster feiern und vor zwei goldenen Schwänen ihre Eide bekräftigen – ein Schauspiel, das es mit jedem aufnehmen konnte, das je am Hof von Camelot stattgefunden hatte. Es erinnerte Edward an seinen eigenen Ritterschlag, an die Veränderung, die während der feierlichen Zeremonie in ihm vorgegangen war; das Gefühl, zu etwas zu werden. Damals war er fünfzehn gewesen, einige Jahre jünger als die Anwärter hier. Die Zeremonie war in Kastilien von König Alfonso durchgeführt worden. Am selben Tag hatte er Eleanor geheiratet, die dreizehnjährige Tochter des Königs.

Die Erinnerung verdross Edward, peinigte ihn mit dem immer noch klaren Bild von sich selbst als athletischem, vor Energie und Ehrgeiz vibrierenden jungen Mann. Die pergamentdünne Haut seiner um die Lehnen des Throns gekrallten Hände, die Schmerzen in seinen Knochen, sein schütteres Haar, das so weiß war wie der Hermelinbesatz auf seinen Gewändern: All das erzählte die Geschichte vergangener Jahre und unerreichter Ziele. Die jungen Heißsporne mit ihren geschmeidigen Gliedern und frischen Gesichtern trieben ihn zum Wahnsinn. In ihm brannte noch immer derselbe unstillbare Hunger wie in seiner Jugend, aber er war jetzt in dem verfallenden Körper eines Mannes Ende sechzig gefangen.

Der Tod streckte Stück für Stück seine Klauenhände nach ihm aus. Er konnte seine Finger unter seiner Haut spüren, sie zerrten an Sehnen und Muskeln und gruben sich in sein Gedärm. Die Krankheit, die ihn während des Rückzugs aus Schottland befallen hatte, war im Lauf des Winters schlimmer geworden und verwandelte seine Eingeweide in Wasser. Die üppigen Fleischmahlzeiten und der Wein, den er sein ganzes Leben lang genossen hatte, bereiteten ihm jetzt Schmerzen statt Vergnügen. Seine Köche setzten ihm mittlerweile kleine, fade Portionen vor, und selbst diese schlichten Speisen konnte er kaum bei sich behalten. Die Haut verschrumpelte an seinem Körper, die Muskeln schrumpften bis auf die Knochen. Schmerz war sein ständiger Begleiter, ein sengendes Nagen in seiner Magengrube. Aber es gab etwas, das ihn antrieb, etwas, das ihn jeden Morgen aus seinem Bett scheuchte und den Tag durchstehen ließ. Wut.

Ende letzten Sommers hatte Edward sein Lebenswerk für vollbracht gehalten. Wales, Irland und die Gascogne standen unter seiner Herrschaft, ebenso wie Schottland, das er von einem Königreich zu einem einfachen Staat degradiert und die Symbole seiner Souveränität in seine Obhut genommen hatte, erst den Krönungsstein, dann den jungen Earl of Fife mit seinem Erbrecht als Königsmacher. Die schottischen Magnaten hatten sich ihm unterworfen, John Balliol ertrank, soweit er wusste, in der Picardie in Rotwein und Selbstmitleid, und der in vier Teile gehackte Körper von William Wallace verrottete in der Sonne. Indem er die Reliquien des Brutus zusammengetragen hatte, hatte er – in den Augen seiner Männer – Britannien vor dem in Merlins Prophezeiung vorhergesagten Untergang gerettet und sich selbst zu einem neuen König Artus hochstilisiert. Doch die ganze Zeit lang hatte eine Schlange in seinem Haus gelauert und darauf gewartet, aus dem Schatten herauszugleiten und zuzustoßen.

Als am Tag von Wallace' Hinrichtung der Verrat von Robert Bruce ans Licht gekommen war, hatte die Wut Edward zu überwältigen gedroht. Und als er später bei der Befragung der Wachposten der Abtei erfahren hatte, dass Bruce sowohl den Stab des Malachias als auch den Kasten mit der Prophezeiung mitgenommen hatte, hatte er gemeint, fast den Verstand zu verlieren. Im Lauf der nächsten Monate war dieser Wahnsinn zu einem weißglühenden Verlangen nach Vergeltung abgeflaut. Edward wusste jetzt, wovor Aymer de Valence ihn die ganze Zeit lang gewarnt hatte – seine Besessenheit, Wallace zu Fall zu bringen, hatte ihn blind für die Bedrohung durch Bruce gemacht. Er hatte den Mann unterschätzt, hatte gedacht, er wäre wie sein Vater: ehrgeizig, aber fügsam.

Jetzt trafen von Garnisonen überall in Schottland ständig neue Berichte ein. Robert Bruce hatte John Comyn ermordet und eine Rebellion angezettelt. Burgen im Westen wurden von seinen Truppen eingenommen, und die erste Versammlung des neuen schottischen Rats war gewaltsam aufgelöst worden. Außerdem hieß es, Bruce plane, den Thron an sich zu bringen.

Alles kam so, wie es in dem bei Wallace gefundenen Brief gestanden hatte, nur die Ermordung Comyns war eine Neuigkeit.

Während dieser letzten Wochen hatte sich Edward oft gefragt, ob er früher hätte handeln können. Ob er den Schotten eine Armee hätte hinterherschicken können, als Valence und die Truppen, die Bruce in den Norden verfolgt hatten, mit leeren Händen zurückgekehrt waren. Aber die Winterstürme hatten eingesetzt, und er hatte Zeit gebraucht, um seine Vasallen zu den Waffen zu rufen und Vorräte für diesen Feldzug zusammenzutragen. Stattdessen hatte Edward Boten zu seinen Garnisonen entlang der Grenze geschickt und ihnen befohlen, den Abtrünnigen aufzuspüren. Bald hatte er die Antwort erhalten, dass Bruce sich in Turnberry aufhielt, aber die heftigen Schneefälle hatten es ihnen unmöglich gemacht, Belagerungsgeräte so weit nach Westen zu schaffen. Da die Burg erst kürzlich neu befestigt worden und den Berichten zufolge eine große Anzahl Männer zu Bruce gestoßen war, fürchteten die Männer des Königs, dass sich eine erfolgreiche Belagerung schwer durchführen lassen würde, solange die Straßen nicht frei waren. Edward hatte sie zurückgerufen und ihnen befohlen, ihre Positionen zu halten. Er wollte nicht das Risiko eingehen, dass Bruce in irgendeinem fruchtlosen Kampf getötet wurde, sondern er wollte den Mann eigenhändig gefangen nehmen. Er musste es tun, damit ihn seine Untertanen weiterhin respektierten, sonst war sein Lebenswerk vergebens gewesen und sein Vermächtnis noch vor seinem Tod zugrunde gerichtet. Und so hatte er den ganzen Winter lang gewartet, seine Truppen zusammengezogen und das weiße Feuer in seinem Inneren genährt.

Als vor einer Woche die Frühjahrsregenfälle die Themse anschwellen ließen, ernannte Edward Aymer de Valence zu seinem neuen Statthalter in Schottland und schickte den Ritter an der Spitze eines Heeres gen Norden. Dieser Vorstoß sollte

Bruce' Rebellion schwächen und den Mann selbst festsetzen, bis Edward mit der durch seinen Sohn und die heute zum Ritter geschlagenen jungen Männer verstärkten königlichen Armee eintreffen konnte. Es zählte nicht, dass Bruce ein Earl war oder zum Zeitpunkt, wo sie ihn stellten, vielleicht sogar König sein würde. Die Wut hatte jeden Sinn für Ritterlichkeit in Edward ausgelöscht. Er würde den Mann vor den Augen seiner eigenen Leute in Stücke reißen lassen. Seine Gliedmaßen und die all derer, die ihn unterstützten, würden neben denen von Wallace aufgehängt werden, als Festmahl für die Krähen.

Als Valence aufbrach, hatte Edward ihm das ausgebleichte Banner überreicht, das er seit seiner Jugend in den Krieg getragen hatte. »Hisse den Drachen, Vetter. Keinem Mann, der sich an Bruce' Aufstand beteiligt hat, wird Gnade gewährt. Töte sie alle. Aber Bruce selbst gehört mir. Hast du mich verstanden?«

»Ja«, hatte Valence mit vor Eifer leuchtenden dunklen Augen versprochen.

Auf Edward, der zusah, wie er an der Spitze des Heeres davonritt, hatte er wie ein Mann gewirkt, der sich auf einen Kreuzzug begibt.

Jubelrufe holten den König in die Gegenwart zurück, als ein weiterer Mann den Ritterschlag empfing. Aber die Aufregung der jungen Hitzköpfe in der Abtei sprang nicht auf die vor Edwards Thron versammelten Barone über. Diese älteren Männer, die im Kampf gegen Schottland viele Opfer gebracht hatten, verfolgten das Spektakel schweigend. Wie er wussten auch sie, dass dies keine Festtagsfeier war, sondern ebenso eine Vorbereitung für den bevorstehenden Krieg wie die Vorräte an Korn und Fleisch, die in Carlisle gelagert wurden, die neuen Steuern und Abgaben und die Truppenbeauftragten, die überall im Land Soldaten rekrutierten. Für sie war dieses Ritual eine weitere Geduldsprobe, während sie nach Rache lechzten. Bruce' Verrat hatte sie alle hart getroffen, am härtesten aber die, die ihm am nächsten gestanden hatten, vor allem Humphrey de

Bohun. Alle gierten jetzt nach ihrem Pfund Fleisch; waren bereit, dafür zu kämpfen und zu sterben.

Aber würden diese schweigenden, kampfeslustigen Männer, die ihr Leben seinen Diensten verschrieben hatten – ihm am runden Tisch seiner Tafelrunde bedingungslose Loyalität geschworen hatten –, ihm auch dann noch so bereitwillig folgen, wenn sie die Wahrheit kennen würden? Edwards Hände schlossen sich fester um die Lehnen seines Throns, als er an den verschlossenen Kasten dachte, den Bruce aus der Abtei von Westminster gestohlen hatte. Den Kasten, der die größte Lüge seiner Herrschaft enthielt.

53

Balmullo, Schottland, A.D. 1306

»WIR SOLLTEN JETZT DIE VERFOLGUNG aufnehmen, bevor der Bastard die Gelegenheit dazu bekommt, den Thron an sich zu reißen.« Dungal MacDouall marschierte beim Sprechen auf dem Podest auf und ab. Seine Stimme knisterte vor Wut. »Gebt mir die Erlaubnis, die Männer von Galloway zu den Waffen zu rufen. Wir können ihn noch immer aufhalten.«

Der Schwarze Comyn saß mit wie zum Gebet gefalteten Händen am Tisch, doch seine Augen waren offen und auf einen Punkt in der Halle vor ihm gerichtet, wo die Diener seiner Frau Binsen auf dem Boden verteilten. »Nein.« Die breite Brust des Earls blähte sich, als er tief Atem holte. »Das können wir nicht. Meine Kundschafter haben mir gemeldet, dass Bruce sich am Tag von Mariä Verkündigung krönen lassen will. Bis dahin ist es keine Woche mehr hin. Ich habe meine Verwandten von Buchan und Badenoch herbestellt, aber im größten Teil des

Nordens liegt noch zu viel Schnee, sie werden nicht rechtzeitig hier sein. Seit Dumfries ist Bruce' Armee beträchtlich angewachsen. Die Enteigneten sind ihr bei allem Blutdurst nicht gewachsen.«

MacDouall blieb vor dem Tisch stehen, beugte sich vor und zwang den Earl, ihn anzusehen. »Bruce' Verbündete behaupten, er hätte sich in Greyfriars verteidigen müssen, aber Johns Männer sagten, der Lord wäre unbewaffnet in die Kirche gegangen. Bruce hat meinen Herrn – Euren Verwandten – kaltblütig ermordet! Er kann nicht ungestraft davonkommen.«

»Das soll er ja auch nicht.« Der Earl heftete seine dunklen Augen auf MacDoualls starres Gesicht. »Aber wir müssen uns in Geduld fassen, während wir unsere Pläne schmieden. Alles, was wir unternehmen, muss gründlich durchdacht sein und gut ausgeführt werden. Ich will, dass unsere Rache wirkungsvoll und lang anhaltend ausfällt.«

MacDouall biss die Zähne zusammen, nickte aber. »Bruce muss in London gewarnt worden sein, sonst hätte er nicht entkommen können, nicht wahr? Wir wissen, dass die Engländer den Brief gefunden haben, den wir Wallace untergeschoben haben. Wir sollten diejenigen sein, die eine Krönung vorbereiten, verflucht! Bruce sollte im Tower verrotten!«

»Ich schätze, wir werden nie erfahren, was wirklich geschehen ist. Wir haben versagt, und John hat den Preis dafür bezahlt. Uns bleibt nur noch, Vergeltung zu üben.« Der Schwarze Comyn erhob sich. »Und das werden wir auch tun. Wenn wir zuschlagen, soll er es in voller Härte spüren.«

»Wenn wir ihn töten, wenn er gekrönt ist, wäre das Königsmord!«

»Es ist mir egal, was für eine Krone dieser Hund auf dem Kopf trägt«, grollte der Earl. »Er wird nie mein König sein.«

»Was ist mit dem Thron? Wer wird ihn besteigen, wenn wir Bruce beseitigen?«

»Das sind Fragen für die Zukunft. Erst müssen wir unsere

Anhänger mobilisieren. Die Roten und die Schwarzen Comyns und die Comyns von Kilbride werden bereit sein, wenn die Zeit kommt, aber wir brauchen noch mehr Hilfe. Ich werde gen Westen reiten und mich dort mit meinen Verbündeten treffen. Die MacDoualls und ihre Sippe werden sich uns anschließen, da bin ich ganz sicher. John war der Neffe des Lord of Argyll. Er muss an seinem Mörder Blutrache üben.«

»Dann habe ich die Erlaubnis, nach Galloway zu gehen? Meine Männer für unseren Krieg zusammenzuziehen?«

»Ja. Aber wenn Ihr die Enteigneten um Euch geschart habt, werdet Ihr Bruce erst verfolgen, wenn ich den Befehl dazu gebe. Zuerst möchte ich, dass Ihr ein anderes Bündnis schließt.«

Isabel beobachtete vom Fenster aus, wie sich die Männer draußen im Hof versammelten. Ihr Mann war unter ihnen, seine mächtige, in einen schwarzen Umhang gehüllte Gestalt bewegte sich zielstrebig zwischen den Reihen hindurch. Die Bleiglasquadrate verzerrten das Bild, als er sein Schlachtross bestieg und dem Tier Schläge mit den Zügeln versetzte, damit es ruhig blieb. Ringsum schwangen sich seine Ritter und Knappen in den Sattel ihrer Pferde, und Stallburschen führten mit Vorräten beladene Packtiere herbei. Ihr Mann hatte nicht geruht, ihr mitzuteilen, wo er hinwollte, aber ihr Stallmeister hatte es ihr verraten. Er ritt nach Argyll, um seine Verbündeten zum Kampf gegen Robert Bruce aufzuwiegeln. Hauptmann Dungal MacDouall war an diesem Morgen aufgebrochen; er hatte die Straße Richtung Süden eingeschlagen. Während sie ihrem Mann nachsah, spürte Isabel den heißen Atem des Krieges in der Luft.

Hinter der Straße erstreckten sich die Felder und Wiesen bis hinunter zum sieben Meilen entfernten Meer. Auf der braunen Erde sprossen bereits Hafer und Gerste, das zarte Grün leuchtete in der Nachmittagssonne. Einst hätte sie die Verheißung von Frühling, von Hoffnung in diesen neuen Trieben gespürt, aber jetzt gähnte in ihrem Herzen nichts als der kalte Abgrund des Winters. Als die Reiter außer Sicht waren und die Krähen sich wieder auf den Feldern niederließen, trat Isabel vom Fenster zurück. Sie erblickte ihr Spiegelbild im Glas und starrte die Prellung an, die eine Seite ihres Gesichts verdunkelte und sich um ihr Auge herum violett verfärbte.

Sie hatte sich die Verletzung vor zwei Tagen zugezogen, weil sie ihren Mann gefragt hatte, was die Rebellion für ihren Neffen bedeuten würde, der sich immer noch in König Edwards Gewahrsam befand. Zur Antwort war seine Faust wie aus dem Nichts geschossen gekommen und hatte sie zum Schweigen gebracht. Agnes hatte versucht, einen Umschlag daraufzulegen, aber Isabel hatte sie davon abgehalten. Die Blutergüsse waren eine tröstliche Erklärung für ihre Schmerzen. Sie ging zum Bett, legte sich hin und drehte die Decke zwischen den Fingern, während sie beobachtete, wie sich der Himmel von Türkis zu Indigoblau verfärbte. Im Osten türmten sich Wolken, und die Kammer war voller Schatten, als sie die Augen schloss.

Isabel setzte sich so plötzlich auf, dass die Decke zurückfiel. Sie blickte sich, ob der Veränderung, die mit dem Raum vorgegangen war, verwirrt um. Eine Kerze flackerte in einem Ständer gegenüber ihrem Bett und ließ bizarre Schatten über die Wände tanzen. Agnes musste sie angezündet haben, während sie geschlafen hatte. Isabel wollte sich gerade wieder hinlegen, weil sie dachte, ihre Träume hätten sie geängstigt, als sie draußen einen durchdringenden Schrei hörte, gefolgt von lauten Rufen und Hufschlägen. Sie kroch aus dem Bett. Der Nebel des Schlafes löste sich schlagartig auf.

Sie trat rasch zum Fenster und sah eine Gruppe von Männern durch den Hof reiten. Sie schwenkten Fackeln, die einen roten Schein über die Seiten der Scheunen und Nebengebäude warfen. Erst dachte sie, ihr Mann wäre zurückgekommen, aber dann bemerkte sie, dass diese Männer Schwerter gezogen hatten. Während sie sie im Auge behielt, stürmten die Männer, die der Earl zurückgelassen hatte, um das Anwesen zu bewachen, aus der Tür unter ihr. Die Reiter jagten auf sie zu. Waffengeklirr zerriss die Nacht. Isabel wirbelte herum, als die Tür ihrer Kammer aufflog und ihre Zofen zusammen mit einigen männlichen Dienstboten, darunter ihr Koch und ihr Haushofmeister, hereinstürzten.

Jegliche Farbe war aus Agnes' Gesicht gewichen. »Mylady!« Sie trat zu der Gräfin und umklammerte ihre Arme.

»Wer sind sie, Fergus?«, fragte Isabel ihren Haushofmeister, der dem Koch und den Küchenjungen half, Truhen vor die Tür zu schieben, um sie zu verbarrikadieren.

»Ich weiß es nicht, Mylady«, keuchte der Mann. »Die Schurken haben die Wächter am Torhaus niedergemetzelt und sind aus dem Dunkel heraus auf uns losgegangen.«

Draußen nahm der Kampflärm seinen Fortgang.

Als ein gellender Schrei ertönte, krallte Agnes die Finger in Isabels Arme, bis sich ihre Nägel tief in das Fleisch gruben. »Gott schütze uns!«

Isabels Blick blieb an einem Feuerhaken hängen, der neben dem Kamin hing. Sie löste sich aus dem Griff der Zofe und ging zu ihm hinüber. Ruß verschmierte die Röcke ihres grauen Seidengewandes, als sie den eisernen Stab hob. »Biete ihnen an, was sie haben wollen, Fergus«, wies sie ihren Haushofmeister an. »Münzen, meine Juwelen, alles. Hast du verstanden?«

»Ja, Mylady.«

Unten war ein Krachen zu hören, als die Eingangstür aufgebrochen wurde. Agnes kauerte in einer Ecke, die anderen Zofen, alles junge Mädchen, pressten sich schluchzend gegen die Wand. Das flackernde Kerzenlicht warf tanzende Schatten über sie alle. Fergus und der Koch, der einen Kochtopf schwang, standen schwer atmend hinter dem Truhenstapel an der Tür. Von unten wehten dröhnende, gelegentlich von dem seltsamen Schrei untermalte Geräusche zu ihnen herauf. Ihr Herz hämmerte schmerzhaft gegen ihre Rippen. Sie hörte, wie im Gang Türen aufgerissen wurden und Stimmen ertönten, dann schrak sie zusammen, als der Riegel ihrer Schlafkammertür rasselte. Jetzt konnte sie die Worte verstehen.

»Die hier ist verschlossen, Sir.«

»Brecht sie auf.«

Die Tür erzitterte im Rahmen, als die Männer draußen im Gang sich dagegen warfen, die Truhen wackelten bei jedem Stoß. Agnes und die Mädchen weinten vor Entsetzen, der Koch und die Küchenjungen waren zurückgewichen, und jetzt standen nur Isabel und Fergus vor der Tür. Beim nächsten Stoß brach der Riegel aus dem Holz, die Tür öffnete sich, und die Truhen rutschten ein Stück über den Boden. Isabel zuckte zusammen, als das Gesicht eines Mannes in dem Spalt auftauchte. Hinter ihm flackerte Fackelschein.

Der Fremde hatte einen buschigen Bart und grobe Züge. Seine Augen leuchteten bei ihrem Anblick auf, seine Lippen krümmten sich. »Hier herein, Sir!«

Fergus trat an Isabels Seite, als die Männer die Tür ganz aufdrückten und dabei eine Truhe nach der anderen umkippten. Isabel rührte sich nicht von der Stelle, obwohl ihre Arme zitterten. Der Mann mit dem groben Gesicht trat mit einem Schwert in der Hand als Erster in die Kammer. Ihm folgte ein weiterer mit dunklem, lockigem Haar, der ungefähr so alt sein musste wie ihr Mann. Isabels Augen weiteten sich, als sie ihn erkannte. Es war der Earl of Atholl.

Er hielt ebenfalls ein Schwert in der Hand, ließ es aber sinken, als er sie sah. »Lady Isabel.«

»Sir John?« Isabel schüttelte verwirrt den Kopf. »Ich dachte, Ihr wärt ein gewöhnlicher Räuber, der mich bestehlen will.« Ihre Erleichterung verflog, als sie an Robert Bruce dachte, den Verbündeten des Earls, Feind ihres Mannes und Mörder seines Verwandten. »Seid Ihr gekommen, um noch mehr Comyns umzubringen?«, murmelte sie.

Hinter ihr gab Agnes einen Jammerlaut von sich. Fergus behauptete sich tapfer, wirkte aber im Fackelschein aschfahl.

»Das liegt nicht in meiner Absicht.«

»Nein?« Isabel schluckte. Ihr Mund fühlte sich strohtrocken an. »Ihr habt meine Wachposten getötet.«

»Nur die, die Widerstand geleistet haben. Die anderen wurden entwaffnet. Ich lasse sie und Eure restliche Dienerschaft am Leben, wenn Ihr mit mir kommt.«

»Die Gräfin geht mit Euch nirgendwohin«, warnte Fergus, aber seine Stimme zitterte.

»Wohin denn?« Noch immer den Feuerhaken schwenkend schob sich Isabel vor ihren Haushofmeister.

Johns Augen, so dunkel und eindringlich wie die ihres Mannes, wanderten zu der provisorischen Waffe, dann wieder zu ihr. Seine Mundwinkel hoben sich, aber das schwache Lächeln wirkte weder grausam noch spöttisch. »Zur Abtei von Scone, Mylady. Sir Robert bedarf Eurer Dienste. In fünf Tagen wird er den Thron von Schottland besteigen. Aber ohne den Earl of Fife kann er nicht zum König gekrönt werden.«

»Mein Neffe befindet sich in England, in König Edwards Gewahrsam.«

»Das wissen wir. Wir benötigen jemanden von seinem Blut, um das Ritual zu zelebrieren.«

Diese Enthüllung verblüffte Isabel so sehr, dass sie beinahe gelacht hätte. Sie ließ die Arme sinken, die Spitze des Feuerhakens stieß gegen den Boden. »Ihr wollt, dass ich dem neuen König die Krone auf das Haupt setze?« Als John of Atholl nickte, schloss sich eine eisige Hand um ihr Herz. »Mein Mann würde mir bei lebendigem Leib die Haut abziehen. Bitte, Sir John, verlangt das nicht von mir.«

»Sir Robert wird Euch beschützen, Mylady. In seiner Obhut wird gut für Euch gesorgt werden, das versichere ich Euch.« Der Blick des Earls glitt über die Seite ihres Gesichts hinweg.

Isabel zweifelte nicht daran, dass er den Bluterguss betrachtete. Beschämt machte sie Anstalten, den Kopf so zu drehen, dass ihr Haar darüber fiel, dann hielt sie inne. »Habe ich überhaupt eine Wahl?«

»Mein Befehl lautet, Euch nach Scone zu bringen, notfalls auch mit Gewalt. Es wäre mir lieber, wenn es nicht dazu käme.«

»Ihr werdet meine Dienerschaft verschonen?«

»Ihr habt mein Wort darauf.«

Als sich Isabel bückte und den Feuerhaken auf den Boden legte, schrie Agnes hinter ihr auf. »Mylady!«

Ohne auf ihre Zofe und den totenblassen Haushofmeister zu achten, ging Isabel auf den Earl zu. Als sie in den Gang hinaustrat und die Gruppe bewaffneter Männer, die dort wartete, ihr den Weg freigab, überkam sie eine seltsame Benommenheit. Langsam schritt sie den Gang entlang auf die Treppe zu, vorbei an offenen Türen und zerbrochenen Möbeln. John of Atholl holte sie ein, nachdem er seine Männer angewiesen hatte, die Diener in einem Raum einzusperren.

»Wir haben Euer Haus beobachtet. Euer Mann ist früher am Tag fortgeritten. Wohin?«

»Nach Argyll«, erwiderte sie, überrascht, wie bereitwillig sie Auskunft gab. »Um die MacDougalls zum Kampf gegen Sir Robert zu mobilisieren.« Im Fackelschein sah sie, wie Sir Johns Gesicht sich anspannte, als sie die Treppe hinunterstiegen.

»Und MacDouall?«

»Ich weiß es nicht. Mein Mann hat ihn Richtung Süden geschickt.«

Sir John führte sie in den Hof hinaus, wo die Wächter ihres Mannes mit hinter dem Rücken gefesselten Händen im Schlamm knieten. Einige waren verwundet. Sie starrten sie an, als sie vorüberging. Manche riefen etwas; Zorn und Verwirrung schwangen in ihren Stimmen mit. Die in den Ställen verbliebenen Pferde ihres Mannes waren herausgebracht worden, und Atholls Männer hieben mit den flachen Seiten ihrer Klingen auf ihre Flanken ein, um sie in die Nacht hinauszujagen. Damit niemand sie verfolgen konnte, vermutete sie. Als Sir John sie einen Moment allein ließ, um mit seinen Rittern zu sprechen, bemerkte Isabel, wie ein paar reglose Körper in den Schatten einer Scheune gezogen wurden.

»Es ist eine kalte Nacht.«

Isabel drehte sich erschrocken um. Ein junger Mann, der dem Earl sehr ähnlich sah, stand vor ihr.

»Hier.« Er hielt ihr einen pelzbesetzten Umhang hin. »Zieht das an.«

Als der junge Mann ihr das Kleidungsstück behutsam um die Schultern legte, hörte Isabel ihn murmeln: »Mein Vater wird Euch nichts zuleide tun.«

»David.« Atholl trat zu ihnen. »Wir wollen aufbrechen.«

Als die Männer ihre Schwerter in die Scheiden zurückschoben und zu ihren Pferden gingen, verspürte Isabel plötzlich den Drang zu weinen, aber weder vor Furcht noch aus Kummer. John of Atholl schwang sich in den Sattel und hielt ihr eine Hand hin. Sie ergriff sie; registrierte erstaunt, wie kräftig und warm sie sich anfühlte, dann schob sie einen Fuß in den Steigbügel, stieß sich ab und ließ sich von ihm auf das Pferd ziehen. Sie saß im Damensitz hinter ihm, sodass ihr Gewand über den Rumpf des Tieres floss, legte die Arme um Atholls Taille und hielt sich fest, als er, gefolgt von seinen Männern, aus dem Hof ritt. Als sie über die dunklen Felder jagten und die Lichter des Hauses hinter ihnen verblassten, brannte der kalte Märzwind in ihrem Gesicht. Die so lange in ihrem Inneren erstarrten Tränen begannen endlich zu fließen, und der grüne Duft von jungem Korn und Erde stieg ihr in die Nase.

54

Scone, Schottland, A.D. 1306

ROBERT STAND, VON EINEM STURM von Emotionen aufgewühlt, vor dem Moot Hill. Sein Blut schien heißer und schneller durch seine Adern zu rauschen, als wäre es vom Geist dieses Ortes, an dem seine Vorfahren zu Königen gekrönt worden waren, zu neuem Leben erweckt worden. Es erfüllte ihn mit Stolz, die ehrgeizigen Pläne seiner Familie endlich zu verwirklichen, und es befriedigte ihn zutiefst, dass es seinen Feinden nicht gelungen war, diese Pläne letztendlich doch noch zu vereiteln.

Rund um den zwischen den Sandsteingebäuden der Augustinerabtei und der königlichen Burg Scone gelegenen Hügel herrschte reges Treiben. Zwischen den Bäumen wurden Flaggen aufgehängt und Weißdornzweige über die frisch gesägten Bretter eines in der Mitte aufgestellten Podestes gestreut. Zwei Pagen hievten unter den wachsamen Augen von Bischof Lamberton einen Stuhl auf die Plattform. Andere Dienstboten strömten zwischen dem Hügel und dem weitläufigen, von Rauchschwaden verschleierten Lager hin und her, das sich auf dem Abteigelände erstreckte.

Obwohl es noch früh war, ging es im Lager bereits lebhaft und geschäftig zu, eine nahezu greifbare Erregung hing in der Luft. Hochrangige Magnaten hatten in der Burg ihr Quartier aufgeschlagen, während Robert und seine Familie in der Abtei selbst untergekommen waren. Er hatte es als beunruhigend empfunden, als Ehrengast an die Stätte seines Verbrechens zurückzukehren, und war daher erleichtert gewesen, dass der ältere Abt, auf den er und die Drachenritter getroffen waren, als sie den Krönungsstein gestohlen hatten, durch einen forschen jungen Mann ersetzt worden war, der sich seinem zukünftigen König nur allzu gern zur Verfügung gestellt hatte.

Robert verfolgte, wie die Diener die verschiedensten Utensilien für die bevorstehende Zeremonie herbeitrugen. Seine Augen leuchteten auf, als sein Blick auf ein Paar fiel, das durch den Kräutergarten ganz in der Nähe spazierte. Es waren seine Schwester und Christopher Seton. Sie gingen dicht nebeneinander und steckten die Köpfe zusammen. Christina blieb bei einem Rosmarinstrauch stehen und bückte sich, um die Nadeln zu berühren. Christopher kauerte sich neben sie, ohne den Blick von ihr zu wenden, während sie etwas sagte. Sie lächelte jetzt, und er nickte zu ihren Worten.

Dieser inmitten eines so feierlichen Anlasses gestohlene Moment schlichter Zuneigung wärmte Roberts Herz und ließ ihn sich nach einer Zeit ohne Krieg und Zwistigkeiten sehnen. In ihm keimte die Entschlossenheit auf, den Männern und Frauen, die ihm gefolgt waren, ein neues Schottland zu schaffen, ein vom Joch der Engländer befreites Königreich. Er erinnerte sich an die Friedenszeit vor dem tödlichen Sturz Alexanders III, bevor John Balliol den Thron bestiegen und sie all ihrer Freiheiten beraubt hatte. Den Blick auf seine Schwester und seinen Kameraden gerichtet, schwor Robert, diese Tage zurückzubringen. Angesichts des Umstands, dass der grüne Hügel für seine Krönung vorbereitet wurde, des fröhlichen Lärms im Lager und der warmen Sonne auf seinem Gesicht schien alles möglich zu sein.

Als er hinter sich Kettenhemden klirren hörte, drehte Robert sich um. Zwei seiner Ritter kamen auf ihn zu. Beide machten ernste Gesichter. Er hatte seine Männer die Umgebung von Scone und der Abtei bewachen lassen, weil er nicht riskieren wollte, dass dieser lang erwartete Tag doch noch gestört wurde. Hinter den Rittern kamen drei andere Männer, die in einiger Entfernung stehen blieben. Eine Frau war bei ihnen.

»Sir, hier ist jemand, der behauptet, eine alte Freundin von Euch zu sein. Sie hat um eine private Audienz gebeten.«

Robert starrte die Frau an. Sie trug ein schlichtes Gewand und darüber einen gemusterten Wollumhang, der für ihre dünne Gestalt viel zu weit war. »Hat sie ihren Namen genannt?«

»Brigid, Sir. Sie sagt, Ihr würdet ihre Tante kennen. Affraig?«

Robert stieß überrascht den Atem aus, während er die Frau mit anderen Augen zu betrachten begann. Vor einer halben Ewigkeit war er ihr über die farnbewachsenen Hügel von Turnberry bis zu Affraigs Haus gefolgt. Er erinnerte sich verschwommen daran, dass sie an dem Tag, an dem er vom Pferd gefallen war, mit einem Tuch in der Hand vor ihm vor dem Feuer gehockt hatte, um ihm das Blut aus dem Gesicht zu wischen. »Bringt sie her«, murmelte er.

Er beobachtete, wie seine Ritter sie in die Mitte nahmen und zu ihm führten. Allmählich waren Brigids Züge klarer zu erkennen, die Haut spannte sich straff über den Wangenknochen und dem Kinn, und schwarzes Haar quoll unter ihrer Haube hervor. In dem hageren Gesicht fand sich ein Abglanz des seltsamen Mädchens mit den strähnigen Haaren wieder, das er einst gekannt hatte, aber nur ein äußerst schwacher. Die Jahre hatten jegliche wirkliche Vertrautheit ausgelöscht. Er schickte seine Männer weg, als die Frau vor ihm stehen blieb, bemerkte aber, dass sie sich in der Nähe hielten. Brigid hatte sich eine Tasche aus Sackleinwand über die Schulter geworfen, und ihre Schuhe waren mit Lehm von der Straße bedeckt.

Sie neigte den Kopf. »Earl Robert.«

»Brigid? Was tust du denn hier?« Er runzelte fragend die Stirn. »Ist …«

»Meine Tante hat mich nicht begleitet«, erwiderte Brigid, bevor er den Satz beenden konnte. Ihrem Gälisch haftete der Akzent des Westens an, der ihn an seine Mutter erinnerte. »Sie wollte zwar gern bei Eurer Krönung zugegen sein, aber sie ist für die weite Reise zu gebrechlich. Also hat sie mich an ihrer

Stelle geschickt.« Brigid hielt inne und legte den Kopf schief. Ihre blauen Augen schimmerten im Sonnenlicht. »Sie hat sich gewundert, dass Ihr sie im Winter nicht in Turnberry besucht habt.«

»Das wollte ich.« Die Lüge kam Robert leicht über die Lippen, im Gegensatz zu dem Gälisch, das er schon lange nicht mehr gesprochen hatte. »Aber ich musste vorsichtig sein. Immer auf der Hut vor den Engländern, verstehst du?«

In Wahrheit hatte er die alte Frau nicht sehen wollen. Vieles hatte sich geändert, seit er vor ihr gesessen und sie gebeten hatte, sein Schicksal zu weben. Damals war er jung und naiv gewesen, berauscht von dem Bruch mit seinem Vater und mit König Edward; trunken von seiner neu entdeckten Unabhängigkeit und seiner Entscheidung, König zu werden. So feierlich ihm das Ritual auch erschienen sein mochte, die darauf folgenden Ereignisse hatten ihn gelehrt, wie es in der Welt wirklich zuging, und einen Zyniker aus ihm gemacht. Zaubersprüche und Gebete bedeuteten ihm nicht mehr dasselbe wie früher. Unwillkürlich musste er an das schwarze Innere dieses leeren Kastens denken.

»Sie hätte Euch gern gesehen.«

»Wo ist dein Mann?«, fragte er, um das Thema zu wechseln. »Du kannst doch nicht ganz allein gereist sein.«

»Tot. Der Überfall der Engländer auf Ayr«, fügte sie hinzu, als er fragend die Brauen hob. »Mein Sohn auch.« Brigid hob eine Hand, als Robert etwas sagen wollte. »Das sind keine Geschichten für den heutigen Tag. Ich bin nur gekommen, um unserem Lord im Namen meiner Familie am Tag seiner Krönung meine Aufwartung zu machen.«

»Dann bleib mit meinem Segen.« Robert winkte seine Ritter zu sich. »Begleitet die Lady zum Lager«, befahl er. »Nes soll sich um sie kümmern.« Er zögerte, als er Brigid wieder ansah; ihm ging immer noch der Kasten mit der angeblichen Prophezeiung im Kopf herum. »Lass uns nach der Krönung weitersprechen. Vielleicht benötige ich in den kommenden Wochen noch einmal die Hilfe deiner Tante.«

»Noch ein Schicksal?«

»Nein. Etwas anderes.«

Als die Ritter sich anschickten, Brigid zum Lager zu führen, drängte es Robert, die Frage zu stellen, die er bislang vermieden hatte. »Mein Schicksal«, rief er ihr nach, dabei dachte er an die Krone aus Heidekraut und Geißklee, die in ihrem Netz in Affraigs Baum hing. »Ist es je heruntergefallen?«

Brigid blickte sich um. Das Sonnenlicht fiel voll auf ihr Gesicht. »Als ich aufgebrochen bin, noch nicht, Sir Robert. Vielleicht jetzt?«

Zur Antwort lachte er trocken auf, obwohl er merkte, dass ihre Miene ernst blieb, als sie sich abwandte. Robert sah ihr nach. Er hätte gerne an diese Dinge geglaubt, meinte aber dieser Tage, ein Mann könne sich sein eigenes Schicksal schaffen.

Sie versammelten sich in der zunehmenden Wärme der Märzsonne; drängten sich auf dem Moot Hill, wo unzählige Schotten vor ihnen gestanden hatten, um zu verfolgen, wie ein neuer König gekrönt wurde. Unter die Earls, Ladys und Ritter in ihren Prunkgewändern mischten sich Mönche aus der Abtei, deren schwarze Kutten in der leichten Brise raschelten. William Lambertons weithin vernehmliche Stimme hallte über ihre Reihen hinweg, als er den Königseid verlas.

In der Mitte der Menge saß Robert auf dem auf dem Podest aufgestellten Thron. Er trug die juwelenbesetzten Gewänder, die Wishart aus Glasgow mitgebracht hatte und die schwach nach Weihrauch rochen. Der Abt von Scone hatte ihm einen mit Hermelinpelz verbrämten Mantel um die Schultern gelegt, man hatte ihm ein Zepter gereicht und ihn mit einem Schwert gegürtet, dem Symbol für seine Autorität und seinen Schwur, sein Königreich zu verteidigen. Hinter ihm flatterte die könig liche Standarte im Wind; der rote Löwe schien sich auf dem goldenen Grund zu bewegen. Elizabeth saß, in weiße Seide gekleidet, auf einem gepolsterten Stuhl neben ihm auf der Plattform. Sie hatte die Hände im Schoß gefaltet und hielt den Kopf gesenkt. Robert konnte ihren Gesichtsausdruck nicht erkennen.

Sein Blick wanderte von seiner Frau zu Marjorie, die mit weißen Blumen im Haar ganz vorn in der Menge stand. Ihr kleines Gesicht, das so ernst wirkte, während sie den Worten des Bischofs lauschte, hätte ihm fast ein Lächeln entlockt. Der Rest seiner Familie stand hinter seiner Tochter, seine drei Schwestern boten in ihren Festtagsgewändern einen prächtigen Anblick. Seine Halbschwester Margaret strahlte neben ihrem finster dreinblickenden Sohn vor Stolz. Robert musterte Niall und Edward. Beiden war zweifellos bewusst, dass der Thron möglicherweise irgendwann einmal an sie fallen konnte, falls er ohne männliche Erben starb. Hinter ihnen wogte ein Meer von Gesichtern – seine Kameraden, Vasallen und Anhänger. Seine Untertanen. Robert fing flüchtig den Blick von James Stewart auf, dann sah er zur Seite.

Nachdem Lamberton den Eid verlesen hatte, nickte er John of Atholl zu. Der Earl trat zur Seite und gab den Blick auf eine hochgewachsene Frau in einem grauen Gewand und einem schneeweißen Mantel frei. Alle Augen ruhten auf Isabel of Buchan, die auf ein ermutigendes Nicken von Atholl hin zögernd auf das Podest zutrat. Sie hielt einen goldenen Stirnreif in den Händen. Als sie näher kam, bemerkte Robert einen Bluterguss in ihrem Gesicht, der sich dunkel von der blassen Haut abhob. Stirnrunzelnd fragte er sich, ob sie während ihrer Entführung verletzt worden war, aber Atholl hatte ihm gestern noch versichert, dass man sie gut behandelt hatte.

Isabel stieg auf die unterste Stufe des Podests und streckte den Arm in Richtung seines Kopfes aus. Ihre Hände zitterten, und sie hätte die Krone beinahe fallen lassen, woraufhin ein besorgtes Raunen durch die Menge lief. Robert beugte sich lächelnd vor und senkte den Kopf, damit sie ihn besser erreichen konnte. Behutsam setzte Isabel die Krone auf sein schwarzes Haar. Die Zuschauer brachen in lauten Jubel aus – sehr zum Verdruss des Abtes, der ihnen mit erhobenen Händen Schweigen gebot. Mit einem Nicken, von dem er hoffte, dass es auch nur annähernd das Maß der Dankbarkeit ausdrückte, die er Isabel gegenüber empfand, lehnte Robert sich zurück und kostete das ungewohnte Gewicht der Krone auf seinem Kopf aus.

Danach wurde der letzte Teil der Zeremonie vollzogen – ein Dichter verlas mit klarer, klangvoller Stimme die Namen sämtlicher Könige Schottlands vor ihm, von Kenneth MacAlpin über Macbeth und Malcolm Canmore bis hin zu Alexander III. und John Balliol. Damit war das Ritual beendet.

Die Mönche begannen die Leute den Moot Hill hinunter zur Kirche zu geleiten, wo Lamberton ein Hochamt abhalten würde, bevor sich die Magnaten zu einem Fest im Abteipalast versammelten. Als seine Freunde und seine Familie zu ihm kamen, um ihm zu gratulieren, lächelte Robert, unterband aber alle Versuche, ihn in ein Gespräch zu verstricken, ging stattdessen zu Elizabeth, nahm ihre Hand und küsste sie. Elizabeth blickte mit stolzem, aber marmorkaltem Gesicht zu ihm auf, und er registrierte überrascht, dass sie über Nacht, wie es ihm vorkam, zu einer reifen Frau geworden war. Sie trug das Elfenbeinkreuz, das ihr Vater ihr geschenkt und das er lange nicht mehr an ihr gesehen hatte. »Jetzt wird sich vieles ändern«, versprach er ihr. »Ich bin dir nicht der Mann gewesen, den du verdienst, aber ich werde der König sein, den du brauchst.«

Elizabeth schüttelte den Kopf. »Das ist alles nur eine Scharade, Robert. Ein Spiel für Kinder.« Ihr Blick wanderte zu dem Thron auf dem Podest. »Diese Zeremonie. Dieses Ritual. Du kannst nicht auf diese Weise König werden.«

Roberts Augen wurden schmal. »Es mag ja nicht so gewesen sein, wie ich gehofft hatte, aber meine Krönung war kein Spiel, das versichere ich dir. Gemäß altem Recht bin ich jetzt König und du Königin.«

»Du bist nicht rechtmäßig hier.« Elizabeths Ton wurde schärfer, obwohl sie mit gedämpfter Stimme sprach, weil noch immer lachende und schwatzende Menschen an ihnen vorbeiströmten. »Mord und Revolution haben dich hierher gebracht. Ich weiß, was du in Dumfries getan hast. John Comyns Blut klebt an deinen Händen. Glaubst du, der Rest des Reiches wird dir folgen, wenn bekannt wird, welche Schuld du auf dich geladen hast? Du wirst nur ein halber König sein, den die Hälfte seiner Untertanen nicht anerkennt.«

Robert fragte sich, ob sie mit ihrem Onkel gesprochen hatte – ob James ihr das eingeflüstert hatte. »Wenn die Engländer kommen, wird der Rest mich bald anerkennen. Ihnen wird gar nichts anderes übrig bleiben, wenn sie den bevorstehenden Krieg überleben wollen.«

»Und die Comyns?«

»Ich überlege schon, wie ich dieser Gefahr begegnen kann.« Robert stieß gereizt den Atem aus und legte ihr die Hände auf die Schultern. »Du musst dir keine Sorgen machen, Elizabeth. Ich habe viele Anhänger, die alle bereit sind, für mich zu kämpfen, und es werden täglich mehr. Ich glaube, wir können uns auch ohne den Rückhalt des gesamten Reichs gegen König Edward behaupten.«

»König Edward ist nicht der Einzige, der kommen wird, um sich an dir zu rächen.« Ihre Anspannung schien nachzulassen, ein kummervoller Ausdruck trat auf ihr Gesicht. »Humphrey wird kommen. Alle, die du in England als Brüder bezeichnet hast, werden kommen. Mein Vater höchstwahrscheinlich auch.«

»Ich weiß«, erwiderte Robert ruhig. Die Erwähnung von Humphrey versetzte ihm einen Stich. Diesen Namen hatte er während der letzten Monate vergeblich zu vergessen versucht.

Elizabeth zögerte, dann legte sie eine kühle Hand über die

seine. »Ich bin deine Frau, Robert. Ich habe während der letzten vier Jahre deine Tochter großgezogen und mich bemüht, dir ein behagliches Heim zu schaffen. Ich werde meine Pflicht als Königin tun, das verspreche ich dir, aber ich heiße nicht gut, was du getan hast. Hochmut kommt vor dem Fall, pflegte mein Vater mir immer zu sagen.« Sie hob seine Hand und küsste sie, bevor sie den Hügel hinabschritt, um sich in die Kirche zu begeben.

Robert sah ihr nach. Das dräuende Unheil in ihren Worten ließ ihn nicht los, während er in der Frühlingssonne auf dem Moot Hill stand und die Krone von Schottland wie ein kaltes, hartes Band seinen Kopf umschloss.

Die Grenze, Schottland, A.D. 1306

Die englische Vorhut näherte sich der Grenze. Vor ihnen wurden die schwellenden grünen Hügel rings um die Stadt Berwick vom breiten Band des Tweed durchschnitten. Aymer de Valence ritt an der Spitze seines zweitausend Mann starken Heeres. Er saß entspannt im Sattel seines Schlachtrosses. Unter seinem Überwurf schimmerte sein Kettenhemd wie Fischschuppen. Er trug eine Haube aus Kettengeflecht, aber keinen Helm, denn er fühlte sich sicher. Der König hatte Berwick vor zehn Jahren nach einem dreitägigen Gemetzel zu Beginn des Krieges eingenommen, und seither war es eine englische Grenzstadt gewesen. Hier würden sie sich mit Vorräten versehen und Verstärkung anfordern, bevor sie tiefer nach Schottland vordrangen, um Robert Bruce zu stellen und gefangen zu nehmen.

Hinter Aymer wehte die blauweiße Standarte von Pembroke, der Grafschaft, deren Erbe er war. Neben dem scharlachroten Drachenbanner, das er heute Morgen, als Schottland in Sichtweite gekommen war, hatte hissen lassen, wirkte sie geradezu winzig.

»Sir!«

Aymer drehte sich um und sah einen seiner Ritter auf eine Hügelkette deuten. Er schützte die Augen mit einer Hand vor der Sonne und blickte in die angegebene Richtung. Auf dem Hügelkamm entdeckte er eine Gruppe von Reitern. Während er sie beobachtete, tauchten hinter ihnen weitere Männer auf, die meisten zu Fuß. Einige hundert, schätzte er aufgrund des Glitzerns von Helmen und Speerspitzen rasch. Valence fuhr herum und brüllte seinen Rittern etwas zu. Hörnerfanfaren erschollen, um den Rest der Kolonne zu warnen, die sich hinter ihnen die Straße hinunterschlängelte und deren Länge durch einen Tross von Vorratskarren noch verstärkt wurde. Die alarmierten Männer beeilten sich, sich zu bewaffnen, die Infanteristen hoben Krummschwerter, die Bogenschützen griffen nach ihren Pfeilen.

Die Masse von Männern reagierte nicht, als Valence und seine Ritter sich formierten und ihre Schlachtrösser wendeten.

Aymer runzelte die Stirn, als er sein Schwert zog. »Warum rühren sie sich nicht vom Fleck?«, grollte er.

»Vermutlich haben sie es mit der Angst zu tun bekommen, Sir«, erwiderte einer seiner Ritter.

Aymer, der ihm im Stillen recht gab, wollte seine Truppen gerade zum Angriff hügelaufwärts führen, weil er sich fragte, ob Bruce sich vielleicht selbst unter den Gegnern befand, als die Reitergruppe langsam auf sie zukam. Die Fußsoldaten behielten ihre Position hoch oben auf dem Hügel bei.

»Sir? Greifen wir sie an?«

Aymer betrachtete die Truppe mit schmalen Augen. Über den Köpfen der Reiter wehte eine blaue Standarte mit einem weißen Löwen darauf. Als sie näher kamen, bemerkte er, dass keiner eine Waffe in der Hand hielt. Seine Neugier wuchs. »Noch nicht«, befahl er seinen Rittern. »Unternehmt nichts, bevor ich es sage!«

Die Reiter machten auf dem mit Blumen gesprenkelten Gras

in einiger Entfernung von der Straße Halt, wo das englische Heer kampfbereit wartete.

»Wer seid ihr?« Aymers Ruf übertönte das Schnauben der Pferde. »Was wollt ihr hier?«

»Nein Name ist Dungal MacDouall«, erklang eine scharfe Stimme. »Hauptmann der Armee von Galloway und loyaler Diener des verstorbenen Sir John Comyn. Ich habe auf Euch und Eure Truppen gewartet. Im Namen des mächtigen Hauses der Comyns und aller ihrer Verbündeten ersuche ich Euch um eine Audienz bei König Edward. Wir möchten die Treueeide bekräftigen, die wir bei St. Andrews geschworen haben, und unsere Schwerter für den Kampf gegen unseren gemeinsamen Feind zur Verfügung stellen – den falschen König, Robert Bruce!«

Anmerkungen der Autorin

Obwohl alles im Großen und Ganzen ausführlich belegt ist, klaffen immer noch einige Lücken in unserem Wissen um die genauen Ereignisse zu jener Zeit. Einen historischen Roman zu verfassen gleicht einer Punkt-zu-Punkt-Zeichnung, man muss das, was bereits vorhanden ist, mit eigenen Interpretationen verbinden. Darüber hinaus sind historische Quellen oft widersprüchlich, und während wir vielleicht wissen, wer was getan hat und wann, kennen wir oft das Warum nicht. Die Herausforderung für den historischen Autor besteht darin, diese Frage zu beantworten und Motive für die einzelnen Charaktere auszuarbeiten. Zusammen mit dem Umstand, dass die geschichtlichen Ereignisse manchmal zu verwickelt oder zu langwierig für einen Roman sein können, ergibt sich hier die Notwendigkeit, Lücken auszufüllen und um des Tempos und des Plots willen geschichtliche Fakten zu ändern oder zu vereinfachen. Im Folgenden liste ich die wichtigsten Veränderungen auf, die ich vorgenommen habe. Für diejenigen, die mehr über diese Zeit erfahren möchten, habe ich eine Literaturauswahl beigefügt.

Die Reliquien und die Prophezeiung

Der Stab des Malachias (auch als Stab Jesu bekannt) wurde von den Iren verehrt, weil sie ihn mit dem heiligen Patrick in Verbindung brachten. Malachias war gezwungen, für seinen Besitz zu bezahlen, als Niall MacEdan die Kontrolle über die

Diözese Armagh übernahm, aber danach weicht mein Plot von der wirklichen Geschichte des Stabes ab, der in Wahrheit Ende des 12. Jahrhunderts nach Dublin gebracht wurde. Dort blieb er bis zum 16. Jahrhundert, dann wurde er als heidnische Reliquie verbrannt.

König Edward hat den Krönungsstein während der Invasion von 1296 aus Schottland fortgschafft, aber Roberts Beteiligung an dem Diebstahl ist fiktiv, obwohl er zu dieser Zeit in den Diensten des Königs stand. Der Stein wurde in die Abtei von Westminster gebracht und dort in einen speziellen Thron eingearbeitet. 1950 wurde er gestohlen und Schottland zurückgegeben, später gefunden und nach England zurückgeschafft, bevor er 1996 offiziell Edinburgh Castle übergeben wurde. Die Artuskrone wurde während Edwards Eroberung von Wales von 1282-1284 erbeutet und am Schrein von Edward dem Bekenner ausgestellt. In *Rebell der Krone* habe ich sie später, während des Aufstands von 1294, in Edwards Hände fallen lassen. Das Schwert des Erbarmens wurde bei englischen Krönungszeremonien eingesetzt.

Die *Geschichte der Könige Britanniens* und die *Prophezeiungen des Zauberers Merlin* wurden im 12. Jahrhundert von dem Gelehrten Geoffrey of Monmouth verfasst, der behauptete, die Prophezeiungen von einer älteren Quelle übersetzt zu haben. Seine Werke enthalten einige der ersten Porträts von König Artus und Merlin, die die Grundlage für Generationen von Artusromanzen bilden. Sie waren sehr populär, und es ist bekannt, dass Edward Kopien besaß. Die *Letzte Prophezeiung* habe ich erfunden, aber Monmouth deutete an, dass es noch andere, nicht übersetzte gegeben haben soll. In einem Absatz von Monmouth' *Geschichte* sagt eine himmlische Stimme voraus, dass die Britannier ihr Königreich erst wieder regieren werden, wenn die Reliquien des Heiligen zusammengetragen sind. Ich habe dies mit Edwards Beschlagnahmung königlicher und heiliger Objekte während seiner Feldzüge verbunden.

Edward war eindeutig an der Artussage interessiert. Er und Königin Eleanor begruben die Gebeine von Artus und Guinevere neu in Glastonbury. Er organisierte Tafelrundenturniere und ließ sich seine eigene runde Tafel anfertigen, die in Winchester Castle besichtigt werden kann. Die Drachenritter sind Fiktion, die Mitglieder des Zirkels jedoch real. Das Drachenbanner ist authentisch: Edward befahl Aymer de Valence, ›den Drachen zu hissen‹, als er ihn 1306 gegen Robert ins Feld schickte – als Zeichen dafür, dass keine Gnade gewährt werden würde.

Der Tod von Alexander III. und die schottische Thronfolge

In meiner Anmerkung in *Rebell der Krone* habe ich von Alexanders Dahinscheiden gesprochen, aber ich fasse noch einmal zusammen: Chronisten der Zeit und moderne Historiker betrachten seinen Tod auf der Straße nach Kinghorn als Unglücksfall. Der Mord ist reine Fiktion. Das heißt, dass wir nie genau wissen werden, was in jener Nacht passiert ist, da der König von seiner Eskorte getrennt und seine Leiche erst am nächsten Morgen gefunden wurde. Der Umstand, dass Alexander 1284 die Möglichkeit einer Verbindung zwischen seiner Enkelin und Erbin und Edwards Sohn und Erben in Erwägung gezogen haben soll, dieser Plan jedoch zunichtegemacht worden wäre, wenn er mit seiner zweiten Frau Nachkommen gehabt hätte, führte mich zu der *Was wäre, wenn?*-Frage. Es gibt auch keinen Hinweis darauf, dass der Tod der Maid of Norway etwas anderes war als ein tragischer Schicksalsschlag; man geht davon aus, dass die Prinzessin starb, weil sie auf der Reise nach Schottland etwas Verdorbenes gegessen hat, und nicht durch einen Giftanschlag der Comyns.

Roberts Großvater hatte nicht nur durch seine Blutlinie Anspruch auf den Thron von Schottland, sondern es hieß auch, Alexander II. hätte ihn seinerzeit zu seinem Präsumtiverben ernannt. Ich habe diesem Umstand allerdings mehr Bedeutung beigemessen, als man es damals getan hat. Robert wurde die Grafschaft Carrick 1292 übertragen, kurz nachdem König Edward John Balliol zum König gemacht hatte, aber es war sein Vater, der den Familienanspruch auf den Thron erbte. Da Robert aber bereits 1297 bezichtigt wurde, nach der Krone zu streben, habe ich seinen Großvater diesen Anspruch direkt auf ihn übertragen lassen.

Robert in Irland

In *Rebell der Krone* tritt Robert unmittelbar nach der Auseinandersetzung mit John Comyn 1299 in Peebles als Hüter Schottlands zurück, bevor er sich nach Irland begibt, um den Stab zu suchen. In Wirklichkeit erfolgte sein Rücktritt Anfang 1300, und er zog sich nach Carrick zurück. Bis zum Spätsommer 1301, als Prinz Edward Turnberry Castle angriff, hören wir nichts von ihm, aber einige Historiker halten es für möglich, dass Robert während dieser Zeit seine Landsitze in Irland besucht hat, wo er Elizabeth de Burgh kennengelernt haben könnte, die Tochter des Earl of Ulster.

Alles, was Robert in Irland widerfährt, ist Fiktion, da wir aus dieser Zeit nichts über ihn wissen. Auch seine Ziehfamilie ist frei erfunden, aber er hatte Besitz in Antrim, der von einem Vasallen verwaltet sein worden muss, und es gibt Hinweise darauf, dass sowohl Robert als auch Edward Bruce in ihrer Jugend in die Obhut eines gälischen Magnaten gegeben worden sind. Lord Donough ist die Verkörperung dieser Männer, Cormac der Ziehbruder, der Quellen zufolge später an Roberts Seite in Schottland gekämpft hat.

In *Life of St. Malachy of Armagh* von Bernard de Clairvaux wird erwähnt, dass das Kloster Ibracense von Malachias gegründet wurde, bevor er Erzbischof von Armagh wurde, aber die genaue Lage wird nicht beschrieben. Einige Archäologen halten die Ruinen auf Church Island, Lough Currane (alter Name: Lough Luioch) für die des Klosters, aber diese Theorie ist umstritten.

Roberts Kapitulation

Dass John Balliol in päpstlichen Gewahrsam kam, war ein Teil des durch Vermittlung von Papst Bonifaz VIII. zwischen England und Frankreich ausgehandelten Vertrags, seine darauf folgende Freilassung wurde von Philipp IV. in die Wege geleitet. William Wallace verbrachte ein Jahr am französischen Hof, um zu versuchen, Philipp dazu zu bewegen, die schottische Sache zu unterstützen, und der König empfahl ihn dem Papst. Wir wissen nicht, ob Wallace die päpstliche Kurie besucht hat, aber es ist möglich.

1302 unterwarf sich Robert Edward, mit großer Wahrscheinlichkeit deshalb, weil Balliol durch Philipps Hilfe wieder auf den Thron zu kommen drohte: für Robert eine katastrophale Aussicht. Er reiste nicht mit Ulster nach Westminster, wie ich es beschrieben habe, sondern ergab sich dem englischen Gouverneur von Annandale und Galloway. Edward nahm Robert in sein Gefolge auf, und die Hochzeit mit Elizabeth de Burgh wurde arrangiert. Der Earl of Ulster war vor dem Krieg ein Verbündeter der Familie Bruce und Edwards einflussreichster Magnat in Irland, aber der geheime Pakt zwischen Robert und seinem neuen Schwiegervater ist Fiktion. Dennoch war Ulster nicht gerade einer der treuesten Vasallen des Königs; Edward war gezwungen, dem Earl beträchtliche Schulden zu erlassen, um sich für den Feldzug von 1303 seine Dienste zu sichern.

Nach seiner Kapitulation habe ich Robert bei seinem Vater in Writtle einziehen lassen, aber es ist wahrscheinlicher, dass er sich für einige Zeit in Schottland aufgehalten hat, vor allem, nachdem Edward ihn zum Sheriff von Lanark und Ayr ernannt hat. Während des Feldzugs von 1303 kämpfte Robert für England; er wurde beauftragt, mit Aymer de Valence den Rebellen unter John Comyn entgegenzutreten, und nach Selkirk Forest geschickt, obwohl dieser Trupp von Robert Clifford und John Segrave angeführt wurde, nicht von Humphrey und Aymer. Dass die Rebellen gewarnt wurden, ist frei erfunden, aber es gelang Wallace, seinen Feinden zu entkommen.

Nach der Schlacht von Courtrai, die John Balliols Hoffnung auf eine Rückkehr auf den Thron endgültig zunichtemachte, scheint Robert erneut ein Auge auf die Krone geworfen zu haben. Ein faszinierendes Dokument aus dem Jahr 1304 besagt, dass Robert und William Lamberton während der Belagerung von Stirling eine geheime Abmachung getroffen haben. Der Text ist nicht eindeutig und etwas vage gehalten, aber Historiker werten ihn als Beweis dafür, dass Lamberton und Robert die Verbindung aufbauten, die zu Roberts Krönung führen sollte.

Die Hüter

Als Robert als Hüter zurücktrat, behielten Lamberton und Comyn ihr Amt, und kurz darauf stieß Ingram de Umfraville zu ihnen. 1301 wurde ein Mann namens John de Soules zum alleinigen Hüter ernannt, aber im Jahr darauf gehörte er zu der schottischen Delegation, die nach Paris reiste, um Philipp dazu zu bringen, ihre Sache auch weiterhin zu unterstützen, und John Comyn löste ihn ab. Um die vielen Wechsel zu vereinfachen, habe ich Soules, der in Paris blieb, ausgelassen. James Stewart war ebenfalls Mitglied dieser Delegation, also ist es pure Fiktion, dass er zu dieser Zeit in Schottland in Erscheinung tritt. Es trifft aber zu, dass seine Landsitze von Ulsters Truppen angegriffen wurden.

Die Gefangennahme von William Wallace

William Wallace kehrte 1303 nach Schottland zurück, wo er erneut in der Rebellenbewegung aktiv war. Roberts Plan, mit Wallace eine Armee ins Leben zu rufen, entspricht nicht den Tatsachen. Edward soll 1304 nach dem Fall von Stirling krank gewesen sein, und Robert hat wahrscheinlich einfach auf seinen Tod gewartet, um sich danach der Krone zu bemächtigen, denn er kannte die Schwächen des Sohnes und Erben des Königs.

Edward befahl den schottischen Magnaten, die sich 1304 ergaben, Wallace zu jagen, und er wurde endlich außerhalb von Glasgow von John of Menteith überwältigt. Späteren Chronisten zufolge wurden bei seiner Gefangennahme Dokumente bei Wallace gefunden, die Roberts Verschwörung gegen Edward belegten. Es gibt jedoch keine zeitgenössischen Beweise dafür.

Der von den Comyns ausgeheckte Plan, Roberts Verrat aufzudecken, ist eine Ausgeburt meiner Fantasie. Es deutet auch nichts darauf hin, dass John Comyn den Thron selbst an sich reißen wollte, obwohl er einen Anspruch darauf hatte, der von seinem Vater, dessen Anspruch Edward zur Zeit der Anhörung bezüglich der Nachfolgerfrage anerkannt hat, auf ihn übergegangen war. Wallace' Hinrichtung basiert leider auf Fakten.

Roberts Verrat an Edward

Der Historiker G.W.S. Barrow sagt: »Ohne mehr Beweise als die, über die wir im Moment verfügen, ist es unmöglich, die

Abfolge der Ereignisse zu rekonstruieren, die zu dem Mord an John Comyn und von dort zu Bruce' Krönung geführt haben.« (*Robert Bruce and the Community of the Realm of Scotland*) Solche Ungenauigkeiten erschweren es zwangsläufig, diesen Punkt in einer Erzählung zu behandeln, aber ich habe mich hauptsächlich an die Abfolge gehalten, die in John Barbours fünfundvierzig Jahre nach Roberts Tod verfasstem epischem Gedicht *The Bruce* vorgegeben wird, weil sie gut zu den fiktiven Elementen des Romans passt. Das Gedicht enthält einige gute, wenngleich wahrscheinlich erfundene Szenen wie die, in der Ralph de Monthermer Robert mittels eines Sporenpaars warnt, dass er verhaftet werden soll, und zur Flucht rät.

Barbour und andere Chronisten behaupten, dass Robert Bruce und John Comyn, unzufrieden mit der Lage in Schottland, einen Pakt schlossen: Comyn sollte Robert helfen, König zu werden, und als Gegenleistung Roberts Landbesitz erhalten. Comyn verrät Roberts Absichten dann an Edward, was zu den Vergeltungsmaßnahmen in Greyfriars führt. Es gibt noch andere, ähnliche Versionen, die von Historikern größtenteils als Fiktion abgetan wurden, aber sie scheinen nicht ganz aus der Luft gegriffen zu sein, denn verlässlichere Chronisten erwähnen Roberts Versuch, sich mit Comyn zu verbünden, um die Krone zu erringen. Diesen Versuch vereitelte Comyn und löste so den Showdown in Greyfriars aus.

Was in dem Roman geschieht, ist eine Mischung aus all diesen Vermutungen, die chronologische Abfolge wurde geändert. Nirgendwo wird erwähnt, dass Edward Robert direkt nach Wallace' Hinrichtung festnehmen lassen wollte, obwohl zu dieser Zeit sein Misstrauen ihm gegenüber bereits geweckt gewesen sein dürfte. Roberts Flucht aus Westminster ist Fiktion, ebenso wie sein Raub des Stabs des Malachias und des nicht existierenden Kastens mit der Prophezeiung. Interessant ist jedoch, dass 1303 die Kronjuwelen aus der Abtei von Westminster gestohlen wurden.

Der Mord an John Comyn

Hier unterscheiden sich die Quellen aufgrund der geteilten Meinungen der Chronisten, was diesen Punkt betrifft, erneut. In Wirklichkeit verabredeten sich Robert und Comyn in der Kirche Greyfriars in Dumfries, um miteinander zu reden, wahrscheinlich über Roberts Plan, den Thron zu besteigen, obwohl in dem Roman Roberts Auftauchen für Comyn überraschend kommt. Wir wissen nicht genau, was als Nächstes geschah, aber scheinbar kam es zu einer Auseinandersetzung, und Robert griff Comyn mit seinem Dolch an. Dem folgte ein Handgemenge, an dem sich einige von Roberts Kameraden, darunter Christopher Seton, beteiligten und in dem Comyn tödlich verwundet wurde. Einigen Quellen zufolge wurde er in zwei Phasen getötet. Nach dieser Tat nahm Robert die Burg von Dumfries ein und begann mit seinem Marsch in Richtung des Throns. Sechs Wochen später wurde er gekrönt.

Chronologische Änderungen

Ich habe Edwards Belagerung von Caerlaverock von 1300 auf 1301 verlegt, um die Feldzüge dieser beiden Jahre zusammenzulegen, aber vieles von dem, was sich dort ereignet – Winchelseas Erscheinen mit der päpstlichen Order und Prinz Edwards Überfall auf Carrick eingeschlossen –, basiert auf Fakten.

Die Schotten griffen Lochmaben 1301 an, aber meine Beschreibung ist in großem Maße frei erfunden. So hat auch Edward seinen Sohn in diesem Jahr zwar zum Prinzen von Wales gemacht, aber im Parlament von Lincoln und nicht während des Feldzugs.

Edwards Tochter Elizabeth (Bess) starb im Kindbett, aber viel später, nämlich 1316, und obwohl Joan of Acres Affäre mit Ralph de Monthermer und ihre spätere Heirat tatsächlich stattgefunden haben, geschah dies einige Jahre früher als in dem Roman.

Der Vertrag zwischen Frankreich und England, der Schottland ausschloss, wird bei mir im Herbst 1303 unterzeichnet, tatsächlich geschah dies im Sommer. Edward ernannte Robert ein paar Monate früher als beschrieben zum Sheriff von Lanark und Ayr, und Roberts Brüder erhielten ihre neuen Posten im darauffolgenden Jahr. Im Roman findet das Massaker von Brügge etwas früher statt, und Roberts Vater starb im April 1304, etliche Monate später als bei mir. Obwohl er sich Edward zusammen mit den anderen Magnaten 1304 ergeben hat, erhielt James Stewart seine Ländereien erst Ende 1305, nach Wallace' Tod, zurück. Prinz Edward wurde 1306 im Rahmen der Rekrutierung junger Männer zwecks Vergeltungsmaßnahmen gegen Robert von seinem Vater in Westminster zum Ritter geschlagen, aber später als im Roman dargestellt, und Christopher Seton und Christina Bruce waren zur Zeit von Roberts Krönung bereits verheiratet.

Robyn Young
Brighton, April 2012

Hauptpersonen

(* steht für fiktive Charaktere, Beziehungen oder Gruppen)

*ADAM: Gascogner-Kommandant in einem Armbrustregiment von Edward I.
*AFFRAIG: weise Frau aus Turnberry
*AGNES: Zofe von Isabel, Gräfin von Buchan
*ALAN: Haushofmeister von James Stewart
ALEXANDER II.: König von Schottland (1214–1249)
ALEXANDER III.: König von Schottland (1249–1286), durch seine erste Ehe Schwager von Edward I.; starb 1286
ALEXANDER BRUCE: Roberts Bruder
ALEXANDER SETON: Lord aus East Lothian und *Vetter von Christopher Seton
*ANDREW BOYD: Konnetabel von Turnberry Castle
*ANGUS: Mann aus Turnberry
ANTHONY BEK: Bischof von Durham
AYMER DE VALENCE: Erbe der Grafschaft Pembroke, Vetter von Edward I. und Schwager von John Comyn III.
*BETHOC: Frau aus Turnberry
BONIFAZ VIII.: Papst (1294–1303)
*BRIAN: Gefährte von Prinz Edward
*BRIGID: Affraigs Nichte
CELLACH: Erzbischof von Armagh im 12. Jahrhundert
CHRISTINA BRUCE: Roberts Schwester, mit Gartnait of Mar verheiratet
CHRISTOPHER SETON: Sohn eines englischen Ritters aus Yorkshire und *Vetter von Alexander Seton

*COLBAN: einer von Dungal MacDoualls Männern
*CORMAC: Sohn von Lord Donough und Roberts Ziehbruder
DAVID OF ATHOLL: Sohn von John of Atholl
DAVID GRAHAM: schottischer Edelmann und Rebell
DONALD OF MAR: Sohn von Christina Bruce und Gartnait of Mar, Roberts Neffe
*DONNELL: Mönch aus der Abtei von Bangor
*DONOUGH: Roberts Ziehvater und Verwalter der Bruce-Landsitze in Antrim
*DUNCAN: Haushofmeister von John Comyn II. in Lochindorb
DUNCAN IV.: Earl of Fife, Neffe von Isabel, Gräfin von Buchan
DUNGAL MACDOUALL: Hauptmann der Armee von Galloway
EDMUND: Sohn von Edward I. und Marguerite von Frankreich
EDMUND COMYN: Oberhaupt der Comyns von Kilbride
EDWARD I.: König von England (1272–1307)
EDWARD OF CAERNARFON: Sohn und Erbe von Edward I., Prinz von Wales
EDWARD BALLIOL: Sohn von John Balliol
EDWARD BRUCE: Roberts Bruder
*EDWIN: Haushofmeister von Roberts Vater in Writtle
EGIDIA DE BURGH: Schwester von Richard de Burgh, mit James Stewart verheiratet
ELEANOR BALLIOL: John Balliols Schwester, mit John Comyn II verheiratet
*ELENA: Brigids Tochter
ELIZABETH (BESS): Tochter von Edward I. und Eleanor von Kastilien
ELIZABETH DE BURGH: Tochter des Earl of Ulster
*EMMA: Gouvernante von Roberts Tochter
*ESGAR: Hauptmann im Gefolge des Earl of Ulster
*EUAN: Knappe von Edward Bruce

*FERGUS: Haushofmeister von Isabel, Gräfin von Buchan
GARTNAIT OF MAR: Earl of Mar, mit Christina Bruce verheiratet
*GEOFFREY: Gefährte von Prinz Edward
*GILBERT: Haushofmeister von Lord Donough
GILBERT DE LA HAY: Lord of Erroll
GRAY: Kampfgefährte und rechte Hand von William Wallace
GUY DE BEAUCHAMP: Earl of Warwick
HENRY III.: König von England (1216–1272)
HENRY PERCY: Lord of Alnwick und Enkel von John de Warenne
*HUGH: Knappe von Humphrey de Bohun
HUMPHREY DE BOHUN: Earl of Hereford and Essex, Konnetabel von England
INGRAM DE UMFRAVILLE: Hüter Schottlands
ISABEL BRUCE: Roberts Schwester, mit Erik II. verheiratet und Königin von Norwegen
ISABEL: Gräfin von Buchan, mit dem Schwarzen Comyn verheiratet
ISABELLA VON FRANKREICH: Tochter König Philipps IV.
JAMES DOUGLAS: Sohn und Erbe von William Douglas und Neffe von James Stewart
JAMES STEWART: Großhofmeister von Schottland, mit Egidia de Burgh verheiratet
*JEAN DE REIMS: Ritter vom französischen Königshof
JOAN OF ACRE: Tochter von Edward I. und Eleanor von Kastilien
JOAN DE VALENCE: Schwester von Aymer de Valence und Base von Edward I., mit John Comyn III., Sohn und Erbe von John Comyn II. verheiratet
*JOHN: ein Londoner
JOHN OF ATHOLL: Earl of Atholl und Sheriff von Aberdeen, heiratete eine Schwester des Earl of Mar und wurde so Roberts Schwager

JOHN BALLIOL II.: Lord of Galloway und Schwager von John Comyn II., König von Schottland (1292–1296), wurde 1296 von Edward I. abgesetzt

JOHN COMYN II.: Lord of Badenoch und Justiziar von Galloway, Schwager von John Balliol und Oberhaupt der Roten Comyns

JOHN COMYN III.: Sohn und Erbe von John Comyn II. und Eleanor Balliol, mit Joan de Valence verheiratet

JOHN OF MENTEITH: Sohn des Earl of Menteith

JOHN SEGRAVE: Statthalter von Edward I. in Schottland

JOHN DE WARENNE: Earl of Surrey

*JUDITH: Amme von Roberts Tochter

*LORA: Zofe von Elizabeth de Burgh

LLEWELYN AP GRUFFUDD: Prinz von Wales, wurde während des Eroberungsfeldzugs von 1282-1284 getötet

MADOG AP LLEWELYN: Anführer eines Aufstands gegen Edward I. in Wales 1294

MALACHIAS (ST.): Erzbischof von Armagh (1132–1137), 1199 heiliggesprochen

MALCOLM: Earl of Lennox

MALCOLM III. (CANMORE): König von Schottland (1058–1093)

MARGARET: Roberts Halbschwester aus der ersten Ehe seiner Mutter

MARGARET (MAID OF NORWAY): Enkelin und Erbin von Alexander III., wurde nach seinem Tod zur Königin von Schottland erklärt, starb aber auf der Reise von Norwegen nach Schottland

MARGUERITE VON FRANKREICH: Schwester von Philipp IV., zweite Frau von Edward I. und Königin von England

MARJORIE BRUCE: Tochter von Robert und Isobel of Mar

MARJORIE OF CARRICK: Gräfin von Carrick und Roberts Mutter, starb 1292

*MARTIN: Ritter im Haushalt von Edward I.

MARY BRUCE: Roberts Schwester
MATILDA BRUCE: Roberts Schwester
*MATTHEW: Ritter von Roberts Landsitz in Essex
*MUTOUGH: Mönch aus der Abtei von Bangor
NEIL CAMPBELL: Ritter aus Argyll
NIALL BRUCE: Roberts Bruder
NIALL MAC EDAN: Mitglied der weltlichen Familie, die im 12. Jahrhundert das Recht auf die Diözese Armagh beanspruchte
*NED: Diener im Haushalt des Earl of Ulster
*NES: Roberts Knappe
PHILIPP IV.: König von Frankreich (1286–1314)
*PIERRE: Haushofmeister von John Balliol in der Picardie
PIERS GAVESTON: Gefährte von Prinz Edward und Mündel des Königs
RALPH DE MONTHERMER: Ritter am Hof von Edward I.
*RANULF: Jäger des Earl of Ulster
RICHARD DE BURGH: Earl of Ulster und Lord of Conmacht
*RICHARD CROW: Gefängniswärter von Edward I.
ROBERT D'ARTOIS: Graf von Artois
ROBERT BRUCE V.: Roberts Großvater, strebte nach dem Thron von Schottland, starb 1295
ROBERT BRUCE VI.: Lord of Annandale, Roberts Vater
ROBERT BRUCE VII.: Earl of Carrick, nach dem Tod seines Vaters Lord of Annandale und König von Schottland (1306–29)
ROBERT CLIFFORD: Ritter am Hof von Edward I.
ROBERT WINCHELSEA: Erzbischof von Canterbury
ROBERT WISHART: Bischof von Glasgow
SCHWARZE COMYN, DER: Earl of Buchan und Oberhaupt der Schwarzen Comyns
SIMON FRASER: schottischer Edelmann und Rebell
SIMON DE MONTFORT: Earl of Leicester, führte eine Rebellion gegen Henry III. an, starb 1265 im Kampf mit Edward
*STEPHEN: Diener im Haushalt des Earl of Ulster

THOMAS OF BROTHERTON: Sohn von Edward I. und Marguerite von Frankreich
THOMAS BRUCE: Roberts Bruder
THOMAS OF LANCASTER: Earl of Lancaster und Neffe von Edward I.
THOMAS RANDOLPH: Sohn von Margaret Bruce und Roberts Halbneffe
*WALTER: Ritter aus Annandale
WILLIAM DOUGLAS: Lord of Douglas und Vater von James, starb 1298 im Tower
WILLIAM LAMBERTON: Bischof von St. Andrews
WILLIAM OLIPHANT: Kommandant von Stirling Castle
WILLIAM WALLACE: Anführer der ersten schottischen Rebellion gegen Edward I. 1297

Glossar

ARTUSKRONE: von den Prinzen von Gwynedd, namentlich von Llewelyn ap Gruffudd, dem selbsternannten Prinzen von Wales, getragener Stirnreif. Edward I. erbeutete die Krone sowie andere bedeutende walisische Reliquien während seines Eroberungsfeldzugs von 1282–1284 und schickte sie in die Abtei von Westminster.

BOLZEN: Pfeile für Armbrüste.

BRUSTPANZER: mit Metallplatten besetztes, schützendes Kleidungsstück aus Stoff oder Leder, das unter dem Überwurf getragen wurde.

CURTANA: wegen seiner symbolisch abgebrochenen Spitze auch Schwert des Erbarmens genannt. Es soll Edward dem Bekenner gehört haben und wurde Teil der bei englischen Krönungszeremonien eingesetzten königlichen Insignien.

ERSTGEBURTSRECHT: das Recht, dem zufolge der erstgeborene Sohn Titel und Besitz erbt.

GEOFFREY OF MONMOUTH: Monmouth, von dem man annimmt, er sei ein gebürtiger Waliser oder Bretone gewesen, lebte während des 12. Jahrhunderts in Oxford, wo er vermutlich Chorherr am St. George's College war. Später wurde er Bischof von St. Asaph. Während seines Lebens verfasste er drei bekannte Werke. Als das berühmteste gilt seine *Geschichte der Könige Britanniens*, von der die *Prophezeiungen des Merlin* und dann *Das Leben des Zauberers Merlin* ein Teil wurden. Obwohl er Fakten der britischen Geschichte mit romantischer Fiktion mischte, gab Monmouth seine Werke als Tatsachenberichte aus, was ihm viele Leser abnahmen und König Artus und Merlin für real existierende historische Persönlichkeiten hielten. Obwohl sie von einigen zeitgenössischen Kritikern angefeindet wurden, waren Monmouth' Werke im Mittelalter sehr populär, und seine *Geschichte der Könige Britanniens* legte den Grundstein für die Vielzahl von Artussagen, die im Lauf der nächsten Jahrhunderte in Europa im Umlauf waren. Chrétien de Troyes, Malory, Shakespeare und Tennyson wurden alle von ihm beeinflusst.

HALSBERGE: Kettenhemd oder -mantel mit langen Ärmeln.

HAUBE: von Männern wie Frauen getragene eng anliegende Stoffkappe. Sie konnte auch aus Kettengeflecht bestehen, dann wurde sie von Soldaten unter oder statt des Helms getragen.

JUSTIZIAR: hoher Gerichtsbeamter. In Schottland gab es zu der Zeit, in der dieser Roman spielt, drei Justiziare: die von Galloway, Lothian und Scotia

KRÖNUNGSSTEIN: auch Stein der Vorsehung genannt. Er war der alte Krönungssitz schottischer Könige. Seine Herkunft ist nicht bekannt; man nimmt an, dass er von Schottlands König Kenneth MacAlpine im 9. Jahrhundert nach Scone gebracht wurde. Während der Invasion 1296 wurde er von Edward I. geraubt und in die Abtei von Westminster geschafft, wo er in einen speziell entworfenen Thron eingegliedert und Teil der englischen Krönungszeremonie wurde. Dort blieb er bis 1950, als vier Studenten ihn stahlen und Schottland zurückgaben. Später wurde er nach England zurückgebracht, bevor er 1996 offiziell Edinburgh Castle übergeben wurde, wo er bis heute zu sehen ist. Für künftige Krönungen soll er nach Westminster ausgeliehen werden.

KRUMMSCHWERT: kurzes Schwert mit gebogener Klinge.

MAGNAT: hochrangiger Adliger.

MERLIN-PROPHEZEIUNGEN: von Geoffrey of Monmouth während des 12. Jahrhunderts verfasst. Ursprünglich als separates Werk gedacht, wurden die *Prophezeiungen* später in seine *Geschichte der Könige Britanniens* eingegliedert. Monmouth behauptete, sein Werk von einem älteren Text ins Lateinische übersetzt zu haben. Ihm wurde damals die Schöpfung des Merlin zugeschrieben, aber heute glaubt man, dass er seine rätselhafte Figur früheren walisischen Quellen entnommen hat.

STAB DES MALACHIAS: auch als Stab Jesu bekannt, ein mit Gold überzogener hölzerner Krummstab. Man glaubte, er habe dem heiligen Patrick gehört, der ihn von Jesus selbst erhalten haben soll. Er wurde von den Iren in hohen Ehren gehalten. Malachias, der Erzbischof von Armagh, soll gezwungen gewesen sein, für diesen Stab, der sich im Besitz des Anführers des weltlichen Clans befand, welcher die Kathedrale des heiligen Patrick und ihre Diözese beherrschte, zu bezahlen. Dem damaligen Gesetz zufolge konnte Malachias sich ohne den Stab nicht darauf berufen, der rechtmäßige Erzbischof zu sein. Ende des 12. Jahrhunderts wurde der Stab nach Dublin gebracht und dort im 16. Jahrhundert als heidnische Reliquie verbrannt.

ÜBERWURF: langes, ärmelloses Kleidungsstück, das über einem Kettenhemd oder einer Rüstung getragen wurde.

VASALL: Lehnsmann, der seinem Lehnsherrn als Gegenleistung für sein Land einen Eid schwören und Kriegsdienst leisten muss.

VISIER: hochklappbarer Schutz der unteren Gesichtshälfte.

Danksagungen

Wie immer schulde ich einem ganzen Heer von Personen Dank, also üben Sie sich bitte in Nachsicht. Zuerst möchte ich mich bei Donal O'Sher und Ann McCarthy in Waterville, County Kerry, für die unvergessliche Bootsfahrt nach Church Island und den unerschöpflichen Schatz an Wissen über diese Gegend bedanken, den sie mit mir geteilt haben. Großer Dank gebührt auch dem hilfsbereiten Kurator der St. Patrick's Church of Ireland Cathedral, Armagh, und Reverend Ted Flemming, der mich in die Geschichte des Gebäudes eingeweiht hat. Ein generelles Dankeschön geht an all die gut informierten Kuratoren und Führer, mit denen ich an historischen Stätten überall in Irland und Schottland gesprochen habe, und vor allem an den Fremdenführer der Westminster Abbey, der mir den Schrein Edwards des Bekenners gezeigt und erklärt hat.

Einmal mehr bin ich dem Historiker Marc Morris zu Dank verpflichtet, der das Manuskript gründlich gelesen und mir mit seinem beträchtlichen Wissen weitergeholfen hat. Ich weiß seinen Rotstift sehr zu schätzen. Tatsächlich sollte ich allen Historikern danken, deren Bücher ich verschlungen, mit Eselsohren versehen und bekritzelt und aus denen ich während der Arbeit an dieser Trilogie viel gelernt habe. Alle Fehler, die sich in diesem Roman wiederfinden, gehen auf meine Kappe.

(Die Fertigstellung des dritten Bandes wird allerdings noch einige Zeit in Anspruch nehmen.)

Mein aufrichtiger Dank gilt meinem Redakteur für seine Unterstützung, ein dickes Dankeschön geht an das fantastische Team von Hodder&Stoughton, vor allem an Laura Macdougall, Emma Knight, Lucy Hale, James Spackman, Auriol Bishop, Catherine Worsley, Ben Gutcher, Alexandra Percy, Laurence Festal, Abigail Mitchell, Laura del Vescovo und Jamie HodderWilliams sowie an meine Lektorin Morag Lyall, an Barbara Westmore fürs Korrekturlesen und an Jack Dennison, der mich unterwegs betreut hat. Vielen Dank auch an die Gestaltungs- und Produktionsteams und die Mitarbeiter aus Marketing, Verkauf, Werbung und Auslandsrechte – zu viele, um sie alle namentlich zu erwähnen, aber ihre harte Arbeit ist von unschätzbarem Wert.

Bedanken möchte ich mich wie immer bei meinem Agenten Rupert Heath, allen Mitarbeitern der Marsh Agency, Dan Conaway von Writers House und meinen Redakteuren und Verlegerteams in Übersee. Ich bin euch für eure Unterstützung unendlich dankbar.

Ein anerkennendes Nicken geht in Richtung der anderen Mitglieder der Historical Writers' Association, Stella Duffy, Michael Jecks, Ben Kane, Robert Low, Anthony Riches und Manda Scott – es ist ein Vergnügen, »Kollegen« zu haben, mit denen man die Erfahrungen bezüglich dieser verrückten Karriere teilen kann. Ein spezielles Dankeschön an Manda und Michael für die sachdienlichen Informationen über Leichen. Es ist sehr nützlich, Leute zu kennen, die man fragen kann: »Was würde passieren, wenn ich einen Leichnam rasiere?«, und die nicht sofort die Polizei rufen.

Zuletzt möchte ich mich von ganzem Herzen bei allen meinen Freunden und bei meiner Familie bedanken, vor allem bei Lee, ohne den mir diese Reise nicht viel bedeuten würde.

Wenn Menschen zu Legenden werden, wird Geschichte neu geschrieben.

640 Seiten. ISBN 978-3-7341-0076-5

Robert Bruce hat sein Ziel erreicht: Er ist der gekrönte König Schottlands. Doch er hat den Zorn Edwards von England auf sich gezogen. Unter dem gefürchteten Drachenbanner zieht Edward in den Norden, entschlossen, Schottland zurückzuerobern.

Die Engländer sind nicht Roberts einzige Feinde. Nach dem Mord an seinem Rivalen John Comyn hat sich das Reich geteilt, seine Truppen sind erschöpft und viele seiner Männer haben sich gegen ihn gestellt. Bruce hat die Krone, doch er hat kein Reich, er hat den Willen, ein Anführer zu sein, doch er hat keine Autorität mehr. Sein Ziel ist es nun, sich den Respekt seiner Nation zurückzuverdienen …

Lesen Sie mehr unter: **www.blanvalet.de**